茅盾研究年鉴

2023

赵思运　张连义　主编

中国社会科学出版社

图书在版编目（CIP）数据

茅盾研究年鉴. 2023 / 赵思运，张连义主编.
北京 ：中国社会科学出版社，2025. 6. -- ISBN 978-7
-5227-5295-2

Ⅰ. I206.7-54；K825.6-54

中国国家版本馆 CIP 数据核字第 20252XZ815 号

出 版 人	季为民	
责任编辑	王鸣迪	
责任校对	韩海超	
责任印制	张雪娇	

出　　版	中国社会科学出版社
社　　址	北京鼓楼西大街甲 158 号
邮　　编	100720
网　　址	http：//www.csspw.cn
发 行 部	010－84083685
门 市 部	010－84029450
经　　销	新华书店及其他书店

印　　刷	北京君升印刷有限公司
装　　订	廊坊市广阳区广增装订厂
版　　次	2025 年 6 月第 1 版
印　　次	2025 年 6 月第 1 次印刷

开　　本	650×960　1/16
印　　张	43.75
插　　页	2
字　　数	650 千字
定　　价	258.00 元

凡购买中国社会科学出版社图书，如有质量问题请与本社营销中心联系调换
电话：010－84083683

茅盾研究年鉴组委会

编辑说明

一、《茅盾研究年鉴》系浙江传媒学院茅盾研究中心与浙江省桐乡市文化和广电旅游体育局联袂主持的大型系列文献之一。本年鉴编纂旨在全面呈现茅盾研究领域的最新成果，凸显最活跃的茅盾研究队伍的弘毅身影，追求学术性、前沿性、典范性和权威性，为文史专家和文学爱好者提供翔实资料，以便更好地传承茅盾精神，推动茅盾研究的持续发展。

二、2015 年由现代出版社出版创刊卷《茅盾研究年鉴 2012—2013》。后改由中国社会科学出版社出版。初为两年一卷，自 2022 年起，每年编纂出版一卷。

三、《茅盾研究年鉴 2023》分为八个部分。第一部分为茅盾研究年鉴编辑部评选的 2023 年度茅盾研究"杰出学者""年度学者"和"年度新锐学者"的成果；第二部分为 2023 年度出版的茅盾研究领域的著作推介；第三部分"学术论衡"为 2023 年度整体视野中茅盾研究的代表性成果；第四部分"经典新论"系关于茅盾经典作品的再阐释；第五部分"史料新考"特别关注茅盾研究最新史料的挖掘与考释，使之被更有效地解码与赋义；第六部分"域外视野"是关于茅盾的跨文化传播与中外文明互鉴方面的成果；第七部分是 2023 年度茅盾研究事辑；第八部分是 2023 年度关于茅盾研究的学位论文摘要与报刊论文要目。

四、《茅盾研究年鉴》的编纂与出版，得到了中国茅盾研究会、浙江省社会科学界联合会、浙江传媒学院桐乡校区管委会、浙江传媒学院人文社科与创作处、浙江传媒学院文学院的大力支持，我们特表衷心感谢！

目　　录

一　年度学者

二　著作推介

三　学术论衡

四　经典新论

五　史料新考

六　域外视野

七　茅盾研究事辑

八　学位论文摘要和报刊论文要目

一　年度学者

2023·茅盾研究"年度学者""年度新锐学者"评选结果

为了更好地呈现茅盾研究领域的优秀成果，薪火相传，赓续文脉，凸显茅盾研究队伍的弘毅身影，《茅盾研究年鉴》编辑部在评选2018—2019年度、2020—2021年度及2022年度茅盾研究"年度学者、年度新锐学者"之后，继续举办茅盾研究"年度学者、年度新锐学者评选（2023）"活动。经过网络投票和专家研讨，现将评选结果公布如下。

2023·茅盾研究杰出学者：

钟桂松

（代表作：《茅盾传》，人民文学出版社2023年版

《茅盾和他的儿子》，研究出版社2023年版

《茅盾评传》，南京大学出版社2013年版

《二十世纪茅盾研究史》，浙江人民出版社2001年版）

2023·茅盾研究年度学者：

阎浩岗（入选篇目：《茅盾与中国当代长篇小说》，《社会科学辑刊》2023年第6期）

李跃力（入选篇目：《〈生活日记〉中的"茅盾在新疆"》，《新文学史料》2023年第4期）

2023·茅盾研究年度新锐学者：

李国华（入选篇目：《大革命漩流中的日常上海——茅盾小说

〈蚀〉的城市赋形》,《探索与争鸣》2023 年第 8 期)

姚明（入选篇目:《茅盾眉批本:来龙去脉、辨章学术、去伪存真》,《北京档案》2023 年第 6 期)

《茅盾研究年鉴》编辑部

二〇二四年四月三十日

杰出学者：钟桂松

入选理由

    钟桂松先生在茅盾研究领域持续深耕四十余年，撰写了《茅盾传》《茅盾评传》《二十世纪茅盾研究史》《起步的十年——茅盾在商务印书馆》《茅盾和他的女儿》等几十部读者和研究者耳熟能详的力作，主编了《茅盾全集》（黄山书社 2014 年版），为茅盾研究事业奠定了坚实的基础。2023 年，钟桂松先生的《茅盾和他的儿子》和新版《茅盾传》为茅盾研究再添硕果。《茅盾和他的儿子》以父子传记的形式，辅以鲜活的历史细节，披露了茅盾和儿子韦韬鲜为人知的家庭生活往事，深情缅怀了韦韬先生为茅盾文学事业的传承所作的巨大贡献。关于新版《茅盾传》，钟桂松先生追踪最新研究动态，深度挖掘茅盾家族史料，追溯茅盾在商务印书馆的历史过往，全方位记录了茅盾在时代风云中的选择与浮沉，对茅盾的成长经历与革命活动做了相当真实的还原，全面超越了以往的茅盾传记，可谓钟桂松先生四十余年茅盾研究的最新收获。

    钟桂松先生低调谦逊，严谨治学，行之以诚，持之以久。他既是茅盾研究领域重要的奠基者，又是重要的引领者。特授予钟桂松先生"2023·茅盾研究杰出学者"称号。

（执笔人：蔺春华）

代表作：

《茅盾传》，人民文学出版社 2023 年版

《茅盾和他的儿子》，研究出版社 2023 年版

《茅盾评传》，南京大学出版社 2013 年版

《二十世纪茅盾研究史》，浙江人民出版社 2001 年版

以敬畏之心，讲好茅盾故事*

钟桂松

我是从 20 世纪 70 年代末，利用"业余的业余时间"研究茅盾，倏忽间，已经有四十多年了。在几十年的业余学习、研究中，越来越深刻感受到茅盾一生的不容易和他多方面的巨大贡献。虽然我在 20世纪 90 年代就写过《茅盾传》，十多年前还应南京大学丁帆教授之邀，写过《茅盾评传》，但是随着这些年史料的披露和发现，我越来越感觉到需要重新写一部《茅盾传》，希望写出一部不同于自己以往写过的茅盾传记。

2021 年是中国共产党建党一百周年，我是想在建党一百周年的时候写出一部茅盾传。于是，我从 2020—2021 年，用将近两年的时间，撰写这部茅盾传记。

20 世纪 80 年代初，茅盾研究史料非常缺乏，茅盾家族的情况，更加不清楚，除了回忆录的一些介绍，其他几乎是空白。为了弄清楚茅盾家族的情况，我在茅盾先生儿子韦韬先生的支持下，80 年代初开始在乌镇实地调查。同时，和茅盾的一些亲戚开始通信，在请教过程中了解到许多珍贵史料。比如，茅盾一个叔父晚年是在乌镇去世的，但是没有人知道什么时间去世。80 年代初我到乌镇出差，利用中午休息，去乌镇派出所翻户籍卡片，终于找到其出生、去世的年月日。

1983 年我在嘉兴地委党校中青班学习一年，暑假我到乌镇调查研究，利用休息时间，和乌镇当时的领导沈德兴骑自行车到乌镇郊区

---

* 本文为作者在《茅盾传》首发式上的发言。

农村寻找茅盾母亲墓地，终于弄清楚沈家墓地的具体情况。比如，茅盾回忆录提到读中学时的"凯叔"（沈永钰），是他鼓动茅盾转到嘉兴读书的。1912 年茅盾去了杭州安定中学，这位"凯叔"却去了茅盾读过的湖州中学。但是对"凯叔"的后来情况，茅盾没有展开。我在 80 年代和茅盾"凯叔"的后人书信来往很多，他们告诉我许多不为人知的往事：如这位和茅盾年纪相仿的"凯叔"，湖州中学毕业以后，由卢鉴泉介绍去银行工作，而且一直在银行工作。1916 年在南昌的银行工作时，"凯叔"在景德镇定制一只笔洗，送给刚刚考取南京河海工程学校的堂侄沈泽民。这只笔洗现在在茅盾故居。抗战胜利以后，"凯叔"奉命因公到天津接收中国银行，途中因飞机失事而牺牲。我在乌镇调查时，乌镇的老人还记得当年航空公司到乌镇，调查沈家情况，进行抚恤的情景。

还有，茅盾结婚时的情景，茅盾逝世以后，知道的人不多了，茅盾的表弟陈瑜清先生还记得。20 世纪 80 年代我问他有没有记得茅盾结婚时的情景，他在给我的信中专门回忆了自己小时候去参加茅盾婚礼的情景，虽然这不是大事，却很珍贵。

这些年，我在研究茅盾和商务印书馆关系过程中，发现了不少茅盾在商务印书馆的史料档案，也了解了茅盾在商务印书馆的一些史实。比如茅盾在回忆录里说卢表叔把自己介绍给商务印书馆北京分馆的经理孙伯壮。其实，当时茅盾的表叔卢鉴泉和张元济也认识，只是当时没有将沈德鸿（茅盾）直接介绍给张元济。所以，当茅盾到商务印书馆报到时，张元济对沈德鸿（茅盾）特别客气。再如根据商务印书馆给沈德鸿（茅盾）、谢冠生两个年轻人加薪的档案材料，商务印书馆认为两个年轻人为商务印书馆做了许多事，但是他们自己从来没有要求，所以给他们各加十元，并不多；从中看出当年商务印书馆对茅盾、谢冠生两个年轻人努力的肯定。当时商务印书馆为了防止茅盾投稿太多（从事秘密革命工作）影响编辑工作，于是，为了便于监督而调整茅盾的办公位置，将茅盾安排在杨端六和钱经宇两位前辈中间，"便于稽查"，这些档案材料十分有趣。还有，商务印书馆当年编《四库丛书》，茅盾随孙毓修到南京图书馆抄书目。茅盾回忆只是一个大概，近年上海柳和城先生的《孙毓修评传》出版，史料披露茅盾什么时候去，去做了什么事，去了几次等，更加明确具体。这些新史料细节的发现和运用，使得这部传记能够生动反映茅盾的成长过程。

新发现的茅盾1943年在重庆写《走上岗位》的史料，也是第一次写进这部传记。当年茅盾在重庆生活的政治环境非常复杂，我在这部小说的手稿里，看到茅盾的写作过程和以往不一样，茅盾并不是一口气写下去的。他是写好一章，停一个月左右，再写下面一章，如此谨慎，前所未有。小说第一章在张道藩管辖的《文艺先锋》上发表时，题目为"在岗位上"，第二章发表时，题目为"走上岗位"。因此所有茅盾研究的前辈，都认为是茅盾修改题目，从"在岗位上"到"走上岗位"。但是，我前几年查《文艺先锋》原刊，发现一个刊物编者"启事"，说第一章发表时，编辑把题目弄错了，"走上岗位"误为"在岗位上"，编辑因此向茅盾和读者道歉。这个发现，纠正了茅盾研究界几十年来的一个错误。这是历史研究吸引人的地方，还原历史，就要从历史资料里找答案，而不是人云亦云。

茅盾早年参加革命活动的史料，一向是茅盾研究的薄弱环节。近几年发现茅盾革命活动的一些史料，让我们对茅盾的革命贡献肃然起敬。如茅盾参加共产党以后，曾经冒着生命危险将我们党锄奸队购买的枪支武器藏在自己家里；茅盾利用商务印书馆的编辑身份，收购党内同志的翻译稿子，为我们党筹措活动经费等。这些都是第一次在这部茅盾传记里面披露，以还原革命家沈雁冰当年的革命场景。

在茅盾的革命活动中，有许多往事还没有引起研究者注意。比如茅盾在奉命即将去武汉军校工作时，突然收到武汉电报，让茅盾在上海为军校招生，茅盾回忆录也提到这件事，但是不具体。我在上海的史料中找到了茅盾招生的具体细节，其中录取的238名（正取218名，备取20名）学生，都有名有姓。茅盾在回忆录里提到请商务印书馆三个老同事帮忙，其实是四个人，这四个人是吴文祺、樊仲云、陶希圣、梅思平。这四个人后来走上不同的人生道路，陶希圣是蒋介石的笔杆子，《中国之命运》出自陶之手。梅思平后来成为大汉奸，抗战胜利后被处决。所以茅盾在回忆录里不愿提他。

关于茅盾在武汉时的情况，过去我们只知道他是军校教官、报纸主笔，其实当时茅盾还是中共中央宣传部的委员。当时中共中央政治局准备筹备一份党的报纸，并决定由张太雷、汪原放、沈雁冰三个人负责筹备，还指定沈雁冰为书记。虽然报纸没有办成，此事茅盾回忆录也没有具体说，却是茅盾的经历。

20 世纪 30 年代初，茅盾从日本回来以后，隐居在上海。张闻天从苏联回来，接任沈泽民担任中共中央宣传部部长职务。其间张闻天曾经到茅盾家里看望茅盾等，胡愈之就在茅盾家里碰到过张闻天。这些史料，茅盾回忆录没有说，都是近几年新发现的，现在有机会撰写新的《茅盾传》，补充叙述这些珍贵史料，可以丰富茅盾一生的革命经历。

茅盾一生，经历过度日如年惊心动魄的新疆之行，也经历过香港太平洋战争爆发后的惊险奔波。当年茅盾刚刚秘密离开香港，日本人就在香港的报纸上，刊登消息启事，请邹韬奋、茅盾出来参加所谓大东亚共荣圈活动。如果我们党不及时转移茅盾他们这些文化人，后果不堪设想！

茅盾在桂林落脚以后，广西国民党当局表面上对茅盾客客气气，但是对茅盾作品的发表，明里暗里，处处审查。近年我在史料中发现当年审查茅盾作品的档案，正说明茅盾当年在桂林的谨慎和担心不是多余的。

同样，当年茅盾主编《小说月报》时，并没有后来研究者想象的那么风光。回到当年历史现场，发现茅盾主编《小说月报》，压力很大，老读者、老作者到处公开散布攻击性言论，丑化杂志，甚至污蔑谩骂和进行人身攻击。商务管理层意见也不统一，二十五六岁的主编茅盾步履艰难，好在主管领导高梦旦给他鼓励。当然，茅盾在反击旧文化的斗争中，用笔十分尖锐，立场非常坚定，这是五四新文化运动给予茅盾的力量。我在这次撰写茅盾传记时，最大限度地把这些珍贵史料利用起来。

在梳理茅盾生平贡献时，我们可以清楚地看到，茅盾的理想信念是坚定的，也是矢志不渝的。早年受《新青年》影响，他走上信仰马克思主义的革命道路，成为现代小说家中的第一个共产党员。

在新中国的文化事业建设中，茅盾恪尽职守、顾全大局。新中国历史上，茅盾当了十五年文化部部长，当中国作家协会主席的时间更长。从1965年初开始担任全国政协副主席。对于这些要职，茅盾始终是尽心尽职，无论是顺境，还是逆境，茅盾始终能够保持政治定力，顾全大局，履行职责，尽心尽力做好每一项工作。茅盾作为中国作家协会主席，在新中国成立以后，扶持了数以百计的新中国成长起来的作家，其中有茹志鹃、陆文夫等。1986年10月，嘉兴文联曾经邀请陆文夫到嘉兴讲座，讲座结束后专门到桐乡乌镇，我那时陪同他到乌镇，认识了陆文夫先生。后来我在电视台工作，陆文夫专门到杭州看我，并且为苏州几个电视台的纪录片拍摄，借我们电视台的编导。当时他知道我在研究茅盾，我问他和茅盾见过面没有。他说，远远地见过。其实他和茅盾在小范围就见过，茅盾为了写陆文夫作品的评论，断断续续看过陆文夫的全部小说，这些都是在茅盾的日记中写着的。

茅盾在文化部部长任上，始终不忘初心，廉洁自律，高标准守住自己的为官政德。20世纪60年代，他与夫人去海南休假，所有开支全部自掏腰包，没有到文化部报销一分钱。连文化部办公厅的同志都认为，沈部长的不少开支按规定是可以报销的。茅盾却对身边工作人员说，自己可以负担，就不用公家报销了。现在我们知道，茅盾作为政府高级干部，有时写信就写在作废简报的背面，有时用的信封是旧信封重新糊过的。这在今天是不可思议的。

新中国成立以后，不少人重新入党，也有人劝茅盾向党中央提出恢复组织生活，茅盾没有同意。他说了一番让人动容的话："共产党打天下的时候，我不是党员，但是我一直以一个共产主义者的标准来严格要求自己的。现在共产党得了天下，我不想再来分享共产党的荣誉了。"茅盾是中国共产党最早的党员之一，1920年就参加共产党早期组织，并且担任过五年左右的党中央直属联络员，是为我们党的成长作出过巨大贡献的人，在革命胜利后能够有这样崇高的精神境界，是少有的。

茅盾临终，向党中央表达内心的感情，希望党中央审查他一生的功过是非，如蒙追认为光荣的中国共产党党员，将是他一生最大的荣耀。同时茅盾将自己积蓄的 25 万元捐给中国作家协会，设立长篇小说文艺奖（茅盾文学奖）。中共中央根据沈雁冰同志的请求和他一生的表现，决定恢复他的中国共产党党籍，党龄从 1921 年算起，还茅盾一个本来的政治面目。

这部新的《茅盾传》是我几十年茅盾研究的一个阶段性成果，也是我以后茅盾研究的一个新起点。

对茅盾研究，我得到了茅盾家乡人的关心支持，也得到了茅盾家族的前辈的支持，同样也得到了茅盾研究界那些前辈的关心支持，所以几十年来，我是怀着感恩之心去学习研究茅盾，怀着敬畏之心去讲好茅盾故事的。几十年来，我越来越感到茅盾的了不起，感到党中央对茅盾的定论的正确，我也希望越来越多的嘉兴人、桐乡人来研究茅盾，把茅盾的精神发扬光大，把茅盾这张家乡金名片擦得更加光彩夺目。

最后，再次感谢大家！

年度学者：阎浩岗

入选理由

　　茅盾是现代长篇小说的奠基者，茅盾长篇小说与现代文学的关系已经有多人研究。但是，对茅盾与当代长篇小说的关系，却少有学者做全面的论述。阎浩岗的文章视野开阔，高屋建瓴，对这一重要问题展开讨论，是非常有意义的。文章从对当代文章中的"茅盾传统"问题的思考入手，分别对"十七年文学""新时期文学"进行细致的梳理和辨析，最后又回到"茅盾传统"问题，其结构严谨而具有强烈的问题意识。貌似讨论茅盾，其实背后投射的是更宏大的当代长篇小说传统问题，隐含对整个现当代长篇小说的全面反思。论文立论宏阔，但并不粗疏，其研究充分立足于大量长篇小说文本分析之上，文本剖析细致入微而鞭辟入里，显示出作者对当代长篇小说领域的谙熟和深厚的学术素养。是一篇将微观研究与宏观研究有机结合的优秀论文。特授予阎浩岗先生"2023·茅盾研究年度学者"称号。

（执笔人：贺仲明）

入选篇目：
《茅盾与中国当代长篇小说》，《社会科学辑刊》2023 年第 6 期

茅盾与中国当代长篇小说[*]

茅盾与中国当代长篇小说[*]

茅盾与中国当代长篇小说[*]

阎浩岗[**]

摘　要　理性、冷静、科学地剖析现实社会，全方位地展示时代社会风貌，是以《子夜》为代表的茅盾长篇小说创作的特色与精髓。中国当代文学史上有史诗性追求的长篇小说作者并非都有意识地师法茅盾，虽然笼统说存在一种"茅盾类型"未尝不可。"十七年"史诗类长篇小说与茅盾式长篇小说在精神实质上存在重要差异，除了个别作品外，它们与"茅盾传统"形似而神不似，甚至形亦不全似。新时期以后获得茅盾文学奖的作品也不尽合"茅盾传统"的基本特征。当代长篇小说最接近茅盾写法的是姚雪垠的《李自成》和柯云路的"改革四部曲"。姚雪垠奉茅盾为师，柯云路却不曾明言受茅盾影响。"茅盾传统"在当代文学史上的命运取决于主流意识形态导向与规约、时代现实语境及作家个人气质素养。"茅盾传统"的当代命运正是茅盾本人在中国当代文艺和文化界特殊地位与境遇的表征。

关键词　茅盾；中国当代长篇小说；茅盾传统；姚雪垠；柯云路

中国当代长篇小说最高奖是茅盾提出设立、以茅盾命名的茅盾文学奖，茅盾是将中国现代长篇小说推向成熟的标志性人物，新中国成立后他又曾长时间担任文化部部长和中国作家协会主席，是新中国文化界和文学界的领导者。由于茅盾在中国现当代文学史、小说史上的特殊重要地位，国内外研究者中有人认为存在一种"茅盾传统"，认

---

* 基金项目：国家社会科学基金项目（项目编号：21BZW041）。
** 作者简介：阎浩岗，河北大学文学院教授，博士生导师。

为这种传统对中国当代长篇小说特别是具有史诗性追求的长篇小说起着关键甚至决定性作用。也就是说，他们认为这类小说都属于一种"茅盾类型"，是师法茅盾小说创作方法的产物。那么，茅盾究竟对中国当代长篇小说创作有哪些影响？中国当代长篇小说与茅盾长篇小说在美学追求上有哪些相似之处或不同之处？中国当代长篇小说的创作是否真的以茅盾小说为范本？这是值得具体研究和分析的重要问题。

一　中国现当代文学中是否存在"茅盾传统"

关于这一问题，目前最有影响的观点是严家炎的"社会剖析派"之说，他认为茅盾开创了"社会剖析小说"，影响了吴组缃、沙汀、后期艾芜等人的创作，当代长篇小说中周而复的《上海的早晨》、姚雪垠的《李自成》和李劼人的《大波》等也都"受到了这个流派的滋润"[①]。洪子诚没有明确说中国当代长篇小说"史诗性"追求就是来源于茅盾，但他在指出"这种创作追求，来源于当代小说作家那种充当'社会历史家'，再现社会事变的整体过程，把握'时代精神'的欲望"之后，紧接着说"茅盾就是具有'大规模地描写中国社会现象'、'反映出这个时期中国革命的整个面貌'的自觉意识的作家"，暗示这种追求起码与茅盾有一定关系；他指出 20 世纪 30 年代中国长篇小说"史诗性"追求的源头是"19 世纪俄、法等国的现实主义小说，和 20 世纪苏联表现革命运动和战争的长篇"[②]，进而谈到 20 世纪 50 年代以后这一追求的发展延续，但没有具体分析和明确指出茅盾对"十七年"及以后中国长篇小说的影响所在。

还有学者提出中国现当代文学有一种"茅盾类型""茅盾范式""茅盾模式"，乃至"茅盾传统"。先是捷克汉学家普实克将中国现代

---

① 严家炎：《中国现代小说流派史（增订本）》，长江文艺出版社 2009 年版，第 199 页。

② 洪子诚：《中国当代文学史》，北京大学出版社 1999 年版，第 108 页。

作家分为两种类型，其中之一是以茅盾为代表的偏重客观写实的类型，他认为老舍、曹禺及后期丁玲应划归这一类型。① 正式提出"茅盾传统"概念的是汪晖，他在《关于〈子夜〉的几个问题》一文中写道：

> 由《子夜》、《林家铺子》和农村三部曲构成了一种可以称之为"茅盾传统"的东西，它对其后中国文学的发展的影响也许超过了被人们当作旗帜的鲁迅传统。②

汪晖不仅肯定了"茅盾传统"的存在，而且认为它对其后中国文学的影响超过了鲁迅，尽管他对这种影响本身的意义不作价值判断。王嘉良是"茅盾传统"概念的大力倡导者，他接连在《中国现代文学研究丛刊》《浙江学刊》《浙江师大学报（社会科学版）》等刊发文，论述这一概念的内涵、这一传统的特征和意义。他将其概括为"积淀深厚的现实主义传统""气势阔大的创作'史诗传统'""注重社会分析的'理性化'叙事传统"③ 三个方面。

按王嘉良所说，似乎冯雪峰更早提出了"茅盾传统"之说：

> 我国卓越的文艺理论家冯雪峰就曾分析过这种现象，并精辟指出，"中国现代文学的现实主义分别由鲁迅与茅盾各自开辟了一种传统"，还明确提出了与"茅盾传统"相关联的新文学创作中的"茅盾模式"命题。④

---

① 参见尹慧珉《普实克和他对我国现代文学的论述——〈抒情诗与史诗〉读后感》，《文学评论》1983 年第 3 期。

② 汪晖：《关于〈子夜〉的几个问题》，《中国现代文学研究丛刊》1989 年第 1 期。

③ 王嘉良：《论"茅盾传统"及其对中国新文学的范式意义》，《浙江学刊》2001 年第 5 期。

④ 王嘉良：《"茅盾传统"：范式特征与价值蕴含》，《浙江师范大学学报（社会科学版）》2001 年第 6 期。

　　文章标注冯雪峰这段话出自其发表于《文艺报》1952 年第 15 号的论文《中国文学中从古典现实主义到无产阶级现实主义的发展的一个轮廓》，但未标明引文所在页码。笔者细读该期《文艺报》冯雪峰原文，未发现这段文字。冯雪峰这篇文章很长，实际是连载于《文艺报》1952 年第 14 号、15 号、17 号、19 号和 20 号上。笔者又细查人民文学出版社 2016 年版《冯雪峰全集》第 5 卷所收此文，亦未发现"茅盾传统""茅盾模式"之说，估计是王先生凭印象误记。推测王先生之所以有此印象，大概因为该文第三节题为"关于鲁迅和茅盾"，而且用了一定篇幅专论茅盾小说特别是《子夜》的现实主义。但是，该文并无将茅盾视为与鲁迅并驾齐驱的另一种现实主义传统开创者的意思。通读全文不难发现，这篇数万字的长文论及鲁迅的篇幅比论茅盾的多很多，冯雪峰将 1917 年之后的鲁迅视为唯一成熟的"无产阶级现实主义"作家，而茅盾《子夜》的现实主义"还不是已经胜利的无产阶级现实主义"，它尚有明显缺点，"可是它已经走上无产阶级现实主义的道路"。因此，"《子夜》在中国无产阶级现实主义的发展上也尽了它开辟道路的历史作用的"，"当时在左翼文学阵营内的其他一些比较有成就的青年作家，如丁玲、张天翼、沙汀、叶紫，等等，他们的某些有革命性的作品，在基本方向上，也可以如此了解的"[①]。可见，冯雪峰只是将茅盾作为一个虽逊于鲁迅但较早走上无产阶级现实主义文学之路的作家代表，认为他的创作与丁玲等人差不多。冯雪峰并未具体深入分析茅盾与鲁迅在创作方法和美学追求上的差异，将其作为并峙的两种不同"传统"的开创者。

　　茅盾对中国现当代文学特别是现当代小说创作有重要影响，这是毋庸置疑的；茅盾对于中国现代长篇小说文体独有的开拓性贡献也不容抹杀。但是，茅盾影响中国现当代小说的强度和方式却与鲁迅明显不同。读各种中国现当代作家的自述及对前辈作家的悼念文字，谈鲁迅、谈鲁迅对自己巨大影响的比比皆是；大家虽公认茅盾与郭沫若都

---

① 　冯雪峰：《中国文学中从古典现实主义到无产阶级现实主义的发展的一个轮廓》，《文艺报》1952 年第 17 号。

是继鲁迅之后中国文坛的旗帜性人物，对茅盾的文学史地位高度评价、对茅盾的为人为文非常钦服，但谈茅盾对自己文学创作直接影响的则少得多。我们可以承认有"社会剖析派"，茅盾与沙汀、吴组缃等人的小说在取材与叙事方面确有相近之处，且茅盾对沙汀的写作有直接指导，晚年更是与姚雪垠频繁通信切磋小说艺术，说现当代小说史上有一种"茅盾模式"乃至"茅盾传统"也未尝不可，但是，迄今为止，学界对茅盾与中国当代小说关系的认识尚有诸多模糊之处，存在误区。

普实克将茅盾小说只是作为偏重客观写实类型的代表，正如他把郁达夫视为偏重主观抒情类型的代表。他列举的茅盾类型中有老舍、曹禺和后期丁玲，郁达夫类型则有郭沫若和田汉。这是将不同体裁混在一起而单论创作原则，而且并不意味着茅盾和郁达夫是他们同类型其他人的"祖师"，此"类型"跟王嘉良先生所谓"传统"含义相去甚远。老舍和曹禺虽也描绘了各阶级阶层人物的形象，但其作品并不像茅盾那样突出时代性，不追求宏观的视野并揭示社会的经济和政治的隐形结构与运作机理，因而不能将他们看作传承茅盾衣钵的人。

汪晖对"茅盾传统"的理解主要在"史诗性"和"全新的人物形象体系"两个方面。这两点也是茅盾研究界对茅盾小说成就与特点的共识。确实，在茅盾开始小说创作之前，中国新文学史上尚无此类作品，茅盾确实开创了不同于鲁迅的小说类型。与茅盾同时代及其后的中国小说家，应该都是读过茅盾作品和他大量的文学理论批评文章的，说他们程度不同地受过茅盾影响当无问题。后来中国现当代文学中也出现了很多具有史诗性追求的作品，笼统地将其归为一类可以，以"茅盾类型"为之命名亦无不可，但若说中国现当代所有史诗性小说的作者都有意识地师法茅盾，则不妥。即以李劼人为例，李劼人是著名的"大河小说"作者，其三部曲《死水微澜》《暴风雨前》特别是《大波》是典型的史诗性作品。但李劼人年龄比茅盾还大五岁，开始小说创作则比茅盾早了15年。他的"大河小说"创作虽晚于茅盾，他应该也熟悉茅盾的《子夜》等作品，但他更直接受的是法国现实主义文学的影响，不能将《大波》的创作视为受《蚀》《虹》《子夜》影响的结果。在当代"十七年"时期的作品中，《保卫延安》最早被冯雪峰称为"史诗性"作品，但冯雪峰论《保卫延安》的长篇论文只字未提茅盾。其后的《红旗谱》《红日》《创业史》等也被文学史家当作"史诗式小说"，但说他们的艺术选择受茅盾影响，毋宁说受苏俄文学影响更直接且有据可查。

汪晖将"茅盾传统"概念一直延展至新时期"改革文学"的代表作《乔厂长上任记》和《新星》，但他紧接着又说明："我当然没有证据说《子夜》是我们'改革文学'的原型，更没有证据说《乔厂长上任记》受到《子夜》的直接启示"，他只是因作品主人公具有"专断的铁腕和现代知识"、体现出作者与读者"某种共同的期待、共同的理想、共同的文化心理、共同的情感趋向以及不同却又相似的现实际遇"①，而将其视为同一精神谱系。如此说来，汪晖所谓"茅盾传统"其含义与"茅盾类型""茅盾范式"同义，并不指后世作家对茅盾创作方法有意识地传承。由于茅盾当时显赫的社会地位和文学史地位，"十七年"作家肯定对茅盾非常敬重，将茅盾作品作为文学名作研读学习，就像对郭沫若、老舍、巴金作品那样。②但茅盾并不易学，正如鲁迅、郭沫若不易学，因为学习茅盾的写法需要丰富的社会阅历、广泛的交际面和广博的社会科学知识，学习鲁迅除了同样的阅历和知识，还需要洞察世态人情幽微的犀利眼光与过人天赋，而早期郭沫若诗作是其独有气质与才气的流溢。另外，还有一些"十七年"作家并不喜茅盾风格。对"十七年"文学艺术影响最大、占有绝对压倒性优势的无疑是毛泽东，包括周扬、郭沫若和茅盾在内的其

---

① 汪晖：《关于〈子夜〉的几个问题》，《中国现代文学研究丛刊》1989 年第 1 期。

② 战士出身的徐光耀对茅盾作品下功夫阅读，并受其感染，非常钦佩，尽管在徐光耀小说中看不到明显的受茅盾影响的痕迹。《徐光耀日记》有多处记述他读茅盾作品，并写下了阅读感受，见《徐光耀日记》1946 年 5 月 21 日、7 月 13 日，1947 年 4 月 22 日、23 日、25 日，1948 年 6 月 1 日、3 日，1950 年 3 月 2 日、3 日，4 月 19 日、22 日、26 日，5 月 2 日、3 日、7 月 6 日，1954 年 3 月 19 日。参见《徐光耀日记》，河北教育出版社 2015 年版，第 1 卷第 153、177、314、315、316 页，第 2 卷第 85、86 页，第 3 卷第 193、194、242、245、246、254、255、304 页，第 6 卷第 446 页。

他人此时都主要是毛泽东文艺思想的阐释者。因此，"十七年"文学中那些被认为具有"史诗性"追求的长篇小说首先是毛泽东文艺思想的艺术结晶，其次是苏俄文学影响的产物。它们与以《子夜》为代表的茅盾长篇小说精神实质上存在重要差异。在1966—1976年，主流作品中的茅盾痕迹更是微乎其微。

　　笔者认为，茅盾小说创作方法最基本的特点同时也是"茅盾传统"的核心，一是社会全景意识；二是对社会历史重大事件与走向的迅即反应；三是建立在个人经验与独立思考基础之上的对社会结构与运行机制的理性剖析；四是叙事态度或语调的客观冷静。

　　汪晖先生对"茅盾传统"的分析有颇多精彩之处，但他对茅盾有一个重要误读，就是认为《子夜》"从题材到情感方式都体现了一种超越个人经验的特征"，茅盾作品的主观性"并不来自个人经验，而是来自作家用以分析社会的理论体系"，"不是个人性的，不是来自独立个体的感觉、体验、情绪的过滤，而是来自'科学的理论'本身"，"作家对现实的弃取、变形与改造由于是对这样一种超越个人主观范围的'客观真理'负责，因此并不依存于个人的经验"①。这不符合茅盾创作的实际。

　　沙汀在谈到茅盾对自己的影响时曾说，是茅盾启发自己"要写自己熟悉的生活"，他因此抛弃了原先"但凭一些零碎印象，以及从报纸通信中掇拾的素材拼制作品的简便途径"，从个人实际经验和体验出发进行创作，才"逐渐形成了自己的一点创作个性"②。许子东先生的看法与笔者不谋而合：

　　　　从40年代到70年代，主题先行成为文学管理部门提倡的写作规范，对中国文学发展的影响复杂。唯独茅盾的主题先行，好像没

① 汪晖：《关于〈子夜〉的几个问题》，《中国现代文学研究丛刊》1989年第1期。

② 沙汀：《沉痛的悼念》，载陕西省中国现代文学学会、陕西人民出版社合编：《纪念茅盾》，陕西人民出版社1981年版，第22页。

有损害作品的文学价值，原因可能有三：一是因为这个先行的主题，相当程度上是茅盾自己相信、自己想出来的，而不是去表达已有的、现成的主题。二是因为茅盾的主题本身充满了矛盾，所以就有了艺术变化发展的空间。三是《子夜》的成就除了主题以外，还建基于作家对艺术的激情，对都市的热忱，对女人的兴趣。①

以笔者对"茅盾传统"的上述理解分析"茅盾传统"与不同历史阶段中国当代长篇小说创作的关系，当会有新的发现。

二　茅盾与"十七年"长篇小说

茅盾被公认为中国现代长篇小说史诗性写作的开创者。洪子诚在《中国当代文学史》中谈及"十七年"时期长篇小说的"史诗性"追求时，提到的作品主要有《创业史》《保卫延安》《红日》《红旗谱》《红岩》《三家巷》《苦斗》。它们与《铁道游击队》《林海雪原》《烈火金钢》《敌后武工队》等通俗传奇类写法明显不同。还有学者指出《上海的早晨》与《子夜》在题材及主人公选择上有关联。我们考察茅盾与"十七年"长篇小说的关系，应主要以上述作品为对象。洪子诚的《中国当代文学史》初版与修订版在谈及上述作品的艺术追求和具体艺术经验时，其表述顺序的改变耐人寻味。初版先说"中国现代小说的这种'宏大叙事'的艺术趋向，在30年代就已存在。茅盾就是具有'大规模地描写中国社会现象'、'反映出这个时期中国革命的整个面貌'的自觉意识的作家。这种艺术目标后来得到继续"，再说"这种艺术追求及具体的艺术经验，则更多来自19世纪俄、法等国的现实主义小说，和20世纪苏联表现革命运动和战争的长篇"②，修订版则先说这种追求小说史诗性的艺术传统"主要来自19世纪俄、法等国的现实主义小说，和20世纪苏联表现革命运

---

① 许子东：《重读20世纪中国小说》，上海三联书店2021年版，第224页。
② 洪子诚：《中国当代文学史》，北京大学出版社1999年版，第108页。

动和战争的长篇"，再补充说明"中国现代小说的这种'宏大叙事'的艺术趋向，在 30 年代就已存在。茅盾就是具有'大规模地描写中国社会现象'、'反映出这个时期中国革命的整个面貌'的自觉意识的作家"①。语序的变化意味着强调重点的不同，即，后来洪子诚愈益感到"十七年"长篇小说的史诗性追求与苏俄和法国小说有直接关系，而对于它们与"茅盾传统"的关系表现出犹豫模棱的态度。

作家之间的人际交往虽未必直接反映在作品的内容与写法之中，但它确不失为考察作家作品"影响源"的切入点之一。为弄清"十七年"长篇小说与"茅盾传统"的关联，我们不妨先看看这些作品的作者与茅盾的私人关系。在上述作品的作者中，与茅盾有直接交往的是《三家巷》的作者欧阳山、《上海的早晨》的作者周而复和《保卫延安》的作者杜鹏程。欧阳山 1933 年被陈济棠通缉逃往上海后，曾得到鲁迅和茅盾的赏识与帮助，鲁迅和茅盾将其作品编入短篇小说集《草鞋脚》，1938 年欧阳山还邀请茅盾到广州知用中学演讲。周而复 1946 年曾与茅盾等在香港合编《小说》月刊，茅盾晚年多次与其通信谈个人私事。杜鹏程则在新中国成立后与茅盾多有交往和近距离接触。他在悼念茅盾的文章中写道，1958 年茅盾寄赠他一册小说后，他不仅把这本新书读了一遍，"还把《子夜》等等名著找来重读"，感叹"真正的作品，有永久的艺术魅力，每读一次，都把你带到一个新的境界；每读一次，都会有新的理解，新的体会和新的发现"②。其他人，如《红日》的作者吴强撰文说自己"和茅盾没有通过一封信，没有作过一次一小时以上的谈话，有所接触，也只是在会场上，或是在其他场所，而这也不过三五次"③。梁斌、柳青与茅盾的交往也属此类情况，但他们像前述徐光耀一样，心里都很崇仰茅盾：梁斌

---

① 洪子诚：《中国当代文学史（修订版）》，北京大学出版社 2007 年版，第 96 页。

② 杜鹏程：《知识分子的伟大典型——悼念茅盾大师》，载《杜鹏程文集》第 3 卷，陕西人民出版社 2008 年版，第 4 页。

③ 吴强：《悼念茅公》，载《吴强文集》第 3 卷，上海文艺出版社 2010 年版，第 384 页。

在晚年撰写的回忆录《一个小说家的自述》的结尾写道，1962 年茅盾从大连开会回京途中路过天津，午餐时当着田间等人的面，对梁斌说："《红旗谱》是里程碑的作品，《播火记》也是里程碑的作品！"茅盾在座谈会上即席讲话，谈创作经验，梁斌听后感到"前辈讲话，很有益处"①。由上述史实可以认为，"十七年"有史诗性追求的长篇小说作家大都认真阅读研究过茅盾作品及理论批评文字，将茅盾当作文学界领导、前辈和大师予以尊敬，不同程度地受过茅盾影响。

　再看看茅盾对上述作品的阅读与评价。在 20 世纪 50 年代到 60 年代前半期，茅盾对当代小说的阅读量是非常大的；不仅阅读量大，他读得还特别认真，边读边记笔记，发表看法，在此基础上写出评论文章，这一点令文学界人士普遍叹服。茅盾日记有关于其阅读"十七年"长篇小说的具体记录。1960 年 1 月 12 日他开始读《上海的早晨》，14 日下午读完（这应该是指该作第 1 部）。2 月 4 日开始读《创业史》，17 日读完。5 月又读了《六十年的变迁》的油印原稿。另，在 1958—1959 年，茅盾写有《读书杂记》，具体记载了他读《林海雪原》《红旗谱》《青春之歌》《苦菜花》《迎春花》的读后感。在报告或论文中，他提到的"十七年"长篇小说有《林海雪原》《红旗谱》《青春之歌》《红日》《六十年的变迁》《大波》《三家巷》《苦菜花》《野火春风斗古城》《三里湾》《创业史》《山乡巨变》《风云初记》《保卫延安》《百炼成钢》《烈火金钢》《乘风破浪》《草原烽火》《红岩》等②，几乎囊括了所有在后来的中国当代文学史著作中被重点介绍的"十七年"时期长篇小说。在茅盾专题论文

---

　①　梁斌：《一个小说家的自述》，载《梁斌文集》第 5 卷，人民文学出版社 2005 年版，第 539 页。

　②　分别见于茅盾《短篇小说的丰收和创作上的几个问题》《怎样评价〈青春之歌〉?》《创作问题漫谈——在中国作家协会创作工作座谈会上的发言》《为实现文化艺术工作的更大更好的跃进而奋斗》《反映社会主义跃进的时代，推动社会主义时代的跃进！——一九六〇年七月二十四日在中国文学艺术工作者第三次代表大会上的报告》《贯彻"双百"方针，砸碎精神枷锁》，参见《茅盾全集》，人民文学出版社 1996 年版，第 25 卷第 411—412、435—445、454 页，第 26 卷第 14、43—46、65—67、89—90 页，第 27 卷第 229 页。

或报告中被提及最多、给予最突出篇幅论述的是《林海雪原》《青春之歌》《红旗谱》《山乡巨变》《三家巷》《风云初记》。茅盾对这些作品的点评多侧重于其语言、结构、描写手法等艺术技巧和个人风格方面，再就是肯定其所洋溢着的革命浪漫主义、革命英雄主义和革命乐观主义精神。肯定革命的浪漫主义、英雄主义和乐观主义精神，这是当时主流意识形态及"两结合"创作原则的硬性要求，作为文艺界主要领导人的茅盾必须遵从；但是，茅盾骨子里是个西方型的现实主义者，从他早年步入文坛伊始便倡导现实主义，还在某种程度上肯定过自然主义，他内心深处真正认同的是现实主义。他 1958 年发表的引起争议的长篇论文《夜读偶记》，虽然字面上给予最高评价的是社会主义现实主义①，但通读全文不难发现，茅盾强调的还是广义的"现实主义"，并对文学史上逃避现实、脱离现实或粉饰现实的各种思潮予以批判。在当时的条件下，茅盾强调了小说创作艺术性的重要，重申了艺术规律。虽然他顺乎潮流地肯定了革命浪漫主义，但也明确反对了脱离现实可能性的概念化书写。例如，在论及《林海雪原》时，他指出：

> 应该不会有人这样想吧：如果《林海雪原》的英雄人物在克服困难的时候，想起了未来的社会主义共产主义远景于是乎勇气百倍，便可以给这部作品增添些革命浪漫主义色彩。
>
> 如果有人会这样设想，那就是革命浪漫主义简单化庸俗化了；而遗憾的是，这种简单化庸俗化的手法常常能从一些作品中看到。而且，这种简单化庸俗化的手法又会损伤了人物的真实性，这是概念化的一种表现。②

---

① 亦即"两结合"。虽然 1958 年 3 月毛泽东已在成都会议上提出"两结合"，但尚未公布。茅盾的《夜读偶记》完成于 1958 年 4 月，周扬在《红旗》杂志创刊号上发表《新民歌开拓了诗歌的新道路》，正式宣布和阐释"两结合"是在 1958 年 6 月。

② 茅盾：《短篇小说的丰收和创作上的几个问题》，载《茅盾全集》第 25 卷，人民文学出版社 1996 年版，第 411—412 页。

　　除了评论长篇小说，对于这一时期新发表的短篇小说，茅盾也在认真阅读的基础上进行了切中肯綮的点评，鼓励和扶持有艺术天赋、有个人风格的年轻作家。因此，在"十七年"时期，茅盾是以自己过去的作品潜在地对小说作者们产生着一定影响，又以自己的即时批评匡正着当时某些偏离艺术、脱离现实的创作倾向。如果在这个意义上说"茅盾传统"对"十七年"长篇小说有影响未尝不可，但若从严格意义上讲"十七年"小说传承了"茅盾传统"，则不尽符合事实。笔者认为，除了少数作品，"十七年"长篇小说与"茅盾传统"形似而神不似，甚至"形"也不全似。

　　第一，在题材与主人公选择上就有明显差异。"十七年"文学创作有一个不成文通例：主人公应该堪为全民楷模的工农兵英雄。著名的"三红一创，青山保林"中，只有《青春之歌》不是以工农兵为主人公的，但它所写的小知识分子林道静最终还是通过与工农结合完成了彻底的思想改造。茅盾代表作《子夜》以民族资本家为主人公，作品中出现了工人形象，但所占篇幅很少，而且并不"高大"；《蚀》《虹》以并未与工农结合的知识分子为主人公，《腐蚀》甚至以国民党特务为主人公。《霜叶红似二月花》也不例外。这种差异是一目了然的。

　　第二，"十七年"长篇小说中都有代表正确路线的党的领导干部或优秀党员领导工作与斗争。《子夜》虽写到了党的工运领导者，其却是"立三路线"的代理人。

　　第三，"十七年"长篇小说都洋溢着乐观主义精神，茅盾长篇小说的主调则是比较暗淡的，主人公结局要么幻灭，要么失败，即使似乎有了出路的《虹》，作者后来在创作谈中也暗示梅女士很可能仍然要面临幻灭。这种反差太强烈，似乎不能简单地以作品所写年代与作品写作的年代来解释，因为与之产生于差不多同一时空中的《地泉》《咆哮了的土地》之类小说，就正面描写了工农革命，并被给予光明前景，格调昂扬。

　　第四，茅盾小说语调客观冷静，以至被胡风派指为"客观主义"，日本研究者也认为茅盾的现实主义更接近于西欧的现实主义。[①]法国式现实主义的最大特点是最大限度地追求客观真实性乃至"科学"，与中国传统的以"为时""为事"为宗旨、以发挥实际社会作用为预期的现实主义有别。"十七年"时期的长篇小说则均为主观倾向非常鲜明之作，叙述语言情感外溢。

第五，也是最重要的一点，"茅盾传统"的核心是全面地、大规模地描写社会生活，揭示社会隐形结构，表现各种社会力量之间错综复杂的关系。在被认为具有"史诗性"追求的"十七年"长篇小说中，《保卫延安》和《红日》虽写的是大规模战争，但主要聚焦于部队，对于地方上的日常生活和民间习俗罕有展示。《创业史》视野开阔，且有强烈的历史感，但城市生活基本被当作乡村的"他者"而存在，作者并未着力揭示当时实际存在的城乡之间的深层内在关联与城乡经济之间的密切互动，这一点后来被《艳阳天》《金光大道》以为表达确定主题而按主观倾向对素材取舍的方式有所"弥补"。《红岩》初稿原本主要写狱中斗争，经沙汀、马识途等人建议，罗广斌和杨益言才改成狱内狱外斗争相互配合，并概略提及了全国形势。《红旗谱》《三家巷》系列兼及城乡，而且作者也有一定的社会剖析意识，例如梁斌写出冯兰池父子不同的持家理念、"反割头税"与中农及贫雇农利益的不同关系，但梁斌和欧阳山似乎并不以展示社会全貌、剖析社会结构为主要宗旨，将他们的作品归入茅盾类型尚可，但说他们是"茅盾传统"的有意继承者则不太贴切。《大波》在现实主义美学方面与"茅盾传统"最为接近，但李劼人直接师法的是法国现实主义，他即使受过茅盾影响也并非主要因素。

"十七年"小说中直接传承"茅盾传统"的是姚雪垠的《李自成》第1卷。但该作虽出版于1963年，茅盾当时却并未读到。茅盾与姚雪垠恢复密切联系、切磋创作方法和艺术技巧是1974年以后的事了。

---

① 参见［日］小田岳夫《烦恼的中国：大过渡期》，第一书房1936年版，第1—2页；［日］山本实彦《人与自然》，改造社1937年版，第322页；［日］藤井冠次《围绕〈大过渡期〉》，《中国文学》第6卷第61号，1940年5月。

三　茅盾与新时期长篇小说

"茅盾传统"在接下来十年间公开发表的文学作品中几乎绝迹，只是在此时广泛传播的浩然的《艳阳天》在结构方式上与《子夜》有某种相似之处：以较长篇幅写较短时间内发生的事情，而且写到了城市与乡村之间大局的互动。茅盾与浩然的交往只有一次有据可查，就是 1961 年 9 月 12 日茅盾日记所载：浩然当天随《红旗》杂志另外两名编辑拜访茅盾，"谈一小时始去"。

在 20 世纪 70 年代中期以后的中国长篇小说创作中，最直接、最明确继承"茅盾传统"并得到茅盾本人认可的是姚雪垠的《李自成》。新时期伊始，《文学评论》发表了茅盾的《关于长篇历史小说〈李自成〉》①，后来，读者又陆续读到茅盾和姚雪垠关于《李自成》写作的通信，大家都知道了茅盾对这部作品的高度关注和赞赏。1974 年 7 月至 1980 年 2 月间，茅盾晚年在视力很差的情况下将《李自成》第 1 卷读完、将第 2 卷初稿近 80 万字读了两遍，并给姚雪垠复信 36 封，对小说初稿提出具体意见。茅盾对此书的这种重视程度非同寻常。有理由推论：茅盾之所以如此重视、如此赞赏这部作品，是因为它充分体现了茅盾关于长篇小说创作的美学思想，而且将茅盾本人想做而未能做到的某些方面实现了。茅盾追求大规模、多方面、全景式地描写社会生活，《李自成》不论是篇幅规模还是描写社会生活的广度方面，均远远超过了《蚀》《虹》《子夜》，而且在多线索叙事方面青出于蓝。《李自成》百科全书式的内容涵盖了明末清初的政治、军事、经济、文化、外交及民风民俗各个方面，这种气魄当时确实无出其右，正如当年《子夜》的气魄在中国无出其右、写法绝无仅有。当然，《李自成》是历史题材，与"茅盾传统"中"对社会历史重大事件与走向的迅即反应"无干；而对其是否合乎"建立在个人经验与独立思考基础之上的对社会结构与运行机制的理性剖析"及"叙

① 茅盾:《关于长篇历史小说〈李自成〉》,《文学评论》1978 年第 2 期。

事态度或语调的客观冷静"两项，则要具体分析。姚雪垠是以历史唯物主义观点分析明末清初的历史人物和重大事件的，这与《子夜》自觉借鉴历史唯物主义一致；同时，姚雪垠对历史唯物主义的接受属于自觉自愿、心悦诚服，他确实感到历史唯物主义开阔了他的视野、给他带来了洞见。他绝非教条主义地接受理论，对历史有一整套自己的独立见解，因此，在处理具体问题时不从俗、不屈服时代潮流的压力，这一点也与茅盾类似。如果说小说前两卷由于写作年代及所写李自成人生发展阶段的缘故，明显表现出对起义领袖李自成的赞赏，那么，读到第 3 卷以后读者会明显感到，作者虽更多对李自成给予同情，但对于崇祯也并未将其作为"反面人物"来写，而是当作书中另外一个悲剧人物来塑造；对于清朝方面人物甚至显示出赞赏之情。这与此前的当代主流文学反差非常明显，而更接近《子夜》的写法。

《李自成》获得了首届茅盾文学奖。论及"茅盾传统"在新时期的影响，大家首先想到的是茅盾文学奖获奖作品。既然茅盾文学奖是茅盾提议出资设立并且以茅盾命名的，而且大家公认茅盾文学奖的评选明显青睐具有现实主义精神和史诗风格的长篇小说，这种联想很自然。有专门研究茅盾文学奖的学者就将"对'茅盾传统'的传承"认作茅盾遗嘱意图之一。① 但若按上述对"茅盾传统"的理解，在迄今为止十一届共 53 部获奖作品中，虽然具有"史诗性"追求的较多，但符合"社会全景意识""对社会历史重大事件与走向的迅即反应""建立在个人经验与独立思考基础之上的对社会结构与运行机制的理性剖析"和"叙事态度或语调的客观冷静"几个要素的并不多见。

茅盾小说以时代性著称，对社会历史重大事件与走向能作出迅即反应。茅奖获奖作品中不乏以距离写作时间很近的乃至写作时的"当下"社会生活为题材的作品，例如《沉重的翅膀》《钟鼓楼》《平凡的世界》《都市风流》《骚动之秋》《抉择》《英雄时代》《秦腔》《湖光山色》《蛙》等。总体来看，产生于改革开放初期的长篇小说中当下现实题材作品较多，它们属于所谓"改革文学"。除了上

---

① 任东华：《茅盾文学奖研究》，中国社会科学出版社 2011 年版，第 29 页。

述获得茅盾文学奖的作品，柯云路、蒋子龙等人的小说也有此特点。这些作品具有社会全景意识，其中有意识地大规模、多方面描写现实社会生活，并对社会结构与运行机制进行理性剖析者，以张洁的《沉重的翅膀》及柯云路的《夜与昼》《衰与荣》为代表。与茅盾相比，这些作家对社会政治运行机制的兴趣显然比对经济力量及其运行机制的兴趣更浓，虽然所写内容也涉及了经济和文化生活领域。这与20世纪80年代社会经济改革呼唤政治体制改革相适应、与政治体制和普通人价值文化观念的陈旧落后严重制约经济活力的发挥有关，也与作家个人的知识结构和生活阅历、兴趣爱好分不开。张洁毕业于中国人民大学计划统计系，后供职第一机械工业部，所学专业使她懂经济，职业使其熟悉行政，但她在《沉重的翅膀》之后便开始兴趣转移，不再侧重写社会、写改革。或许因为《沉重的翅膀》的被动修改让她感到这一题材太沉重，或许因为女性作家的天性是更关注个人的情感与内心生活。

　　在新时期以现实题材见长的作家中，柯云路的写法是最接近茅盾的。他追求作品的社会全景视野，说自己"比较赞赏描写广阔社会生活和历史全貌的大家子的作品"[1]。他认为社会巨变时期对产生伟大作品有利，作家在这种时候需要把握社会发展的大趋势，为此他"比较集中地了解社会上的各种动态，有意识地进行了观察和感受，运用多重手段，包括下乡调查，交朋友，订阅报纸杂志，掌握信息"[2]。他兴趣广泛，博览群书，研习各门学问，"和研究哲学的人谈哲学，和研究经济学的人谈经济学，和心理学家、美学家谈心理学、美学"，并且喜欢就重大社会问题与人辩论，"养成一个交流和交锋的习惯"[3]。他认为伟大作家要有一种面对生活的勇气，"需要直面尖

---

　　① 柯云路：《现代现实主义的艺术追求——柯云路谈〈新星〉、〈夜与昼〉》，人民文学出版社1988年版，第32页。

　　② 柯云路：《现代现实主义的艺术追求——柯云路谈〈新星〉、〈夜与昼〉》，人民文学出版社1988年版，第29页。

　　③ 柯云路：《现代现实主义的艺术追求——柯云路谈〈新星〉、〈夜与昼〉》，人民文学出版社1988年版，第16页。

锐、重大的社会矛盾，需要关注历史命运的前途和趋势"①。由上述言论可见，这与当年茅盾的言行主张颇为接近，而《新星》《夜与昼》《衰与荣》几部长篇小说也是被当作"农村与都市的'交响曲'"来写的。②像茅盾一样，柯云路对于长篇小说文体也有自己的追求，有创新意识：虽然在现代主义思潮兴盛的时候他坚持现实主义，但他的现实主义是开放的，对艺术技巧有新的探索，他自己的创作方法命名为"现代现实主义"。如果说《新星》塑造人物重于剖析社会，那么，《夜与昼》和《衰与荣》则相反。这两部篇幅均超过《新星》的长篇小说并无中心人物，作品写的是很短时间内北京各阶层人物的社会活动和家庭生活、个人心理。20 世纪 80 年代的京城社会状况才是作品的"主角"。2002 年柯云路再度推出社会改革题材长篇小说《龙年档案》，它与《新星》《夜与昼》《衰与荣》合称柯云路的"改革四部曲"。《龙年档案》似乎又回到了《新星》的写法，即以具有英雄气质和气魄的改革家为主人公，同时揭示围绕主人公的官场生态，以及底层民间生活状况，只不过一方面将主人公原先的官职升了一级，从县委书记"升"为市长兼市委副书记；另一方面，立志改革的主人公由一把手换成了二把手，增加了被限制和掣肘的力度。恩格斯将历史的走向与最终结果解释为各种不同的单个意志相互冲突的产物，"这样就有无数相互交错的力量，有无数个力的平行四边形，由此就产生出一个合力，即历史结果"③。柯云路"改革四部曲"着力写改革年代中国不同阶层人物各种各样的个人欲望、个人意志，写出了改革的大势所趋与改革过程的艰难曲折。柯云路这几部小说与茅盾社会剖析小说神似之处在于，它们不像"十七年"主流小说那样，将主人公及其他干部群众的心理和欲望书写与其所从事的共同事业对于每个革命队伍成员的要求自然合一，我们常常看

---

① 柯云路：《现代现实主义的艺术追求——柯云路谈〈新星〉、〈夜与昼〉》，人民文学出版社 1988 年版，第 4 页。

② 茅盾：《〈子夜〉是怎样写成的》，载《茅盾全集》第 22 卷，人民文学出版社 1993 年版，第 54—55 页。

③ 《马克思恩格斯选集》第 4 卷，人民出版社 2012 年版，第 605 页。

到，这些干部的内心欲望、真正直接欲求都有很明显的个体性，不论是《新星》中的顾荣及其他县级干部，还是《夜与昼》《衰与荣》中的京城各色人等，以及《龙年档案》里的官场人物多数如此。如果说茅盾的社会剖析侧重于社会经济结构，那么柯云路的社会剖析主要聚焦官场生态和政治体制。

四　"茅盾传统"的当代命运

由上述可见，"茅盾传统"在中国当代文学史上只得到了部分继承。中国当代"史诗"类长篇小说大多继承的是《子夜》那种关注时代重大事件、描绘比较广阔的社会生活画面、以锐意进取且具有一定英雄气质的人物为主人公等特征。然而，如前所述，"十七年"及其后十年的长篇小说绝大多数以工农兵为主人公，作品中总有代表党的正确领导的政治引导者形象，结局必然是乐观的，主人公为之奋斗的事业最终必然取得胜利，给人物也给读者明确地指明前进方向。作者倾向鲜明、激情洋溢地歌颂主人公的奋斗，这是1949—1976年"史诗"类长篇小说的共同特征，而这与《子夜》以及其他茅盾长篇小说的美学精神是判然有别的：茅盾长篇小说无一以工农兵为主人公；作品中党的领导者不仅占笔墨很少，而且不一定代表正确路线。《子夜》主人公吴荪甫虽有英雄气质，但因属于剥削阶级人物，作者不可能明确对其表示同情，更不会热情歌颂，况且茅盾笔法以客观冷静著称。茅盾还因未能给人物指出光明未来而受到极左批评家的指责。说到底，"茅盾传统"与"一体化"时代长篇小说美学精神的根本差异，在于创作宗旨的区别：茅盾以进行科学理性的社会剖析为宗旨，而"一体化"时代主流文学以教育和鼓舞人民、为大众树立学习的榜样为宗旨；"茅盾传统"精神血缘来自法国，而"一体化"时代主流文学的精神血缘源于苏联。法国的现实主义和自然主义强调反映现实的客观性乃至"科学性"，或者是做社会历史的"书记官"，以小说记录"风俗史"，或者将文学写作视为一种特殊类型的科学研究。20世纪30年代以后传入中国的苏联"社会主义现实主义"则将

"从思想上改造和教育劳动人民"作为自己的主要使命。迄今为止，学界大多看到了茅盾小说在马克思主义观点、政治经济视角和阶级分析方法方面与"十七年"文学的一致性，而忽略了其在创作宗旨方面的重要差异以及由这种差异导致的二者不同的美学特征，从而对"茅盾传统"与"十七年"文学之间的关系判断不尽准确。

第四次中华全国文学艺术工作者代表大会后，中国共产党对其文艺政策作了重要调整，文学领域创作方法和艺术风格呈现多样化局面，这给"茅盾传统"的延续和生长提供了更多空间。此前已出版了前两卷的长篇历史小说《李自成》从第 3 卷起，以历史理性分析和呈现李、明、清激烈争斗中三方各自的盛衰缘由，代替歌颂李自成一方的英雄主义精神成为主调。柯云路"改革四部曲"中两部京城题材作品《夜与昼》和《衰与荣》甚至取消了中心人物塑造，而以剖析各阶层人物的相互社会关系和行为动机与心理为主。《新星》《龙年档案》似乎与"十七年"小说的写法接近些——在揭示社会特别是官场上复杂政治、经济和伦理关系的同时，都以体现党的"初心"的领导干部的锐意改革为叙事动力。但作品并未让主人公在最后取得彻底胜利：李向南最终其实是失败了，而罗成的胜利也是打折扣的，因为那些忘记初心的官僚主义者和腐败分子并未都受到惩处，他们东山再起的可能性很大。这种写法和"茅盾传统"更接近些。

在 21 世纪以来出版的各种中国当代文学史教材中，柯云路的小说并未受到特别重视，大多只在述及"改革小说"时提上一笔。如果说以理性、冷静、科学地剖析现实社会为特色的"茅盾传统"之所以在新时期之前文学中难享重要地位，是因为那时主流文学在表现对象、主人公选择及作品主观表达等方面都有与"茅盾传统"不合的严格要求，那么新时期以后"茅盾传统"仍未兴盛，则因此时长篇小说创作大多将焦点转向人物命运和人性发掘，以"历史"为主题的"新历史小说"重视的是解构"正史"，洋溢着"颠覆"激情，罕有全面、科学、理性的社会剖析。改革题材长篇虽较接近于茅盾写法，但自柯云路后，"剖析"似乎难以为继。面对现实，作家在"剖析"的深广度方面、在艺术突破方面显现出无奈，《龙年档案》的结尾就是这种状况的象征。于是，"改革小说"转而为"官场小说"或"反腐小说"。与茅盾式"社会剖析小说"不同的是，这类小说多局限于官场生态，视野没有前者那样开阔，即未能将国内问题与国际环境结合考察，更重要的是，"反腐小说"一般有一种特殊的"主角光环"或"主角定律"，即正面主人公往往能超越环境出淤泥而不染，成为强大环境的反抗者。与环境的"实际如此"相比，在主要人物身上，往往体现出生活"应当如此"的一面，而这类主角非常类似于"十七年"作品中的英雄人物，即在他们身上寄托着作者与读者的理想，他们可以被作为大家学习的榜样。与"改革小说"中李向南的最终失败、郑子云的"惨胜"、罗成的有限胜利不同，"反腐小说"一般是正义最终战胜邪恶，似乎调子更乐观一些，这也是为了坚定读者的信心，起到"鼓舞"和"教育"的作用，例如张平的《抉择》。

对社会重大问题的社会剖析式写作需要有一个特定氛围与环境。作家既要有介入的勇气，也要有深度介入的可能。或许，柯云路与张洁一样，后来感到了主客观因素造成的沿原先路径深入下去的困难，于是改弦易辙。另外值得注意的是，柯云路在创作谈中谈及自己所受影响时，常提到的是鲁迅、托尔斯泰、巴尔扎克，罕有涉及茅盾。那么，他与茅盾的近似或许仍属于"暗合"。也可能因为茅盾在"重写文学史"思潮后评价一度趋低，他不愿提及。

不论是"改革小说"还是"反腐小说"，它们与茅盾小说的最大不同是叙述者主观倾向外露，情感压倒理性。《子夜》的主人公吴荪甫虽然被认为有某种英雄气质，但茅盾在世时从未承认对他有太多认同，这很大程度上是当时文学批评环境的原因——同情资本家在当时是了不得的罪名。虽然在茅盾去世后有评论者指出了作者实际上对吴荪甫有所同情，但大家都不能否认，茅盾并未将其作为理想人物塑造。吴荪甫也只是一个被"剖析"的对象，作者对其弱点的揭示也是真诚的。他绝非供全民学习的楷模。

实际上，在新时期以后的小说创作中，鲁迅式、茅盾式的作品均少于叶绍钧式小说，即笔者所谓展示普通人"日常生存状态"的小说。①

　　综上所述，本文认为，除了姚雪垠和柯云路等个别作家外，真正师法茅盾小说创作方法的中国当代长篇小说作者很少，他们的创作方法与茅盾的创作方法形似而神不似，甚至形亦不全似。"茅盾传统"的当代命运正是茅盾本人在中国当代文艺和文化界特殊地位与境遇的表征。

（原刊《社会科学辑刊》2023 年第 6 期）

---

① 阎浩岗：《重新认识叶绍钧小说的文学史地位》，《文学评论》2003 年第 4 期。

年度学者：李跃力

入选理由

  史料研究正成为中国现代文学研究的重要领域，也正在充分展示其意义。该论文就是以扎实的史料和清晰的论证取胜。论文通过对《生活日记》来龙去脉的认真考证，对日记内容的细致剖析，对其中与茅盾有关的史料进行了详细的梳理和补正，从而丰富了现有的"茅盾在新疆"相关史料。论文体现了作者扎实的学术功底和认真的学术态度。此外，论文也体现出严密的逻辑性，将材料的真伪辨析和互证工作运用得很充分。从茅盾研究角度看，该论文具有方法性的启迪意义。目前的茅盾研究已经进入相当深入的阶段，如何借用非直接以茅盾为中心的史料，包括文学领域之外的史料，是值得茅盾研究界深入探索的一个重要问题，可望对茅盾研究有所拓展。特授予李跃力先生"2023·茅盾研究年度学者"称号。

（执笔人：贺仲明）

入选篇目：
《〈生活日记〉中的"茅盾在新疆"》，《新文学史料》2023 年第 4 期

《生活日记》中的"茅盾在新疆"

李跃力[*]

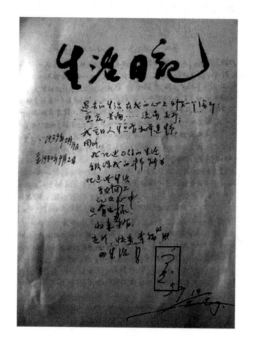

乔国仁《生活日记》封面

1939 年 3 月 11 日，茅盾等人乘汽车经过鄯善、吐鲁番，翻越天山，来到迪化，开启了他为期一年多的新疆生活。在新疆，茅盾一身数职，忘我工作。他担任新疆学院教育系主任，繁忙的授课和写作之

---

 * 作者单位：陕西师范大学文学院。

余，还指导学生创作、演出、创办刊物；随后他又兼任新成立的新疆文化协会委员长和中苏文化协会新疆分会会长，为新疆的文化发展建言献策，尽心尽力。

茅盾莅临新疆之际，恰是盛世才主政之时。盛貌似民主开明，实则专制独断；新疆看似百废俱兴，实则逆流涌动，暗藏杀机。茅盾在新疆，一方面深度参与到新疆学院的教学活动和新疆的文化建设之中；另一方面自然也身不由己地卷入到波澜诡谲的政治危局之中。

学界对"茅盾在新疆"这一话题的研究已相当充分，主要集中在史实梳考和贡献凸显上①。这些研究以及《茅盾年谱》《茅盾传》所依据的史料基础，多为茅盾当时发表的文章以及相关回忆录。但因为对盛世才的真面目有所体察，茅盾在新疆十分谨慎，发表的文章并不多；加之年代久远，各种回忆不够详尽甚或颇多舛误，使得"茅盾在新疆"这一话题很难得到拓展。

但《生活日记》的发现使"茅盾在新疆"有了进一步深化和细化的可能。《生活日记》为新疆大学校史馆馆藏，新疆大学的前身为新疆学院。《生活日记》作者彼时为新疆学院学生，日记的时间从1939年2月19日至1940年4月2日，恰与茅盾在新疆的时间大致重合。作者在日记中详细记录了他的学习和生活，以及杜重远、张仲实、茅盾等人在新疆学院的一些活动。《生活日记》是作者为练习写作而坚持书写的，目前未见发表，也没有整理出版，上面还留着作者的老师、时任新疆学院院长的杜重远的简短评语，其历史价值和可信度毋庸置疑。《生活日记》对研究当时新疆的高等教育及杜重远、张仲实、茅盾等人的生平具有重要价值。但更为重要的是，作为与茅盾亲密接触的学生，作者记下了茅盾初来新疆学院的情景、茅盾为学生上课的情况，也记下了学生如何在茅盾的指导下创作《新新疆进行曲》，为"茅盾在新疆"留下了珍贵的史料。

①　相关研究情况参见李跃力《茅盾在西北：从史实梳考到深度阐释》，《文艺报》2023年1月20日。

一 《生活日记》的作者是谁?

在日记封面上,作者赫然写了"生活日记"四个大字,并写下了如下诗句:"过去的生活在我的心上刻下一个烙印/悲哀,苦痛……流离,失所/我觉得人生只有和前途斗争/因此,/我记述以往的生活,/锻炼我的斗争能力/把这些生活/写在纸上/记在心中/只有这样/后来才有/光明,快乐,幸福的/生活!"诗句旁边标注了日记的起止时间"1939 年 2 月 19 日至 1940 年 4 月 2 日"。由此可见,"生活日记"是作者整理以往日记后所命名的。在诗歌下面,作者标注了姓名,但因字迹潦草,无法辨识。

《生活日记》虽然记载了作者的各种生活事迹,却很难找到关于其身份的相关信息,只有 1939 年 4 月 30 日的日记有所透露:"八点钟睡够了,自己也起来了,刚下到地上,摇铃的老头走过来很和气的说:'乔先生,刚才有人来找你,没有找见'。"这说明《生活日记》的作者姓乔。在 1939 年 3 月 23 日的日记中,作者记述了茅盾指导他们创作《新新疆进行曲》的过程:"昨天决定的是叫我们每人想一个故事,到今天每个人都说出来,采取最好的,可是十四个人中只有三个发言,并且他们的故事也是四六不成材。最后还是由茅先生把他所想的故事说出来,共有四幕。完了后,又分配人写,三个人一组,写一幕,好了后由茅先生再改一次就算成功。我和张志远……是一组是写第三幕——四一二革命后的情形。"由此可见,《生活日记》的作者参与了《新新疆进行曲》剧本的写作,和张志远一起创作第三幕。《新新疆进行曲》的剧本刊登在《新芒》月刊第一期上,注明整理者为茅盾,执笔者应该是按幕的次序标注,第三幕的执笔者为张志远、乔国仁、郭鸿志。由此可初步断定,《生活日记》的作者为乔国仁。

　　查阅相关资料可知①，乔国仁（1920—1942），甘肃临夏人，1930 年随祖母到迪化，1937 年考入新疆学院高中班，1939 年 9 月进入新疆学院语文系学习。1939 年 3 月在茅盾的指导下创作《新新疆进行曲》。其生平与《生活日记》所记完全吻合，尤其是日记中多次写到他和奶奶生活在一起，可为印证之细节。据朱杨贵《爱国进步青年的优秀代表——乔国仁烈士传略》，乔国仁笔名"寒默"，以此仔细辨识《生活日记》封面上的姓名，恰是"寒默"二字，由此可确定《生活日记》作者为乔国仁。

　　茅盾在《新疆风雨［上］——回忆录［二十四］》中深情回忆："在新疆学院教书，很快就有几名爱好文学的同学找上门来。他们都是政治经济系的学生，有赵普林（赵明）、乔国仁、党固，年龄都不过二十左右。他们热情，求知欲旺盛，而且思想进步，这是出乎我意料的。我未曾想到文化闭塞的新疆会有这样思想活跃的青年。党固是学生会主席，是个组织者和煽动家，乔国仁是文艺上的多面手，音乐、绘画、演戏、创作都来得，赵普林则是个笔杆子，他在我的支持下办起了新疆学院的第一份校刊《新芒》，并担任主编。他们又在我的鼓励下，集体创作了一个剧本——报告剧《新新疆进行曲》，这是我到新疆后参加的第一项文艺活动，我花了不少时间为剧本润色。"②茅盾所言"乔国仁是文艺上的多面手，音乐、绘画、演戏、创作都来得"均可在《生活日记》中得到印证。

　　乔国仁 1941 年 8 月 30 日被盛世才逮捕，1942 年被杀害。1985 年 12 月 2 日，新疆维吾尔自治区政府批准追认乔国仁为革命烈士。

---

　　①　据蒲开夫等主编《新疆百科知识辞典》，陕西人民出版社 2008 年版，第 297 页；朱杨贵：《爱国进步青年的优秀代表——乔国仁烈士传略》，见中国人民政治协商会议乌鲁木齐市委员会文史资料研究委员会编《乌鲁木齐文史资料》第 13 辑，新疆青少年出版社 1988 年版，第 108—119 页。

　　②　茅盾：《新疆风雨［上］——回忆录［二十四］》，《新文学史料》1984 年第 3 期。

二　"茅盾在新疆"的细节呈现

《生活日记》为我们观察"茅盾在新疆"提供了一个个人化的视角,不仅展示出大量茅盾在新疆的生动的历史细节,也从学生的视角呈现出作为"师者"的茅盾形象。

从《生活日记》可知,在茅盾到达迪化前,新疆学院就做了迎接的准备。在1939年3月7日的日记中,乔国仁写到他们正在准备排演一出戏,在欢迎茅盾和张仲实的晚会上演出。在3月8日的日记中,乔国仁表达了他对茅盾来新疆的热烈期待:"自从寒假开始以后我对于文学感到了一种兴趣!在初中时我也很爱她,但是没有现在这样深!我把许多的时间都花费在看小说和文学作品的书里,想从那里面找一点关于文学智识的秘密,但是总不得要领。还是少不了得人指点,我现在希望茅盾先生马上就来,给我们爱好文学而不得要领的人以正确的指示!"1939年3月11日,茅盾到达迪化。3月14日,茅盾、张仲实在杜重远陪同下去新疆学院和学生们见面,茅盾在《新疆风雨[上]——回忆录[二十四]》中回忆道:"我们到达迪化的第三天,杜重远就陪我们去学院与同学们见了面。"①《生活日记》描述了乔国仁第一次见到茅盾、聆听茅盾讲话时的场景,详细描述了茅盾的样貌以及自己激动的心情。在3月13、14日合记的日记中,乔国仁写道:"十一点半钟的样子,同学们都集合在礼堂里等待着看一看中国文化界的巨将——茅盾先生及中国的政治经济学大家——张仲实先生。一阵很响的鼓掌声,第一个迎来的是茅盾先生,后面是仲实先生,院长和教务长随之后迎来。……院长报告完了就唱歌——欢迎歌。接着第一个是茅盾先生讲话,他讲话的时间很短,可是特别的有劲而且有意思!在他讲话的时候我才算是认识了他:不高的个儿,中国式的棉长袍子长长的护着他的身体,脸很瘦,并且气色也不很

---

①　茅盾:《新疆风雨[上]——回忆录[二十四]》,《新文学史料》1984年第3期。

好，这大概一方面是因为走了很远的路的缘故！但主要的大概是因为脑力用的太多吧！头发不很短，近视眼镜里发出来的是他那两个锐敏光闪的眼睛。看起来其是①并没有什么奇怪，他也和我们一样，坐在椅子上常低着头，好像是一个八十岁的老先生。但是，他在讲话的时候，特别的带劲，他的一言一行都带着一个很深的文学意味！谁还知道他的脑子里到底是怎么样！——其实在外表上看来，他的头也没有多么大，装不了多少脑量啊！可是到底他的脑子里装着许多事情，都是我们所不知道的。"

《生活日记》还详述了全疆召开欢迎茅盾、张仲实大会的时间、地点和场景，在 1939 年 3 月 20 日的日记中，有不少难得的细节："八点钟吃完早饭，就要到西大楼去开会——是全疆关于欢迎沈、张两位作家的大会。很快的就到了督署。我以为，我们来的最早；相反，谁知道一上大楼梯，迎门一看，督办主席早已在台上面坐着等。各机关的首领们也去了。下面除了最后一排的可以看得见身体外，一直到前面只有黑黝黝的头叠着头，好像夏天街上卖的西瓜似的，一排排的很整齐。不多一会就听见外面的军乐队的婉转的乐声，沈张两先生来了。督办和主席也上前面去握手。接着主席宣布开会了，由各机关的各法团……的代表们把欢迎词致完以后，由沈张二位先生致答辞。他们两位讲话的时候，台下的听众都很起劲，完了又是很热烈的掌声。"

更为难得的是，乔国仁还在日记中记述了作为教师的茅盾的授课情况，茅盾不仅开设世界史课程，还上文艺课和国文课。乔国仁描写了 1939 年 3 月 17 日茅盾来新疆后第一次上课的情况："早晨两点钟是茅盾先生讲的世界史，是和教育系合上的，因为茅盾先生才从万里路上跋涉，一天时间太少，虽然今天已到我们的学校里上课来了，但是从他的话里看出来他还是没有充分的时间来准备材料；他很细心，讲了两点钟的功课，就叫同学们发表一点意见，看他这样讲怎样？……他对我们太客气了！同学们听到了他的这些客气话，都没有人抬头，实在，我们有什么说的？从前那里能够得到中国的文学家给

---

① 　原文如此。

我们当先生？同学们对他的材料和教授法都很满意，都聚精会神的听了两个钟。"在 3 月 21 日的日记中，乔国仁简述了茅盾给他们上文艺课的情况："白天有两点钟是文艺，是茅盾先生的课。他先给我们讲文艺史料，思潮，不过最主要的决定在技巧方面，不过前面的两个是附带的说一说。"4 月 18 日，茅盾和张仲实参加"四月革命"纪念的总结会，在会上指导学生们如何学习："他们两个的意见主要的是：1. 发展自动学习。2. 自己的文化生活要有修养。3. 不要死读书。4. 要帮助学校做建设工作。"9 月 11 日，茅盾给学生上国文课："下午上了一节国文，是茅先生给同学改国文，由他的言语和同学们的文章字面看起来，我们的国文程度还缺的很，所以我的日记更应当向前继续。"茅盾不仅上课，还参加指导学生的文艺小组："今天吃完早饭，开了个文艺小组会，由沈、高二先生参加指导。"可见，作为教师的茅盾授课不仅认真，而且十分开明；他讲文艺重视创作的技巧；他亲自给学生批改作文；他热心学生活动，积极指导学生进行文艺创作。这无不彰显出一位文学大家的"师者"风范。

三 史实的增补与修正

《生活日记》一方面可以增补"茅盾在新疆"的相关史实，为年谱和传记的撰写提供更多更准确的史料；另一方面也可以修正过去史实梳考中的错讹之处。

《生活日记》记录了茅盾在新疆参加过的一些重要活动，如 1939 年 3 月 20 日出席全疆欢迎茅盾、张仲实大会，茅盾出席并致答词；9 月 28 日晚，茅盾参加新疆文化协会戏剧委员会茶话会，会议八点多开始，张仲实、杜重远等均出席，茅盾和他们讨论了"双十节"公演的问题……这些史实都是各种《茅盾年谱》、传记以及茅盾的回忆录所失记的。茅盾在回忆录《新疆风雨［上］——回忆录［二十四］》中，回忆他 1939 年 4 月 12 日以"首长"的身份参加"四月革命"六周年庆祝大会，而《生活日记》则记录了茅盾 4 月 17 日还参加了这个庆祝会的结束会，并和张仲实"最后给这个会一个批评"。

　　《生活日记》还详细记录了茅盾指导乔国仁等学生创作《新新疆进行曲》的方法和过程。《新新疆进行曲》是为纪念新疆"四月革命"而作，茅盾在《为〈新新疆进行曲〉的公演告亲爱的观众》中说："伟大的四月革命，必将永远是文艺工作者向往的题材。这光辉灿烂的'民族的史诗'必须以多种多样文艺的形式来表现。当此四月革命六周年之际，我们不揣棉薄，——同时亦为热忱所鼓舞，敬以此浅薄的习作《新新疆进行曲》三幕报告剧，贡献给亲爱的同胞们……"①《新新疆进行曲》剧本共四幕，上演时因时间关系压缩为三幕，在迪化各处演出后引起较大反响。在指导学生创作剧本时，茅盾采取了集体创作的方式，先由大家提供素材和故事，最后选出好的加工成剧本。据3月22日日记记载，茅盾召集大家开座谈会，分组报告关于四月革命的史料，但由于时间关系没有报告完。大家"讨论的结果是由茅先生，同学们和今天特别请来的两位先生——刘、于，都各自回去想一个故事，到明天茅先生上课时找一个时间谈谈，由大家的材料中选出最好的"。第二天即3月23日，到大家都报告自己想的故事的时候，"十四个人中只有三个发言，并且他们的故事也是四六不成材。最后还是由茅先生把他所想的故事说出来，共有四幕。完了后，又分配人写，三个人一组，写一幕，好了后由茅先生再改一次就算成功"。到了3月24日，乔国仁忐忑不安地提交了剧本。3月30日，他收到了茅盾改好的剧本。由此可见，《新新疆进行曲》的故事与场次设置均来自茅盾，他还亲自修改了同学们提交的剧本。

　　《生活日记》还可以和茅盾的回忆录相参照，校正茅盾回忆中存在的错误。茅盾在《新疆风雨［上］——回忆录［二十四］》中回忆他在1939年的"'五四'纪念活动中做了两次演讲"，其中一次是5月9日在新疆学院讲《"五四"运动之检讨》②。后来的学者编写

---

　　①　茅盾：《为〈新新疆进行曲〉的公演告亲爱的观众》，《新疆日报》1939年5月26日。

　　②　茅盾：《新疆风雨［上］——回忆录［二十四］》，《新文学史料》1984年第3期。

《茅盾年谱》多直接采用此说。但据《生活日记》记载，茅盾是在 5 月 4 日当天做的报告："'五四'，这光荣伟大的纪念日……学校里并没有放假，不过晚上开了一个晚会。……我去晚了，……没一会，茅盾先生的报告——五四，完结了。"不仅茅盾关于时间的回忆有误，且《"五四"运动之检讨》实际上发表在《新芒》月刊第 1 卷第 1 期上，而非茅盾误记的《新艺》上①。

　　1939 年 10 月 19 日是鲁迅逝世三周年纪念日，新疆学院举行了纪念会。据茅盾回忆录："十月十九日，新疆学院召开了鲁迅先生逝世三周年纪念会，我在会上讲了话。后来我又在《反帝战线》上写了题为《在抗战中纪念鲁迅先生》的文章。"②唐金海编《茅盾年谱》直接采用茅盾的回忆："新疆学院召开鲁迅逝世三周年纪念会，在会上讲了话。"③而李标晶编《茅盾年谱》则如此记述："新疆学院召开鲁迅先生逝世三周年纪念会，在会上演讲《在抗战中纪念鲁迅先生》。"④李标晶的年谱明显有误，茅盾的回忆录很清楚地表明他的讲话和后来发表的文章并非一回事。那茅盾在鲁迅逝世三周年纪念会上讲了什么？茅盾在此时会如何评价鲁迅？《生活日记》为我们留下了宝贵的记录。在日记中，乔国仁记下了纪念会开始的时间是"下午四时"，"沈雁冰先生第一个报告"，因为茅盾所讲的"关于鲁迅平生的可贵的行动和特点，这对青年的修养上是有很大作用的，特意记在下面，一使自己一方面纪念死者，另一方面鼓励活着的我自己！"乔国仁将茅盾的报告总结为四点："1. 鲁迅先生对大事小事都很注意，并细心的去观察，在他的心底没有根本了解这个人或社会，大事小事，他是不说一句话，不下断语的。2. 先生对求学问真是谁

---

①　茅盾：《新疆风雨［上］——回忆录［二十四］》，《新文学史料》1984 年第 3 期。

②　茅盾：《新疆风雨［下］——回忆录［二十五］》，《新文学史料》1984 年第 4 期。

③　唐金海、刘长鼎主编：《茅盾年谱》，山西高校联合出版社 1996 年版，第 565 页。

④　李标晶：《茅盾年谱》，浙江大学出版社 2021 年版，第 317 页。

都比不了，他什么书都看，所以他的学问很广博。3. 无论大事小事都很注意，一点也不放松，不知道这件事就去问人。4. 无论做什么事都很认真！无论大事小事都是认真的耐烦的去作，人们都说鲁迅先生的文章深刻，的确他的文字很深刻！但文字是很大众化！说他文章的深刻是含意很深，这是因为他有了以上的那些学问！"可以看出，茅盾的报告内容与《在抗战中纪念鲁迅先生》截然不同，主要聚焦鲁迅做事做学问的态度，同时也指出了鲁迅的文字"很深刻"却又"很大众化"，这无疑是茅盾基于现实语境对鲁迅所做的阐释。

　　总之，《生活日记》的发现、整理和研究，对于我们更加全面、细致、深入地了解"茅盾在新疆"的史实具有重要作用，也为中国现代文学文献学日记类文献研究提供了方法论意义上的参考。《生活日记》的内容十分丰富，它关涉一代进步青年的成长史和心灵史，也真实地记下了茅盾、杜重远、张仲实等师长倾情投身新疆教育和文化事业的不朽事迹，对研究新疆教育史、文化史具有独特的意义和价值。

（原刊《新文学史料》2023 年第 4 期）

年度新锐学者：李国华

入选理由

　　这是一篇富有才思的学术论文。表现之一是巧妙的思路。文章考察角度是"《蚀》与上海"，将文本、作家主体以及上海客体三个方面结合起来，探究三者之间微妙、细致而深刻的复杂关系。其思维细致而缜密，逻辑严谨，是以小见大、从微观看整体的典型之作。表现之二是细致的文本解读能力。文章对《蚀》细节的把握和分析都相当中肯，又能围绕"上海"来进行，作品中的生活枝节和作者茅盾的复杂心理都得到如镜子一样的清晰揭示，显示出论文作者敏锐的文学感悟力。表现之三是理论思辨的巧妙应用。论文以"城市赋形"为理论建构，也始终围绕这一中心展开讨论，但它并不是生硬介入，而是充分结合文本，在文本分析中展开主题。如此，该论文充分显示出灵动飞扬的特点，给人以文学阅读的快感。特授予李国华先生"2023·茅盾研究年度新锐学者"称号。

（执笔人：贺仲明）

入选篇目：

《大革命漩流中的日常上海——茅盾小说〈蚀〉的城市赋形》，《探索与争鸣》2023 年第 8 期

大革命漩流中的日常上海

——茅盾小说《蚀》的城市赋形

李国华*

摘　要　在《蚀》三部曲中，茅盾为上海赋形的基本逻辑是多重的：首先是通过武汉发现上海，武汉的"政治生活"创伤造成其在为上海赋形时总是试图把上海内景化；其次是上海经验在"政治生活"中苏醒，在武汉和上海的"政治生活"之外触及更混沌而厚重的难以赋形的日常生活；最后是漫不经心写下的丰富的上海都市生活细节却意外写出了上海的一种精气神。对于革命景象的刻意描写反衬出茅盾对于上海的稔熟，那些丰富的细节里藏着真正的上海。这些书写既然不是作者有意为之，就更加深刻地揭示了一座城与一个人的关系：表面上是一个人在为城市赋形，实际上是一座城在为人赋形。以日常上海经验应对和消化大革命的剧烈撞击和震荡或许暗示着，上海是一座具有足够弹性的城市，能孕育和生产一些激烈的生活组织形式，譬如工人运动，也能孕育和生产相应的克服剂，譬如令人依恋的都市生活，从而为生活在上海的人赋予革命和安稳交错的双重形貌。

关键词　大革命；茅盾；上海；城市；《蚀》

一　从里弄感知上海

1980 年，时隔 53 年之后，茅盾在回忆录中写自己 1927 年创作小说处女作《幻灭》的环境：

* 作者简介：李国华，北京大学中文系副教授。

景云里不是一个写作的好环境。时值暑季，里内住户，晚饭后便在门外乘凉，男女老小，笑声哭声，闹成一片。与景云里我的家只有一墙之隔的大兴坊的住户，晚饭后也在户外打牌，忽而大笑，忽而争吵，而不知何故，突然将牌在桌上用力一拍之声，真有使人心惊肉跳之势。这些嘈杂的声音，要到夜深才完全停止。①

这嘈杂的环境也被写在了《幻灭》当中，只不过打牌的嘈杂声提前到了下午三点。当被慧女士搅扰了心绪之后，《幻灭》的主人公静女士显得烦躁不安：

牌声时而缓一阵，时而紧一阵，又夹着爆发的哗笑，很清晰地传到静的世界里。往常这种喧声，对于静毫无影响，她总是照常的看书作事。但是今天，她补纪一页半的日记，就停了三次笔。她自己也惊讶为什么如此心神不宁；最后她自慰地想道："是因为等待慧来。她信里说今天下午要来，为什么还不见来呢？"②

如同茅盾大约未曾意识到自己对上海印象最深刻的是这种搅扰了自己日常作息的里弄生活一样，静女士也大约未曾料到楼下二房东打牌的声音一直在她的世界里喧闹，只不过一向被自己宁静的心神压抑了而已。而且，她完全没有意识到的是，她对上海的真实理解一直在沉睡，并以沉睡的状态替上海辩护过。这便是《幻灭》开头所写的，那曾经在巴黎遭受过男子欺骗的慧女士说自己讨厌上海，"全上海成了我的仇人"，静女士却恳切地表示"上海果然讨厌，乡下也同样的

---

① 茅盾：《创作生涯的开始》，载《茅盾全集》第 34 卷，人民文学出版社 1997 年版，第 384 页。

② 茅盾：《幻灭》，《小说月报》1927 年第 18 卷第 9 期。

讨厌"，但"比较起来，在上海求知识还方便"。① 但在慧女士心直口快地追问下，静女士很快就明白，自己之所以认为上海可以静心读书，只不过是因为厌恶省里女校闹风潮之后许多同学都恋爱去了，她需要通过想象上海可以静心读书来求得自我安慰。而慧女士一旦点破了静女士对上海的幻想，静女士即开始觉醒自己对上海的真实理解。茅盾的写法真的是非常有意思，他不是开篇就写静女士在上海居住、生活、学习近一年之后对上海的理解，而是以慧女士对上海的负面评价开头，进而写静女士毫无自信的辩护，打开一个各自感性意识中的上海，接下来即在静女士的觉醒中写感官意义上的上海：

> 一夜的大风直到天明方才收煞，接着又下起牛毛雨来，景象很是阴森。静女士拉开蚊帐向西窗看时，只见晒台二房东太太隔夜露着的衣服在细雨中飘荡，软弱无力，也像是夜来失眠。天空是一片灰色。街上货车木轮的辘辘的重声，从湿空气中传来，分外滞涩。
>
> 静不自觉地叹了口气，支起半个身体，惘然朝晒台看。这里露着的衣服中有一件是淡红色的女人衬衫；已经半旧了，但从它的裁制上还可看出这不过是去年的新装，并且暗示衫的主人的身分。②

这是一个从亭子间的窗口看到的上海的局部，虽然"晒台"和"二房东太太"等字眼暗示着某种上海独有的生活风貌，但其上海的性质显然只有通过小说开头小说人物关于上海的议论才能得到确认。细节需要在关于上海的整体话语中才能获得确定性，这种写法似乎意味着对于茅盾来说，上海首先存在于一种抽象的整体判断中，然后才是存在于一系列日常生活的感官细节中；而更为重要的是，关于上海的抽象的整体判断不仅足以确证感官细节的上海性，而且也可以被感

---

① 茅盾：《幻灭》，《小说月报》1927 年第 18 卷第 9 期。
② 茅盾：《幻灭》，《小说月报》1927 年第 18 卷第 9 期。

官细节所修改、校正：这可能是一个交还往复的复杂的辩证过程。就静女士的感官接受来说，无论是楼下的牌声，晒台所见的风雨、天空和衣物，还是街上货车的车轮声，其实都是日复一日地重复的，它们早就构成了她对于上海的基本经验。但这些经验一直沉睡，只有在静女士被慧女士的话语刺激得失眠之后，仿佛才苏醒过来。从隐喻的意义上来说，静女士失眠之后从西窗看见的晒台上已经半旧的女人衬衫正是她上海经验的象征，即她早已被自己的上海经验变成一个半旧的自己，但却毫无自觉意识。为了坐实这一点，茅盾接下来的写法更加有意思，他写“静的思想忽然集中在这件女衫上了”，写她想象着女衫主人的神圣与丑恶、理想和现实，认为那应该“也是这么一个温柔，怯弱，幽悒的人儿”，却不知道自己是出于同情，还是因为“照例的女性的多愁善感”。[1] 所谓“照例的女性的多愁善感”自然和小说中称扬慧女士是“男性的女子”[2] 一样，照例是一种刻板的性别话语，毋庸细说。茅盾此处的用意在于强调静女士毫无自觉意识，她不知道自己忽然关注一件衬衫是出于同情还是自恋。而作者却是洞悉一切的，当茅盾如此曲折地体贴人物的心情和心理时，乃是为了委婉地揭出，静女士将二房东太太的衬衫变成了一面镜子，一切由衬衫生发的感想和推断都是自恋。而且，这种自恋正是上海经验早已将静女士变得半旧之后的产物，她不知道日复一日感官所及的上海已经深植其身体和意识的内部，使其早已不复当年在省城、更不必说幼时在乡下的自我了。因此，当慧女士带来的对于上海的批判敲击静女士的上海幻想时，她即刻不由自主地从半旧的衬衫上无意识地意识到了自我，一方面自讶失了常态，一方面却更紧地向自我的内部收缩。

茅盾如此描写静女士向自我的内部收缩的状态：

> 慧的话又在耳边响起来。她叹了一口气，无力地让身体滑了下去。正在那时，她仿佛见有一个人头在晒台上一伸，对她房内

---

① 茅盾：《幻灭》，《小说月报》1927 年第 18 卷第 9 期。

② 茅盾：《幻灭》，《小说月报》1927 年第 18 卷第 9 期。

窥视。她像见了鬼似的，猛将身上的夹被向头面一蒙，同时下意识地想道："西窗的上半截一定也得赶快用白布遮起来！"[1]

一旦在自恋的意义上感受到自己正如晒台上的半旧衬衫一样，静女士就产生了自己已被时刻窥视的忸怩之感，故而下意识地想要将西窗完全遮起来，将自我完全收缩在不可见的内部。那个在晒台上一伸的头，可能并不存在于现实中，却真实地存在于静女士的被窥意识中，而这被茅盾以"仿佛"和"像见了鬼似的"等表达，极为精到地写了出来。此后，小说并未明确写静女士是否遮了西窗的上半截，而是以暗示的手法写西窗上半截并未遮住：半个多月后，静女士看见"一头苍蝇撞在西窗的玻璃片上"[2]，之后第二天坐在书桌前，静女士觉得太阳光射在身上是烦躁的[3]。因此，静女士不是真的想用白布遮住西窗的上半截，而是对自己感官所及的上海深感忸怩和恐惧，不敢正视深植在自己身体和意识内部的上海，只好下意识地以自我遮蔽的方式应对一下。

而更为有意思的是，因为静女士并未将此种下意识付诸行动，她不但不敢正视深植在自己身体和意识内部的上海，而且也没有及时处理自己在里弄生活中所感受到的忸怩和恐惧，随之而来发生的即是，当静女士在走出亭子间、走出里弄，在上海广袤的都市空间中遇到种种挫折时，她总是回到里弄、回到亭子间舔舐伤口，仿佛亭子间是安全和温暖的，是最后的家和港湾。当她因为外面的种种事而陷于精神紧张时，就选择闭门不出，在室内诅咒和消化一切，她开始是"宁愿地球毁灭了"，接着就在眼泪中暂时平静，又在对母爱的回忆中松弛下来，觉得"这母亲的爱，温馨了社会，光明了人生"，反省自己"专戴了灰色眼镜看人生"，最后终于感觉到了温暖，"觉得四周的物

---

① 茅盾：《幻灭》，《小说月报》1927 年第 18 卷第 9 期。
② 茅盾：《幻灭》，《小说月报》1927 年第 18 卷第 9 期。
③ 茅盾：《幻灭》，《小说月报》1927 年第 18 卷第 9 期。

件都是异常温柔地对着她"。① 由于种种被视为丑恶的遭遇都已被眼泪和回忆净化，静女士不但不再感到亭子间处于被窥视中，而且觉得室内的物件都具有了感性，"都是异常温柔地对着她"。这种充满温情的笔触也重复地发生在茅盾对于其他人物的书写上。《幻灭》写慧女士和抱素在 P 影戏院、霞飞路、法国公园等空间的恋爱进程，极富意味。在 P 影戏院看陀思妥耶夫斯基小说《罪与罚》改编的电影时，抱素假意与慧、静两位女士讨论着"罪"和"罚"，福至心灵地表示一切问题在于陀氏"不是革命家"，抱素并不是真心想要革命，而是因为从慧女士身上感受到"威胁，一种窒息，一种过度的刺戟"，要曲意讨慧女士欢心。② 在他们恋爱的进程中，与革命攸关的五卅运动纪念，只是若有若无的时代背景而已。影院中如此，霞飞路上也是如此，在抱素的回忆中，从 P 影戏院出来之后在霞飞路闲步的那个下午是这样的：

> 血红的夕阳挂在远处树梢，道旁电灯已明，电车轰隆隆驶来，又轰隆隆驶去。路上只有两三对的人儿挽着臂慢慢地走。四五成群的下工来的女工，匆匆地横穿马路而去，哜哜嘈嘈，不知在说些什么。每逢有人从他们跟前过去，抱素总以为自己是被注视的目标，便把胸脯更挺直些，同时更向慧身边挨近些。③

恋爱中的抱素把自己当成了街头被有意窥视的风景，从而也将街头的恋人和女工当成了与夕阳、树、电灯、电车一样的风景，闲步街头的个人因此以一身为视镜，将上海收纳在镜头内部，变成内面的象征。所谓的"被注视"的感觉，对于抱素来说，实际上乃是一种骄傲于自己被嫉妒的情绪。在此种情绪中，电灯和电车所关联的工业化城市以及女工所指涉的圈层化都市社会，都成了抽象的风景，似乎是

---

① 茅盾：《幻灭》，《小说月报》1927 年第 18 卷第 9 期。
② 茅盾：《幻灭》，《小说月报》1927 年第 18 卷第 9 期。
③ 茅盾：《幻灭》，《小说月报》1927 年第 18 卷第 9 期。

上海不言自明的面相。

　　要命的是，在抱素的意识里，街头的一切都以日常市井生活的面目呈现，其中没有半点革命的气息，所有的只是情欲的涌动；而这样的情欲涌动竟然也为慧女士所共享。携带着涌动的情欲，慧女士跟着抱素前往法国公园吃法国菜，饭后即在公园闲逛和歇息。而当两位在园东小池边的木椅上坐下时，小说写道：

　　　　榆树的巨臂伸出在他们头顶，月光星光全都给遮住了。稍远，濛濛的夜气中，透着一闪一闪的光亮，那是被密重重的树叶遮隔了的园内的路灯。那边白茫茫的，是旺开的晚香玉，小池的水也反映出微弱的青光。此外，一切都混成灰色的一片了。慧和抱素静坐着，这幽静的环境使他们暂时忘记说话。①

　　在由近及远展开的景深里，是静坐在一起的慧女士和抱素游走的目光，而渐次浑茫、至于灰色一片的风景则是他们心境的象征，他们为此刻的情欲所激动，只能想到近在眼前的幽静，将此外的一切都摒绝，仿佛上海不存在一样。这也许正是公园的功能，在建构给市民活动的公共空间中营造私密的空间，使人处于高树密叶造成的遮隔，在已隔未隔中心安。如此一来，上海对于慧女士和抱素而言既是具体的，又是高度抽象的；具体的是眼前的树、夜气、路灯、晚香玉和池水的反光，仿佛上海只是法国公园的一角，抽象的是整个上海，"一切都混成灰色的一片了"。正因为如此，涌动的情欲迅速发酵成慧女士和抱素之间的亲吻和叹息，使抱素食髓知味，留恋不已，也使慧女士回到亭子间后，在时光倒错的省思和噩梦中否定一切，"觉得前途是一片灰色"②。而慧女士之所以会"觉得前途是一片灰色"，乃在于她回到亭子间后回想起了"巴黎的繁华，自己的风流逸宕"，认为男

---

①　茅盾：《幻灭》，《小说月报》1927 年第 18 卷第 9 期。
②　茅盾：《幻灭》，《小说月报》1927 年第 18 卷第 9 期。

人不过是"要行驶夫权拘束她"。① 她在里弄亭子间的行军床上躺着，将巴黎经验作为上海的参照，将法国公园的经历视同噩梦。但是噩梦醒来，她发现整个亭子间"满室都是太阳光"，重新梳理噩梦后"刚强与狷傲，又回到慧的身上来了"。② 一段差一点可以成为永恒的日常市井生活消逝了，无论是 P 影戏院、霞飞路还是法国公园都成了慧女士的噩梦，而亭子间里的太阳光则驱散了一切，照亮了一切，使得慧女士仍然是她自己。

只是静女士没有慧女士那么幸运，她在慧女士突然走后的第二天掉进了抱素的温柔陷阱。频繁进入静女士的亭子间，抱素终于打破了她的心防，彼此发生了关系。静女士像慧女士一样，把与抱素之间发生的一切当成"一场好梦"，但又深感得到后的无聊，不愿在亭子间里待着，又觉得外面是"横冲直撞的车子，寻仇似的路人的推挤"，殊为可厌。她试图从回忆中寻找力量，然而却被现实中抱素留在亭子间的小册子所彻底击垮。那题写着克鲁泡特金的话的小册子不仅掉出一张向抱素表达爱意的陌生女子的照片，而且还藏着一张暴露抱素暗探身份的纸片。这时小说写道：

> 二十小时前可爱的人儿，竟太快地暴露狰狞卑鄙的丑态。他是一个轻薄的女性猎逐者！他并且又是一个无耻的卖身的暗探！他是骗子，是小人，是恶鬼！然而自己却被这样一个人沾污了处女的清白！静突然跳起来，赶到门边，上了闩，好像抱素就站在门外，强硬地要进来。③

虽然这小册子出现得未免太是时候，抱素从慧女士的俘虏转为一个女性猎逐者和卖身暗探也未免太突然，太缺乏铺垫，在在暴露了作者茅盾初写小说时技巧的稚拙，但也就不管那么多了，就顺着茅盾这

---

① 茅盾：《幻灭》，《小说月报》1927 年第 18 卷第 9 期。
② 茅盾：《幻灭》，《小说月报》1927 年第 18 卷第 9 期。
③ 茅盾：《幻灭》，《小说月报》1927 年第 18 卷第 9 期。

种毫无征兆的突转笔墨来分析吧。茅盾大概担心里弄亭子间成为上海的抽象象征，成为某种永恒的日常上海性，故而急于打破已经营造出来的里弄亭子间的温暖和永恒的面目，于是不仅把抱素放进了亭子间，而且赋予其女性猎逐者和卖身暗探的身份，迫使静女士逃离亭子间，进入真正的大上海。虽然赶到门边上了闩，但静女士已然清楚，这亭子间的门是闩不住了，唯一的路是逃离。针对静女士此刻的心绪，茅盾好整以暇，一笔写"呜呜的汽管声从左近的工厂传来，时候正是十二点"①，照应开头写抱素初访静女士离开亭子间时"左近工厂呜呜地放起汽管来"②，暗暗点出整个大上海工人阶级的位置，又一笔写静女士逃离时看见二房东家的少妇，觉得"比平日更可爱；好像在乱离后遇见了亲人一般"，③ 明确点出静女士对里弄亭子间生活自恋般的独特感情，她也许会被裹挟进大上海的时代漩涡中，但她的内心始终牵系着日常上海的一切。而在这种极为精到的笔触之后，茅盾仍然有更高的追求，他写少妇目送静女士走出大门，"似乎对于活泼而自由的女学生的少女生活不胜其歆羡"，④ 两相对照之下，茅盾不仅写出了自己的矛盾和苦恼，而且也将各种各样对于上海的认知放进一个相互冲突、龃龉、参照、映证的平面中，特别耐人寻味。

二 从武汉发现上海

而随着静女士的行踪发生的是，静女士不仅不再耽于室内省思，而且对革命军北伐产生了强烈的兴趣。她从亭子间逃到医院，真的生病了，并且借病获得了暂时的宁静，一种悲观主义的宁静，但因为医院的助理医生黄兴华热心议论时政的缘故，重燃生命的热情，开始认真读报，旁观革命军的一举一动，其后更因为李克、史俊、王诗陶、

① 茅盾：《幻灭》，《小说月报》1927 年第 18 卷第 9 期。
② 茅盾：《幻灭》，《小说月报》1927 年第 18 卷第 9 期。
③ 茅盾：《幻灭》，《小说月报》1927 年第 18 卷第 9 期。
④ 茅盾：《幻灭》，《小说月报》1927 年第 18 卷第 9 期。

赵赤珠等对于革命的理解而产生了强烈的新的憧憬。静女士首先做的仍然像她的亭子间时代一样，是在室内省思，试图在室内解决一切问题，但"过去的创痛虽然可怖，究不敌新的憧憬之迷人"，决定和赵赤珠等人一起前往武汉，"她已经看见新生活——热烈，光明，动的新生活，张开了欢迎的臂膊等待她"，"满心想在'社会服务'上得到应得的安慰，享受应享的生活乐趣了"。① 革命、社会服务和生活乐趣之间当然不能等量齐观，茅盾对静女士的选择隐含着反讽，这些都是很明显的，也是重要的。然而更为重要的是，茅盾通过写静女士等人对武汉的向往及在武汉的经历，正式拉开了从武汉发现上海的大幕。

　　从个人传记的意义上来说，在写静女士憧憬武汉之前，茅盾已经对武汉的一切充满失望。晚年写回忆录时，他仍然强调自己的震惊和失望，震惊于农民运动被白色恐怖轻易摧毁，失望于南昌起义迅速失败，认为当时"革命的核心"并不了解复杂的中国社会，"对中国革命的正确道路，仍在摸索之中"。② 1927 年写《幻灭》和《动摇》时的茅盾，无疑更加震惊和失望，甚至 1928 年写《追求》时，也处于同等程度的震惊和失望中。因此，与其说茅盾试图通过写静女士憧憬武汉来搭救她的悲观，不如说是要将她扔进试炼的熔炉中，将她彻底摧毁。在写《幻灭》之前，也即告别汉口、身在牯岭时，茅盾即曾在《云少爷与草帽》一文中表达自己的"幻灭"和寂寞之感，以及怀旧念头的出现，③ 随后更在《牯岭的臭虫——致武汉的朋友们（二）》一文中叙述了宋云彬讲的上海臭虫故事，认为上海旅馆的账房会因为旅馆出现臭虫而赔好话，房金打对折，而牯岭"旅馆主人面皮太厚"，办不到，④ 这故事讲来虽然略嫌猥琐，但茅盾对上海的

---

① 茅盾：《幻灭》，《小说月报》1927 年第 18 卷第 9 期。

② 茅盾：《创作生涯的开始》，载《茅盾全集》第 34 卷，人民文学出版社 1997 年版，第 383 页。

③ 茅盾：《云少爷与草帽》，载《茅盾全集》第 11 卷，人民文学出版社 1986 年版，第 48 页。

④ 茅盾：《牯岭的臭虫——致武汉的朋友们（二）》，载《茅盾全集》第 11 卷，人民文学出版社 1986 年版，第 52 页。

怀旧之情宛然。这便是茅盾从武汉发现上海的序幕，他时时处处惦念着上海的与众不同，连一只臭虫也不肯轻轻放过。幻灭之来，而上海大约并非不可遁身，因此茅盾所写与《幻灭》创作同时的两首诗《我们在月光底下缓步》和《留别》，虽充斥着不知"明日如何"①的伤感以及"领受了幻灭的悲哀"之后的不敢说"后会何期"，不知道"后会何地"，② 但一诗一唱三叹"我们在月光底下缓步"并以之收束③，一诗茫茫然指向了三地，而未必不是落于"春申江畔"④，似乎也隐隐有某种得过且过的暂得宁静之感。此种揣度当然是危险的，而确切的只有一点，即茅盾对于上海的书写，的确是在武汉的对照下进行的。只不过从小说来看，静女士等人一度以武汉为逃离上海之后的光明所在，武汉因此就像是一盏灯，照亮了静女士等人在上海里弄的亭子间生活的暗陬，打破了日常市井生活所构筑的上海性的永恒假面而已。但作家既然别有幽怀，那么小说也不妨作两面读，那些看似打破上海性的笔触和形式营构，本质上也蕴藏着作家对于上海的虚妄的信心。

之所以强调茅盾对上海的信心不免是虚妄的，有两重证据。第一重证据在《追求》的情节线索中。那些从大革命的漩涡武汉抛离出来的人物，无论是《幻灭》中即已出场的王诗陶，还是《追求》中才出场的曼青、章秋柳、史循等人，无不是"一年多的政治生活就把你磨成了这个样子"⑤ 的悲观主义者，他们被武汉的"政治生活"消磨净尽了时代英雄气，萍聚上海只是为了治疗共同的时代病，那种"今天不知明天事，每天像坐针毡似的不安宁"的"中国式的世纪末

---

① 茅盾：《我们在月光底下缓步》，载《茅盾全集》补遗（上），人民文学出版社 2006 年版，第 255 页。

② 茅盾：《留别》，载《茅盾全集》补遗（上），人民文学出版社 2006 年版，第 257 页。

③ 茅盾：《我们在月光底下缓步》，载《茅盾全集》补遗（上），人民文学出版社 2006 年版，第 255 页。

④ 茅盾：《留别》，载《茅盾全集》补遗（上），人民文学出版社 2006 年版，第 257 页。

⑤ 茅盾：《追求》，《小说月报》1928 年第 19 卷第 6 期。

的苦闷",[①] 但最终都没有成功。他们在上海的生活几乎不是什么"政治生活",所多的无非是谋食的纷扰、恋爱的琐屑,和一般上海里弄的男女几乎没有区别,但他们没有获得治愈和平静,反而一路走向溃亡。

第二重证据在茅盾同时期的散文《邻二》中。散文《邻二》和《邻一》一样,都发表于 1929 年 10 月 15 日《新文艺》月刊第 1 卷第 2 号,但未署写作时间。从内容上看,《邻二》与《邻一》一样,茅盾写的都是自己的幽居生活,笔调也完全一致,故而《邻二》的写作时间应该离《邻一》的写作时间 1928 年 5 月 15 日不远。在《邻二》中,茅盾写道:

> 春静的明窗下,什么轻微的响声也可以听到。
>
> 市外电车隆隆然的轮机声像风暴似的逼近来,又曳远了。水井上辘轳的铁链子,时或也发出索郎郎的巧笑。房主人的一大群鸽子咕咕地叫。在窗玻璃上钻撞的苍蝇也嗡嗡地凑热闹。
>
> 忽然有比较生疏的沙沙的小声从窗前碾过,在渐渐远去消失了的时候,它又回来了。这样来回地无倦怠地响着的,便是邻家小孩子的脚踏车。
>
> 这一排住家,只有这一位小朋友,他只能整天坐在他的小脚踏车上,沙沙地碾这没有行人的池畔小道。
>
> 小朋友该有八九岁了罢!他的小脸儿时常板板地,比他做警察的父亲还要严肃。母亲是太忙碌,小妹子又是太小,不懂得玩耍。所以他——这位小朋友,每天只能坐在他的小脚踏车上碾门前的泥土了。
>
> 偶然沙沙的声音在半路上戛然而止,于是便有轻倩美丽的女子的话响点缀这春的寂寞。我们知道这是又一孤寂的邻人——那可爱的忧悒的日本少妇在和这寂寞的孩子谈话了。我们的好事的心便像突然感得了轻松。

---

① 茅盾:《追求》,《小说月报》1928 年第 19 卷第 6 期。

　　但是没有听到回答。音乐样的语音也中断了。沙沙的声音又渐渐远去，然后又回来了。我们失望地向窗外张望，依然是那样的春光，依然是娴雅的身体静静地坐在门前木板上，美妙的眼睛惘然望着辽远的不知所在的地方，小脚踏车的寂寞的孩子又沙沙地跑过又回来了。

　　这寂寞的孩子！这寂寞的少妇！然而他们又无法互相安慰这难堪的春的寂寞。

　　在春静的明窗下看到了这诗一样的小小的人生的翦片，我们的心不禁沉重起来了。①

　　如同静女士一样，茅盾在室内静听着窗外的一切声响，就像是一架精微的留声机器，存留了一切。所不同的是，《邻二》中的茅盾渴望着窗外的一切声响，希望自己的寂寞能够被电车声、辘轳声、鸽子声、苍蝇声、脚踏车声、小孩和少妇的语声疗愈，而静女士则是宁静的生活被打破，于是听见楼下的麻将声，进而听见窗外的其他声音，为上海的市声所扰。茅盾熟悉了窗外一切声响，因此最留心的是小孩的小脚踏车碾在地上发出的"生疏的沙沙的小声"，执意要从这"轻微的响声"中听到陌生的东西，以打破"春的寂寞"。但留心的结果所得却是更深的寂寞，他看到的是少妇"美妙的眼睛惘然望着辽远的不知所在的地方"，而"小脚踏车的寂寞的孩子又沙沙地跑过又回来了"。沙沙声就像是重叠往复的寂寞的回声，一轮又一轮地加深窗内窥视者茅盾的寂寞和伤感，以至于让读者不得不产生一个二律背反式的感想，即不是窗外孩子和少妇的人生存在着"无法互相安慰"的"难堪的春的寂寞"，而是茅盾自己的内心过于沉重，将窗外"诗一样的小小的人生的翦片"点染成了寂寞的象征。那么对于茅盾来说，一层一层地渲染感官所及的窗外上海的日常生活，其实乃是为了从中获得疗愈；在他的下意识里，上海被当成了理想的逃遁之地，当

---

　　① 茅盾：《邻二》，载《茅盾全集》第 11 卷，人民文学出版社 1986 年版，第 80 页。

成了可以惘然张望的"辽远的不知所在的地方"。这与静女士的下意识可谓截然相反，也与《追求》中怨怼、挣扎于内室的章秋柳截然不同。在人物类型的脉络上，说章秋柳是和《幻灭》中的慧女士以及《动摇》中的孙舞阳一样的"时代女性"固然没错，但她似乎也有着与静女士、方太太一样的性格和气质。在室内舔舐时代情绪的伤口时，章秋柳有时自责"为什么如此脆弱，没有向善的勇气，也没有堕落的胆量"①，有时回到寓所后虽然"心里的悒闷略好了几分"，"但还是无端的憎恨着什么，觉得坐立不安。似乎全世界，甚至全宇宙，都成为她的敌人；先前她憎恶太阳光耀眼，现在薄暗的暮色渐渐掩上来，她又感得凄清了"，② 个中的脆弱、伤感、怨艾、憎恨与静女士实在没有太大的区别。章秋柳当然慷慨激昂地诅咒过在这大变动时代，"我们等于零"，"我们几乎不能自已相信尚是活着的人"③，试图把大时代的"零"变成大时代的"一"，然而她所感到的一切都是时代的阻滞，不能彻底地向善，也不能彻底地堕落。于是，在一些恍惚有得的瞬间，比如在面对曼青灰色的时代情绪而自觉有得时，章秋柳就曾看着窗外朦胧暮色中的都市灯火表示"多么富于诗意"，"一簇一簇的灯光已经在雨后的薄雾一般的空气中闪耀了；窗外的榆树，静默地站着，时时滴下几点细小的水珠"，"大事情"不必牵涉，④ 自己即在上海街头的日常风景中获得了安顿。但这种多愁善感的情调，与其说是属于章秋柳的，不如说是属于作者茅盾的，他通过章秋柳的眼睛看见了上海的温暖。但看完街头风景的章秋柳却并未安静下来，她的整个状态仍然躁动不安，甚至声称"我有时简直想要踏过了血泊下地狱去"，之后却又"颓然落在椅子里，双手掩在脸上，垂着头，不动，亦没有声音"，令曼青觉得她"神经错乱了"。⑤ 章秋柳并不期待现世和世俗的安顿，她的眼中其实没有上海，只有像

---

① 茅盾：《追求》，《小说月报》1928 年第 19 卷第 7 期。
② 茅盾：《追求》，《小说月报》1928 年第 19 卷第 7 期。
③ 茅盾：《追求》，《小说月报》1928 年第 19 卷第 7 期。
④ 茅盾：《追求》，《小说月报》1928 年第 19 卷第 7 期。
⑤ 茅盾：《追求》，《小说月报》1928 年第 19 卷第 7 期。

史循一样的死，一种"把生命力聚积在一下的爆发中很不寻常的死"。① 在作者茅盾眼中，章秋柳的选择完全是非上海的，当章秋柳追求"很不寻常的死"时，小说是如此进行风景渲染的：

> 一阵狂风骤然从窗外吹来，把半开着的玻璃窗重碰一下，便抹煞了章女士的最后一句话的最后几个字。窗又很快的自己引了开来，风吹在章女士身上，翻弄她的衣袂霍霍作响。半天来躲躲闪闪的太阳此时完全不见了，灰黑的重云在天空飞跑。几粒大雨点，毫无警告的射下来，就同五月三日济南城外的枪弹一般。②

这一阵狂风来得邪乎，不仅抹去了章秋柳对"很不寻常的死"的诉求，而且似乎要吹去章秋柳身上的一切气息，吹走太阳，吹来漫天灰黑的重云，使人无法看见窗外那"多么富于诗意"的都市街景。简言之，上海被茅盾写来的一阵狂风重置了，取而代之的是"同五月三日济南城外的枪弹一般"的"几粒大雨点"。风是天外来风，雨，也是天外来雨，在这种浓缩着时代政治美学意味的风雨中，茅盾自己在散文《邻二》中是惘然张望"辽远的不知所在的地方"，在小说《追求》中却以济南城外的枪弹重置上海的都市风景，把"辽远的不知所在的地方"奇诡地安置在眼前。茅盾也好，章秋柳也罢，他们当然未曾在济南身历五三惨案之惨，但无不知晓由于蒋介石的妥协和不抵抗，一万余名中国军民惨遭屠杀。1930 年 7 月，应邀前往济南齐鲁大学执教的老舍看见城墙上赫然在目的"炮眼"时，曾经悲愤地在 1940 年的小说《文博士》的开头写下："每逢路过南门或西门，看见那破烂的城楼与城墙上的炮眼，文博士就觉得一阵恶心，像由饭菜里吃出个苍蝇来那样。"③ 五月三日济南城外的枪弹经老舍

---

① 茅盾：《追求》，《小说月报》1928 年第 19 卷第 7 期。
② 茅盾：《追求》，《小说月报》1928 年第 19 卷第 7 期。
③ 老舍：《文博士》，载《老舍全集》第 3 卷，人民文学出版社 2008 年版，第 221 页。

的笔墨留下了惊人的历史恶心，而在茅盾的笔下，则是时代毫无征兆的风云，肆意摧折了章秋柳对于上海的诗意想象。其时，和他的小说人物一样在舔舐武汉"政治生活"的伤口的茅盾，大概也终于不能从惘然张望中获得抚慰和安顿，他在《追求》中再次安排了各路人物的出逃和末路，章秋柳、史循们逃出上海，逃往吴淞 Picnic。然而就像赵赤珠、王诗陶从武汉回到上海后堕落街头一样，章秋柳、史循他们也仍然是回到上海，在医院中静待肉体和象征的死亡。有一些意外的是，《追求》开头在曼青"疲倦的呻吟"中楔入仲昭的"定见"和"乐观"，① 并时时处处写出仲昭与众不同的人生规划，强调他在所有人都幻灭时仍能"撇开了失望的他们，想到自己的得意事件"，"冥想到快乐的小家庭和可爱的孩子"，有着"被快乐涨大了的身体"。② 仲昭的人生规划有比较清晰的茅盾个人的影子，在《云少爷与草帽》中，茅盾即曾表示，"一个人当闲却的时候，在'幻灭'的时候，在孤身寂寞的时候，不由然而然的总想记他的好友，他的爱妻，他的儿女，还有他所想见而未见的人"。③ 仲昭从"快乐的小家庭和可爱的孩子"中所感受到的快乐，正是茅盾"想记"的"他的爱妻，他的儿女"，这种人生规划置于恑诡的政治风云和历史动荡中，尽管不免琐屑和过于布尔乔亚，但也许恰是彼时仲昭、茅盾觉得唯一可以把握的吧。饶是如此，随着小说走向结束，那个一度被当作抵抗"失望"和"幻灭"的最终堡垒来进行描写的仲昭，不管他如何坚韧不拔，百折不挠，也仍然被作者送上来一份"遇险伤颅"的电报，并因此"软瘫在坐椅上"。小说最终以下述文字戛然而止：

> 仲昭下死劲回过头去，对陆女士的照相望了一眼，便向后一仰，软瘫在坐椅上。一个血肉模糊的面孔在他眼前浮出来，随后

① 茅盾：《追求》，《小说月报》1928 年第 19 卷第 6 期。

② 茅盾：《追求》，《小说月报》1928 年第 19 卷第 6 期。

③ 茅盾：《云少爷与草帽》，载《茅盾全集》第 11 卷，人民文学出版社 1986 年版，第 48 页。

是轰轰的声音充满了他的耳管；轰轰然之上又有个尖厉的声音，似乎说：这是最后的致命的一下打击！你追求的憧憬虽然到了手，却在到手的一刹那间改变了面目！①

这一份电报也来得邪乎，仿佛也是来自天外，抹去了仲昭看到陆女士的照相时本来会产生的一系列象征式联想。当那个"血肉模糊的面孔"浮现时，毁去的不仅是陆女士留给仲昭的印象，而且是仲昭对于"快乐的小家庭和可爱的孩子"的热望。而一旦仲昭的热望被毁去，他的生命追求也就到头了；在这个意义上来说，小说给予史循的是精神死亡之后的肉体死亡，给予仲昭的则是肉体死亡之前的精神死亡。正所谓"哀莫大于心死"，精神死亡才是真正的死亡，小说以仲昭的真正死亡宣告了上海的死亡，任何追求在充满偶发性困境的上海都是不可能的；小说最后一句中出现的"在到手的一刹那间改变了面目"传递的即是这种偶发性困境。不过，茅盾也并未动用全称判断，而且佯称"又有个尖厉的声音，似乎说"，他应当是深刻感知到了时代恢诡风云的不确定性，但又同时认为自己对"不确定性"的感知也未见得如何确定。虽然从个人传记的因素上来说，茅盾写完《追求》之后大约一个月就流亡日本，这意味着上海和武汉并不截然两样，他放弃武汉的"政治生活"之后的上海生活其实仍然是充满政治性因素的。如果要说区别，其区别大约在于，武汉的生活是政治漩涡，而上海的生活是政治泥沼。漩涡中的生死固在一刹那间，泥沼中的生存亦自令人沮丧。当茅盾在武汉和牯岭"想记"上海时，他大约还有着"追求的憧憬"，而当他幽居上海近一年，不得不流亡日本时，他大约和仲昭感受到了相似的东西，即憧憬变成现实之后，一切都改变了面目。因此，如果说茅盾写作《幻灭》和《动摇》时，具有一种从武汉发现上海的政治视阈，当他写《追求》，尤其是将三篇小说合为《蚀》并题词出版时，则无疑在从武汉发现上海之外又增添了一层从上海发现上海的视阈。1980 年出《蚀》单行本时，茅

---

① 茅盾：《追求》，《小说月报》1928 年第 19 卷第 6 期。

盾曾解释题名《蚀》是因为自己觉得大革命的失败和个人的悲观都是暂时的,"譬如日月之蚀",① 这符合 1930 年出《蚀》单行本时茅盾在《题词》中借"生命之火尚在我胸中燃炽,青春之力尚在我血管中奔流"② 表达的积极心态,却与 1928 年在《从牯岭到东京》中的自我辩护几乎相反:

> 我诚实地自白:《幻灭》和《动摇》中间并没有我自己的思想,那是客观的描写;《追求》中间却有我最近的——便是作这篇小说的那一段时间——思想和情绪。《追求》的基调是极端的悲观;书中人物所追求的目的,或大或小,都一样的不能如愿。我甚至于写一个怀疑派的自杀——最低限度的追求——也是失败了的。我承认这极端悲观的基调是我自己的,虽然书中青年的不满于现状,苦闷,求出路,是客观的真实。说这是我的思想落伍了罢,我就不懂为什么像苍蝇那样向窗玻片盲撞便算是不落伍? 说我只是消极,不给人家一条出路么,我也承认的;我就不能自信做了留声机吆喝着:"这是出路,往这边来!"是有什么价值并且良心上自安的。③

"像苍蝇那样向窗玻片盲撞"指的是瞿秋白的盲动主义,"留声机"指的是后期创造社的激进革命主张,④ 茅盾对 1928 年革命和政治生态的理解倾向于陈独秀式的稳健和保守,⑤ 故而视其时上海为"政治生活"的泥沼,既"极端悲观",又自居良心和清醒。其中作为政治隐喻的"像苍蝇那样向窗玻片盲撞",曾出现在上文引述的

---

① 茅盾:《补充几句》,载《茅盾全集》第 1 卷,人民文学出版社 1984 年版,第 428—429 页。

② 茅盾:《题词》,载《蚀》,开明书店 1930 年版。

③ 茅盾:《从牯岭到东京》,《小说月报》1928 年第 19 卷第 10 期。

④ 茅盾:《创作生涯的开始》,载《茅盾全集》第 34 卷,人民文学出版社 1997 年版,第 397 页。

⑤ 参见程凯《革命的张力——"大革命"前后新文学知识分子的历史处境与思想探求(1924—1930)》,北京大学出版社 2014 年版,第 303—309 页。

《幻灭》和《邻二》中，但都各有语境，并不都指向对激进政治的批评。不过，无论是小说中静女士看到的苍蝇，还是散文中作家看到的苍蝇，都曲折地暗示着创作主体消极灰暗的心绪，与茅盾对激进政治的批评是互通款曲的。这也就是说，恐怕不仅是 1928 年上海正在发生的激进革命行动进一步挫伤了茅盾的情绪，使得茅盾以上海为"政治生活"的泥沼，而且是关于武汉的"政治生活"漩涡的后怕构成了创伤记忆，使得茅盾无法对上海的"政治生活"产生积极理解。因此，严格地说，在创作《幻灭》的 1928 年，茅盾从上海发现上海的背后仍然是从武汉发现上海的基本逻辑的延伸，而在给《蚀》写《题词》的 1930 年，茅盾大体上已经不被武汉记忆严重困扰了。当然，必须强调的是，这不是说茅盾已经克服了自己政治记忆中的武汉创伤，而是说武汉记忆不再是严重困扰罢了。

三　日常上海的依恋

值得进一步分析的是《幻灭》和《动摇》关于武汉"政治生活"描写的思想背景，虽然茅盾声称《幻灭》和《动摇》是"客观描写"，其中没有他"自己的思想"。就小说中各项事件及细节的素材来源而言，茅盾后来回忆时曾交代各篇小说的素材来自妻子孔德沚的妇女运动工作、自己在武汉的经历以及主编《汉口民国日报》的见闻，[①] 可谓言之有据。而且，据陈幼石的研究，《幻灭》在细节中植入了真实的历史时间，如抱素的信落款 6 月 2 日是蒋介石占领南京的时间，慧女士家乡黄坡镇是共产党组织农运的活跃地区，[②] 洵可谓

① 茅盾：《创作生涯的开始》，载《茅盾全集》第 34 卷，人民文学出版社 1997 年版，第 385—391 页。

② 陈幼石着重分析的是一切情节、人物设置和细节背后的政治隐喻。参见陈幼石《茅盾〈蚀〉三部曲的历史分析》，社会科学文献出版社 1993 年版，第 89—90 页。罗维斯在研究《蚀》三部曲的版本问题时，重视的是这些细节所关联的"非写实手法"。参见罗维斯《〈蚀〉三部曲初版本与全集本对校记》，《茅盾研究》2013 年第 12 辑。

历史真实之客观植入。但是，即使不把茅盾的写作视为复杂的政治隐喻，也还是可以发现其中隐藏了茅盾"自己的思想"。茅盾不仅在《追求》中透露了从上海的都市街景发现诗意的隐曲，而且很可能以此为底色讲述了武汉的"政治生活"。从小说《幻灭》的情节内容来看，武汉固然是妇女工作落后的地区，等待上海的静女士、慧女士前去救援，但同时又是她们摆脱自身的幻灭之感的所在；从隐喻的意义上来说，武汉是作为拯救上海的对位城市而存在的。但进入武汉的静女士、慧女士她们并未真正从幻灭感中摆脱出来。尤其是静女士，她在武汉的"政治生活"中所深切感受的不过是"一方面是紧张的革命空气，一方面却又有普遍的疲倦和烦闷"①，个体的身心无从安顿，故而很快就陷入与未来主义者强连长充满肉欲的恋爱中，并且因为连长上战场寻求刺激的离去，感到过去"简直是做了一场大梦"②。静女士也许只能在有母亲的乡下获得安顿，上海和武汉对她而言没有本质区别，但作者茅盾的命意似乎并非如此，他明里暗里强调武汉更非理想的所在，《幻灭》结尾写的是革命者纷纷离汉，而接续故事的《动摇》则写的是投机革命的劣绅胡国光的种种丑行，暴露了武汉"政治生活"的种种阴暗面。与胡国光相对位的方罗兰，则是一个虚应故事的县党部商民部部长，他不但无力处理革命中县城的种种突发事件，自己也处在对妻子的厌倦和对孙舞阳的恋慕中难以自拔。最终，在胡国光的投机之下，整个县乱成一团，处处都是仇杀和暴力。方罗兰和妻子陆梅丽为躲避敌军的暴力仇杀，仓皇出逃，逃到了离县城南门五里之外的一座尼庵。和《幻灭》中的静女士从亭子间出逃到医院一样，方罗兰夫妇也从县城的居室逃到了尼庵。医院是作为城市社会疗愈创伤的附件而存在的，尼庵同样也是作为县城社会疗愈创伤的附件而存在，只不过前者明面上治疗身体，后者明面上治疗灵魂。在几乎雷同的出逃式情节结构中，《幻灭》中的人物似乎还是有可逃之处，《动摇》中的人物则似乎已经遭逢绝路。《动摇》是在方

① 茅盾：《幻灭》，《小说月报》1927 年第 18 卷第 10 期。
② 茅盾：《幻灭》，《小说月报》1927 年第 18 卷第 10 期。

太太变成蜘蛛的幻觉中结尾的:

> 方太太痛苦地想着,深悔当时自己的主意太动摇。她觉得头脑岑岑然发眩,身体浮空着在簸荡;她自觉得已经变成了那只小蜘蛛,孤悬在渺茫无边的空中,不能自主地被晃动着。①

方太太的"动摇"指的是没有逃到南乡去,其"动摇性"自然是整篇小说的灵魂,"浮空簸荡","孤悬无边",种种感受都为《动摇》中往往拿不定主意、拿了主意之后又往往失悔的革命者所共享。因为无法摆脱"浮空簸荡""孤悬无边"的被晃动之感,方太太感觉"一个黑的圈子""吞噬了一切,毁灭了一切,弥漫在全空间,全宇宙",最终长呻仆地。② 这个代表着对于安稳的日常生活之向往的人物既然只能如此,则意味着在作者茅盾看来,武汉的"政治生活"不仅未能革新整个社会秩序,未能救赎革命个体,而且吞噬和毁灭了某种安稳的日常生活,其背后的幻灭之感自然是比上海的"政治生活"更甚。而如同《幻灭》以不够革命的静女士的大梦之感结束小说一样,《动摇》以不革命的方太太的幻梦结束小说,都彰显了日常生活的独特位置。如果革命如梦,那么日常生活就是底色,静女士逃离亭子间时对二房东太太的感情就是对于日常生活的切实拥抱。因此,武汉的"政治生活"之所以在《追求》中被抽象为"漩涡",乃是因为在作者茅盾的思想背景里,始终无法摆脱对于日常上海的依恋。毕竟,茅盾初到上海时,他只是商务印书馆的一个编辑,他想经营的生活就像他后来回忆录所写的一样,不过是让家人见识见识大上海的繁华,③ 能够安居下来,自然更好,岂有它哉!与《幻灭》和《动摇》一样,《追求》的线索性人物仲昭也是一个日常上海的依恋

---

① 茅盾:《动摇》,《小说月报》1928 年第 19 卷第 3 期。

② 茅盾:《动摇》,《小说月报》1928 年第 19 卷第 3 期。

③ 在回忆录中,茅盾曾绘声绘色写自己挣下二百多元之后带母亲游览上海和南京的情形,颇有意味。参见茅盾《商务印书馆编译所》,载《茅盾全集》第34 卷,人民文学出版社 1997 年版,第 135—136 页。

者。小说写仲昭担心失恋的情绪发作时，有一个细节非常值得玩味。他本来要去英租界的报馆，因为焦灼情绪而下意识地对人力车夫说要去火车站，火车站在法租界，火车可以通往恋人所在的嘉兴。当仲昭发现方向错了，要改去"望平街大英地界"时，车夫表示"没有照会"，不能去。这时小说写的是："仲昭把一个双银毫丢在车垫上，一言不发，就往回走，到路北的一根红柱子下等候向北去的电车。他默然望着天空，心里责备自己的太易激动，竟近于神经督乱。"① 这个雄心勃勃，想把自己编的报纸的第四版改革成"全市的脉搏"② 的媒体工作者因为正陷于失恋的焦灼中而默然接受租界分治而交通不便的情形是可以理解的，但总是积极存在的小说叙述者此时也不发一言，未免有些奇怪。在鲁迅的杂文中被当作触目惊心的政治形式来处理的租界③，茅盾在小说中漫不经心地一笔带过了。这当然不是茅盾毫无鲁迅那样的政治敏感，而是在写《追求》时，他依恋着日常上海，对其他的一切似乎都无暇顾及了。

而那随着茅盾的大革命书写逐渐成形的上海，既然不是作者有意为之，也就更加深刻地揭示了一座城与一个人的关系：读者通过阅读所见的，表面上是一个人在为城市赋形，实际上是一座城在为人赋形。日日生活于上海的人，无论是虚构中的静女士们，还是现实中的茅盾们，其实都早已被日常上海经验所浸润和丰富，携带着各自身体内部的上海理解和抵挡几乎所有一切。上海固然有琐屑的、温暖的街头风景，但更是博大的、包容的现代家园，茅盾和他笔下的人都在其中得以栖息，感受痛苦并得到启悟，最后也许迎来某种不可思议的安稳或上升。而茅盾明里暗里以日常上海经验应对和消化大革命的剧烈撞击和震荡，也多少可以令人发生一种联想，即上海是一座具有足够弹性的城市，能孕育和生产一些激烈的生活组织形式，譬如工人运

---

① 茅盾：《追求》，《小说月报》1928 年第 19 卷第 7 期。

② 茅盾：《追求》，《小说月报》1928 年第 19 卷第 6 期。

③ 相关论述可参见李国华《鲁迅的上海研究与杂文写作》，《文艺研究》2021 年第 7 期。

动，也能孕育和生产相应的克服剂，譬如令人依恋的都市生活，从而为生活在上海的人赋予革命和安稳交错的双重形貌。

总而言之，在后来合为《蚀》的三篇小说《幻灭》、《动摇》和《追求》中，茅盾的上海赋形的基本逻辑是多重的。首先，茅盾是通过武汉发现上海的，他在武汉的"政治生活"创伤造成了他为上海赋形时，总是从亭子间眺望和谛听，将广阔的都市空间收束在室内的省思中，试图把上海内景化，从而呈现出自恋、诗意、恐惧、辽远等诸般面貌。其次，茅盾去武汉之前的上海经验也在武汉的"政治生活"中苏醒，并且进一步构成对于上海的"政治生活"的透视法，使得武汉被赋形为旋涡，上海被赋形为泥沼，"政治生活"之外尚有更混沌而厚重的难以赋形的日常生活。最后，在通过武汉发现上海以及通过上海发现武汉的双重叠印下，茅盾仿佛漫不经心地写出了上海都市生活丰富的细节，举凡公园、马路、火车站、汽车、电车、码头、电影院、工厂、学校、报馆、医院、弄堂、巡捕、工人、学生……都有深浅不一的描写，而且几乎都涉笔成趣，给人以虽不专门写上海却意外写出了上海的精气神之感。从《幻灭》写武汉的笔墨来看，那对于革命景象的刻意描写反衬出茅盾对于上海的稔熟，他就那么漫不经心地写着，而读者就能感受到，那些丰富的细节里藏着真正的上海。只是茅盾此时大约未曾想过，此后也未曾想过，要为那样的上海赋形。如此甚好，那未曾自觉言明的，会自动呈露在读者眼前，大象无形。

（原刊《探索与争鸣》2023 年第 8 期）

年度新锐学者：姚明

入选理由

　　文章选择的是一个重要、但却为学术界所忽视的话题。晚年茅盾从事文学批评，采用中国传统的眉批方法，构成了"茅盾眉批本现象"。对于深入了解茅盾，特别是晚年茅盾的文学思想，这是一个很好的切入点。文章显示出作者敏锐的学术探究能力。更重要的是，作者具有深入沉潜的学术工夫，对丰富的研究对象进行了细致的梳理、考证和分析，其研究态度严谨，材料扎实，下笔谨慎，体现了良好的学术素养和学术品格。文章的思路清晰，如抽丝剥茧，有序地层层推进，毫无虚浮做作之态，而显朴实厚重之风。如此研究，观点既明确，说服力强，也具有很强的科学性，无人为制造阅读和理解障碍之嫌。在理论术语泛滥的当下学术界，这样的学风值得充分肯定和倡导。特授予姚明先生"2023·茅盾研究年度新锐学者"称号。

（执笔人：贺仲明）

入选篇目：

《茅盾眉批本：来龙去脉、辨章学术、去伪存真》，《北京档案》2023 年第 6 期

茅盾眉批本：来龙去脉、辨章学术、去伪存真

姚　明[*]

摘　要　茅盾眉批本是中国当代文学研究极具价值的稀见档案史料，是解读作家的重要依据。通过文献调研与实证相结合的研究方法，梳理了茅盾眉批本的形成、发现、发掘历程，厘清了茅盾眉批本的基本概念与基本数量；根据茅盾眉批本的批注内容长短与结构，划分为点评、批注、札记三种类型；从公藏背书、二重证据、字迹比对的视角对茅盾眉批本的真实性进行了阐释。

关键词　茅盾；茅盾眉批本；文学史料；历史档案；文学批评

引　言

20世纪80年代以后，以近现代藏书为主的"典藏捐公"运动声势日隆，从1985年开始，藏书甚广的现当代作家群体悄然开展了一场"典藏捐公"运动，中国现代文学馆等公藏机构则为其藏书提供了归宿，这既是一种基于机构建设的国家文化事业建设行为，也是一场作家文人文化自觉的文化引领运动，[①]中国现代文学馆馆藏图书档

---

　*　作者单位：中国现代文学馆。

　①　姚明：《中国现当代作家"典藏捐公"：驱动因素、实践过程、成果价值》，《图书馆》2022年第8期。

案大多来自作家捐赠,① 其中不乏大量的"眉批本",这些藏书与相应手稿、书信等一起构成了作家档案。②

从 2001 年开始,浙江省桐乡市档案馆开展了对桐乡籍名人档案资料的征集工作,2007 年 1 月到 4 月间完成了对茅盾部分档案的征集工作,共计 6 大箱 1054 件 14287 页,另外还有茅盾谈话录音带、茅盾生平及相关活动照片,茅盾研究参考资料和图书,不同时期出版的各种茅盾作品图书等,时间跨度从 1925 年至 1981 年,整整 56 年,③ 由此桐乡市档案馆成为重要的茅盾研究资料中心。④

目前,茅盾档案主要保藏于桐乡市档案馆、中国现代文学馆、上海市图书馆中国文化名人手稿馆与上海市档案馆,⑤ 各馆馆藏各有侧重和特色,其中桐乡市档案馆将馆藏"茅盾珍档——日记、回忆录、部分小说及书信、随笔等手稿"申报成为第三批中国档案文献遗产名录,⑥ 上海市图书馆与档案馆主要收藏了部分茅盾书信,均为收到茅盾信件的人员如姚雪垠、叶子铭等捐赠而来,⑦ 中国现代文学馆则作为茅盾故居的管理单位相对完整地继承收藏了茅盾书房的茅盾藏书,并作为茅盾档案的重要组成部分成立了茅盾藏书文库,按照馆藏文物的保藏标准设置保存环境,以历史档案的管理规制进行日常管理。⑧

---

① 姚明:《多功能综合性文化服务机构个案研究:藏品来源、职能定位、发展路径》,《图书馆研究与工作》2020 年第 10 期。

② 姚明:《批注本档案价值分析及资源性建设研究》,《中国档案》2023 年第 4 期。

③ 王佶:《千里珍档回乡记——茅盾档案征集的前前后后》,《浙江档案》2007 年第 12 期。

④ 王佶:《茅盾档案征集背后的故事》,《浙江档案》2010 年第 6 期。

⑤ 北塔:《茅盾手稿:极其宝贵的文化遗产》,《艺术市场》2022 年第 9 期。

⑥ 伊布:《〈中国档案文献遗产名录〉第三批入选项目》,《中国档案报》2010 年 3 月 11 日。

⑦ 萧斌如:《〈尘封的记忆——茅盾友朋手札〉问世记》,《档案春秋》2007 年第 2 期。

⑧ 姚明、田春英:《茅盾藏书〈垦荒曲〉往事追忆》,《北京档案》2022 年第 2 期。

1949 年后茅盾不再创作小说，主要兴趣转向文学批评，1949 年到 1966 年撰写的评论和理论文章总数超过 100 万字，文学评论代表作有《夜读偶记》《鼓吹续集》等，评论文章的撰写往往伴随着阅读与思考，茅盾在部分情境下采取了传统批评方式，采用了评点等松散自由的形式，偏重直觉与经验，作了印象式或妙悟式的鉴赏，以诗意简洁的文字，点悟作品的精神或阅读体验，并在阅读同时在所阅图书中留下"笔迹"，形成了"茅盾眉批本"，成为进一步了解茅盾批评观念、写作理念、阅读习惯的重要档案史料。眉批本批注内容是原始记录，具有档案文献的特征，批注内容具有凭证性、知晓性价值，之于茅盾文集有关材料的应用性价值明显。[①]

本研究以茅盾眉批本为研究对象，阐释眉批本作为茅盾档案的形成、发现、发掘历程，厘清茅盾眉批本眉批的基本概念与基本数量，从公藏背书、二重证据、字迹比对的视角对茅盾眉批本的真实性进行了阐释，从旧墨重痕中探寻新知，循着先人的笔迹，回溯历史光影之间沉淀的智慧。[②]

一　来龙去脉

茅盾眉批本并非当事人的"刻意为之"，系阅读习惯使然，在茅盾的有关作品中可以说从未明确提及，相关概念是后人提出的，确切地说"茅盾眉批本"这一提法是 1996 年茅盾百年诞辰时正式确立的，之后进入研究者的视域，从研究茅盾评论思想的角度切入进行探讨。随着研究的推进与新史料的呈现，关于茅盾眉批本的"来龙去脉"愈发清晰，其脉络的厘清成为茅盾研究的广度拓展的重要线索。

---

① 姚明：《茅盾眉批本：研究视角、价值分析、开发路径》，《图书馆》2023 年第 4 期。

② 彭敏惠：《旧墨重痕留新知——毛坤先生〈档案经营法〉手稿整理记》，《图书情报知识》2013 年第 4 期。

（一）形成

茅盾既是著名的小说家，也是小说理论家，其创作于 1933 年的《子夜》堪称左翼文学的巅峰之作，由此而一举奠定了其经典作家的地位，此后他一直活跃在中国文化战线最前沿，成为中国文化界的一面旗帜。1949 年后，茅盾以评论家身份继续活跃于文坛，同时开始担任新中国文艺界的领导，作为具备深厚文化功底的文人，其爱书、藏书、读书、著书，[1] 其鸟瞰式、精读式、消化式的"三式"读书法一直为人们所津津乐道。[2] 在读书的过程中，茅盾常在书中留下笔记、做出批注，这对他来讲既是实践"评点"富有中国传统特色的文学批评方法，也是其精读式读书方法的体现。

1949 年到 1974 年，茅盾居住在北京东四头条五号第一号小楼的文化部宿舍，1974 年由此迁居到后圆恩寺胡同 13 号四合院。茅盾曾说："整个院子虽不大，但很紧凑，我们人丁不多，足够用了。尤其妙在小房间很多，这样服务人员都能安顿下来，我那些书也有了存放的地方。"[3] 相比于文化部宿舍狭小的空间，在后圆恩寺胡同 13 号中专门开辟了书房以及与书房隔开的"藏书室"，藏书室约 10 平方米左右，有七八个多层木质书架，茅盾晚年在这里工作、学习、创作、生活，翻阅了大量资料，[4] 写下了回忆录《我走过的道路》等 60 多万字著作与近百篇文章。

位于东四的文化部宿舍楼与位于后圆恩寺胡同 13 号的四合院居所是茅盾藏书及其眉批本生成、保存、传承的地方，眉批本部分单独存放，部分与其他藏书掺杂在一起，置于书房书架之上。

---

① 木心：《塔下读书处》，《书城》1998 年第 1 期。

② 《茅盾的"三遍读书法"》，《支部建设》2018 年第 22 期。

③ 韦韬、陈小曼：《父亲茅盾的晚年》，文化艺术出版社 2008 年版，第 167 页。

④ 姚明：《茅盾与图书馆渊源考辨》，《图书馆研究与工作》2023 年第 5 期。

（二）浮现

1981 年 3 月 27 日，一代文豪茅盾先生与世长辞。1982 年 2 月 24 日，中央领导批复报告，同意保留茅盾故居。1982 年 8 月 23 日，中央书记处讨论通过《作家协会党组"关于编辑出版〈茅盾全集〉、筹建茅盾研究会"的报告》。1983 年 3 月 27 日，在北京召开首届茅盾研究学术讨论会期间，正式宣布成立中国茅盾研究会，研究会曾在茅盾故居的南房办公，叶子铭、周扬、冯牧、孔罗荪等文学界大家都曾在南房里济济一堂，共同追忆茅盾。①

1985 年 1 月 5 日，中国现代文学馆成立，茅盾故居被划入中国现代文学馆作为内设机构进行日常管理，3 月 27 日，茅盾故居正式对外开放。由此，茅盾故居正式作为"博物馆"进行管理，故居中包括藏书在内的所有物品作为博物馆藏品被分类保护、展览展示。

1991 年 3 月 27 日是茅盾逝世十周年，中国茅盾研究会和中国现代文学馆在北京茅盾故居联合举行了一次小型座谈，为了充实与活跃座谈内容，会场上首次陈列展出了茅盾生前亲笔批阅过的一批现当代文学作品，并特别邀请了这些作品的部分作者前来参观、座谈，② 茅盾眉批本首次呈现在人们的视野中。

从相关文献可以看出，茅盾眉批本最早由茅盾先生的儿子韦韬先生捐献给茅盾故居，共有 40 余种。眉批本的第一次出版是 1991 年 6 月，以茅盾先生眉批的韶华《浪涛滚滚》为底本由中国青年出版社出版，定名《浪涛滚滚·茅盾点评本》。③ 茅盾眉批本最大规模的公开展现是在 1996 年 7 月，适逢茅盾先生百年诞辰，时任中国现代文学馆副馆长的舒乙先生主编了《中国现当代文学茅盾眉批本文库》（以下简称《文库》），卷首有舒乙做的总序，总序中对眉批本进行了

① 姚明：《"时间—空间—社会"视角下名人故居空间功能转型研究——以北京茅盾故居为例》，《北京文博文丛》2022 年第 3 期。

② 《茅盾逝世十周年座谈纪实》，《茅盾研究》1995 年第 6 辑。

③ 韶华：《浪涛滚滚：茅盾点评本》，中国青年出版社 1991 年版。

评价，认为"茅盾式批注"涉及著作数量大，所做的批注数量也大，茅盾先生还总爱在卷头写总评语，附有导读性和解读性批注，这些珍贵的眉批可谓"瑰宝"，① 卷末有"茅盾眉批索引"及于润琦写的编后记，全书四册，收录了茅盾先生进行过眉批的 9 本图书，包括长篇：杨沫《青春之歌》、乌兰巴干《草原烽火》；中篇：杜鹏程《在和平的日子里》、茹志鹃《高高的白杨树》；诗歌：阮章竞《漳河水》《迎春橘颂》、田间《田间诗抄》、郭小川《月下集》、闻捷《河西走廊行》。

2011 年第八届茅盾文学奖揭晓之际，时任中国现代文学馆副馆长的周明在《人民日报》上刊发回忆茅盾先生的文章，文中提到茅盾先生一向十分关注文学创作，对于手头收到的刊物都会仔细阅览，部分留下了密密麻麻的眉批，发表他精辟的读后感。② 周明提及的眉批本情况与《文库》基本吻合，文中提到的眉批本玛拉沁夫的长篇小说《茫茫的草原》则是首次提及。

2013 年，曾任中国茅盾研究会常务副会长的万树玉在《人民日报》上撰文《茅盾的〈史记〉眉批》，推介了新发现的茅盾眉批本《史记》。此《史记》是上海锦章书局 1924 年印行版本，共 20 册 130卷，每册书前均有"沈雁冰印"篆书钤印，眉批覆盖面广、数量很大，20 册中除 5 册序目、年表月表墨迹不多，其他 15 册几乎每卷每页都有批注，散见于每页的"天地"、正文中间，书的空页、封面、封底、封背、扉页，几乎利用了一切空间，全书仅写满整页的就有74 页。③ 茅盾在青年时期所做的这些眉批极其罕见，但文中并未详细说明眉批本的来源、去向、存放处等信息。

（三）发掘

四卷本的《文库》涉及 8 位作者的 9 部作品，与有关资料记载的 40 多种有所差异，《文库》并没有继续出版第二集，其他的眉批

---

① 舒乙：《梦和泪》，作家出版社 1998 年版，第 96—97 页。
② 周明：《想起了茅盾先生》，《人民日报》2011 年 10 月 24 日。
③ 万树玉：《茅盾的〈史记〉眉批》，《人民日报》2013 年 12 月 16 日。

本也没有进行后续的发掘与研究。同时，现有的出版、研究资料为后续的发掘提供了丰富的"线索"，如周明提到的《文库》未收录的眉批本玛拉沁夫的长篇小说《茫茫的草原》。

关于眉批本的发掘路径既可以是基于主观的专家访谈法、口述历史方法，也可以是客观的实证、实物、考证的方法。关于眉批本形成的相关问题随着茅盾先生、韦韬先生的去世而无从问起，也因为现有记载的零碎、零星不成体系而显得并不十分清晰。就现有记载来看，有两个问题值得推敲与考证：第一，韦韬先生的捐赠从何而来？韦韬一直与茅盾先生居住在一起，眉批本是单独存放，还是散布于茅盾藏书之中，这对于数量的确认与线索的确认至关重要。第二，茅盾先生有着阅读后做批注的习惯，目前茅盾先生有着数千册的藏书保存于中国现代文学馆茅盾文库，其他藏书中还有没有进行过批注留下过笔记的具备眉批本特征的文献？

带着上述线索和问题，结合有关业务工作，笔者以"穷举探索"的方式对茅盾藏书及其相关档案文献进行了实物比对，实证了茅盾眉批本的有关数据与事实。

第一，《浪涛滚滚·茅盾点评本》的底本茅盾眉批韶华《浪涛滚滚》保存在中国现代文学馆茅盾文库之中。

第二，在7000余册茅盾藏书及其相关文献中，留下"笔迹"的文献有很多，如书中画线、画圈、书扉页题记或标记文字等，其中符合眉批本特征的有70多种，比舒乙所述的韦韬先生的捐赠40余种的情况略多。舒乙主编四卷本的《文库》涉及的9部作品原件均保存在中国现代文学馆茅盾文库之中。

第三，周明提及的眉批本玛拉沁夫的长篇小说《茫茫的草原》与实证调研情况有所差异。茅盾文库保存有一本1963年作家出版社出版的玛拉沁夫的长篇小说《茫茫的草原》，为玛拉沁夫签名题赠茅盾，其中并未留下眉批，茅盾文库还保存有一本1957年版的玛拉沁夫长篇小说《在茫茫的草原上》，则是眉批本。此小说酝酿于1952年，1956年创作完成，作家出版社于1957年最先结集出版，定名《在茫茫的草原上》，1962年修改后1963年再版时更名《茫茫的草原》。可见，周明提及的眉批本玛拉沁夫的长篇小说《茫茫的草原》是存在的，但是其在记忆中出现了偏差，将同一作者的同一作品的不同版本的更名情况混淆了，由此可知，周明在《人民日报》上刊文所提及的"眉批本玛拉沁夫的长篇小说《茫茫的草原》"应为"眉批本玛拉沁夫的长篇小说《在茫茫的草原上》"。

第四，万树玉提及的茅盾眉批本《史记》未在中国现代文学馆茅盾文库的茅盾藏书之中，也未在茅盾故居藏品展品之列。

第五，经过初步的整理与统计，茅盾眉批本以文学创作作品为主，包括小说、诗歌等，也有少量的文学理论作品、马列著作；眉批本图书的出版时间主要集中在 1958 年到 1962 年之间，1963 年之后出版的数量较少；出版时间最早的是 1948 年出版的周扬编《马克思主义与文艺》，出版时间最晚的是 1977 年出版的《把无产阶级专政下的继续革命进行到底：学习〈毛泽东选集〉第五卷》。

二　辨章学术

目前，关于"茅盾眉批本"的概念最早见于 1996 年版《文库》，《文库》的公开出版既是对眉批本的内容展示，也为眉批本概念的确立打下基础，从后来的研究来看，都以 1996 年版《文库》为标准称之为"眉批本"。在《文库》序言中，舒乙将眉批本中的内容称为"茅盾式批注"，在 1991 年版的《浪涛滚滚·茅盾点评本》中称为"点评本"。由此可见，点评、眉批、批注在这一领域出现了概念的通用。

"眉批"的概念是因为古代作文竖写，书籍字行为竖排，纸张上方留有空白，因"空白"处位置恰似人面部眉毛所在处，故称"眉批"，或者说，眉批即在书页上方空白处写下的批语，这是有关"眉批"最初的定义，现代作文横着写，书籍字行多为横排，除眉批外，又盛行在纸张左侧空白处写批语。①

---

① 张元珂：《论茹志鹃〈高高的白杨树〉的茅盾眉批本——兼及"十七年"时期茅盾眉批实践的价值及意义》，《现代中文学刊》2021 年第 5 期。

由此可见，"眉批本"是一种统称或代称，即无论评点式文字所在的位置，一以概之统称为"眉批"，不细致区分眉批、题头批、夹批、旁批、文末批而分别命名，即"将留下茅盾亲笔批注的图书称为茅盾眉批本"。

笔者在实证调查基础上获取实证数据，并结合有关理论，认为茅盾眉批本的"眉批"可以划分为三种主要类型，包括以短语词句为代表的点评、以长句为代表的批注、以段落为代表的札记。

（一）点评

富有中国传统特色的文学批评方法称为"点评"或"评点"，如金圣叹点评《水浒传》、毛宗岗点评《三国演义》、张竹坡点评《金瓶梅》、脂砚斋点评《红楼梦》，都是标志这种批评方法迈向极盛时期的经典案例。[①]"点评"表现方式多种多样，点评的个体内容被称为"批注"，以批注文字所在的位置来区分既可眉批、题头批、夹批，也可旁批、文末批，其实质相同，都是与作品有关的评价评论式文字。点评主要解决评价文章的局部性问题，对字、词、句、标点或段落等方面的优缺点进行提示、说明、分析、评定。

眉批本中的点评内容主要以词语、短语组成，主要散布于书中每页正文旁边，往往是对圈点、画线内容的注解，有对作品主人公人名的誊写，对用词的褒贬、用词的注解评价，阅读时的心态心境。以"点评"为主的眉批本其点评内容更多的是代表作者的读书习惯、阅读心情记录等，往往不会形成有关文章并公开发表，只作为自身单独的阅读的组成部分。

（二）批注

批注指阅读时在文中空白处对文章进行批评和注解，作用是帮助自己掌握书中的内容。批注是我国文学鉴赏和批评的重要形式和传统的读书方法，直入文本、少有迂回，是阅读者自身感受的笔录，体现

---

① 张元珂：《〈青春之歌〉茅盾眉批本杂议》，《文艺报》2014 年 6 月 23 日。

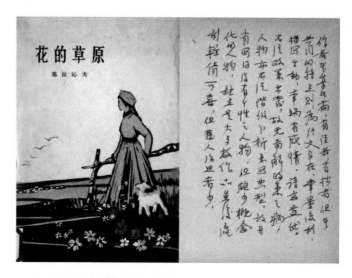

茅盾眉批本玛拉沁夫《花的草原》（批注）

着阅读者别样的眼光和情怀。①

　　眉批本中批注的内容主要以长句组成，散布于书中每页的"天地"、正文中间，意义明确、范围局限，与对应的词语、句子、段落直接相关，有对内容走向的猜想与联想，有对遣词用句的质疑与修改意见，有对情节要素、人物描写等小说要素的评价，以及有关背景内容的个人看法、建议。以批注为主的眉批本其批注内容往往会形成一篇较短的"读书笔记"。如眉批本玛拉沁夫《花的草原》，与之相对应的文章就有首发于 1963 年版《草原》后收入《读书杂记》一书的文章《〈花的草原〉——读书杂记之四》，《读书杂记》《鼓吹续集》中的很多读书笔记、评论文章都与批注式眉批本有关。

　　（三）札记

　　札记也叫随笔，指"读书时摘记要点、心得或随时记录所闻、所见

----

　　①　张元珂：《〈在和平的日子里〉茅盾眉批本刍议》，《文艺报》2017 年 6月 23 日。

的文字，汇集多篇成书，称札记"①。读书札记就是读书笔记，是指人们在阅读书籍或文章时，遇到值得记录的东西和自己的心得、体会，随时随地把它写下来的一种文体。古人有条著名的读书治学经验，叫作读书要做到"眼到、口到、心到、手到"，这"手到"就是读书笔记。

　　眉批本中的札记内容主要以长句和段落组成，段落独立成段，多个长句多页分布也可构成段落，主要分布在书的空页、封面、封底、封背、扉页，一个单独的段落往往在百字之上，多个段落首尾连接后字数往往在数百字到千字之间，具备"札记"特征。以札记为主的眉批本，其札记内容往往会形成一篇评论文章或者会议讲稿的一部分。如眉批本艾明之《火种》中就有札记十余处，与之对应的是茅盾在《收获》上公开发表的关于《火种》的评论文章。

茅盾眉批本艾明《火种》（札记）

三　去伪存真

　　在中国当代文学研究中，有价值的稀见史料可遇而不可求，发掘

────────────

　　① 丘东江主编：《图书馆学情报学大辞典》，海洋出版社 2013 年版，第1088 页。

与研究都比较困难，包括手写史料等不同类型，其特征为存世稀少极为罕见、缺乏有效的传播常被忽略、珍稀且有价值、原生态原记录，① 茅盾眉批本显然属于这一类别。

茅盾眉批本属于手迹文献，② 是解读作家、作品的重要依据，由于这类材料往往独此一份，需要进行辨伪，以确保其可靠性，"搜辑宜求备，鉴别宜求真"③。关于茅盾眉批本尤其是其点评内容的"求真"主要从以下三个方面展开。

（一）公藏背书

茅盾藏书是茅盾眉批本的"充分而不必要条件"，即眉批本属于茅盾藏书，茅盾藏书不一定都是眉批本。对茅盾藏书的厘清有助于进一步深入了解茅盾眉批本的有关情况。

茅盾先生先后担任文化部部长、中国作协主席、全国政协副主席等职务，去世后经党中央的批准，成立中国茅盾研究会、建立茅盾故居、编辑出版《茅盾全集》。居所中的所有物品都受到了保护，颇有文物意味，有关政策得到了党中央的批复。

茅盾藏书进入公藏阶段后，图书上增加了公藏单位的收藏标志，代表藏书入藏后的"传承有序"。公藏单位的收藏标志也称"机构收藏痕迹"，指图书从私藏转为公藏后得到一系列处理后留下的痕迹，包括加盖馆藏印章、赋予分类号并用铅笔书写在图书扉页的右上角、粘贴条形码及书脊贴等。

从茅盾藏书中实证获取的眉批本中的"机构收藏痕迹"十分齐全且统一，每本书上都有馆藏印章 2 个即"中国现代文学馆藏书"与"中国现代文学馆茅盾文库藏书"，都在图书扉页的右上角有用铅笔书写的分类号，都有粘贴"MD（茅盾）开头条形码"与覆盖粘贴

① 黄发有：《论中国当代文学稀见史料开掘的意义与方法》，《文艺研究》2021 年第 10 期。

② 侯富芳：《手迹文献及其影印出版问题研究》，《图书馆建设》2014 年第 9 期。

③ 梁启超：《中国历史研究法》，上海古籍出版社 2011 年版，第 127 页。

的"WS（文库）开头条形码"、绿色书脊贴与红蓝色打印有图书分类号架位号的书脊贴。① 可见，眉批本一直是"传承有序"，经历了茅盾故居管理阶段、中国现代文学馆茅盾文库管理阶段。公藏单位的收藏痕迹构成的公藏单位信誉背书，构成茅盾眉批本真实性的重要证据。

（二）二重证据

无论是兰克②的"外证"与"内证"结合起来的方法论阐述，还是梁启超在胡应麟《四部真伪》的八点辨伪方法的基础上提出了辨别伪书的 12 条公例③，都为去伪存真提供了方法论借鉴，正如王国维提倡的二重证据法，在现有语境下其内涵与外延都有所拓展。

为此，以眉批本实物及其相关信息为基础，笔者对茅盾日记、茅盾文论等进行了"地毯式"的搜寻与查找，形成了"藏书—阅读—创作"的证据链条。虽然茅盾日记不会直接记录批注眉批图书的情况，但眉批本有一半以上能够从文献记录中找到蛛丝马迹，构成相应的"证据"，根据"证据"的丰富程度与效用程度可以划分为以下三类。

第一类是多重证据指向，即"实物有对应、阅读有记录、手稿有留存、文章有发表"。如茅盾藏书中留有眉批本李季的《五月端阳》《当红军的哥哥回来了》，在茅盾文论中的《反映社会主义跃进时代，推动社会主义时代的跃进——1960 年 7 月 24 日在中国文学艺术工作者第三次代表大会上的报告》（以下简称《报告》）中"民族形式和个人风格"部分中对此有独立段落进行阐释，在《报告》的手稿与打印稿中也能明确看到有关记录（收藏于中国现代文学馆作家手稿库），且与之时间相对应的茅盾日记中也有阅读此书的明确记录，可见茅盾阅读过李季的《五月端阳》《当红军的哥哥回来了》，

① 姚明：《茅盾藏书研究：形成轨迹、痕迹留存、概念界定》，《文献与数据学报》2022 年第 2 期。

② ［英］乔治·皮博迪·古奇：《十九世纪历史学与历史学家（上）》，耿淡如译，商务印书馆 1989 年版，第 9—193 页。

③ 梁启超：《中国历史研究法》，上海古籍出版社 2011 年版，第 127 页。

且在阅读时对此书进行了批注，之后誊抄到稿纸上与其他部分相融合形成了《报告》手稿，后由有关机构人员进行油墨印刷为打印稿，由茅盾先生做出最后的修改修订，最终打印定稿在会上宣读，会后稿件在有关刊物刊登，后收入《茅盾文集》《茅盾全集》中。眉批本成为创作过程中的一个环节，完全可以推论书中眉批为茅盾先生所作，不同稿件阶段的文字差异也构成研究茅盾批评方法与思想的重要案例。

第二类是读书笔记发表的证据。茅盾先生在 20 世纪五六十年代先后出版了关于读书和读后感的评论评价式的作品集，包括《夜读偶记》《鼓吹续集》《读书杂记》。如茅盾藏书中留有眉批的玛拉沁夫《花的草原》，与之相对应的文章就有首发于 1963 年《草原》后收入《读书杂记》一书的文章《〈花的草原〉——读书杂记之四》，由此可以推论书中眉批为茅盾先生所作，眉批内容是即时感受，公开发表论文则需要考虑多重因素，发表内容与眉批内容的比对，往往会有所差异。① 通过这些文献记载与实证数据的对应，可以进一步确认眉批内容的真实，同时也赋予了眉批内容以"初稿"的意味。

第三类是单一证据的佐证。相对于前两类，它没公开发表文章的支持，只有来自日记的记录，茅盾日记具有一个鲜明的特征，就是记录最多的事情就是读书，"阅书、阅参资"几乎是他每天的必备功课，即使因为出差访问后耽误了阅读，也都要集中阅读之前没有阅读的"参资"，唯有在生病、眼疾严重的时候偶尔不看。关于阅读图书情况的记录，有时会简单记录书名，有的则不记录书名直接记录"阅书"，还有少数的较为明确的记载所读图书的情况、意图、感想等，如茅盾藏书中留有眉批的白危《垦荒曲》，没有相应的手稿留存，后续也没有相应的评论文章发表，只有日记中对阅读《垦荒曲》做出了明确记录，即明确写出了书名，还记录了收到作者赠书与全书分上下册共约 60 万言的情况。②"实物—阅读记录"的证据对应关系

---

① 钟桂松：《茅盾与茹志鹃》，《书城》2015 年第 10 期。
② 茅盾：《茅盾全集·日记一集》，黄山书社 2014 年版，第 561—562 页。

由此实现，从而推理书中眉批为茅盾先生所作。

（三）字迹比对

茅盾研究一直是作家研究的热点、重点，成果丰富，类别繁多，除去茅盾全集收录的数百万字内容外，还有关于茅盾的回忆、书信、资料，茅盾研究史、研究年鉴、研究书系，以及有关普及著作、生平传记、艺术研究等各类出版物。[①] 作品非常丰富，想要收集完成并通篇阅读、爬取有关眉批本的内容绝非易事，无异于"大海捞针"，需要不辞辛苦地搜寻与研究。

有鉴于此，对于极少数因为各种原因，如茅盾日记记录内容的"缺失"，或没有相关文章发表而无法由二重证据法进一步辨别的眉批本，虽然有着公藏的痕迹，但未有文献记录的佐证，难免有"证据不足"之"嫌疑"。为此，本研究通过进一步的实证研究即"字迹比对"的方式进一步进行比对。

目前茅盾留下的大量资料中，有丰富的字迹集合，其中有毛笔、铅笔、圆珠笔，很多都是经过考证公开出版的，为比对提供了便利条件。除了直观的观察，还可以通过一些茅盾先生的笔迹特征与用字特征来判断，比如关于"国"字往往用"口"代替，这是繁体简化与自我书写习惯。由此对相关眉批本图书进行实证对比，加上"公藏痕迹"的信用背书，基本可以推定这些没有文献证据的眉批本批注内容亦为茅盾先生所作。

近年来，包括茅盾在内的经典作家研究鲜有突破性成果，与之相关的文学现象的研究也基本爬梳完毕，学界亟待新视角、新史料以延伸包括茅盾在内的经典作家、作品的生命力。经过考索来源、辨别真伪的茅盾眉批本作为重要的稀见档案史料，对当代文学研究而言既可"补遗"，又可为学术研究带来新的动力，这动力将不限于对于茅盾阅读史的构建，一定还会带来更多"启示"。

[①] 王卫平：《新世纪以来茅盾研究著作评析》，《山东师范大学学报（社会科学版）》2020 年第 4 期。

文学史从某种意义上可以阐释为"文学记忆"的集合，构成这些记忆的片段难免有"不可思议"的破碎与散失，实践中常表现为"全集不全"。茅盾眉批本的发掘在某种意义上正是这种"记忆碎片"的呈现，为我们走入故纸堆、拂去遗忘的尘埃提供了契机。（图片均为中国现代文学馆藏）

（原刊《北京档案》2023 年第 6 期）

二　著作推介

连正著《茅盾小说在日本的译介与研究》

连正著《茅盾小说在日本的译介与研究》2023 年 2 月由中国社会科学出版社出版。16 开，269 千字。该书为河北大学红色文学与文化研究中心"红色文化研究丛书"之一。

该著力图探究中日学界在茅盾研究领域中存在的对话与争鸣，述评日本学者独特的研究方法和视角，分析茅盾小说对日本作家作品创作产生的影响，借助日本之"他山之石"阐释了茅盾小说在域外文化体系中所释放出的文学价值和文化意蕴。在细读、翻译和研究所掌握的大量一手日文文献史料的基础上，对茅盾小说在日本的译介与研究历史展开了详细的考证与梳理，最终整合完成了一部较为完整的日本茅盾小说译介与研究史论稿。该著作中不仅附加了茅盾小说日译本及日本学者茅盾研究专著的封面照片、报刊书影，还在书后附录中详细罗列了大量迄今所发现的日本茅盾研究文献目录，为读者了解茅盾小说在日本的传播情况提供了迄今为止最全面的史料参考。

连正，河北省保定人，河北大学文学博士，师从阎浩岗教授。现任教于河北大学外国语学院日语系，兼任河北大学红色文学与文化研究中心秘书。在《中国现代文学研究丛刊》《新文学史料》《茅盾研究》《河北日报》等发表论文多篇，主持省部级及市厅级社科基金项目共 4 项，参与国家社科基金重大项目子课题及一般项目课题研究各 1 项。被《茅盾研究年鉴》编辑部评选为"2020—2021 年度新锐学者"。

目录

绪 论

一 选题缘起

二 研究创新点与意义

三 国内外研究现状综述

四 研究方法

五 研究思路

第一章 茅盾小说日译单行本的滥觞之作——《蚀》在日本的翻译与研究史论

第一节 昭和前期（1926—1945）日本对《蚀》的翻译和研究

一 《幻灭》的译介：茅盾中长篇小说在日本接受的滥觞

二 《大过渡期》：茅盾作品日译单行本的先河

三 《大过渡期》发表后日本学界的多种评价

四 昭和前期日本接受和研究《蚀》的社会文化背景

第二节 昭和中期（1945—1966）《蚀》在日本的研究与评介

一 对茅盾小说的审美突破：佐藤一郎与高田昭二对《蚀》的研究

二 "十七年"特殊历史语境下中日对《蚀》文学价值的不同认知

第三节 东瀛学界的多部声：中日建交后《蚀》在日本的研究述论

一 茅盾作为作家的起点：《幻灭》文学价值在日本的重估

二 对《蚀》中"女性解放思想"、"性描写"及其版本流变的研究

三 21世纪《蚀》在日本研究的新坐标：白井重范的"论《蚀》"

四 异质文化语境下中日对《蚀》接受与研究的异同

第二章 永不磨灭的经典——《子夜》在日本的翻译与研究

第一节 "恶文"评价与完整译本的缺席：《子夜》在"二战"前日本的传播与接受

赵思运、蔺春华主编《茅盾研究年鉴 2020—2021》

赵思运、蔺春华主编《茅盾研究年鉴 2020—2021》，2023 年 4 月由中国社会科学出版社出版。全书 575 千字，16 开，568 页。

《茅盾研究年鉴 2020—2021》系浙江传媒学院茅盾研究中心与浙江省桐乡市文化和广电旅游体育局联袂主持的大型系列文献之一。该年鉴全面呈现了茅盾研究领域的最新成果，凸显出最活跃的茅盾研究队伍的弘毅身影，精心遴选出茅盾研究领域的重要论著、论文，以及期刊、报纸、学位论文的要目索引，梳理了 2020—2021 年茅盾研究大事记，为文史专家和文学爱好者提供了重要资料，以便更好地传承茅盾精神。

目录

代表作：茅盾小说在日本的译介与研究（摘要）//

年度新锐学者：翟月琴

代表作：格雷戈里夫人戏剧在中国的接受

　　——以茅盾的译介为中心//

三　著作推介

周娇燕著：《英语世界的茅盾研究》//

李友云著：《百年巨匠·茅盾》//

中国茅盾研究会编，杨扬主编：《茅盾研究》第 16 辑《经典作家的方方面面》//

中国茅盾研究会编，杨扬主编：《茅盾研究》第 17 辑《经典形成的历史》//

桐乡市档案馆编：《茅盾手迹——我走过的道路（1896—1926)》//

北塔著：《"信"者"信史"也——茅盾书信研究》//

赵思运、蔺春华主编：《茅盾研究年鉴 2018—2019》//

李标晶主编：《茅盾年谱》//

四　学术论衡

杨扬：茅盾：闯出广阔而深邃的现实主义道路//

李永东：风景与茅盾的战时中国形象建构//

王泉根：百年中国儿童文学演进史中的茅盾//

杨联芬：茅盾早期创作与女性主义//

郭鹏程："市民文学"的玄机

　　——茅盾延安之行的精神轨辙//

苏　心："牯岭时刻"与作家"茅盾"的诞生//

刘　贵：20 世纪 30 年代茅盾的"五四"新文化运动阐释//

侯　敏：茅盾的思想演进与俄苏文学资源（1919 年—1949 年）//

张连义：论茅盾的传统知识分子情结//

张全之：中国现代长篇工人运动小说的杰作

　　——重评《子夜》对工人运动的书写//

妥佳宁：从实业与金融到民族资产阶级与买办阶级

——《子夜》成书前的文献谱系还原//

阎浩岗：个人主义者的悲剧

——重读茅盾的《腐蚀》//

程　伟：由情至理：茅盾小说《腐蚀》的电影改编//

蔡杨淇：经典化的游离

——从茅盾《霜叶红似二月花》的经典化谈起//

陈思广、任思雨：革命的"断裂"与茅盾的"矛盾"言说

——茅盾长篇小说《虹》之未完成探因//

尹　捷：茅盾叙事视野的转换之开端

——《大泽乡》中的学术与政治//

李金凤：分歧与异质：茅盾视野下的战国策派//

刘金龙、高云柱：茅盾的文学转译观探究//

高　旭：论茅盾的《淮南子》研究及学术史意义//

五　域外视野

钟桂松：茅盾在日本的创作//

连　正、阎浩岗：昭和前期（1926—1945）日本对《蚀》的译介与研究//

徐从辉、廉诗琦：普实克的茅盾研究//

黄　勤、刘倩茹：关联理论视角下茅盾小说《报施》王际真英译本探析//

龙其林：在认同与规避之间

——论茅盾《子夜》对左拉《卢贡·马加尔家族》的借鉴与改写//

六　史料新考

刘　锐："大众化"实践、《讲话》南渐及文艺制度设想

——新见茅盾佚文《文艺工作的现实性，计划性，和组织性》校读//

黄　芳、庄舒雯：向外介绍中国现代小说进展：茅盾英文佚文考述//

吴　旭、罗长青：《译文》停刊前后鲁迅与茅盾的交往关系考察//

许龙波：茅盾佚文《"自由主义者"之一例》述论//

田　丰：茅盾 1938 年四则佚文佚简辑释//

张元珂：论茹志鹃《高高的白杨树》的茅盾眉批本

——兼及"十七年"时期茅盾眉批实践的价值及意义//

王士杰：茅盾 1979 年访谈视频的镜头内外//

七　茅盾研究事辑

2020—2021 年茅盾研究事辑

八　论文索引

2020—2021 年博士学位论文索引

2020—2021 年硕士学位论文摘要

2020—2021 年报刊茅盾研究论文要目索引

钟桂松著《茅盾和他的儿子》

钟桂松著《茅盾和他的儿子》2023 年 7 月由研究出版社出版。32 开，221 千字。

知名茅盾研究专家钟桂松与韦韬交往三十多年，是韦韬生前充分信任的茅盾研究者之一。在与韦韬同志三十多年的交往中，作者积累了丰富的史料，包括大量一手信息和资料，如韦韬档案和给作者的一百多封信。钟桂松历时 2 年完成该书。该书的出版得到乌镇茅盾纪念馆和桐乡档案馆的大力支持，乌镇茅盾纪念馆和桐乡档案馆提供了丰富的珍贵图片。该书图文并茂，生动反映了茅盾和韦韬革命和奉献的一生。

该书展示了茅盾夫妻与子女在恶劣的革命战争年代和新中国成立初始复杂环境中的亲情互动和革命家国情怀。一方面，披露了不少茅盾和儿子韦韬鲜为人知的家庭生活往事，介绍了韦韬在父亲茅盾的影响下，成长为一位有信仰、有理想、有追求的革命者的成长过程；另一方面，翔实地展示老共产党人韦韬同志晚年默默无闻的巨大贡献。

该书还收录了茅盾亲属和茅盾研究者授权的一些回忆文章，第一次选取、发表韦韬几十年间给作者的 19 封信，从而全面、真实地展示韦韬同志的一生。2023 年，正值韦韬逝世十周年、诞生一百周年。该书的出版具有特别的纪念意义。

目录
温馨的革命家庭
出生在上海的乌镇人
与姐姐一起唱《国际歌》

爸爸从日本回来了

"儿子开会去了"

在炮火中离开上海

抗战逃难岁月

长沙岳云中学的插班生

香港南华中学的日子

新疆岁月："列那和吉地"

延安的阳光

逃出新疆迪化

到延安，进向往已久的"陕北公学"

在西北文工团的日子里

姐姐之殇

抗战胜利后，深明大义的父母送子上前线

新中国成立前后

姐夫的关心和牺牲

保持谦虚低调的作风

看到父亲在运动中的困惑

劝父亲向中央报告

协助父亲写回忆录

为父亲茅盾奔波

中央军委同意韦韬给茅盾当助手

呕心沥血做好三件事

不遗余力地推动茅盾研究，传承茅盾精神

回忆父亲茅盾往事

高风亮节

在故乡桐乡乌镇的时候

高风亮节的无私捐献

最后的心愿：重新出版《茅盾全集》

一个风清气正的普通人

附录：

怀念父亲韦韬

舅舅的爱护温暖我们一生

悼念敬爱的表哥

既是前锋，又是后盾

怀念韦韬先生

回忆我和韦老相识的那些时光

活着不给别人添麻烦

追思韦韬先生与植材小学

韦韬同志致钟桂松的部分信函

后记

中国茅盾研究会编，杨扬主编《茅盾研究》第19辑

中国茅盾研究会编，杨扬主编《茅盾研究》第19辑《茅盾与中国文学的现代化》2023年8月由华东师范大学出版社出版。16开，301千字。

21世纪以来，茅盾研究在持续推进，每年都有数百篇相关学术论文发表。茅盾的作品呈现出"社会现代性"和"审美现代性"交错、混杂的景观，依然存在巨大的阐释空间。特别是茅盾作品中所表现的现实主义品格，恰恰是当下文坛所缺乏的。他在小说中对历史事件和社会生活的真实再现、对复杂人性的深刻揭示，都是留给中国文学的宝贵遗产。站在21世纪的高度，关注茅盾研究的历史和现状，涉及对茅盾研究史料的整理发掘和茅盾文艺思想、文艺批评等问题的纵深研究，体现了近年来茅盾研究领域的重要收获。

第19辑收录了中国茅盾研究会学者撰写的论文多篇，栏目包括茅盾作品与思想研究、史料考证、青年论坛、书评、学人纪念、现代文学语言研究，充分展现了新时代茅盾研究的学术成就，也反映出国内学者在茅盾研究的广度、深度上进一步拓展的发展趋势，弘扬了茅盾先生心怀天下、求真务实和为人生的文学创作精神。

目录

道义批判的限度与社会结构剖析的必要——重读《林家铺子》/罗云锋

小说长制两巨匠——巴金与茅盾/宋曰家

茅盾藏书中的"三红一创、青山保林"/姚明

茅盾笔下的延安风景、知识青年及相关问题/程志军

"抒情"的协奏：茅盾的江南记忆与文化认同/徐从辉

《霜叶红似二月花》古典式浪漫的二重性/韩旭东

茅盾史料考证

抗战时期茅盾佚简两通释读/刘世浩

青年论坛

颠覆与困囿：茅盾早期小说中的"新女性"书写/李雨菲

循环还是进化？——重读《追求》中的革命书写/邹雯倩

作为"过程"的革命主体——论茅盾小说《虹》/向润源

书评

上海的辨识——读李国华《黄金和诗意：茅盾长篇小说研究四题》/刘祎家

总体性的诗学建构——评李国华《黄金和诗意：茅盾长篇小说研究四题》/孙 荣

现代文学研究学人纪念专栏

学人的楷模，后学的导师——追念著名现当代文学史家、茅盾研究专家丁尔纲先生/沈冬芬

现代文学语言研究专栏

"以质救文"——试论章太炎的语文复古观念及其敞开的革命性/赵 凡

意到笔随乱谈天："打油诗""烂古文"与刘半农的游戏文章/房 栋

钟桂松著《茅盾传》

钟桂松著《茅盾传》于 2023 年 9 月由人民文学出版社出版，16 开，422 千字。钟桂松潜心研究茅盾四十余年，钩沉史料，为我们奉献了一部别样的《茅盾传》。书中写尽了茅盾的艰难经历和巨大贡献。在茅盾家族的史料挖掘、茅盾在商务印书馆的史实记录、茅盾的革命活动与艰辛付出等诸多方面全面超越了以往的茅盾传记，为我们塑造了一个真实可信、有血有肉的茅盾形象。该书采用全新史料披露还原历史真实。40 余万文字、30 余幅珍贵照片读懂一代文学巨匠的"为人生"与"不尽才"。

钟桂松，浙江省桐乡人，中国茅盾研究会原副会长，曾任浙江电视台台长，浙江省新闻出版局党组书记、局长等。从 20 世纪 70 年代开始，利用业余时间，长期致力于中国现代文学研究，茅盾、丰子恺等浙江现代文化名人研究。已出版《茅盾评传》《沈泽民传》《张琴秋传》等，另有《夜宿乌镇》《热海之夜》等散文集。主编有《茅盾全集》《茅盾文集》等，选编《茅盾家书》等。2022 年 2 月，出版十卷本《钟桂松文集》（浙江教育出版社）。

目录

第二章　在上海的舞台上

一、走进商务印书馆

二、埋头学问的年轻人

三、《新青年》的影响

四、中共早期党员

五、革新《小说月报》

六、政治与编辑岗位的完美结合

七、参与五卅运动和领导商务印书馆的罢工

第三章　在大革命的漩涡中

一、在国民党中宣部的日子

二、在上海交通局

三、从军校教官到汉口《民国日报》主笔

第四章　洛阳纸贵

一、"茅盾"的横空出世

二、"幻灭"之外

三、亡命日本

第五章　创作的黄金时期

一、参加"左联"

二、《子夜》的诞生

三、《林家铺子》和《春蚕》的问世

四、国民党的文化围剿和《译文》丛书风波

五、全面抗战前的奔波

第六章　奔波在烽火连天的日子里

一、在《文艺阵地》耕耘

二、新疆，度日如年的日子

三、从延安到重庆

四、香港二度：《腐蚀》的诞生，《笔谈》新阵地

五、桂林：春来冬去

六、重庆的雾

七、刻骨铭心的 1945 年

中国茅盾研究会编，杨扬主编
《茅盾研究》第 20 辑

中国茅盾研究会编，杨扬主编《茅盾研究》第 20 辑《茅盾文学的当代价值》2023 年 12 月由华东师范大学出版社出版。

第 20 辑收录了中国茅盾研究会学者撰写的论文多篇，栏目包括茅盾作品和思想研究、茅盾史料考证、青年学者论坛、书评、学人纪念、现代文学语言研究，内容涉及茅盾创作综论、小说研究、文艺思想研究、生平与思想研究、编辑与出版研究等领域，充分展现了新时代茅盾研究的学术成就，也反映出国内学者在茅盾研究的广度、深度上进一步拓展的发展趋势，弘扬了茅盾先生心怀天下、求真务实和为人生的文学创作精神。

目录

三　学术论衡

"使文学成为社会化"

——重识茅盾的现代文学观（1919—1925）

雷 超[*]

摘 要 "使文学成为社会化"是茅盾现代文学观的核心特质，也是茅盾一生文学行止的总特征。茅盾在青年时期就非常强调用科学的头脑、精细的观察、缜密的分析剖解社会现象——尤其是现实人生中关乎大多数人的普遍苦痛和迫切需要，以及攸关民族国家存亡和人类社会进步的核心问题，再经由现代文学特有的描写时代社会状貌的分析和综合技艺加以形象化呈现，达到基于社会整体视域恰切地"反映社会""指导社会"的目的。这既是茅盾评介"伟大的文学者"面对时代社会人生难题、践履历史使命的价值标尺，也是他自身在文学方面内在的精神追求。

关键词 茅盾；现代文学观；使文学成为社会化；伟大的文学者

在1919年底参与《小说月报》革新之前，青年茅盾协助朱元善编辑《学生杂志》期间就已开始倾心于文学的译介与评介。这一时期，他撰写的文学评论《托尔斯泰与今日之俄罗斯》、评介文章《近代戏剧家传》均刊载在1919年的《学生杂志》上。除此之外，《时事新报·学灯》在1919年8月增设"新文艺"栏目后，茅盾也开始向该栏目投稿，发表了多篇文学类的著译文章，如文学译作有契诃夫的《在家里》《卖诽谤的》《万卡》、斯特林堡的《他的仆》、莫泊桑

---

* 作者简介：雷超，中国人民大学文学博士，就职于中共四川省省直属机关工作委员会。

的《一段弦线》、高尔基的《情人》等，文学评论有《萧伯纳的〈华伦夫人之职业〉》《文学家的托尔斯泰》等。与此同时，茅盾受《解放与改造》（1919年9月创刊）杂志主编张东荪邀约而译介的政论文章也陆续在该刊发表。总体而言，茅盾这一时期发表的文学类著译文章更多属于他在日常工作间隙的"业余爱好"。

值得注意的是，茅盾在介绍托尔斯泰的文学评论时就已显露出从文学的社会意义角度高度肯定托尔斯泰文学价值的思想倾向——将托翁富有时代关切和感染人心的作品视为促进俄国革命运动的"远因"。茅盾此时有选择地译介契诃夫、斯特林堡、莫泊桑等人的短篇小说背后也带有鲜明的回应社会现象的问题意识。诸如契诃夫《在家里》攸关俄国知识青年"到民间去"的问题，此时的中国经五四运动后也有"到民间去"的时代召唤；斯特林堡《他的仆》则关乎新式婚恋观背后具体的妇女解放问题，与之对应的妇女如何解放也是中国五四时代的重要社会议题之一。不仅如此，青年茅盾还将他所服膺的新文化理念进一步付诸社会实践，他依凭乡邻友朋自发组织的民间社团——桐乡青年社及其社刊《新乡人》积极推动着桐乡社会的改造与进步。茅盾当时在编辑事务、资金筹措等方面积极支持《新乡人》面向当地民众开展文教启蒙活动，可以说，他此时就已有"为人生的"文学意识及社会实践。当茅盾在1919年底受命主持《小说月报》"小说新潮"栏目时，便以此为契机开始系统地研究并探讨中国新文学如何建设方能满足时代社会需要的问题。

一　文学新观念：研究"现代人生"的"一种科学"

五四时期是文学观念锐意革新的时代。关于新文学如何建设的问题，在当时引发了新旧文学之间的争论。与林纾等传统读书人力争古文正统不同，以《新青年》为思想文化阵地、受新思潮感发的进步知识人力主改革从前的文学形态，旨在以更俗白的语言形式和富有现代精神的内容表达从思想观念层面培育民主共和政体所需的名副其实的真国民。至于如何改革以及如何区分新旧文学的标准在当时则存在不同倾向。有的主张在语言形式上采用相较艰深的文言更为通俗易懂、明白晓畅的白话文，使用相较传统句读更为明晰的新式句读符号；有的在注重语言形式的变化之外，还尤其看重语言所承载的新思想与新观念。在这个问题上，胡适、陈独秀、鲁迅、周作人、刘半农、郑振铎等人都有相关的论述和具体的探讨。

关于新文学如何建设的问题，茅盾受《新青年》思潮启发与影响，在参与《小说月报》革新后，首先从文学观念上正本清源，在对新旧文学的评议、新旧文学家的对比中进一步明确新文学观念的基本内涵、确立新文学家的社会责任以及新文学研究者的研究对象及其方法论。秉承历史主义态度的茅盾直陈"我以为新文学就是进化的文学"，具体而言，"进化的文学有三件要素：一是普遍的性质；二是有体现人生、指导人生的能力；三是为平民的非为一般特殊阶级的人的"[1]。在茅盾论议和研讨关于新文学观的文章中，他所强调的"文学社会化"/"德谟克拉西的文学"/"社会化的文学"，其中有一个对茅盾而言十分具体的参照互比的对象——传统的文学观。他论议文学的核心思想，从国内而言主要受陈独秀、周氏兄弟等新文化思想大家的感发与启示，从国际而言主要以西方、俄国乃至弱小民族国家的近代文学进程及其共通特质为参照。茅盾的新文学观/现代文学观正是在与之对话、比较的过程中逐渐完成理论化的表述与系统化的总结。简言之，茅盾的新文学观/现代文学观既是针对传统社会旧文学观的有感而发，也是基于社会现实需求的积极建设。

那么，何谓新文学？换言之，新文学"新"在哪里？周作人在《人的文学》中强调"这区别就只在著作的态度不同：一个严肃，一个游戏"[2]。茅盾在梳理和总结传统社会的"旧文学"特质时，也特别关注"旧文学家"的创作动机/写作意图/著作态度问题。值得注

---

① 冰（茅盾）:《新旧文学平议之评议》,《小说月报》1920 年第 11 卷第 1 号。

② 周作人:《人的文学》,《新青年》1918 年第 5 卷第 6 号。

意的是，茅盾在此基础上又形成了带有个人特色的具体理解。在茅盾看来，"旧文学家"的创作特点主要表现在这五个方面："是一个人'寄慨写意'的"，"是出于作者一时的'感想'的"，"是主观的，是为己的，是限于一阶级的"，"也许是为名的，是追附古人的"，"还有旧文学家是有了文学上的研究就可以动动笔的"。[1] 此语境中潜在的对比是，"一个人'寄慨写意'"更多指向文学表达的个性化与私人化趣味，缺乏自觉面向社会群体、公共空间写作的思想意识与普遍内涵；"出于作者一时的'感想'"指向文学创作者的自主性及随意性，缺乏理性沉淀与进一步的检验；"主观的""为己的""限于一阶级的"指向受限于个体所处的生活环境与社会阶层的有限感知与有限经验，致使其写作范围是局部的体验、片面的深刻；"为名的""追附古人的"指向写作动机旨在追求个人名闻利养，缺少直面当下现实的深切关怀；"有了文学上的研究就可以动动笔的"指向创作准备只看重文学方面的研究，缺少对文学在整个社会结构中与其他行业潜在关联的把握和认识。换言之，在很大程度上，茅盾评析的"旧文学"大多属于供传统士大夫式的文人雅士、贵族阶级"御用""自遣""赏玩""慕古""消闲"乃至"游戏"的文艺。这样的文艺多属于这些贵族阶层的生活雅事，既缺乏文艺的独立性，又少有文艺所处时代具有普遍性的现实感。然而，针对20世纪的人类社会，既往属于作者一己的、一时的、偶然的传统文学既不能满足人类各族群在21世纪进行交流与沟通的现实需要；对中华民国而言，也不能满足巩固民主共和政体的社会需要。在此意义上，以世界各国文学演变的进化历程为参照，茅盾总结出"文学进化已见的阶段是：（太古）个人的——（中世）帝王贵阀的——（现代）民众的"[2]。茅盾进一步指出，对中国而言，现正处于从第二阶段向第三阶段过渡与迈进的时

---

① 佩韦（茅盾）：《现在文学家的责任是什么?》，《东方杂志》1920年第17卷第1号。

② 沈雁冰：《文学和人的关系及中国古来对于文学者身分的误认》，《小说月报》1921年第12卷第1号。

期，意即如何将中国文学从传统的"帝王贵阀"时代进化至现代"民众的"时代是中国新文学家的历史使命。

如何才能从"帝王贵阀"的文学进化至"现代民众的"文学？关于"（现代）民众的"文学，周作人在《平民文学》中更为强调"平民文学应以普通的文体，写普遍的思想与事实"[①]，"平民文学应以真挚的文字，记真挚的思想与事实"[②]，其核心内涵在于用"普通的文体"和"真挚的文字"写"普遍的思想与事实"。与之相较，茅盾主张的"民众的"文学除此之外还特别指向著作者自觉超越所在社会阶层及其人生阅历与社会经验，以直接或间接的方式在全社会、全民族、全人类的全局视野中分析显著的社会现象、探究社会问题症结，进而找到从本质上改善或解决问题的角度与方案。茅盾在《文学和人的关系及中国古来对于文学者身分的误认》中对新文学进行了基于时代社会发展及其需求的新定义。茅盾以人类文化进化的历史进程为视点与参照，不仅赋予新文学独立的人文价值内涵——"人是属于文学的了"，文学的目的在于"综合地表现人生"；还从社会分工的专业角度将文学视为"一种科学"，其研究对象是"现代的人生"，研究的工具是诗歌、小说、戏剧等现代文学类型，研究的范围是"全人类的生活"；还赋予新文学家属于"文化进程中的一个重要分子"——富有历史感的身份定位以及"沟通人类感情代全人类呼吁"的现实使命。其中，茅盾笔下"人类"的具体内涵尤为倾向占人类最大多数的"全世界的民众"[③]。对茅盾来说，这才是他所认同的"人"的文学和"真"的文学。其思想要旨与《文学研究会宣言》中将文学视为"一种工作""终身的事业""正同劳农一样"的严肃态度一脉相承。在 1945 年回顾个人的写作之路时，茅盾重申"写作之事，是一种劳作"[④]，足见严肃的写作态度在茅盾心中的分量

---

① 仲密（周作人）：《平民文学》，《每周评论》1919 年第 5 号，第 2 版。
② 仲密（周作人）：《平民文学》，《每周评论》1919 年第 5 号，第 3 版。
③ 茅盾：《革新〈小说月报〉的前后》，载《我走过的道路》上，人民文学出版社 1997 年版，第 183 页。
④ 茅盾：《回顾》，《中学生》1945 年第 90 期。

和意义。

结合新文学所处时代的生产载体与传播媒介来说，恰如有学者所言，"近现代文学与中国传统文学之间最大的区别之一，就是近现代文学是在机器印刷时代所产生的一种文学表达和传播方式。"① 这种由新时代技术支持带来的社会结构变化及其产生的社会分工为新文学从传统文学生态中独立出来创造了基本的社会条件和文学写作职业化的可能。与之相应的，废科举后的传统士人从庙堂走向民间，在新的社会分工中将文学写作与社会职业乃至个体谋生更为紧密地联系在一起。在此情势下，茅盾主编的《小说月报》在作家（文学研究会作家群）、社团（文学研究会）、刊物（《小说月报》作为文学研究会的代用会刊）、文化机构（民国时期实力最为雄厚的商务印书馆）、文化市场（因社会分工带来的新兴城市人群多层次文化阅读需要而新兴的文化市场）的合力下开始了声势不凡的全面革新之路。

就中国新文学的建设而言，在 20 世纪人类社会的大视野下，借用茅盾的话来说，既要在"现时种界国界以及语言差别尚未完全消灭以前"② 积极发展包括本国在内的带有民族色彩的国民文学，同时又要协同他国他民族一起联合促进世界文学共同体的融合与发展。具体来说，从"破"的角度而言，要有意识"辟邪去伪"，校正一般社会对文学观念③、文学者身份的误解；从"立"的角度而言，要自觉树立正确的新文学观念，用严肃认真的态度积极创造眼中有"人类"、心中有"时代"的国民文学/民族文学。对此，茅盾在《新文学研究者的责任与努力》一文中详陈中国新文学运动的开展路径。

---

① 杨扬：《商务印书馆：民间出版业的兴衰》，上海教育出版社 2000 年版，第 175 页。

② 郎损（茅盾）：《新文学研究者的责任与努力》，《小说月报》1921 年第 12 卷第 2 号。

③ "将文艺当作高兴时的游戏或失意时的消遣"（《文学研究会宣言》，《小说月报》1921 年第 12 卷第 1 号）。"娱乐派的文学观，是使文学堕落，使文学失其天真，使文学陷溺于金钱之阱的重要原因；传道派的文学观，则是使文学干枯失泽，使文学陷于教训的桎梏中，使文学之树不能充分长成的重要原因。"（郑振铎：《新文学观的建立》，《文学旬刊》1922 年第 37 期。）

一者，就"怎样译介"而言，茅盾主张既要注意系统地译介西洋的文学艺术，同时还要注意介绍西洋社会的现代思想。在此基础上，茅盾还对新文化运动过程中浮泛的、无系统的、不经济的译介现象进行针砭，对新文化运动的实践态势适时引导。再者，就"怎样创作"而言，茅盾对文学作品的思想性与艺术性都十分看重，在文学的艺术表达方面尤其强调"观察与想象""分析与综合""个性与国民性"并重的现代文学艺术所需的创作技艺与文学素养。

具体来说，在译介选择上，一方面本着历史的态度注重文学常识的普及、域外文学经验的总结，诸如西洋文学的派别源流、主要文学家的生平及其著作特色。这从茅盾主编《小说月报》期间撰写的"海外文坛消息"中可见一斑。另一方面还要从经济和务实的角度注意"是否合于我们社会与否的问题"①，"我们现在应选最要紧最切用的先译"②。对茅盾而言，在西洋现代文学的小说、诗歌、戏剧、评论等文学范式中，茅盾尤看重小说的艺术与价值。值得注意的是，茅盾在此语境中提及的小说文体概念比较宽泛，这从茅盾将尼采的哲学论著《查拉特拉如是说》视为小说可见一斑。茅盾之所以如此看重小说，与其对西洋文学进化历史的系统认识与历史把握有关。茅盾在《现在文学家的责任是什么？》《对于系统的经济的介绍西洋文学底意见》等时论中都谈到他对新思想与新文艺关系的认识。在茅盾看来，敏锐的文学家是新思想传布的"先锋队"。从中可见，茅盾是从他对西洋近代文学发展的历史脉络的理解中总结出文学对新思潮萌芽的先锋意义。在此意义上，针对后进中国明显滞后于世界新潮的现实情状，茅盾明确指出中国文学家不仅要有"正确的人生观"，还要有"传播新思潮的志愿"和与时俱进的表达技能。为此，中国文学家们"应该晓得什么是文学？什么是文学的哲理？什么是文学的艺术？什

---

① 茅盾:《对于系统的经济的介绍西洋文学底意见》，载《茅盾文艺杂论集》上册，上海文艺出版社1981年版，第16页。

② 茅盾:《对于系统的经济的介绍西洋文学底意见》，载《茅盾文艺杂论集》上册，上海文艺出版社1981年版，第15页。

么叫做社会化的文学？什么叫做德谟克拉西的文学？"①

相较而言，中国新思潮的勃发以及新文学的发生又与西洋文学古典—浪漫—自然—新表象—新浪漫的文学进化历程存在明显的差异。一者，存在明显的时间差。西洋文学从古典主义进化到新表象主义有一个漫长的历史进程，其中，后者的孕育与发展建立在对前者独尊及其流弊的反拨与修正的基础上。中国新文学的发生是辛亥共和有名无实的现实处境下的时代要求，即从晚清民初偏于政治改革的政治改造转向注重面向社会个体思想启蒙的社会改造诉求，进而从思想启蒙角度要求中国传统古典文学应时革新以承担起新社会改造与建设的时代命题。再者，中国新文学在确立与建设过程中，既要处理与传统文学之间的关系，也要处理与世界文学进化潮流之间的关系。譬如，对中国新文学而言，用"分析"的方法客观揭示社会现实的自然主义文学在"对治"中国传统文学描写的"想当然""不求实地考察"等文病大有助益；但从世界文学进化潮流观之，又不得不警惕和有意识地修正自然主义文学对社会人心的消极影响，为此，不得不同时注意援引新浪漫派文学进行预备与平衡。从这个角度来说，也就不难理解茅盾为何说"我主张先要大力地介绍写实主义自然主义，但又坚决地反对提倡它们"②。对于茅盾这样既"主张先要大力地介绍"又"坚决地反对提倡它们"的看似自相矛盾的观点，有的研究者很容易借用茅盾笔名背后的"矛盾"心态来理解和解释茅盾的文学译介观念。事实上，这正鲜明地反映了茅盾文学主张的层次性及其分寸感，既注重探本寻源的系统研究，从研究批评的角度而言，尽可能全面；又非常务实地结合中国社会现实需求、新文学发展现状进行因地制宜的取舍。由此可见，中国新文学建设面临着比西洋文学更为复杂的社会生态与文学环境。表现在文学译介方面，茅盾既有学理层面的充分考虑，表现为不仅主张还身体力行，系统地研究与历史地把握域外文

---

① 佩韦（茅盾）：《现在文学家的责任是什么？》，《东方杂志》1920 年第 17 卷第 1 号。

② 茅盾：《我走过的道路》上，人民文学出版社 1997 年版，第 151 页。

学流派、史著、思潮等；与此同时又有基于国内现实层面的务实择取，表现为在前者的基础上结合中国社会普遍的现实情状进行轻重缓急的恰切取舍。比如在翻译萧伯纳剧作的选择上，茅盾就坦率地指出《新潮》社与其翻译《华伦夫人之职业》不如翻译《陋巷》，茅盾给出的具体理由是"因为中国母亲开妓院，女儿进大学的事尚少，竟可说是没有，而盖造低贱市房以剥削穷人的实在很多"。① 在此意义上，萧氏的《陋巷》译介到中国社会自然更容易引起读者的同感与共鸣。

与茅盾新文学观念一脉相承的是他的新文学批评观。对茅盾而言，俄国著名社会改造思想家彼得·克鲁泡特金（1842—1921）的思想学说是透视茅盾在五四时期基本思想形态不可或缺的重要参考。这不仅体现在茅盾在时文中自陈对克氏超越国族、种族的世界主义社会理想（即茅盾所言的"大同"观）的向往与认同；也表现在茅盾对克氏"互助进化史观"的接受与应用——这从茅盾在妇女解放议题上强调先觉妇女跨越社会阶层壁障主动帮扶后觉下层妇女的互助主张中可见一斑；还特别体现在茅盾对克氏所推崇的文学批评观念的主动内化与积极实践——将兼具社会现实观照与历史纵深的"文艺批评家"视为影响时代社会智识界的精神领袖。尤其在追溯茅盾文学批评观之思想渊源过程中，除已为学界所揭示的圣伯甫、泰纳、勃兰兑斯②等西方现代文学批评家的理论与实践带给茅盾的参照与启示外，其中，来自俄国的克氏文艺批评观带给茅盾的启发与教益同样是值得进一步发掘与重视的思想资源。茅盾在《文学批评的效力》③ 一文中开篇就提到，"克鲁泡特金说：'在没有言论自由的俄国，文学批评是一条吐纳一般人政治思想的运河……'；又说，'……要看某时代的智识界状况，只须举出一二个在当时有重大影响的艺术批评家

① 茅盾：《对于系统的经济的介绍西洋文学底意见》，载《茅盾文艺杂论集》上册，上海文艺出版社 1981 年版，第 16 页。

② 康建清：《勃兰兑斯和茅盾的文学批评》，载智量主编《比较文学三百篇》，上海文艺出版社 1990 年版，第 239 页。

③ 冰（茅盾）：《文学批评的效力》，《民国日报·觉悟》1921 年 7 月 11 日。

来做代表，就很够很够的了。'"① 值得注意的是，在此所援引的文字与沈泽民所译《俄国的批评文学》② 中的译文完全一致，该文发表在茅盾主编的《小说月报》号外"俄国文学"卷。茅盾紧接着评论说："看了这两句话，无论如何没有思考的人总也觉得文学批评的责任不但对于'被批评者'要负责任，而且也要对于全社会负责任了。"③（参阅克氏的著作来看，沈泽民选译的《俄国的批评文学》则又选自克氏在《俄国文学史》④ 中论述俄国 19 世纪三四十年代以迄 19 世纪末对俄国智识界产生重要且深远影响的文艺批评家篇目。此篇在 1930 年代郭安仁的译本《俄国文学史》中译为《文艺批评》。）从中可见，茅盾既看重新文学批评家在文学范畴中的文学艺术修养及其赏鉴能力，同时还非常注重新文学批评家在整个社会历史范畴中把握时代的思想洞察力。

由此可见，对茅盾而言，围绕文学的一切活动诸如文学创作、文学译介、文学批评、文学史研究等，在现代社会中直接或间接地具有关切现实人生、培育人性上达、促进社会进步的独特价值及其时代使命。在此意义上，富有现代精神的文学艺术工作——作为一种严肃的攸关人生向善向上的社会科学门类和特殊学问，不仅是值得肯认的"劳作"，还可作为人生志业的"终身的事业"。

二　文学作为社会公器：茅盾在论争中的文学立场

在五四新文化运动的时代语境中，茅盾以"研究现代人生"为对象的文学新观念随着他从 1921 年第 12 卷起独自主持《小说月报》

---

① 冰（茅盾）：《文学批评的效力》，《民国日报·觉悟》1921 年 7 月 11 日。

② ［俄］克鲁泡特金：《俄国的批评文学》，沈泽民译，《小说月报》1921 年第 12 卷号外。

③ 冰：《文学批评的效力》，《民国日报·觉悟》1921 年 7 月 11 日。

④ ［俄］克鲁泡特金：《俄国文学史》，郭安仁译，河南人民出版社 2016 年版（据民国本影印）。

全面革新而得到更为切实地推进与实践。在主编《小说月报》期间，茅盾不仅增设新栏目，从评论、长短篇小说、诗歌、戏剧、研究、介绍、文学常识等多个方面携文学研究会同人一齐积极推动文学的革新与建设，他还以文学研究的学理方式积极回应关涉新文学的社会论争。

首先是茅盾参与了同南京学衡派知识群之间的论争。以吴宓、梅光迪、胡先骕为骨干的《学衡》杂志1922年1月在南京创刊，在文化理念方面以"昌明国粹，融化新知"为宗旨。恰如有研究者所言，"《学衡》杂志的创立在一定程度上是对导师国际人文主义运动的回应。在白璧德开阔的人文主义国际视野下，学衡派诸公并非囿于一时一地的思想，而是希望以永恒普世的价值标准来重审传统文化，吸纳西方人文主义精神重新激活传统文化。"① 从这个角度来说，学衡派在文化立意上显然与当时国内拒斥新文化革新的"国粹派""卫道士"们有本质的区别。然而，在五四新文化运动方兴未艾的时潮中，学衡派的跨文化实践在客观上却很容易成为国内"复古派"间接的"帮闲"。加之，处于初创期的《学衡》杂志，在刊用的文章中还存在一些明显的学理错漏问题，这从鲁迅在《估〈学衡〉》② 中详陈其失可见一斑。茅盾此时也主要从学理角度对之进行据理力争的回应，批评其在文化实践上"见一隅而不见全体"③。

其次是茅盾这一时期与创造社之间的文学论争。在日本留学的郭沫若、郁达夫、成仿吾、张资平、田汉等1921年6月在东京发起成立创造社文艺社团，其社刊《创造季刊》1922年3月15日在上海面世，社团骨干郁达夫在《艺文私见》中力倡"文艺是天才的创造物，不可以规矩来测量的"④；郭沫若在《海外归鸿》第二信中则从译品

---

① 李欢：《"国际人文主义"的双重跨文化构想与实践——重估学衡派研究》，《文学评论》2015年第1期。

② 风声（鲁迅）：《估〈学衡〉》，《晨报副刊》1922年2月19日。

③ 郎损（茅盾）：《评梅光迪之所评》，《时事新报·文学旬刊》1922年第29期第1版。

④ 郁达夫：《艺文私见》，《创造季刊》1922年第1卷第1期。

角度对国内新文化运动实践中存在译制粗糙的翻译现象进行了直言不讳的批评，并顺势臆测这样的翻译能被刊用是国内文艺刊物党同伐异的象征①。历史地看，郭沫若对国内文坛的观感有其合理性，比如在翻译品质方面，新文学发展初期的确存在如其所言译品质量参差不齐的情况；与此同时，郭沫若的论断中也存在因对文学研究会不够了解而过度解读的偏颇之处。此时身在日本的郭沫若显然因时空的距离和所处社会环境的差异尚未准确理解文学研究会力主"为人生"的文学观背后忧怀现实问题的社会关切。再结合茅盾与郭沫若这一时期关于译介选择的论争来看，二者争论的本质区别在于郭沫若主要从文学艺术本身的角度来讨论翻译问题，茅盾则侧重从时代社会最急需的文学艺术角度讨论译介在选择方面的轻重缓急问题（即在人力物力财力及其社会功用方面看此举是否经济的问题）。

具体而言，郭沫若主要从个体的文学优长和主体创造性出发，认为只要翻译家对所译经典在思想内涵和艺术表达方面都有能力较为完美的呈现，就应该积极译介，言外之意就是从刊用的角度也应该积极鼓励和支持这类翻译。在郭沫若看来，这样的文学翻译不存在是否经济的问题。换言之，郭沫若所理解的是另一个层面上的经济——即优质译者的译品间接为不谙外文的读者节省了品读外国佳著的阅读成本。并且，在郭沫若看来，译者用其"精深的研究"、"正确的理解"以及"创作的精神"② 即可自然而然地以文学作品特有的方式实现对读者的感发与影响。茅盾在肯定"个人研究固能惟真理是求"的同时还特别有意识地兼顾"介绍给群众"这种关乎社会上最大多数人群的现实需求，进而呼吁译者在选择译品的时候应该"审度事势，

---

① 郭沫若：《海外归鸿》，《创造季刊》1922 年第 1 卷第 1 期："是自家人的做作品，或出版物，总是极力捧场，简直视文艺批评为广告用具；团体外的作品或与他们偏颇的先入见不相契合的作品，便一概加以冷遇而不理。他们爱以死板的主义规范活体的人心，什么自然主义啦，什么人道主义啦，要拿一种主义来整齐天下的作家，简直可以说是狂妄了。"

② 郭沫若：《论文学的研究与介绍》，《时事新报·学灯》1922 年 7 月 27 日。

分个缓急"①，这既是茅盾在与读者万良濬商榷时的基本意见，也是茅盾与郭沫若展开论争时的文学立场。茅盾在回应郭沫若的时文《介绍外国文学作品的目的》中谈道："一个人翻译一篇外国文学作品，于主观的爱好心而外，再加上一个'足救时弊'的观念，亦未始竟是不可能，不合理的事。"② 在茅盾看来，对当时的中国而言，受到中高等教育的还只是极少数的知识青年，社会上绝大多数人都处于所受教育非常有限甚至贫困无识的阶段。正是在此意义上，茅盾从文学作为"社会公器"的角度期望译者在注重研究文学艺术研究的同时有意识地在思想和题材方面择取更契合中国社会语境、关涉社会问题的译作。

事实上，从翻译本身而言，郭沫若的主张和茅盾对翻译的理解在学理上并无二致，郭沫若所倡扬的"诸君须知，我们要介绍近代人的作品，纵则要对于古代思想的渊流，文潮代涨的波迹，横则要对于作者的人生，作者的性格，作者的环境，作品的思想，加以彻底的研究，然后才能无所咎负"③。这与茅盾最初关于介绍西洋文学的基本方法和意见多有共通之处。造成他们分歧的主要原因在于茅盾此时身处国内的在地经验和感受，与之相应的，郭沫若此时尤为看重天才的创作观也与他身处的日本国内流行的唯美—颓废主义思潮息息相关。从中显见茅盾文艺观的独特之处，他既有基于学理层面的理性认识，同时又有切实地结合社会现实需求进行轻重缓急的考虑。在后者意义上，他尤其反对"空想的诗人"和"过富于超乎现实的精神"④，非常自觉地将文学艺术放置在时代社会语境中，他认同并期待"一时代的文学是一时代缺陷与腐败的抗

① 雁冰：《答万良濬》，《小说月报》1922 年第 13 卷第 7 号。
② 雁冰：《介绍外国文学作品的目的》，《时事新报·文学旬刊》1922 年 8月 1 日第 2 版。
③ 郭沫若：《论文学的研究与介绍》，《时事新报·学灯》1922 年 7 月27 日。
④ 雁冰：《介绍外国文学作品的目的》，《时事新报·文学旬刊》1922 年 8月 1 日第 2 版。

议与纠正"①。

除与学衡派、创造社之间的文学论争之外，茅盾此时还参与到与"礼拜六"派之间的文学论争中。事实上，在茅盾接编《小说月报》之前，《新青年》杂志同人就已对这派文人尤其在黑幕和艳情小说方面的创作格调和写作精神提出过直言不讳的批评。茅盾与其发生论争导源于其在主编《小说月报》时直接弃置前任主编王蕴章已购为刊用的"礼拜六"派文稿。需注意，在此之前，商务印书馆旗下的《小说月报》一直是这批文人的常驻阵地。极可能正是由于茅盾此时旗帜鲜明的革新之举触及这批文人的既得利益，在茅盾主持《小说月报》全面革新之际，为应对茅盾大刀阔斧的改革，已停刊近 5 年的小说周刊《礼拜六》杂志在 1921 年 3 月 19 日匆忙复刊②。在此背景下"忽促付印"，难免不给人感觉此时的《礼拜六》周刊颇有另起炉灶、进而与《小说月报》一较高低的意味。复刊后的《礼拜六》频繁刊登《欢迎投稿》启示（第 102 期、103 期、105 期），既有征文有酬的营销策略——"阅本周刊者多文学大家，如其不弃简陋肯以佳著惠寄，无论撰著译述长篇短篇本馆皆所欢迎，一经揭载，即以酬劳金奉上：甲每千字五元，乙四元，丙三元，丁二元，戊一元"③，还自爆"小说周刊《礼拜六》第一百零一期，出版甫三日，已售去八千余册"④，颇有成竹在胸的自得。

正是在此环境下，茅盾和文学研究会同人郑振铎、叶圣陶等从不同角度撰文参与到这次文坛论争中，为新文学的建设与发展谋求社会容受的空间。茅盾最初只是在私人交往的书信中表露对社会上笑骂《小说月报》革新的担忧，他真正意义上的正面回应则以《自然主义

---

① 雁冰：《介绍外国文学作品的目的》，《时事新报·文学旬刊》1922 年 8 月 1 日第 2 版。

② 记者：《编辑室》，编辑者周瘦鹃、理事编辑钝根，《礼拜六》1921 年第 103 期："第一百另一本刊，因忽促付印，编辑者未暇亲校，错字至多，几同恒河沙数。偶一翻阅，为之汗颜。"

③ 编辑者周瘦鹃、理事编辑钝根：《欢迎投稿》，《礼拜六》1921 年第 102 期。

④ 编辑者周瘦鹃、理事编辑钝根：《欢迎投稿》，《礼拜六》1921 年第 103 期。

与中国现代小说》一文为标志。茅盾在此文中自陈是"以广博的作者界及读者界为对象,并非拿几个已有成就的新派作者做对象"①。对此,有感于"中国现在'青黄未发',市面上最多的是自由盲动的不研究文学而专以做小说为业的作者,和那些'逐臭'的专以看小说为消遣的读者"②,茅盾从文学研究的学理角度指出这些"专以做小说为业的作者"在思想观念、写作艺术方面与现代社会人生的龃龉之处。在茅盾看来,一者,这类作者在思想观念上多表现为"文以载道"或"游戏"的文学观念,"文以载道"者"附会"大道、"游戏"者则"吟风弄月",这两种文学创作态度都未严肃地正视现代社会人生的真实情状和全貌。再者,在文学艺术的描写手法方面,与之相应的"'记账'式的叙述"使人物欠丰满和立体。探究其因,茅盾认为"不能客观的描写"③ 是写作技术上普遍存在的共性问题。并且,受此种文学格调熏染的读者群除了从中获得浅疏的感官娱乐与消遣之外,也无益于健全人格与现代共和国民素质的养成。针对这种普遍又典型的社会现象,以及文坛上不免"空呼'自由创造'"(茅盾此说极可能针对的是创造社诸君)的新文学论调,茅盾为"赶快医治作者读者共有的毛病"④ 进而提出学习自然主义的"客观描写与实地观察"⑤,主张"我们应该学自然派作家,把科学上发见的原理应用到小说里,并该研究社会问题,男女问题,进化论种种学说"⑥

---

① 沈雁冰:《自然主义与中国现代小说》,《小说月报》1922 年第 13 卷第 7 号。

② 沈雁冰:《自然主义与中国现代小说》,《小说月报》1922 年第 13 卷第 7 号。

③ 沈雁冰:《自然主义与中国现代小说》,《小说月报》1922 年第 13 卷第 7 号。

④ 沈雁冰:《自然主义与中国现代小说》,《小说月报》1922 年第 13 卷第 7 号。

⑤ 沈雁冰:《自然主义与中国现代小说》,《小说月报》1922 年第 13 卷第 7 号。

⑥ 沈雁冰:《自然主义与中国现代小说》,《小说月报》1922 年第 13 卷第 7 号。

以克服主观和直觉方面想写反映社会问题的小说，客观上却又因缺乏事先研究而致使"内容单薄与用意浅显两个毛病"①。

值得注意的是，其实茅盾此时从学理方面对自然主义派文学在思想、技艺及其社会影响方面的优长与不足都已有比较全面的认识，他在此之前已撰文多篇参与关于自然主义的论战②，但其依然坚持提倡自然主义的主要原因在于他看到自然主义文学对中国社会的实际问题而言可以"补救我们的弱点"③。从中显见，茅盾无论是批评"礼拜六"派的文学格调，还是对治中国现代小说的共通弊病，均是以回应关乎中国社会最大多数人的现实需求以及促进社会进步为基点与旨归。对茅盾来说，他认为中国社会目前最急需解决的问题是如何从社会层面务实地涵养和培育思想健全的、富有现代国民精神的人，在这个意义上，新文学在促进社会改造与进步方面责无旁贷。

正是在此意义上，茅盾不仅特别强调"新文学作品重在读者所受的影响，对于社会的影响，不将个人意见显出自己文才"④，还热诚呼告"尤其在我们这时代，我们希望文学能够担当唤醒民众而给他们力量的重大责任，我们希望国内的文艺青年，再不要闭了眼睛冥想他们梦中的七宝楼台，而忘记了自身实在是住在猪圈里"⑤。质言之，茅盾热诚期待新文学家将个人的文才与对社会现实的关切有机结

---

① 沈雁冰：《自然主义与中国现代小说》，《小说月报》1922年第13卷第7号。

② 诸如在《小说月报》1922年第13卷第5号上发表的评论文章《自然主义的论战——复周赞襄》《自然主义的论战——复史子芬》，在《小说月报》1922年第13卷第6号上发表的评论《自然主义的怀疑与解答——复周志伊》《自然主义的怀疑与解答——复吕苲南》等。

③ 沈雁冰：《自然主义与中国现代小说》，《小说月报》1922年第13卷第7号。

④ 茅盾：《什么是文学——我对于现文坛的感想》，载武汉师范学院中文系现代文学组编《中国现代文艺思想斗争史学习参考资料第一辑》，武汉师范学院中文系1973年出版发行，第131页。

⑤ 雁冰：《"大转变时期"何时来呢》，《时事新报·文学旬刊》1923年第103期第1版。

合起来，尽己所长去发掘和表现文学作为社会公器的文学价值与社会意义。

三 文学者新使命：负荷基于现实人生的社会理想

茅盾在时论中多次强调综合地表现现代人生是新文学的基本旨归。值得进一步思考和探究的是，对茅盾而言，"现代人生"的具体含义是什么？应该如何表现现代人生？与之相应的，何谓理想的现代人生？

从茅盾多次论议文学创作的文章中可以看到，茅盾尤为强调科学性，尤其对社会科学知识特别看重。历史地看，"社会科学作为一个独立的学科体系产生于 19 世纪，是近现代社会结构化的产物，是适应大工业生产、城市等大规模社会结构的管理需要而产生的。它把近代以来产生的结构化的或大规模的社会组织、社会群体、社会关系作为研究对象。社会科学的主要学科，如经济学、社会学和政治学的研究对象都是近代以来才得以形成和发展的社会现象。这些学科的产生本质上是近现代社会变化的结果。"[①] 在五四时代，进步知识人的知识结构中十分突出的特质是他们对社会科学知识及其研究社会问题方法的采择与推崇，他们正是在世界视野中来思考民族国家与人类社会在政治、经济、军事、外交、文化等方面的深层关联与有机关系。

茅盾也不例外。茅盾早在《现在文学家的责任是什么？》（《东方杂志》1920 年第 17 卷第 1 号）一文中就强调研究西洋伦理学、心理学、思想史、文艺史、社会学、人生哲学等社会科学知识的重要性，非如此不能全方位理解西洋近代社会结构演进的历史进程，不能恰切认识西洋近代文学在西洋近代社会变迁过程中的形态、位置及其价值意义。具体到新文学创作方面，茅盾秉承社会科学思维及其社会分析方法，特别主张："（一）是观察，（二）是艺术，（三）是哲理。换

[①] 朱红文主编、高宁副主编：《人文社会科学导论》，教育科学出版社 2011 年版，第 190—191 页。

句话说，（一）就是用科学眼光去体察人生的各方面，寻出一个确是存在而大家不觉得的罅漏；（二）就是用科学方法整理、布局和描写；（三）是根据科学（广义）的原理，做这篇文字的背景。"①

其中，关于文学创作方法方面，茅盾又特别看重观察与想象、分析与综合地处理题材的能力。茅盾指出："创作文学时必不可缺的，是观察的能力与想象的能力；两者偏一不可。表现的两个手段，是分析与综合。世间万象，人类生活，莫不有善的一面与恶的一面；徒尚分析的表现法，不是偏在善的一面，一定偏在恶的一面。"② 正是在此意义上，茅盾认为："西洋写实派后新浪漫派作品便都是能兼观察与想象，而综合地表现人生的。"③ 这也是茅盾在五四时期对新浪漫派不免倾心的根本原因。由此可见，茅盾持非常富有辩证思维、全局视野的新文学观念。如果说这是茅盾在 1920 年代初文学观的核心要义，那么茅盾加入中国共产党后，随着茅盾对国际时局和国内政局的进一步了解，他的文学观尤以《论无产阶级艺术》为代表。此文萌发于 1925 年 5 月 2 日茅盾应艺术师范学校之邀就无产阶级艺术一题的讲演。茅盾在此文中叙述了从最初服膺罗曼·罗兰式"温和性的'民众艺术'"④ 到此时力主更为"头角峥嵘，须眉毕露"的"无产阶级艺术"⑤ 的思想演化过程。在此意义上，茅盾 1925 年写就的《论无产阶级艺术》向来多被视为 1920 年代革命文学理论的高峰。值得注意的是，受历史虚无主义思潮影响，也有研究者因"文革"创伤从偏狭的国共之间政党政治斗争的党派视角读解和评议，甚至认为这是茅盾出于政治立场需要而作的文艺理论文章。事实上，这样的

---

① 茅盾：《对于系统的经济的介绍西洋文学底意见》，载《茅盾文艺杂论集》上册，上海文艺出版社 1981 年版，第 16—17 页。

② 郎损（茅盾）：《新文学研究者的责任与努力》，《小说月报》1921 年第 12 卷第 2 号。

③ 郎损（茅盾）：《新文学研究者的责任与努力》，《小说月报》1921 年第 12 卷第 2 号。

④ 沈雁冰：《论无产阶级艺术》，《文学周报》1925 年第 172 期。

⑤ 沈雁冰：《论无产阶级艺术》，《文学周报》1925 年第 172 期。

解读不仅有将茅盾的文艺思想简单化之嫌，还进而将茅盾视为出于谋求政治利益而执行政治文艺要求的政治投机文人，进而对茅盾个体的主观能动性及其内在的思想肌理把握不足、认识不清。并且，这种解读范式在客观上也消解了茅盾等早期无产阶级革命家寄寓在文艺理论思考背后的社会关怀及赤诚的家国情怀。

细读该文不难发现，茅盾特别辨析了无产阶级艺术与其他艺术（诸如旧有的农民艺术、单纯破坏的革命艺术）之间的本质区别。它们之间的区别不在题材，而在作者对题材的把握和认识是否具有无产阶级精神的眼界与追求，意即"无产阶级艺术决非仅仅描写无产阶级生活即算了事，应以无产阶级精神为中心而创造一种适应于新世界（就是无产阶级居于治者地位的世界）的艺术。无产阶级的精神是集体主义的，反家族主义的，非宗教的"[1]。其中，"无产阶级精神"可视为茅盾《论无产阶级艺术》的关键词和核心概念。在茅盾笔下，"无产阶级艺术"最本质的特质在于是否具有"无产阶级精神"。何谓"无产阶级精神"，对此，茅盾又有明确的阐释——"无产阶级的艺术意识须是纯粹自己的"[2]，这意味着这是属己的认知及一种自主选择。尤其值得注意的是，茅盾不仅对不同社会阶层（农民、士兵、智识阶级）的社会心理特征有分门别类的理性认识，身为知识人的他还对容易被智识阶级认同和追求的"个人自由主义"也怀有十分自觉的警惕意识。

在此意义上，从破的角度而言，茅盾所认同的阶级斗争学说有其特别的内涵，"无产阶级所要努力铲除的，是资产阶级的社会制度，及其相关连的并且出死力拥护的集体"[3]。对此，从立的角度而言，"无产阶级必须力战而后能达到他们的理想，但这理想并不是破坏，

---

① 沈雁冰：《论无产阶级艺术》，《文学周报》1925 年第 173 期。

② 沈雁冰：《论无产阶级艺术》，《文学周报》1925 年第 173 期："无产阶级艺术至少须是：（一）没有农民所有的家族主义与宗教思想；（二）没有兵士所有的憎恨资产阶级个人的心理；（三）没有智识阶级所有的个人自由主义。"

③ 沈雁冰：《论无产阶级艺术》，《文学周报》1925 年第 175 期。

却是建设——要建设全新的人类生活。"① 虽然对于具体如何构建这种既复杂又和谐的人类新世界言人人殊，但对茅盾而言，这种无产阶级精神内涵不仅指向作品内在的根本精神，同时也指向作者内在价值体系中最核心的思想观念；不仅指向社会现实批判的具体对象——资产阶级构建的社会制度和社会结构体系，同时也指向人类世界理想社会的建设目标与真诚期待。对茅盾来说，这种最核心的思想观念并非出于对狭隘的政党政治意识形态的立场需要与简单认同，背后还内含着对"历史信念"的肯认以及对内在"刚毅意志"主体的自觉与认同。换言之，无数早期中国共产党人正是基于中国内政外交的社会现实选择投身政治，他们以济世安民、匡正天下为志向，这也是中国共产党成立的时代背景、核心共识和逻辑起点。如此，方能恰切理解茅盾所言，"由于历史的信念与刚毅的意志而发生的革命精神与作战的勇气，方是可宝贵的，可靠的；……无产阶级的战争精神是从认识了自己的历史的使命而生长的，是受了艰苦的现实的压迫而迸发的，不是为了一时刺激与鼓动，所以能够打死仗，只有进，没有退！"② 从中可见，茅盾反复论析并尤为强调的"无产阶级精神"并非理论先行的政治口号抑或基于意识形态需要在文化方面的策略，而是觉醒的进步个人基于对人类社会进化历程的整体把握与理性认识，进而据此确立了坚定的历史信念以及自觉践履的历史使命意识。在这里明显可以感觉到茅盾此时就已对充满革命浪漫主义激情式的"刺激与鼓动"不以为然，这种激情的熏染多诱发群体性的盲从与妄作，不一定具备内在的自觉与自为。

据此逻辑，什么是现代人类社会迫在眉睫的难题与苦忧呢？茅盾在《文学者的新使命》中进一步指出："现代人类的痛苦是什么呢？简单的说，就是世界上有被压迫的民族和被压迫的阶级陷于悲惨的境地并且一天一天的往下沉溺。这个事实，一方使被压迫民族和阶级不能发挥他们伟大的创造力以补救现代文明的缺陷，别方面便造成了世

---

① 沈雁冰：《论无产阶级艺术》，《文学周报》1925 年第 175 期。
② 沈雁冰：《论无产阶级艺术》，《文学周报》1925 年第 175 期。

界的永久扰乱。所以被压迫民族与被压迫阶级的解放就是现代人类的需要。"① 从中可见，对现代人类社会而言，依靠直接或间接掠夺性的资本原始积累走向资本主义强国的西方列强对弱小民族国家的欺凌和压抑是当时国际社会局势显见的现象以及国际社会问题的核心。西方列强以军事武力为支撑、以经济殖民为推手、以文化传教为掩护，对弱国进行全方位或显或隐的欺压甚至殖民驯化。正是在此意义上，再结合中国身为被压迫民族所在社会的现实情状，锐敏的茅盾进而呼吁 "文学者目前的使命就是要抓住了被压迫民族与阶级的革命运动的精神，用深刻伟大的文学表现出来，使这种精神普遍到民间，深印入被压迫者的脑筋，因以保持他们的自求解放运动的高潮，并且感召起更伟大更热烈的革命运动来！"② 而这正是茅盾对自觉描写社会、反映时代运命的文学家的殷切希冀。在茅盾看来，伟大文学者锐敏的神经与时代社会的运命是交融共振的，"这样的文学，方足称为能于如实地表现现实人生而外，更指示人生向美善的将来；这便是文学者的新使命。"③ 至于何谓 "更美善的将来"，茅盾其实也有十分清醒的认识，从理论上讲，"所谓更美善的将来究竟是一个何等的世界？……这个答案是极难定的；并且彻底说来，这答案是不能定的，因为人人自有他自己合意的理想世界，难得二人相同。"④ 然而，结合社会现实情状来说，茅盾同时感到，若 "任凭各人宣传赞扬他自己合意的理想世界罢。这原是最公平并且最合乎思想自由言论自由的原则的办法。然而如此则那理想世界便只好讴歌在口头，建设在纸上，决不能涌现于地上了"⑤。有感于此，为使 "纸上的建设" 能够有 "涌现于地上" 的可能，切实促进社会现实问题改善乃至解决，茅盾从基于现实需要的角度认同 "不能不使大多数人都奉一个理

---

① 沈雁冰：《文学者的新使命》，《文学周报》1925 年第 190 期。
② 沈雁冰：《文学者的新使命》，《文学周报》1925 年第 190 期。
③ 沈雁冰：《文学者的新使命》，《文学周报》1925 年第 190 期。
④ 沈雁冰：《文学者的新使命》，《文学周报》1925 年第 190 期。
⑤ 沈雁冰：《文学者的新使命》，《文学周报》1925 年第 190 期。

想",进而具体要求个人"牺牲了小我,成就了大我"。① 有的研究者对此主张的解读比较政治化,觉得茅盾是出于政治立场的表态和选择,或认为茅盾在某种程度上背离了五四时代倡扬个性的民主自由精神。事实上,这不只是茅盾个人的思想观念与人生选择,而是那个时代诸多有识之士在此情境下的共同选择,并且,他们并非背离而是进一步承继和发扬了五四时代精神。茅盾申言"在这一点上,我们承认文学是负荷了指示人生向更美善的将来,并且愿意信奉力行此主张的,便亦不妨起而要求文学者行动的一致了。虽然这件事极难办到,或许竟是一个梦想,然而这个要求未始无理,我却是确信着"。② 从中明显可以感到茅盾在呼求文学者的新使命时的现实针对性及历史使命感。正是在此意义上,五四时代精神所倡扬的偏于个体的"自由"和"自我"在民族国家危难之际自发自觉地走向了"大我"。

与此同时,在文学如何处理和平衡现实人生同理想世界之间交互辩证的关系时,茅盾又十分严谨审慎地提醒,"文学者决不能离开了现实的人生,专去讴歌去描写将来的理想世界。我们心中不可不有一个将来社会的理想,而我们的题材却离不了现实人生。我们不能抛开现代人的痛苦与需要,不为呼号,而只夸缥缈的空中楼阁,成了空想的浪漫主义者。"③ 据此可见茅盾在把握现实人生与理想社会关系时十分辩证、实事求是的历史态度。相比空想的浪漫主义者而言,茅盾所期待的更像是务实的理想主义者。现实人生中关乎大多数人的普遍苦痛、切迫需要、攸关全局的核心问题是"伟大的文学者"及时反映时代、承担社会责任的写作重心;与之相应的,作者对此从人类社会全局进行研判和透视进而探索现实人生改善及其上达的可能路径则是"伟大的文学者"面对时代难题时践履历史使命的直接体现。

据此而言,茅盾主张的"观察一特定生活,必须从社会的总的

---

① 沈雁冰:《文学者的新使命》,《文学周报》1925 年第 190 期。
② 沈雁冰:《文学者的新使命》,《文学周报》1925 年第 190 期。
③ 沈雁冰:《文学者的新使命》,《文学周报》1925 年第 190 期。

联带关系上作全面的考察"① 以及"时时要注意的，是社会生活的各部门都是有机的关系"②，这既是茅盾评议不同社会历史时期文坛现状的核心标准，同时也是他非常自觉地通过文学创作试图实现的文学目标。再结合茅盾后来的文学创作来看，这也是茅盾一生文学行止的总特征。从这个意义上可以说，茅盾所追求的"文学社会化"——需用科学的头脑、精细的观察、缜密的分析剖解社会现象，再经由现代文学特有的描写技艺形象地加以呈现，进而达到基于社会整体视域恰切"反映社会"以及"指导社会"的目的。

（原刊《茅盾研究》第 20 辑）

---

① 茅盾：《创作的准备》，载《茅盾论创作》，上海文艺出版社 1981 年版，第 462 页。

② 茅盾：《创作的准备》，载《茅盾论创作》，上海文艺出版社 1981 年版，第 464 页。

从茅盾和叶圣陶的早期文学实践看
"为人生"文学思潮的多重面向[*]

凤　媛[**]

摘　要　作为五四时期"为人生"文学的典型代表，茅盾和叶圣陶的评论和创作实践集中了"为人生"文学思潮在这一时期的多元并存、互动对话的复杂路径。茅盾对"为人生"文学理论资源的孜孜以求，叶圣陶对"为人生"文学理想的多元实践，两人身兼评论者和创作者而产生的互动影响、互为"镜像"，都凸显出他们探索"为人生"文学的理想艺术形式的执着，对如何界定和描摹"现实"、如何呈现"真实"的"现实"和"革命"的"现实"的焦灼，同时更映照出"为人生"文学广泛、开放、富有弹性的边界，这无疑为渐成新的主流叙事的革命文学提供了可供借鉴和反思的参照。

关键词　茅盾；叶圣陶；"为人生"文学；革命文学

"为人生"文学思潮可以说是五四时期最有代表性和最具覆盖性的文学潮流之一。学界在讨论这一思潮时常常将其视为一个不言自明的概念，但细究之下，我们会发现其中很多问题并不明晰。比如，"为人生"的内涵究竟指向的是一种理想的创作目标，还是具体的创作手法？是一种集团性的创作导向，还是个人化的创作思维，甚或是

　＊　基金项目：本文为作者主持研究的教育部人文社会科学项目"晚清来华新教传教士的汉语观之变迁及影响研究"（项目编号：21YJA751007）的阶段性成果。

　＊＊　作者简介：凤媛，女，1979年出生，安徽宁国人，华东师范大学中文系教授，博士，博士生导师。

激辩中的意气之争？它所依赖的思想资源是新浪漫主义、自然主义、批判现实主义还是"新写实主义"？它又是如何去界定"现实主义"和"现实"的？"为人生"文学思潮在五四时期以文学研究会的"为人生"宣言为肇始，但"为人生"宣言凸显的是文学和社会现实之间的一种功利性关联，而非西方现实主义者追求的等同性的关系①，是把"为人生"作为一种文学目标，而如何让文学"为人生"的具体路径并不明晰。发展到 1920 年代中后期，"为人生"文学思潮逐渐分化，并逐渐为革命文学的声浪所淹没。在这期间，曾经倡导"为人生"文学的作家们经历了各自不同的思想历程。特别是当他们并非视"为人生"文学的理念为大一统的号令，并对"为人生"文学有着各自的理解和实践路径时，这种思想动向就尤显复杂。本文选取茅盾和叶圣陶两位文学研究会的代表作家为观察对象。他们私交甚笃，且均被视为"为人生"文学理念的重要推动者和实践者，但两人对文学如何"为人生"、怎样的"现实"才是"为人生"的理解和取径却既有区别，又互为影响。同时，20 世纪 20 年代的茅盾和叶圣陶还经历了新文学批评家和创作者双重身份的戏剧性互换，这更加有助于我们理解他们"为人生"文学理念的生成、实践、嬗变和互动，并以此来管窥 1920 年代"为人生"文学思潮及其所依托的现实主义的复杂面向。

一 呼唤"个性"与人类视野："为人生" 文学理想的初步建构

1921 年 4 月上旬的一天，尚在担任小学教员的叶圣陶从苏州甪直应邀来到上海鸿兴坊的茅盾居所，和郑振铎、沈泽民等人共商文学研究会的事宜。这虽是两人第一次见面，但此前茅盾已经通过阅读《新潮》杂志及《小说月报》的来稿，和热衷新文学的叶圣陶神交已

---

① ［美］安敏成：《现实主义的限制：革命时代的中国小说》，姜涛译，江苏人民出版社 2001 年版，第 40 页。

久。此时，茅盾已经彻底接手《小说月报》，大刀阔斧地着手改革。在《小说月报》"改革宣言"中，他提出设立"论评""研究""译丛""创作""特载"等栏目，并"力倡批评主义"，提出"必先有批评家，而后有真文学家"，强调两者"互相激荡而至于至善"。关于对批评家的批评准绳，他认为虽然杂志着力于译介西洋文学理论，但不要做西洋之"批评主义"的奴隶，抹杀自由创造的精神。由此可见，茅盾在踏入文坛之初就已具备了明确的批评家意识，并将文学批评作为创造新文艺的重要路径。

此时的叶圣陶已在好友顾颉刚的介绍下加入了"新潮社"，并在《新潮》《晨报副刊》《时事新报》上发表了多篇白话文学作品。在几年前迫于生计写文言小说的时期，叶圣陶已意识到"礼拜六"派小说的陈陈相因和面壁虚构的痛处，因此力倡创作"必要有其本事"，"宗旨在写实，不在虚构"①。同时，他也有感于《新青年》对"民主""科学"等理念的高扬，尤其是陈独秀倡导的新文学，认为其是"探本之论"，进而提出"有美之真价，摄人间之真影"的文学才是新文学。② 他在《新潮》上发表的第一篇小说《这也是一个人？》，描写的是一个无知无识的农家女子饱受夫家和母家摧残的凄惨悲凉的一生。相比较其文言小说，该作摆脱了作者在新旧之间的思想迷茫，将目光瞄准了社会底层女性的生存境遇。顾颉刚说，这篇小说所叙主人公之事就是取自他家女佣，并认为叶圣陶"以写实法为之，不加论断，起读者评判之趣味。不作极端语，故弥觉情境之真，而无刺戟过度之弊"③，即可看出叶圣陶白话小说创作之初就注重写实的特点。茅盾也注意到了这篇稚拙的作品，但评价并不高，认为它只是《新潮》前期的文艺创作，尚不足以代表新文学的实绩。他进

---

① 顾颉刚：《隔膜·序》，载刘增人、冯光廉编《叶圣陶研究资料》（上），知识产权出版社 2010 年版，第 100 页。

② 《叶圣陶日记》1916 年 1 月 2 日，载商金林《叶圣陶全传》（第 1 卷），人民教育出版社 2014 年版，第 296 页。

③ 《顾颉刚日记》1919 年 1 月 16 日，载《顾颉刚日记》（第 1 卷），中华书局 2011 年版，第 69 页。

而提出创作文艺要具备"观察"、"艺术"和"哲理"三种功夫，首先要"用科学的眼光去体察人生"，"用科学方法去整理、布局和描写"，这种以科学为基础的写实观，既有陈独秀的文学进化论的影响，也和茅盾当时对法国自然主义文学的译介和研究密切相关。茅盾还提出，三者中最难的是"艺术"，"观察"和"哲理"都做得很好，唯"艺术"不佳，则这篇创作也是大为减色的。[①] 这篇评论虽然只是轻描淡写地点到了叶圣陶早期的白话小说，却可以视为作为批评家的茅盾和作为小说家的叶圣陶的首次"对话"。茅盾见微知著地借对叶圣陶等小说创作的批评，强调了"为人生"文学中由科学观察所造就的写实品格和艺术特质的重要性。

1921 年 1 月，茅盾主编的《小说月报》的首期发表了叶圣陶的小说《母》。茅盾为其作品写下《附注》加以推介。他强调了这篇小说是"何等地动人"，并且推荐读者阅读叶圣陶发表在《新潮》上的另一篇小说《伊和他》，认为在这两篇作品中都可以看见作者的个性。对作者创作个性的强调，正是茅盾这一时期对文学创作的艺术性追求的具体表现之一，也是他当时评价理想新文学的重要标尺。茅盾曾针对当时报刊上的"无聊创作"指出，它们最显见的毛病之一就在于"描写出缺少个性，甲篇内的描写可以移用到乙篇""人物的举动和情绪都不是表现的，而是抄袭的"[②]，缺乏实际的生活经验，导致作品千篇一律，千人一面[③]。以这样的标准反观叶圣陶的这两篇小说，它们都选择了相近的题材，即表现年轻女性对待孩子的诸种母爱情态，这也是叶圣陶写自己熟悉的生活、注重写实的写作惯性使然。《母》写的是一位小学教员梅君，为了工作不得不将一双幼子寄养在别人家，她却无时无刻不牵挂着他们，假期里回乡探亲发现孩子们瘦了很多，自责、哀伤、矛盾的情绪在她的心头搅扰。《伊和他》的情节则

---

① 沈雁冰：《对于系统的经济的介绍西洋文学底意见》，《时事新报·学灯》1920 年 2 月 4 日。

② 雁冰：《文艺丛谈三》，《小说月报》1921 年第 12 卷第 1 号。

③ 郎损（茅盾）：《评四五六月的创作》，《小说月报》1921 年第 12 卷第 8 号。

更为简单，写的是一位年轻母亲怀抱着两岁的孩子玩耍的情形，但作家的笔触却异常细腻，尤其是写到小儿在玩玻璃球时，小球反弹砸到母亲的面部，小儿看到她痛苦的表情，那种"恐惧、懊悔、乞恕"的情态表现得栩栩如生。这些都突出反映了叶圣陶善于观察、精于描写的特点。更重要的是，叶圣陶还能深入小说中那个尚在牙牙学语的小儿的内心中，试探他的所思所想。可以说，熟悉的生活、精密的观察和丰富的想象共同造就了叶圣陶小说栩栩如生的人物和艺术的真实。

值得注意的是，叶圣陶的这种善于观察和茅盾彼时向国内宣传自然主义时强调的科学主义的客观观察显然是两种路数。茅盾认为当时文坛包括新派在内都存在着"不能客观地描写"的问题，而"自然派作者对于一桩人生，完全用客观的冷静头脑去看，丝毫不掺入主观的心理"。这种手法的重要性，在茅盾看来，正在于它"是经过近代科学的洗礼的，他的描写法，题材，以及思想，都和近代科学有关系"①。显然，茅盾不仅延续了陈独秀的科学进化论思路，还进一步将自然主义的两大法宝——"客观描写和实地观察"作为实现"为人生"文学目标的一种重要手段。

相较于强调科学和客观地观察的茅盾，同样呼吁文学要表现人生的叶圣陶，似乎更加重视的是创作者和现实人生之间敏感丰富的交互关系。就在这一时期，叶圣陶连续发表了 40 则《文艺谈》短评，全面系统地阐发了他的"为人生"文学观。他认为"文艺的目的在表现人生，所以凡是对于人生有所触着而且深切地触着的，都可以为创作文艺品的材料。触着不触着不在知识的高下，而在情感的浓淡"，所以"文艺作品无论如何总含有主观的性质"，"浓厚的感情"是真的文艺作品的特质。② 同时，他强调创作者主体情感的投入，而且必须和现实世界产生一种深切的交互感，这就使得叶圣陶的看取现实，

① 沈雁冰：《自然主义和中国现代小说》，《小说月报》1922 年第 13 卷第 7 号。

② 叶圣陶：《文艺谈·二》，载《叶圣陶集》（第 9 卷），江苏教育出版社 2004 年版，第 9、4、6 页。

不仅是一种外在的观察，而且是一种"内在的生命的观察"，它"异于外面的分析的冷酷的观察，这个须以心，以灵感来观察"，"潜入他们的内心，体会他们的经历，默契他们的呼吸"。① 叶圣陶坦言这种观察法是受到法国哲学家柏格森的直觉主义的影响，认为直觉是文艺家观察"生命之真际"的重要手段。

叶圣陶这一时期的小说创作，也特别重视人物内心世界和主观情绪的呈现，这在他对那些底层女性生存境遇的描写中尤其突出。比如《阿凤》《潜隐的爱》写那些备受公婆虐待、命运悲苦的年轻媳妇，即便身心饱受摧残，而一旦面对她们喜欢的人或物时，她们内心的慈悲与欢喜便汩汩流淌，阿凤在唱歌和逗弄小猫时获得的欢愉和生趣，陈二奶奶在和邻家小孩的情感互动中体会到的"爱"，都让小说在一片灰暗和阴沉中被冉冉点亮。在叶圣陶看来，虽然她们外表粗鄙而麻木，但她们对生命乐趣的体会以及生命意识的被唤醒都是和人类社会的每一分子相通的，"世界的精魂若是'爱'，'生趣'，'愉快'，伊就是全世界"②。

因此说，在评论和创作之初，茅盾和叶圣陶都重在写实。一方面，两人强调观察和描写现实的路径并不相同，一个重在对现实完全客观的自然主义式的描摹，一个重在创作主体对现实的交互、直觉式的介入，追求"有体温的人生感知"③；另一方面，两人通过对个体现实境遇的真实描摹来表达整个人类的情感的目标又是一致的。茅盾曾对中国古来"文以载道"和文学是消遣品的观点进行批驳，认为文学的目的是"综合地表现人生，不论是用写实的方法，是用象征比譬的方法，其目的总是表现人生，扩大人类的喜悦和同情，有时代的特色做它的背景"，"文学者表现的人生应该是全人类的生活，……

---

① 叶圣陶：《文艺谈·九》，载《叶圣陶集》（第9卷），江苏教育出版社2004年版，第20页。

② 叶圣陶：《阿凤》，载《叶圣陶集》（第1卷），江苏教育出版社2004年版，第170页。

③ 杨洪承：《现代中国革命文学发生期"写实"的限度——以作家叶圣陶小说创作为例》，《山东师范大学学报（社会科学版）》2020年第5期。

这些思想和情感一定确是属于民众的，属于全人类的，而不是作者个人的"。① 可见，茅盾此时对"为人生"文学的界定，并不以某种艺术方式和手段为本质特征，象征主义也好，写实主义也罢，都不过是"为人生"文学表现人生的一种手段，而非特质；同时在表现人生的宽度上也体现了一种人类视野，这和当时周作人的"人的文学""平民文学"的理念也有前后相继的关系，可以视为茅盾早期"为人生"文学观的集中体现。

这一时期，茅盾作为崭露头角的新文学理论家和批评家，借重《小说月报》平台，也建立起了关注、评论文坛创作现状的良性互动的关系模式，叶圣陶的小说创作就为茅盾的新文学批评和理论建构提供了重要依据。茅盾、叶圣陶两人，一为批评家，一为作家，各有专攻，性情亦有别，但他们都在"为人生"文学的大纛下进行着各具特色、同时又互为启发的探索。两人"为人生"理想中的人类视野，也昭示出 1920 年代早期"为人生"文学思潮的驳杂内涵。

二 何为"真实"的"现实"："为人生" 文学理想形态之探索

《小说月报》革新后一年，由于受到商务印书馆保守派势力的压制，茅盾辞去主编一职，由和他关系甚密的郑振铎接手。这一方面是由于茅盾不满于商务印书馆对其编务的横加干涉，另一方面也和他此时职业生涯的转向有关。1920 年 10 月，茅盾由李汉俊介绍加入上海共产党小组，开始集中阅读和翻译无产阶级革命理论的文章。查《茅盾年谱》可知，这一时期，茅盾频繁地在《共产党人》等杂志上发表了《共产主义是什么意思》《美国共产党宣言》等多篇政论文译作。② 这预示他将从一位文艺批评家逐渐转向从事实际工作的职业革

---

① 沈雁冰：《文学和人的关系及中国古来对于文学者身份的误认》，《小说月报》1921 年第 12 卷第 1 号。

② 查国华：《茅盾年谱》，长江文艺出版社 1985 年版，第 36 页。

命家，也进一步影响了他对"为人生"文学观的建构。

1921 年 4 月，《小说月报》第 12 卷第 4 号上刊发了茅盾的评论文章《春季创作坛漫评》。他按照"表现的手段"和"思想的深入"两条标准对文坛近三个月的创作实绩进行了评定，其中一类作品表现了"对于罪恶的反抗和对于被损害者的同情"，虽然这些作品"不怎样完全"，但茅盾仍旧对创作者表示"非常的敬意"。认同创作者对被侮辱和被损害者的关切，成为茅盾此后评价文学创作价值的一个重要标准。1921 年 7 月，茅盾连续撰文提出："在乱世的文学作品而能怨以怒的，正是极合理的事"，如显克微支这样的作家"于同情于被损害者之外，把人类共同的弱点也抉露出来了"①，"应该把光明的路指导给烦闷者，使新信仰与新理想重复在他们心中震荡起来"②。虽然仍然表明要"写人类"，但重心已放在"被侮辱和被损害"的人群，不仅要写黑暗，还要在黑暗中凸显光明和历史发展的前进方向，这些都不能不说是马克思主义文艺思想开始渗透和影响的结果。

同时，对于文学作品艺术性的思考和坚持，如同幽灵般依然徘徊在这位年轻的批评家的脑际。他评价 1921 年 4 月到 6 月间新文坛的小说创作，发现创作者和当时的劳动者是非常隔膜的，描写出来的作品也和劳动者的实际生活不符，都是"为创作而创作"，是"无经验的非科学的描写"。他特意点评了叶圣陶的小说《晓行》，认为它在符合人物身份方面"似乎最熨帖，但可惜是《猎人日记》体的笔记，不是直接画出两个农夫，几个农妇来"。既有所肯定，但又不无惋惜，这在茅盾是颇有意味的一种权衡。《晓行》写的是"我"在朝阳初升的早晨穿过田间的所见所闻。小说前半部分确实有着《猎人笔记》熔抒情、叙事、写人和写景为一炉的特点，"我"徜徉在清晨田间的美好风景中，通过人物对话凸显其对农人生存状况的关切，情节

① 郎损（茅盾）：《社会背景与创作》，《小说月报》1921 年第 12 卷第 7 号。
② 雁冰：《创作的前途》，《小说月报》1921 年第 12 卷第 7 号。

弱化，文笔清淡，特别是小说后半部分出现的两位农人形象，尽管他们备受虫灾和田主的双重打压，但叶圣陶并没有给予浓墨重彩的凸显，只是把他们融进了晨晓的风景和"我"似有若无的思虑中。这种写作显然和茅盾所期待的写出"被侮辱被损害"的"血和泪"的强度和力度都有着不小的距离。有意思的是，在这篇文章中，茅盾还点评了叶圣陶的另一篇小说《一课》，认为它是创作者描写自己所熟悉的环境的代表，是个"尖儿"，"不可多得的"。

《一课》写的是一位小学生，在课堂上挂念着课桌里的小蚕，思绪时时被养蚕的诸多事宜牵引，复又缠绕着课堂上老师们的各种教导，以意识流的方式呈现出孩子丰富、细腻、敏感的内心世界，以及人和自然之间的默契呼应，颇能凸显叶圣陶强调深入内心进行"生命的观察"的写实手法。茅盾对这篇小说的肯定，说明他对叶圣陶的创作特质还是高度认可的。他把创造的要诀放在作家要去写自己熟悉的环境和人物上，因为"凡是忠实表现人生的作品，总是有价值的"①，这也反映出他仍旧对自然主义的科学客观描写有所倚重。

这些看起来有些抵牾的评价，反映出此时茅盾对何为理想的"为人生"文学的进一步思考，即什么样的"现实/真实"才是合于"为人生"文学理想的表现对象。是接受无产阶级文艺理论对特定阶级和人生的"血和泪"的表现，还是恪守自然主义的科学客观原则对更广大的社会人生的观察，抑或是叶圣陶的直觉主义的深入人心的透视？茅盾对此并没有作出一个明确的决断。"真实"这一被茅盾视为优秀文艺作品的重要特质和标准，也由于作为反映"现实"的预定结果和目标，变得可以"滑动"而意义含混。

一般认为，茅盾向无产阶级文学理论转变的标志是 1925 年 5 月他在《小说月报》《文学周报》上发表的《论无产阶级艺术》《告有志文学者》等文章。斯洛伐克汉学家高利克甚至将《论无产阶级艺

---

① 郎损（茅盾）：《评四五六月的创作》，《小说月报》1921 年第 12 卷第 8 号。

术》视为中国当时介绍无产阶级艺术理论的最重要文献。① 但这种转变是否标志着茅盾在文艺观念上抛弃"旧我"、重塑"新我"的脱胎换骨呢？

我们看到，在这篇长文中，茅盾借鉴并改写了苏联文艺理论家波格丹诺夫的相关理论，全面系统地分析了无产阶级艺术产生的条件、特质、内容和形式等问题，也彰显了其对文艺创作中某些原则性问题的坚执。对罗曼·罗兰的"民众艺术"概念中"全民性"的批判和对无产阶级文艺的"阶级性"的强调，表明茅盾受到马克思主义文艺观的影响；同时，他仍然对无产阶级文艺这一新生事物保持了高度谨慎的态度，指出无产阶级艺术的内容要"丰富充实"，不能过于"浅狭"，更不能"损害作品艺术上的美丽"。这种对艺术性的强调更具体地表现在他对什么是"现实/真实"问题的思考上。② 在两个月前发表的《现成的希望》一文中，茅盾提出一篇理想的战争小说应该是"一个人类面对枪弹时的心理变幻"，是他深入战场上的每个特定瞬间产生的各种反应，好的无产阶级小说同样要求创作者应深入无产阶级工农大众中，或者他本人就是无产阶级，这样写出的才不会是隔靴搔痒、皮里阳秋的"书房小说"。这种对生命个体内心世界的重视，特别是对"深入"无产阶级大众心理的强调，凸显了他力图对马克思主义文艺观和直觉主义式的写实方式、文学的政治功利性要求和艺术审美特质的融合，叶圣陶"深入人心"式的作品似乎有意无意地成为批评家茅盾文艺本性的招魂器。

与茅盾丰富而纷乱的社会活动和文学观念相比，叶圣陶这一时期

---

① ［斯洛伐克］马利安·高利克：《茅盾与中国现代文学批评》，杨玉英译，台湾花木兰文化出版社 2014 年版，第 120 页。

② 程凯指出，此文使沈雁冰的文学观发生根本转变的说法并不准确，只能表明茅盾的政治意识有所转变。至于对待文学和艺术究竟要发生怎样的转变问题，茅盾的认识仍旧是很模糊的。本文认同这一观点，并进一步认为这些模糊处着重体现在他对什么是无产阶级文艺需要的"现实/真实"问题的思考上。参见程凯《革命的张力："大革命"前后新文学知识分子的历史处境与思想探求（1924—1930）》，北京大学出版社 2014 年版，第 73—74 页。

仍旧以创作和编辑为主业。他开始写童话，还和朱自清、俞平伯、刘延陵等创办了《诗》月刊。1922 年 6 月新诗合集《雪朝》由上海商务印书馆出版，郑振铎为《雪朝》作序，曾就序言和叶圣陶商量，认为诗歌要求"真率"和"质朴"，"虽不能表现时代的精神，但也可以说是各个人的人格或者个性的反映"。在他们看来，"时代的精神"固然重要，作者的"个性和人格"也是创作中必不可少的。1923 年，叶圣陶著文批评《小说世界》的"游戏小说"观，指出"作小说要有自得的哲学，要进入人心的深处，要察知世间的真相"，因为文学是"一件非严肃当真不可的事业"[①]。由此可以看出，叶圣陶在文学"为人生"的理念下仍旧坚持的是独具其个人烙印的"深入人心"的现实主义。

1923 年 12 月，叶圣陶的第二部短篇小说集《火灾》作为"文学研究会丛书"由商务印书馆出版。顾颉刚认为，《火灾》延续了《隔膜》对人心人性的本真、有趣和慈爱的探索，"鼓吹全人类对于人的本性都有眷恋的感情"[②]，文学在叶圣陶那里就是祛除覆盖在人心上的"附生物"，回归人类本性的最佳手段，这种重视心灵世界幽微变化的写法成为叶圣陶"为人生"文学的一种精神徽记。同时，叶圣陶始终恪守的是"真实"这一准则，"从原料讲，要是真实的，深厚的，不说那些浮游无着不可验证的话；从态度讲，要是诚恳的，严肃的，不取那些油滑轻薄十分卑鄙的样子"[③]。叶圣陶追求的"真实"既有对作家写作态度"真"与"诚"的道德要求，也有他从写作手法上对"真实"效果的独特探索，即直觉式的、"深入人心"的观察而产生的一种"心灵的真实"。这种"心灵的真实"成为他此后不断摸索"为人生"文学的艺术表现形式的重要标准，也为正在思考一种什么样的"现实"才是"真实"的茅盾提供了重

---

① 叶圣陶：《关于〈小说世界〉》，载《叶圣陶集》（第 9 卷），江苏教育出版社 2004 年版，第 96 页。

② 顾颉刚：《〈火灾〉序》，载刘增人、冯光廉编《叶圣陶研究资料》（上），知识产权出版社 2010 年版，第 308 页。

③ 叶圣陶：《诚实的自己的话》，《小说月报》1924 年第 15 卷第 1 号。

要经验。

当然，这并不意味着叶圣陶一直驻守在艺术之宫，不为外界的风云变幻所动。1924 年 7 月，叶圣陶发表了《"革命文学"》一文，独辟蹊径地揭开了"革命文学"的神秘面纱，认为所谓的"革命文学"和"文学"没有什么区别，因为"凡是文学，总含着广义的革命的意味"，但他又不无犀利地提出"革命文学是否必须以从事社会和政治的革命为题材呢，还是专事鼓吹革命呢"，认为这两者都不适合现在的情形，只有有了真正从事革命工作的人，他们的写作"不论以什么东西为题材作成文篇，力量由内发射，一定感人极深"①，都是广义上的革命文学。叶圣陶一方面对革命文学的题材进行了拓宽，即不应仅仅限于"革命"；另一方面则对如何创作出好的革命文学提出要有切身的革命经验，主张"由内而发"。这种对革命文学颇具远见的判断，让人不禁想起 1927 年 4 月鲁迅在广州黄埔军校的著名演讲。鲁迅说，"'革命文学'倒无需急急，革命人做出东西来，才是革命文学"，他认为革命到来之前和革命进行时都不可能产生革命文学，待革命成功之后，才会有讴歌革命和对旧时代唱挽歌的文学。②鲁迅对革命与文学的思考和他其时置身大革命的策源地、深受诡谲的革命情势影响有关。1924 年的叶圣陶也正经历着军阀混战给社会民生造成的诸多不堪以及对文坛产生的浮浪喧嚣的影响，不但"革命文学"乱象丛生，就连"革命"本身也危机四伏、善恶莫辨。叶圣陶则以其独特的方式将这些乱象带入创作中。

1924 年底，叶圣陶接连写出了《金耳环》《潘先生在难中》《外国旗》等小说。相比较此前创作，它们最显著的不同就是引入了军阀混战的背景，既写了马上要开拔上战场的心思搅乱的兵士席占魁，也写到了战乱中带着全家仓皇逃生、患得患失的小学校长潘先生，还

---

① 叶圣陶：《"革命文学"》，载《叶圣陶集》（第 9 卷），江苏教育出版社 2004 年版，第 99 页。

② 鲁迅：《革命时代的文学》，载《鲁迅全集》（第 3 卷），人民文学出版社 2005 年版，第 437 页。

写了风闻大兵来袭慌忙讨得外国旗以求自家平安的乡下人寿泉夫妇，这些小人物身份、地位各不相同，但都无一例外地被无法掌控的外力裹挟到了一种相似的境遇中。朱自清曾评价说，《线下》集的后半部分体现了一种"写实主义手法的完成"①，这种"写实主义"主要体现在题材的不断开阔，不仅仅是长于表现城市小资产阶级。在朱自清看来，写实主义/现实主义的内涵应该跟随时代发展不断变化，叶圣陶的转变正说明了在跌宕复杂的社会环境促动下，他思考"为人生"文学要表现的"现实"之范围也在随之变化。当然，这其中也有叶圣陶的不变，那就是对这些人物的直觉式的观察，深入和体贴到人物的内心世界，不论是对话还是内心活动，都能刻画出人物的精魂来。

对于叶圣陶这一阶段的创作，茅盾并没有给出即时的评价。直到1928年在评论乡土作家王鲁彦的作品时，他才为《潘先生在难中》留下了一段后来成为盖棺定论的著名评价："把城市小资产阶级的没有社会意识，卑谦的利己主义，precaution，琐屑，临虚惊而失色，暂苟安而又喜，等等心理，描写得很透澈。"②虽然这是茅盾用"精密的科学方法"解剖中国社会结构和"人层"得出的结论，但并不影响他对叶圣陶犀利剖析和准确把握人物心理真实的激赏，他甚至以此为准绳建议王鲁彦以后能少一些"教训主义"，"放大""敏密的感觉"，"努力要创造些新的"。尽管此时茅盾的外在境遇愈加复杂和微妙，但并不影响他一再和叶圣陶于文艺创作领域产生碰撞和交响，而这种交响于茅盾而言，显然是有影响力的。茅盾曾经受惠于自然主义的"客观的真实"，此时也开始导向叶圣陶的"心灵的真实"；而叶圣陶对"革命文学"以及何为"现实"的富有前瞻性的判断，更为茅盾此后的理论和创作之路的转变埋下了伏笔。

① 朱自清：《叶圣陶的短篇小说》，载刘增人、冯光廉编《叶圣陶研究资料》（上），知识产权出版社2010年版，第354页。

② 方璧（茅盾）：《王鲁彦论》，《小说月报》1928年第19卷第1号。

三　哪种"现实"，如何"革命"：
"为人生"文学的大时代之问

1927 年 5 月，《小说月报》主编郑振铎由于抗议反动当局对共产党人的肆意屠杀遭到通缉，不得已远避欧洲，《小说月报》暂由一直参与杂志工作的叶圣陶接手。叶圣陶接手后，最明显的变化就是加大了对新文学创作和研究评论的扶持力度。

在接手杂志后不久，叶圣陶着手筹备《小说月报》的"创作专号"，并在第 18 卷第 6 号的《最后半页》中预告了即将登载的"可观的创作"，同时称："在作家头上加上'什么进'的字样来称呼，我们觉得无聊而且不切实。我们以为，这个时候，作家们还是在同一的地位，大家需要不断地修炼——修炼思想，修炼性情，修炼技术，以期将来的丰美的收获。说'什么进''什么进'只是夸妄与傲慢"。所谓"什么进"即是针对当时如成仿吾、冯乃超、李初梨等刚从日本归国的"少壮派"对鲁迅、茅盾、叶圣陶等"五四"一代知识分子的批判而发。显然，面对这些以舶来的文艺理论作为切入中国政治现实的革命"先进"们，叶圣陶是颇不以为然的，但"先进"们疾风暴雨式的理论冲击，也在客观上为叶圣陶重新思考文学如何在新的时代语境下"为人生"提供了契机。

在《小说月报》第 18 卷第 8 号的"卷头语"中，叶圣陶引用了德国现实主义剧作家赫贝尔（F. Hebbel）的一段话："一切艺术的事业在于表现人生。……艺术的最初目的和最后目的便是使生活进程的本身明白表见，藉示人生最内在的精髓如何在周围的空气里——无论它适宜与否——逐渐发达。……因为诗人的题目正是那方在变化中的东西。"赫贝尔的这番话凸显了叶圣陶仍旧坚持文学艺术的表现人生和"为人生"的目的，而对"方在变化中的东西"的关注则透露出他对不断变动着的现实社会情势的敏感和关注。1927 年 7 月《小说月报》"创作专号"上，叶圣陶干脆径直向创作者们发出了"提起你的笔，来写这不寻常的时代里的生活"的号召。

　　似乎是冥冥中的注定，茅盾此番成为叶圣陶书写"不寻常的时代"的得力践行者。1927年7月到8月间，茅盾被突然而至的革命狂飙席卷，继而被迅速抛离正常的生活轨道，从职业革命家变成了隐居在庐山牯岭上的"闲客"，直到8月下旬他才辗转返回上海。其间，和外界的唯一沟通就是他在景云里的隔壁邻居叶圣陶。茅盾经历了大革命理想的梦境般的溃散，前路渺茫，情绪低落，而经常造访的叶圣陶则成了他最佳的倾诉对象，这也可以说是茅盾之所以能成为"作家"茅盾的开始。

　　这时的叶圣陶不仅是茅盾小说创作的积极敦促者，更是这位创作"新人"的热心推荐者。在《小说月报》第18卷第8号的"最后一页"，叶圣陶特意为《幻灭》写了广告语："主人翁是一个神经质的女子，她在现在这个不寻常的时代里，要求个安身立命之所，因而留下种种可以感动的痕迹。"显然，叶圣陶看重的是《幻灭》对"不寻常的时代"中个体生命痕迹的真切呈现。对"不寻常的时代"的关注是叶圣陶文学"为人生"理想的一种发展，而特别强调主人公"神经质"的特质，则反映了叶圣陶对茅盾小说创作特点的准确把握和惺惺相惜。

　　《幻灭》中的静女士敏感多情，想认真读书，又对前途无从把握，在遭遇男同学的情感欺骗后奔赴革命的汉口。她有奉献革命和社会的心志，但又见不得火热的革命表象下种种乱象丛生和蝇营狗苟。她内心频繁剧烈的波动，在失望和希望间的辗转徘徊，成为勾连情节的重要推动力。小说里有一段写静女士纠结在过去的创痛和新的理想之间委决不下，俨然可以说是茅盾本人在亲历了大革命的火热和顿挫后犹疑、怅惘心境的真切投影。因此，朱自清评价说，它"与其说是一个女子生活的片段，不如说这是一个时代的缩影"。他认为小说中的几个人物都"有鲜明的个性，活泼的生气"，而且有"极其详尽的心理描写"①。这和叶圣陶称赞《幻灭》写出了"不寻常时代"里

――――――――――

① 朱自清：《近来的几篇小说》，载《朱自清全集》（第4卷），江苏教育出版社1990年版，第246页。

的"神经质"的女性的看法，也是高度一致的。

耐人寻味的是，紧接着《幻灭》的发表，叶圣陶也推出了短篇小说《夜》。这篇小说可以说是他对书写"不寻常的时代"的直接践行。小说直面了大时代中的血雨腥风，但切口又很巧妙，刻画了一位老妇人守着年幼的孙儿，为等待已被杀害的女儿女婿的消息而忐忑不安、胆战心惊的境遇。小说依旧延续了叶圣陶善于洞悉人物内心世界的特点，对老妇人以及出去打听消息的阿弟的心理活动给予了异常真实的呈现。叶圣陶和茅盾一样，都意识到了革命在这个"不寻常的时代"中的重大意义，如何呈现革命也成为他们此一阶段的共同命题。朱自清敏锐地发现，他们都"以这时代的生活为题材，描写这时代的几方面"，但这些又都不是为时代描画正影，他们写的都是时代的"侧面"。[①] 笔者以为，这些"侧面"又尤以置身于革命中的小人物（不论是投身革命的知识青年，还是革命之外的普通老妇）波动起伏的内心世界为焦点。

除了在文艺表现革命的取径上渐趋一致，茅盾、叶圣陶两人对待当时蓬勃兴起的革命文学也有相近的观点。1928 年 1 月 1 日，由蒋光慈、钱杏邨等共产党人参与创办的《太阳》月刊创刊。茅盾撰文对《太阳》"努力创造出表现社会生活的新文艺"的目标表示认同，但同时对蒋光慈提出的创作"革命文艺"的方法、原则和内容提出了质疑。他认为作家要善于从"实感"中有"新的发现、新的启示"，否则实际的材料只能成为报章新闻而非文艺作品。同时，茅盾还对"太阳社"过于"仄狭"的"革命文艺"范畴提出了商榷，认为"不能说，惟有描写第四阶级生活的文学才是革命文学"，"不能说只有农工群众的生活才是现代社会生活"。[②] 此时的茅盾不仅是一位资深文艺评论家，也是一位开始实践文艺如何表现革命的小说家，他对高歌猛进的无产阶级革命文学的意见还是深得文艺创作之精

---

① 朱自清：《近来的几篇小说》，载《朱自清全集》（第 4 卷），江苏教育出版社 1990 年版，第 255 页。

② 方璧（茅盾）：《欢迎"太阳"!》，《文学周报》1928 年第 5 卷第 23 号。

髓的。

这种思考在稍后的那篇著名的《从牯岭到东京》的答辩文章中得到了更充分的展开。在该文中，茅盾提出自己努力"不把个人的主观混进去，并且要使《幻灭》和《动摇》中的人物对于革命的感应是合于当时的客观情形"，这既是对评论界认为"《蚀》三部曲"的主观情绪过于浓重的回应，也是对文学到底该如何表现革命的再次追问。摒弃作家"个人的主观"，强调小说人物对革命的感应，可视为茅盾对文学所应该呈现的"革命的现实"的理解与思考，也折射出他对"太阳社"倡导的舶来理论"新写实主义"的谨慎态度。

叶圣陶在最初阶段对革命文学同样抱持欢迎态度[1]，但之后他随即推出了长篇小说《倪焕之》，可说是用富有个人特色的创作向当时的革命文坛发声。这部以小资产阶级知识分子群体为主要表现对象的小说，显然有着呈现"大时代"的意图，主人公倪焕之经历了五四运动、五卅运动、四一二反革命政变等一系列重大历史事件，他为教育改革事业的奔波、努力及最后的失败也成为富有代表性的时代镜像。小说对倪焕之、蒋冰如、金佩璋等知识分子为时代浪潮所牵引的内心世界的刻画，壮阔而犀利，茅盾称其为"时代对于人心的影响的回忆气氛的小说"，有学者亦敏锐指出小说超越了男性文化立场，对以金佩璋为代表的"觉醒后的现代女性挥之不去的自我困惑与找寻"进行了一种"精神还原"[2]。笔者认为，这种重视人心透视的写法既和茅盾摹写大革命时期知识分子的心理真实遥相呼应，更是叶圣陶在力图描摹这个不寻常的"大时代"的刻意为之，即将其一贯擅长的心理描写和更为开阔的时代社会画卷进行高度有机的融合，从某种程度上正是给当时普遍浮泛粗糙的革命文学以示例。

有意思的是，茅盾一方面对《倪焕之》给予了高度肯定——称

---

[1] 叶圣陶在他主编的《小说月报》第 19 卷第 1 号上专门推介了新创办的《太阳》月刊，虽然只是客观地介绍刊物，并未对其加以任何褒贬，但在期刊上专门推介这一行为本身就已看出叶圣陶对刚刚起势的革命文学的支持。

[2] 李宗刚：《民国教育视阈下的文学想象与文学书写——从叶圣陶的长篇小说〈倪焕之〉说起》，《西南大学学报（社会科学版）》2017 年第 6 期。

其为"扛鼎的工作";另一方面又提出一个颇为尖锐的问题,即小说是否具有"时代性"。茅盾认为"时代性"有两个要义:"一是时代给与人们以怎样的影响,二是人们的集团的活力又怎样地将时代推进了新方向"①,强调的是要体现"历史的必然",并特别指明这正是"新写实派文学"的特质。在茅盾看来,《倪焕之》表现的是"转换期中的革命的知识分子的'意识形态'",但对历史发展新方向的揭示却是模糊和不明确的。可以看到,茅盾明显地吸收了马克思主义辩证唯物主义历史观,并据此来界定"时代性",这和1928—1929年他受到少壮派革命理论家的集束性批评不无关系。当时,傅克兴、钱杏邨、李初梨、潘梓年等纷纷批评茅盾所描写的只是"客观的现实","是空虚的艺术至上论,是资产阶级的麻醉剂"。② 他们以日本无产阶级理论家藏原惟人的"新写实主义"为标榜,认为新写实主义的"现实""决不是对于现实——生活的无差别的冷淡的态度。也不是超越阶级的态度"。③ 在他们看来,茅盾是站在小资产阶级立场上看到的现实,是旧现实主义的"现实",并不是"把'现实'扬弃一下,把那动的、力学的、向前的'现实'提取出来"。④ 茅盾对这些指摘显然是有所吸纳的,并据此对叶圣陶写这个"不寻常的时代"提出了更高的要求。

茅盾的复杂性在于,他一方面吸收了少壮派理论家的"新写实主义";另一方面仍旧将他一贯坚持的艺术性和审美性作为判断革命文学是否成功的不可或缺的重要标准。茅盾推崇叶圣陶的"锐利的观察,冷静的分析,缜密的构思"等艺术特质,并以此告诫当时革

---

① 茅盾:《读〈倪焕之〉》,《文学周报》1929年第8卷第20号。

② 克兴:《小资产阶级文艺理论之谬误——评茅盾君底〈从牯岭到东京〉》,《创造月刊》1928年第2卷第5期。

③ 李初梨:《对于所谓"小资产阶级革命文学"底抬头,普罗列搭利亚文学应该怎样防卫自己?——文学运动底新阶段》,《创造月刊》1929年第2卷第6期。

④ 钱杏邨:《中国新兴文学中的几个具体的问题》,《拓荒者》1930年第1卷第1期。

命文学作家，要追求"内容与外形""思想与技巧，两方面之均衡的发展与成熟"，"应该刻苦地磨炼他的技术，应该捡自己最熟习的事来描写"。① 更值得注意的是，就在写作《读〈倪焕之〉》的前后，茅盾的短篇小说集《野蔷薇》出版。在该书序言中，他指出"慎勿以'历史的必然'当作自身幸福的预约券，且又将这预约券无限止的发卖"，"真正有效的工作是要使人们透视过现实的丑恶而自己去认识人类伟大的将来，从而发生信赖"，这正是对少壮派理论家们刻意强调扬弃客观写实的"旧现实"，凸显"历史的必然"的"新现实"的一种反省。茅盾深谙文学创作和批评之堂奥，他从文学创作者的角度思考如何将"历史的必然"适度而恰切地融入创作中，从而让这种本质性的召唤成为读者阅读作品的一种自然而然的结果。

反观叶圣陶，他对茅盾的上述批评也表示了诚恳的接纳，但他又说，"我相信这些疵病超出修改的可能范围之外"，原因在于"作者的力量不充实"。② 几年后，叶圣陶再次说，我常常留意，把自己表示主张的部分减到最少的限度。"我也不是要取得'写实主义'、'写实派'等的封号；我以为自己表示主张的部分如果占了很多的篇幅，就超出了讽他一下的范围了"③。叶圣陶希望规避的"写实主义""写实派"等封号，同样让人联想到 1928—1930 年革命理论家们对他的批判。钱杏邨就曾批评叶圣陶"没有更进一步的表现这种环境该怎样的冲决，在他的笔下遗漏了现代的与旧社会抗斗，冲决的向上的青年的写实"④，这和其批评茅盾的旧写实主义缺乏指示历史发展

---

① 茅盾：《读〈倪焕之〉》，《文学周报》1929 年第 8 卷第 20 号。

② 叶圣陶：《〈倪焕之〉作者自记》，载刘增人、冯光廉编《叶圣陶研究资料》（上），知识产权出版社 2010 年版，第 191 页。

③ 叶圣陶：《随便谈谈我的写小说》，载刘增人、冯光廉编《叶圣陶研究资料》（上），知识产权出版社 2010 年版，第 194 页。

④ 不过相较于茅盾，钱杏邨对叶圣陶的写实主义似乎更加宽宥。叶圣陶发表了《倪焕之》之后，钱杏邨撰文指出，叶圣陶的《倪焕之》"说明了新的时代已经是在生长着"，而茅盾的人物是"明明的没落而否认没落，明明的落伍而还是不断的倔强强辩的人物"。参见钱杏邨《关于〈倪焕之〉问题》，载刘增人、冯光廉编《叶圣陶研究资料》（上），知识产权出版社 2010 年版，第 339 页。

前行的动力如出一辙。叶圣陶对这一批评也是有所保留的，他不愿将主观的想法更多地贯注在作品中，而是让人物形象自己说话。这符合叶圣陶直觉式的现实主义创作理念，当然也就与钱杏邨要求凸显历史发展方向的"新写实主义"截然不同。

可以看到，当革命的大时代来临之时，"为人生"文学的问题迅速地被转换为文学要"为革命"乃至文学要表现怎样的"现实"才算是革命的问题。对此，茅盾和叶圣陶都进行了及时调整。叶圣陶将注重心理写实的直觉式现实主义和大时代背景相结合，茅盾则从文艺批评家转向了对鬼魅社会现实的直接书写，追求"合于当时的客观情形"的描摹，以"凝视现实，分析现实，揭破现实"为鹄的。两人在表现现实的具体手段上都有偏于人物内心世界呈现的倾向，这使得他们常有会心之处，特别是在应对少壮派理论家何为真正的"现实/革命"的批评时，两人都有所吸纳，但也都有从各自独特的创作经验和理论立场出发而展开的反省和坚持。

行文至此，我们很难说已经对"为人生"文学思潮从五四到1920年代末的整个发展轨迹和走向给予了充分呈现和阐释，但作为五四时期"为人生"文学的典型代表，茅盾和叶圣陶的评论和创作确实集中了"为人生"文学思潮在这一时期多元并存、互动对话的复杂路径。茅盾对"为人生"文学理论资源的孜孜以求，叶圣陶对文学"为人生"理想的多元实践，两人身兼评论者和创作者而产生的互动影响、互为"镜像"，都凸显出他们探索"为人生"文学的理想艺术形式的执着，对如何界定和描摹"现实"、如何呈现"真实"的"现实"和"革命"的"现实"的焦灼，同时更映照出"为人生"文学广泛、开放、富有弹性的边界，这无疑为渐成新的主流叙事的革命文学提供了某种可供借鉴和反思的参照。

（原刊《山东师范大学学报（社会科学版）》2023年第1期）

"五四"文学观念下的古典重释重构*
——论茅盾与洁本《红楼梦》

刘万宇　邵宁宁**

摘　要　茅盾拥有深厚的中国文学功底，其早期文论批判了中国旧文学的"载道"与"游戏"观念，但对《红楼梦》评价较高。在洁本《红楼梦》中，茅盾从"写实主义"的立场出发，将原著中涉及"不洁""神话""风雅""无关紧要"部分以及章回体小说套语进行了削删。从整体上看，"删红"受到"五四"文学观念的影响，与茅盾本人对小说文体的认识、胡适的"自传说"以及周作人的"人的文学""平民文学"观念有关。综合来看，"删红"有得有失，其得在于化繁为简、引雅入俗，促进了《红楼梦》的普及与传播，其失在于对原著的误读和艺术损伤。同时，"删红"折射出了"五四"文学观念的局限性，也折射出茅盾文学思想与实践之间的矛盾。

关键词　茅盾；《红楼梦》；"五四"文学观念；重释；重构

运用现代观念对中国古典小说进行重释重构，是"五四"以降文学研究和活动的一个重要面向。这标志着现代文学意识的确立，影响了文学的创作与实践。在创作上，许多作家化用古典资源（包括文学、历史及哲学的）来进行写作，如施蛰存的《石秀》和《将军

---

　*　基金项目：国家社会科学基金重大项目"中国现当代文学思潮中的古典传统重释重构及其互动关系史研究"（项目编号：21&ZD267）。

　**　作者简介：刘万宇，杭州师范大学文学硕士，现为山东大学博士生，主要研究方向：中国现当代文学；邵宁宁，杭州师范大学人文学院教授、博士生导师，主要研究方向：中国现当代文学、古今文学通变。

底头》、郭沫若的《屈原》等。在实践上，新文化运动以来的"洁本"小说可堪代表。1935 年 7 月，开明书店出版了一套面向中学生群体，以普及性为主的洁本章回小说，其中包含由茅盾叙订的洁本《红楼梦》。

对于这部洁本，此前已有一些研究①，不过大都停留在介绍事件的层面而缺乏深入的阐析。对此，本文试图厘清洁本之于底本（程乙本）的删节，在此基础上分析"删红"之因，并对其得失加以探讨。

一　茅盾早期经验中的《红楼梦》

所谓早期经验，本文将其节点划定在 1935 年洁本《红楼梦》出版之前。茅盾自幼拥有深厚的古典文学基础，小学时便学习过《论语》《左传》《孟子》《礼记》《易经》等先秦经典，中学后又接触到《世说新语》《昭明文选》等书籍和许多旧小说。这些书可谓是茅盾少时的启蒙读物，后来他回忆说："青年时我的阅读范围相当广泛，经史子集无所不读。在古典文学方面，任何流派我都感兴趣……至于中国的旧小说，我几乎全都读过（包括一些弹词）。这是在十五六岁以前读的（大部分），有些难得的书（如《金瓶梅》等）则在大学读书时读到的。"② 这足以说明茅盾阅读兴趣的广泛和阅读量的丰富。进入北大预科以后，茅盾又深入地研读了先秦诸子及前四史。小学到大学的教育经历为他打下了比较牢固的旧学底子，他在经学、史学和文学上都有一定的积累。

---

①　例如刘梦溪《茅盾同志与红学》，《红楼梦学刊》1981 年第 3 期；连诚谦《谈〈洁本红楼梦〉及其〈导言〉的价值》，《泉州师专学报》1989 年第 1 期；刘永良《茅盾眼中的曹雪芹和〈红楼梦〉——重读〈节本红楼梦导言〉和〈关于曹雪芹〉》，《红楼梦学刊》2007 年第 6 期；古耜《茅盾与节本〈红楼梦〉》，《雨花》2012 年第 7 期。

②　茅盾：《我阅读的中外文学作品》，载《茅盾全集》第 26 卷，黄山书社 2014 年版，第 595 页。

1916 年，茅盾进入商务印书馆编译所，开始进行编译工作。在 1926 年离开前的这十年间，他除了参与发起文学研究会、大力介绍世界文学和提倡新文学、改革《小说月报》外，也在整理中国旧文学上作出过不少贡献，包括编选《中国寓言初编》《庄子》《淮南子》《楚辞》（后三者同属商务印书馆出版的"学生国学丛书"系列）等书籍、开辟中国神话研究以及撰写了大量的中国文论。

从茅盾早期文论中，可看出他对中国旧文学的批判态度，集中体现为对"文以载道"和"游戏消遣"两种文学观念的反对。茅盾认为，旧文学者的文章是"有为而作""替古哲圣贤宣传大道""替圣君贤相歌功颂德"以及"替善男恶女认命果报不爽"的，这种"代圣立言"的载道观和把文学"只当做消遣品"的游戏观为中国古代文学者对文学的两种误解①。对章回体小说创作而言，载道观令小说家"抛弃真正的人生不去观察不去描写，只知把圣经贤传上朽腐了的格言作为全篇'柱意'，凭空去想象出些人事，来附会他'因文以见道'的大作"，游戏观则令他们本着"'吟风弄月文人风流'的素志，游戏起笔墨来，结果也抛弃了真实的人生不察不写，只写了些佯啼假笑的不自然的恶札"②。中国古代素来只把"各种论文诗赋看做文学，而把小说等都视为稗官野乘街谈巷议之品"，将诗赋用以载道，小说用以消遣，便是"中国文学不发达的原因"③。这些观点昭示着"五四"激烈反传统的一面，试图对传统文学做清算。但与此同时，茅盾也保留了对《红楼梦》等少数古典名著的肯定。

1924 年 3 月 19 日，上海澄衷中学校长曹慕管致信《学生杂志》主编杨贤江，将《红楼梦》扣上了"性欲小说"的帽子，理由在于"大观园只有一对石狮子是清白的"，顺便也将《水浒传》与《儒林

① 参见《文学和人的关系及中国古来对于文学者身份的误认》，载《茅盾全集》第 18 卷，黄山书社 2014 年版，第 63—64 页。

② 茅盾：《自然主义与中国现代小说》，载《茅盾全集》第 18 卷，黄山书社 2014 年版，第 256 页。

③ 茅盾：《中国文学不发达的原因》，载《茅盾全集》第 18 卷，黄山书社 2014 年版，第 107—108 页。

外史》打入"盗贼小说"和"科举小说"之列①。对此，茅盾撰文表达了强烈不满，认为这是"《红楼梦》《水浒》《儒林外史》的奇辱"。他写道："一件文艺作品是超乎善恶道德问题的，凡读一本小说，是欣赏这本小说的艺术，并不是把它当做伦理教科书来读……况且《红楼梦》只不过多描写些男女恋爱，何尝是提倡性欲?"② 由此可知，茅盾绝无将《红楼梦》划入低级趣味的消遣文学一类之意，"奇辱"一词即可证明。而《红楼梦》并非载道立言之作，则可从茅盾1934年为洁本《红楼梦》所作的《导言》中窥见一二："《红楼梦》以前，描写男女私情的小说已经很多了，可是大都把男人作为主体，女子作为附属；写女子的窈窕温柔无非衬托出男子的'艳福不浅'罢了……贾宝玉和许多'才子佳人小说'里的主人公不同的地方，就在贾宝玉不是什么'风流教主'，'护花使者'，而是同受旧礼教压迫的可怜人儿。"③ 在这里，茅盾不仅指出了《红楼梦》不同于传统才子佳人小说之处，亦说明了贾宝玉的"受害者"身份。《红楼梦》非但不是封建道统的维护者，恰是以反叛者之姿痛斥礼教的。由此，茅盾其实并未将《红楼梦》纳入批判之列。

如果从"国故"的角度来看，茅盾对《红楼梦》亦是推崇的。一则他鉴于"整理国故"运动的热度在《小说月报》第13卷第7、8两期开设了"故书新评"一栏，用以"发表同人的管见，并俟佳篇；兼以为小规模的'整理国故'的工夫"④，而其中仅有的两篇文章都是针对《红楼梦》的，分别为俞平伯的《后三十回的红楼梦》和《高作红楼梦后四十回评》。二则他在回复读者来信中提到："（亚东图书馆）翻印《红楼梦》自然未为整理国故，但《红楼梦考证》一

---

① 参见《时事新报（上海）》1924年3月21日。

② 茅盾：《〈红楼梦〉〈水浒〉〈儒林外史〉的奇辱》，载《茅盾全集》第18卷，黄山书社2014年版，第473页。

③ 茅盾：《红楼梦（洁本）导言》，载《茅盾全集》第20卷，黄山书社2014年版，第594页。

④ 《最后一页》，《小说月报》1922年第13卷第6期。

文，以我想来，总该放入'整理国故'栏里"[1]，这肯定了红学研究的意义，也相当于间接肯定了《红楼梦》本身的价值。

纵观茅盾 1935 年及之前的文章，所涉《红楼梦》的部分，评价都是比较高的。在谈及中国小说中的佳作时，他总会拿《红楼梦》来举例。例如，《红楼梦》是"作者靠着一副天才"，克服了格式束缚的"杰作"[2]，是"文学遗产"中"可以称为'文学'而不是'文字游戏'的东西"[3]。同时，在类型上，茅盾认为"《红楼梦》是一部'写实的'小说，《红楼梦》写了人情世态"[4]。而这一将《红楼梦》视为"写实"小说的论断，可谓至关重要，不仅代表了"五四"以来的新文学立场，也成为茅盾后来削删《红楼梦》的中心思想。

二 洁本《红楼梦》：如何删又因何删？

1934 年，茅盾受开明书店之托参与了洁本《红楼梦》的叙订工作。除《红楼梦》外，这套洁本丛书还包括由宋云彬叙订的《水浒传》和周振甫叙订的《三国演义》。从茅盾所写的《红楼梦（洁本）导言》（以下简称《导言》）中可知，他以亚东图书馆出版的程乙本《红楼梦》为"删红"的底本[5]。在《红楼梦》版本史上，"亚东本"

---

① 《通信》，《小说月报》1923 年第 14 卷第 1 期。

② 茅盾：《自然主义与中国现代小说》，载《茅盾全集》第 18 卷，黄山书社 2014 年版，第 255 页。

③ 茅盾：《再谈文学遗产》，载《茅盾全集》第 20 卷，黄山书社 2014 年版，第 125 页。

④ 茅盾：《杂志"潮"里的浪花》，载《茅盾全集》第 20 卷，黄山书社 2014 年版，第 515 页。

⑤ "亚东本"《红楼梦》分"初排本"和"重排本"两个版本，皆为一百二十回本。"初排本"于 1921 年 5 月初版，书前有胡适《红楼梦考证（初稿）》，次年 5 月重印时，改用《红楼梦考证（改定稿）》，各版均有陈独秀《红楼梦新序》。此本是据"王希廉评本"并参校"有正本"及"王、姚合并本"加以分段和标点排印的；"重排本"于 1927 年 11 月初版，由胡适所藏"程乙本"为底本分段并标点，"程乙本"自此开始广泛流布。茅盾在《导言》中明确提及"程乙本"，说明他参考的是亚东图书馆的"重排本"《红楼梦》。

具有里程碑式的意义，它删去传统的眉批和夹注，运用新式标点并重新分段，为古典小说赋予了现代体式。"亚东本"《红楼梦》自1921年面世以来，经历再版并多次重印，对《红楼梦》的普及化和经典化产生了深广的影响。将古典小说在形式上进行现代重构，是"亚东本"的创举，书前由胡适所作的《红楼梦考证》一文，则代表着"整理国故"的实绩。茅盾选择"亚东本"作为底本，正印证了其影响力。

在洁本中，茅盾保留了"亚东本"原有的标点和分段，未在形式上做大改动，只对内容加以削删并在接榫处略作了语句调整。在削删后，茅盾将原著缩减，重新分成五十回，并拟定新的回目。而梳理具体的削删内容，还需从茅盾所作的《导言》入手。其中所言，共涉以下三条标准。

第一，"通灵宝玉"，"木石姻缘"，"金玉姻缘"，"警幻仙境"等等"神话"，无非是曹雪芹的烟幕弹，而"太虚幻境"里的"金陵十二钗"正副册以及"红楼梦新曲"十二支等等"宿命论"又是曹雪芹的遁逃薮，放在"写实精神"颇见浓厚的全书中很不调和，论文章亦未见精彩，在下就大胆将它全部割去。

第二，大观园众姊妹结社吟诗，新年打灯谜，诸如此类"风雅"的故事，在全书中算得最乏味的章回。……这一部分风雅胜事，现在也全部删去。

第三，贾宝玉挨打……"王熙凤毒设相思局，贾天祥正照风月鉴"……贾政放外任，门子舞弊……割去了也和全书故事的发展没有关系，现在就"尽量删削"了去。……此外小小删节之处，不能一一列举，而删节的理由也不外是"并不可惜"而已。①

---

① 茅盾：《红楼梦（洁本）导言》，载《茅盾全集》第20卷，黄山书社2014年版，第596—598页。

　　这三条看似已经将删削的原则及内容做了交代，但对于探究文本还远远不够。为此，笔者在将洁本与程乙本《红楼梦》①进行对校后，在原有标准基础上做了重新归纳。

　　首先是"神话"部分。《红楼梦》中的神话架构主要在大荒山青埂峰无稽崖和警幻仙子离恨天之上的太虚幻境两重世界中展开，茅盾则将之尽数删去。前者包括第一回开篇对整体神话架构的交代、第八回中对通灵宝玉的介绍和第二十五回"魇魔法叔嫂逢五鬼"等部分。后者则包括贾宝玉几次游太虚幻境、梦游另一处"大观园"、灵魂出窍等情节，还包括柳湘莲遇尤三姐幻象、鸳鸯临死前遇秦可卿幽魄等。另外，一些包括地府还魂和幽魂托梦以及阴司报应在内的含有"鬼气"的情节被适当删除，例如第十六回"秦鲸卿夭逝黄泉路"、第七十五回"开夜宴异兆发悲音"、第一○一回"大观园月夜感幽魂"、第一一三回赵姨娘遭报应暴毙以及第一一四回"王熙凤历幻返金陵"等。

　　其次为茅盾所言"风雅"与"无关紧要"的部分，可以划归一处讨论。具体有第十四回"贾宝玉路谒北静王"、第十八回元妃省亲中赋诗和点戏情节、第二十回贾环"赶围棋作耍"、第二十二回"制灯谜贾政悲谶语"、第二十八回吃酒行令、第五十二回讨论诗社题目等。同时，第三十二回至第三十八回以及第四十二回至第四十五回、第四十九回至第五十一回等在洁本中都被整体删除。

　　这些都是《导言》中已经提及的，除此之外，茅盾恰恰遗漏了对洁本之"洁"的说明，只是把"毒设相思局"放在"无关紧要"处提了一句。通过梳理，茅盾共删去了以下"不洁"之处：第六回"贾宝玉初试云雨情"、第九回（后半部分）至第十二回整体（含薛蟠"龙阳之兴"的描写、宝玉秦钟二人同"香怜"、"玉爱"的同性关系的介绍、"王熙凤毒设相思局"等）、第十五回"秦鲸卿得趣馒

---

　　① 需要说明的是，笔者对校采用的版本分别为 1982 年重版的节本《红楼梦》（与开明本相同）和中央编译出版社出版的程乙本《红楼梦》。参见《红楼梦（节本）》，宝文堂书店 1982 年版；曹雪芹著，高鹗续，裴效维校注：《红楼梦全解本（上中下）》，中央编译出版社 2011 年版。

头庵"、第十九回茗烟小书房私会、第二十一回"俏平儿软语救贾
琏"、第四十四回贾琏和鲍二媳妇通奸、第六十五回贾琏和贾珍同尤
三姐吃酒调情、第八十回薛蟠与宝蟾拉扯以及王一贴以"房事"调
侃宝玉等段落。

最后，对章回体小说中套语的删节也是《导言》中未提到的。
早在"五四"时期，茅盾就已经批判过章回体小说形式上的僵化，
认为它们"每回书的字数必须大略相等，回目要用一个对子，每回
开首必用'话说''却说'等字样，每回的尾必用'要知后事如何，
且听下回分解'，并附两句诗；处处呆板牵强，叫人看了，实在起不
起什么美感"①。虽然《红楼梦》靠着作者的"一副天才，总算克胜
了难关"，是旧式章回体小说中的杰作，但格式依旧未脱藩篱。所
以，茅盾还是将作为穿插过渡的"暂且不提"以及末尾处的"且听
下回分解"等套语删去了。并且，他还将作者介入评价的部分删除，
例如第二十八回开头插入的一段："试想：林黛玉的花容月貌……"，
"正是：花影不离身左右，鸟声只在耳东西"；定场诗也删掉，例如
第三回中贾宝玉出场时的诗句。凡此种种，这里不再一一列举。

究其原因，笔者以为"删红"首先要考虑出版方的诉求。其实
早在1920年，胡适就已经在谈及国文教育时建议发行洁本。他认为
与其让学生们偷看"禁书"，倒不如用"救弊"的方法指导他们看，
"把那些淫秽的部分删节去，专作'学校用本'"②。开明书店践行了
这一倡议，明确地将中学生作为目标受众，以其接受能力为导向，划
定适宜的范围。同时，在考虑教育意义的同时，出版方又兼有商业上
的考量。"经过专家订定"，原本不宜阅读的古典小说成了"不缺乏
教育价值的东西"③ 以及与教科书相适配的课外读物，这不失为一种

---

① 茅盾：《自然主义与中国现代小说》，载《茅盾全集》第18卷，黄山书
社2014年版，第256—257页。

② 胡适：《中学国文的教授》，载《胡适全集》第1卷，安徽教育出版社
2003年版，第214页。

③ 引自洁本小说书后广告。参见曹雪芹著，茅盾叙订《洁本红楼梦》，开
明书店1935年版。

卖点和噱头。总之，对"不洁"的削删，是洁本的核心要义，其原因是明晰的。

另外，也是更重要的，"删红"还与"写实主义"的文学观念相关。在《导言》中，茅盾将《红楼梦》解读为"自叙传性质"的小说，也是作家"有意地应用了写实主义的作品"。在笔者看来，"写实主义"实为茅盾"删红"的标尺与动机。早在文学革命发轫之初，陈独秀就曾在《文学革命论》中呼唤"建设新鲜的立诚的写实文学"。在此推动下，依照"写实主义"标准遴选经典的风气逐渐形成，"写实"自身成为文学启蒙的诉求之一。而以"写实"评红，亦非茅盾的首创。鲁迅《中国小说史略》就曾指出："（《红楼梦》）叙述皆存本真，闻见悉所亲历，正因写实，转成新鲜。而世人忽略此言，每欲别求深义，揣测之说，久而遂多。"① 所以，《红楼梦》为"写实"小说这一论断，并非茅盾一己之见，其对"写实主义"的理解，也大体上顺承"五四"文学"《新青年》—文学研究会"一脉的观念而来。

具体而言，这表现在对小说文体的看法上。在1928年出版的《小说研究 ABC》中，茅盾对小说的界定是："Novel（小说，或近代小说）是散文的文艺作品，主要描写现实人生。"② 而通过对中国"小说"这一概念的溯源，他提出"'小说'的意义在中国是何等的复杂模糊"，并认为中国书里"找不出'小说'的正确定义"③。在现代语境中，"小说"一词只是"novel"或"fiction"④ 的翻译而并非中国固有的概念，小说实为一种舶来品。按照鲁迅所言，"中国小

---

① 鲁迅：《中国小说史略》，载《鲁迅全集》第9卷，人民文学出版社2005年版，第242页。

② 茅盾：《小说研究 ABC》，载《茅盾全集》第19卷，黄山书社2014年版，第15页。

③ 茅盾：《小说研究 ABC》，载《茅盾全集》第19卷，黄山书社2014年版，第8页。

④ 茅盾认为，Fiction 为小说的广义，凡是散文的描写人生的作品皆可指称，Novel 为小说的狭义，即指18世纪以来兴起的包含结构、人物、环境等要素的"近代小说"。参见《茅盾全集》第19卷，黄山书社2014年版，第3页。

说自来无史", 而依据茅盾的说法, 中国甚至自来无小说。以西方观念评判和审视中国文学, 是"五四"文学革命的基本立场。茅盾接受"五四"传统, 前提是接受一整套西方文学观念和价值体系, 并以此为参照系来对中国文学进行评判和改造。茅盾评价中国文学, 标准之一就是用"novel"的特征来筛选中国的旧小说。

从形式上看, 章回体小说在文体特征上更接近"novel", 已经算是成熟的文本, 而不再是"稗官野史""街谈巷议"或说话人的底本了。不过, 回目标题、章回体套语这些"落后"的格式, 则与"novel"有所出入。或许, 这便是茅盾重订回目标题以及删改章回体套语的原因。从内容上看, 近代小说"必须有精密的结构, 活泼有灵魂的人物, 并且要有合于书中时代与人物身分的背景或环境"①, 又需以"描写现实人生"为主题, 这基本是茅盾对写实主义作品的概括, 也是"删红"的内在逻辑。由于《红楼梦》中"风雅"的诗赋和"无关紧要"的其他情节, 对于展现"现实人生"是无益的, 所以是应该删去的。

茅盾对"写实主义"的理解, 还与胡适的"自传说"和周作人的"人的文学""平民文学"观念相关, 前者为其提供了现实依据, 后者在逻辑上与"删红"原则暗合。在《导言》中, 茅盾先是对《红楼梦》成书过程、版本及作者生平等做了介绍, 其中相当一部分基本是对胡适《红楼梦考证》的复述, 这可从"读者倘要细细研究, 请读胡适之的《红楼梦考证》"②的表述中证实。此外, 茅盾在1954年的一次讲话中, 也直言受到胡适的影响。其中提到: "'五四'时, 我受了《新青年》的影响, 自然也受了胡适的文学思想的影响。……在一九三五年我应开明书店邀约, 编一本所谓《红楼梦》洁本的时候, 我在前面写了所谓'导言', 就完全抄引了胡适的谬论。我不讳

---

① 茅盾:《小说研究 ABC》, 载《茅盾全集》第 19 卷, 黄山书社 2014 年版, 第 15 页。

② 茅盾:《红楼梦 (洁本) 导言》, 载《茅盾全集》第 20 卷, 黄山书社 2014 年版, 第 589 页。

言，那时候，我做了胡适思想的俘虏。"① 虽然"俘虏"一词可能言之过甚，但对于胡适文学思想的接受之意已然十分清晰。

作为新红学的开创者，胡适在考证曹雪芹家世的基础上提出了"自传说"。通过考证，胡适希望"能把将来的《红楼梦》研究引上正当的轨道去：打破从前种种穿凿附会的'红学'创造科学方法的《红楼梦》研究"②，其着眼点在于学术创新。而在茅盾那里，"自传说"则被应用于批评，成为"写实主义"评红的合法性依据。通过对曹雪芹生平的考证，曹家的家史被确证为《红楼梦》的本事，甄贾宝玉即作者化身。那么，"太虚幻境""通灵宝玉"自然也就成了将"真事隐去"的"烟幕弹"。既然《红楼梦》的内核是写实的，那将神话一脉删去，也便说得通了。所以，胡适之于"删红"的影响，无疑是直观的，更是重要的。

相比之下，周作人的影响痕迹则是相对隐性的。"五四"时期，周作人最大的理论贡献即是提出了"人的文学"和"平民文学"等概念。至此，"现实主义的提倡才有了稍为具体的内容，初步树起了理论上的纲领"，从而"以人道主义精神去革新传统的文学观念，从创作态度与写作内容这些实质问题上划清新旧文学的界限"③。《平民文学》中所提倡的以"充实的内容"和"真挚的文字"的平民文学来反对"雕章琢句""修饰的，享乐的，或游戏的"贵族文学的观念，为陈独秀《文学革命论》中的"三大主义"进一步张目。茅盾"删红"背后的逻辑，其实与周作人观念存在某种程度的暗合。

在茅盾看来，《红楼梦》通过"写些饮食男女之事"，表现了活生生的人，这与"人的文学"观念相通，而原著中"阴司地狱报应"之类充斥"鬼气"的东西，则含有"非人"的色彩。茅盾将这些部

---

① 茅盾：《良好的开端》，载《茅盾全集》第 24 卷，黄山书社 2014 年版，第 371—372 页。

② 胡适：《红楼梦考证（改定稿）》，载《胡适全集》第 1 卷，安徽教育出版社 2003 年版，第 587 页。

③ 温儒敏：《新文学现实主义的流变》，北京大学出版社 2007 年版，第 13 页。

分删去，体现出对"人"的肯定与对"非人"的排斥。同时，茅盾批判"游戏态度"和"名士趣味"而张扬"为人生而艺术"，又与"平民文学"的立场相合。"游戏态度"前文已有提及，"名士趣味"则用来指涉"拿消遣来做目的，假文学骂人，假文学媚人，发自己的牢骚"① 的中国旧式文人，自然包含对无病呻吟、附庸风雅一流的贬斥，鸳鸯蝴蝶派文人即为典型。

但是，把名士帽子扣在曹雪芹头上，显然是不公的，《红楼梦》中诗赋绝非一般庸俗之作。在整体评价上，周作人与茅盾都比较客观，未将《红楼梦》列入"名士"与"贵族"文学之列，前者视其作最好的章回体小说，是接近"理想的平民文学"（《平民文学》）、反映了男女婚姻的"问题小说"（《中国小说里的男女问题》）；后者将其划为"写实主义"作品，肯定"没有扭捏做作"、不刻意以"惊人之笔"取巧的真诚一面，也同样强调小说"写婚姻不自由的痛苦"的社会意义。不过，就诗赋这一内容，则另当别论。抛开艺术水准不论，《红楼梦》中的诗词曲赋在本质上还是属于"文字游戏"一类，"无非要卖弄他几首'好诗'和几条'好酒令'；曹雪芹于此也未能免俗"② ，虽然《红楼梦》是"理想的平民文学"、真诚的"写实"小说，但这些旧式文人笔墨，却不是"写实"的、"平民"的，而是全书"最乏味"的，故而茅盾要将"这一部分风雅胜事"全部删去了。

然而，如果只考虑茅盾身上"五四"的一面，显然忽略了其左翼作家的身份。1933 年，《子夜》出版，成为以阶级方法剖析社会问题的代表之作。而在《子夜》之前，茅盾就已在创作中自觉地运用了阶级分析方法，且也是对古典文本的重构——1930 年以《水浒传》和《史记·陈涉世家》为蓝本改编的《石碣》《豹子头林冲》及《大泽乡》三篇小说。1931 年，这三篇小说收入《宿莽》，在《弁

① 茅盾：《什么是文学》，载《茅盾全集》第 18 卷，黄山书社 2014 年版，第 434 页。

② 茅盾：《红楼梦（洁本）导言》，载《茅盾全集》第 20 卷，黄山书社 2014 年版，第 597 页。

言》中，茅盾写道："一个已经发表过若干作品的作家的困难问题也就是怎样使自己不至于粘滞在自己所铸成的既定的模型中；他的苦心不得不是继续地探求着更合于时代节奏的新的表现方法。"① 所谓"适合时代节奏的新的表现方法"，对这三篇小说而言即为发掘农民起义者身上的阶级属性，展现矛盾冲突——义军和官军的对立以及梁山内部由于阶级出身而产生的派系之争。

但是，从《导言》及删删部分来看，茅盾在"删红"中并未有意突出"阶级"，这其实和《红楼梦》本身的特质有关。从阶级斗争角度来看，《红楼梦》的革命性不如《水浒传》，它展现的是贵族阶级的内部生活而并非统治与被统治阶级间的对抗，其"进步"性主要体现在反封建礼教压迫、追求婚姻自由、张扬个性解放上。所以《红楼梦》更契合"五四"话语而非"革命"话语。对此，茅盾是肯定的。他承认小说并未写出"封建贵族的崩溃过程"，也不会是"封建社会发展到末叶的必然要有的产物"，它只是"一部'写实的'小说"，且比之前"描写人情世态的文艺作品"更写实的小说②。茅盾真正以明确的阶级立场来解读《红楼梦》，要到 1940 年到延安以后了。在讨论民族形式问题时，他提到，作为没落的贵族，曹雪芹虽然"对于本阶级的生活习惯，思想意识，抱了很大的反感，然而他的阶级立场限制了他的思想发展到正确的人民大众的道路"③。

所以，理解"删红"，关键还是在于理解"写实主义"，以及这背后所展现的"五四"文学的话语逻辑。茅盾对文本的削删，明显受到了胡适新红学的影响，又与周作人的文学观念相契合。但受其影响并不意味着与其相同，茅盾的理解亦有超越前人、超越"五四"之处。

一方面，胡适的"自传说"有其明显的局限性。陈平原就指出：

---

① 茅盾：《〈宿莽〉弁言》，载《茅盾全集》第 19 卷，黄山书社 2014 年版，第 256 页。

② 参见《杂志"潮"里的浪花》，载《茅盾全集》第 20 卷，黄山书社 2014 年版，第 515—516 页。

③ 茅盾：《论如何学习文学的民族形式》，载《茅盾全集》第 22 卷，黄山书社 2014 年版，第 147 页。

"'自传小说'与'自传'不是一回事，这点稍有文学常识的人都明白。胡适之先生再有'考据癖'也不该将二者混为一谈。正因为胡适及其同道过于沉醉在以作者家世证小说的成功，忽略了小说家'假语村言'的权力，'红学'逐渐蜕变为'曹学'。"① 如果考据方法无限延伸，很容易将文学文本与历史文献的界限模糊，把小说当作"信史"来读，这当然是欠妥的。但茅盾并没有陷入考据的圈套，他始终都强调文学的自律性。他对《红楼梦》的解读，首先在承认这是一部文学作品而非历史文献。茅盾肯定贾宝玉为曹雪芹的化身，并不代表他认为贾宝玉等同于曹雪芹，也不代表他认为小说情节与作者本事有一一对应的关系，这是他与胡适的本质差异。

另一方面，茅盾所强调的"写实主义"，侧重点已经偏向于社会意义。茅盾认为，《红楼梦》以"写实的精神"展现世态，开创了"中国小说发达史上的新阶段"②。茅盾虽然和周作人一样看重"人道主义"，从个性解放的维度来解读贾宝玉。但从《导言》行文的顺序来看，他还是把描写世态放在了描写"活生生的人"之前来论述，意在突出《红楼梦》"写实"之中的社会意义。同时，茅盾在洁本中特意保留秦可卿和贾母的丧事、元妃省亲、除夕祭宗祠、元宵开夜宴等情节，认为"这几段文字描写封建贵族的排场，算得很好的社会史料"③，更加说明了他对社会意义的看重。对此，有论者也指出，茅盾对《红楼梦》"写实主义"的阐释将"五四"时期原本"带有自然主义特点的'写实'延伸至意识形态层面的'社会写实'，从创作思想上赋予这部作品以社会批评的意涵"④。总之，茅盾对"写实

---

① 陈平原：《中国现代学术之建立——以章太炎、胡适之为中心》，北京大学出版社 2010 年版，第 184 页。

② 茅盾：《红楼梦（洁本）导言》，载《茅盾全集》第 20 卷，黄山书社 2014 年版，第 594 页。

③ 茅盾：《红楼梦（洁本）导言》，载《茅盾全集》第 20 卷，黄山书社 2014 年版，第 598 页。

④ 苏琴琴：《"五四"文学革命与〈红楼梦〉的经典化阐释》，《红楼梦学刊》2019 年第 4 期。

主义"的强调和理解，以"五四"文学为基础，并对"五四"文学进行了一定的超越，从"为人生"扩展至"为社会"。

三 茅盾"删红"的得失与启示

对于"删红"的得失，笔者以为，需要一分为二地来看待。作为"删红"的结果，洁本《红楼梦》有其积极性意义。虽然开明版洁本《红楼梦》在版本史上的地位不及"亚东本"，但也同"亚东本"一样经历过多次重印及再版。就笔者所知，在中华人民共和国成立前，洁本分别于1935年和1948年前后发行过四版（版式不同，内容一致）。中华人民共和国成立以后，北京宝文堂书店和中国青年出版社又分别在1982年和1992年进行过重印。所以，洁本《红楼梦》无疑有一定社会影响力。客观来讲，经过削删的洁本，故事情节更加简洁，不仅适用于中学生群体，也适用于文化程度一般的普通民众。洁本对于《红楼梦》这一经典名著的普及化起到了促进作用。在这一点上，"开明本"的意义甚至要比"亚东本"更大。

就削删的内容来说，洁本亦有值得认同的地方。经过削删，后四十回续书中原本枝叶旁出的情节，被归拢于贾府败落这一单一线索，故事更为集中，很多不符合曹雪芹原意的情节也被排除在外。例如，茅盾将第九十一回至第九十三回做了集中的削删。第九十二回中贾宝玉给巧姐讲《列女传》，明显与前八十回宝玉的人物性格不符，被删去显得更为合理；第九十三回中包勇投靠贾府时提到甄宝玉也曾进入太虚幻境，这一设计实在毫无必要，删去不足为惜。同时，以今天的眼光来看，《红楼梦》中涉及"鬼气"、阴司报应之类的桥段，尤其是涉及马道婆的部分，确实有悖于现代观念，且基本不具备审美性。所以，对于这些部分的删减，也是有合理性的。

当然，在使内容更加简洁的同时，"删红"也反映出诸多弊端。如果从艺术性、审美性角度讲，洁本《红楼梦》不能算是成功的，核心问题在于删去了很多看似无聊、无用，实则精彩、重要的内容。这不仅极大地损伤了原书的艺术美感，也误读了作者的原意。

例如，大观园起海棠诗社、开螃蟹宴、邢岫烟等人进贾府、芦雪庭吃鹿肉作诗、踏雪寻梅、作怀古诗等情节，皆为原著之精华，极写了大观园内自由烂漫、无忧无虑的生活，营造出一片与世隔绝的桃源景象。茅盾将之删去，不仅削弱了《红楼梦》的艺术审美价值，也削弱了大观园前后盛衰对比的效果。同时，小说中有关赵姨娘和贾环母子的很多情节被茅盾省去，例如叔嫂逢五鬼、宝玉挨打时贾环煽风点火等表现嫡庶矛盾的地方都被删减，破坏了人物关系的表现，类似的情况在北静王一线上也有体现。

又如对"风雅"部分的削删。《红楼梦》中诗词曲赋的重要性为学界所共识，金陵十二钗的判词是对人物命运的揭示，对小说走向起到暗示作用。但在"写实主义"的观念下，这些最能表现作者艺术构思的部分不复存在。小说超越现实的理想性的一面被解构了，剩下了一部封建大家族的衰亡史。而由于失去《好了歌》等最能反映作者原意主旨的诗词，《红楼梦》的解读也被压缩在"反抗封建压迫，追求自由解放"的单一向度上，小说丰富的哲学意涵便没有了。

内容的删节还造成了某些篇章前后的不接榫。由于没有了"木石前盟"，宝黛二人一见如故的设定便无来由，无法解释为什么"这个妹妹我曾是见过的"。这在秦钟身上也有体现，由于第五回的删除，宝玉初见秦钟时秦可卿提到"上回宝二叔要见我兄弟"中的"上回"便无从提起。同时，重订回目造成了小说篇幅上的失衡，有的长而冗余，几条线索交织杂糅在一起，显得十分混乱，例如"金麒麟""人多口杂闲气多"等；有的短而不足，例如"柳湘莲"一回。而且，重拟的回目并未依据统一的标准原则，有单纯名词（如"薛蟠""金锁""禅机""艳词"）也有动词短语（如"林黛玉进贾府""刘姥姥打抽丰"），有客观的描述也有编者主观性的评价（如"袭人的奸诈""勉强欢笑的中秋"），随意的重新排列组合损伤了原著缜密的结构。

综合来看，"删红"有得有失，其得在于化繁为简、引雅入俗，促进了《红楼梦》在中学生及普通民众群体中的普及与传播，其失在于对原著的误读和艺术损伤，读者所接受的，其实是洁本而并非原著本身。而如果想要更为深入地认识和评价这部洁本《红楼梦》，则需要进行历史化和语境化的分析。

　　首先，应该承认洁本在探索现代意识参与并重构古典文学这一命题上的典型性，透过洁本，我们读到了 20 世纪《红楼梦》评价史的一个侧面。"删红"看似是茅盾的个人行为，实际上反映出"五四"文学革命语境下的现代文学观念。在文体上，随着西方文学的不断引介，中国传统的"小说"观念被打破，抛去了不登大雅之堂的成见，小说一跃成为文学之最上乘。在评价上，由于小说解脱了"小道"的束缚，"白话文"又被树立为文学之正宗，《红楼梦》的经典性地位被逐渐抬升，成为新文学阵营认可的中国古代"第一流小说"。同时，随着易卜生等一批外国作家的引入，"写实主义"成为新文学初期的主要批评话语。但是，"五四"文学观因其思想启蒙的诉求而天然带有强烈功利主义的色彩，对《红楼梦》的重释重构，目的在于建立新的思想体系和评价标准。在胡适"铁证如山"的考据面前，"写实"之说进一步扩大了其影响力，成为对《红楼梦》的共识。这种共识的弊端已然在洁本中有所体现，即遮蔽或压抑了《红楼梦》的其他文本意蕴，使批评趋于单一向度。在这个意义上，"删红"的局限便不能归咎于茅盾个人，这是一种时代的、历史的局限。

　　同时，"删红"也是茅盾文学思想与文学实践间的一次互动。互动之中，又折射出茅盾本人的矛盾。这包括茅盾本人前后文学思想的矛盾，也包括其思想与行动上的矛盾。对于前者，可从茅盾不同时期所写的文论中得知。例如，对《红楼梦》中"风雅"部分的理解，在 1963 年的《关于曹雪芹》一文中是这样的："曹雪芹塑造人物，真是细描粗勒，一笔不苟。书中多少次的结社吟诗，制灯谜，多少次的饮酒行令，所有的诗、词、灯谜、酒令，不但都符合各人的身份、教养和性格，并且还暗示了各人将来的归宿。简洁而生动的环境描写也都紧扣着人物的性格；例如潇湘馆的幽静，秦可卿卧室的洋溢着旖旎风光的陈设。"① 这里，茅盾肯定了原著中那些文人之词的重要作

---

① 茅盾：《关于曹雪芹》，载《茅盾全集》第 27 卷，黄山书社 2014 年版，第 113 页。

用，与《导言》中"乏味"的判断大相径庭。

对于后者，则可从茅盾同时期的文章中窥得。1931 年，茅盾写了《"五四"运动的检讨》一文，试图对"五四"思想进行反思与清算。他认为"在文学上，新青年派（在这方面，它是那时候的主角）所提出的许多口号都是属于形式方面的"，在内容上，他们"至多不过说'新文学'应该是平民的，真实情绪的，现代生活的反映"，新青年派"心目中的新文学是写实主义的文学"①。不得不说，这样的概括是基本中肯的。出于这种认识，茅盾在"删红"中体现出了对"五四"一定程度上的超越。但其想要"扫除这些残余的'五四'"②的愿望却没能完全实现。如果从《子夜》、"农村三部曲"以及《宿莽》中的几篇历史小说来看，茅盾似乎已经扬弃了"五四"。如果从洁本《红楼梦》及其《导言》来看，他的转变并不彻底。"删红"的基本话语依旧是"五四"的，而并非无产阶级的、革命的，这在前文已经作了论证。

评价洁本，还要考虑其所产生的影响。坦率地讲，茅盾在红学史上的影响远不及王国维、鲁迅、胡适、俞平伯以及毛泽东等一众人物，但其观点的"经典性"是值得肯定的。茅盾始终站在文学家、批评家的立场上来读《红楼梦》，从强调"写实主义"到迈向"现实主义"、从宣扬个性解放到引入阶级意识，其立足点始终在此岸而非彼岸，强调入世而非出世。对于"逋逃薮""烟幕弹"一类，茅盾是始终否定的，这是其"删红"与"评红"中影响最深之处。笔者以为，这或许还能给《红楼梦》的影视改编研究带来启发。在央视1987 年版的电视剧《红楼梦》中，关于太虚幻境和木石前盟的相关情节没有被呈现，这和洁本的削删在创作精神上是否有某些内在性的关联？是否仅是因拍摄技术条件受限而做出的取舍？个中问题都值得

---

① 茅盾：《"五四"运动的检讨》，载《茅盾全集》第 19 卷，黄山书社2014 年版，第 272 页。

② 茅盾：《"五四"运动的检讨》，载《茅盾全集》第 19 卷，黄山书社2014 年版，第 282 页。

深思。不仅如此，1998 年版的电视剧《水浒传》也和宋云彬叙订的洁本存在相似的暗合，同样是删去了原著第一回"张天师祈禳瘟疫 洪太尉误走妖魔"的神怪部分，从高俅的发迹开始讲起，亦将"九天玄女"的部分舍弃，这些巧合或许正说明了洁本小说背后的文学观念的影响是深远持久的，也是有市场的。顺着这样的思路，洁本《红楼梦》的意义或许还可以继续探究下去。

（原刊《海峡人文学刊》2023 年第 4 期）

茅盾论"鸳蝴"的态度变迁及其关于"通俗文学读者"问题的思考

曾道扬[*]

摘　要　茅盾在 1920 年视鸳鸯蝴蝶派为封建丑恶势力，到了 1928 年却主张要表现通俗文学读者的痛苦和情热，这一奇特转变源于他主持《小说月报》改版时的受挫经历，而更深刻的根源则在于其对中国文学现代抒情传统的自我反思的深化，即如何认识和反映现代文学所朝向的"大众"主题。通过相关书信和文论，可发现茅盾的文学观一步步从"精英"到"大众"的缓慢而深刻的转变。因此，《从牯岭到东京》中他主张文学要重视和表现占读者大多数的"通俗文学读者"群体即"小资产阶级"（主要指小市民、小商人等），其实是从过来人的角度给更新的文学者（革命文学家们）提建议，这也是对于中国文学现代抒情传统强调以市民大众为主体的本质特征的重新发现。

关键词　茅盾；鸳鸯蝴蝶派；现代抒情传统；通俗文学读者；小资产阶级

　　从 1920 年主持《小说月报》改版，到 1928 年公开主张重视和表现占读者大多数的"通俗文学读者"即"小资产阶级"的文学，茅盾在短短八年间经历了从文坛新思想代表到文坛落后"反动力量"代表的剧变。更有意思的是，在这个过程中茅盾对通俗文学的态度有

---

　　* 作者简介：曾道扬，女，1992 年出生，中山大学中国语言文学系博士研究生（广州 510275）。

着看似 180 度的大转弯：1920 年的茅盾视鸳鸯蝴蝶派（以下简称"鸳蝴"）为封建丑恶势力，1928 年的茅盾却声称要表现通俗文学读者的痛苦和情热。这样一个奇特的转变是如何发生的呢？本文将从中国文学的现代抒情传统的内部变迁来探讨这个问题，认为相对于古典抒情传统的士君子或士大夫的精英化和个体化写作，现代文学抒情传统自新文化运动以后，就全面确立了从写作的主体、读者和语言形式都要求大众化、市民化的现代性诉求。但这个"大众"或"市民"的具体阶层身份或政治身份又当如何定义？这就衍生出了中国文学的现代抒情传统或现代抒情政治的诸种方向或纷争。而在这些不同方向或纷争中，一个极具热点和政治性的文学主题就是"小资产阶级"问题。茅盾从 1920 年到 1928 年在论"鸳蝴"中所经历的态度的巨大转变，与其对中国现代文学的"大众"指向的再认识过程密切相关，在这个认识变化中，"小资产阶级"问题构成了其中的重要一环，并在很大程度上反映了现代文学抒情传统的自我反思的深化。本文兹作详论。

一 茅盾论"鸳蝴"：文学观的转变

自新文化运动以来，中国文学的抒情传统发生了一个范式上的重大转型。如果说古典文学抒情传统是士君子、士大夫的精英化方向，那么，以胡适为代表的新文化运动开启的白话文写作便是平民的、市民的大众化方向。正如何光顺在谈到新文化运动的旗手胡适时所指出的："胡适对于白话文学史写作的提倡和对于文言文学史的贬抑则体现出更强烈的近代启蒙知识分子的政治理想和文学学科观念，那就是文学的语言必须贴近平民生活，而非那种典雅的、贵族的。"[①] 贴近平民生活，具有强烈的近代启蒙知识分子的政治理想和文学学科观念，就是新文化运动的方向；但这个方向，还涉及作家本人是否能够

---

① 何光顺：《文学的疆域——20 世纪中国文学的学科自觉》，《南京社会科学》2017 年第 3 期。

成为大众或平民的一员，也就是以精英的视角为平民写作，还是自觉以平民的身份去写作平民或市民的生活？从这个角度看，胡适虽然提出了要写平民生活的文学观念，但其个人却始终是精英化的，这也是胡适在后来延安的革命文学与国统区的资产阶级文学的分化中，终究进入资产阶级文学的阵营，而某种程度上未能实现真正的平民化文学写作的重要原因。

作为左翼革命文学的重要代表，茅盾很自觉地贯彻了新文化运动的方向，即扭转了古典文学过于典雅和贵族化的写作，不断沉入市民大众以及工农大众的写作中。茅盾从文学生涯的起点开始便是一个坚定的"经世致用"派，这样的文学立场充分表现在《现在文学家的责任是什么？》（1920）、《文学和人的关系及中国古来对于文学者身份的误认》（1921）、《新文学研究者的责任与努力》（1921）等一批早期文论中。茅盾主张新文学在内容上要服务社会、"足救时弊"[1]，不是表现个人，而是表现全社会、全民族甚至全人类的痛苦和期望，创造"血与泪"[2]写成的平民文学；在形式上，主张中国文学要转型为新文学，放弃旧文学的体式，重点学习自然主义实地考察的精神和冷静客观的态度。

在这样一个为平民写作的现代性方向的自觉中，"鸳蝴"就成为其中的一个焦点话题。"鸳蝴"的写作原本也是为小市民、小商人的平民群体服务的，但在新文化运动激进的平民为大众的写作中，"鸳蝴"又很大程度上被贬斥到平民文学的对立面，而其第一个罪名就是以"游戏""纵欲"为旨的文学观念，这种文学观就被看作是"罪大恶极"的。如茅盾在《自然主义与中国现代小说》（1922）中就批判"鸳蝴"或是把文学当成消遣品，以"自快其'文字上的手淫'"[3]，罔

---

① 茅盾：《介绍外国文学作品的目的——兼答郭沫若君》，载《茅盾全集》第 18 卷，人民文学出版社 1989 年版，第 248 页。

② 茅盾：《介绍外国文学作品的目的——兼答郭沫若君》，载《茅盾全集》第 18 卷，人民文学出版社 1989 年版，第 250 页。

③ 茅盾：《自然主义与中国现代小说》，载《茅盾全集》第 18 卷，人民文学出版社 1989 年版，第 226 页。

顾真实人生；或是把文学当成商品，"只要有地方销，是可赶制出来的；只要能迎合社会心理，无论怎样迁就都可以的"①。在驳斥吴宓的《"写实小说之流弊"？》（1922）里，他批判礼拜六派"把人生的任何活动都当作笑谑的资料"，"称赞张天师的符法，拥护孔圣人的礼教，崇拜社会上特权阶级的心理"，因此这些作品都"进不得'艺术之宫'"。②而到了《真有代表旧文化旧文艺的作品么？》（1922），他们变成了"现代的恶趣味"，"污毁一切的玩世与纵欲的人生观"，"对于中国国民的毒害是趣味的恶化"，③因此他在《反动？》（1922）里定性这些通俗文学"决不是'反动'，却是潜伏在中国国民性里的病菌得了机会而作最后一次的——也许还不是最后一次——发泄罢了"。④"这病菌就是'污毁一切的玩世的纵欲的人生观'。"⑤

鸳蝴派的第二个罪名便是其旧式（或华洋杂陈的）小说体式，这是从反对中西方的旧式传统，而务求文学当为现代的大众服务的要求而出发的。在《自然主义与中国现代小说》（1922）中茅盾认为鸳蝴派小说有三种创作体式。第一种是旧式"章回体"，这种体式不仅呆板、没有美感，而且把"描写"理解成"记账"，⑥人物因此完全立不起来。第二类是"章回体"的初级改良版，停留在对西洋小说拙劣的模仿，华洋杂陈，无法摆脱旧式小说的弊病。第三类在模仿西洋小说上有了更多进步，但仍旧是摆脱不了旧体式的脚

---

① 茅盾：《自然主义与中国现代小说》，载《茅盾全集》第18卷，人民文学出版社1989年版，第232页。

② 茅盾：《"写实小说之流弊"？》，载《茅盾全集》第18卷，人民文学出版社1989年版，第303页。

③ 茅盾：《真有代表旧文化旧文艺的作品么？》，载《茅盾全集》第18卷，人民文学出版社1989年版，第311页。

④ 茅盾：《反动？》，载《茅盾全集》第18卷，人民文学出版社1989年版，第313页。

⑤ 茅盾：《反动？》，载《茅盾全集》第18卷，人民文学出版社1989年版，第314页。

⑥ 茅盾：《自然主义与中国现代小说》，载《茅盾全集》第18卷，人民文学出版社1989年版，第226—228页。

镳，而且在思想上虽然也学新文学表现人生，但因为"没有确定的人生观，又没有观察人生的一副深炯眼光和冷静头脑"①，画虎不成反类犬，人道主义变成了肤浅的慈善主义，描写无产阶级变成讽刺无产阶级。

在这个时期的茅盾看来，鸳蝴派在思想上可谓祸国殃民，在创作上也达不到其所追求的以西洋（主要是自然主义）为标准的新文学理想，因此自然要被打入冷宫。但是在短短八年之后的《从牯岭到东京》，茅盾的文学世界出现了一个有趣的反转，过去他与通俗文学可谓势不两立，批判厌恶之词溢于言表，可在这篇备受争议的主张"描写小资产阶级"的文论里，我们看到茅盾把"小资产阶级"理解为以小市民、小商人为主体的通俗文学读者群，而且还要求新文学为通俗文学读者服务，用他们的语言、写他们的生活、表达他们的痛苦和情热，"新文艺忘记了描写它的天然的读者对象。你所描写的都和他们（小资产阶级）的实际生活相隔太远，你的用语也不是他们的用语，他们不能懂得你，而你却怪他们为什么专看《施公案》、《双珠凤》等等无聊东西"②；"如果你能够走进他们的生活里，懂得他们的情感思想，将他们的痛苦愉乐用比较不欧化的白话写出来"③；"我们的新文艺需要一个广大的读者对象，我们不得不从青年学生推广到小资产阶级的市民，我们要声诉他们的痛苦，我们要激动他们的情热"；"为要使新文艺走进小资产阶级市民的队伍，代替了《施公案》、《双珠凤》等，我们的新文艺在技巧方面不能不有一条新路。"④

---

① 茅盾：《自然主义与中国现代小说》，载《茅盾全集》第 18 卷，人民文学出版社 1989 年版，第 231 页。

② 茅盾：《从牯岭到东京》，载《茅盾全集》第 19 卷，人民文学出版社 1991 年版，第 191 页。

③ 茅盾：《从牯岭到东京》，载《茅盾全集》第 19 卷，人民文学出版社 1991 年版，第 191 页。

④ 茅盾：《从牯岭到东京》，载《茅盾全集》第 19 卷，人民文学出版社 1991 年版，第 193 页。

茅盾的这个转向，代表了新文化运动以后中国新文学面向大众和平民写作的深度发展，也表明了一种现代抒情传统，它要求懂得以小市民、小商人为主体的情感思想，表现"他们的痛苦愉乐"，而且应当以"比较不欧化的白话写出来"，[①]"要声诉他们的痛苦"，"激动他们的情热"。[②] 这是现代抒情传统或现代抒情政治的平民化维度的展现，新文学不再只是把通俗文学读者等小资产阶级看作是对立物，而将其纳入了文学应当服务的大众层面。这种对小资产阶级的纳入，也是大众群体范围的扩大，是文学为建立一种革命的新的统一战线的自觉。这样，茅盾就借时新的"小资产阶级"的名头，别出心裁地讨论了新文学的"读者"问题。他主张新文学要重视通俗文学的读者，要把通俗文学的受众挖来革命文学的阵营，他并未放弃对"鸳鸯蝴蝶派"文学思想和创作手法的批判，却似乎在过去好文学均以西洋（尤其自然主义）为标准的"五四"旧路上做了调整，指出一条仍有待探索的既能拥有新文艺的思想和手法，又能够取悦通俗文学读者的新文艺（革命文艺）之路。因此，这个看似 180 度的大转变中茅盾有不变有变：不变的是茅盾改造旧文学、建设新文学的理想；变的是茅盾对旧文学读者的策略，从过去忽视读者的"大多数"、一味"鸳新"[③]，到现在重视读者的"大多数"。

二 《小说月报》改版受挫：精英主义文学观遭受质疑

茅盾这一意味深长的转变，背后不仅是一代文豪的思想成长史，更重要的是揭示或折射了中国文学现代抒情传统内部关于作

① 茅盾：《从牯岭到东京》，载《茅盾全集》第 19 卷，人民文学出版社 1991 年版，第 191 页。

② 茅盾：《从牯岭到东京》，载《茅盾全集》第 19 卷，人民文学出版社 1991 年版，第 193 页。

③ 鲁迅：《鲁迅致周作人》1921 年 8 月 25 日，载《鲁迅全集》第 11 卷，人民文学出版社 2005 年版，第 409 页。

者、读者和文学书写形式随着社会和时代变革而不断演绎的历史。这段茅盾个人的思想成长史及其折射的现代抒情传统内部演绎的历史，是与茅盾《小说月报》改版后在出版社的受挫经历和来自通俗文学读者们的反馈密切相关的。董丽敏发表于 2002 年的研究成果《〈小说月报〉1923：被遮蔽的另一种现代性建构——重识沈雁冰被郑振铎取代事件》对这个问题进行了详细分析，为我们发掘出了这段历史的一角。

这篇论文立足点是探讨沈雁冰被郑振铎取代主编之位的历史真相，我们从中得知几个关键的信息。一是改版《小说月报》让年轻的茅盾陷入了商务印书馆内部的人事纠纷和经营策略纠纷里，成为牺牲品。在茅盾 1920 年刚入职商务印书馆和接手《小说月报》时，商务印书馆处在张元济主持的时代，在办刊方针上更有文化情怀和理想主义色彩，年轻的茅盾还幸运地获得了"不能干涉我的编辑方针"①的"尚方宝剑"②。茅盾在这时接手《小说月报》及其所获得的独立编辑权，实际上都还是精英主义的文学观念所主导的，即在新文化运动影响下，以茅盾为代表的一些文学作者虽然已经有强烈的以文学启蒙民智的意识，但对于自己的写作面向什么样的大众，却还并未有清醒和具体的认识。

茅盾这种精英主义的文学观，受到了来自商务印书馆内部高层的挑战。在 1921 年，胡适介入商务的运营，胡适推荐王云五代已出任商务印书馆编译所所长，王云五的走马上任让"商务的经营策略正在发生裂变"③，办刊方针从文化和商业兼重而日趋倾向于市场需求，重视营利，重视鸳鸯蝴蝶派的小市民读者群。王云五甚至不惜以"阴谋"骗过沈雁冰的眼睛，创办了通俗刊物《小说世界》，重新取

---

① 茅盾：《革新〈小说月报〉的前后》，载茅盾、韦韬《茅盾回忆录》上，华文出版社 2013 年版，第 142 页。

② 董丽敏：《〈小说月报〉1923：被遮蔽的另一种现代性建构——重识沈雁冰被郑振铎取代事件》，《当代作家评论》2002 年第 6 期。

③ 董丽敏：《〈小说月报〉1923：被遮蔽的另一种现代性建构——重识沈雁冰被郑振铎取代事件》，《当代作家评论》2002 年第 6 期。

悦对《小说月报》改版怨声载道的小市民读者群，造成《小说月报》和《小说世界》对峙的局面，这自然是西化的、清高的启蒙者沈雁冰所不能容忍的，沈王二人注定不能并存。茅盾与王云五的关系逐渐从微妙不合转变为具体冲突，王云五最终以"内部审查"① 制度的提出和实行确立了商务高层对于商务刊物的控制权，削弱了沈雁冰等人的编辑权，导致主编们纷纷离职。"沈雁冰离开《小说月报》主编位置，其实是商务内部高层为了确立威信与普通编辑争夺编辑权的结果，沈雁冰不幸成了人事纠纷的牺牲品。"②

二是《小说月报》的改版可以说是不成功的。一方面是旧文学读者市场怨声载道，他们看不懂新文艺的论文，更不想看这些论文，"读者全然不知什么人是某文学家，什么是某文派，则无论如何愿意之人不能不弃书长叹"③。"据实说，《小说月报》读者一千人中至少有九百人不欲看论文。（他们来信骂的亦骂论文，说不能供他们消遣了!)"④，以至于"联名对商务投了'哀的美敦书'"⑤。另一方面是改版得不到新文学主流的认同，鲁迅批评"雁冰他们太骛新了"⑥，"专注意于最新之书"⑦，"维新维得太过"⑧，陈独秀劝茅盾"放得普

---

① 董丽敏：《〈小说月报〉1923：被遮蔽的另一种现代性建构——重识沈雁冰被郑振铎取代事件》，《当代作家评论》2002 年第 6 期。

② 董丽敏：《〈小说月报〉1923：被遮蔽的另一种现代性建构——重识沈雁冰被郑振铎取代事件》，《当代作家评论》2002 年第 6 期。

③ 茅盾：《茅盾致周作人》1921 年 10 月 22 日，载《茅盾全集》第 36 卷，人民文学出版社 1997 年版，第 37 页。

④ 茅盾：《茅盾致周作人》1921 年 8 月 11 日，载《茅盾全集》第 36 卷，人民文学出版社 1997 年版，第 31 页。

⑤ 章锡琛：《漫谈商务印书馆》，载商务印书馆编辑部编《商务印书馆九十年（1897—1987）——我和商务印书馆》，商务印书馆 1987 年版，第 115 页。

⑥ 鲁迅：《鲁迅致周作人》1921 年 8 月 25 日，载《鲁迅全集》第 11 卷，人民文学出版社 2005 年版，第 409 页。

⑦ 鲁迅：《鲁迅致周作人》1921 年 8 月 6 日，载《鲁迅全集》第 11 卷，人民文学出版社 2005 年版，第 404 页。

⑧ 鲁迅：《鲁迅致周作人》1921 年 8 月 6 日，载《鲁迅全集》第 11 卷，人民文学出版社 2005 年版，第 404 页。

通（通俗）一些"①，胡适则劝茅盾"不可滥唱什么'新浪漫主义'"②、不要滥收缺乏经验和写实的空泛的创作。因此，尽管茅盾很早就意识到激进的文学追求和读者市场之间的断裂问题，并不断想方设法保住杂志的销量，但显然在这种两头不是岸的局面中无法给商务高层以未来销量稳定的信心，"难以真正实现旧有读者与刊物新格调之间的对接，《小说月报》读者群未来的流失应该是意料中的事。这一缺憾是致命的，也正是商务下决心撤换沈雁冰的根本原因。"③

这在沈雁冰的人生中必定是一个重大的受挫经历，因为过于激进的编辑策略，他的职业生涯和文学理想遭受了双重挫折，不光丢了主编的高位，而且也引来新文化先驱的质疑和批评。笔者认为，这一挫折经历必定导致茅盾对新文学如何发展的看法有大调整，经过爬梳相关材料，笔者找到了沈雁冰思想策略调整的轨迹。

三 从"精英"到"大众"：茅盾
思想演变的轨迹

《小说月报》从 1920 年第 1 期开始半革新，到了 1920 年底茅盾接过主编职位后，就从 1921 年第 1 期起进入了"完全革新"的快车道。可在当年 8 月给周作人的书信中，新官上任不足一年的茅盾便在向前辈抱怨革新之难："据实说，《小说月报》读者一千人中至少有九百人不欲看论文。（他们来信骂的亦骂论文，说不能供他们消遣了！）"④

这种消极的情绪恶化到 9 月份，演变成茅盾要提出辞职的程度：

① 茅盾：《茅盾致周作人》1921 年 10 月 12 日，载《茅盾全集》第 36 卷，人民文学出版社 1997 年版，第 34 页。

② 胡适：《胡适日记》1921 年 7 月 22 日，载胡适著、曹伯言整理《胡适日记全编 3（1919—1922）》，安徽教育出版社 2001 年版，第 394 页。

③ 董丽敏：《〈小说月报〉1923：被遮蔽的另一种现代性建构——重识沈雁冰被郑振铎取代事件》，《当代作家评论》2002 年第 6 期。

④ 茅盾：《茅盾致周作人》1921 年 8 月 11 日，载《茅盾全集》第 36 卷，人民文学出版社 1997 年版，第 31 页。

"《小说月报》出了八期，一点好影响没有，却引起了特别的意外的反动，发生许多对于个人的无谓的攻击，最想来好笑的是因为第一号出后有两家报纸来称赞而引起同是一般的工人的嫉妒；我是自私心极重的，本来今年揽了这捞什子，没有充分时间念书，难过得很，又加上这些乌子夹搭的事，对于现在手头的事件觉得很无意味了。我这里已提出辞职，到年底为止，明年不管。"① 显然年轻气盛的茅盾一时无法接受这个挫败的局面，"求效心甚急，似乎非一下成功，就完全无望"②，想扔下这已经"无意味"的"捞什子"③，做他喜欢的文学工作。

但是茅盾的辞职显然没有得到批准，因为高梦旦和周作人的鼓励，他决定再试一年："关于《小说月报》编辑一事，自向总编辑部辞职后，梦旦先生和我谈过，他对于改革很有决心，对于新很信，所以我也决意再来试一年。"④ "辞职事现在取消，再试一年看；先生（指周作人——笔者注）教我奋斗"，但茅盾的自尊心看来只够支撑一年："现在且领教下一年水磨工程，再看如何。如再一年而无效验，无论如何，无颜为之矣。"⑤

主编茅盾开始向通俗读者市场做一些让步和妥协。他采取加量不加价的营销手段保住了杂志的销量："俄国文学号内容很不行，但销场倒还好，大概一般读者被厚重的篇幅迷昏了。上海人所谓'卖野人头'，似乎中国卖野人头是行得通的。"⑥

---

① 茅盾：《茅盾致周作人》1921 年 9 月 21 日，载《茅盾全集》第 36 卷，人民文学出版社 1997 年版，第 32—33 页。

② 茅盾：《茅盾致周作人》1921 年 10 月 15 日，载《茅盾全集》第 36 卷，人民文学出版社 1997 年版，第 35 页。

③ 茅盾：《茅盾致周作人》1921 年 9 月 21 日，载《茅盾全集》第 36 卷，人民文学出版社 1997 年版，第 33 页。

④ 茅盾：《茅盾致周作人》1921 年 10 月 12 日，载《茅盾全集》第 36 卷，人民文学出版社 1997 年版，第 34 页。

⑤ 茅盾：《茅盾致周作人》1921 年 10 月 15 日，载《茅盾全集》第 36 卷，人民文学出版社 1997 年版，第 35 页。

⑥ 茅盾：《茅盾致周作人》1921 年 10 月 15 日，载《茅盾全集》第 36 卷，人民文学出版社 1997 年版，第 35 页。

同时他决心听取前辈和同行的意见，计划在新一年的编辑方针上要勒住一味趋新的快马，适当"通俗"："前天见仲甫先生，他说可以放得普通（通俗）一些，望道劝我仿《文章俱乐部》办法，多收创作而别以'读者文艺'一栏收容之。我觉得这两者都是应当的。"① "仲甫先生谓普通一点，乃指程度不妨放低之意，如论文，史传，创作登载标准，不妨用初步的浅显的，以期初学者可以入门；此意弟以为很是。"②

陈独秀的建议让茅盾开始煞费苦心地做了很多工作以期引导初学者入门。在1921年10月22日给周作人的信中，他就说到计划在《小说月报》上登一本《西洋小说发达史》，目的是让初学者了解西洋文艺。在次年3月10日给姚天寅的信中，他又提到应读者来信要求，准备编几本研究文学方法的入门书籍，内容包括文学原理、文学流派的历史、文学的国别史和文学家研究几个方面。当年11月10日茅盾又在给马鸿轩的信中反思道，每期杂志顺带讨论一个文学家的做法失败的原因，是国内大部分读者对于西方文学的流派发展过于陌生，因此"忽然提出一个作家"③，容易因为过于陌生而失去深入了解的兴趣。

但茅盾的"水磨工程"看来还是不够成功的。1922年9月20日他在给周作人的信末尾提到《小说月报》比1921年销量又下降了，言语之间颇为失意："尚有三期，未必即能有多大影响，挽回些什么。"④ 在11月10日给马鸿轩的信里他又说到《小说月报》失意的局面："哪知上半年试验的结果，不惟不能有益，反减少了大多数读者对于本刊的兴趣。"⑤

---

① 茅盾：《茅盾致周作人》1921年10月12日，载《茅盾全集》第36卷，人民文学出版社1997年版，第34页。

② 茅盾：《茅盾致周作人》1921年10月22日，载《茅盾全集》第36卷，人民文学出版社1997年版，第37页。

③ 茅盾：《茅盾致马鸿轩》1922年11月10日，载《茅盾全集》第36卷，人民文学出版社1997年版，第94页。

④ 茅盾：《茅盾致周作人》1922年9月20日，载《茅盾全集》第36卷，人民文学出版社1997年版，第84页。

⑤ 茅盾：《茅盾致马鸿轩》1922年11月10日，载《茅盾全集》第36卷，人民文学出版社1997年版，第94页。

　　从这批书信可以发现，茅盾前后主要从两个路子来改善《小说月报》的销量：一是"卖野人头"的促销伎俩；二是把大量注意力放在听取读者需求、向初学者引介西方文学、形成杂志和读者教学相长的模式，但显然均未能挽回颓势。

　　在《小说月报》编辑方针的调整之外，茅盾还不停地开拓新路。这原是周作人提出的，他认为打倒"礼拜六派"最好的办法是再办一个通俗易懂的小刊物，把"礼拜六派"的读者吸引过来，同时教化他们，提高民众的思想。因此，当 1922 年夏天王云五以吸引和教化"礼拜六派"的读者，以求最终铲除这些通俗刊物为理由，向茅盾提出再办一个通俗刊物时，茅盾选择了跟这位对手合作，这是他一开始同意给《小说世界》供稿的原因，尽管后来事实证明这都是王云五的"诡计"。

　　茅盾改版《小说月报》的工作最终黯淡收场。但这段经历显然让茅盾对新文艺如何贴近读者、争取读者这些被唯新是求的新文学家们所忽视的问题有了深刻的思考和丰富的经验，我们可以看到它们清晰地体现在茅盾思想成熟阶段的文论里。

　　1925 年，在无产阶级文学开始在国内萌芽的时候，先知先觉的茅盾发表了《论无产阶级艺术》一文。在这篇旨在厘定"无产阶级艺术"概念的冗长的文章里，我们注意到，茅盾由苏联何以无产阶级艺术独盛的现象，谈到了无产阶级艺术产生的条件，并重点谈到"社会的选择"如何起到举足轻重的重要作用："社会的鼓励或抵拒，实有极大的力量，能够左右文艺新潮的发达。有许多文艺上的新潮，早了几十年发生便不能存在与扩大"，"有许多已经走完了自己的行程的文艺思潮，因为不能与当前的社会生活适应，便不得不让贤路，虽有许多人出死力拥护，仍是不中用，也便是这个道理了"。[①] 因此茅盾认为，在资产阶级仍然支配一切的当今世界，艺术品的发生和传播受制于占社会主体的资产阶级受众的利益，无产阶级艺术因为不合

　　① 茅盾：《论无产阶级艺术》，载《茅盾全集》第 18 卷，人民文学出版社 1989 年版，第 505 页。

于资产阶级的利益，其发生和传播势必受到资产阶级的抗拒和压迫，"一定要被资产阶级的社会选择力所制裁"①，这是当今只有苏联最多无产阶级艺术的原因。在这个说法里，作为市民大众的通俗文学读者还没有得到重视。

茅盾对于苏联无产阶级艺术的认识，也可看成是茅盾的夫子自道。在两年前的改版工作里，正是社会的选择（占社会大多数的旧文学读者的阅读偏好）严重阻碍了新文学的普及和传播，无论茅盾如何"出死力拥护"，"仍是不中用"，② 最终商务还是要撤主编，出版新的通俗刊物，向通俗文学市场妥协。

而到了1928年的《从牯岭到东京》，茅盾饱含激情地写下了这些"逆风而行"的句子："我们应该承认，六七年来的'新文艺'运动虽然产生了若干作品，然而并未走进群众里去，还只是青年学生的读物；因为'新文艺'没有广大的群众基础为地盘，所以六七年来不能长成为推动社会的势力。现在的'革命文艺'则地盘更小，只成为一部分青年学生的读物，离群众更远。"③ "你所描写的都和他们（小资产阶级）的实际生活相隔太远，你的用语也不是他们的用语，他们不能懂得你，而你却怪他们为什么专看《施公案》、《双珠凤》等等无聊东西，硬说他们是思想太旧，没有办法；你这主观的错误，不也太厉害了一点儿么？""如果你能够走进他们的生活里，懂得他们的情感思想，将他们的痛苦愉乐用比较不欧化的白话写出来，那即使你的事实中包孕着绝多的新思想，也许受他们骂，然而他们会喜欢看你"。④ "为要使新文艺走进小资产阶级市民的队伍，代替了《施公

---

① 茅盾：《论无产阶级艺术》，载《茅盾全集》第18卷，人民文学出版社1989年版，第505页。

② 茅盾：《论无产阶级艺术》，载《茅盾全集》第18卷，人民文学出版社1989年版，第505页。

③ 茅盾：《从牯岭到东京》，载《茅盾全集》第19卷，人民文学出版社1991年版，第190—191页。

④ 茅盾：《从牯岭到东京》，载《茅盾全集》第19卷，人民文学出版社1991年版，第191页。

案》、《双珠凤》等，我们的新文艺在技巧方面不能不有一条新路；新写实主义也好，新什么也好，重要的是使他们能够了解不厌倦。"①

这完全可以看成是茅盾对这段受挫经历的深刻反思，也是茅盾从1920年到1928年思想完全转型和成熟的最大明证，其要义在于从精英到大众，从一开始"加量不加价"的不愿妥协的哄骗手段，到仍有着强烈"启蒙教化"色彩和"精英"姿态的引导初学者入门看西洋书，再到如今让自己成为他们、表达他们、成为他们肚子里的蛔虫，"走进他们的生活里，懂得他们的情感思想，将他们的痛苦愉乐用比较不欧化的白话写出来"②。茅盾"通俗化"的策略可见一步步从西洋"艺术之宫"③ 走进庸俗市井，他最终放弃了稍显稚嫩的"启蒙"姿态，走下精英的宣讲台，尝试走进曾经互相怨恨、不共戴天的通俗读者群体的内心。尽管文艺如此迁就社会、精英如此妥协于大众是否可行和值得仍是一个待讨论的问题，但茅盾终究完成了自己思想上的一个巨大的跨越，并由此深刻影响了他的政治生命和他与左翼文坛的关系，其对茅盾本人的影响是长远和深刻的。

四　茅盾与"小资产阶级"问题：对通俗文学读者的重新定义

这样一段历史的考证，为我们发掘了一条理解茅盾和"小资产阶级"问题的新路。在这篇有着深刻政治动机和政治意蕴的文论里，茅盾从开篇一直絮絮叨叨谈自己的创作和对"左稚病"④ 的异议，到

---

① 茅盾：《从牯岭到东京》，载《茅盾全集》第19卷，人民文学出版社1991年版，第193页。

② 茅盾：《从牯岭到东京》，载《茅盾全集》第19卷，人民文学出版社1991年版，第191页。

③ 茅盾：《"写实小说之流弊"？》，载《茅盾全集》第18卷，人民文学出版社1989年版，第303页。

④ 茅盾：《从牯岭到东京》，载《茅盾全集》第19卷，人民文学出版社1991年版，第183页。

了最后的第七节和第八节却笔锋一转，放下政治不说，开始对国内文坛发表意见，并且十分突兀地提出了"读者"这样的政治味道很轻，却更像文学市场、文学销售的问题，这显然出自他从过来人的角度给更"新"的文学者提建议的目的。陈建华在谈到中国现代文学的抒情传统时，曾经强调要以情感和审美形式为重，并弱化政治性。他还援引章培恒在《关于中国现代文学的开端——兼及"近代文学"问题》中的观点，指出其否定了"把文学作为政治的附庸"① 的以1917 年作为中国现代文学开端的文学史分期法，而"重申文学的'感情'和'美的形式'的重要性"，强调文学应表达"个体"的感情。② 但无论是章培恒还是陈建华，他们让中国文学的现代抒情传统疏离于政治性的做法，也在一定程度上违背了历史的现实。事实上，政治与情感的分立、对峙和纷争及其造成的现代文学复杂矛盾的样貌，才是中国现代文学抒情传统的真实一面。

以茅盾为例，当他最初负责《小说月报》编辑时，他过多地以政治或政治批判为本位，这导致了其对人情或人性及其适当的通俗化的表现形式的忽略或轻视，只有当他认识到这种过于对立的错误时，他才重新审视通俗化的"鸳蝴"派的意义。正是由于这种认识的深化，使他敏锐地感觉到太阳社、创造社搬运苏联和日本的最新马克思主义理论，排挤"同路人"作家，鄙薄五四文学，试图在文坛卷起文化批判的做法，与他初出茅庐时在《小说月报》上大谈"新浪漫主义""自然主义"批判鸳鸯蝴蝶派何其相像，都是在走着趋新逐时，同时罔顾大多数读者接受度的老路："事实上是你对劳苦群众呼吁说'这是为你们而作'的作品，劳苦群众并不能读，不但不能读，即使你朗诵给他们听，他们还是不了解"③，"结果你的'为劳苦群众

---

① 章培恒：《关于中国现代文学的开端——兼及"近代文学"问题》，载《不京不海集》，复旦大学出版社2012 年版，第588 页。

② 陈建华：《抒情传统与古今演变——从冯梦龙"情教"到徐枕亚〈玉梨魂〉》，《文艺争鸣》2018 年第10 期。

③ 茅盾：《从牯岭到东京》，载《茅盾全集》第19 卷，人民文学出版社1991 年版，第189 页。

而作'的新文学是只有'不劳苦'的小资产阶级知识分子来阅读了"①。这就揭示出了那种将政治和情感对立的写作，反倒导向了这样的文学不能被普罗大众所广泛接纳，最终导致了文学的政治批判功能也无法实现。而这就需要认识到，文学需要读者，政治运动也要有呼应者，文学领域的"革命"活动更是，总要振臂一呼、应者云集，方能有社会影响和革命效果。因此成熟阶段的茅盾站在了当年周氏兄弟和陈独秀、胡适的位置，建议革命文学家们不要重蹈他当年改版《小说月报》失败的覆辙，要把占据社会大部的"鸳蝴派"旧文学读者拉拢成为革命文学自己的读者。他认为这样才是在中国大地，尤其上海滩这样的地方卖杂志、谈文学的生存之道，也是实现其文学宏愿的发展之道。

茅盾在同一篇文章里反对"标语口号文学"，更重要的原因也是读者不喜欢、不欣赏也不接受"标语口号文学"："俄国的未来派制造了大批的'标语口号文学'，他们向苏俄的无产阶级说是为了他们而创造的，然而无产阶级不领这个情，农民是更不客气的不睬他们；反欢迎那在未来派看来是多少有些腐朽气味的倍特尼和皮尔涅克。不但苏俄的群众，莫斯科的领袖们如布哈林，卢那却尔斯基，托洛茨基，也觉得'标语口号文学'已经使人讨厌到不能忍耐了。"标语口号文学所导致的结果，是"被许为最有革命性的作品却正是并不反对革命文艺的人们所叹息摇头了。"② 这与当年鲁迅等五四先驱批评茅盾"鸳新"③ 何其相像。因此，茅盾反对"标语口号文学"，与讨论"读者"问题一脉相承，其实都是从过来人的角度给新文学者提建议，希望新兴的无产阶级文学放下不受欢迎的"标语口号文学"，学习为大众喜欢的文学表达形式。

---

① 茅盾：《从牯岭到东京》，载《茅盾全集》第 19 卷，人民文学出版社1991 年版，第 189 页。

② 茅盾：《从牯岭到东京》，载《茅盾全集》第 19 卷，人民文学出版社1991 年版，第 188 页。

③ 鲁迅：《鲁迅致周作人》1921 年 8 月 25 日，载《鲁迅全集》第 11 卷，人民文学出版社 2005 年版，第 409 页。

由此我们更可以进一步认定，茅盾提出所谓"小资产阶级"文学的逆风之举，绝不是政治立场出现了问题；相反他是在做"劝谏"工作，对象既包括年轻的正在犯"左倾盲动"错误的党，也包括时兴的革命文学阵营。而时至今日，当我们重读这样一份忧愤深广的文献，或许可以放下缠绕它多年的政治争议，发现其被掩盖的生命力，那就是茅盾无意中在这样一个革命文学试图吞没五四文学的时代风口，提出了一个不合时宜的超时代的问题，即精英思想如何迁就通俗文学市场。在古代中国，经史台阁之文与稗官野史之说原本就是"文学"的两大陌路；到了现代，从五四文学到革命文学，似乎也重复了古老的精英通俗泾渭分明的历史轨迹。文学者和知识阶级的精英主义立场没有实质上的改变，被口诛笔伐的鸳蝴派和十里洋场的海派文学，被长期排斥在现代抒情政治或抒情传统的时代主题之外，却又独自舞蹈、自成一景，现代文学的图景也由此呈现出各自为营的分裂局面。

茅盾恰巧因居于上海滩商务印书馆的高位，碰上五四新文学的浪头，同时自己又是处在革命漩涡中心的共产党员，这样一个政商文合一的身份和复杂多元的文化环境让他有着不同寻常的文学实践经历，并由此提出了一个独树一帜的问题，它的不合时宜引来了数十年的争议，却保留了其在另一个时代的生命力，指出了文学发展的另一种可能性：精英思想是否应该迁就社会通俗势力，应该在多大程度上迁就；精英与通俗是否能够合流，通俗文学读者是否真的如1920年代的周作人、茅盾们所愿，能够在接受文学教化的过程中逐步向精英靠拢。这些他们当年尝试失败或未来得及尝试的可能性，为今天的我们留下了可拓展的广阔空间，笔者认为这是茅盾与"小资产阶级"这个话题在今天仍有待发掘的生命力所在。

结　语

从1920年到1928年，茅盾从口诛笔伐鸳蝴派的年轻主编，转变成公开主张文学要为通俗文学读者服务的成熟文论家，这样一个奇特而有趣的大转折，源于《小说月报》改版失败的受挫经历所导致的从"精英"到"大众"的跨越性思想转变。这让我们从一个新的角度再次佐证了茅盾之提倡"描写小资产阶级"并不是政治立场出了问题，相反是一个文坛过来人在给后起的革命文学家们提建议。数十年来，茅盾与"小资产阶级"的话题均缠绕在意识形态争论的漩涡中，但茅盾对"小资产阶级"概念的独特理解（以小市民、小商人等通俗文学读者群为主体）及反思其在中国文学的现代抒情传统中的位置，却为我们提供了理解这一问题的另一个重要的面向。从总体看来，茅盾固然在讨论政治，却又不仅仅在讨论政治，他更是在探寻应当如何启蒙，在古老中国大地上如何追求和实现现代性，寻找从中国古典抒情传统的士君子、士大夫式写作向中国现代抒情传统的大众化、平民化写作转向的道路，思考精英思想如何迁就通俗大众。因此说不尽的茅盾和"小资产阶级"问题其实浓缩了一代五四先驱的思想历程，有着丰富而深刻的意蕴，仍有待我们后来者继续思索和探讨。

（原刊《关东学刊》2023 年第 3 期）

茅盾的"牯岭情结"及文学呈现

李湘湘　赵思运[*]

摘　要　"牯岭"不仅是地理或文化意义上的名称,而且逐渐成为从早年到晚年,由低谷到平地,如涓涓细流般贯穿茅盾大半生的重要情结。通过追溯茅盾"牯岭时刻"的前因后果以及挖掘其滞留牯岭时期的诗文创作,"剖"其人生经历来"解"其内心之细枝末节,大致可以揣摩其创作过程中的态度、精神和思想。不论是《幻灭》中的静女士,还是《子夜》里的吴荪甫形象,他们身上都凝聚了不同时期作家压抑在心灵深处的情感无意识,因而透过《幻灭》和《子夜》可以发现,茅盾的"牯岭情结"是愈合过后的再生长,它既意味着人在受到现实重创后,可以选择暂时地退守或陷入一时的沉沦与崩溃,也蕴含了要修葺自己的精神世界,重新回归现实人间,继续探寻出路的现实观。

关键词　茅盾;牯岭情结;《幻灭》;《子夜》

茅盾作为中国现代文化史上的一座高峰,可谓是"横看成岭侧成峰",海内外的茅盾研究成果层出不穷,而对于茅盾作品所显现出来的"牯岭情结"的研究,尚不充分。通过对茅盾"牯岭情结"的研究,结合其文学创作,呈现茅盾的个人生活状况及思想情感变化,再现历史现场,还原鲜活、真实的茅盾,将会成为研究茅盾的重要途径。情结是"一种无意识的心理纠葛,是被意识压抑在心灵深处日

---

　　* 作者简介:李湘湘,女,浙江传媒学院文学院汉语言文学专业2019级本科生。赵思运,男,文学博士,浙江传媒学院茅盾研究中心教授。

积月累形成的具有本能冲动与情绪倾向的某种意念群。"① 本文将聚焦于茅盾的"牯岭情结",以茅盾从《幻灭》《子夜》的小说创作为引,回顾其创作历程,"剖"其人生经历来"解"其内心之细枝末节,发掘其创作过程中的态度、精神和思想。

一 茅盾"牯岭时刻"之探疑

牯岭位于江西省九江市,是庐山的重要部分。曾有学者将庐山分为"古代庐山"和"现代庐山",二者的区别是由 19 世纪下半叶西方列强入侵中国后,庐山被西方文化浸染所引起的,"其分界以 1895 年 12 月九江道台与英国驻九江领事签订《牯牛岭案十二条》、英人李德立正式取得庐山牯岭开发权为标志"②,此前的庐山为"古代庐山",此后则为"现代庐山",本文中所提到的牯岭属于现代庐山。当李德立得到牯岭开发权后,庐山文化的质态发生了巨大变化,这种变化就集中体现在牯岭上。19 世纪后期,李德立等人以现代城市理念为指导开发牯岭,使之成为一座具有较完备的现代城市功能、通过社会自治组织实行民主管理的公园式山林城市和具有相当规模、多种文化共处的"世界村"。在这种现代化的趋势中,庐山文化的中心转移到了山顶牯岭,牯岭由此显现出独特的现代文化价值。茅盾上牯岭之时,正值牯岭历经重重矛盾与艰辛蜕变后的拔节时期。

1927 年 5 月,北伐前线捷报频传,然而后方的武汉却是困难重重、险象迭生。在反动势力的煽动下,"工农运动过火"的议论甚嚣尘上。进入 7 月,国民大革命的怒潮让武汉变得十分危险,为应付突然事变,茅盾转入"地下"。而后,他接到党的命令去九江找某个

① 钱谷融、鲁枢元主编:《文学心理学》,华东师范大学出版社 2003 年版,第 326 页。

② 罗龙炎、唐红梅:《"牯岭范式"——牯岭文化的当代价值》,《九江学院学报(社会科学版)》2016 年第 3 期。

人，与董必武、谭平山接头后，决定从牯岭翻山下去赶往目的地南昌。但是，直到 8 月中旬，茅盾才托范志超预购一张船票，坐上了一艘开往上海的日本轮船。根据茅盾晚年的自述，他之所以滞留牯岭，未能前去南昌参加起义，是因为铁路被断后火车不通，再加上因突患腹泻而卧病在床、无法行动。然而，对茅盾的庐山行迹及其"脱党"性质，一些学者经深入考证后认为，虽然事出有因，但事实上茅盾是有机会去南昌的，只是没有坚定奔赴南昌的意向和意志，而是选择了暂停跟随其他共产主义友人的步伐①。

通过查阅有关南昌起义的资料，余连祥摘录了 1927 年 7 月九江革命力量集结南昌的情况，发现董必武根本没有到九江参与南昌起义前的组织工作，并且九江办事处的负责人是吴玉章，而非董必武或谭平山。② 针对茅盾在回忆录里把没有奉命赴南昌参加起义的原因归结为火车客车不通和突患腹泻这两个不可抗因素，根据赵相禄在《抢修下山渡大桥》中的回忆，"涂家埠山下的大铁桥被反动派破坏了，不能通行""我当时听到是叶挺、贺龙部队，立即召集了一百多名铁路工人，告诉他们说：叶挺、贺龙部队要开往南昌去，需赶紧将桥修好。""（工人们）争先恐后地去修桥面，从晚上九点钟到第二天七点钟左右就将桥面全部修好了"③。这表明即使茅盾去买火车票时有火车不通的可能性，但也不是不可抗拒的，因为如果一定要去，他还可以选择改日再去。④ 在所有回忆南昌起义的文章中，只有章伯钧提到自己在牯岭上遇见了茅盾，并表示 7 月 29 日他和林伯渠、吴玉章、黄日葵和恽代英五人雇了五乘轿子下山，在沙河站上车到了南昌。作

---

① 苏心：《"牯岭时刻"与作家"茅盾"的诞生》，《中国现代文学研究丛刊》2021 年第 3 期。

② 余连祥：《逃墨馆主——茅盾传》，浙江人民出版社 2006 年版，第 104—105 页。

③ 中国社会科学院现代革命史研究室编：《南昌起义资料》，人民出版社1979 年版，第 132 页。转引自余连祥《逃墨馆主——茅盾传》，浙江人民出版社2006 年版，第 106 页。

④ 余连祥：《逃墨馆主——茅盾传》，浙江人民出版社 2006 年版，第107 页。

为与茅盾共事多年的战友，按理说，恽代英也会约茅盾下山共赴南昌，然而最后茅盾并没有同行，这似乎透露了一个信息，即茅盾以某种理由拒绝了。

至于突发腹泻这一因素，余连祥通过茅盾 1928 年 7 月写于东京的《从牯岭到东京》与晚年回忆录中的关于"牯岭养病"这两段文字的对照发现，1928 年 7 月《从牯岭到东京》这段文字描述的病只是"失眠症"，而非晚年所描述的"腹泻"①。茅盾在《几句旧话》中也写道："虽然是养病，幸而我的病，不过是神经衰弱和失眠"②，这前后回忆的不一致令人怀疑其真实性。除此以外，梳理茅盾在牯岭的著译情况后，我们发现，他在 7 月 26 日写了《牯岭的臭虫》一文，以玄珠为名发表在 8 月 1 日《中央日报》副刊，可按照茅盾晚年的回忆，这天他先去找夏曦打听去南昌的办法，回旅店后就突患腹泻病倒了，倘若是真，他怎么还能写出《牯岭的臭虫》一文呢？③ 余连祥进一步推断，茅盾不是因"腹泻"而不能去南昌参加起义，反而因不打算去南昌参加起义而"神经衰弱和失眠"了④。

回望作家一生，不论是从哪一方面来说，茅盾滞留牯岭的这段时光都占据了十分重要的地位。1973 年"文化大革命"期间，茅盾被人"检举"在 1928 年去日本途中自首叛变，因"叛党"说而蒙受了不白之冤，因而晚年在撰写回忆录时仍心有余悸，有意虚构两个不可抗拒因素为自己的脱党小心开脱。由于写作的具体情境不同，许多地方都存在疑点，尤其是其中暗置了一个对其"自动掉队"行为自辩

---

① 余连祥:《逃墨馆主——茅盾传》，浙江人民出版社 2006 年版，第 109 页。

② 茅盾:《几句旧话》，载《茅盾全集》第 19 卷，人民文学出版社 1991 年版，第 441 页。

③ 余连祥:《逃墨馆主——茅盾传》，浙江人民出版社 2006 年版，第 110—111 页。

④ 余连祥:《逃墨馆主——茅盾传》，浙江人民出版社 2006 年版，第 111 页。

的主题，反复强调如何由于一系列客观原因没能赶上参加南昌起义，以及如何在发现交通不通后仍不忘打探路，可惜终因腹泻卧床——大概因如此写作动机，导致其回忆中不免出现失实之处①。即便如此，也能从文字中看出他对牯岭生活的由衷热爱。尽管牯岭经历致使茅盾在行动和思想上脱离政治并在此后很长一段时间里丢失党员身份，但我们也发现，正是在牯岭，作家"茅盾"得以成功着床，而后成功孕育出诸多作品，创造了新的生命。单从文艺创作来看，"牯岭"不但是其文本中反复书写的独特素材，还成为茅盾小说世界中的特殊意象。

二　"牯岭情结"与"茅盾"的诞生

"牯岭写作"忠实记录了茅盾深刻的幻灭经验，同时也唤起了作家对幻灭的体验的坚定抵抗。于1927年夏的茅盾来说，他所不懈投入奋斗的国民革命理想与矛盾的现实之间的难以磨合，令其陷入幻灭的灰色漩涡之中，但更大的悲哀是幻灭之后的极度空虚，更为可憎的事实是先前震天铄地的理想之火如今看来只是一点星火。如果被时代挟持着向前飞奔，既无从呼救，又不肯放弃挣扎，唯有忍耐与迎战才能不至于湮没于洪荒中，安逸与隐匿只会腐蚀人的心力。此时文人生存的制度环境已不同于古时，既没有山林可做归隐之地，也不可能退回书斋，"不可能像过去那样放任自由，随意逍遥，故意采取与社会不合作的姿态，像纵情乡野的竹林七贤等人那样"②。因此，离开牯岭后，在现实与追求的苦闷中，"茅盾"诞生了。

"茅盾"者，"矛盾"也，作家本人对此的解释是："一九二七年上半年我在武汉又经历了较前更深更广的生活，不但看到了更多的革

---

①　张广海：《茅盾与革命文学派的"现实"观之争》，《中国现代文学研究丛刊》2012年第1期。

②　程光炜：《文化的转轨——"鲁郭茅巴老曹"在中国（1949—1981）》，北京大学出版社2015年版，第193页。

命与反革命的矛盾，也看到了革命阵营内部的矛盾……自然也不会不看到我自己生活上、思想中也有很大的矛盾……又看到有不少人们思想上实在有矛盾，甚至言行也有矛盾，却又总自以为自己没有矛盾……大概是带点讽刺别人也嘲笑自己的文人积习罢，"① 取"茅盾"二字为笔名，从中不难窥见其对政治生活之矛盾犹豫的态度。不过，这种矛盾并不意味着茅盾就此远离政治。恰恰是由于政治性的苦闷的存在，茅盾的文学创作才能走向极致。可以说，茅盾作品中牯岭情结的萌芽和最终生成也与茅盾的政治生涯密不可分，是处于不同阶段的某种情绪深化的结果。1927 年 8 月，从牯岭回到上海后，他开始使用笔名"茅盾"发表了处女作长篇小说《幻灭》，此中已可窥见牯岭情结，但在此之前，一些"蛛丝马迹"其实早有迹可循。

关于沈雁冰滞留牯岭期间的文艺创作，已有研究指出，包括《云少爷与草帽》、《牯岭的臭虫》、白话诗《我们在月光底下缓步》、《留别》和佚文《上牯岭去》在内的诗文是其大革命时期文学活动的开始②。这些作品是沈雁冰对处于牯岭时刻的自我进行发微抉隐与潜心酝酿的结果，其中蕴含着大革命失败后其内心纷繁芜杂的思绪。

茅盾（署名玄珠）在发表于《中央日报》副刊上的《云少爷与草帽》和《牯岭的臭虫》中，传递出了欲蛰居牯岭而隐于世的意图。从庐山山麓到牯岭的十八里山路途中，一行人顺着石级缓步前进，在牯岭的旅馆里，茅盾自嘲"是最不懂'怀旧'的"，过去的一切，纵使是欢乐的纪念，也被忘记得一干二净，他只想要享乐于现在。在三千六百尺的高地，在峰峦怀抱的中间，无论是襄阳丸统舱里的臭汗气、九江市上不平的马路，还是麻烦的钞票问题、铜子问题，都被他抛在了脑后。牯岭安逸的日子看似使茅盾免于世俗的炮火，得了

---

① 茅盾：《写在〈蚀〉的新版的后面》，载《茅盾全集》第 1 卷，人民文学出版社 1984 年版，第 425 页。

② 苏心：《"牯岭时刻"与作家"茅盾"的诞生》，《中国现代文学研究丛刊》2021 年第 3 期。

"清闲"，可当真的闲却了，身体虽轻快下来，心中却不免产生一种孤寂、幻灭之感，时不时念起亲友与他所想见而未见的"我们的冰莹"。

对于大革命失败后的茅盾，牯岭是"与外人间隔"的桃花源，文中多次提及的"我们的冰莹"代指恋爱，在他的笔下，"恋爱"不再只是一种能带来诸如甜蜜、欢愉、酸楚等一系列复杂情感的刺激体验，而更多地被赋予了愉悦、自由、理性等内涵，特别是在茅盾面对革命失败感到失意颓败时，成为缓释疲倦、抚慰心灵的精神麻醉剂，如泉水般汩汩注满这一小段牯岭时光。

在沈雁冰平白的叙述中，我们发现，即使他受到"牯岭的臭虫"的骚扰而无法安睡，即使面对只能与"云少爷"同挤帆布行军床的窘状，可他仍沉醉于这山中世界，不想离去："我相信游泳不是一件难事，如果我在此一个月，天天去学习，总能学会了罢？"① 这种留恋的情绪在同期作品中也能找寻到痕迹。

在《上牯岭去》中，茅盾抽取自我中的一缕意识化作陈君，借他之口讲述山居生活：幽静的山谷中处处可见闲情逸致，旅馆的三面都是山峰，凭窗外望群山，仿佛陷身在白云中，"清晨傍晚到山上去闲步，白日就在旅馆中译小说"②，牯岭的闲居生活与山下的革命形势形成了强烈的对比。当然，小说并不充斥避世之意，倘若细读，又可见沈雁冰内心的挣扎。面对作别前陈君"山上还有一位冰莹，何妨也做一次云少爷"的邀请，茅盾又撷取一瓣自我客体化为文中的"我"坚定拒绝："时间迫促，怎容我有许多闲情逸致？"③

---

① 茅盾：《牯岭的臭虫——致武汉的朋友们（二）》，载《茅盾全集》第 11 卷，人民文学出版社 1986 年版，第 52 页。
② 云儿（茅盾）：《上牯岭去》，武汉《中央副刊》1927 年第 145 期。转引自苏心《"牯岭时刻"与作家"茅盾"的诞生》，《中国现代文学研究丛刊》2021 年第 3 期。
③ 云儿（茅盾）：《上牯岭去》，武汉《中央副刊》1927 年第 145 期。转引自苏心《"牯岭时刻"与作家"茅盾"的诞生》，《中国现代文学研究丛刊》2021 年第 3 期。

可面对牯岭的闲适与胜景，他连半分犹豫和心动都没有吗？恰恰相反，沈雁冰静自寻味，梦寐系之。《牯岭之秋》中那个感到"太疲倦了"，拉住云少爷想要躲在牯岭旅馆享几天清福的老明便是一处例证。只是牯岭之上，山中之人几乎与世隔绝，不去自扰，只贪眼下愉快，"长久不见报纸"，浑然不知山下时势境况，"倘不是旅馆的茶房，怕日子也忘怀了"，如此一来，时日一长，心中不免平添几分沉闷与躁郁。由是观之，茅盾的幻灭体验既包括革命理想与现实断裂而带来的痛苦与颓唐，又包含了入山避世后无所适从的低迷和苦闷，以及渴望找寻出路的心灵纠葛。

国共合作失败后无端流淌的鲜血，让茅盾看清楚了政治的真面目。在坐卧不宁、草木皆兵的逃亡生涯中，写小说成为他重新理解政治的特殊方式，也是他宣泄内心压抑与恐惧情绪的手段[①]。正是由于茅盾目睹了太多的灾难与丑恶，一种创伤性体验随着见证了更多的死亡而深化，与之相对应，对牯岭的情愫也在一天一天慢慢定型，以致成为一种情结。人对自己的亲身经历总是记忆犹新，会对疾病和死亡耿耿于怀，自然也会对自由和安逸念念不忘，牯岭就这样成为茅盾创作的潜在因素。"牯岭情结"的发生便缘起于难以抑制的幻灭情绪，在强烈的社会责任感驱动下，茅盾开始了思考自我的位置和历史的前景，这种对现实生存的思虑从小说《幻灭》中可见端倪。

三 《幻灭》中的"牯岭"意象

《幻灭》的发表标志着作家"茅盾"的诞生，小说描写了两位年轻女性静女士和慧女士的幻灭经历。在最后两章，静女士与送到第六病院疗伤的强连长共同宣告了"恋爱结合"，并决定游庐山度蜜月，然而就在二人狂欢的一星期过去后，强连长接到命令要上前线，静女

① 程光炜：《文化的转轨——"鲁郭茅巴老曹"在中国（1949—1981）》，北京大学出版社 2015 年版，第 197 页。

士又重新陷入了幻灭的愁闷中。在牯岭唯一生病的人是茅盾自己，因而茅盾对静女士的塑造成为我们需要关注的焦点①。细读文本，我们从静与强的对话中能感受到当时茅盾对于革命复杂、抵牾的心态，革命理想，抑或是政治，实际上是刺激、冒险、快乐和未来等的复合词，它只有一个结局，便是永远追求，一旦上了路就不能回头。

那时描写政治的很多作品往往会用虚假的厚布，如通过描写战火纷飞中男女至死不渝的爱情来掩盖政治世俗功利、残酷无情和深谋远虑的一面，未曾体验过这种极为复杂的人生面貌的人们则会下意识忽视掉其不讲人情规则又视利害为生命的真相。茅盾"真实地去生活，经验了动乱中国的最复杂的人生的一幕，终于感到了幻灭的悲哀，人生的矛盾"②，在消沉的心情与孤寂的生活中，他还尚受生活执着的支配，想要以"生命力的余烬从别方面在这迷乱灰色的人生内发一星微光"③，于是开始创作。因为经验了人生，他才要做小说。尽管茅盾的作品中也不乏恋爱、性的情节，但这些都次于革命与政治，达到了更为深刻地揭开政治的真实面目的效果。当然，这并非茅盾创作《幻灭》的本意，他不是提倡"文艺为政治服务"的"功利性"作家，相反，他有些厌弃政治的文化生涯，因此在剖析《幻灭》时，我们最好从作家创作的角度来切入。

政治血淋淋的面孔、屠杀无辜的血腥现实让茅盾与当时的知识分子之间产生了心灵的共振：在大时代的动荡中，找不到自己的位置与归宿，是"无家可归"的精神流浪者，尽管没有放弃自己的追求，却时时感受着不能掌握命运的悲哀与被抛弃的孤独无助④。在大革命中，他看到了

---

① David Hull, *Narrative in Mao Dun's Eclipse Trilogy*：*A Conflicted Mao Dun*, Los Angeles：UNIVERSITY OF CALIFORNIA, 2012, p. 72.

② 茅盾：《从牯岭到东京》，载《茅盾全集》第 19 卷，人民文学出版社 1991 年版，第 176—177 页。

③ 茅盾：《从牯岭到东京》，载《茅盾全集》第 19 卷，人民文学出版社 1991 年版，第 177 页。

④ 钱理群：《丰富的痛苦——堂吉诃德与哈姆雷特的东移》，北京大学出版社 2007 年版，第 217 页。

敌人的杀戮和自己阵营内的形形色色，始终不愿像其他狂热的革命者那样一股脑呼号叫喊着"出路"横冲直撞。左翼分子因此指责这是茅盾思想动摇的表现，但茅盾本人却并不如此认为，因为"凡是真心热望着革命的人们都曾在那时候有过这样一度的幻灭……只有尚执着于那事物而不能将它看个彻底的，然后会动摇"①，他真心渴望革命成功，只是不能有所预见并自信地为大家指引出一条路来，再加上无休止的争论使他感到了深深的疲倦，故当时内心的失落感极其强烈。

所谓"幻灭"，大抵是无法摆脱被逼迫、被围困的心情，是始终感到自己居于即将灭亡的阴影中，满心挣扎却无从着力，是怀着一种悲哀感和落泪感，明明可以即时地痛苦呼喊宣泄却还是将难以言说的情感理智地压入言语里。茅盾在《从牯岭到东京》一文中写道："从《幻灭》至《追求》这一段时间正是中国多事之秋，作者当然有许多新感触，没有法子不流露出来……但是我素来不善于痛哭流涕剑拔弩张的那一套志士气概，并且想到自己只能躲在房里做文章，已经是可鄙的懦怯，何必再不自惭的偏要嘴硬呢？……所以我只能说老实话：我有点幻灭，我悲观，我消沉……"② 我们一般会认为"幻灭"是一种悲观、消沉的心理，但它也可以是茅盾的"不妥协"，因为与代表彻底的、完全的悲观的"绝望"一词相比，"幻灭"的情感色彩显得更积极些。在亲历了动荡中国社会最复杂的一幕后，面对突变的形势，茅盾选择停下来思考，"在以前我自以为已经清楚了，然而，在1927 年的夏季，我发现自己并没有弄清楚"③，当"一切理想中的幸福都成了废票，而新的痛苦却一点一点加上来"④，"牯岭"也就成了

---

① 茅盾：《从牯岭到东京》，载《茅盾全集》第 19 卷，人民文学出版社 1991 年版，第 183 页。

② 茅盾：《从牯岭到东京》，载《茅盾全集》第 19 卷，人民文学出版社 1991 年版，第 180—181 页。

③ 茅盾：《创作生涯的开始》，载《茅盾全集》第 35 卷，人民文学出版社 1997 年版，第 426 页。

④ 茅盾：《从牯岭到东京》，载《茅盾全集》第 19 卷，人民文学出版社 1991 年版，第 182 页。

沈雁冰选择留下的疗养地。

对静女士来说，牯岭具有很特别的意义，茅盾在小说中对牯岭一地进行了反复酝酿和构思。静女士一直在不断地追求、不断地幻灭中反复横跳，不管是革命事业，还是其他，结果总是幻灭：中学时代热心社会活动，幻灭后以专心读书为遁逃薮；与抱素恋爱上床，幻灭后进入第六病院；再次走进恋爱，依旧幻灭。而在一系列的经历中，与强连长的恋爱略显不同。过去的一年里，她本就脆弱疲累的灵魂已不堪重负，而在牯岭，她第一次享受到了梦想中的甜蜜生活，紧张的神经终于放松下来。在寄给王女士的一封信中，她是这样形容的："我们在此没遇见过熟人，也不知道山下的事；我们也不欲知道。这里是一个恋爱的环境，寻欢的环境。我以为这一点享乐，对于我也有益处。我希望从此改变了我的性格，不再消极，不再多愁。此地至多再往一月，就不适宜了，那时我们打算一同到我家里去。"① 由此可见，牯岭之行的确在一定程度上改变了历经多重幻灭后颓丧消极的静女士，使其豁然开朗，重新享受到生活的愉悦。静女士信中所言亦是滞留牯岭的沈雁冰心中所想，这在《牯岭之秋》等文中都能找寻到证据。

在惆怅的云雾逐渐消弭之时，静女士并不打算久留，这就向我们抛出了几个问题：为什么牯岭最多只能再住一个月？为什么说牯岭不适宜？明明认为牯岭是一个恋爱的、寻欢的环境，为什么还是打算一同回家呢？回家意味着什么？这些问题的答案要从作家身上去挖掘。

除茅盾在《牯岭的臭虫》中所提及的旅馆环境这一原因之外，问题的答案实际指向幻灭后是选择从此不问世事还是另寻出路。茅盾直言："幻灭以后，也许消极，也许更积极……幻灭的人对于当前的骗人的事物是看清了的，他把它一脚踢开；踢开以后怎样呢？或者从此不管这些事；或者是另寻一条路来干。"② 显然，茅盾是后者，强

① 茅盾：《蚀》，载《茅盾全集》第 1 卷，人民文学出版社 1984 年版，第 93 页。

② 茅盾：《从牯岭到东京》，载《茅盾全集》第 19 卷，人民文学出版社 1991 年版，第 183 页。

连长奔赴战场的决定就暗示了其选择的偏向。1930 年，他在《蚀》的题词中写道："生命之火尚在我胸中燃炽，青春之力尚在我血管中奔流……营营之声，不能扰我心，我惟以此自勉而自励。"① 尽管幻灭的倦怠一度使他逃避世事，从政治中抽离开，不愿再去关注现实、现世，但这并不是对过往理想的彻底舍弃，而是因为实现理想的道路注定曲折艰险，革命者中途因疲惫而搁浅片刻乃常情，最后必然还是要回到山下，回归现实，投身激越的社会革命，继续投入炙热的社会生活。这也是本文重点讲述的"牯岭情结"的深层内涵。"牯岭情结"不能简单外化为牯岭对作家茅盾诞生的价值与意义所在，还包含了茅盾在经历幻灭、动摇后守住自我，依然执着追求的现世态度。对此，笔者将在下一部分通过对《子夜》中吴荪甫的结局展开分析论述。

四 《子夜》："到牯岭之后……"

1930 年，中国民族工业在外资压迫、农村动乱、经济破产的影响下，面临严峻的处境。资本家加紧对工人的剥削以转嫁危机，工人阶级斗争如火如荼。经济不振、市场萧条、工厂倒闭、工人罢工，以及苏维埃红色政权的蓬勃发展，为茅盾积累了材料，促使其产生创作一部"白色的都市和赤色的农村的交响曲的小说"② 的想法。《子夜》的结局里吴荪甫因破产准备举家迁往牯岭"避暑"以躲债，这是一个饶有深意的安排。

与《蚀》三部曲相比，《子夜》将视角投向整个动荡不安的中国社会和国民广泛关注的民族命运，以 20 世纪 30 年代中国民族工业危机为背景，写吴荪甫与赵伯韬多次在公债投机市场上斗法，描绘了

① 茅盾：《题词》，载《茅盾全集》第 1 卷，人民文学出版社 1984 年版，第 423 页。

② 茅盾：《〈子夜〉写作的前前后后》，载《茅盾全集》第 35 卷，人民文学出版社 1997 年版，第 536 页。

"民族资产阶级的典型形象"①。在试图推测文本以外，人为无法干预的开放结局时，把握吴荪甫这一人物的性格，才更利于揣摩留白结局的发展。

吴荪甫是个很有野心的企业家，追求绝对权力，掌控欲极强。这是一个人身上的多面性，他并不是理想中坚不可摧的英雄，那种等待判决前的紧张、焦灼情绪，那种对失败的惶恐和第六感，那种面对噩耗时心灵难以承担重负的暂时的虚弱、颓靡感，那种努力使自己振作起来的自我说服，并不是属于 20 世纪 30 年代民族资本家的特有经历，而是时刻为具体生活而伤神费力并被现实打压过的平凡群体能共同体验到的情感经历。从这个角度来看，吴荪甫的身份也会发生转变，从一个有宏大目标的坚定强大的企业家，变成了一个自命不凡却又被时势拨弄的、内心脆弱不安的普通男人。但是，在这两种身份中，显然，精明有手段、沉着有耐性的企业家身份更占上风。

小说最后，杜竹斋的叛变猝不及防地给了吴荪甫致命一击，知晓自己被背叛后，吴荪甫"蓦地一声狞笑，跳起来抢到书桌边，一手拉开了抽屉，抓出一枝手枪来，就把枪口对准了自己胸口""脸色黑里透紫"，"眼珠就像要爆出来似的"②，但这种"失态"转瞬即逝，当李贵引着丁医生进来时，他手中的枪掉在了地上，整个人已恢复平静。在打电话给厂里吩咐第二天全厂停工后，与丁医生聊起自己想吹海风，到哪里避暑好些，在丁医生给出"青岛罢！再不然，远一些，就是秦皇岛也行"③ 的回答后，他却主动提问牯岭如何——这使人误以为他是在大起大落后终于萎靡、丧失了斗志，想要偏安一隅，然而下面的对话却表明吴荪甫还是如过去那般不可打败：

① 唐弢：《中国现代文学史》（第二册），人民文学出版社 1979 年版，第 173 页。转引自妥佳宁《〈子夜〉对国民革命的"留别"》，《文学评论》2019 年第 5 期。

② 茅盾：《子夜》，载《茅盾全集》第 3 卷，人民文学出版社 1984 年版，第 550 页。

③ 茅盾：《子夜》，载《茅盾全集》第 3 卷，人民文学出版社 1984 年版，第 551 页。

"牯岭也是好的，可没有海风，况且这几天听说红军打吉安，长沙被围，南昌，九江都很吃紧！——"

"哈哈，这不要紧！我正想去看看那红军是怎样的三头六臂了不起！光景也不过是匪！一向是大家不注意，纵容了出来的……"①

吴荪甫是带一点傲气的，他的自信力让他每一次遇到风波时总能很快调整好自己，保持冷静和理智，思考斟酌当下应对难题的办法，因而即使是在破产、负债累累的情况下，他也没有陷于愤恨消极的情绪中，而是借"避暑"之名外出躲债。当听到牯岭所在的九江战事吃紧时，他生出了恼火、不屑，这是他的自信的独特之处——遇到与自己对立的事物时，往往带着不可一世的眼光对它们做出了脆弱易折、不值一提的判断——在一定意义上来说，这有点像自负之人。但这自信又不尽是自负，因为吴荪甫依然保持了一定的清醒。总而言之，通过这些分析，我们足以意识到吴荪甫绝不是一个失败后会轻言放弃的人，作为一个吞并弱小企业来壮大自己的资本家，他之所以没有如绝大多数企业家一样在当时的市场洪流中沉没溺毙，很大程度上是因为他够残酷和强硬，所以才能在偌大的圈里画下自己的立身之地。他见过甚至是亲身参与过不少尔虞我诈，一步一步打拼、壮大自己的企业，试问这样的人会因为一次失败破产而一蹶不振吗？答案在这里必然是否定的。那么，"牯岭"于他而言又具有何种意义？

吴荪甫准备前往牯岭的选择，实际上与茅盾本人有紧密的关联。茅盾曾表示自己是"经验了人生才来做小说的，而不是为了说明什么才来做小说的"②。1927年大革命失败的阵痛迫使茅盾独自停下来思考、观察和分析，而与外界几乎完全隔绝音讯的牯岭成了他纾解疲

---

① 茅盾：《子夜》，载《茅盾全集》第3卷，人民文学出版社1984年版，第551页。

② 茅盾：《创作生涯的开始》，载《茅盾全集》第35卷，人民文学出版社1997年版，第428页。

惫与苦闷的慰藉与休憩地，也是动摇、幻灭后灵魂得以安放的中转点。"牯岭"意味着"自救"，令他得以暂时远离政治的狂风巨浪。但当我们纵观茅盾的人生经历，"牯岭"同样也意味着现实中茅盾对准自己的政治生命后用力插下的利刃——他因滞留牯岭而与党失去联系，并直接导致到去世也始终未能恢复党籍。遗憾的阴影始终映在茅盾的心上久久不能消散，那么，茅盾后悔吗?

1931 年 12 月，他向瞿秋白提过恢复组织生活的问题，未果。"自从我到了日本以后，就与党组织失掉了联系，而且以后党组织也没有再来同我联系。我猜想，大概我写了《从牯岭到东京》之后，有些人认为我是投降资产阶级了，所以不再来找我。"① 他自知与党组织失去联系的原因其实不只是滞留牯岭而未去参加南昌革命，而是因为他"既不愿意昧着良心说自己以为不然的话，而又不是大天才发见一条自信得过的出路来指引给大家"②。于是，在其他同志磕磕绊绊不停往前跑的时候他选择停下脚步，也因此掉出了大队伍。一些学者考证后发现，沈雁冰宣称自己因突发腹泻而无法前往南昌的说法其实是一种托词，实际上没去成南昌起义是因为他主观上不想去。联系当时背景，那时已进入而立之年的茅盾对于革命带来的血腥屠杀，党内阵营无休止的争论，以及如何摸索中国革命的正确道路而感到迷惘、悲观，这种状态让他无法继续参加国内的革命，试想一个渴望在黑暗里创造出光明的人，又怎么能在心中期许光的情况下接受用制造另一种黑暗的方式来捏出太阳呢?

革命的红旗是鲜血染成的，而且它既经发动，就会一发而不可收，它的前进是任何力量都阻拦不住的，深知这一点的茅盾大概是因为内心依然无法坦然面对这条由无数尸骨铺就而成的道路，便只好以腹泻为由留在牯岭罢? 而牯岭将茅盾暂时拉离了政治风暴，他由此开

---

① 茅盾:《创作生涯的开始》，载《茅盾全集》第 35 卷，人民文学出版社 1997 年版，第 443 页。

② 茅盾:《从牯岭到东京》，载《茅盾全集》第 19 卷，人民文学出版社 1991 年版，第 181 页。

始从事文学创作，并在文学中尝试探寻出路。牯岭之后，才有了作家茅盾，可以说，牯岭是孕育茅盾的母体，是作家茅盾文学之旅的起点，是帮助沈雁冰保持清醒、坚强意志、找回自我、重新振作的潺潺清泉，故茅盾虽然为自己留在牯岭寻了个理由，但他不后悔，还对牯岭一地有着特殊的情感，这一点在《幻灭》和《子夜》中都能感受到。吴荪甫明明可以选择去青岛或者是更远一些的秦皇岛，但他偏偏提出去在江西的牯岭，这种选择的背后未尝没有作家茅盾的"私心"在作祟。

在《子夜》最后一章中吴荪甫破产后举家迁至牯岭，这向读者暗示了未来吴荪甫一家将会到牯岭生活，既为躲避债务、隐匿行踪，也是休养生息、重整旗鼓，等待重回跌倒之地的契机。这里要注意，吴荪甫的结局是开放、未定的，茅盾并未明确他未来会做什么，读者看不到作者没有写出的故事后续会怎样展开，不知道事情的发展是否还有转机。因此，吴荪甫携家眷迁往牯岭是小说的结局，而非他人生的定局、全局。鲁迅曾在《娜拉走后怎样》这篇文章中回答了"娜拉走后怎样"这个重大的社会问题，从特定角度来看，吴荪甫和娜拉一样，他们都不是作者在创作中主观设计捏造的虚拟角色，而是能在现实中找到各自的原型，且皆可反映出特定历史背景下某些群体的典型特征，因此，对于"吴荪甫到达牯岭后会怎样"这一问题的思考需要得到关注。离开上海移居牯岭后，他有两条路可以走：不是堕落，就是回来。对吴荪甫而言，后者是唯一的坚定选择。

目睹甚至经历过大城市的血雨腥风的人，在来到人烟寥寥的牯岭后会感到心中凄凉与疲乏的情绪愈发沉重，而在逐渐适应这山上清闲舒适的生活之后，心里不免厌恶城里人的钩心斗角，厌恶每日活得战战兢兢、心神不定，于是更加贪恋山里的平淡安宁，更想要留在避世的牯岭、远离是非人间，就此"沉沦""堕落"。倘若让吴荪甫来评价这一选择，他定会感到愤怒和唾弃，因为他向来瞧不起没见识、没手段、没胆量的庸才，他相信"这一切，都是经过了艰苦的斗争方始取得"，而"风浪是意料中事"①，他曾带领益中公司躲过一个又一个狠狠扑来的险恶的浪头后依然扬帆迈进，才打造出了空前的宏大规模，他是身经百战的宿将，并不愿止步于一次"失误"。因而，曾经潜伏在这个成功的企业家内心的欲望十分强烈，他渴望回归城市、回归事业、回归市场的欲望会与日俱增，又怎么会甘于蜗居在牯岭这一方？厄运的确会使人黯然神伤，它会随着某个时刻的失败更纠缠不休，但是人在拥有战栗感受的同时还被赋予了蔑视黑暗、直面磨难、重新振作的勇气与魄力。当牯岭促使陷入一时失意的人摆脱了最初的苦闷，随着失望的潮水退去，激情的海浪会再次打来，他的信心与底气逐渐增强，这样想来，牯岭在一定程度上变成了吴荪甫韬光养晦，准备来日东山再起的疗养地。

当分析牯岭结局后续吴荪甫最终会选择回归之时，我们发现前文其实已有铺垫。四小姐因内心的拘束而无法完全适应上海的生活时，她受不了这种情感上的矛盾冲突的折磨，于是想要逃离这里，认为只有到乡下去才能解决自己当前的困境。面对她的逃避，吴荪甫问了四小姐一个问题"那么，你永远躲在乡下了么？"②吴荪甫的答案自然会是否定的，身为企业家的他不懂四小姐逃避上海生活的原因，认为她是憎恨现代文明和都市生活，才抛出这个问题想找到可以反攻四小姐顽固的堡寨的一个根据点。对照吴荪甫事业的发展之路，他其实与四小姐有过相似的艰难处境，从一开始进入资本市场，到后来益中公司破产期间，吴荪甫也面临过四面楚歌的境地，他也会苦闷烦躁、无端暴怒，清楚地知道自己"当真没有多大把握能够冲得出去"③，但脚步不停。当一个人明知不对却依然闷着头往前赶的时候，最通常的原因就是他别无选择，哪怕这位野心极大、敢于冒险的资本家心中已

---

① 茅盾：《子夜》，载《茅盾全集》第 3 卷，人民文学出版社 1984 年版，第 300 页。

② 茅盾：《子夜》，载《茅盾全集》第 3 卷，人民文学出版社 1984 年版，第 505 页。

③ 茅盾：《子夜》，载《茅盾全集》第 3 卷，人民文学出版社 1984 年版，第 340 页。

隐约察觉到某种可能，心中也从没升起过放弃或是躲避的念头，并且认为除了"向前冲"，没有什么更好的办法了。后来当失败已成定局，他依然没想过放弃，指出"能进能退，不失为英雄"①，退居牯岭从一定意义上来看，不就是他的"进"？茅盾在《写在〈野蔷薇〉的前面》中说："不要感伤于既往，也不要空夸着未来，应该凝视现实，分析现实，揭破现实。"② 他笔下的吴荪甫所争者从来就是"现在"，"现在"是"一切"，是"真实"，比起在过去的泥淖中苦苦挣扎，不如着眼当下，解决债务危机带来的窘境，给自己孵化的时间，待牯岭之行后风波平息，他才好收拾旧山河、再出发！

五　结语

与当时很多知识分子一样，茅盾曾一度满心热血积极投身于革命政治活动，但在目睹了自己曾经灌注了希望与信仰的革命失败后，他体会到了难以消弭的失落、悲观和颓靡，而后来到庐山牯岭并在此地小住了一段时间，这是其作家身份诞生的缘起。可以说，正是革命理想遭遇了惨淡现实后的幻灭与虚无感，使得茅盾开始停下脚步，决定在牯岭重新思考革命与人生，同时也让这个颇有天赋的青年人从纷争不断的政治高地上走下来到文学的庭院，真诚、恳切地将自己的人生经验和情感体验熔铸进小说里，以宣泄释放。在茅盾的小说中，"'牯岭'构成了一个相对于武汉、上海等城市独立存在的空间，以其特殊的地理位置与现实生活拉开了距离"③，在这里，被城市的炮火轰炸得满心疲惫的人能享受到从未有过的幸福，为理想感到苦闷的人会重新找到与现实搏斗的动力，因幻灭而无所归依、无所适从的人

---

① 茅盾：《子夜》，载《茅盾全集》第 3 卷，人民文学出版社 1984 年版，第 509 页。

② 茅盾：《写在〈野蔷薇〉的前面》，载《茅盾全集》第 9 卷，人民文学出版社 1985 年版，第 623 页。

③ 苏心：《"牯岭时刻"与作家"茅盾"的诞生》，《中国现代文学研究丛刊》2021 年第 3 期。

将找到心灵的慰藉，振作精神、回到为实现革命理想而奋斗的队伍中去。

由此可见，茅盾的"牯岭"情结是愈合过后的再生长，它既蕴含了人在现实的无奈中暂时退守内心，远离城市中心、寻一方净土，让内心深处的灵魂的挣扎与混乱得到安宁——但这不是思想倦怠与散漫的表现，只是梦被现实的怒吼惊醒后的人难免会经历的一段迷惑与怅惘；它也意味着理想受到重创后，暂时的沉沦与崩溃是可以的，但是要及时对自己此前因失败而致使希望和信念轰然坍塌的精神世界进行修葺乃至重建，实现精神的突围，从狂热的革命与冷酷的现实的喧嚷声中脱身，不要淹没在十字街头的影响中去，而要保持难得的冷静与清醒，凝视、分析现实，重新回归现实人间，纵使可能不得不在时代的夹缝里长久徘徊，也要重返生活、继续探寻出路，抑或一行人径自冲出一条路来。

（原刊《茅盾研究》第 20 辑）

从国民革命到左翼运动：
论茅盾的创作调适[*]

李晓静　李永东^{**}

摘　要　后来被称为"左翼文学巨匠"的茅盾在加入左联的初期，曾陷入身份的焦虑和立场的危机，其创作经历了自我调适并逐渐贴近左联文学纲领的复杂过程：在小说《豹子头林冲》和《石碣》中，茅盾的革命认知与左联文学纲领的要求之间形成了一种张力结构，溢出左联话语框架之外的个体性思考深刻触及了革命进程中个体所面对的伦理难题以及革命团体内部的权力斗争；《大泽乡》对群体性农民意识的塑造预示着茅盾基本完成了主体改造与创作调适。这一调整与转变的过程也伴随着茅盾"文学真实观"的修正、文学创作方法的更新以及全新的"文学—政治"构造方式的逐步获得，立体呈现出作为文学家和"前革命者"的茅盾从国民革命走向左翼运动的精神历程。

关键词　茅盾；历史小说；左联；创作调适；文学真实观

1930 年 3 月 2 日，中国左翼作家联盟在上海成立，"这联盟的结合，显示它将目的意识的有计划去领导发展中国的无产阶级文学运动"，"加紧思想的斗争，透过文学的艺术，实行宣传与鼓动而争取

---

*　基金项目：国家社科基金项目"半殖民与解殖民的中国现代文学研究"（项目编号：20BZW138）。

**　作者简介：李晓静，女，河南汤阴人，西南大学文学院博士研究生，主要研究方向：中国现代文学与文化。李永东，男，湖南永兴人，西南大学文学院教授、博士生导师，主要研究方向：中国现当代文学。

广大的群众走向无产阶级斗争的营垒"①。这意味着发展"无产阶级文学"成为左联的核心目标,标志着左翼文学此后将通向无产阶级革命与阶级斗争的文学—政治目标,同时也宣昭着新的文学/革命共同体的确立。一个月后,作为著名作家和资深共产党员的茅盾从日本返回上海,但其处境却异常复杂且严峻:一方面,国民革命失败之后,茅盾从庐山牯岭秘密返回上海,未按约定参加南昌起义,再加上居日期间与共产党"失去了组织上的关系"②,并发表《从牯岭到东京》指出革命的"这出路之差不多成为'绝路'"③,这一系列的行动与言论被左联内部的共产党员所侧目。虽然他很快就在冯乃超的邀约之下加入了左联,但这并不意味着他被中共与左联完全接纳与信任。另一方面,茅盾驻留日本近两年,远离中国本土,身与心均无法切身体验和感知中国峻急变化的政治形势,其创作无法准确把握当时的革命现实和社会现状,这使得他陷入深层的写作危机与焦虑之中。

因此,茅盾迫切需要调整情感观念与主体状态,重新进入"中国"与"中国革命",并通过调整自我的创作向左联文学纲领靠拢,以澄清自我的政治立场。然而,调适的过程并非一蹴而就,其间经历了反复的纠结挣扎与自我辩驳,在实际创作中重新校准主体认知与革命现实的偏差,展现出一个知识分子、文学家和一个"前"革命者从国民革命走向左翼运动的精神历程,而写于此期间的《豹子头林冲》《石碣》《大泽乡》等小说正是茅盾经历曲折复杂的主体改造与创作调适过程的文学呈现。

一 伦理之难:革命行动的"精神延宕"

茅盾在 1927 年 8 月之前曾深度参与革命的实际工作,作为"中

---

① 潘汉年:《左翼作家联盟的意义及其任务》,《拓荒者》1930 年第 1 卷第 3 期。

② 胡愈之:《早年同茅盾在一起的日子里》,《人民日报》1981 年 4 月 25 日。

③ 茅盾:《从牯岭到东京》,《小说月报》1928 年第 19 卷第 10 期。

国共产党最早的 53 名党员之一"①，他先后担任过国民党宣传部秘书、中央军事政治学校武汉分校教官、《汉口民国日报》主编等，主要负责革命的宣传与教育工作。在此期间，茅盾发表了大量的文论，着重倡导无产阶级革命与无产阶级文学，其中《论无产阶级艺术》②一文运用马克思主义的观念与方法全面系统地阐释了"无产阶级艺术"。"五卅惨案"之后，茅盾不仅开始从事文学创作，而且通过《告有志研究文学者》《文学者的新使命》等作品为革命文艺指明新的方向。可以说，茅盾早期的文学活动深深"嵌入"了共产党的革命进程之中。然而，国民革命的失败一时中断了茅盾的革命志业，一度让他游离于革命之外，并产生了复杂的"动摇"与"幻灭"之情绪。该时期茅盾的绝大多数创作，如《蚀》三部曲，未竟的长篇小说《虹》以及大量短篇小说与散文，均取材自小资产阶级知识分子群体。但是从日本归国加入左联之后，茅盾在短短半年内创作的《豹子头林冲》《石碣》《大泽乡》三篇小说的主题、题材、风貌与此前的作品截然不同。这些农民起义题材的小说是茅盾首度涉猎的，是其不"粘滞在自己所铸成的既定的模型中"，"合于时代节奏的新的表现方法"③的大胆尝试。这种创作转变某种意义上就是茅盾对既往革命志业的延续，也是他融入左联并重新向共产党靠拢的创作尝试。

茅盾回忆这段创作历程时说道："我写这三篇东西，当时也有些考虑：一是写惯了小资产阶级知识分子（因而也受尽非议），也想改换一下题材，探索一番新形式；二是正面抨击现实的作品受制太多，也想绕开去试试以古喻今的路。"④茅盾所谓"受尽非议"意有所指，《从牯岭到东京》发表之后招致了创造社、太阳社的集中批评和指责，钱杏邨发表《从东京回到武汉》《茅盾与现实》等多文抨击茅盾

---

① 李标晶：《茅盾年谱》，浙江大学出版社 2021 年版，第 63 页。

② 沈雁冰：《论无产阶级艺术》，《文学周报》1925 年第 172 期。

③ 茅盾：《宿莽》，大江书铺 1931 年版，第 1 页。

④ 茅盾：《"左联"前期——回忆录（十二）》，《新文学史料》1981 年第 3 期。

的政治立场与文学观念，并隐隐将茅盾与鲁迅、巴金、郁达夫等人一起列为"有产者文坛"①，质疑茅盾无产阶级革命者的身份，茅盾赫然成为"背叛了群的游离分子"②；甚至有人将茅盾"与资产阶级的走狗陈公博、施存统、谭平山"③ 置于同一位置，这种质疑与否定在茅盾加入左联之后仍在延续④。总之，这些批评将本应属于文学内部的诸多讨论逐渐上升到茅盾个人的阶级、身份与革命立场上来。

这些犀利的批评与指责看似集中爆发于《从牯岭到东京》发表之后，但事实上，茅盾对于革命文学的读者、题材、描写对象等问题的认识早在 1928 年初就与创造社、太阳社诸人产生了分歧。他评价王鲁彦作品时认为"王鲁彦小说里最可爱的人物，在我看来，是一些乡村的小资产阶级"⑤，而在为庆祝《太阳月刊》创刊所撰写的文章中，他更是毫不避讳地否定了蒋光慈论文中"唯有表现劳苦大众生活的作品才是革命文学"的观点，并认为仅"描写第四阶级生活的文学"⑥ 限定、收缩了革命文学的范围，局限了革命文学的发展空间。蒋光慈很快就作出了回应，发文宣称判断作家及其作品的革命性"首先就要问他站在什么地位上说话，为着谁个说话。这个作家是不是具有反抗旧势力的精神？是不是以被压迫的群众作出发点？是不是全心灵地渴望着劳苦阶级的解放"⑦。换言之，作家的无产阶级观念和意识被蒋光慈置于文学场域的中心位置，成为判定作家和作品"先进性"与"革命性"的首要衡量标准，这是第一次有人隐晦地质疑茅盾的阶级和政治立场，这种批判思路也是此后茅盾因"写惯了小资产阶级知识分子"而"受尽非议"的主要原因。

①　刚果伦（钱杏邨）：《一九二九年中国文坛的回顾》，《现代小说》1929年第 3 卷第 3 期。

②　克生：《茅盾与动摇》，《海风周报》1929 年第 17 期。

③　得钊：《一年来中国文学界述评》，《列宁青年》1929 年第 1 卷第 11 期。

④　华汉：《中国新文艺运动》，《文艺讲座》第 1 册，神州国光社 1930年版。

⑤　方璧（茅盾）：《王鲁彦论》，《小说月报》1928 年第 19 卷第 1 期。

⑥　方璧（茅盾）：《欢迎〈太阳〉》，《文学周报》1928 年第 5 卷第 23 期。

⑦　蒋光慈：《关于革命文学》，《太阳月刊》1928 年第 2 期。

　　究其根本，茅盾并未真正想要远离共产党的革命路线，因此来自革命团体内部的批评深刻影响着茅盾的心境与主体状态。他这样回忆道："大约是一九三零年夏，由于深深厌恶自己的初期作品（即一九二八——一九二九）的内容和形式，而又苦于没有新的题材（这是生活经验不够之故），于是我有了一个企图：写一篇历史小说，写中国历史上第一次农民起义。"[①] 回国尚不足四个月的茅盾，对自己作品的"厌恶"是历史的后设辩白还是真情实感，现下已经难以判定。但可推测的是，此时茅盾已经对自己以往的创作感到不满足，而《豹子头林冲》正创作于此"不满足"时期，是其调整创作方向以求新求变的首篇小说。

　　《豹子头林冲》主要取材自《水浒传》第十二回"梁山泊林冲落草，汴京城杨志卖刀"[②]，小说通过细腻刻画林冲的心理嬗变、伏击青面兽杨志以及暗杀王伦等活动，再现了乱世之中一个农民子弟矛盾纠结的革命心理和变幻不定的精神历程，展现了主体的革命意识与革命行动之间的断裂和非延续性。《豹子头林冲》一方面隐去了《水浒传》原著中道君皇帝大兴土木、造万寿山，杨志失陷花石纲这一情节，而是移花接木地将林冲父亲的死亡与道君皇帝造万寿山勾连起来，明确指出正是君主的贪暴聚敛使林冲之父不堪重负而死，从而表现了林冲所代表的农民阶级与皇帝所代表的封建统治阶级的对峙；另一方面，林冲担任八十万禁军教头期间观察到朝中权贵表面上反对"胡儿"，但私底下却"献媚胡儿"的行径，致使林冲对当权者充满了质疑，认为"可怜"杨志的"孤忠""大概终于要被他的主子们所辜负"[③]。小说讽刺了打着"雪国耻"幌子的政府大员，却私下勾结"胡儿"赚取"卖国"钱财的行为，从而确立了小说第一层"反帝反封建"同时反国民党当局的主题。

　　这一主题延伸到茅盾后续创作的小说《子夜》与《林家铺子》

---

① 茅盾：《茅盾文集》第 7 卷，人民文学出版社 1959 年版，第 380 页。

② 施耐庵：《水浒传》，人民文学出版社 2004 年版，第 154 页。

③ 蒲牢（茅盾）：《豹子头林冲》，《小说月报》1930 年第 21 卷第 8 期。

之中，如《子夜》中军阀们表面反对帝国主义，暗地里又与帝国主义勾结，卖国求财；《林家铺子》中国民党表面大肆宣传"抵制日货"，暗地里又收取保护费；等等。由此可见，茅盾的历史小说"用现代眼光去解释古事""将古代和现代错综交融"①，其"反帝反封建"的核心主题及强烈的反抗意识与此前小说截然不同，如《蚀》三部曲中描写小资产阶级知识分子在复杂革命实践中经历了"幻灭的悲哀，人生的矛盾"②，昭示了茅盾从国民革命到左联初期文学观念的逐步调整与创作主旨的更新转换。

然而，潜伏在小说表层意义之下的主人公林冲的潜意识与心理活动却常常溢出左翼革命话语所限定的范围，个人化与私密化的表达背离了阶级话语和民族话语，有学者将这种背离视作对"五四运动的启蒙精神"③的接续，但仔细辨析可以发现，小说深层意旨与人物意识之间的缠绕冲突实际上与茅盾真实的国民革命经验有关。一方面，小说中作为第三人称全知叙事的叙事者在文本内部冷静客观地对林冲的个人局限，如"老实""忍耐"，进行解释说明，这类阐释性话语符合左联的文化纲领和文学标准；另一方面，主人公林冲的潜意识与断断续续的心理活动像脱缰的野马，时常越过左翼文学的框架，转而质疑起"革命"的正当性和合理性，这一质疑明显与茅盾曾切身参与过革命实践紧密相关。1927 年，时任《汉口民国日报》主编的茅盾对于革命的认识是感性且直观的，正如他在《严霜下的梦》中借梦境再现的场景："——好血腥呀，天在雨血！这不是宋王皮囊里的牛羊狗血，是真正老牌的人血。是男子颈间的血，女人的割破的乳房的血，小孩子心肝的血。血，血！天开了窟窿似的在下血！"④"血"是梦的核心，也是革命实践的核心，革命是暴力，是杀人，是夺权。

---

① 茅盾：《序》，载宋云彬《玄武门之变：历史故事集》，开明书店 1937 年版，第 3 页。

② 茅盾：《从牯岭到东京》，《小说月报》1928 年第 19 卷第 10 期。

③ 张霞：《文本中的历史与历史中的文本——论茅盾三篇农民起义题材的历史小说》，《西华师范大学学报（哲学社会科学版）》2012 年第 3 期。

④ 茅盾：《严霜下的梦》，《文学周报》1928 年第 6 卷第 2 期。

　　小说与现实共同分享着革命的暴力属性。在小说内部，这种属性迫使主人公林冲不得不处理一个重要且繁杂的伦理和正义问题：个人如何调和革命理念与革命实践之间的关系？与报仇杀死陆虞候等人不同，林冲向王伦投诚以获得接纳的要求就是杀掉一个与己毫无关联的过路之人，然而戕害他人性命缺乏正当理由，阶级仇恨和民族仇恨落到个体生命上失去了原有的合法性。换言之，革命重构的民族和国家想象与个体习得的伦理道德观念之间发生了冲突。革命方式与革命目标之间的复杂矛盾诱发了林冲的哈姆雷特"延宕"式的心理危机，这也是林冲第一次放弃杀杨志之后，又放弃杀王伦的原因。即使林冲抱着满腔杀意而去，但是碰到无辜的士兵之后，林冲无法找到杀人的直接理由和心理依据推动自己展开行动，而这一放弃杀人的情节在以往研究中往往被判定为农民阶级的局限性和妥协性，事实上这更应该被解读为茅盾思想观念的小说化演绎，是他对革命个人化、主观化的理解和认知：如何处理革命理想和革命现实之间的裂隙，即操持着阶级话语和革命观念是否就能合理且正当地"杀人"？

　　实际上，林冲在仇恨的滋生中逐渐将王伦视作敌人，"敌人"的概念"是以他者的绝对化为基础"①，但是他对王伦的敌意明显并未上升到"共有意义"与"绝对化"的层面，更未将"敌人非人化"②，所以林冲的复仇显得犹犹豫豫又困难重重。更进一步讲，个体的敌意如果没有得到国家意志与民族意识的强化和提升，其仇恨只能局限于私人之间，而无法推及成为普遍或共有的认识与观念。"人与人之间没有刻骨仇恨，个人的敌意，充其量在前哨出现。"③ 具体而言，农家子林冲对"秀才"王伦的阶级仇恨只能落实到主体与主体之间，无法有效形成农民阶级与资产阶级之间的对立与仇恨。毛泽东在分析 20 世纪早期中国各阶级状况时指出："谁是我们的敌人？

---

①　左高山：《战争镜像与伦理话语》，湖南大学出版社 2008 年版，第 2 页。
②　左高山：《战争镜像与伦理话语》，湖南大学出版社 2008 年版，第 16 页。
③　［德］黑格尔：《法哲学原理》，范扬等译，商务印书馆 1961 年版，第 350 页。

谁是我们的朋友？这个问题是革命的首要问题。"① 敌人作为他者强化着无产阶级的统一性，如果敌人未能获得"共有意义"与"公共性"层面的确认，就难以"纯粹从工具的意义上利用它"，难以获得"既不受任何约束，也无须承担任何对相互性的义务"② 的消灭政治敌人的正当性理由。因而林冲判断敌人时的犹豫以及复仇时的"延宕"某种程度上也隐隐彰显了此时期茅盾的"矛盾"。

于茅盾而言，"阶级斗争的利刃指向的是由资产阶级建构的社会制度，而不是资产阶级个体"③，然而现实的革命事业却随时面临着个体生命的终结，这其中既包含同志的鲜血，也意味着将敌人"非人化"剥夺其生命权利的过程。毛泽东在《湖南农民运动考察报告》中对此有更为深刻的阐述："革命是暴动，是一个阶级推翻一个阶级的暴烈的行动。"④ 鲁迅也曾说过："革命是痛苦，其中也必然混有污秽和血。"⑤ 因此，革命者沈雁冰逐渐转变成为作家茅盾的过程，也隐含着"行动之我"从"我们"中抽身以及"反思之我"的凸显，没有强大而抽象的阶级仇恨的主导与指引，面对一个与己无碍的生命体时，作为个体的人有多大权力去宰制另一个个体的生命，在何种道义上能顺理成章地牺牲革命对象的利益和生命。作为革命者和统治集团反叛者的林冲所面对的两次杀人困境，终将成为所有革命者不得不面对的伦理难题。

茅盾有意识地将这种革命的异质性经验和对革命的独特反思融入文学创作中，然而这种尝试并不符合此时的左翼文学观念。小说末尾，茅盾又有意识地将自己拉回左翼文学的书写范畴之中，他借叙事者的视角这样评论林冲："他，一身好武艺的豹子头林冲却没有一颗

---

① 毛泽东：《毛泽东选集》第 1 卷，人民出版社 1991 年版，第 3 页。

② ［德］卡尔·施米特：《政治的概念》，刘宗坤等译，上海人民出版社 2004 年版，第 93 页。

③ 田丰：《"革命文学"之为何及其路径——茅盾与太阳社、创造社论争的核心》，《中南大学学报（社会科学版）》2014 年第 2 期。

④ 毛泽东：《毛泽东选集》第 1 卷，人民出版社 1991 年版，第 17 页。

⑤ 鲁迅：《鲁迅全集》第 4 卷，人民文学出版社 2005 年版，第 238 页。

相称的头脑呢！'"'他的农民根性的忍耐和期待，渐渐地又发生作用，使他平静起来。忍耐着一时吧，期待着，期待着什么大量大才的豪杰吧，这像'真命天子'一样，终于有一天会要出现的吧！'"① 这意味着茅盾尝试用无产阶级文学的眼光修正自己的"潜意识"，表达对农民阶级的同情，但同时又鲜明地指出农民阶级的局限性：农民阶级自身无法领导革命，他们需要被领导和被组织。从某种意义来说，这是茅盾创作转向的标志，也是茅盾整合革命经验重新靠近共产党路线的尝试。而林冲断断续续的潜意识正是茅盾尚未及时调整和安顿的异质性革命体验，这种体验与思考整体呈现出茅盾向左翼文学靠拢的态势，同时又潜藏着个体化的感受，赋予该小说不可多得的现实感。

二　革命正义：在权力斗争与身份归属之间

左联成立时发布的行动纲领强调："我们的艺术是反封建阶级的，反资产阶级的，又反对'稳固社会地位'的小资产阶级的倾向。我们不能不援助而且从事无产阶级艺术的产生。"② 值得注意的是，纲领明确了反封建阶级与反资产阶级，但是对于反对小资产阶级却加了限定词——稳固社会地位，这一限定某种程度上缓解了左翼作家的身份焦虑，也是左联为了扩大影响与联合革命同路人所作的妥协。

然而，左联成立之后，随着各项工作的组织和开展，其政治功能逐渐侵蚀文学功能的空间。茅盾在回忆左联前期活动时写道："'左联'说它是文学团体，不如说更像个政党。这个感觉，在我看到一九三〇年八月四日'左联'执委会通过的决议《无产阶级文学运动

---

① 蒲牢（茅盾）：《豹子头林冲》，《小说月报》1930 年第 21 卷第 8 期。
② 记者：《中国左翼作家联盟的成立（报导）》，《拓荒者》1930 年第 1 卷第 3 期。

新的情势及我们的任务》以后，又得到了加强。"① 该决议提出："'左联'这个文学的组织在领导中国无产阶级文学运动上，不容许它是单纯的作家同业组织，而应该是领导文学斗争的广大群众的组织。"② 此次会议将以文学性质为标识的左联明确扩大到了具有政治革命性质的团体的范畴，其左翼作家身份也被赋予了革命者甚至革命领导者的意义。因而左联对组织内部成员的要求就不再仅限于创作活动，而是明确了作家必须有"集体生活的习惯"，并对不愿参加飞行集会等活动的成员进行了不点名批评。

茅盾并不热衷于参加左联组织的诸如贴标语、发传单、演讲、街头游行等类似的活动，他在1930年11月开始创作的中篇小说《路》中借由主人公火薪传之口表达出此类实践的危险性："——老是这么发传单，为什么呢？总是被捕，为什么还要发传单呢？"③ 他后来回忆道："关于'左联'前期存在的这些问题，我也与鲁迅谈到，鲁迅大概出于对党的尊重，只是笑一笑说：所以我总是声明不会做他们这种工作的，我还是写我的文章。"④ 显而易见，茅盾对于左联内部的某些事务和工作方式颇有微词，因而写于此次会议后的《石碣》也就颇耐人寻味。

如果说《豹子头林冲》触及了革命正义与个体伦理道德之间的龃龉，以及由此生发的哈姆雷特"延宕"式的精神危机，那么《石碣》中溢出革命视野之外的个体化的观察与思考，则是对现实中左联内部权力纠葛的一种显而不露的讽刺与针砭。《石碣》取材于《水浒传》第七十一回"忠义堂石碣受天文，梁山泊英雄排座次"⑤，讲述了在智多星吴用的指示下，圣手书生萧让监督玉臂匠金大坚雕刻石碣的故事，此石碣用来安排一百零八将的排位和座次，小说将《水浒传》中原本天意所归、具有神话色彩的一百零八将的排序改写成

---

① 茅盾：《"左联"前期——回忆录（十二）》，《新文学史料》1981年第3期。

② 姚辛：《左联史》，光明日报出版社2006年版，第20页。

③ 茅盾：《路》，光华书局1932年版，第119页。

④ 茅盾：《"左联"前期——回忆录（十二）》，《新文学史料》1981年第3期。

⑤ 施耐庵：《水浒传》，人民文学出版社2004年版，第923页。

人为制造的"阴谋"。通过萧让与金大坚的对话，解构了原本石碣所象征的"天意"与"公平"，颠覆了石碣的"神圣性"，最终"雕刻石碣事件"成为水泊梁山上一项不能谈论的"机密"。

"公"与"私"之辩围绕卢俊义和宋江谁坐忠义堂第一把虎皮交椅而展开。梁山上的英雄好汉本来是由着"公平"二字凝结成的革命团体，但是智多星吴用假借石碣来定次序的策略罔顾了梁山的"规则"与"公平"，如果"规则确实可以让人们形成正当合理的预期"，则公平的问题就必然迎刃而解，反过来说，"公正的行为，大致而言，就是遵守通行规则的行为"①。在茅盾看来，"《水浒》的政治理想是不问阶层、等级的差别，在一个共同信仰（所谓'替天行道'）之下，人人平等（入伙时必结义为兄弟），为共同的利益而斗争"②。而小说中吴用与萧让将理应"付之公议"的排座次"私密化"，凸显出其背后两方势力之间的权力博弈。金大坚与萧让的对话进一步强调了"私"，金大坚认为："人总是成群打伙的。和卢员外亲近的一伙儿自然说卢员外好哪。"而萧让反驳道："不，不，不！金二哥，是和卢员外出身相仿佛的人，才都说卢员外好。"③ 金大坚看重革命团体内部的个人私情，而萧让着重于革命团体之内的阶级划分。随着故事的展开，萧让所推崇的阶级意识却逐渐被金大坚主张的私情所瓦解，革命内部的"正义"自然也被解构了，小说表层的阶级主题因而也逐渐让位于革命中的个人私情。

圣手书生萧让和玉臂匠金大坚的对话之外混杂着第三者的声音。萧让某种意义上是智多星吴用的传声筒，他对吴用意旨的转述使得刻石碣这件事晦暗不明，而萧让与吴用的不合处暗示了石碣幕后的主使不仅仅是吴用，更有可能是宋江。金大坚的笑也颇有意味，他的各种神情和微笑挑明了萧让和宋江集团之间的关系，因而他的暗笑以戏谑

---

① ［澳］杰佛瑞·布伦南、［美］詹姆斯·布坎南：《宪政经济学》，冯克利等译，中国社会科学出版社2004年版，第113页。

② 茅盾：《论如何学习文学的民族形式——在延安文艺小组上的演说》，《中国文化》1940年第1卷第5期。

③ 蒲牢（茅盾）：《石碣》，《小说月报》1930年第21卷第9期。

的方式不断解构着石碣的严肃性，构成了对萧让一方的不断威逼和进攻。小说多次描绘了金大坚的笑，从"扑嗤一声的笑起来""呵呵大笑"，到"撮起嘴唇做了一个怪相""只眯着眼睛，用半个脸笑"，再到情绪爆发以及最后的"呵呵笑"，不同角度和时机的笑与萧让庄重、严肃、得意、愕然等神情相对比，衬托出刻石碣这件事的荒谬。在金大坚心里，貌似"替'天'行意"的刻石碣行为与"私刻关防"一样都是拿不上台面的东西："爽爽快快排定了座位，却又来这套把戏，鸟石碣，害得俺像是做了私事。"① 金大坚的笑和质疑一步一步推翻了萧让、吴用一方的正义性与合理性，讽刺了其以"公"之名义行"私"之事实的擅用权力的行径。

"合理性是正义的属性之一"②，而"合理性一般是普遍性和单一性相互渗透的统一"，"合理性按其形式就是根据被思考的即普遍的规律和原则而规定自己的行动。这个理念乃是精神绝对永久的和必然的存在"③。因此，正义的合理性在于其既符合事物的客观发展规律又遵循理性的力量，是"客观自由"与"主观自由"两者的统一。萧让及其所代表的宋江势力之"私"，拆解了梁山团体之"公"，侵害了革命正义的"合理性"，革命的"假"正义替代了既"符合事物客观发展规律"又"遵循理性力量"的"真"正义。金大坚的笑表明了作为两大"阶级"对峙之外的以手艺人为代表的"第三阶级"对吴用、萧让假借天意争权夺利行为的否定，警示着这种违背规则与公义的行为必将面临失败。

在小说内部，个人私情和权力斗争隐藏在阶级意识和阶级话语之下；而在小说外部，排位次的行为隐隐指向了左联内部的话语权力的争夺。据钱杏邨所述，左联成立时被推选的常委各具代表性："夏衍既可代表太阳社又可代表创造社，冯乃超代表后期创造社，钱杏邨代

---

①　蒲牢（茅盾）：《石碣》，《小说月报》1930 年第 21 卷第 9 期。

②　岳海涌、童书元：《正义的合理性与合法性阐释》，《西部学刊》2020 年第 17 期。

③　［德］黑格尔：《法哲学原理》，范扬等译，商务印书馆 1961 年版，第 254 页。

表太阳社，鲁迅代表语丝社系统，田汉代表南国剧社，郑伯奇代表创造社元老，洪灵菲代表太阳社（特别是代表并入太阳社的我们社）。阿英说，这个名单考虑到了党与非党的比例。"① 夏衍回忆左联成立时写道："潘汉年（他当时是中共中央宣传部干事，负责文化界的联络工作）曾对我说，由于一九二八年这场文艺论争，几个文艺团体之间不仅在理论上，而且在感情上都有相当大的隔膜，需要有一些没有卷入过论争的人参加筹备小组，作为缓冲。"② 也就是说，左联内部聚集着各个不同的团体和力量，这些团体和力量在左联的感召下暂时放弃了偏见与立场差异汇聚在一起，但这并不意味着矛盾的化解与消失，随着革命的深入推进，某些分歧反而愈加凸显。这些分歧也引发了左联内部观念和人事的冲突，志趣相左、观念相异的成员表面上的握手言和就像小说中萧让所说的"俺水泊里这两伙人，心思也不一样。一伙是事到临头，借此安身；另一伙却是立定主意要在此地替天行道"③。茅盾短短几个月内就体察到了存在于左联内部的宗派主义和权力争斗的端倪，并在小说中隐曲地抨击了利用革命话语和理论资源争夺权力的行为，更重要的是，茅盾还借《石碣》中水泊梁山成员的派别之争，触及了现实之中尚未得到妥善解决的"左翼作家身份归属"问题。

自国民革命之后，茅盾在长达两年多的时间内对革命、革命文学与作家身份等问题进行了深入思索。在其著名的《从牯岭到东京》一文中，茅盾"主动"出击，"表达自己的主张"④，他质疑了太阳社和创造社秉持的"把文艺也视为宣传工具"的文学观念，同时从

---

① 吴泰昌：《阿英忆左联》，《新文学史料》1980 年第 1 期。

② 夏衍：《"左联"成立前后》，载中国社会科学院文学研究所、《左联回忆录》编辑组编《中国文学资料全编·现代卷·左联回忆录》，知识产权出版社 2010 年版，第 31 页。

③ 蒲牢（茅盾）：《石碣》，《小说月报》1930 年第 21 卷第 9 期。

④ 赵璕：《〈从牯岭到东京〉的发表及钱杏邨态度的变化——〈《幻灭》（书评）〉、〈《动摇》（评论）〉和〈茅盾与现实〉对勘》，《中国现代文学研究丛刊》2005 年第 6 期。

文学与读者的交互关系角度指出，小资产阶级才是阅读革命文学的主要群体，"'为劳苦群众而作'的新文学是只有'不劳苦'的小资产阶级知识分子来阅读了"①。即在绝大多数工农缺乏阅读能力的情况下，"如何使得'小资产阶级群众'通过阅读新文艺成为革命同路人是茅盾提倡写小资产阶级的出发点"②。茅盾着力于在革命现实中寻找一条通过文学作用于社会和个人的路径，他倡导将小资产阶级作为革命文学描写的主要对象，其目的在于广泛地影响以小资产阶级为主体的革命文学读者群体，进而打破读者圈层固化问题，拓展革命文学的影响力和生命力。

然而，这一观念和方案并不能解决知识分子在革命时期的具体身份和主体站位问题，反而凸显了其背后所潜藏的矛盾。茅盾在担任《汉口民国日报》主编时，深度参与了武汉国民政府的党建和宣传工作，彼时由汪精卫及国民党左派主导的武汉国民政府"代表工农和小资产阶级"③，"分共"之后，国民党左派"谴责中共'不顾小资产阶级利益'"④。而中共中央也在"八七会议"之后从纲领和政策上迅速调整了与小资产阶级联合的政策，将国民革命的失败主要归咎于小资产阶级的软弱和妥协。中共领导人瞿秋白此后更是鲜明地将无产阶级与小资产阶级切割开来："代表这种市侩小资产阶级的国民党'左派'……想抑制停止革命的前进，以求帝国主义、资产阶级的宽恕与恩惠。……其实这种小资产阶级的领袖，当着豪绅资产阶级反动的走狗，他还自己扬扬得意的自以为是革命的领导者呢！"⑤ 从这个角度看，茅盾在《从牯岭到东京》《读〈倪焕之〉》等文论中强调小

① 茅盾：《从牯岭到东京》，《小说月报》1928 年第 19 卷第 10 期。

② 程凯：《革命的张力——"大革命"前后新文学知识分子的历史处境与思想探求（1924—1930）》，北京大学出版社 2014 年版，第 314 页。

③ 王奇生：《国共合作与国民革命：1924—1927》，江苏人民出版社 2006 年版，第 337 页。

④ 赵璕：《"小资产阶级文学"的政治——作为"中国社会性质论战"序幕的〈从牯岭到东京〉》，《中国现代文学研究丛刊》2006 年第 2 期。

⑤ 秋白（瞿秋白）：《国民党死灭后中国革命的新道路》，《布尔塞维克》1927 年第 1 卷第 1 期。

资产阶级的作用实际上违背了当时中共中央新的革命政策，因而潜隐于小说《石碣》背后的"政治性不安"实则部分指向了现实中茅盾本人身份归属与阶级立场的焦虑。

按照马克思主义的阶级理论，绝大多数知识分子从出身上隶属于小资产阶级。茅盾晚年回忆左联前期会议时明确指出："决议蔑视小资产阶级出身的作家（而'左联'成员又恰好全是小资产阶级出身的作家），要把'组织基础的重心'移到工农身上，也就是要培养工农作家。""实际上'左联'的十年并未培养出一个'工农作家'，却是培养出了一批优秀的小资产阶级出身的青年作家。"[①] 革命者和革命的领导者需要响应左联的政策，在文学创作中自觉反对小资产阶级，这样一来，此类革命者和革命的领导者反过来成为被革命对象。茅盾和以茅盾为代表的左翼文人首先要处理的就是个人的身份和阶级归属问题。李初梨提供的方案是文学家"应该同时是一个革命家"，他应该"为革命而文学"，在实践中"获得无产阶级的阶级意识"，同时"克服自己的有产者或小有产者意识"[②]，从而达到变革社会生活的目的。李初梨借鉴日本无产阶级理论家青野季吉"具有目的意识"的观念，为出身小资产阶级的作家调整自我身份定位指明了路向。加入左联之后，茅盾在创作上有意识地采用阶级分析法，通过《豹子头林冲》《石碣》《大泽乡》等小说书写农民的阶级意识，以此调整自我的创作方法和文学观念，这某种程度上暗合了左联的文学和政治要求，从而缓解了茅盾的主体性焦虑。

《石碣》这篇小说的作者意图和文本内容之间呈现出一种张力结构。一方面，茅盾在思想观念上试图整合相关资源，以贴近不断发展的左翼文学；另一方面，小说的创作过程并不完全被观念所掣肘，在文本内容的具体呈现上超出了左翼话语的范畴。小说中金大坚最后的结论是"看来我们水泊里最厉害的家伙还是各人的私情——你称之

---

① 茅盾：《"左联"前期——回忆录（十二）》，《新文学史料》1981 年第 3 期。
② 李初梨：《怎样地建设革命文学》，《文化批评》1928 年第 2 期。

为各人的出身"①。在与萧让的争论中，金大坚置换了"出身"与"私情"的问题，将私情等同于阶级，从某种程度上解构了阶级划分的基础和合法性。由此看来，茅盾看似采用了农民起义的题材，但其探讨的内容与主旨是一种基于革命现实提炼出来的个人反思，而非冷冰冰的抽象书写。正如《幻灭》中静女士"看透了她的同班们的全副本领只是熟读标语和口号"②，观察到武汉国民政府任人唯亲现状和人事的复杂纠葛；《动摇》中胡国光窃取革命果实以及革命者方罗兰的软弱妥协等，这些人物的塑造与现象的揭示都触及了革命中"公义"与"私情"之间的冲突，挖掘出左翼文坛无法言明和细说的权力纷争。

三　再造"文学真实"："概念化"的启示

相较于《豹子头林冲》《石碣》中主旨和态度的犹疑，《大泽乡》中的作者信念更显坚决和直白，但同时也陷入了"观念与主题先行"的窠臼。茅盾自己曾说，《大泽乡》"实在是从一个长篇小说的大纲的一部分改写而成，形象化非常不够，是一篇概念化的东西"③。曹聚仁似乎也看出了这一点，他在《论〈大泽乡〉》中明确指出这三篇历史小说中，《石碣》"比较写得成功些"，而"大泽乡原是好题材，可是茅盾先生的观察不十分正确"，他认为"中国的农民革命运动，在农民方面，常是不意识的"④。实际上，曹聚仁的看法与国民革命时期茅盾的观念不谋而合。

茅盾早在1929年创作的短篇小说《泥泞》中就刻画了国民革命时期农民群体在革命中的无意识表现。小说中农民对于共产党组织的宣传活动充满了警惕、怀疑与敌意，农民革命最终在国民党的反攻之

---

① 蒲牢（茅盾）：《石碣》，《小说月报》1930年第21卷第9期。
② 茅盾：《幻灭》，《小说月报》1927年第18卷第10期。
③ 茅盾：《茅盾文集》第7卷，人民文学出版社1959年版，第380页。
④ 曹聚仁：《笔端》，天马书店1935年版，第104页。

下失败了，"村里人觉得这才是惯常的老样子，并没不可懂的新的恐怖，都松一口气，一切复归原状"①。茅盾犀利地指出了农民群体安分守己、保守愚昧的局限性，这些特性阻碍着革命火种的点燃与迸发。正是基于对农民群体的个体感知与现实理解，茅盾对"八七会议"制定的武装暴动与"现时中国革命的根本内容是土地革命"② 等政策充满质疑。据郑超麟回忆，大约 1927 年 10 月，他在上海见到茅盾，茅盾"不满意于八七会议以后的路线，他反对各地农村进行暴动。他说一地暴动失败后，即使以后有革命形势农民也不肯参加暴动的。这是第一次，我听到一个同志明白反对中央新路线"③。茅盾预设了农民暴动之后恶劣的实际后果，真实表达了自我对农民革命问题的认识，这一认识源自国民革命时期茅盾切身的所见所闻与所思所感。如 1927 年 8 月，大革命落潮时，茅盾通过前线的革命者了解了"宣传列车"在农村遭遇的困境："河南的老百姓真落后！在先是看见了我们车里有男有女，就说这是'共妻'了，我们一下车他们就跑得精光。"④ 可见，在茅盾的认知中，农民群体并不信任革命者，中共中央在现有条件下推进农民革命困难重重，更遑论在全国范围内深入推进土地革命。

　　然而《泥泞》发表一年之后，茅盾迅速转变态度，在小说《大泽乡》中高度赞颂农民起义与土地革命，并且将《豹子头林冲》《石碣》中个体农民革命意识与心理的萌发推广到整个农民阶级，彰显出茅盾从国民革命走向左翼运动过程中创作手法与题材转换上的逐渐成熟。小说《大泽乡》取材于《史记·陈涉世家》，依托秦朝末年陈胜吴广起义的故事，重点截取了陈胜、吴广起义时的暴动过程。文中

　　① 丙生（茅盾）：《泥泞》，《小说月报》1929 年第 20 卷第 4 期。
　　② 中共中央文献研究室中央档案馆编：《中国共产党中央执行委员会告全党委员书》，载《建党以来重要文献选编（1921—1949）》第 4 册，中央文献出版社 2011 年版，第 413 页。
　　③ 郑超麟：《郑超麟回忆录》，东方出版社 1996 年版，第 176 页。
　　④ 茅盾：《牯岭之秋——一九二七年大风暴时代一断片》，《文学》1933 年第 1 卷第 3 期。

通过两位军官所代表的"富农世家"与九百戍卒代表的"闾左贫民"的对峙，采用多重视角交错的方式，呈现出阶级矛盾激化和革命暴力冲突的全景。小说起始就设置了一个"囚徒困境"：七天七夜的大雨和白茫茫的洪水将两位高高在上的秦国军官和九百戍卒困在了大泽乡，这使得秦王的命令无法履行①。按照秦朝律法，这九百人如果没有按照既定时间抵达渔阳，他们将面临死亡惩罚，因而这场大雨预示着所有人必将死亡的结局。茅盾对于《大泽乡》历史背景的设置既沿用了《陈涉世家》中的某些描写，又结合了20世纪30年代初中国农村的现实境况。南京国民政府与冯玉祥、阎锡山之间的"中原大战"，以及执着"剿共"的军事行动导致全国基层水利不修，灾害频仍，1927年至1930年"陕西旱灾已三年余，饿死之人，亦达三百余万"②；1930年"辽宁洪水为患，遍地灾黎，数百里内，田庐尽成泽国，人民遽填沟壑，灾情之重，向所未有"③。因而，《大泽乡》的背景设置实际上隐喻了彼时中国各地农民的现实处境，也预示着天灾人祸之下农民反抗的决心和革命意识的觉醒。

在小说所设置的封闭且面临死亡的环境中，原来尚有缓和余地的富农阶级和贫农阶级彻底失去和解的可能。两位秦国军官悟出"不是我们死，便是他们灭亡"的道理，并构想先杀两屯长，再杀九百人的宏图。而另一边，九百戍卒在饿死的恐惧中，开始悼念曾经的祖国和"自由市民"的身份，他们后悔以前没有捍卫自己的国土，才沦落为被看不起的"闾左贫民"，他们现在所做的一切无非是"替军官那样的富农阶级挣家私"，而不是为自己生命的延续而努力。在两军官试图杀死陈胜、吴广时，有了兵器的"贱奴"们反抗了，他们杀掉了军官，"从营帐到营帐，响应着'贱奴'们挣断铁链的巨声"④。双重视角和心理描写的层层推进，不仅加深了两个阶级的矛

---

① 蒲牢（茅盾）：《大泽乡》，《小说月报》1930年第21卷第10期。

② 《陕灾之造因及目前之转机》，《大公报（天津）》1930年5月15日第2期。

③ 《冯为关外水灾呼吁》，《大公报（天津）》1930年9月8日第1期。

④ 蒲牢（茅盾）：《大泽乡》，《小说月报》1930年第21卷第10期。

盾和决裂，更扩大了他们所代表的族群之间的矛盾，即在富农与贫农的对立中构建起秦国与楚国的矛盾。

《大泽乡》中农民暴动的根本原因在于对土地的渴望，对"始皇帝死而地分"这一未来远景的想象。分土地成为农民革命的核心目标，"想起自己有地自己耕的快乐，这些现在做了戍卒的'闾左贫民'便觉到只有为了土地的缘故才值得冒险拼命。什么'陈胜王'，他们不关心"①。小说之中的农民阶级不再关注君王，而将土地问题置于核心位置，换言之，能够唤起农民革命的必然是"土地的缘故"。与原作《陈涉世家》不同的是，《大泽乡》中的陈胜、吴广不再是起义的核心力量，二人的主人公作用被茅盾有意识地削弱了，从而突出起义的九百贫民的力量。这些贫民对于"王"一字充满了警惕，陈胜和吴广的领导力被淡化，个人的力量被阶级群体的力量所覆盖，历史进程中无名的农民阶级成为文本聚焦的中心。

可以看出，茅盾试图将"特定历史时空里的人物阶级对抗和社会关系的分析'嵌入'小说文本之中"，小说中"阶级斗争的逻辑不仅是现实作家的政治逻辑，更是艺术想象的逻辑"②。茅盾在《大泽乡》中借用"艺术想象"的方式塑造了农民群体的主体性，并赋予了他们革命意识和阶级意识，其背后是茅盾个人政治意识的凸显以及文学观念与创作方式的转换与调适。《大泽乡》的写作与发表标示着身与心都"外"在于左联的茅盾逐渐认同和融入这个新的革命共同体。正如1931年10月时，茅盾操持着业已熟悉的主流革命话语，发表对文学现状的看法："我们不但描写赤与白的肉搏，我们也要辩证法地表现出苏区内部的肃清左倾和右倾机会主义，肃清土豪劣绅、取消派、富农分子联合的势力，克服农民的落后的封建意识，加强无产阶级领导，建设经济的政治的文化的组织，——在一切这些对外对内

---

① 蒲牢（茅盾）：《大泽乡》，《小说月报》1930年第21卷第10期。

② 尹捷：《茅盾叙事视野的转换之开端——〈大泽乡〉中的学术与政治》，《中国现代文学研究丛刊》2021年第3期。

的斗争上，建立我们作品的题材。"①

值得注意的是，茅盾不同时期对《大泽乡》有着颇为不同的态度与评价。1931年，他将《大泽乡》以及《豹子头林冲》《石碣》一起收入新出版的文集《宿莽》之中，并肯定这些小说是"合于时代节奏"②的作品；1932年12月，茅盾总结自己五年文学生涯时，将《大泽乡》与《创造》《林家铺子》等小说视为"里程碑"式的作品，"颇显得亲切"③；而1958年茅盾回忆《大泽乡》时反而说他并不满意该小说，"一直不喜欢它"④；晚年谈及《大泽乡》的创作时更是说"不很成功"⑤。茅盾对《大泽乡》前后反差巨大的评价以及反复的自我重评与重申，暗含着不同历史情境之中他的政治与文学观念的动态变化和选择，同时也部分源自不同时期他对"文学真实性"的差异化认识。

茅盾非常重视作品的"时代感"与"真实性"。他曾说早期作品《蚀》三部曲的"特点就是染有浓厚的时代色彩，……表现革命时代里的社会现象，以及当时中国的一般革命事实"⑥。这种旨在反映时代变动，重视"实感"的创作手法曾在茅盾的文论《从牯岭到东京》中被再三强调。而调整与转变后的真正问题在于，"从没在农村生活过""不敢冒充是农家子"⑦的茅盾在缺乏生活经验的情况下创作《大泽乡》等农民小说时，该如何处理作品"真实性""时代性"与社会阶级剖析之间的关系？进而言之，茅盾所书写的无产阶级革命意识的萌发与集体性暴动并非源于个人经验意义上的真实感受与体验，而是源自理论与观念指引下的真实，是"在政治之真与经验之真的

---

① 施华洛（茅盾）：《中国苏维埃革命与普罗文学之建设》，《文学导报》1931年第1卷第8期。

② 茅盾：《宿莽》，大江书铺1931年版，第226页。

③ 茅盾：《茅盾自选集》，天马书店1933年版，第7—8页。

④ 茅盾：《茅盾文集》第7卷，人民文学出版社1959年版，第380页。

⑤ 茅盾：《"左联"前期——回忆录（十二）》，《新文学史料》1981年第3期。

⑥ 贺玉波：《茅盾创作的考察》，《读书月刊》1931年第2期。

⑦ 茅盾：《我怎样写〈春蚕〉：创作经验谈》，《青年知识》1945年第1卷第3期。

结构中偏向政治意识形态真理而非经验性真实的一个象征性姿态"①。这表明，茅盾此时对"真实性"的认识已经逐步从"想能够如何忠实便如何忠实的时代描写"② 转向"以这辩证法为工具，去从繁复的社会现象中分析出它的动律和动向"③。而在左翼文学的范畴之内，作家只有具备特定的"政治意识"才能真正获得对历史的"真理性把握"，也就是文学的"真理之真"在这种语境中表现为"政治之真"。茅盾一方面强调写作的"经验真实"，认为"有价值的作品一定不能从'想象'的题材中产生，必得是产自生活本身"④；另一方面更加注重创作的"真理之真"，认为"仅仅有丰富的人生经验是不够的，主要的是他对于他的经验有怎样的理解，因而他在动手创作之前不能不先有理解社会现象的能力，就是他不能不先有那解释社会现象的社会科学的知识"⑤。

由此可知，茅盾的"文学真实观"从早期重视作家个人经历与体验的"经验之真"走向"重视作家个人经历体验"与"重视繁复社会现象中事物的发展本质与律动"的"真理之真"的交融与整合，并试图在二者之间取得艺术性的平衡。此时，茅盾对文学"真实性"的认知不再如以前自然主义式地映现与复刻客观现实，而表现为现代审美主体在特定"真实观念"指导之下对客观现实的认识、塑造与再发现。然而，这种向"政治之真"的偏移也引发了一种结构性的难题，即缺乏实际的农民革命经验以及农民真实生活的体验，作品即使写得纯熟圆巧也容易流入概念化与脸谱化的窠臼。

所谓"概念化"指向了一种写作困境：革命理念和革命文学纲领框定下的小说情节和人物设定因难以从经验意义上再现"客观真

---

① 姜飞：《经验与真理——中国文学真实观念的历史和结构》，巴蜀书社2010 年版，第 363 页。

② 茅盾：《从牯岭到东京》，《小说月报》1928 年第 19 卷第 10 期。

③ 茅盾：《〈地泉〉读后感》，载华汉《地泉》，湖风书局 1932 年版，第13 页。

④ 朱璟（茅盾）：《关于"创作"》，《北斗》1931 年第 1 期。

⑤ 止敬（茅盾）：《致文学青年》，《中学生》1931 年第 15 期。

实", 转而以理论虚设的方式设置人物, 驱动故事情节的发展, 这背离了现实世界的故事逻辑, 最终通向一种真空式或未来式的理想世界。以文学审美标准来看, 从《蚀》三部曲中对小资产阶级意识的呈现, 到《豹子头林冲》《石碣》中个体农民意识的分析, 再到《大泽乡》中对于农民群体意识的把握, 茅盾的小说创作看似是从"形象化"走向了"概念化", 呈现出某种艺术上的"倒退"。这种写作困境并未得到解决, 甚至一度延续到后续的小说《路》与《三人行》的创作之中。以《路》为例, 该小说结尾与《大泽乡》可以相互参照, 皆有一个口号式的光明的尾巴, 然而"这尾巴终究是一个硬扎上的尾巴, 因为我们没有读到那尾巴的时候, 只看见一个怯懦的, 浪漫的人影, 而没有嗅出半点的'革命味'"①。瞿秋白更是毫不客气地指出《三人行》的创作方法是违反辩证法的, 是缺乏"现实生活的发展过程的", 是"非现实主义的"②。可见, 在处理"政治之真"与"经验之真"的矛盾时, 茅盾也逐渐意识到圆融地兼顾真实性、时代性与理论观念之间的创作难度。

虽然茅盾在创作方法与创作实践上依然面临着暂时无法圆满解决的理论困境, 但在政治立场上, 茅盾的主体焦虑正在逐渐缓解, 这种缓解部分源于左联文学纲领的不断校正与共产党领导人的接纳。1930年8月下旬, 瞿秋白从莫斯科回到上海, 约见茅盾, 并鼓励茅盾进行文学创作。同年9月, "党中央批判了立三路线, '左联'的工作也有了松动"③。至次年5月, 瞿秋白正式参与左联的领导工作, 茅盾也在冯雪峰邀请下出任左联行政书记, 以及1931年11月左联执委会发布决议纠正"'左'倾路线", 并坚持"要和到现在为止的那些观念论, 机械论……标语口号主义的方法及文学批评斗争"④, 兼之瞿

---

① 希孟、茅盾:《路》,《夜莺》1933年第1卷第2期。
② 易嘉(瞿秋白):《谈谈〈三人行〉》,《现代月刊》1932年第1卷第1期。
③ 茅盾:《"左联"前期——回忆录(十二)》,《新文学史料》1981年第3期。
④《中国无产阶级革命文学的新任务》,《文学导报》1931年第1卷第8期。

秋白在《谈谈〈三人行〉》中对茅盾革命态度与政治立场的肯定，这一系列的事件表明共产党与左联对茅盾的接纳与信任，而茅盾自身也逐步克服主体的不安与焦虑，同时努力调和自我的创作实践与左联理论观念之间的矛盾。但是，这并不意味着茅盾的异质性革命认识完全消失，在此后的小说，如《子夜》的创作中，茅盾重点刻画的人物吴荪甫支持的是国民党左派的实业政策而非南京国民党的"中央"，这一实业政策的书写与理解可视作茅盾对国民革命时期与国民党左派合作的"留别"①。从这个角度看，茅盾之所以能成长为"左翼文学巨匠"，是因为他并未完全图解政治政策，而是在保持与政治方向一致的同时仍然坚守着个体化的思考，避免其作品沦为"概念"的附庸。

四　结语

经历了国民革命的深刻洗礼之后，作为个体知识分子的茅盾看待革命与现实的眼光自然不会被局限在革命纲领之内。通过习得的革命理论和深入生活所获得的革命经验，他重新思考着革命与社会、革命与革命者、革命与革命文学之间的复杂关联。基于对这些基本问题的重新审视，在长达两年多的时间里，茅盾游离于当时共产党的政治政策和文学纲领之外，然而被革命暂时抛出集体之外的他在回国之后迫切需要"落地感"和"实在感"，需要被组织重新接纳，因而在左联的感召下，他努力缓解身份焦虑和立场危机，动用巧思创作出三篇历史小说。这些小说文本可被视作隐喻性写作，曲折迂回地表现革命现实以及革命的个人化理解和认知，小说文本、现实境况与作家主体之间交互指涉，形成了深刻的互文网络，而三篇小说的创作推进也内蕴着茅盾主体状态的变化和动态的精神轨辙。

整体而言，这些小说在茅盾的创作历程中具有过渡性质和实验性

---

① 妥佳宁:《〈子夜〉对国民革命的"留别"》，《文学评论》2019 年第5 期。

质，展现了茅盾重新接续国民革命之前的文艺观念，逐渐靠拢并主动成长为左翼文学家的过程。这种"接续"并非回归"革命原点"，而是一种螺旋式的进步与成长，并伴随着"文学真实观"的理解与认识上的修正以及文学创作方法的更新。茅盾在调整期的创作中尝试启用新的文学方式与文学意识书写政治，并将习得的"社会阶级分析法"广泛而深入地运用于此后《子夜》等小说的创作之中，显示出更强大的文学—政治潜能。因而，从主体精神结构来看，调适期的茅盾经历了文学—政治意识的彰显和进步，也逐步获得了更深刻的文学政治构造方式。

（原刊《中南大学学报（社会科学版）》2023 年第 3 期）

"抒情"的协奏：茅盾的江南记忆与文化认同[*]

徐从辉^{**}

摘 要 茅盾一直以来被称为"现实主义大师"，其作品以对社会生活恢宏、全景式的再现而具有"史诗"的品格，并形成"茅盾传统"。本文认为茅盾的作品是"史诗"与"抒情"的变奏，只不过"抒情"之面向被其坚硬的外壳"史诗"的恢宏所遮掩，其抒情的面向体现为：抒情视野下的"革命"书写以及大胆奔放的情爱书写。这些"抒情"的小协奏和"史诗"的大合唱密切地交融在一起，构成茅盾作品在一个大时代中的"大我"与"小我"的变奏。这一变奏与茅盾的江南记忆与文化认同密切相关，水乡乌镇与魔都上海共同培育了茅盾作品的抒情面向。

关键词 抒情；史诗；茅盾；江南

普实克评价茅盾为"中国最伟大的史诗性作家"①，茅盾的小说属于"史诗"。在普实克看来，古代的白话文学是中国现代文学的真正源头，新文学革命使得"在旧文学中占据主导地位的抒情性"被

---

* 本文系浙江省哲学社会科学重点研究基地（江南文化研究中心）重点课题"江南文化与新文学的发生"（项目编号：20JDZ011）成果之一。

** 作者简介：徐从辉，副教授，中国现当代文学专业博士。现就职于浙江师范大学国际文化与社会发展学院，硕士生导师。研究方向为中国现代文学、20 世纪中外文学关系、海外汉学（中国现代文学）、汉语国际教育等。

① ［捷克］亚罗斯拉夫·普实克：《抒情与史诗：现代中国文学论集》，郭建玲译，上海三联书店 2010 年版，第 139 页。

"史诗性"所取代。但在新文学中，结构复杂、规模宏大的史诗体的发展遇到了最大的阻力，因为中国的这一传统还不充分。而茅盾在这一方面的突破最为显著。所谓"史诗"，不仅是文类，更是通向一种"话语模式、情感功能以及最重要的社会政治想象"。① 它是集体主体的诉求和团结革命的意志。茅盾的小说以对社会生活恢宏、全景式的再现，取材的当下性与时代性，叙事的"客观性"而具有"史诗"的品格。他把更多的关注放到了决定中国历史进程的主要力量和具有普遍有效性的社会事件上来。同时普实克认为刘鹗的小说是中国文学走向现代现实主义道路上的一块里程碑，茅盾的作品则代表了这一努力的最高成就。茅盾被尊为"现实主义大师"，茅盾传统（"积淀深厚的现实主义传统，气势阔大的创作'史诗'传统，注重社会分析的'理性化'叙事传统"②）被学界加持。然而，细读茅盾，茅盾之另面"抒情茅盾"却跃然纸上，呈现出作为一个思考者的独特感受与想象力，以及个人主体性的发现和欲望的解放，茅盾之作品实为"史诗"与"抒情"的变奏。正如吴宓称茅盾之笔势"如火如荼，甜恣喷微"，细微处亦"委婉多姿，殊为难得"。③其抒情的面向体现为：个人主义视野下的"革命"书写，大胆奔放的情爱书写。

一

"革命"是 20 世纪中国文学的一个关键词，从"文学革命"到"革命文学"，从"革命样板戏"到"告别革命"。革命常常以摧枯拉朽之势登堂入室，成为现代性多样面貌中的一种。但在早期茅盾的

① 王德威：《抒情传统与中国现代性》，载季进《另一种声音——海外汉学访谈录》，复旦大学出版社 2011 年版，第 106 页。

② 王嘉良：《论"茅盾传统"及其对中国新文学的范式意义》，《浙江学刊》2001 年第 5 期。

③ 吴宓：《茅盾长篇小说〈子夜〉》，原载《大公报文学副刊》1933 年 4 月 10 日。载钱振纲编《茅盾评说八十年》，文化艺术出版社 2011 年版，第 80 页。

笔下，"革命"成为悬置之物，在孜求、走近之后又遽然疏离，这在早期茅盾的作品中较为常见。以茅盾的《子夜》为例，当时持有两种意见，冯雪峰认为《子夜》是"普罗革命文学里面的一部重要著作"，并"把鲁迅先驱地英勇地开辟的中国现代的战斗的文学的路，现实主义的创作的路，接引到普罗革命文学上来的'里程碑'之一。"① 这种声音到了 20 世纪 70 年代亦有回响，李牧称《子夜》"无一不是迎合当时中共的政策要求"，"不但是一部'政治小说'，而且是一部最标准、最有力的'政治小说'"。② 然而，这种声音并非没有异议。韩侍桁在《〈子夜〉的艺术思想及人物》一文的结尾中写道："我不是从无产阶级文学的立场来观察这书以及这作者，如果那样的话，这书将更无价值，而这作者将要受更多的非难。"③ 韩侍桁对《子夜》中的无产阶级立场有所怀疑。其实茅盾本人也对此深感不安，认为《子夜》很遗憾"没有表现出中国革命的伟大……没有宣告革命必胜的终局"④。茅盾的不安是劫后余生的惶惑，还是浴火冲洗后的信念转换？什么原因造成了相互矛盾的结论？《子夜》中的真实的"革命"形象是什么？这需要文本细读来重新梳理"革命"的形象。

在《子夜》中，部分共产党党员是作为"他者"的形象而出现的，是通过别人之嘴而呈现出的形象。小说中在后半部接近结尾的部分出现了几个党员形象：克佐甫、苏伦、玛金等。但克佐甫作为一个发动群众运动的领袖也只是一个会背口号不顾群众生命安危的党员形象。在丝厂罢工中，他对苏伦说："苏伦，你的工作很坏！今天下午

---

① 冯雪峰：《〈子夜〉与革命的现实主义文学》，原载《木屑文丛》1935 年 4 月 20 日第 1 辑。载钱振纲编《茅盾评说八十年》，文化艺术出版社 2011 年版，第 161 页。

② 李牧：《关于茅盾的〈子夜〉》，载钱振纲编《茅盾评说八十年》，文化艺术出版社 2011 年版，第 351 页。

③ 韩侍桁：《〈子夜〉的艺术思想及人物》，原载《现代》1933 年第 4 卷第 1 期。载钱振纲编《茅盾评说八十年》，文化艺术出版社 2011 年版，第 157 页。

④ ［法］苏珊娜·贝尔纳：《走访茅盾》，丁世中、罗新璋译，《新文学史料》1979 年第 3 期。

丝厂工人活动分子大会，你的领导是错误的！你不能够抓住群众的革命情绪，从一个斗争发展到另一个斗争，不断的把斗争扩大，你的领导带着右倾的色彩，把一切工作都停留在现阶段，你做了群众的尾巴，现在丝厂总罢工到了一个严重的时期，首先得克服这种尾巴主义。"① 在听完玛金对形势的分析，谈及裕华厂的基本队伍损失惨重时，他照例是最后做结论下命令。"我警告你，玛金，党有铁的纪律，不允许任何人不执行命令，马上和月大姐回去发动明天的斗争！任何牺牲都得去干，这是命令！"这是一个居高临下、没有感情、不顾群众死活的党员形象。和他一起的同志苏伦却以革命的名义向玛金求"安慰""鼓励"："苏伦抬起头来，一边抓住了玛金的手，一边把自己的脸贴到玛金的脸上。"后来见玛金推开他穿上工人衣时，他"突然抢前一步、扑倒玛金身上"。未得逞的他对玛金说："看到底：工作是屁工作！总路线是自杀政策，苏维埃是旅行式的苏维埃，红军是新式的流寇！——可是玛金，你不要那么封建……"小说展示了苏伦的丑恶嘴脸。这种对革命党员负面形象的书写，不排除是在国民党书刊审核制度下的无奈，但从另一个方面显示出茅盾对革命复杂性的认识，呈现了茅盾的矛盾：一方面是对革命与中国前途的苦苦追寻，另一方面"现实"消解了"革命"的正面崇高形象。玛金是革命者的正面形象，但着墨很少。简言之，小说中的共产党形象多是灰色的。我们不得不思考一个问题：革命缘何在《子夜》中"失语""缺席"？茅盾似乎成为一个革命悲观主义者。在我看来，茅盾在《子夜》中保留了个人对于当时革命的一种看法，也是对时代革命的记录。《子夜》始作于 1931 年 10 月，当时，他向冯雪峰请辞了"左联"行政书记之职，1932 年 12 月《子夜》脱稿。1933 年 1 月开明书店印行。茅盾对革命的书写超越了"普罗文学""左翼文学"的立场与范畴，他把个人的情感充分融入对一个大时代风云变幻的史诗之中。

---

① 茅盾：《子夜》，载《茅盾文集》第 3 卷，中华工商联合出版社 2016 年版，第 286 页。

　　除了《子夜》,《蚀》三部曲同样如此。如《幻灭》中静女士在省工会工作中所见的,"闹恋爱尤其是他们办事以外唯一的要件。常常看见男同事和女职员纠缠,甚至嬲着要亲嘴。单身的女子若不和人恋爱,几乎罪同反革命——至少也是封建思想的余孽……'要恋爱'成了流行病,人们疯狂地寻觅肉的享乐,新奇的性欲的刺激;那晚王女士不是讲过的么?某处长某部长某厅长最近都有恋爱的喜剧。他们都是儿女成行,并且职务何等繁居,尚复有此闲情逸趣,更无怪那班青年了。"① 恋爱的神圣被解构,成为革命的反讽,誓师典礼成为豪华而不实的装点。就是在战场上负了伤的连长强猛也道出了其参加革命的缘由:"我追求强烈的刺激,赞美炸弹,大炮,革命——一切剧烈的破坏的力的表现。我因为厌倦了周围的平凡,才做了革命党,才进了军队。依未来主义而言,战场是最合于未来主义的地方:强烈的刺激,破坏,变化,疯狂似的杀,威力的崇拜,一应俱全……别人冠冕堂皇说是为什么为什么而战,我老老实实对你说,我喜欢打仗,不为别的,单为了自己要求强烈的刺激!打胜打败,于我倒不相干!"② 刺激胜于是非,人性的强力崇拜超过了革命的正当性。它能造成什么样的革命呢?《动摇》中劣迹斑斑的土豪劣绅胡国光成为新发现的革命家,成为"革命的店主"。"到处放大炮"的特派员史俊,陷入多角恋爱"玩"爱情的孙舞阳……革命伴随着"共产共妻""拥护野男人,打倒封建老公"的口号以及底层暴动的虐杀。正如方罗兰的内心独白:"你们赶走了旧式的土豪,却代之以新式的插革命旗帜的地痞;你们要自由,结果仍得了专制。所谓更严厉的镇压,即使成功,亦不过你自己造成了你所不能驾驭的另一方面的专制。"③ 这里既有茅盾对政治乌托邦的希冀,又含有其生活人格上的自然主义和个性

① 茅盾:《幻灭》,载《茅盾文集》第 1 卷,中华工商联合出版社 2016 年版,第 43 页。

② 茅盾:《幻灭》,载《茅盾文集》第 1 卷,中华工商联合出版社 2016 年版,第 51 页。

③ 茅盾:《动摇》,载《茅盾文集》第 1 卷,中华工商联合出版社 2016 年版,第 153 页。

主义。

总之，这一时期茅盾笔下的革命是灰色的，它既是信念与激情的展示，也成为藏污纳垢之所，无论是北伐的革命军，还是共产党员，都在时代的飘摇风雨中变得捉摸不定，前途不明。它绝不是最标准、最有力的"政治小说"，也非普罗革命文学的"里程碑"，茅盾后知之明式的自我忏悔恐也难言真心。它是茅盾在那个时代的矛盾，纠结着他对革命、对时代去向的迷惘与思考，背后有着其独特的自我情感体验。它非口号式的简单粗暴的概念化公式化的呐喊狂欢，也非对时代与革命矛盾的置之罔闻。只有负着时代与革命的重压，做抽丝剥茧的细致思考，才有找出出路的可能。负着幻灭的悲哀与生的孤寂，以"生命力的余烬从别的方面在这迷乱灰色的人生内发一星微光"①。这种独特的情感体验与思考使茅盾从时代的"史诗"传统中抽身出来，浮现在现代抒情的地表之上。

二

李欧梵的《上海摩登》重绘了上海的外滩、百货大楼、舞厅、咖啡馆、亭子间，展示了上海的印刷文化、电影与文学现代性，以及施蛰存、刘呐鸥、穆时英、邵洵美、张爱玲等作家的上海书写。在我看来，似乎还缺少了茅盾笔下的"摩登女郎"。李欧梵笔下的《中国现代作家的浪漫一代》历数了郁达夫、徐志摩、郭沫若、蒋光慈、萧军等人，其实茅盾同样应该列席，只不过茅盾已经被其坚硬的外壳"史诗"的恢宏所遮掩，其内在的浪漫的抒情像一条暗河曲径通幽，抵达文学的至柔至情之处。其笔下的女性书写便是这一体现。

中国现代文学史上虽然有丁玲、冰心、陈衡哲、庐隐、冯沅君、凌淑华、苏雪林等女性作家，但在女性书写上却未像茅盾这样塑造了如此众多的典型形象。其笔下的静女士、慧女士、孙舞阳、章秋柳、

---

① 茅盾:《从牯岭到东京》,《小说月报》1928 年第 19 卷第 10 号。

梅行素、徐曼玉、吴少奶奶……形象丰富，但无论是幽怨沉沦、多愁善感，还是壮怀激越、刚强狷傲，抑或放浪形骸、献媚拨弄，都是那个时代在女性中的投影。这些时代女性群像不乏艺术生命力的典型，茅盾以细腻、精湛的笔法展示了时代女性的群像。这在中国现代文学史上极为壮观。

众多的女性形象中既有温婉的江南女子，又有摩登都市孕育的新女性。其中现代女性形象表现尤为突出。摩登女性则令象征老旧中国的吴老太爷初到上海时惊慌失措，目瞪口呆，一命呜呼！茅盾用大胆的笔锋将现代都市的妖艳、欲望、贪婪、古老交织在一起，而摩登女性的身影尤为突出。

这里有女性理想的光辉。《虹》中的梅行素受五四思潮中个人主义、自我权利与自由思想的影响，剪发，追求婚姻自由，对自我价值的认识与对生活意义的追寻构成了其保持向上的心态。"天赋的个性和生活中感受的思想和经验，就构成她这永远没有确定的信仰，然而永远是望着空白的前途坚决地往前冲的性格！"[①]　小说的结尾，历经挫折的梅女士在游行的队伍中"热血立刻再燃起"，"还是向前挤"。这是五四女性理想在《虹》中的投影，梅行素们代表了觉醒的新女性形象，成为那个灰暗时代的一抹亮色！

亦有女性的黄昏。《子夜》中几乎看不到女性解放的诉求。女性成为一种男性的装饰品，一种冗余的存在。冯云卿的无脑、徐曼丽与刘玉英的卖弄、林佩瑶的幽怨……似乎验证了尼采的"猫""鸟""母牛"说。[②]　这是现代社会中一种前现代景观，传统社会的遗留物，只不过换了新的躯壳，新的涂装，杂陈在"现代性"这个庞然的大

---

① 茅盾：《虹》，载《茅盾文集》第2卷，中华工商联合出版社2016年版，第134页。

② 尼采认为："妇人只知爱，在妇人的爱中，对于不爱的是不公平，而且盲。妇人是不配做朋友，妇人仍不过是个猫是只鸟。挺好是个母牛罢了。……男人应当训练作战士，女人便当训练做制造这战士的人：其余的一切，都是愚事。"（茅盾：《〈历史上的妇人〉译者按》，《妇女杂志》1920年第14卷）。

舞台上，林林总总。她们成为茅盾对时代女性命运之思考与凝视的对象。

缘何到了茅盾的笔下中国现代女性的画卷才如此丰富？这与茅盾对女子问题的关注是分不开的。新文化运动时期，茅盾发表《妇女解放问题的建设方面》（1920 年，《妇女杂志》）、《男女社交公开问题管见》（1920 年，《妇女杂志》）、《世界两大系的妇人运动和中国的妇人运动》（1920 年，《妇女杂志》）、《评女子参政运动》（1920 年，《妇女杂志》）、《我们该怎样预备了去谈妇女解放问题》（1920 年，《妇女杂志》）等多篇文章，倡导思想革命、奋斗自力、个性之解放，人格之独立。在女子问题建设上提倡以教育培养为根本，实行男女同校，设立妇人补习学校，以职业使女子获得生活独立，促进家庭改革。从而真正实现女子解放。

正是对女性问题的凝眸与关注造就了"抒情茅盾"笔下的形形色色鲜活的女性形象。茅盾不仅关注女性在时代革命中承担的角色与使命，更大胆地揭示了其身体政治。"中国现代文学史上在性描写方面最有争议的两位大家郁达夫和茅盾，都是从浙西走出来的。郁达夫就不用说了，而茅盾则在密集的女性形象塑造深婉的性爱心理描写上，堪称大师，似乎无有出其右者。……梦境、幻觉、心理暗示、意识流动和梗阻等新浪漫派的手法在他手里是不落斧凿痕的。郁达夫并没有像茅盾那样对女性形象世界倾注巨大的热情，他的心理描写还是'摄归'到一个个有柔弱纤敏气质的男性抒情主体身上，而茅盾则'投射'到众多的女性形象上。在很大程度上，茅盾上述恰当的口径使他的心理描写比郁达夫更为大气。"①

茅盾的女性书写交织了革命对女性身体的征用、商业与男性的凝视对女性身体的征用和女性主体的主动欲求。其中的紧张混杂了多种元素。茅盾对时代女性形象的书写以及对性的大胆描绘除了源自于他的"革命经验"，以及"法国的自然主义"，如左拉、莫泊

---

① 郑择魁主编：《吴越文化与中国现代文学》，杭州大学出版社 1998 年版，第 63 页。

桑的影响①，江南文化同样在其中扮演重要角色。

三

茅盾对革命的独特观察理解与对女性的现代书写之"抒情"造就了中国现代文学史上唯一的茅盾，当然"史诗"亦是他在中国现代文学史上的独特坐标。茅盾的抒情与郭沫若汪洋恣肆踏着节奏的抒情不同，他试着去独奏，从时代的大旋律中保持着一份理性与自我；茅盾的抒情不同于沈从文优美健康自然而不悖乎人性的抒情，他凝眸于变化的时代风雨与转瞬中的人与事，见出绵长与悲喜；茅盾的抒情也不同于徐志摩的爱、自由与美的抒情，他尝试接近人间的万象与激流中的幻变。茅盾的抒情来自他的文化视野，来自生于斯长于斯的文化故乡——江南。水乡乌镇与魔都上海共同哺育了抒情的茅盾。

新文学的发生发展和江南文化的浸染密不可分，鲁迅、胡适、陈独秀、茅盾、郁达夫、周作人、徐志摩、戴望舒、俞平伯等新文学主将均来自江南文化圈，较之中原文化、齐鲁文化、巴蜀文化、楚文化等文化圈，江南文化在新文学的发生上具有不可估量的作用。唐宋以降，江南地域凭借其发达的水运系统（长江、太湖、运河）发展迅速，"明清以后，已成为一个巨大的内陆商业区。当地的城市化程度远远超过其他地区，许多城市成为商业枢纽，日益繁荣。"② 江南经济的繁荣促进了文化与教育的繁荣。

有学者考证："晚明以来的西学非尽江南人所接受，但江南接受的人最多，水平也最高。江南地区受影响最大，在江南活动的其他地区士人也受很大影响。江南地区的科举水平最高，表现出其文化素养

① 陈建华：《革命与形式：茅盾早期小说的现代性展开 1927—1930》，复旦大学出版社 2007 年版，第 184—186 页。

② ［美］艾尔曼：《从理学到朴学：中华帝国晚期思想与社会变化面面观》，赵刚译，江苏人民出版社 2018 年版，第 5 页。

最深。在明清时期，科举成绩可以作为某地学术水平的一种标尺。晚明到清乾隆时期，江南太湖流域以及宁绍地区及徽州地区成为科举人物的集中地，代表士人的最高学识水平。"[①] "今据明清进士题名录统计，明清两代自明洪武四年首科到光绪三十年末科，共举行殿试 201 科，外加博学宏词科，不计翻译科、满洲进士科，共录取进士 51681 人，其中明代为 24866 人，清代为 26815 人。江南共考取进士 7877 人，占全国的 15.24%，其中明代为 3864 人，占全国的 15.54%，清代为 4013 人，占全国的 14.95%。总体而言，明清两代每 7 个进士，就有 1 个以上出自江南。"[②] 清顺治四年，全国录取进士 298 人，江南 88 人，占了近三分之一。（此处的江南明代为应天、镇江、常州、苏州、松江、杭州、嘉兴、湖州八府，清代雍正二年太仓升为直隶州，为八府一州。）由此可见，江南至清朝已经成为教育重镇。而出生于乌镇的茅盾的文学创作与吴文化的浸淫密不可分。

茅盾童年及少年时期在青镇度过，乌青镇清之乾嘉时期尤为繁盛，因处水陆要冲，为两省三府七县交界之地，商业和手工业发达，有酒楼及娼妓专区，繁荣远超一般县城。茅盾的父亲沈永锡十六岁中秀才，"喜买书，求新知识"，"买了一些声、光、化、电的书，也买了一些介绍欧美各国政治、经济制度的新书，还买了介绍欧洲西医西药的书。"[③] 但他十岁时父亲过世，母亲"管教双雏"：茅盾和他的弟弟沈泽民。茅盾受到他的母亲陈爱珠的影响极大，他成名后曾说他的一切成就都来自伟大母亲的培养。在地域文化上，浙西与浙东分别承载着吴文化的秀婉与越文化的刚韧，诸如茅盾、郁达夫、徐志摩、戴望舒等浙西作家偏柔婉、隐秀。吴文化造就了茅盾的细腻、含蓄、敏感的"阴柔"气质。"他的谈锋很健，是一种抽丝似的，'娓娓'的谈法，不是那种高谈阔论；声音文静柔和，不是那种慷慨激昂的。他

① 周振鹤：《晚明至晚清江南士人与西学的关系》，载复旦大学历史系编《江南与中外交流》，复旦大学出版社 2009 年版，第 396 页。

② 范金民：《科第冠海内 人文甲天下：明清江南文化研究》，江苏人民出版社 2018 年版，第 4 页。

③ 茅盾、韦韬：《茅盾回忆录》（上），华文出版社 2013 年版，第 27 页。

老是眼睛里含着仁慈的柔软的光，亲切的笑着。"① 吴文化培育了茅盾的文化性格与底蕴。

上海对茅盾的成长同样具有重要意义。茅盾是"真正的 made in Shanghai，离开了上海这座现代化城市，还有没有文学史上的茅盾，实在难说。"② 上海襟江带海，连接经济富庶的江南腹地。但明清时期，官方禁止海外贸易，上海一直默默无闻，直至康熙解除海禁，但其仅为松江府下辖的一个滨海县，不可和苏杭同日而语。1843 年 11 月，根据《南京条约》《五口通商章程》上海正式开埠，从而迈向现代都市。太平天国时期，成为江南民间资本的避难地。其后，随着对外贸易的发展与移民的日益增多，银行、服务业等的发展，上海逐渐成为著名的商业中心。这也带来了上海文化的开放、多元与包容。西学也多从上海传播至江南腹地，辐射全国。因此江南常能得风气之先，造就文化上的势力。茅盾 1916 年 7 月北大预科毕业，8 月通过表叔卢鉴泉的引荐，来到上海的商务印书馆工作。其时的上海是中国经济与现代文化的中心，报业发达，商务印书馆作为当时最大的现代印刷出版企业集中了大量的文化资源。也正是因为上海，茅盾笔下才会有纵横开阖纷纷扰扰的时代画像，才会有多声部的革命交响，才会有形象丰富的女性群像。茅盾正是以此为起点，从默默无闻的沈雁冰成长为大名鼎鼎的茅盾。

简言之，茅盾的江南记忆与文化认同孕育了其作品的抒情面向：个人主义视野下的革命书写与大胆奔放的情爱书写，这一抒情面向构成其"史诗"大合唱中一支清新的旋律，互相辉映，成就了文学史上唯一的茅盾。在这一意义上，也可以说，茅盾是"made in Jiangnan"。

（原刊《茅盾研究》第 19 辑）

---

① 吴组缃：《雁冰先生印象记》，原载《文哨》1945 年第 1 卷第 3 期。载钱振纲编《茅盾评说八十年》，文化艺术出版社 2011 年版，第 24 页。

② 杨扬：《茅盾与上海——2014 年 7 月 5 日在上海图书馆的讲演》，《名作欣赏》2015 年第 16 期。

"上中社会阶级"与"中国的法利赛人"

——茅盾之鲁迅言说的论述框架与批判指向[*]

妥佳宁[**]

1922年2月10日，沈雁冰在自己主持的《小说月报》上答复读者谭国棠来信时，针对来信中认为"创作坛真贫乏极了"的问题，替《沉沦》和《阿Q正传》做了辩护，最后说：

> 而且阿Q所代表的中国人的品性，又是中国上中社会阶级的品性！细心的读者，你们同情我这话么？

当年那些"细心的读者"是否能够同情并理解沈雁冰的这段话，或许已很难考证。而对今天的读者而言，沈雁冰的这段话显然非常令人费解。阿Q常常被视为鲁迅笔下被动卷入革命的流氓无产者，无论各方就阿Q是否具有革命的可能性，做出怎样激烈的争论，大部分论者都不曾认为阿Q代表了"中国上中社会阶级的品性"。那么，作为新文学初期最重要文学批评家之一的沈雁冰，何以给出这样一个令人费解的说法？这种说法，昭示了日后以"茅盾"的笔名为读者所熟知的这位小说家，究竟是在何种视角下理解作为新文学开创者之

---

　*　本文系国家社科基金项目"民国史视角下茅盾小说创作的精神历程研究（1927—1936）"（项目编号：17XZW004）的阶段性成果。

　**　作者单位：四川大学文学与新闻学院。

一的鲁迅？这种评价视角，又蕴藏于对整个中国现代文学怎样的论述框架之中？在不同时代的语境下，有无特别的变化？又是否统一于某种特定的理解方式之中？这对我们今天意味着什么？

一 "老中国的新儿女"与"阿Q相"

在这篇为《沉沦》和《阿Q正传》做辩护的《通信》中，茅盾不仅认为"阿Q所代表的中国人的品性，又是中国上中社会阶级的品性"，而且称自己读了《阿Q正传》已发表的这四章，"忍不住想起俄国龚伽洛夫的Oblomov了！"其中"龚伽洛夫"今天通常译作"冈察洛夫"，而Oblomov则是冈察洛夫小说中的主人公奥勃洛莫夫①。在冈察洛夫小说中，奥勃洛莫夫整日躺在床上一事无成，连美丽的奥尔加也无法用爱情拯救他，他最终娶了照顾他的房东太太，以肥胖中风而死为结局。如果从阶级身份来看，冈察洛夫笔下的奥勃洛莫夫至少是贵族，而阿Q则是赤贫的无产者，茅盾的联想似乎没有什么道理。作为俄罗斯文学史上"多余人"的最终形态，奥勃洛莫夫再也没有当年十二月党人那种努力改变俄罗斯沉闷现状的进取精神，而是彻底沦为行动上的矮子。这种在革命理想失落之后迷失自我的形象，并未出现在《阿Q正传》中，反倒是出现在了茅盾自己日后的革命题材小说《追求》中：大革命失败后史循这样的知识分子痛苦无助，而美丽的章秋柳试图用爱情拯救他，史循最终却瘦病而死②，与冈察洛夫笔下的奥勃洛莫夫形成了奇妙的对比。而1922年写作此信之时，茅盾仅读到《阿Q正传》前四章就想到了奥勃洛莫夫，并未读到后面几章写阿Q被动卷入辛亥革命而又被错杀的结局。可见茅盾阅读鲁迅作品的"前理解"中，本身就蕴含着如何改造中

---

① "奥勃洛莫夫"又译作"奥勃洛摩夫"，"奥勃洛莫夫性格"也被译作"奥勃洛摩夫主义"。参见［俄］И. А. 冈察洛夫《奥勃洛摩夫》，齐蜀夫译，生活·读书·新知三联书店1949年版；［俄］冈察洛夫《奥勃洛莫夫》，陈馥、郑揆译，人民文学出版社1997年版。

② 茅盾：《追求》，《小说月报》1928年第19卷第9期。

国社会的思考在内。这时的茅盾还从反映国民性的维度看到："阿 Q
这人，要在现社会中去实指出来，是办不到的；但是我读这篇小说的
时候，总觉得阿 Q 这人是很面熟，是呵，他是中国人品性的结晶
呀！"① 正是在阿 Q 如何反映中国国民性的这个层面上，茅盾才联想
到了冈察洛夫小说中的奥勃洛莫夫如何反映了沙皇治下俄罗斯民族的
品性。茅盾最初重视阿 Q 的原因，不在于小说对中国辛亥革命失败
原因的揭示，而在于其所体现的"国民性"并不单纯属于农民阶级，
"又是中国上中社会阶级的品性"。在茅盾看来，鲁迅"国民性"批
判的对象并不受小说主人公阿 Q 所属的阶级身份限定，而是针对全
社会不同阶级的，由此揭示了整个中国社会的问题，而非讨论某一阶
级的革命性。

那么茅盾又如何看待阿 Q 被卷入辛亥革命的问题？1923 年 10
月，鲁迅的《呐喊》出版两个月后，茅盾在《读〈呐喊〉》中，就
曾将辛亥革命的失败也纳入解读视野中来："中国历史上的一件大
事，辛亥革命，反映在《阿 Q 正传》里的，是怎样的叫人短气呀！
乐观的读者，或不免要非难作者的形容过甚，近乎故意轻薄'神圣
的革命'，但是谁曾亲身在'县里'遇到这大事的，一定觉得《阿 Q
正传》里描写的是写实的。我们现在看了这里的七八两章，大概会
仿佛醒悟似的知道十二年来乱政的根因吧。"然而在这篇发表于文学
研究会会刊《文学周报》的《读〈呐喊〉》中，茅盾在革命视角之
外，同时还从普遍人性的角度来解读鲁迅："但是《阿 Q 正传》对于
辛亥革命之侧面的讽刺，我觉得并不是因为作者是抱悲观主义的缘
故。这正是一幅极忠实的写照，极准确的依着当时的印象写出来的。
作者不曾把最近的感想加进他的回忆里去，他决不是因为感慨目前的
时局而带了悲观主义的眼镜去写他的回忆；作者的主意，似乎只在刻
画出隐伏在中华民族骨髓里的不长进的性质，——'阿 Q 相'，我以
为这就是《阿 Q 正传》之所以可贵，恐怕也就是《阿 Q 正传》流行

① 雁冰：《通信》，《小说月报》1922 年第 13 卷第 2 期。

极广的主要原因。"① 所谓"阿Q相"即"隐伏在中华民族骨髓里的不长进的性质",说到底还是"国民性"。在茅盾对《阿Q正传》的早期评价中,改造"国民性"问题始终是观察视角的核心焦点。而革命的失败与荒唐,尽管成为关注的重要问题,茅盾却并不认为鲁迅对阿Q被动参与辛亥革命的讽刺仅仅是在讨论农民阶级的革命性。

与之相仿地,在1927年11月发表的《鲁迅论》中,茅盾也曾有过类似的表述:"总之,阿Q是'乏'的中国人的结晶;阿Q虽然不会吃大菜,不会说洋话,也不知道欧罗巴,阿美利加,不知道……然而会吃大菜,说洋话……的'乏'的'老中国的新儿女',他们精神上思想上不免是一个或半个阿Q罢了。"② 这里所谓"老中国的新儿女"未必等同于"中国上中社会阶级",但"会吃大菜,说洋话"的显然也不是阿Q所属的雇农阶级。茅盾无疑是将讽刺的对象从农民阶级扩展到了包括上层阶级在内的整个社会,甚至不排除新文化群体。而整篇《鲁迅论》讨论鲁迅其人、鲁迅的小说、鲁迅的杂文,最终也都没有从社会阶级层面来分析鲁迅的革命性,而是从除旧革新与改造"国民性"的视角来评价鲁迅为倔强的"老孩子"。虽涉及思想层面的"革命",却并未着眼于阶级层面的"革命",仍是在文学内部讨论思想问题。

而值得注意的是,1927年11月发表此文时,正值茅盾亲身参与大革命后在上海躲避国民党通缉之时,革命问题和阶级问题几乎是绕不开的,茅盾自己的《幻灭》《动摇》等同时期创作就是直面革命问题和阶级问题的。但茅盾在《鲁迅论》中依然以超越主人公阿Q阶级身份的视角来看待"老中国的新儿女",他此时理解鲁迅前期作品的视角仍是以文学与思想的视角来思考社会改造问题。

与之不同的是,1928年革命文学论争期间,阿英在《死去了的阿Q时代》中就用后设的革命视角来审视鲁迅前期作品:"十年来的中国农民是早已不像那时的农村民众的幼稚了。所以根据文艺思潮的

---

① 雁冰:《读〈呐喊〉》,《文学周报》1923年10月8日第91期。
② 方璧:《鲁迅论》,《小说月报》1927年第18卷第11期。

变迁的形式去看，阿Q是不能放在'五四'时代的，也不能放在五卅时代的，更不能放到现在的大革命的时代的。"① 阿英判定鲁迅笔下缺乏真正革命性的农民阶级，是对过去了的旧时代的描绘。

问题的关键不在于茅盾和阿英谁对谁错或谁的视角更有效，而在于从"五卅"前到大革命后，短短的几年时间内，言说鲁迅的各方对《阿Q正传》的观察视角，是怎样从作品如何反映全社会各阶级"国民性"的问题，转向小说主人公所属的阶级身份是否具有革命性的问题。这里所涉及的，不仅仅是茅盾本人的鲁迅言说视角是否发生了前后变化的问题，更涉及鲁迅言说乃至整个中国现代文学的叙述框架，是否在"五四"到"五卅"再到大革命的转变中发生了变化。

二 被置于"五卅"之前的"五四"

若要了解鲁迅言说从"五四"到"五卅"再到大革命的转变，首先就需要了解这些事件之于茅盾等言说者的意义，以及它们在整个中国现代文学论述框架中的特殊意义。

1921年，《阿Q正传》开始在《晨报副刊》连载。而茅盾1935年编选《中国新文学大系·小说一集》时，在《导言》中就明确将1921年"当作一条界线"，来划分新文学史上第一个十年的前半期与后半期②。正是在这一年的1月，文学研究会在北京成立③。在文学研究会宣言的十二位署名人当中，当时只有茅盾一人于1920年加入了上海共产党组织④。而中共一大的召开也是在1921年7月。1921年，是茅盾将文学研究会与中共这两个成立于同一年的不同组织联系在了一起。这种时间上的巧合，也昭示了茅盾沟通文学启蒙与政治革

---

① 钱杏邨：《现代中国文学作家》，泰东书局1928年版，第21—22页。

② 赵家璧主编：《中国新文学大系·小说一集·导言》，良友图书印刷公司1935年版，第4—5页。

③ 茅盾在《导言》中错将文学研究会的成立时间记成1920年11月。

④ 郭绍虞1956年加入中国共产党。

命的交点作用。而茅盾在文学与政治之间的活动，也预示着他日后对鲁迅解读的方式，将会沟通启蒙与革命，将"国民性"的讨论与"革命性"的讨论以特殊的方式联系在一起。

事实上，将 1921 年"当作一条界线"，来划分新文学史上第一个十年的前半期与后半期的做法，本就体现了左联时期茅盾对从"五四"到"五卅"转变的一种特殊看法。茅盾将 1921 年之前的文学活动，与 1921 年之后的文学活动加以时间段上的区分，除了新文学发展的内在阶段性之外，或许还有政治层面的考量。而 1921 年既可以划分新文学第一个十年的前后期，也可以用来划分从"五四"到"五卅"的转折。

茅盾在左联时期的这种看法，还与瞿秋白对"五四"到"五卅"转折的看法相通，不仅关乎两人对鲁迅的评价，更关乎对整个中国现代文学和现代进程的一种论述框架。前述茅盾将阿 Q 和奥勃洛莫夫联想在一处，固然不免牵强，但将鲁迅与俄国那些受十二月党人影响的知识分子加以对比的做法，在瞿秋白 1933 年的《〈鲁迅杂感选集〉序言》中也可见到。瞿秋白引用赫尔岑对俄国知识分子反抗性的论述，并由此谈道："辛亥革命前的这些勇将们，现在还剩得几个？说近一些，'五四'时期的思想革命的战士，现在又剩得几个呢？"需要注意的是，十二月党人是反抗沙皇统治而试图改造俄国的"贵族革命家"，其革命活动与反抗"宗法社会"的辛亥革命具有某种相通性。由此，这种将鲁迅与十二月党人对比的论述，就将鲁迅早期的反抗置于资产阶级民主革命运动的框架之中。茅盾和瞿秋白都将鲁迅与辛亥革命相联系。而这种联系不仅源于《阿 Q 正传》对辛亥革命的描绘，更来自两人对鲁迅革命者身份的判断。瞿秋白那句著名的"从进化论，进到阶级论；从绅士阶级的逆子贰臣进到无产阶级和劳动群众的真正的友人以至于战士"[①]，判定鲁迅在"五卅"之后的 1926 年《华盖集续编》才完成了上述两种性质不同的革命运动的转变。而转变之前的鲁迅，既是辛亥的，又是五四的。

---

① 何凝：《鲁迅杂感选集·序言》，青光书局 1933 年版。

与之相仿，茅盾1931年在左联的机关刊物《文学导报》上发表《"五四"运动的检讨》一文，也认为"'五四'是中国资产阶级争取政权时对于封建势力的一种意识形态的斗争"；"然而这以后，无产阶级运动崛起，时代走上了新的机运，'五四'埋葬在历史的坟墓里了"。这"新的机运"，指的是"无产阶级运动崛起"的"五卅"。在茅盾看来，"五卅"是相对于"五四"的另一场重要的社会运动，在茅盾左联时期的创作如《子夜》等当中，都曾特别突出"五卅"作为无产阶级革命运动的意义，甚至描绘了小资产阶级知识分子纪念"五卅"却恐惧革命的怯懦心理。而"五四"，则被茅盾和瞿秋白视作资产阶级改良运动，与辛亥革命相呼应。

在这篇《"五四"运动的检讨》中，茅盾将研究系视为中国资产阶级的意识形态代表，而将胡适称为"新青年派"，认为其属于小资产阶级的"智识分子"，具有软弱性和妥协性。由此看来前述所谓"会吃大菜，说洋话"的"老中国的新儿女"确是有所暗指。而"发育得不完全的中国资产阶级不会产生健壮的资产阶级文学是自然不过的事"；"'五四'期中带些'健壮性'的文学作品，只有鲁迅的《呐喊》"。此时担任左联行政书记的茅盾虽然贬胡适而褒鲁迅，但在其论述框架中，"五四"仍是资产阶级改良运动，鲁迅作品虽然带些"健壮性"，但性质仍是"攻击封建势力"[①]的，其阶级属性和革命对象都未发生变化。而全文也像茅盾同时期的小说《春蚕》《子夜》等那样，以阶级和经济视角分析整个中国社会，讨论从"五四"到"五卅"的转变，将其视为从资产阶级改良运动到无产阶级革命运动的转变。这样也就不难理解茅盾1935年在《中国新文学大系·小说一集·导言》中为何要将1921年视为划分新文学第一个十年的转折点了。茅盾显然是对"五四"和"五卅"有性质上的不同判断，才做出如此划分。

而茅盾对"五四"的这种看法，与1940年《新民主主义论》将"五四"视为无产阶级登上历史舞台的论述存在着某种判断上的差

① 丙申：《"五四"运动的检讨——马克思主义文艺理论研究会报告》，《文学导报》1931年第1卷第2期。

异。茅盾的这些判断，显然没有《新民主主义论》那种赋予"五四"以无产阶级领导的新民主主义革命意义的宏伟意图，而只是凭借对新文化反袁反复辟等的直观感受，更愿意把鲁迅、新文化和辛亥革命及资产阶级反抗旧思想枷锁等联系起来。事实上，茅盾所讨论的"五四"，其实是文化和文学层面的，今天通常称之"五四"前后的为新文化运动或"五四"新文学；而《新民主主义论》所论及的"五四"，则是由一场具体的事件引发的社会运动，是就社会革命层面而言，两者所讨论的并非同一问题。而有趣的是，细加探求之后不难发现，《新民主主义论》虽然和阿英那篇《死去了的阿Q时代》结论不同，认为"鲁迅是中国文化革命的主将，他不但是伟大的文学家，而且是伟大的思想家和伟大的革命家"，但两者都是从阶级视角讨论鲁迅的身份与写作立场，一为肯定，一含否定。除此之外，甚至同将五四视为资产阶级改良运动的瞿秋白，也是从阶级视角判定1926年以后的鲁迅"从进化论，进到阶级论；从绅士阶级的逆子贰臣进到无产阶级和劳动群众的真正的友人以至于战士"①，不过是将转变的时间从"五四"放到了"五卅"之后而已。

那么像茅盾这样，从阶级维度"检讨""五四"，却从文学和思想的维度来解读鲁迅之于辛亥革命，之于作为资产阶级改良运动的"五四"的意义时，为何又不断地将鲁迅的批判指向引导向"中国上中社会阶级"或"老中国的新儿女"等独特的方向？而不是像阿英那样探寻作为"启蒙者"的小资产阶级知识分子与被批判的农民阶级之间的裂隙？除了对"五四"与"五卅"及辛亥革命与大革命等的论述框架有异之外，茅盾还有哪些独特的鲁迅言说意图，其中隐含着怎样的批判逻辑？

三　谁是"中国的法利赛人"

在了解茅盾对鲁迅、"五四"乃至整个中国现代文学的论述框架

---

① 何凝：《鲁迅杂感选集·序言》，青光书局1933年版。

之后，要明白茅盾之鲁迅言说的批判指向，还需将茅盾在《新民主主义论》产生前后的抗战时期的鲁迅言说，也系统地纳入研究视野，才能有更清晰的认识。

提起茅盾对鲁迅的评论，人们往往首先想到 1927 年 11 月在《小说月报》上发表的《鲁迅论》①。而绝少被提及的则是，抗战期间茅盾于 1939 年曾在新疆《反帝战线》上发表过一篇《在抗战中纪念鲁迅先生——鲁迅先生逝世三周年纪念》。在这篇文章中，反复出现"中国的法利赛人"这样一种独特的说法。

> 中国的法利赛人（鲁迅先生谥之为"正人君子"的），于明枪暗箭之余，也曾惺惺作态说，"鲁迅的眼光，确是锐利的，但可惜老是吹毛求疵，看出人家的坏处来"。
> ……
> 一些中国的法利赛人，又会惺惺作态地称道鲁迅先生的坦白和倔强……
> 一些中国的法利赛人，又常常不怕羞地嘲笑鲁迅先生也"怕死"……②

"法利赛人"究竟是什么，所谓"中国的法利赛人"又指什么？茅盾为何屡屡提及"法利赛人"，又为何要在抗战中纪念鲁迅时将"中国的法利赛人"设为批判的对象？

"法利赛人"原为犹太人的一个宗派，坚持犹太教法律与传统。而基督教《圣经》中记载了耶稣与法利赛人的矛盾。生为犹太人的耶稣在世之时，犹太民族早已亡国，多次被占领，此时由罗马帝国统治。罗马帝国的官员和以色列本土傀儡王在政治军事上统治当地，而

---

① 相关梳理参见姬学友《评茅盾 1949 年前的"鲁迅论"》，《殷都学刊》2011 年第 4 期。

② 茅盾：《在抗战中纪念鲁迅先生——鲁迅先生逝世三周年纪念》，《反帝战线》1939 年第 3 卷第 2 期。

犹太教祭司等神职人员仍掌控着当地人的宗教生活和日常生活。耶稣在以色列传教之时，尚未有犹太教和基督教之分。但根据后世基督教的记载，耶稣宣称自己为神之子，令大部分犹太人难以接受①。犹太教的法利赛人祭司等神职人员尤其仇视耶稣，勾结罗马帝国官员，将耶稣定罪。耶稣"死"后，因对耶稣的"复活"看法不同，最终形成了不同于犹太教的基督教②。故而在基督教《圣经》的记载中③，是犹太本土的法利赛人勾结罗马帝国的异国统治者，迫害死了犹太人耶稣④。

对此，西方《圣经》文学多有描绘。而中国作家中也有不少人写到耶稣受难故事时会提到法利赛人。譬如 1924 年 11 月徐志摩的诗歌《卡尔佛里"CALVARY"》，就以耶稣受难场所"髑髅地"⑤ 的音

---

① 犹太教的经典主要由摩西五经和摩西以后历代的先知书等构成。《希伯来圣经》中只预言了造物主将来会派遣一位弥赛亚即救世主给以色列人，并未言明其为谁，亦未直言为耶稣。当时的犹太教徒期待弥赛亚降世来拯救以色列人并复国。从犹太教分化而出的基督教，承认犹太教经典乃此前造物主所降，并将犹太教诸经典重新合编为《旧约圣经》，将基督教的经典四福音书等合编为《新约圣经》。而犹太教始终不承认耶稣为神之子，且一直在等待尚未真正降世的那位弥赛亚。参见［美］巴特·埃尔曼：《错引耶稣：〈圣经〉传抄、更改的内幕》，黄恩邻译，生活·读书·新知三联书店 2013 年版。

② 梁工：《探寻作为历史人物的耶稣》，《宗教学研究》2013 年第 3 期。

③ 在基督教四福音书中成书最早的《马可福音》（第十四、十五章），和其后成书的《马太福音》（第二十六、二十七章）之中，对耶稣受难前后事件的描述相对一致，比其他福音书的说法呈现更多的历史细节：耶稣在钉十字架之前，穿戴红袍荆冠被戏弄跪拜为犹太人的王，还遭唾脸和苇子打头。耶稣和两个强盗同钉十字架时，不肯喝麻醉药酒，还遭祭司长、文士甚至同钉强盗讥诮为神之子。遍地都黑暗了，耶稣临终前大喊"我的神，我的神，为什么离弃我"。而《新约圣经》不仅对这句话保留了希伯来文的音译"以罗伊，以罗伊，拉马撒巴各大尼"，更描绘耶稣死后神迹显现，进而复活。见《新旧约全书》，中国基督教协会/三自爱国运动委员会 1989 年版。

④ 妥佳宁：《中国左翼作家书写耶稣受难故事的世界主义视角》，《茅盾研究》2021 年第 17 辑。

⑤ 1921 年冰心也曾以"髑髅地"为题写过同一题材的小诗，发表在基督教刊物《生命》上，但未提到法利赛人，见冰心《髑髅地》，《生命》1921 年第 1 卷第 9 期第 10 期合刊。

译"卡尔佛里"之名来命名。该诗用对话体重写了耶稣受难的故事，并以戏谑的口吻讽刺了法利赛人①。随后 1924 年 12 月鲁迅也在刚创刊的《语丝》上发表《复仇（其二）》，以庄严的笔调重写耶稣受难的故事，与徐志摩的诗歌形成鲜明对照②。然而鲁迅《复仇（其二）》只悲愤地描绘"以色列人怎样对付他们的神之子"③，并未提到其中作为一个具体宗派的法利赛人。鲁迅笔下的"以色列人"虽更为宽泛，但较之对法利赛一个宗派的批判，用"以色列人"来称呼嗜血的看客，更能体现鲁迅的对整个民族的"国民性"批判视角。

由此看来，鲁迅虽未直接使用"法利赛人"这一说法，但鲁迅对"以色列人怎样对付他们的神之子"的批判，本就体现了鲁迅对嗜血庸众的痛恨，正与鲁迅对那"自以为神之子"却终究仍是"人之子"的启蒙者的悲悯与怀疑同在。而茅盾将鲁迅的"敌人"称为"法利赛人"，显然并未完全脱离鲁迅原意。茅盾所列举的这些"中国的法利赛人"的言行，显然多指向那些"鲁迅先生谥之为'正人君子'的"御用文人，及其背后的统治集团。

然而，茅盾在抗战中纪念鲁迅，不断突出对"中国的法利赛人"的批判，用意不仅仅在于还原鲁迅，更是借助言说鲁迅，来指出左翼文学在抗战中应有的批判方向。而这种批判指向，不仅涉及抗战语境，更与前述茅盾等诸多鲁迅言说者对"五四"的理解及整个中国现代文学论述框架有复杂的关系。

---

① "……再看那群得意的犹太，法利赛，/法利赛，穿着长袍，戴着高帽，/一脸的奸相；他们也跟在后背，/他们这才得意哪，瞧他们那笑！/我真受不了那假味儿，你呢？听他们还嚷着哪：'快点儿走，/上"人头山"去，钉死他，活钉死他'……"见徐志摩《卡尔佛里"CALVARY"》，《晨报副刊》1924年 11 月 17 日星期一，第四版。

② 妥佳宁：《戏谑与庄严：徐志摩、鲁迅书写耶稣受难的语体选择与观念差异》，《鲁迅研究月刊》2021 年第 5 期。

③ 鲁迅：《其二——野草之六》，《语丝》1924 年第 7 期，第 5—6 版。同一版面先刊登了鲁迅的《复仇——野草之五》，故《复仇（其二）》在刊登时题名仅为《其二》。

四 对本土势力的批判

要明白茅盾为何在抗战中借助纪念鲁迅的机会来批判"中国的法利赛人",或许可以从茅盾抗战期间另一篇作品《耶稣之死》对法利赛人的描绘来寻找答案。1942 年 8 月,茅盾在桂林期间写作的小说《耶稣之死》,与 1939 年 11 月在新疆发表的《在抗战中纪念鲁迅先生》,同为茅盾身处复杂局势下的隐晦写作。1939 年冬,茅盾已识破新疆军阀盛世才的伪装,彼时创办《反帝战线》的中共创始人之一俞秀松也已遭盛世才迫害,茅盾在残暴的特务统治之下有许多话无法言明①。而 1942 年在广西军阀统治下,许多言论也不能自由发表,后来茅盾曾在文集的后记中指出《耶稣之死》是"借用《圣经》中的故事来一点指桑骂槐的小把戏"②。故而这两篇写作都以"法利赛人"来暗指国内反动统治势力及"帮闲"文人。

与鲁迅的《复仇(其二)》着重描绘耶稣受刑时身心的双重痛苦不同,茅盾的《耶稣之死》更多的是写耶稣受刑前的故事。鲁迅写耶稣获罪的原因,只有一句"因为他自以为神之子,以色列的王,所以去钉十字架"。而茅盾则用整部小说来写耶稣获罪的原因。小说先描绘了施洗者约翰"身穿骆驼毛的衣服,腰束皮带,吃的是蝗虫和野蜜"的风餐露宿传道者形象,带有鲜明的底层色彩。小说中同样贫苦的耶稣,则雄辩凌厉,直斥"假冒为善的文士和法利赛人""把难担的重担,捆起来搁在人家的肩上,但自己一个指头也不肯动"。

> 于是耶稣指名申斥道:"你们这假冒为善的文士和法利赛人有祸了!因为你们正当人前把天国的门开了,自己不进去,正要进去的人,你们也不容他们进去。

---

① 妥佳宁:《"高级形式的社会文件"何以妨害审美?——关于〈子夜〉评价史》,《当代文坛》2018 年第 4 期。

② 茅盾:《茅盾文集》第 8 卷,人民文学出版社 1959 年版,后记。

"你们这假冒为善的文士和法利赛人有祸了！因为你们走遍海洋陆地勾引人入教，既然入了教，却使他作地狱之子，比你们还加倍。

"你们这假冒为善的文士和法利赛人有祸了！因为你们将薄荷，茴香，芹菜，献上十分之一，那律法上更重要的事，就是公义，怜悯，信实，反倒不行了。这更重要的是你们当行的，也是不可不行的。你们这瞎眼领路者，蠓虫你们就滤出来，骆驼你们倒吞下去。

"你们这假冒为善的文士和法利赛人有祸了！因为你们洗净杯盘的外面，里面却盛满了勒索和放荡。你们这瞎眼的法利赛人，先洗净杯盘的里面，好叫外面也干净了。

"你们这假冒为善的文士和法利赛人有祸了！因为你们好像粉饰的坟墓，外面好看，里面却装满了死人的骨头，和一切的污秽。你们也是如此，在人前，外面显出公义来，里面却装满了假善和不法的事。

"你们这些蛇类，毒蛇之种啊！怎能逃脱地狱的刑罚呢！先知和智慧人并文士，到你们这里来，有的你们要杀害，要钉十字架，有的你们要在会堂里鞭打，从这城追逼到那城，叫世上所流义人的血，都归到你们身上；实在告诉你们，这一切的罪，都要归到这世代了。"[①]

耶稣怒斥法利赛人的这些话固然多来自圣经，而茅盾在重写耶稣受难故事时用如此大的篇幅来选取这些话，并用一系列排比来加强语气，则显示了茅盾本人的批判意图。茅盾描绘犹太教宗派法利赛人表面上守法行善，实际上处处伪善而本末倒置；耶稣则与法利赛人完全相反，最终被法利赛人借罗马驻犹太行省的巡抚彼拉多和罗马在耶路撒冷所封的希律王之手，迫害致死。

小说开篇第一句话就是"耶稣和法利赛人是怎样结下了仇恨的

---

① 茅盾：《耶稣之死》，作家书屋 1943 年版，第 1—28 页。

呢?"由此引出作为犹太人的耶稣,对本族旧有宗教势力发动的一场宗教革命。《耶稣之死》刻意突出了耶稣和犹太教宗派法利赛人之间的冲突,却并未按照一般抗战文艺的逻辑去凸显以色列人反抗罗马帝国异族统治的主题。小说写耶稣降临之前,先知以赛亚就"得了默示,责备以色列的官员们不问'城邑被火焚烧,田地为外邦人所侵吞',仍然'居心悖逆,喜爱贿赂,追求贼私'"。外邦人显然是指侵略者罗马帝国,而小说批判的主要对象并非外邦人,而是以色列本国的官员。茅盾去世后亲属根据他本人叙述续写的回忆录中①,说这部小说"借喻圣经中耶稣与法利赛人斗争的故事,诅咒了国民党的法西斯统治"②。将《耶稣之死》的情节与茅盾写作时的国内外形势相对照,就会发现茅盾以古喻今地重述耶稣受难故事,并非单纯对日本殖民者加以讽刺,更多的是对本国统治者重庆国民政府在外族入侵时仍腐败堕落甚至联手外族迫害本族反抗者的批判。《耶稣之死》描绘罗马巡抚彼拉多和耶路撒冷傀儡希律王,都任由犹太教祭司们陷害耶稣而又彼此都不想承担恶名之时,有这样一句值得深味的话:"从前希律王和彼拉多彼此有仇,在那一天就成了朋友。"显然是在讽刺国民党重庆当局在消极抗战而积极反共③。这样的以古喻今,更关注的还是本族内部得势的保

---

① "茅盾的长篇回忆录《我走过的道路》上、中、下三卷,83万多字,已于1988年出齐。此书茅盾生前只写了一半,即写至1934年,以后的一半是由亲属续写的。"参见沈卫威《茅盾〈我走过的道路〉百处错误概说》,《湖州师专学报》1990年第3期。

② 茅盾:《桂林春秋——回忆录[二十九]》,《新文学史料》1985年第4期。

③ 这很难不令人想到同样创作于1942年的郭沫若话剧《屈原》对1941年皖南事变的借古讽今。茅盾《耶稣之死》同样写作于抗战大后方的国统区,而与《屈原》在重庆公演引发国共两党在意识形态领域激烈斗争的情形有所不同的是,茅盾的意图在于"设法迷惑检查官的眼睛,使文中有刺而他们又无词可借以进行他们那'拿手戏'的削改"。因此小说较为隐晦,并未凸显被本族旧势力和外族统治者联手迫害的耶稣和皖南事变中受难的抗战力量新四军之间特别直接的隐喻关系。

守势力如何迫害革命力量的问题①。

　　借助对互文本《耶稣之死》的解读，不难发现，《在抗战中纪念鲁迅先生》一文中所谓"中国的法利赛人"，正是对国内的本土反动统治者的讽刺。当然在鲁迅原本的语境中，也少不了那些为本土反动统治者帮闲的"正人君子"之流。而茅盾之所以要在抗战中批判"中国的法利赛人"，其实是对全面抗战初期关于"暴露与讽刺"问题的再次回应。

　　关于"暴露与讽刺"的论争，也可视为战前上海的左翼文学批判精神在全面抗战时期遭受的一次质疑与考验。全面抗战初期张天翼将左翼批判精神带到抗战文学中来，1938 年 1 月在茅盾主编的《文艺阵地》创刊号上以小说《华威先生》对现实予以"暴露与讽刺"，虽描绘对外抗战时期的故事，却意在揭露国民党本土抗战力量的虚伪，正与耶稣怒斥的"法利赛人"相似。而《华威先生》却因鲁迅的日本"弟子"增田涉将其翻译并在日本改造社的《文艺》再次发表，而遭到国内文人的攻击，仿佛对本土问题予以"暴露与讽刺"就等于给殖民者留下口实似的。在这场关于"暴露与讽刺"的论争中，茅盾肯定张天翼的左翼批判精神②，主张揭露本土现实③。由此反观茅盾 1942 年的《耶稣之死》，不仅对罗马帝国的异国统治加以批判，同时更对本土的反动势力加以批判。而"从前希律王和彼拉多彼此有仇，在那一天就成了朋友"的说法，正暗喻着抗战时期的国内外形势，俨然是对"暴露与讽刺"论争的再一次回应。通过对茅盾笔下以色列本土的傀儡统治者"希律王"和伪善的"法利赛人"的解读，就可以明白茅盾在抗战中纪念鲁迅时并不像通常那样只批判日本侵略者，反而将批判矛头对准"中国的法利赛人"的用意了。

------

　　①　妥佳宁：《中国左翼作家书写耶稣受难故事的世界主义视角》，《茅盾研究》2021 年第 17 辑。

　　②　茅盾：《论加强批评工作》，《抗战文艺》1938 年第 2 卷第 1 期。

　　③　白永吉：《"暴露与讽刺"论争中的郭沫若和茅盾》，《郭沫若学刊》2005 年第 3 期。

在茅盾对鲁迅的理解中和他本人的观念里，左翼文学主张对内对外双重批判，一面对外批判日本殖民者，一面不忘对内批判本土反动统治。正如鲁迅在《半夏小集》中所说的："用笔和舌，将沦为异族的奴隶之苦告诉大家，自然是不错的，但要十分小心，不可使大家得着这样的结论：'那么，到底还不如我们似的做自己人的奴隶好。'"① 如果将鲁迅1936年关于"做自己人的奴隶"这段论述放回到两个口号的论争和左联解散的背景当中去解读，即可发现鲁迅这些话并不单纯就左联的结束而言，同时也显出了左联在鲁迅心中的意义。鲁迅不能轻易接受"国防文学"口号和国共再次合作抗日的意图，只因他不愿放弃反抗专制统治而与统治者合作抵抗外族殖民。如此看来，鲁迅之所以不同意解散左联，正是看重左联批判本土专制统治者的意义。故而鲁迅《半夏小集》中这些在左联结束之际的思考，才真正揭示了鲁迅当初为何会参加左联——既是关注被欺压的底层，更是对本土专制统治的反抗②。

而鲁迅逝世后，1940年《新民主主义论》当中曾评价"鲁迅的骨头是最硬的，他没有丝毫的奴颜和媚骨，这是殖民地半殖民地人民最可宝贵的性格"，似乎是在外来殖民语境下评价鲁迅。然而，研究者还应注意到《新民主主义论》当中提及鲁迅的这段文字，恰是在分析五四以来中国的"新民主主义"文化与之前的"旧民主主义"文化如何不同。而《新民主主义论》认为"所谓新民主主义的文化，就是人民大众反帝反封建的文化"③，在此番论述中，"反帝"和"反封建"是并举的，这些表述虽与今天关于反殖民、反专制等表述

---

① 鲁迅：《半夏小集》，《作家》1936年第1卷第10期。

② 妥佳宁：《殖民与专制：中国现代文学的双重言说语境》，《鲁迅研究月刊》2018年第3期。

③ 毛泽东：《新民主主义论》，《解放》1940年第98、99期合刊。该文原名《新民主主义的政治与新民主主义的文化》，参见毛泽东《新民主主义的政治与新民主主义的文化》，《中国文化》1940年创刊号。

有所差异，但都揭示了内外双重反抗之意①。

而这正与茅盾 1939 年纪念鲁迅的文章在逻辑上形成呼应，都在抗战的同时并未忘记反抗国内反动势力。

余　论

茅盾 1939 年在《反帝战线》上纪念鲁迅的这篇文章，与 1940 年《新民主主义论》并无直接关系。但两者都将鲁迅和左翼文学的意义放在五四以来中国在殖民与专制之间的现代进程中考量。尽管对五四的意义有不同判断，但大革命期间曾亲密共事的这两人②，不约而同地将革命文学、左翼文学与整个中国新文化的合法性都追溯到了五四对内对外双重反抗的源头。

而茅盾之所以在抗战中屡次批判"中国的法利赛人"，就是试图通过对鲁迅、左翼文学和自己创作理念的阐释，来揭示抗战时期高涨的民族情绪被本土统治者利用的危险性。这对于今天理解鲁迅、理解左翼文学，尤有重要的启示意义。今天的论者，作为"细心的读者"，若不能在这个意义上同情并理解茅盾关于"阿 Q 所代表的中国人的品性，又是中国上中社会阶级的品性"的那些话，或许已经错过了艺术"作为一个时代最重要的象征性社会行动的意义"③。

---

① 事实上，对新民主主义革命"反帝""反封建"双重任务的揭示，并不始自《新民主主义论》，而来自对中国"半殖民地半封建"社会性质的肯定。在正式提出"新民主主义"之前，1938 年 3 月，毛泽东在对抗日军政大学 3 期部分学员讲话时即强调说："中国是半殖民地半封建社会，这是最本质的规律。我们要用这个规律去观察一切事务。"该年 5 月，他在《论持久战》中说国家政治形势时说："我们是一个半殖民地半封建的国家。"参见曹万生《茅盾的市民研究与〈子夜〉的思想资源》，《西南民族大学学报》2006 年第 9 期。

② 妥佳宁：《作为〈子夜〉"左翼"创作视野的黄色工会》，《文学评论》2015 年第 3 期。

③ 王德威：《想象中国的方法：历史·小说·叙事》，生活·读书·新知三联书店 1998 年版，第 161 页。

故而不妨带着茅盾所呼唤的这种理解与同情，反观茅盾对鲁迅作品最早的评价，或许能够更深地领会作为中国新文学初期最重要的批评家之一的茅盾，究竟如何理解作为新文学开创者之一的鲁迅：

> 我觉得这篇《故乡》的中心思想是悲哀那人与人中间的不了解，隔膜。造成这不了解的原因是历史遗传的阶级观念。《故乡》中的"豆腐西施"对于"迅哥儿"的态度，似乎与"闰土"一定要称"老爷"的态度，相差很远，而实则同有那一样的阶级观念在脑子里。不过因为两人的生活状况不同，所以口吻和举动也大异了。但著者的本意却是在表出"人生来是一气的，后来却隔离了"这一个根本观念；"那西瓜地上的银项圈的小英雄的影象，我本来十分清楚，现在却忽地模糊了；又使我非常地悲哀。"这是作者对于"现在"的失望，但"我们的后辈还是一气，……我希望他们不再像我，又大家隔膜起来……"作者对于将来却不曾绝望："然而我又不愿意他们因为要一气，都如我的辛苦展转而生活，也不愿意他们都如闰土的辛苦麻木而生活，也不愿意如别人的辛苦恣睢而生活。他们应该有新的生活，为我们所未经生活过的。"我很盼望这"新生活"的理想也因为"走的人多了，也便成了路"。①

身为革命者的茅盾，从来都怀有改造社会的理想，但他清楚地知道，革命的目的在于打破阶级隔阂，而非强化阶级差异。故而在他沟通文学启蒙与政治革命的鲁迅言说中，不是强调小资产阶级知识分子启蒙者与被启蒙的农民阶级之间的批判关系与对立，而是将批判指向引导向本土的反动统治势力"上中社会阶级"与"中国的法利赛

① 郎损：《评四五六月的创作》，《小说月报》1921 年第 12 卷第 8 期。

人"。茅盾在不同时段的鲁迅言说①，事实上都统一于这种特定的理解方式之中。而这对我们今天意味着什么，尤其值得深思。

（原刊《现代中国文化与文学》2023 年第 4 期）

---

① 因 1940 年《新民主主义论》将"五四"的性质判定为无产阶级革命运动的起点，茅盾在 1948 年《论鲁迅的小说》中称鲁迅在"五四"时期即具有无产阶级革命属性，而茅盾 1927 年的《鲁迅论》认为鲁迅是一贯启蒙的，并未转变，也不需要转变。参见茅盾《论鲁迅的小说》，《小说月刊》1948 年第 1 卷第 4 期。

茅盾在延安文化语境下的
"鲁迅"再阐释

孟丽军[*]

摘　要　自1936年鲁迅逝世以后，茅盾为《鲁迅全集》的出版来回奔波并写作多篇纪念鲁迅的文章，侧重从民族斗士和"韧性战斗精神"等层面对鲁迅进行解读，其背后暗含着20世纪30年代的左翼文化资源和抗战以来的民族国家立场。1940年5月至10月茅盾曾暂居延安，在此期间茅盾对鲁迅的阐释重点与此前存在着微妙的差异和视角的转换。这种变化，一方面表现为对鲁迅思想中"人民"立场的关注；另一方面则体现在茅盾有意丰富"延安鲁迅"的形象，并为当时僵化鲁迅的主观主义和机械主义的方法论做纠偏。将延安文化语境纳入考察，这种变化可以被理解为茅盾面临"新民主主义话语"的"延安鲁迅"而做出的调整，也是茅盾积极介入延安文化语境的自觉尝试。

关键词　茅盾；鲁迅；延安；新民主主义；人民

　　1936年10月19日，鲁迅在上海逝世。当抗战全面爆发，鲁迅的逝世也在一定程度上成为激发中国民众抗战爱国情感的重要事件，"葬仪的受难渲染结合了民族国家的受难"[①]，中国共产党和国民党也借此开启了鲁迅作为"民族魂"的形象建构。既有研究表明，鲁迅

---

　　*　作者简介：孟丽军，中央民族大学文学院硕士毕业生。
　　①　宋夜雨：《鲁迅葬仪与30年代民众动员的情感机制》，《现代中国文化与文学》2019年第3期。

逝世三周年之前的国共两党在从民族主义话语宣传鲁迅这一点上存在共识，但随着抗战相持阶段国共之间关系的变化，国民党和共产党都试图建构起区别于彼此的独有的鲁迅资源。① 换句话说，此时的"鲁迅"不是作为一个具有主体性的作家存在，而是作为被有效地整合进国共博弈场域的话语存在。因此，在1939年国民党召开五届五中全会提出"溶共、防共、限共、反共"方针之后，1940年1月毛泽东在边区文协第一次代表大会上《新民主主义论》的讲话，正式将鲁迅置于中共阵营中，从"同路人"到"旗手"的身份转换也将"鲁迅本身的复杂性和丰富性剪除"②，成为"新民主主义文化的方向"。但需要注意的是，尽管毛泽东的《新民主主义论》"成为指示当下以及未来如何解读鲁迅的'原典'，开启了一个话语权独属于延安的'鲁迅'阐释系统"③，但如何去丰富、充实并且建构起延安"鲁迅"并使之成为引导新民主主义文化的旗帜才是问题的关键。

1940年5月至10月，茅盾暂居延安期间正值建构"延安鲁迅"的阶段，而此时"延安鲁迅"并非定于一尊，毛泽东和张闻天的"鲁迅"在相似的立场之下也存在着由于中共内部权力变动而产生的微妙差异。作为曾与鲁迅并肩战斗的左翼作家，茅盾早在1921年就为鲁迅的小说正名，1927年发表的《鲁迅论》成为第一篇系统阐释鲁迅思想的文章，"阿Q相"甚至成为附着于"阿Q"的经典特征并得以广泛传播。也就是说，茅盾是作为阐释鲁迅的经典作家来到延安的，丰富的文学理论和生活经验也使得他具有成熟的批评方式。值得探究的是，面对延安语境下从"马克思主义中国化"和"阶级话语"建构鲁迅形象的这一过程，茅盾如何参与到"延安鲁迅"的建构中？茅盾在延安阐释鲁迅的文章到底有没有论述的变化或者策略？而要解

① 田刚、刘茸茸：《从"同路人"到旗手——鲁迅形象塑造及其"杂文自觉"》，《现代中国文化与文学》2021年第1期。

② 田刚、刘茸茸：《从"同路人"到旗手——鲁迅形象塑造及其"杂文自觉"》，《现代中国文化与文学》2021年第1期。

③ 张钰：《从"民族鲁迅"到"延安鲁迅"——国共博弈与"中华民族新文化的方向"》，《西南民族大学学报（人文社会科学版）》2021年第7期。

答该问题势必要将此前和此后茅盾的"鲁迅论"纳入，并以此观照延安语境下茅盾论述鲁迅的文章，联结起延安文人与国统区文人的论述鲁迅的更大场域。

一 作为"民族斗士"的鲁迅与抗战动员

1921 年载于《小说月报》第 12 卷第 8 期的《评四、五、六月的创作》，第一次表达了茅盾对鲁迅《故乡》的看法："我觉得这篇《故乡》的中心思想是悲哀那人与人中间的不了解，隔膜。造成这不了解的原因是历史遗传的阶级观念。"① 1922 年的《关于〈阿 Q 正传〉》定义阿 Q 是中国人品性的结晶；1923 年的《读〈呐喊〉》认为《呐喊》诸篇皆是"旧中国的灰色人生的写照"，而"阿 Q 相也未必是全然是中国民族所特具，似乎这也是人类的普通弱点的一种"，因而鲁迅"衹在刻画出隐伏在中华民族骨髓里的不长进的性质——'阿 Q 相'"。② 相较社团组织及党派的文学批评，这些批评大都带有明显的个人观点，往往凸显建基于批评家价值标准之上的美好喜恶。从上述批评来看，早期茅盾的鲁迅论受到阶级观念和自然主义创作方法的影响，倾向于从反封建和国民性批判的角度对小说的"写实"做出定位，独特的视野和颇具感受性的心理也让他能精准地把握住文章的核心和鲁迅论述的重点，开启了阐释鲁迅的"漫长路途"。1927 年的《鲁迅论》更是标志着茅盾鲁迅论"社会历史批评风格的成熟和作家论文体的正式形成"③，文中时代性的观照视角也指出鲁迅小说"没曾反映出弹奏着五四的基调的都市人生"的遗憾，因而缺乏浓郁的社会性。

---

① 茅盾：《评四、五、六月的创作》，载《茅盾全集第十八卷·中国文论一集》，黄山书社 2014 年版，第 154 页。

② 茅盾：《读〈呐喊〉》，载《茅盾全集第十八卷·中国文论一集》，黄山书社 2014 年版，第 444—446 页。

③ 姬学友：《评茅盾 1949 年前的"鲁迅论"》，《殷都学刊》2011 年第 4 期。

自 20 世纪 30 年代从日本回到上海后，茅盾与鲁迅有了深入的交往，在担任左联行政书记期间，与冯雪峰、霍秋白和鲁迅等人就《前哨》等理论刊物交换意见，并与鲁迅并肩作战批判国民党的"民族主义文学"。即使在"两个口号"中，茅盾也致力于在"民族革命战争的大众文学"之上实现抗日民族统一战线的联合。鲁迅同样珍惜与茅盾的友谊，据许广平在《欣慰的纪念》中回忆，鲁迅对茅盾的回国深感喜悦，认为这是"添了一支生力军"①。然而鲁迅的身体每况愈下，1936 年 10 月 19 日在上海逝世，此时茅盾虽因病在乌镇未能见鲁迅最后一面，但他成为纪念鲁迅逝世活动的重要参与者，并多次发文阐释"鲁迅精神"。在鲁迅逝世之后的第 12 天，茅盾在《中国呼声》上发表《一口咬住……》，提出要"继承他那争取民族自由和解放的事业"，"把文学遗产看作是所有被压迫民族争取解放的武器"，而在介绍其文学遗产时，茅盾特别指出杂感"这种新型的文学形式"是"斗争的锐利武器"②，可见茅盾对鲁迅杂文的重视。1936 年 11 月 20 日，《中流》第 1 卷第 6 期发表由茅盾起草、蔡元培签署的《鲁迅先生纪念委员会筹备会公告》。茅盾作为筹备委员之一，帮助筹办鲁迅坟地、筹集捐款等各项工作，并同蔡元培、宋庆龄等国民党左派共同签署《致法国左派作家协会》向法国左翼作家筹集资金以建立合适的纪念像。③ 实际上，"纪念委员会的主要任务是募集纪念基金，由纪念委员会出版全集的任务，尚未提到议事日程上来"④。在出版《鲁迅全集》的过程中出现多个插曲，茅盾、蔡元培等人努力排除万难。据茅盾回忆，鲁迅逝世之后他们就与许广平商量出版完整的《鲁迅全集》，并且组成小型编委会，约定由商务印书馆

---

① 叶子铭：《茅盾漫评》，百花文艺出版社 1983 年版，第 172 页。

② 茅盾：《一口咬住……》，载《茅盾全集第二十一卷·中国文论四集》，黄山书社 2014 年版，第 235 页。

③ 宋庆龄、茅盾、蔡元培、戴君华：《宋庆龄、茅盾、蔡元培致法国左派作协》，《纪念与研究》1983 年。

④ 沈濯：《关于鲁迅先生纪念委员会的史料及辨析》，《上海鲁迅研究》1991 年第 1 期。

出版，但上海战争的爆发使计划推迟直至鲁迅逝世周年时出版全集之事被再次提出。茅盾为此辗转拜访蔡元培和黄访书等人，与许广平多次通信。经过各方努力终于得到解决。①1938年10月纪念鲁迅逝世两周年，茅盾在香港发表五篇短文，即《"宽容"之道》《有背于中国人现在为人的道德》《谨严第一》《韧性万岁》《以实践鲁迅精神来纪念鲁迅先生》；1939年纪念鲁迅逝世三周年，茅盾在新疆发表了《在抗战中纪念鲁迅先生》一文，该文强调了鲁迅"挖烂疮"的手法，揭示出隐藏在膏药下面的烂疮，而不是"讳疾忌医"。

在历次茅盾纪念鲁迅的文章与讲话中，茅盾强调的是鲁迅向着压迫人民和破坏民族团结的反动分子"韧性战斗"的精神以及他对于人生处处忠实并以此剖析社会与人心的做事特点。换句话说，前者对应的是鲁迅作为"革命者"和"民族斗士"的身份，将鲁迅的遗产扩大至"所有被压迫民族争取解放的武器"，寻求世界范围内被压迫民族的联合；后者落脚于鲁迅作为"文学家"和"艺术家"的"现实主义创作"，敢于直面黑暗的批判意识。茅盾对"鲁迅精神"的阐释，勾连着他对国统区经验的把握和对革命的现实主义的理解，既不单从文人角度去定义，也不将其归结为某一原则，而是不断地跟随时代的需要对其做出贴合现实的解释，或将其作为"治疗青年们浮而不实的一剂良药"（《"战斗的生活"进一解》），或是"教导我们一件最重要的事：反公式主义"（《研究和学习鲁迅》）。从这一角度来看，茅盾所定义的"鲁迅精神"和毛泽东1937年的《论鲁迅——在"陕公"纪念大会上的演辞》（以下简称《论鲁迅》）中的阐释也存在着一致之处，毛泽东于陕北公学鲁迅逝世周年纪念大讲话中将鲁迅精神概括为"政治的远见""斗争精神""牺牲精神"，其目的即是将鲁迅塑造为抗战到底的"民族英雄"，但是也需要注意两者之间的微妙差异。在《论鲁迅》中，毛泽东提到："我们纪念他，不仅因为他的文章写的好，是一个伟大的文学家，而且因为他是一个民族解放的急先

---

①　茅盾：《我走过的道路》（下），人民文学出版社1988年版，第70—71页。

锋，给革命以很大的助力。他并不是共产党组织中一人，然而他的思想、行动、著作，都是马克思主义的。他是党外的布尔什维克……他近年来站在无产阶级与民族解放的立场，为真理与自由而斗争。"①

从引文来看，毛泽东承认鲁迅作为民族解放斗士的身份，但也将鲁迅纳入无产阶级阵营中，视其为"党外的布尔什维克"，凸显马克思主义的阶级立场。此时毛泽东已经有意去获得鲁迅阐释的话语权，论述的模糊性指向的是淡化"左翼精神的多元构成"而突出其最核心的斗争精神以"确立中国共产党对边区文化领导的权威性"。② 以此观照茅盾的阐释，他没有将鲁迅思想及其作品置于无产阶级话语之下论述，而是有意使其突破中国民族阶级的框架而寻求鲁迅的"世界性"意义。尽管在 1938 年抗日进入持久战之后，茅盾更为频繁地突出鲁迅"韧的战斗精神"，以此来保证"抗战必胜，建国必成"（《以实践鲁迅精神来纪念鲁迅先生》），郭沫若的《持久抗战中纪念鲁迅》也从持久战的现实考虑中阐释鲁迅，但两人均未从阶级话语下对其进行定位，而是着眼于鲁迅的"清醒的现实主义"态度。这关涉国统区对鲁迅话语的建构面向，即在一个布满斗争与汉奸等现实的矛盾环境中，茅盾对"革命的现实主义"的倡导蕴含着对时代性和真实性的需求，通过揭露黑暗明确光明的存在，反对在此之上的"讳疾忌医"与"掩饰"的态度。

因此从来延安之前的鲁迅阐释来看，20 世纪 20—30 年代茅盾着重从五四反传统的角度突出鲁迅作品中的启蒙姿态和批判视角，并不断从中提取典型环境的典型人物，例如"阿 Q 相"作为摄取鲁迅作品精华的关键，在理性的分析之外也不时闪烁着感性的光芒；随着抗战爆发，鲁迅逝世之后，茅盾继承了"杂文笔法"和"战斗精神"，以笔为武器向国统区乃至全世界压迫现象战斗，带有明显的现实针对

---

① 毛泽东：《论鲁迅——在"陕公"纪念大会上的演辞》，《七月》1938 年第 3 期。

② 周维东：《延安时期毛泽东评价鲁迅的模糊性与策略性》，《现代中国文化与文学》2010 年第 1 期。

性。但区别于标语口号的功利性纪念，茅盾对于现实的深切关怀和其不尚空谈的倾向也使得他在倡导鲁迅精神的同时在现实中践行它，创办《呐喊》周刊，筹备鲁迅基金以及帮助编撰《鲁迅全集》等都是茅盾做的切实的工作，其目的是宣传鲁迅的不断批判的战斗者形象，为"忠勇之将士"与"义愤之民众""呐喊助威"①。

二 调整与介入：阶级立场下的"革命追随者"

如前所述，在 1927 年《鲁迅论》和《读〈倪焕之〉》中茅盾旨在运用社会历史批评分析方法品评鲁迅的小说，在此基础上也表达了他对宏大时代书写的要求；鲁迅逝世之后，茅盾在国统区的鲁迅阐释意欲形成一个韧战的"民族斗士"的鲁迅形象，借鲁迅精神联结起文人和革命青年组成"抗日民族统一文化战线"，重在以实际行动纪念鲁迅，而并未凸显的阶级话语在国统区文人中也较为普遍，这也与抗战爆发之后国共合作的态度相关。但如果说 1940 年之前国共两党还能同在民族国家话语之下利用鲁迅的"民族魂"共同抗战建国，那么 1940 年《新民主主义论》中对鲁迅的"新文化"的定位给延安文人和领导者提出了新的建构鲁迅的方向。

"由于中国政治生力军即中国无产阶级和中国共产党登上了中国的政治舞台，这个文化生力军，就以新的装束和新的武器，联合一切可能的同盟军，摆开了自己的阵势，向着帝国主义和封建文化展开了英勇的进攻……而鲁迅，就是这个文化新军的最伟大和最英勇的旗手……鲁迅是在文化战线上，代表着全民族的大多数，向着敌人冲锋陷阵的最正确、最勇敢、最坚决、最忠实、最热忱的空前的民族英雄。鲁迅的方向，就是中华民族新文化的方向。"②

在毛泽东的论述逻辑中，鲁迅作为文化生力军的旗手的身份是伴

---

① 韩晗：《烽火中的呐喊——以〈呐喊（烽火）〉周刊为支点的学术考察》，《西南民族大学学报（人文社会科学版）》2011 年第 6 期。
② 毛泽东：《新民主主义论》，《中国文化》1940 年 1 月 19 日。

随着五四时期无产阶级登上政治舞台的情况而成立的，对鲁迅政治人格的倡导乃是将其塑造成为左翼阵营的精神领袖，这也基本成为鲁迅在中国现代文化与文学史中所居地位的论断，并"支撑了鲁迅研究的繁荣局面"①。但在上述"鲁迅方向"的确认中，毛泽东虽借助整合鲁迅复杂丰富的精神资源"使得鲁迅形象从纯粹的思想史，文学史的层面抽象为一种政治规定"②，然而在《在延安座谈会上的讲话》正式建立延安文艺规范之前，中共内部乃至延安文人内部对于鲁迅的阐释存在着诸多缝隙，构成了交织着多重人际关系和观念方法的斗争场域，茅盾的文章也与既有的"延安鲁迅"产生多方面的碰撞和对话。

已有研究在论及茅盾在延安对鲁迅的再阐释时聚焦于《为了纪念鲁迅的六十生辰》和《关于〈呐喊〉和〈彷徨〉》两文，但他在延安首次提及鲁迅的文章却是《纪念高尔基杂感》一文。在该文中，茅盾将鲁迅比作"中国的高尔基"，认为"应当学习高尔基与鲁迅的现实主义的创作方法，用犀利的笔尖，从抗战的现实中，揭出这些城狐社鼠的鬼蜮丑恶，痛加声讨"。③ 该文凸显的是鲁迅和高尔基创作方法上的一致而非阶级立场的相同，"揭出丑恶"和批判现实的诉求仍旧延续了茅盾"暴露黑暗"的一面。但发表在《新华日报》上而非延安内部刊物显示了茅盾的政治立场，两者的比附也蕴含着茅盾对鲁迅支持苏联文艺和革命运动的行为的强调，这难免使人联想起瞿秋白论述鲁迅与高尔基关系的左翼传统。在《鲁迅杂感选集》序言中，瞿秋白开篇将鲁迅杂文和高尔基的"社会论文"并称，最后指明学习鲁迅"清醒的现实主义"、"韧的战斗精神"、"反自由主义"和"反虚伪的精神"。茅盾的文章秉承了瞿秋白论述鲁迅的思想资源，

---

① 蔡洞峰：《毛泽东与左翼"鲁迅传统"的形成——兼论延安时期周扬对"鲁迅传统"的阐释》，《红色文化资源研究》2018 年第 4 期。

② 吴翔宇：《动态文化结构中鲁迅形象的建构和反思》，《鲁迅研究月刊》2015 年第 9 期。

③ 茅盾：《纪念高尔基杂感》，载《茅盾全集第十六卷·散文六集》，黄山书社 2014 年版，第 346 页。

在延安语境下重申鲁迅与高尔基的联系，牵涉茅盾对延安主流话语下"鲁迅形象"的把握，也是介入延安的尝试。然而问题不止于此，1938年之后毛泽东虽成为中国共产党的实际最高领导者，但以王明为代表的"共产国际派"仍具有相当的势力，张闻天、萧三等人皆通过比附鲁迅与高尔基强调文学中的苏俄因素；但张武军表示，毛泽东从未在公开场合称鲁迅为"中国的高尔基"，而是纳入孔子的现代比附脉络中，指向的是"马克思主义中国化"理论下摆脱共产国际束缚、实现独立领导的意图。① 理清这一关系，不难看出茅盾携带着以瞿秋白等具有共产国际背景的领导者的左翼资源参与到延安文艺话语的建构当中，但同时一些活动与文章也显示出茅盾参与"新民主主义文化方向"的"鲁迅形象"建构的自觉。

1940年5月至10月，茅盾在延安解放区总共参与发表了三篇有关鲁迅的文章。8月，茅盾参与纪念鲁迅诞辰六十周年，《为了纪念鲁迅的六十生辰》一文刊于8月15日出版的《大众文艺》第1卷第5期，刊物的同一期上也发表了周文、丁玲、胡蛮等人的文章。茅盾与林伯渠、吴玉章、徐特立等十六人发表的《鲁迅文化募捐缘起》刊于《中国文化》第2卷第2期；1940年10月15日《大众文艺》第2卷第1期发表《关于〈呐喊〉和〈彷徨〉》一文作为茅盾纪念鲁迅逝世四周年的文章，该文集中体现了茅盾在延安语境下阐释鲁迅的重点。自1936年鲁迅逝世以后，鲁迅纪念活动虽与作为文学家的鲁迅形象无多少关联，但也确乎在扩大鲁迅影响，"确立鲁迅在新文学史上的领导地位，提供必不可少的社会文化基础"②。1940年10月19日是自《新民主主义论》提出后纪念鲁迅的第一个活动，延安文人均发文纪念表明立场，这可从1938年艾思奇的《学习鲁迅主义》到1940年《"鲁迅的方向就是中华民族新文化的方向"》的论述重点

---

① 张武军：《"中国高尔基"与"政治家"鲁迅》，《开放时代》2020年第6期。

② 段从学：《鲁迅在新文学传统中的领导地位之建立——文协与抗战初期的鲁迅纪念活动》，《鲁迅研究月刊》2008年第7期。

的变动窥探出来。而将茅盾此前和此后的文章纳入对照，通过细读
《关于〈呐喊〉和〈彷徨〉》也能看到茅盾论述鲁迅的重点，这恰恰
反映了作家在介入延安鲁迅建构时的思想资源和其对延安风向的
把握。

　　该文开篇就有针对的对象，即"《彷徨》显示了作者的更浓重一
些的'悲观思想'"①，《离骚》代表作者转变的起点，反对这种机械
主义和主观主义的解读方式成为茅盾在延安论述鲁迅的出发点。为了
联系起《呐喊》和《彷徨》的内容，茅盾采用"宇宙观"统摄其思
想，同时表明"作者观察现实时所取的角度却显然有殊"，前者建立
在"反封建"的立场之上，后者则是基于前者的探索与渴望，而不
是极度的悲观。问题不在于前后两者的不同而在于相同，"宇宙观"
其实是毛泽东在《新民主主义论》中论述五四以来的文化生力军时
运用的重要概念，也是贯穿毛泽东的文艺思想的关键基点。因此从一
开始，这篇文章就包含着延安的立场，即在无产阶级视野下分析鲁迅
的作品，将其置于接受共产主义宇宙观的话语之下来分析。基于这一
观点，茅盾重新分析《呐喊》和《彷徨》中的鲁迅思想。《呐喊》
书写了"被封建势力压迫与麻醉的人们"，他们作为"大地的儿女"，
身上有着旺盛和坚强的生命力，而鲁迅"看见了革命的力量，然而
还没有看见革命的人物"②。《彷徨》是鲁迅目睹五四落潮之后青年知
识分子迷茫彷徨而做出的"渴望的暗示"。有意思的是，在《鲁迅
论》中茅盾认为：

　　　　《呐喊》所收 15 篇，《彷徨》所收 11 篇，除几篇例外的，
　　　如《不周山》《兔与猫》《幸福的家庭》《伤逝》等，大都是描
　　　写"老中国的儿女"的思想和生活。"老中国的儿女"，并不含

---

　　①　茅盾：《关于〈呐喊〉和〈彷徨〉》，载《茅盾全集第二十二卷·中国文
论五集》，黄山书社 2014 年版，第 174 页。

　　②　茅盾：《关于〈呐喊〉和〈彷徨〉》，载《茅盾全集第二十二卷·中国文
论五集》，黄山书社 2014 年版，第 175 页。

有已经过去的思想，我们只觉得这是中国现在百分之九十九的人们的思想和生活。①

从这一段话来看，茅盾其实此前并未严格区分《呐喊》和《彷徨》描写对象的不同，而是以"现代"的视角总结两者反映了"'老中国的儿女'的灰色人生"。尽管在《读〈倪焕之〉》中，茅盾认为《彷徨》的《幸福的家庭》和《伤逝》描写现代都市人生，但"也只能表现了'五四'时代青年生活的一角"，一方面固然与茅盾对都市的熟悉有关，同时"都市—乡村"和"现代—传统"的批评标准也成为茅盾论述鲁迅的核心。回过头来看《关于〈呐喊〉和〈彷徨〉》，该文规避了此前对于"老中国的儿女"的论述以及作品中的悲观思想，代之而起的是对农民"生命力之旺盛和坚强"和"大地的儿女"的强调，并且区分了《呐喊》中"大地的儿女"和《彷徨》中"青年知识分子"的描写对象，说明《彷徨》的渴望与"光明"。通过界定《呐喊》和《彷徨》的写作节点，即五四高潮期与五四落潮期，茅盾对鲁迅小说中反映的思想变化做了贴合时代环境的解读，这表明茅盾延续了此前社会历史批评的模式。茅盾指出鲁迅"没有看见革命的人物"的缺陷也在一定程度上使我们联想到瞿秋白在《鲁迅杂感选集序言》中"看不见群众的'革命可能性'"②的定位。如果说"老中国的儿女"对应着鲁迅对国民劣根性的批判和批判现实主义的传统，那么"大地的儿女"在一定程度上则勾连着鲁迅人道主义和民主主义的立场，而这也反映了茅盾在延安语境下阐释鲁迅视角的转换。

从"老中国的儿女"到"大地的儿女"，其归根重在突出鲁迅对于人民大众的态度和立场。而早在 1938 年毛泽东在鲁迅艺术文学院

---

① 茅盾：《鲁迅论》，载《茅盾全集第十九卷·中国文论二集》，黄山书社2014 年版，第 170 页。

② 何凝：《鲁迅杂感选集序言》，载《鲁迅杂感选集》，青光书局 1933 年版，第 18 页。

的讲话中就说道："艺术上每一派都有自己的立场，我们是站在劳苦大众方面的……但在统一战线之下，我们不能丧失自己的立场，这就是鲁迅先生的方向。"① 由对鲁迅作品的批评到对鲁迅思想以及立场的把握，成为毛泽东塑造鲁迅的策略，在其导向之下周扬的《一个伟大的民主主义现实主义者的路——纪念鲁迅逝世二周年》同样避免了鲁迅对农民落后性的批判而彰显鲁迅对民众的深沉的爱，将鲁迅纳入无产阶级阵营中。然而这种简单的"接受——影响"理论并不足以解释茅盾阐释鲁迅的重点的转移，茅盾对"延安鲁迅"的建构也是在其既有资源基础之上对延安文化乃至整个延安风向的把握。一方面，相较于国统区文化，延安文化是在苏区文化和左翼文化基础之上开辟的关于新民主主义文化形态的场域，"呈现出与国统区文化相异的特殊品格"②。换句话说，延安文化从根本上来说是农民文化，"马克思主义中国化"理论的关键创新就是强调农民作为革命主力军的地位，同时结合中国的国情运用马克思主义理论解决问题。在延安时，茅盾本就向党组织申请重新入党，结合此前茅盾在延安的文学活动也均与马克思主义理论中国化的接受有关。作为"新民主主义的新文化方向"的鲁迅，批判民众的思想在毛泽东那里被有意模糊甚至忽略，以此作为消化知识分子内部芥蒂和争夺文化领导权的联合策略。茅盾后来也指出这种批判和暴露黑暗的精神并不符合整个延安的氛围。③ 另一方面，在解释《彷徨》的创作目的时，茅盾提出的新文化运动主将的分化则暗含《新民主主义论》中所提到的资产阶级知识分子在第二个时期的反叛，与敌人妥协站在反动的一面。说明"青年知识分子"的缺陷时，茅盾从其所处的环境出发将其归结为"前代"的遗留，"不合理社会制度的包围"，这并非"命定"的缺

---

① 毛泽东：《在鲁迅艺术学院的讲话》，载《毛泽东文集》第二卷，人民出版社 1993 年版，第 122 页。

② 陈晋：《从抗日文化到延安文化——对毛泽东思考和实践新民主主义文化的梳理和分析》，载《毛泽东文化创新之路》，商务印书馆 2020 年版，第 78 页。

③ 茅盾：《我走过的道路》（下），人民文学出版社 1988 年版，第 233 页。

陷既指向鲁迅本人的"唯物思想"也使人的改造和转变成为可能，反过来赋予了五四以来的新民主主义革命和延安环境的正当性与合理性。

自《鲁迅论》后，茅盾在延安语境下重评《呐喊》和《彷徨》，这绝不是"重说旧话"，而是在对鲁迅作品与时代环境关系的考察基础上利用历史唯物主义阐释鲁迅的思想，视鲁迅为朝向马克思主义的"革命追随者"。然而值得深究的是，茅盾从未明确说过鲁迅是中国新文化的方向，对鲁迅思想的分析最终仍旧落脚于文学作品的倾向而非明显的政治定位。换句话说，作为一位成熟的马克思主义者兼文人，茅盾并不是抛弃文学独立性和艺术性的知识分子，他总是在既有左翼思想资源基础上对政治进行审慎地解读，在政治语境下具有一定的主体性，因而对"延安鲁迅"的建构也蕴含着茅盾对文艺、政治乃至革命的认识，思路的转换有其内在的一致性。

三　坚持与建构：方法论的自觉与纠偏

区别于雷加等年轻作家，茅盾早在 1919 年年底就接触马克思主义，并在左联时期运用成熟的马克思主义理论分析文坛复杂的文艺现象，成为与鲁迅并肩对抗国民党"民族主义文艺"的文豪。茅盾从国统区来到延安，尽管延安的意识形态话语有时会规定茅盾的阐释方向，但规约强制的话语与作家内在的思维逻辑并非完全吻合，在权力话语的规范和作家的阐释之间往往会出现一些缝隙。即便茅盾面临延安文艺话语的建构表现出了一些调整和偏移，但茅盾阐释鲁迅的文章中也保留着个人的思考，并为"延安鲁迅"提供更多的思考面向。

根据史料研究，茅盾在鲁迅逝世四周年之前就已经离开延安，但他还是作了《关于〈呐喊〉和〈彷徨〉》登在《大众文艺》上表明自己的观点，并且在离开延安时将鲁迅的手稿《答苏联国际文学社问》交由方纪保管以便提供给鲁迅展览会展览①，该文被认为是鲁迅

---

① 茅盾：《我走过的道路》（下），人民文学出版社 1988 年版，第 219 页。

表现对无产阶级运动和苏联文学的支持的文章。茅盾此举也是以实际行动参与延安的鲁迅建构。在《我走过的道路》中，茅盾曾提及以《呐喊》和《彷徨》为题的意图。

> 自 1927 年写了《鲁迅论》之后，我没有再写过评论鲁迅作品的文章，但鲁迅逝世之后，在众多的评论文章中，我发觉对鲁迅前期思想有估价不足的倾向，认为从《呐喊》到《彷徨》显示了作者的"悲观思想愈加浓重了"，而《彷徨》是"悲观思想的顶点"，我以为这样的论断是表面和皮相的。我借纪念鲁迅逝世四周年的机会，写了这篇文章批驳了这种观点。①

"前期思想"的不足与论断的"表面和皮相"是对该文写作意图的表示，从当时历史语境来看，情况也确实如此。1940 年 1 月，张闻天在《抗战以来中华民族的新文化运动与今后任务》中就提出要"组织新文化运动大师鲁迅先生的研究会"，并"委托在延安马列学院工作的刘雪苇编辑这本选集，编成以后于鲁迅逝世四周年的当天（10 月 19 日）刘即送请张闻天审阅，并请求撰写序言"。② 从《鲁迅论文选集》呈现的结果来看，选集共收入鲁迅从 1918 年到 1936 年的79 篇文章，而鲁迅 1927 年"左转"之后的文章占了 50 多篇。可以说张闻天在借鉴和延续瞿秋白《鲁迅杂感选集》的基础上将鲁迅的战斗的杂文传统继续推进，同时淡化五四的启蒙话语。相较于延安，尽管"鲁迅被放置在国统区这样一个由党政军人、知识分子、普通读者等多重关系组成的接受网络中，呈现了与解放区、沦陷区不同的演说特点"③，但其间较为一致的地方则是从抗战出发论述鲁迅的战斗精神，强调鲁迅的杂文批判对抗日民族统一战线的作用。一些研究

---

① 茅盾：《我走过的道路》（下），人民文学出版社 1988 年版，第 219 页。

② 张培森主编：《张闻天年谱（1900—1976）》，中共党史出版社 2000 年版，第 639 页。

③ 周淑：《战时国统区的鲁迅话语》，西南大学硕士学位论文，2010 年，第 i 页。

者也指出，毛泽东"对鲁迅杂文表现了一种一以贯之的阅读热情，那么与之相比，他对鲁迅小说却表现了一种惊人的冷淡，有时还不惜对之做出倾向于否定性的评价"[1]，在公开场合从未提及鲁迅的小说。正是基于对鲁迅"从个人主义到集团主义，从人道主义到社会主义，从进化论到史的唯物论"[2] 的判断，相当多的作家将鲁迅后期的创作看作贴近无产阶级的证明，如此导致的结果便是难以解释，甚至忽略鲁迅前期和早期的思想。而茅盾向来就重视鲁迅小说中的反封建和批判性思想，更何况茅盾既有的社会历史批评的方法本就蕴含着对作家与时代关系的考察，如若解释不清鲁迅前期思想的特点，后期的转变就缺乏足够的说服力。

可以看到，基于较为自由开放的环境，在延安语境下对鲁迅的塑造存在着多重面向，其中最具核心统摄力的是毛泽东《新民主主义论》中对鲁迅的权威定位，他从抽象的政治理念出发，将鲁迅的复杂面向淡化而突出革命家的身份，建构成为"新民主主义文化的方向"；萧军等人继承了鲁迅的批判精神，在鲁迅逝世四周年大会上提倡国民性批判的启蒙思想。与毛泽东重视政治倾向和萧军强调批判自由的精神不同，茅盾的《关于〈呐喊〉和〈彷徨〉》显示了他独有的文学批评理念和对现实主义的理解。其间贯穿的是历史唯物主义的精神，即反对《呐喊》和《彷徨》之间的断裂，而利用辩证唯物的方法将两者联系起来，从而将后者视为更积极的探索。这样从鲁迅前期小说出发，通过对作家转向共产主义之前的思想进行解读并挖掘内在的民主主义因素和人道主义立场的方法，在一定程度上为鲁迅研究中存在的机械主义和主观主义倾向做纠偏。在文章的最后，茅盾借延安的"阿Q"讨论表达了对文学典型的看法。事实上，对阿Q的定位在抗战时期始终是一个难题，牵涉"国民性"与"阶级论"两大

---

① 袁盛勇：《延安时期鲁迅启蒙小说传统的不断弱化》，载《纪念鲁迅逝世七十周年国际学术讨论会论文集》，2006年。

② 艾思奇：《民族的思想上的战士——鲁迅先生》，载夏征农编《鲁迅研究》，生活书店1937年版，第52页。

范式，如果说阿Q寄寓了鲁迅的国民性批判，那么如何解释这一精神胜利法被安置在农民身上？周立波在1941年的《谈阿Q》中认为，鲁迅发现"半殖民地国家的国民性带着浓厚的农民色彩"，因而借批判阿Q批判"半殖民地"的社会①。毛泽东在私下对冯雪峰说，"阿Q是个落后的农民，缺点很多，但他要求革命"，即将"阿Q"视作落后农民的典型。② 这些机械的划分和政治的概括为茅盾所警惕，从《读〈呐喊〉》认为阿Q的色厉内荏是人性的弱点到该文中反对以阶级论界定阿Q，茅盾对阿Q的解读始终立足于文学典型的意义之上，即尽可能将阿Q的典型普泛化。这些有关阿Q的讨论，正显示了茅盾在延安语境之下对文学中的艺术性的坚守，反过来也是赋予鲁迅作品生命力的努力。

从"革命文学"论争中反对太阳社和后期创造社以历史虚无主义和"左"倾机械主义轻率否定五四新文学的主张，到茅盾加入左联之后对标语口号和脸谱主义的批判，茅盾始终反对将马克思主义理论教条主义地庸俗化地使用。换句话说，不考虑时代政治以及其他的社会思想等因素而生硬地套用理论，既无助于理论的完善和与现实的联系，也会忽略批评对象的丰富复杂的内在。作为在五四时期成长起来的左翼大家，茅盾所具备的丰富的国统区经验和理论知识也使得他在接受理论的过程中"贯穿着他作为批评主体的具体问题具体分析的客观性"③ 因此茅盾论述鲁迅有着非常独特的全面解读的逻辑和倾向，尽可能地"顾忌全世全人全文，在全部世事或时代社会发展的总趋势中考察作家全人，从作家总的心理流向中把握全文"④，以期对其做出整体和准确的判断。

---

① 周立波：《谈阿Q》，载《周立波文集》第五卷，上海文艺出版社1985年版，第278页。

② 庶人：《在两个伟人之间》，《党史文汇》1992年第8期。

③ 姚玳玫：《中国现代文学研究通史》，广东人民出版社2020年版，第55页。

④ 黄曼君主编：《中国20世纪文学理论批评史》，中国文联出版社2002年版，第340页。

在离开延安之后，茅盾依旧在鲁迅逝世周年发表纪念文章，但相较于 20 世纪 30 年代，1940 年之后的纪念文章有一个突出的特点，即注重研究鲁迅的方法，在社会历史批评之上突出辩证唯物主义的面向。当然在这之前茅盾的鲁迅论也包含阶级的分析视角，但 1940 年之后茅盾不再集中于论述鲁迅的韧性战斗精神，而是关注研究鲁迅中出现的偏向并适当地进行批评。1941 年《最理想的人性——为纪念鲁迅先生逝世五周年》提出从民族解放运动和人性的角度研究鲁迅的两个思路；《研究、学习并且发展它》提出"把鲁迅作为战士"，反对僵化鲁迅的研究方法；《关于研究鲁迅的一点感想》则借助平心《论鲁迅的思想》一书关注鲁迅前期思想中辩证法的种子……可以说，茅盾对于鲁迅研究方法的总结和纠偏在一定程度上构成了对国统区僵化"鲁迅形象"的斗争。

结　语

作为鲁迅最早的知音，茅盾对鲁迅的阐释往往随着时代文艺思潮和所处具体语境的变动而有微妙的变化，同时也勾连着茅盾文学思想观念的调整。在众多的鲁迅论中，延安时期的鲁迅阐释虽很难说能构成他的漫长创作生涯的一个转折点，但其对于"延安鲁迅"的积极建构和对鲁迅"人民立场"的强调也在一定程度上反映了茅盾逐渐走上"人民文艺"道路的思想轨迹。当然，这次延安之旅并不只是茅盾在接受延安话语之下的被动调整，具有深厚政治意识和方法自觉的茅盾在延安话语之下也以纪念鲁迅的文章为当时存在的机械主义和主观主义做纠偏，为"延安鲁迅"的建构和丰富提供思想资源。

（原刊《茅盾研究》第 19 辑）

茅盾在百年中国鲁迅评价与
传播中的编年史价值

王卫平[*]

摘　要　在百年中国对鲁迅的接受史中，茅盾扮演了十分重要的角色，成为鲁迅研究名家之一。这种身份在以往研究中是重视不够的。因此，有必要重温历史，将茅盾对鲁迅的论述置于百年中国对鲁迅的评价史、传播史中，从编年史视角考察其价值和局限性。这是以往研究从未有过的，它可以有效克服和超越以往研究的零散、孤立和以偏概全，实现系统分析和公正客观。在长达58年的时间里，茅盾对鲁迅的研究投入了大量精力，留下了众多文字，他几乎是几十年如一日，不遗余力地评价鲁迅、研究鲁迅、宣传鲁迅、捍卫鲁迅，传播鲁迅精神，作出了多方面的努力和贡献，具有编年史等多方面的价值。当然，茅盾在半个多世纪里对鲁迅的论述，并非全都正确，也不可避免地受到政治的约束，存在着历史的局限性和偏离对鲁迅本体的认识，留下了时代的印痕。

关键词　茅盾；鲁迅评价；传播；编年史价值；局限性

中国对鲁迅的接受与评价已走过百年历程，产生了众多的杰出人物、研究名家和浩瀚的研究成果。在作家、批评家中，持续评价、研究、宣传、纪念鲁迅并弘扬鲁迅精神的非茅盾莫属。因此，应该重新梳理百年中国鲁迅评价史、传播史中的茅盾。尽管以往有很多谈论茅盾如何评价鲁迅的文章，但是详细检索这些文章，我们就会发现，多

---

* 作者简介：王卫平，文学博士，辽宁师范大学文学院教授，博士生导师。

数是谈论茅盾某个时期或某个时段、某篇文章对鲁迅的论述，比如茅盾早期的鲁迅论、茅盾前期对鲁迅的评价、茅盾的《鲁迅论》、茅盾论《阿Q正传》等，这远不是茅盾论鲁迅的全部。而对茅盾1949年以后的鲁迅论关注极少，且多是否定，认为是对鲁迅的误读和曲解。这有失偏颇。因此，有必要重温历史，从编年史视角考察茅盾在百年中国鲁迅评价史上的价值，它可以有效克服和超越以往研究的零散、孤立和以偏概全，实现系统分析和客观公正。

中国现当代很多作家、批评家评价过鲁迅，但没有哪一位作家、批评家像茅盾那样，对鲁迅的评价持续了半个多世纪。从1921年对《故乡》中心思想的揭示到1979年《答〈鲁迅研究年刊〉记者的访问》，在58年的时光里，茅盾共发表评价、研究、纪念、宣传、学习鲁迅的文章、讲话达40多篇，此外，还有近20篇文章论及鲁迅及其作品。我们把茅盾的鲁迅论连贯起来，按照编年的脉络加以系统梳理，这虽然像"流水账"，但唯其如此，才能看清原貌和全貌。

一

在五四时期，如果说对鲁迅《狂人日记》和杂文最早作出正面评价的是新潮社的傅斯年（1919年），那么，对鲁迅的《故乡》和《阿Q正传》最早作出正面评价的则是沈雁冰。1921年8月，沈雁冰在《小说月报》上发表了《评四、五、六月的创作》，综合评述了鲁迅当年四、五、六月的创作概况。其中，他"最佩服的是鲁迅的《故乡》"，且独具慧眼地揭示了《故乡》的中心思想："我觉得这篇《故乡》的中心思想是悲哀那人与人之间的不了解，隔膜。"[1] 这是对《故乡》主题的最早、也是最正确的揭示，在百年中国鲁迅评价史上代代相传，直至写入教科书中。比如，严家炎主编的《二十世纪中

---

[1] 沈雁冰：《评四、五、六月的创作》，《小说月报》1921年第12卷第8号，载《茅盾全集》第18卷，黄山书社2014年版，第154页。

国文学史》写道，闰土见到"迅哥儿"的一幕，写得尤其感人，他叫童年的伙伴为"老爷"，"这一声'老爷'，意味着他们之间已经隔了一层可悲的厚障壁"。① 这是《故乡》最震撼人心的地方，也是沈雁冰"最佩服"的缘由。

1922 年 1 月，当《阿 Q 正传》在《晨报副刊》刚连载到第四章时，《小说月报》就收到了一位名叫谭国棠的读者来信，信中批评《阿 Q 正传》讽刺过分，锋芒太露，稍伤真实，不算完善。时任《小说月报》主编的沈雁冰当即回信，阐明对《阿 Q 正传》的看法："《阿 Q 正传》，虽只登到第四章，但以我看来，实是一部杰作。你先生以为是一部讽刺小说，实未为至论。阿 Q 这人，要在现社会中去实指出来，是办不到的；但是我读这篇小说的时候，总觉得阿 Q 这人很是面熟，是呵，他是中国人品性的结晶呀！"② 这是最早高度评价《阿 Q 正传》（认为是一部杰作）和最早揭示阿 Q 的典型意义（认为是中国人品性的结晶）的文字，体现了沈雁冰高超的文学判断能力，在百年中国鲁迅研究史上具有开创意义和产生深远影响。正如张梦阳在《中国鲁迅学史》中所说："他这段对《阿 Q 正传》的最早评语，实质上已经包含了后来一百年间《阿 Q 正传》研究的主要方面，切中肯綮地道出了《阿 Q 正传》的真义！所谓阿 Q 是'中国人品性的结晶'的提法，其实与后来的阿 Q 是'一个集合体''国民劣根性'的体现者的观点是一脉相承的。而对俄国作家冈察洛夫笔下人物奥勃洛莫夫的联想，则启悟研究者发现阿 Q 与世界文学中的奥勃洛莫夫等著名人物属于同一性质的艺术典型。'总觉得阿 Q 这人很是面熟'一语，正反映了这类艺术典型的普遍性特征。"③ 的确如此。

一年之后的 1923 年 8 月，鲁迅的《呐喊》由北京新潮社初版；

---

① 严家炎主编：《二十世纪中国文学史》（上册），高等教育出版社 2010 年版，第 178 页。

② 沈雁冰：《对〈沉沦〉和〈阿 Q 正传〉的讨论——复谭国棠》，《小说月报》1922 年第 13 卷第 2 号，载《茅盾全集》第 18 卷，黄山书社 2014 年版，第 182 页。

③ 张梦阳：《中国鲁迅学史》，江苏凤凰文艺出版社 2021 年版，第 41 页。

10 月，沈雁冰就发表了《读〈呐喊〉》，这是第一篇对《呐喊》的专论。文章不长，却新见迭出，既高度评价了《狂人日记》《孔乙己》《阿 Q 正传》等小说，也高度评价了《呐喊》在整体上所体现的形式创新。他还首次提出"阿 Q 相"，认为"'阿 Q 相'未必全然是中国民族所特具。似乎这也是人类的普遍弱点的一种"。"我以为这就是《阿 Q 正传》之所以可贵，恐怕也就是《阿 Q 正传》流传极广的主要原因。"① 从发现阿 Q "是中国人品性的结晶"到指出"阿 Q 相""也是人类的普遍弱点的一种"，沈雁冰完整地揭示了阿 Q 在中国的意义和在世界的意义。以后在《阿 Q 正传》百年研究史中，对阿 Q 典型意义的研究，都没有超出这个范围，可见，沈雁冰是具有原创之功的。文章的最后，沈雁冰高度肯定了《呐喊》在形式上的创新和巨大影响："在中国新文坛上，鲁迅君常常是创造'新形式'的先锋；《呐喊》里的十多篇小说几乎一篇有一篇新形式，而这些新形式又莫不给青年作者以极大的影响，必然有多数人跟上去试验。"② 沈雁冰的这段话，在后来的鲁迅研究中被多次引用，不断沿此思路演绎、深化和升华。

1927 年，沈雁冰发表了《鲁迅论》，全面论及了鲁迅是怎样一个人以及鲁迅 1927 年以前的全部创作。这是沈雁冰在通读了截至 1927 年鲁迅的全部作品的基础上，有感而发写出的力作。同时，这篇《鲁迅论》还结合当时对鲁迅及其作品的种种评论，在大量引证的基础上阐明自己的观点的。沈雁冰认为，张定璜的《鲁迅先生》"是好文章"，"'老实不客气的剥脱'，'沉默的旁观'，鲁迅之为鲁迅，尽在此二语罢。然而，我们也不要忘记，鲁迅站在路旁边，老实不客气地剥脱我们男男女女，同时他也老实不客气地剥脱自己"。这种论断，不仅比张定璜的认识更全面，而且在以后的鲁迅研究史上被传承

---

① 沈雁冰：《读〈呐喊〉》，《文学周报》1923 年第 91 期，载《茅盾全集》第 18 卷，黄山书社 2014 年版，第 444、447 页。

② 沈雁冰：《读〈呐喊〉》，《文学周报》1923 年第 91 期，载《茅盾全集》第 18 卷，黄山书社 2014 年版，第 447 页。

下来，演变成后来著名的"鲁迅既严厉地解剖别人，更无情地解剖自己"。对于鲁迅的杂文，沈雁冰颇有见地地指出："他的著作里却充满了反抗的呼声和无情的剥露。反抗一切的压迫，剥露一切的虚伪！老中国的毒疮太多了，他忍不住拿着刀一遍一遍地不懂世故地尽自刺。"这是对鲁迅杂文特质的深刻揭示，为后来者理解鲁迅开辟了路径。沈雁冰进一步指出《呐喊》《彷徨》"大都是描写'老中国的儿女'的思想和生活"。"这些'老中国的儿女'的灵魂上，负着几千年的传统的重担子，他们的面目是可憎的，他们的生活是可以诅咒的，然而你不能不承认他们的存在，并且不能不懔懔地反省自己的灵魂究竟已否完全脱卸了几千年传统的重担。我以为《呐喊》和《彷徨》所以值得并且逼迫我们一遍一遍地翻读而不厌，根本原因便在这一点。"这正是《呐喊》《彷徨》的思想意义和生命力所在，沈雁冰揭示得何其深刻，后来的鲁迅研究者沿此思路，不断地阐发鲁迅小说的启蒙、改造国民性、摆脱传统的因袭的重担等主题。对于《阿Q正传》等小说，沈雁冰不同意当年成仿吾的批评和指责，认为《阿Q正传》不是"浅薄的纪实的传记"，也不是"劳而无功的作品"，"《呐喊》所能给你的，不过是你平日所唾弃——像一个外国人对于中国人的唾弃一般的——老中国的儿女们的灰色人生。说不定你还在这里看见了自己的影子"。[①] 这正是后来的研究者所反复揭示的"阿Q相"的普遍意义。正如张梦阳所说，"由阿Q而看到自己的影子，从中开出反省的道路，是鲁迅在中国所引发的一种非常独特的精神文化现象。生动地描述这一现象，加以简明的概括，道出其中的意义，茅盾是第一人。这也是他的这篇《鲁迅论》比张定璜的《关于鲁迅先生》更为深入、精警之处"。"总而言之，茅盾的这篇《鲁迅论》对1927年以前的鲁迅研究成果做了全面的概括，对鲁迅映像进行了非常精辟的第二次总结，是中国鲁迅学史上划时期的重要论著。"[②]

---

①　沈雁冰：《鲁迅论》，《小说月报》1927年第18卷第11号，载《茅盾全集》第19卷，黄山书社2014年版，第149—174页。

②　张梦阳：《中国鲁迅学史》，江苏凤凰文艺出版社2021年版，第81页。

这是站在中国鲁迅研究百年史的高度作出的评价，名副其实。

从 1921 年对《故乡》中心思想的揭示到 1922 年预言《阿 Q 正传》"是一部杰作"，从 1923 年的《读〈呐喊〉》到 1927 年的《鲁迅论》，可视为沈雁冰认识、评价鲁迅的第一个阶段。他把对鲁迅及其作品的认识起点垫得很高，对鲁迅《呐喊》《彷徨》的思想和艺术创新、对鲁迅杂文精神思想的论述、对阿 Q 典型意义的揭示等都是最符合鲁迅本意的阐发，也都被后来鲁迅研究家所认可、所传承，在百年中国鲁迅评价史上具有开创意义。

二

从 1933 年到 1936 年，可视为茅盾评价鲁迅、传播鲁迅的第二个阶段。这时，他已从理论家、批评家成为中国现代的革命作家，创作和批评兼顾，并和鲁迅有过密切交往，共同在左翼战线从事文学运动和创作。尤其是 1936 年鲁迅逝世前后，茅盾在多篇文章中谈到鲁迅及其作品，号召要学习和研究鲁迅，践行鲁迅精神。

1933 年，茅盾发表短文《"阿 Q 相"》，再次强调"阿 Q 相"的要点："事实上失败或屈服的时候，便有'精神上的胜利'聊自安慰，于是'反败为胜'，睡觉也甜甜了。阿 Q 的名言，所谓'被儿子打'，所谓'我的祖宗比你强'，就是他'精神胜利'的哲学。"茅盾进一步强调这种"阿 Q 相"是"中国国民的普遍相"。"特别在'九一八'国难以后，'阿 Q 相'的'精神胜利'和'不抵抗'总算发挥得淋漓尽致了。"

1935 年，茅盾选编《中国新文学大系·小说一集》，并撰写了长篇导言，重点介绍、评述了新文学第一个十年以文学研究会为代表的新文学社团以及文学研究会各位作家的作品。在开头，茅盾再次肯定鲁迅的《狂人日记》："民国七年（一九一八）鲁迅的《狂人日记》在《新青年》上出现的时候，也还没有第二个同样惹人注意的作家，更其找不出同样成功的第二篇创作小说。"① 这是茅盾通过比较得出的结论,充分体现了《狂人日记》的高起点和鹤立鸡群。

1936 年是鲁迅逝世的年份,在鲁迅逝世前后,茅盾在多篇文章中谈到鲁迅。1936 年 5 月,茅盾发表《也是"想到什么就说什么"》一文,谈到了鲁迅的历史小说《出关》以及杂文《出关的关》。文章由胡风和周扬关于"典型描写"的争论引出阿 Q 的典型问题。茅盾继续坚持 1922 年他提出的阿 Q "是中国人品性的结晶"的看法,认为"阿 Q 可以说是代表农民意识,然而决不是仅仅代表农民意识。我甚至还要说,'阿 Q 相'在农民中间还不及在士大夫等中间那么来得普遍"。他是"中国'民族性'的提要"。"把阿 Q 视为代表农民意识,是把阿 Q 缩小了,把《阿 Q 正传》的讽刺的意义缩小了。在中国社会组织改变以前,'阿 Q 相',大概还要存在的;而在改变后的短时期内,'阿 Q 相'大概也还是不能消灭净尽罢"②。在这里,茅盾再一次揭示了"阿 Q 相"的长久意义。虽然在阿 Q 形象的百年研究史中,阿 Q 形象的这种长久意义已被普遍接受,但在当时的语境下,茅盾能看到这一点,着实不易。

1936 年发生的关于"两个口号"的论争,已成为历史的旧案。茅盾当时写了两篇文章,澄清了一些事实,消除了误会,维护了鲁迅的《论现在我们的文学运动》和"民族革命战争的大众文学"的口号。在《关于〈论现在我们的文学运动〉——给〈文学界〉的信》中,茅盾附上了鲁迅的《论现在我们的文学运动》一文,并认为这篇文章"是特别重要的"。茅盾指出,胡风在 1936 年 6 月发表的《人民大众向文学要求什么》中,"把'民族革命战争的大众文学'作为现阶段的文学运动的口号提了出来。然而胡风先生只把这概括的总的口号葫芦提了出来,而并没有指明,为了要和现阶段的民族救亡

---

① 茅盾:《〈中国新文学大系·小说一集〉导言》,原载《中国新文学大系·小说一集》,良友图书印刷公司 1935 年版,载《茅盾全集》第 20 卷,黄山书社 2014 年版,第 521 页。

② 茅盾:《也是"想到什么就说什么"》,《申报·每周增刊》1936 年第 1 卷第 21 期,载《茅盾全集》第 21 卷,黄山书社 2014 年版,第 145—146 页。

运动的要求相配合，还应当有更具体的口号——'国防文学'。胡风先生那篇文章显然还是以'民族革命战争的大众文学'一口号来代替'国防文学'一口号的目的。因而他那篇文章就引起了许多质难"。所以茅盾认为："鲁迅先生现在这篇文章里的解释——对于'民族革命战争的大众文学'与'国防文学'二口号之非对立的而为相辅的，——对于'国防文学'一口号之正确的认识（随时应变的具体的口号），正是适当其时，既纠正了胡风及《夜莺》'特辑'之错误，并又廓清了青年方面由于此二口号之纠纷所惹来的疑惑！"①茅盾的这种解释是相当公允客观的。在 1936 年 8 月发表的《关于引起纠纷的两个口号》中，茅盾进一步阐明了对"两个口号"的理解、认识以及二者的关系。茅盾说，"'民族革命战争的大众文学'可以是创作的口号，但既不是代替'国防文学'，也不是文艺创作的一般口号，而只是对左翼作家说的（鲁迅先生那文，开头就提到左翼作家联盟）。我觉得'民族革命战争的大众文学'这口号，作为前进文学者的创作的口号，是很正确的"，"比单提'国防文学'这口号来得明确而圆满。鲁迅先生那篇文章的主要点似乎就在这里。他是专为给左翼文学者以鼓励与指示而发的"。更为重要的是，茅盾认为，鲁迅"没有要拿这口号去规约一切文学的意思。鲁迅先生一向主张：与其用口号或公式去束缚作家，倒不如让作家多些自由；他主张打破公式，不为口号所束缚"，"同时，他也毫不排斥'国防文学'这口号的意思"。② 在这里，茅盾将鲁迅的本意、"两个口号"的关系解释得如此通透，有利于在抗日的共同目标下联合起来，有利于克服宗派主义，有利于创作上的更大自由。

1936 年 10 月 19 日，鲁迅在上海逝世。此时茅盾并不在上海，而是于 10 月 14 日回到老家乌镇，一则伺候受风寒的母亲，二则打算

---

① 茅盾：《关于〈论现在我们的文学运动〉》，《文学界》1936 年第 1 卷第 2 号，载《茅盾全集》第 21 卷，黄山书社 2014 年版，第 162—164 页。

② 茅盾：《关于引起纠纷的两个口号》，《文学界》1936 年第 1 卷第 3 号，载《茅盾全集》第 21 卷，黄山书社 2014 年版，第 168—169 页。

写一部长篇小说《先驱者》。没几天，母亲已痊愈，不料自己却病倒了，失眠、便秘、痔疮同时袭来。到 19 日下午，茅盾突然收到夫人孔德沚从上海发来的急电："周已故速归。"这简直是晴天霹雳，他不敢相信，于是决定第二天一早乘快班船回上海。谁料这一夜又是一个不眠之夜，鲁迅的突然去世使他无法入睡。第二天清晨，痔疮并未见好，无法走路。想来出殡总得还有几天，于是决定休息一两天，等到能走动再回去也来得及。到 21 日，病仍未见轻，下午就从上海报纸上得知，鲁迅的遗体已于当日大殓，第二天安葬。丧事办得如此之快，出乎茅盾的意料，他知道自己无论如何也赶不上了。三四天后，茅盾勉强能行动，就匆匆赶回上海，立即投入到怀念鲁迅、纪念鲁迅、学习鲁迅的活动中。

到 1936 年 11 月，即鲁迅逝世一个月后，茅盾起草了《致法国左翼作家协会》，与宋庆龄、蔡元培联合署名，在法国发表。在信中，茅盾指出，"鲁迅的逝世，使中国人民失去了一位最著名的、最受人爱戴的作家"，"鲁迅成了我们民族精神的代表"，"虽然鲁迅出生在中国，但他却是属于全世界的"。此信件由宋庆龄亲自用英文打字机打印，通过中华全国学生联合会寄给世界大学生联合会，再由世界大学生联合会秘书安德烈·维克托寄给罗曼·罗兰、伐扬·古久利等进步作家。①

紧接着，鲁迅先生纪念委员会筹备会召开，茅盾是发起人之一，并起草《筹委会公告》第一号、第二号、第三号，由蔡元培签署。茅盾起草的公告的主要内容包括：组织"鲁迅先生纪念委员会"；推举蔡元培、宋庆龄、沈钧儒、内山完造、茅盾、许广平、周建人 7 人为筹备委员；举行第一次筹备会会议，商定鲁迅坟地布置、坟地建筑图标及设计等事宜。到 1937 年 7 月 18 日，鲁迅先生纪念委员会在上海正式成立，由国内外知名人士和鲁迅生前好友宋庆龄、蔡元培、郭沫若、茅盾、法捷耶夫、史沫特莱、内山完造等 70 多人组成，宋庆龄任鲁迅纪念委员会主席，许广平、茅盾、萧军、胡愈之、黎烈文、

---

① 李标晶：《茅盾年谱》，浙江大学出版社 2021 年版，第 264 页。

郑振铎、张天翼 7 人为常委。

也是在 1936 年 11 月，茅盾发表了《学习鲁迅先生》一文，开头为："抑住了哀痛，打起精神来奋斗下去，此时凡敬爱鲁迅先生而且痛感到这损失之巨大的人们，都严肃地在想着：如何永远纪念他。""立即可以想到许多办法的——纪念文学奖金，纪念馆，研究院，学会，翻译他的著作广布于全世界。"茅盾由此想象到"不远的将来'新中国'的大都市里将耸立着巍峨的'鲁迅文学院'，我想象到在将来的新中国，大陆新村一弄（如果还在）将收为公有，而在这四周将建筑起庄严的纪念馆，我也想象到绍兴将得一个新名'鲁迅县'……""然而要保证这一切伟大的永久纪念的必得办到，有一个先决条件：学习鲁迅。"① 茅盾当年构想的永久纪念鲁迅的许多办法，如今，除绍兴市没有改成"鲁迅市"外，其他都一一实现了，我们不能不佩服茅盾当年的设想是切实可行的，鲁迅得到了永久的纪念，鲁迅著作、鲁迅精神得到了长久的传承。

1936 年 12 月，茅盾发表了《研究和学习鲁迅》，文章由夏征农在《新认识》半月刊上拟出的鲁迅研究的十二个题目引申开去。茅盾认为："不仅有十二题可拟，就是二十题也拟得出。但问题不在题目之多少，而在我们究竟应该从哪几方面去研究，才能够认识出鲁迅价值的全面，而且从这认识能够增加我们'精神的食粮'与战斗的力量。"这是茅盾首次阐释鲁迅研究的目的和意义，他接着强调"研究鲁迅是目前要紧的工作"，"对于他，研究和学习不能分开"。尤其"在民族存亡和战争紧张的现在，'鲁迅研究'的意义就是继承他的工作。学究式的研究决非我们的当前急务"。他强调，我们必须"牢牢记住，时时追踪的——一是他的战斗精神"，"二是他的战斗的技术"。最后，他还揭示了鲁迅杂文的特性和"魔力"所在："不摆出说教的面孔，不作空洞的理论，而是从具体的能够引起普遍注意与兴味的社会现象出发：这是鲁迅的杂感所以有绝大'魔力'的原因，

---

① 茅盾：《学习鲁迅先生》，《中流》1936 年第 1 卷第 5 期，载《茅盾全集》第 16 卷，黄山书社 2014 年版，第 80—81 页。

这是它们所以能和他的小说有同样高的艺术价值的原因!"①

三

从 1937 年到 1949 年,可视为茅盾评价鲁迅、传播鲁迅的第三个阶段。在全民族抗战的新形势下,茅盾继续传播鲁迅精神,发表了十多篇谈论鲁迅的文章,继续号召人们学习鲁迅、研究鲁迅、践行鲁迅精神,盛赞鲁迅的韧性、谨严和战斗精神,从作为战士的鲁迅身上凝聚民族解放的力量。

1937 年《鲁迅全集》在日本翻译出版,茅盾为此写了精粹的短文《精神食粮》,认为这"是 1937 年东亚文化界的一大喜事"。文章精辟概括了"鲁迅先生这一伟大力量的源泉,我觉得第一,是他观察的深刻透彻;第二,是他对人类的热爱和悲悯;第三,是他伟大人格所发挥的一生的战斗精神;第四,也是最后一点,是他将上述三者融会贯彻在他天才的艺术创作之中"。② 这是对鲁迅独特品格、个性、精神以及力量的精确概括,也是后来越来越发达的鲁迅研究的重要观测点,百年中国鲁迅研究史已经证明了这一点。在这篇短文中,茅盾还深情地诉说:"小于鲁迅十六岁的我,无疑经常从先生的著作中多多地获取了'精神食粮'。我常常想,读一遍鲁迅先生的著作,我们欣然有所收获,就是二遍、三遍,甚至无数遍地阅读仍然能获得愈越增多的教益。"③ 无独有偶,从新时期到新世纪再到新时代的众多的鲁迅研究名家都不约而同地谈到鲁迅的著作每阅读一遍都欣然有得,

---

① 茅盾:《研究和学习鲁迅》,《文学》1936 年第 7 卷第 6 号,载《茅盾全集》第 21 卷,黄山书社 2014 年版,第 242—247 页。

② 茅盾:《精神食粮》,增田涉译,日本《改造》1937 年第 19 卷第 3 号,后由钱青译成中文,刊登于 1981 年 9 月 3 日《解放日报》,载《茅盾全集》第 21 卷,黄山书社 2014 年版,第 316 页。

③ 茅盾:《精神食粮》,增田涉译,日本《改造》1937 年第 19 卷第 3 号,后由钱青译成中文,刊登于 1981 年 9 月 3 日《解放日报》,载《茅盾全集》第 21 卷,黄山书社 2014 年版,第 317 页。

常读常新，这和茅盾的认识完全一致。

同年4月，茅盾在为宋云彬的历史小说集《玄武门之变》作序时，首先高度肯定鲁迅对历史题材文学的开拓和成功，认为"《故事新编》，在形式上展示了多种多样的变化，给我们树立了可贵的楷式；但尤其重要的，是内容的深刻，——在《故事新编》中，鲁迅先生以他特有的锐利的观察，战斗的热情，和创作的艺术，非但'没有将古人写得更死'，而且将古代和现代错综交融，成为一而二，二而一"①。这是茅盾首次全面评价《故事新编》，也是鲁迅研究史上较早论述《故事新编》的卓越成就和影响的文字。在此前，茅盾在文章中只谈到过《故事新编》中的《出关》。

1938年10月16日，鲁迅逝世两周年即将到来，茅盾在《文艺阵地》同一期发表两篇学习鲁迅的短文。一篇是《谨严第一》，认为"'学习鲁迅'，首先而且必要的，是学习他的谨严"②。这种学习，不仅从文句上去学习，更要从透彻的观察和解剖的精微上去学习。另一篇是《韧性万岁》，当有人指责鲁迅是"执拗的老人"时，茅盾却认为"'执拗'正是鲁迅先生的战斗的韧性"，"在长期抗战中，全国民众都须要坚韧，在文艺战线上的，还要韧。目前摆在文艺工作者面前的许多问题，都不是'痛快主义'所能解决，必须韧战"。③

到10月19日，在鲁迅逝世两周年的日子里，茅盾又同时发表两篇文章，《关于"鲁迅研究"的一点意见》和《以实践"鲁迅精神"来纪念鲁迅先生》。前者"从鲁迅先生自己的著述、书简和日记中，以及他平日的谈话里，我们可以看出有几个要点是研究鲁迅的时候不应该忘记的；这，首先是——他最初学开矿，后学医"，培养了鲁迅"一丝不苟的精神"和"科学者的思想态度"。"其次，鲁迅先生曾从

① 茅盾：《〈玄武门之变〉序》，开明书店1937年初版，载《茅盾全集》第21卷，黄山书社2014年版，第318—319页。

② 茅盾：《谨严第一》，《文艺阵地》1938年第2卷第1期，载《茅盾全集》第21卷，黄山书社2014年版，第604页。

③ 茅盾：《韧性万岁》，《文艺阵地》1938年第2卷第1期，载《茅盾全集》第21卷，黄山书社2014年版，第606—607页。

章太炎先生研究朴学，但是，有了近代论和近代科学方法为思想基础的他，不为朴学家法所囿"，"最后，我们要记得，鲁迅先生虽然绝不'搬弄辩证法或社会科学术语'，但是他所读的这方面的书籍恐怕比'搬弄者'要多得多。"① 后者强调要学习、实践"鲁迅精神"。茅盾认为："越是在危难的关头，越是在艰苦奋斗之际，便越加不忘记鲁迅先生！我们愈加从他的一生斗争的言行中坚定了我们斗争的决心，从他的遗教中得了光，热，力。"② 茅盾在这里强调了鲁迅研究不该忘记的几个要点，如鲁迅在南京的江南水师学堂、路矿学堂的经历给他以怎样的影响，日本学医的经历又给他带来了什么，以及鲁迅与章太炎的国学都成为后来鲁迅研究的重要命题。而茅盾看到的鲁迅的伟大的人格和坚卓的事业已成为今天的精神文化遗产，不断地被发扬光大。

1939 年 11 月，茅盾发表了《在抗战中纪念鲁迅先生》一文，针对某些"正人君子"指责鲁迅"老是吹毛求疵，看出人家的坏处来"等问题进行有力反驳。茅盾指出："不错，鲁迅先生自己也承认，他老是'看出人家的坏处来'，特别是要'挖烂疮'"；"不错，鲁迅先生就是这样'不通人情世故'，辛苦了一世。然而他这样做，就因为他有一颗比什么人都热蓬蓬些的心，就因为深爱自己这民族……所以他有不屈不挠的精神，和百折不回的勇气和毅力"。③ 这是鲁迅精神的又一写照。在这篇文章中，茅盾还针对个别人嘲笑鲁迅"怕死"予以有力回击："鲁迅先生既不主张'赤膊上阵'"，也"决不肯'上当'！可是他也决不是'为活着而活着'。只看他在晚年，实在身体已经太坏了！但还是著作不辍，天天与恶势力

---

① 茅盾：《关于"鲁迅研究"的一点意见》，《大公报·文艺》1938 年 10 月 19 日，载《茅盾全集》第 21 卷，黄山书社 2014 年版，第 613—615 页。

② 茅盾：《以实践"鲁迅精神"来纪念鲁迅先生》，香港《立报·言林》1938 年 10 月 19 日，载《茅盾全集》第 21 卷，黄山书社 2014 年版，第 616—617 页。

③ 茅盾：《在抗战中纪念鲁迅先生》，《反帝战线》1939 年第 3 卷第 2 期，载《茅盾全集》第 22 卷，黄山书社 2014 年版，第 80—81 页。

奋斗，不就很明白了么？"① 茅盾的这种反驳非常有力。在后来的鲁迅接受史上，诋毁鲁迅的人不也经常拿鲁迅"怕死"（在东京拒绝同盟会派他回国刺杀清朝权贵）说事吗？因此，回顾茅盾当年的思想见解不禁让人感慨系之。

1940年，茅盾发表了关于《呐喊》《彷徨》的读书札记。针对有人认为的《彷徨》显示了作者更浓一些的"悲观思想"，或者认为《彷徨》是作者思想"转变"的起点，茅盾指出："我以为《呐喊》和《彷徨》里所表见的作者的宇宙观并无二致，但是作者观察现实时所取的角度却显然有殊。""不要以为《呐喊》与《彷徨》的思想内容就像用刀子来裁过那样整齐分为两面，河水不挠井水似的各归各的。两者之间，还有错综的地方，甚至在一篇之中也有错综着的。""《彷徨》应该看作是《呐喊》的发展，是更积极的探索；说这是作者的'悲观思想'到了顶点，因而预兆着一个'转变'——这样的论断，似乎是表面而皮相的。"② 茅盾充分看到了《呐喊》和《彷徨》的连续性、一致性以及《彷徨》的更积极的探索，这无疑有益于我们更好地理解和把握这两部小说集。当然，茅盾在这里论说到的从两部小说集的人物身上看见的革命的力量云云，显得有些牵强，这是那个时代的局限。

1941年，茅盾发表了三篇纪念、学习、研究鲁迅的文章。在《研究鲁迅的必要》中，茅盾指出："在我们中国现代，鲁迅先生的作品，不但在今天，而且将在此后的长时间，为研究此一时期的文化思想者所不可或缺的遗产。"③ 鲁迅的接受史、研究史已经证明茅盾的见解的正确性，《鲁迅全集》已经成为百年中国最重要的精神文化

---

① 茅盾：《在抗战中纪念鲁迅先生》，《反帝战线》1939年第3卷第2期，载《茅盾全集》第22卷，黄山书社2014年版，第82页。

② 茅盾：《关于〈呐喊〉和〈彷徨〉——读书札记》，《大众文艺》1940年第2卷第1期，载《茅盾全集》第22卷，黄山书社2014年版，第174—177页。

③ 茅盾：《研究鲁迅的必要》，《华商报·灯塔》1941年9月11日，载《茅盾全集》第22卷，黄山书社2014年版，第276页。

遗产之一，被哲学社会科学诸领域的研究者所反复研究和引证。为了纪念鲁迅逝世五周年，茅盾先后撰写了《最理想的人性》和《研究·学习·并且发展他》。前者主要谈论了鲁迅著作应当读以及如何读的问题。后者茅盾号召人们"不但要学习鲁迅，研究鲁迅，还得发挥鲁迅，保护鲁迅"。那么，该如何研究鲁迅呢？茅盾进一步指出："有两种不同的研究鲁迅的态度。把鲁迅当作偶像，把他的学说思想当作死的教条，这是一种态度。""另一种研究态度是把鲁迅作为战士，活在我们中间的战士，他的著作是我们斗争的指南针，是帮助我们了解这社会，了解这世界，认明了敌和友的活的方法。倘取了这一态度，则鲁迅的著作将成为我们斗争的武器，滋补我们的斗争力血液。"① 茅盾反对把鲁迅当作偶像，反对把鲁迅的学说当作死的教条，这一点意义重大。因为在百年中国鲁迅的研究历程中，把鲁迅当作偶像、当作教条时有发生。所以，茅盾强调要"在正确的立场上来研究鲁迅"的主张具有长久的意义。

1948 年，茅盾发表了《论鲁迅的小说》，主要讨论了从《呐喊》到《彷徨》的艺术发展。比较有价值的观点是：茅盾认为《狂人日记》是"划时代的作品，标志着中国近代文学，特别是小说的新纪元，也宣告了中国的现实主义文学的发轫"，"是他的小说作品的总序言"。文章接着论述了《狂人日记》的基本思想以及《呐喊》《彷徨》的基本情况和具体篇章。"在《彷徨》集中，我却以为沉痛的作品在艺术上比《呐喊》集中的同类作品达到了更高的阶段，《祝福》和《伤逝》所引起的情绪远比《药》和《明天》为痛切。""若就艺术的成熟一般而论，鲁迅的小说后期者优胜于前期者，这说法大体上我相信是不错的。"② 茅盾的这种观感是非常具有眼光的，是符合鲁迅作品实际的，我们不能不折服。后来，张梦阳在《中国鲁迅学史》

① 茅盾：《研究·学习·并且发展他》，《大众生活》1941 年第 23 期，载《茅盾全集》第 22 卷，黄山书社 2014 年版，第 301 页。
② 茅盾：《论鲁迅的小说》，《小说月报》1948 年第 1 卷第 4 期，载《茅盾全集》第 23 卷，黄山书社 2014 年版，第 497—506 页。

中高度赞扬茅盾:"对鲁迅从《呐喊》到《彷徨》艺术发展的分析,是切中肯綮、极有道理的,值得后人继续体味。最后,茅盾对鲁迅后期不写小说的原因也做了非常中肯的解释。""鲁迅后期为什么不写小说了?这一问题一直是中国鲁迅学史上的一个悬念,历来有各种说法,而茅盾的这一解释相对来说是最合情合理的,值得后人参考。"①的确,应该说,后人对鲁迅后期为什么没多写小说的种种说法基本没有超出茅盾的解释,即使超出了也是离谱的。当然,茅盾的这篇文章也有局限性,比如说鲁迅的前期小说"是中国的社会主义的现实主义文学的先驱"不妥。

四

1949 年中华人民共和国成立以后,茅盾以他的崇高威望,被党中央、国务院任命为首任文化部部长、全国政协常委,直到 1965 年改任全国政协副主席。同时,还一直担任中国作家协会主席,直到逝世。他的政务工作极为繁忙,已无暇从事文学创作,但理论批评工作还在继续,对鲁迅是一如既往地宣传和研究。1949—1979 年,茅盾共发表了有关鲁迅的文章 17 篇,多为学习、纪念性的讲话。有学者认为,1949 年以后茅盾对鲁迅的阐释主要是误读和曲解,表现为断章取义,呈现的是脸谱化、阶级化、革命化的鲁迅,其目的是为主流政治服务。② 这有些言重了,或以偏概全。即使在今天来看,茅盾 1949 年以后对鲁迅的论述仍有很多是有价值的,个别的失之偏颇,往往是受时代和政治约束的结果,是难以避免的,每个人都不能超越时代而生存。

1949 年 10 月 19 日,在鲁迅逝世十三周年的日子里,茅盾同时

---

① 张梦阳:《中国鲁迅学史》,江苏凤凰文艺出版社 2021 年版,第 333—334 页。

② 商昌宝:《茅盾 1949 年后误读与曲解鲁迅考论》,《湘潭大学学报(哲学社会科学版)》2013 年第 2 期。

发表了两篇学习鲁迅的文章。在《学习鲁迅与自我改造》一文里，茅盾强调："要明白鲁迅思想的发展，不能不研究他的杂文；而要善于学习鲁迅，则对于他的思想发展的过程有一个彻底的了解，当然是好的，甚至是必要的。"他接着阐发了瞿秋白对鲁迅思想发展的论述，认为："对于鲁迅思想的发展作了透彻精深的研究的，不能不推瞿秋白氏为第一人。在《鲁迅杂感选集》的序言中，他运用马列主义的观点分析了鲁迅思想发展中起着决定作用的要素，指出鲁迅之从'进化论进到阶级论，从绅士阶级的逆子贰臣进到无产阶级和劳动群众的真正的友人以至于战士……'"[①] 瞿秋白从阶级视角对鲁迅思想发展的论述，在以阶级来观察人、分析人的时代是非常权威的观点，影响时间较长，具有里程碑的意义，茅盾对此高度赞赏顺理成章。在今天看来，茅盾这篇文章的时代局限，一是传达知识分子特别需要自我改造；二是仅从阶级视角认识鲁迅思想。在《认真研究、认真学习》一文中，茅盾首先提出纪念鲁迅"最应该做的纪念方法还是学习鲁迅，研究鲁迅，把鲁迅普及到工农大众"。"对于鲁迅的研究，我们的工作实在做的不多。"其次，茅盾指出，"摘取了鲁迅作品中的警句以装饰自己的，以前也常常见到，这不是真正研究的态度"。再次，茅盾在本文中提出有两个专题值得我们研究："一个是尼采思想对于鲁迅早期思想的影响，又一个是庄子和楚辞在他思想和艺术上的比重。"茅盾所指出的这两个专题，在以后的鲁迅研究史中得到了验证，是两个重要的研究课题。最后，茅盾指出："无论专题研究或分期研究或从其思想的发展作整体研究，都迫切地需要认真去做。我们不是为研究而研究，是为学习而研究。"[②] 上述这些观点有什么不对的？怎么能说"是开启了误读和曲解鲁迅的先河"[③] 呢？笔者实在

---

① 茅盾：《学习鲁迅与自我改造》，《人民日报》1949 年 10 月 19 日，载《茅盾全集》第 24 卷，黄山书社 2014 年版，第 97—98 页。

② 茅盾：《认真研究、认真学习》，《光明日报》1949 年 10 月 19 日，载《茅盾全集》第 24 卷，黄山书社 2014 年版，第 102—104 页。

③ 商昌宝：《茅盾 1949 年后误读与曲解鲁迅考论》，《湘潭大学学报（哲学社会科学版）》2013 年第 2 期。

不能苟同。

1950 年 8 月，茅盾在给北京中学国语教员暑期讲习会所作的讲演中，在讲到作品寿命的长短时，举《阿 Q 正传》作为正面的例子。茅盾说："作品寿命的长短，是它社会影响的重要部分。有些作品，在当时发挥了大影响，但过一个时期，其作用没有了，不适合于时代的需要了。这叫做寿命不长。大凡一个作品反映生活愈广愈远，寿命就愈长；反之，只反映了目前的局部的，寿命也必有限。""我们判断一个作品寿命的长短，主要是看它的内容，看它所写的问题是不是基本问题，是不是这些问题将来还成为问题。举个例说，鲁迅的《阿 Q 正传》所写的是辛亥革命前后，一个乡下人阿 Q 的生活；从表面上看，这是一个小人物的小事情，可是这作品经历了三十年了仍有生命，并且我们可以大胆地说，数十百年后也还有生命。"①《阿 Q 正传》至今仍然不朽，印证了茅盾当年的预言。

1951 年 10 月 19 日，在鲁迅逝世 14 周年的日子里，茅盾发表了《鲁迅谈写作》，明确指出鲁迅不相信《小说做法》之类，但"有许多宝贵的意见，散见于他的遗著中，是从事写作者的我们应当奉为指南针的。这些宝贵的意见，大致可以分为下列两类：论思想意识与生活经验的；论写作方法的，包括人物描写、炼字、炼句等等"。茅盾结合鲁迅的相关文章，具体谈论了这些问题。在文章结尾，茅盾强调："在这里，鲁迅又警告我们：写作之道，除了老老实实、勤勤恳恳下一番功夫，是并无其它捷径的。"②

1956 年，是鲁迅逝世二十周年的年份，也是毛泽东发表"双百方针"的年份。为了纪念鲁迅，茅盾先后发表了四篇文章。《研究鲁迅，学习鲁迅》是茅盾在鲁迅逝世二十周年纪念报告会上的开幕词，其中谈到研究鲁迅"空气总是愈浓愈好；必须展开'百家争鸣'的

---

① 茅盾：《怎样阅读文艺作品》，1950 年 8 月 9 日在北京中学国语教员暑期讲习会上的讲演，载《茅盾全集》第 24 卷，黄山书社 2014 年版，第 187—188 页。

② 茅盾：《鲁迅谈写作》，《人民日报》《光明日报》1951 年 10 月 19 日，载《茅盾全集》第 24 卷，黄山书社 2014 年版，第 236、241 页。

自由讨论，然后能够把研究工作进一步深入"。他还谈到了学习鲁迅，反对说教，反对公式化、概念化的问题。最后，谈到"文艺工作者思想改造的必要"，而且"是长期的和艰苦性的"。① 这一点是对毛泽东有关文艺工作者思想改造思想的贯彻，带有特定时代的政治色彩。若说局限性，仅在这一点上是有局限性的。《在鲁迅迁葬仪式上的讲话》中，茅盾说，"鲁迅生前，对于共产主义的必然胜利，是抱着坚定信念的"，我们要学习他"对于共产主义的无限忠诚"②。这样的话语脱离了鲁迅的实际，用政治口号去"套"了。在《鲁迅——从革命民主主义到共产主义——鲁迅逝世二十周年纪念大会上的报告》中，茅盾较系统地回顾了鲁迅的创作。这个报告，在今天看来也有些局限性，把鲁迅看成马克思主义者、共产主义者；认为《阿Q正传》"也不无偏颇之处，这就是忽视了中国人品性上的优点"；认为鲁迅在《阿Q正传的成因》中的最后几句话"暗指着当时就要到来的一九二七年的革命"③。这显然是对鲁迅的曲解，只遵从了革命的需要。但在报告的结尾，茅盾强调要警惕"研究工作中的教条主义倾向"，要贯彻"百家争鸣"的方针等还是有积极意义的。在《如何更好地向鲁迅学习？》中，针对青年们常说的"鲁迅的作品深奥难懂"，他认为鲁迅的作品并不"深奥难懂"，"作品的思想性的深刻，不是表现在'深奥难懂'，或者使人看后似懂非懂，而是表现在愈咀嚼则其味愈浓，换句话说，即是读了一遍以后掩卷沉思，它抓住你心灵，使你久久不能忘怀，而过了若干日月，再拿来读一遍时，仍然有这样的深切的或者更深的新感受，就如同初次读它似的"。这正道出了鲁迅作品作为经典的魅力和常读常新。在这篇文章中，茅盾还批评

① 茅盾：《研究鲁迅，学习鲁迅》，《人民日报》1956年9月22日，载《茅盾全集》第24卷，黄山书社2014年版，第563、564页。

② 茅盾：《在鲁迅迁葬仪式上的讲话》，《解放日报》1956年10月15日，载《茅盾全集》第24卷，黄山书社2014年版，第609、610页。

③ 茅盾：《鲁迅——从革命民主主义到共产主义——鲁迅逝世二十周年纪念大会上的报告》，《文艺报》1956年第20期，载《茅盾全集》第24卷，黄山书社2014年版，第613—617页。

有人从《药》的结尾寻找"弦外之音"，把"小说《药》当作总结报告，因而要求字字有交代、句句有着落。如果用要求工作总结报告的，来要求文学作品，那就不免要愈看愈糊涂的"。茅盾还指出，"近年来，有些研究论文……喜欢在鲁迅作品里找'微言大义'"，认为这种做法是"不正确的"。他反对把鲁迅作品"神秘化""深奥化"，也批判庸俗社会学的观点。① 茅盾的这些观点，都是有的放矢、结合实际的，在当时具有意义，在现在同样具有意义。

1961 年是鲁迅诞辰八十周年。茅盾在纪念大会上的报告中，又一次高度评价了鲁迅一生的文学活动，并用"洗炼，峭拔而又幽默"来概括鲁迅作品的风格，同时强调"统一的独特的风格只是鲁迅作品的一面，在另一方面，鲁迅作品的艺术意境却又是多种多样的"。② 应该说，即使在今天来看，茅盾对鲁迅作品多样而又统一的风格的认识和概括都是很准确的。当然，这个报告也有局限，比如把鲁迅看作从十月革命看到了救中国道路之一人，这是从革命家视角的解读，是对鲁迅拔高式的误读。

1963 年、1974 年和 1975 年，茅盾记下了几则阅读鲁迅小说的笔记，说到《狂人日记》《孔乙己》《阿 Q 正传》《伤逝》以及鲁迅早期思想的变化、鲁迅的风格、鲁迅的诗词等。其中，有价值的见解是对鲁迅风格的概括："鲁迅有时幽默，有时沉痛，有时投枪，他有好多付笔墨，然总观其风格，则峥嵘辛辣，庶几近之。"③ 局限的地方是对阿 Q 典型认识的革命化，认为阿 Q"也有进步的一面"，"至少他要革命"，鲁迅对他除了"哀""怒"，也有"赞许"。这是不符合鲁迅的本意的。

---

① 茅盾:《如何更好地向鲁迅学习?》，《文艺月报》1956 年 10 月号，载《茅盾全集》第 24 卷，黄山书社 2014 年版，第 630—632 页。

② 茅盾:《联系实际，学习鲁迅——在鲁迅先生诞生八十周年纪念大会上的报告》，《文艺报》1961 年第 9 期，载《茅盾全集》第 26 卷，黄山书社 2014 年版，第 350 页。

③ 茅盾:《关于鲁迅及其作品的笔记》，分别记于 1963 年、1974 年和 1975 年，载《茅盾全集》第 27 卷，黄山书社 2014 年版，第 224 页。

茅盾晚年几乎把全部精力都投入撰写详尽的回忆录中。关于鲁迅的回忆以及他和鲁迅的交往，他只写了《我和鲁迅的接触》《鲁迅说："轻伤不下火线！"》。在此前的 1940 年，茅盾还写了《为了纪念鲁迅的六十生辰》，也属于追忆鲁迅的文字，追忆了他和鲁迅的第一次见面以及鲁迅重病、是否到国外疗养等事宜。《我和鲁迅的接触》写于 1976 年，茅盾回忆了鲁迅与左联、鲁迅与两个口号的论争、关于贺长征电、关于鲁迅的病、文学研究会与鲁迅的关系、关于鲁迅治丧委员会等①，具有很高的史料价值。《鲁迅说："轻伤不下火线！"》写于 1976 年 5 月，文章回忆了鲁迅的病以及好友史沫特莱等劝鲁迅去苏联疗养，鲁迅为了工作和战斗拒绝了，体现了鲁迅忘我的工作精神以及"轻伤不下火线"的战斗意志。

粉碎"四人帮"以后的 1977 年，茅盾发表了《学习鲁迅翻译介绍外国文学的精神》一文，这是茅盾系统阐述鲁迅在翻译、介绍外国文学方面所作出的突出业绩的重要论文，文章阐释了鲁迅对待中外古今文学遗产的态度，号召人们在外国文学工作中首先要向鲁迅学习。茅盾生前发表最后一篇关于鲁迅的文章是 1979 年的《答〈鲁迅研究年刊〉记者的访问》，他着重指出："鲁迅研究中有不少形而上学，把鲁迅神化了，把真正的鲁迅歪曲了。""比如说证明鲁迅的旧体诗《湘灵歌》是为纪念杨开慧写的，据我所知，鲁迅并不知道杨开慧，我也没有给他谈过杨开慧。"茅盾还谈道："鲁迅研究中也有'两个凡是'的问题。比如说有人认为凡是鲁迅骂过的人就一定糟糕，凡是鲁迅赏识的就好到底。我看并非如此。这类事情要实事求是。"最后，茅盾"希望《鲁迅研究年刊》不要搞形而上学，不要神化鲁迅，要扎扎实实地、实事求是地研究鲁迅"②。实际情况是，茅盾所指出的鲁迅研究中的形而上学、神化鲁迅、歪曲鲁迅、"两个凡

---

① 茅盾：《我和鲁迅的接触》，《鲁迅研究资料》1976 年第 1 辑，载《茅盾全集》第 27 卷，黄山书社 2014 年版，第 235—250 页。

② 茅盾：《答〈鲁迅研究年刊〉记者的访问》，《人民日报》1979 年 10 月 17 日。

是"等问题，在 1949 年以后的鲁迅研究中是经常出现的问题。他的这篇答记者的访问，实际上为《鲁迅研究年刊》提供了办刊遵循，也为新时期的鲁迅研究指明了正确的学风和方向。

1979 年 12 月，中国鲁迅研究学会（中国鲁迅研究会的前身）在北京成立，宋庆龄担任名誉会长，茅盾以他的崇高威望和对鲁迅的深湛理解，担任首任会长，极大地提升了学会的声望和地位。

五

以上的描述尽管还有遗漏，但我们可以深切地感受到茅盾在百年中国的鲁迅接受史中投入了大量精力，留下了众多文字，他几乎是几十年如一日，不遗余力地评价鲁迅、研究鲁迅、宣传鲁迅、捍卫鲁迅，传播鲁迅精神，作出了多方面的努力和贡献，具有多方面的价值。

第一，茅盾对鲁迅的论述具有编年史价值。从 1921 年到 1979 年，在长达 58 年的历程中，茅盾几乎是持续、不间断地传播鲁迅思想，阐发鲁迅作品，弘扬鲁迅精神。把这些论述连贯起来，简直就是一部编年体的鲁迅接受与传播史。时代的风貌，历史的足迹，文学的场域，具体的语境等均在这部编年史中呈现出来，其历史价值、文献价值、史料价值不言而喻。在中国现当代，的确没有第二位作家、批评家对鲁迅既由衷地敬佩又持续地阅读、学习、宣传、研究，茅盾倾注了大量的心血，发挥了不可替代的作用。

第二，茅盾一生对鲁迅的评价与研究，留下了众多精辟而深刻的见解，在鲁迅研究史上具有学术创新价值。在百年中国鲁迅研究史中，产生了众多的研究名家，茅盾就是其中之一，他的许多精辟的见解是绕不过去的，发挥了不可替代的作用，得到了几代鲁迅研究者的认可。他独具慧眼，目光如炬，对鲁迅的认知具有远见卓识，使接受者认识了鲁迅的伟大和作品的卓越，在鲁迅学术史上具有开创意义和产生深远影响，其很多观点被写进了教科书，延传至今。

第三，在半个多世纪的历程中，茅盾多次、反复强调要学习鲁迅、宣传鲁迅、普及鲁迅，承担了传承鲁迅精神的重任，在鲁迅传播史上、宣传史上发挥了重要作用，具有重要的精神价值。茅盾多次在文中号召要向鲁迅学习，认为这是悼念、怀念、纪念鲁迅的最好形式。他认为鲁迅的著作博大精深，不但青年们不可不读，就是研究中国文化、探讨中国问题的人士，也应当读。学习鲁迅，茅盾认为不仅要从文句上去学习，更要从透彻的观察和解剖的精微上去学习。要学习鲁迅的斗争策略，学习鲁迅的"韧"的战斗精神，学习鲁迅的谨严，学习鲁迅的绝不妥协，学习鲁迅的伟大人格……茅盾也反对学习鲁迅过程中的简单、幼稚的现象，比如不了解全盘的思想，只摘录警句，比如不读《鲁迅全集》，只读《鲁迅语录》，认为这不是学习、更不是研究鲁迅的正路。

第四，几十年来，茅盾及时，甚至反复纠正了学习鲁迅、理解鲁迅、研究鲁迅过程中出现的种种疑虑、偏差，乃至错误倾向，促进鲁迅接受和研究朝着正确、健康的方向发展，具有纠偏和矫正价值。在百年中国鲁迅接受史上，不时地伴随着对鲁迅的误读、曲解、指责、攻击、辱骂、诋毁等现象。如何正确认识和准确理解鲁迅就成为一个十分重要的问题。当有人指责鲁迅是"执拗的老人"时，茅盾针锋相对，认为"'执拗'正是鲁迅先生的战斗的韧性"。当某些"正人君子"指责鲁迅"老是吹毛求疵"，总是"看出人家的坏处来"时，茅盾进行了有力的反驳，认为鲁迅的勇于"挖烂疮"正是源于对民族至大至刚的爱，所以，他才有百折不回的勇气和毅力。当有人嘲笑鲁迅"怕死"时，茅盾给予有力回击，认为鲁迅反对"赤膊上阵"，也不主张做无谓的牺牲。当有人不满《彷徨》的"悲观思想"时，茅盾却认为《彷徨》里所表现的作者的宇宙观与《呐喊》并无二致，是《呐喊》的发展，是更积极的探索。当有人非议《狂人日记》不像"一篇小说"时，茅盾却认为唯其"不像"正反映了《狂人日记》的独特价值，成为新文学进军的号角。茅盾还批评将鲁迅神化、偶像化的现象，特别是1949年以后。茅盾反对把鲁迅当作"偶像"，把鲁迅的学说当作死的教条。对于鲁迅研究，他始终主张开展百家争鸣式的自由讨论，反对把鲁迅作品"神秘化""深奥化"，也反对庸俗社会学的方法和形而上学的做法，主张把鲁迅普及到大众中去、青年中去。茅盾这种不断地纠偏和提醒，十分必要，推动了鲁迅接受和向青年人的延伸和发展，使鲁迅精神薪火相传。

第五，对鲁迅著作的读法、研究法，茅盾一贯有自己的正确主张，这些主张积极引导着中国对鲁迅文化遗产的接受和研究。这是茅盾鲁迅论的又一贡献，具有方法论价值。如何读鲁迅的著作？茅盾反对"见木不见林"的读法，主张从大处着眼，特别是要结合几十年来中国社会的、思想的变动来研读鲁迅著作，不能把鲁迅的思想孤立起来，而应该和当前的现实联系起来，主张把它当作了解世界、了解社会、认明敌友的指南针。至于研究方法，茅盾认为用什么方法研究鲁迅的著作都是需要的，提倡研究方法的开放性和多样性。在茅盾看来，不论一本书还是一篇文章，都不能说全无问题，已成定论，可以展开热烈的、反复的辩驳，展开讨论和争鸣，这体现了茅盾的包容精神和对学术规律的尊重。茅盾也反对鲁迅研究中简单、幼稚的现象，比如，不了解全盘的思想，只摘录警句，不读《鲁迅全集》，只读《鲁迅语录》，认为这不是学习、研究鲁迅的正路。

当然，茅盾在半个多世纪对鲁迅的论述并非全都正确，也不可避免地存在着局限性和偏离对鲁迅本体的认识。因为茅盾是人，不是神。"无论多么伟大的人物都有其不可避免的'局限性'和'负面意义'。"① 茅盾也不能例外，总是受特定时代的政治氛围和指导思想的影响。当茅盾从人性、人类性的角度来观照阿Q形象时就能充分看到"阿Q相"在全中国乃至全人类的普遍意义。当茅盾从阶级、从革命的要求来解读阿Q时，就落入了"阶级+典型"的陷阱，把阿Q窄化为农民阶级、士大夫阶级、圣贤阶级的典型，并且拔高了阿Q的革命要求和勤劳、质朴的一面，甚至认为《阿Q正传》"也不无偏颇之处，这就是忽视了中国人品性上的优点"，从而也就远离了鲁迅写阿Q的本意。当他从革命的视角、从社会主义现实主义的教条来要求鲁迅作品时，就说从《呐喊》的人物身上看见了革命的力量云

---

① 张梦阳：《中国鲁迅学史》，江苏凤凰文艺出版社2021年版，第15页。

云，说鲁迅的小说是"中国社会主义现实主义文学的前驱"。特别是1949年以后，茅盾作为体制内的高官，不可能不受政治一体化的影响。而20世纪50年代，鲁迅被尊为伟大的共产主义者，鲁迅成了偶像，成了神。于是，我们看到茅盾在1956年《在鲁迅迁葬仪式上的讲话》中说"鲁迅生前，对于共产主义的必然胜利，是抱着坚定的信念的"，我们要"学习他对于共产主义的无限忠诚"云云。在鲁迅逝世二十周年纪念大会的报告中，茅盾以"从革命民主主义到共产主义"为题，来论述鲁迅最终转向了共产主义，把鲁迅说成了马克思主义者。张梦阳先生说："茅盾作为一位天才的文学批评家，有着惊人的艺术直感，这种直感往往是非常精准的。但他被套上政治枷锁后，却做了远离鲁迅本体的所谓报告，这不能不说是一种学术上的大倒退。而我们应该原谅茅盾，因为这个报告肯定不是茅盾按照自己的意愿写的，而是出于政治授意和硬性要求。"[1] 这种分析很有道理。一体化的政治的规约，特定时代对阶级身份、政治身份的硬性的要求，使茅盾对鲁迅的认识出现了倒退。直到1977年，"文化大革命"虽然已经结束，但极"左"的阴魂依然没有散去，茅盾在文章中依然重复1926年以后鲁迅"终于完成了从革命民主主义者到共产主义者的飞跃"，认为"鲁迅对中国无产阶级革命先锋队——中国共产党的忠诚是一贯的，坚定的"。[2] 这是典型的曲解鲁迅和神化鲁迅。这种情况的出现，主要是时代的局限、历史的局限、政治的要求。当然，茅盾自身，也有值得反思和自省的地方。

综观茅盾一生对鲁迅的论述，误读、曲解、拔高、神化鲁迅的地方是不多的，和他的巨大功绩相比，也就显得无足轻重了。

（原刊《茅盾研究》第19辑）

---

① 张梦阳：《中国鲁迅学史》，江苏凤凰文艺出版社2021年版，第439页。
② 茅盾：《学习鲁迅翻译介绍外国文学的精神》，《世界文学》1977年第1期，载《茅盾全集》第27卷，黄山书社2014年版，第270—271页。

本土和域外：两种资源的互动与茅盾儿童文学翻译观的确立[*]

卫 栋^{**}

摘 要 茅盾儿童文学翻译观的生成发展离不开本土和域外内外两种资源的互动。在本土资源的转译过程中，茅盾以历史的、民间的资源为基底，对其形式加以合理化的改造，对其语言提出具体而微的要求，使之具备"笔墨如生"的质素。立足本民族文化特性，在"科学"精神及"取精用宏"观念的指引下，茅盾选取适宜的域外资源进行翻译创作，使中国儿童文学翻译具有多维度的理论视野。基于两种资源的双向发力，以中西互审的方式对语言、艺术等方面予以考察，茅盾确立了其儿童文学翻译观。其翻译思想深刻地介入了中国儿童文学的本土创作，助力中国儿童文学迈向现代化进程。

关键词 茅盾；翻译观；儿童文学；资源转化；现代化

一 问题的提出：茅盾儿童文学翻译思想与中国儿童文学现代性的生成

和西方相比，中国儿童文学显露出理论先行的发展特征，"儿童"在五四时期被视为独立自主的生命个体，现代意义上的"儿

---

* 基金项目：国家社会科学基金重大项目"百年中国文学视域下儿童文学发展史"（项目编号：21&ZD257），项目负责人：吴翔宇。

** 作者简介：卫栋，浙江师范大学人文学院博士研究生。

观"才应运而生，为儿童文学的发展带来崭新的评判标准与价值尺度。作为现代社会的产物，儿童文学自诞生以降就呈现出复杂性的一面，其现代性的生成和发展，与思想文化的现代性变革密不可分。以往研究者过于重视思想现代性而轻视语言现代性，停留在对现代性的单向度理解层面上。倘若不能从语言现代性的角度洞悉中国儿童文学的现代性，是存在一定缺憾的。这容易导致研究者无法真正把握中国儿童文学现代性的整体态势，也就无法呈现其具体特质。由翻译的特性可知，翻译既是语言形式的转化，又是思想文化的整合。值得注意的是，翻译并非只有如英译汉、日译汉等跨语际翻译一类形式，在广义的"翻译"范畴中，跨语际翻译只是翻译的一类，将文言文改写为与现代化相适应的白话文也是翻译的另一类形式。借助于翻译，中国儿童文学得以从异质文化资源与本土文化资源的化用中萌蘖。

1916 年，茅盾进入上海商务印书馆，跟随孙毓修编撰《童话》丛书，在域外资源翻译与本土资源转译过程中，逐步确定了其儿童文学的理论根基。他不仅身体力行地从事儿童文学翻译实践，也深耕翻译理论，其翻译思想成为中国现代儿童文学理论不可或缺的一部分。茅盾认为儿童文学应该是"儿童问题"的分支，他曾多次撰文指出市面已有儿童读物的弊病，由此引发了与之相关的翻译题材与翻译方法的讨论。在五四科学精神与"儿童本位"观念的指引下，茅盾开辟了儿童文学现代转译的新路径。作为历史转型期中国儿童文学的拓荒者，茅盾的儿童文学翻译实践及其翻译理念在中国儿童文学的现代性进程中有着不可替代的价值和作用。

关于茅盾翻译思想与中国儿童文学现代性的关系问题，研究者主要从两个方面论述：其一，从先驱者的身份历时性地全面展示茅盾翻译实践在儿童文学版图上的轨迹。王泉根认为"像茅盾那样对苏联儿童文学进行持续翻译介绍的作家是不多见的"①。金燕玉认为茅盾的儿童文学翻译有着"强烈的时代性"，阅读其儿童文学译作是一种

① 王泉根：《百年中国儿童文学演进史中的茅盾》，《江淮论坛》2020 年第 6 期。

"艺术享受"①。魏同贤直言茅盾正是在译写、改编和创作儿童读物中"迈上了他光辉的文学道路的"②。其二，聚焦语言、思想、题材等对茅盾儿童文学编译理念及实践进行阐释。不同于周作人、鲁迅、叶圣陶等人在儿童文学某个领域内的开创性贡献，茅盾借助于域外儿童文学的艺术经验，在长达半个多世纪的时间里"一以贯之地关心、注重儿童文学"，致力于"给孩子以审美教育""把孩子的灵魂推向崇高"③。廉亚健肯定茅盾的翻译思想自成体系，其文学翻译的艺术创造性对中国现代翻译史的理论建构起到了范式作用④。关于茅盾儿童文学作品中的主题重构，王彬将其认定为编译者、出版者重要的文化资源⑤。论及茅盾的儿童文学翻译观念，徐德荣等将其细分为功用观、翻译选材观、翻译文体观等方面，详细探析了茅盾翻译思想的体系性与深刻性⑥。王志勤将茅盾的翻译思想置于历史语境下，从社会学、文化学、传播学视角探讨茅盾翻译思想的当下借鉴意义⑦。刘金龙等通过对茅盾转译活动的文化解读，系统展示茅盾翻译思想的内涵⑧。上述研究从不同维度探讨茅盾的翻译实践及翻译思想，但均未深入细致地考察本土与域外两类不同资源的化用对其翻译观确立的影响。

---

① 金燕玉：《茅盾的儿童文学翻译》，《苏州大学学报（哲学社会科学版）》1986 年第 1 期。

② 魏同贤：《先驱者的业绩——谈茅盾的儿童文学理论及创作》，《儿童文学研究》1982 年第 9 期。

③ 韦苇：《一位中国儿童文学倡导者的艺术探索——论茅盾对儿童文学的贡献》，《浙江师范大学学报（哲学社会科学版）》1987 年第 3 期。

④ 廉亚健：《茅盾翻译思想与实践概述》，《中国出版》2015 年第 6 期。

⑤ 王彬：《茅盾儿童文学编译中的主题重构探析》，《出版发行研究》2013 年第 12 期。

⑥ 徐德荣、向海涛：《茅盾的儿童文学翻译思想探究》，《北方工业大学学报》2022 年第 3 期。

⑦ 王志勤：《跨学科视野下的茅盾翻译思想研究》，四川大学出版社 2019 年版。

⑧ 刘金龙、高云柱：《茅盾的文学转译观探究》，《上海翻译》2021 年第 3 期。

　　在百年中国儿童文学史整体框架内考察两种资源的转化，有必要立足本土资源与域外资源展开对话，以期借鉴域外经验扩充本土文学的整体内涵，进而寻求符合中国儿童文学主体建构的理论路径。就本土资源的创造性转化而言，文浩认为茅盾的"文艺民族形式论"坚守"开放型的民族文学观"，以"两结合"的视角推进民族形式的改造①。吴翔宇注意到茅盾将自己的文学观念投射到对传统资源的改编中，自觉跳出旧文学范式的藩篱，以"儿童性""文学性""现代化"重铸传统资源②。对于域外资源的选择与接受，宋炳辉等认为茅盾侧重对俄苏文学和弱小民族文学译介的翻译实践，总结其"鲜明的价值取向"和"本土文学建构策略"③。发生期中国儿童文学的探索不可避免地一度陷入"域外儿童文学影响的焦虑"与"中国传统资源的时代转换"④的两难之境，这就既要批判性地继承传统资源中的合理质素进而对其重新编码并赋予时代意义，又要避免过于尊崇域外资源而导致民族立场的丧失。从整体来看，研究者对茅盾内外两种资源的化用进行了研究，但也存在一些不足：一是缺乏整体性地将茅盾的翻译思想纳入中国儿童文学发展的脉络中；二是对内外资源转化的理论体系及实践路径观照不够；三是没有系统地阐明茅盾翻译思想的现代性与深刻性。

　　据此，从资源转化角度切入茅盾儿童文学翻译观建构的话语实践，将本土资源的创造性取用与域外资源的精神培育相结合，审视两种资源的互动所呈现出的茅盾翻译观的演变历程，进而理解百年中国儿童文学的发生机制与理论建构，是具有重要意义的。域外资源的引

---

　　① 文浩：《茅盾的"文艺民族形式论"管窥》，《中国文化研究》2021年第4期。

　　② 吴翔宇：《传统资源的创化与中国儿童文学范式的确立》，《兰州大学学报（社会科学版）》2019年第6期。

　　③ 宋炳辉、陈竟宇：《接受途径、译介策略与文化价值倾向——论茅盾对外国文学的选择与中国文学建构》，《外语与外语教学》2019年第3期。

　　④ 胡丽娜：《域外儿童文学的批判阐释与本土儿童文学的创造性生成》，《浙江师范大学学报（社会科学版）》2022年第5期。

入是发生期中国儿童文学的必经之路，但翻译只是外在的形式，只有扎根于本民族的土壤中，真正意义上的中国儿童文学才得以生根发芽。尤其值得关注的是，域外资源的译介特别是儿童文学的译介，应当契合中国儿童的接受心理，并最终为中国儿童文学的语言范式确立标本。茅盾正是站在民族性、现代性的立场上，对域外资源进行过滤、淘洗、重铸，才使得中国儿童文学带有明显的本土化基质。以茅盾为个案，梳理其翻译思想的发展变化及其与翻译实践的互动关系，可以更为清晰地反观中国儿童文学的现代化进程，进而系统地完善百年中国儿童文学的理论体系建构。

二　本土资源的现代转译："笔墨如生"　　的翻译旨趣

语言的转化是文学发展的必由之路，文学的进步也将推动语言的革新。在中国儿童文学理论发生期，魏寿镛等将"文言译成白话"看作是翻译的一种，"取他的内容，用我的形式，尽可把他的组织重新改造，做成'笔墨如生'的文学"[1]，以此赋予文字全新的活力，增益作品的价值。茅盾以译者身份介入儿童文学领域，洞悉白话语言之于儿童文学的特殊性和重要性，在跟随孙毓修编撰《童话》丛书的过程中，取域外资源为我所用，也取材于中国历史故事与民间传说，用传统语言与日常口语进行文本的创造性表达，力求构筑"一个全新的属于儿童的文学话语系统"[2]。

（一）中国古典文言转译与现代转换中的思想新变

受制于思想的规约，儿童文学在古代没有适合生存的土壤。在儿

---

① 魏寿镛、周侯予：《儿童文学概论》，商务印书馆 1923 年版，第 33—34 页。

② 朱自强：《1908—2012 中国儿童文学与现代化进程》，载《朱自强学术文集》第 2 卷，二十一世纪出版社集团 2015 年版，第 36 页。

童文学的现代生成中，茅盾受启蒙思潮的影响，加之商务印书馆工作的契机，他身体力行地将本土资源运用到创作实践中，自觉使用白话开展编译工作，剔除古典文化中不利于儿童阅读的片段，使之更符合儿童的需求。茅盾提出，儿童文学作品在文字上，要避免"半文半白""不必要的欧化""死板枯燥的叙述"，要用"活的听得懂说得出的现成的白话"①；在选材上，要符合儿童"爱'奇异'，爱'热闹'，爱'多变化'，爱'泼辣'，爱'紧张'"②的天性，注重从本土资源中发掘有益于儿童的养料，使之更具有趣味性与可读性，激发儿童的想象力与创造力。在这一思想驱动下，儿童文学的改编与转译跳出了原有的逼仄空间，开始具备现代性质素。

　　茅盾自幼学习《字课图识》《天文歌略》《地理歌略》等新教材，进入学校后"《速通虚字法》帮助我造句，《论说入门》则引导我写文章"③。通过阅读梳理先秦诸子、两汉经史子部等古籍，他编撰了《中国寓言初编》一书。在寓言取用上，舍弃了"辞意浅陋"的篇目，对原文不易领会的注解"僭加删改""俾就浅明"，并在文中"略加评语"④，使这些散布在各处的寓言如《浴室与玉》《月攘邻鸡》《可必不可必》等篇目集中面世。这种改编整理不仅切合儿童的阅读理解能力，又将年代久远的故事置于儿童眼前，培养具有民族传统与历史视野的儿童新人。此后，茅盾根据中国历史故事和民间故事陆续编纂适宜儿童阅读的童话，比如《牧羊郎官》出自《史记·平准书》，《大槐国》出自《唐人传奇·南柯太守传》，《树中饿》出自《古今小说·羊角哀舍命全交》等。不过，语言的革新

---

　　①　茅盾：《关于"儿童文学"》，载《茅盾全集第二十卷·中国文论三集》，黄山书社2014年版，第422—423页。

　　②　茅盾：《几本儿童杂志》，载《茅盾全集第二十卷·中国文论三集》，黄山书社2014年版，第469页。

　　③　茅盾：《学生时代》，载《茅盾全集第三十五卷·回忆录一集》，黄山书社2014年版，第80页。

　　④　茅盾：《商务印书馆编译所》，载《茅盾全集第三十五卷·回忆录一集》，黄山书社2014年版，第146页。

并非一蹴而就，僵化的思想必然牵制文学的现代发生。有研究者指出，茅盾早期的儿童文学改编还不是很成熟，文言向白话过渡的痕迹过重，一些见解有时代的局限性，一些不加修饰的说教也破坏了故事本身的轻松愉悦感。从茅盾编撰《童话》呈现出来的效果看，无论是语言还是思想相较于之前的作品都已大有改观，蒋风指出："沈雁冰的童话创作是他从事文学活动的最早尝试，同时明显地记录了中国艺术童话萌芽时期的基本风貌。"① 从整体来看，茅盾的儿童文学编译工作主要有以下特色：其一是重构本土资源的民族特性，以儿童的阅读接受能力为限度，通过科学的整理方法，传达有益于儿童身心的文化思想；其二是倡导使用符合儿童心理特点与教育认知的材料，选取情节曲折的故事，以通俗易懂的语言引发儿童的兴趣，正所谓"典与雅，非儿童之所喜也"，其言语切实符合"浅而不文，率而不迂"②。

故事性、趣味性、幻想性等元素的存在，使茅盾的儿童文学改编有了"为儿童"的自觉意识，也使茅盾的改编有了浓厚的中国本土白话小说特点，深刻影响了其翻译思想的确立。在《大槐国》中，茅盾保留了"南柯一梦"的基本故事架构，用白话语言对充满奇幻色彩的人物经历进行重述，同时删去淳于棼与已故父亲带有宿命论的通信及与宫女的调笑情节，使之更适宜儿童阅读。对于文言传统资源，茅盾保持原作故事的基本样貌，以简单的白话进行转译重组，并在故事的开头或结尾加入自己的观点或态度，帮助儿童理解故事并以此影响儿童价值观的形成。如在《负骨报恩》中，茅盾对历史背景进行简要交代，评析报恩行为，向小读者指出"交友是在意味相投，施恩亦要择人而施"③。诸如此类的改编，使原本抽象的道德观念与

---

① 蒋风主编：《中国现代儿童文学史》，河北少年儿童出版社 1986 年版，第 49 页。

② 孙毓修：《〈童话〉序》，载王泉根编著《民国儿童文学文论辑评：上册》，希望出版社 2015 年版，第 16 页。

③ 茅盾：《负骨报恩》，载《茅盾全集第十卷·剧本·诗词·童话》，黄山书社 2014 年版，第 465 页。

圣贤学说融会在具体的故事中，更易于儿童接受与理解。

（二）中国本土传统内部转译的机制与策略

对于初创期的儿童文学来说，本土资源的转译是建立在中国已有成果基础之上的，目的在于以全新的文字形式与表达技法来将其擦拭与抛光，使有益的质素最大限度地得到发掘与继承，并最终作用于文学的发展。作为"民众教育"的工具之一，"连环图画小说"的形式不失为文艺传播的有效载体。茅盾注意到这一形式的优势与影响力，也看重其"连环图画的部分不但可以引诱识字不多的读者，并且可以作为帮助那识字不多的读者渐渐'自习'的看懂了那文字部分的阶梯"①，主张文学工作者加以巧妙应用，剔除"有毒"的内容，创作出更有价值的大众文艺作品，满足求知欲强烈的儿童读者。如此，传统文学材料如《水浒传》《封神传》《西游记》等也能摆脱被"胡诌"的尴尬处境。简言之，无论是获取知识还是重建思想，儿童文学都需要通过合乎大众趣味的形式才能更好地发挥效能，达到教育儿童、启蒙儿童的目的。严既澄说："凡是叫儿童学的，必得是那儿童的生活，适应儿童的要求，能唤起儿童的兴趣的东西。"② 依照儿童的心理，越是怪诞、奇崛、冒险的就越符合他们的要求，本土资源不乏此类小说与故事，倘若能将其与儿童文学、儿童教育关联起来，用全新的语言和文学形式加以处理，就会产生意想不到的效果。这与茅盾之后在《"给他们看什么好呢？"》一文中所表述的思想是一致的，只不过是通过"连环图画小说"具体的形式切入，也更具有实践意义。一些人以封建意识等问题的存在来拒斥本土资源，盲目翻译大量域外资源，这在茅盾看来是"因噎废食"的做法，也难怪他会鼓励热心的儿童文学工作者去研究何以"孩子们会偷偷地去租看各种'毒物'，任何方法都

---

① 茅盾：《"连环图画小说"》，载《茅盾全集第十九卷·中国文论二集》，黄山书社2014年版，第390页。

② 严既澄：《儿童文学在儿童教育上之价值》，载王泉根编著《民国儿童文学文论辑评：上册》，希望出版社2015年版，第56页。

禁阻不了"，"他们的译著何以不受儿童的热烈喜爱"①。只有这种基于以儿童读者为中心的"或编或译"，才能打破儿童与成人之间的天然壁垒。

茅盾对本土资源的转译始终保持一份执着，反复强调儿童读物缺少新鲜的题材、炮制雷同的故事，因而建议编译历史的、科学的读物，以满足"儿童的历史兴趣和'说真话'的要求"②，主张给"'古代传说'和民间传说吹进了现代的新空气，使成为我们现代合用的新东西"③。1936年，茅盾《再谈儿童文学》再次提及"民间故事改编为儿童文学本来是极应当的事""民间故事有些固然是大众智慧经验的积累"，告诫当下文学创作者"改编民间故事绝不是可以草率从事的"④。茅盾对中国本土资源的坚守，在一定程度上指引了中国儿童文学的发展方向。然而，民间本土资源只是儿童文学创作的基础，作品想要真正走进儿童的内心世界，则必须加上"文艺的外套"⑤。将"已有之物"转化为"将成之物"，就是要把握语言、情节等多方面因素，建立起转译的现代准则。首先，语言要简洁凝练但不能失去力量。郭沫若说，儿童文学不是"干燥辛刻的教训文字""平板浅薄的通俗文字""鬼画桃符的妖怪文字"，而应具有"秋空霁月一样的澄明""晶球宝玉一样的莹澈"⑥，要有幽默和童趣。这与茅盾的理解是一致的。其次，情节要紧凑热闹而富有悬念。越是意想不

---

① 茅盾：《"给他们看什么好呢？"》，载《茅盾全集第十九卷·中国文论二集》，黄山书社2014年版，第475页。

② 茅盾：《论儿童读物》，载《茅盾全集第十九卷·中国文论二集》，黄山书社2014年版，第489页。

③ 茅盾：《关于"儿童文学"》，载《茅盾全集第二十卷·中国文论三集》，黄山书社2014年版，第421页。

④ 茅盾：《再谈儿童文学》，载《茅盾全集第二十一卷·中国文论四集》，黄山书社2014年版，第62—63页。

⑤ 茅盾：《论儿童读物》，载《茅盾全集第十九卷·中国文论二集》，黄山书社2014年版，第489页。

⑥ 郭沫若：《儿童文学之管见》，载蒋风主编《中国新文学大系：理论1》，希望出版社2009年版，第53页。

到的情节越能调动儿童读者的注意力与兴趣，使儿童达到"由受动的想像而入于发动的想像"[1] 的理想境界。尤其需要注意的是，作品不能脱离文学性而存在，要"用儿童本位的文字，由儿童的感官以直诉其精神堂奥"[2]，在此基础上引导并发展儿童的志向。当然，茅盾并不将其儿童文学的转译准则视为金科玉律，而是在不同历史语境中为其赋义。

考虑到编译只是儿童文学叙事的一种方法或途径，传统的翻译加工效果有时差强人意，他提出"不要你哄"的理念。倘若从数量或题材来看，儿童文学的发展已由青黄不接发展为雨后春笋，市场上呈现一派热闹景象。但问题是，如果仔细辨别已有各类图书，"大多数是承袭误谬的理论与学识，或者是支离割裂凑搭敷衍，——客观上实在是'哄'！"[3] 茅盾意识到功利主义对现代儿童的戕害，他以更贴近儿童的视角去揣摩儿童的喜好，寄望作家能持守更高的要求，创作出真正满足儿童的精神食粮。由此，茅盾对于本土资源的现代转译，实际上对中国儿童文学的创作起到了方向性与指导性的作用。

三　域外资源的"中国化"："取精用宏"的翻译思想

茅盾对域外资源的译介并非浅尝辄止，而是经历了从思想上"一日千里"到艺术上"探本穷源"的探索过程[4]，既注重思想的时代性与先进性，又强调文学自身应有的美学特质。在引进新思想的同时致力于文学翻译标准的制定，不仅促进了翻译的文学化，也有利于

---

① 朱鼎元：《儿童文学概论》，中华书局1924年版，第17页。

② 郭沫若：《儿童文学之管见》，载蒋风主编《中国新文学大系·理论1》，希望出版社2009年版，第54页。

③ 茅盾：《"不要你哄"》，载《茅盾全集第二十一卷·中国文论四集》，黄山书社2014年版，第133页。

④ 茅盾：《"小说新潮"栏宣言》，载《茅盾全集第十八卷·中国文论一集》，黄山书社2014年版，第14页。

域外资源的现代转化。受五四新文学影响，中国儿童文学一方面从域外资源汲取精神养料；另一方面又顾虑域外资源的强势介入不利于自身主体性的建构。茅盾翻译思想的确立，回应了域外资源借鉴的可能性及限度问题，也为域外资源的"中国化"提供了必要的理论资源。

（一）基于"儿童问题"的翻译题材择取

中国儿童文学的发生得益于域外资源的引进，在译介中产生的科学精神，正是其现代化的精神基础。在先驱者看来，以小说为科学启蒙的手段，在增益知识的同时破除传统的迷信，有利于人们思想的革新。借助外语的优势，茅盾在为《学生杂志》写稿时，以英美杂志《我的杂志》《儿童百科全书》为底本，先后译写了多部科学小说。茅盾的翻译工作始终没有脱离启蒙视域下对科学教育的关注，他认为"科学知识是一切知识中之最基本的，尤其对于小朋友们"[1]，他认同朱元善"技术部分要忠实于原文"的理念，在翻译美国洛赛尔·彭特《两月中之建筑谭》时，将其中技术部分交由弟弟沈泽民，一些专业名词因而得到精准翻译。此后，茅盾时刻关注英文儿童文学的引进情况，庆幸现代儿童已经可以有所选择，"尤其是年长些的孩子常能得到从前所没有的儿童科学小说"，而在评价其中一本书时，他认为该书之所有价值主要在于"描写得非常美丽而又无处没有科学的根据"[2]。进一步分析，"科学"不是茅盾的目的，只是他的"工具"。一方面，以科学小说为阵地，推动中国科学文艺事业的发展；另一方面，以科学行教育之功用，在思想上改造儿童，从而做到"心之所安"。

茅盾的翻译并未踯躅于此，从 1924 年 9 月到 1925 年 4 月，他先后翻译了 10 篇希腊神话与 6 篇北欧神话，在郑振铎主编的《儿童世界》上发表，将希腊、北欧的神话资源介绍给中国儿童，使之生发

---

[1] 茅盾：《从〈有眼与无眼〉说起》，载《茅盾全集第二十二卷·中国文论五集》，黄山书社 2014 年版，第 96 页。

[2] 茅盾：《最近的儿童文学》，载《茅盾全集第三十一卷·外国文论三集》，黄山书社 2014 年版，第 343—344 页。

出"优美的情绪和高贵的思想"①。茅盾对神话资源的开掘与译介在一定程度上促进了中国儿童文学的发展。不过，茅盾的儿童文学翻译不只是在科学小说、神话等方面发力，而是广泛取舍，跟随一定时期的儿童观而发生变化。茅盾的译介从以欧洲为主逐渐转向以与中国类似国情的民族国家为主，从"以儿童为中心"向"以革命为中心"转变，《万卡》《太子的旅行》《雪球花》《团的儿子》等儿童小说、儿童剧及童话译本相继问世。纵观茅盾1920年代及之后的译作，始终围绕"儿童问题"展开，这种翻译观念也不是一开始就建立起来的，而是在翻译实践中以一种极其自然的方式逐步沉淀下来的。在他看来，无论是出于个人的爱好，或是为"足救时弊"，翻译家介绍外国文学以"借外国文学作品来抗议，来刺激将死的人心"②，这在一定程度上扩展了儿童文学作品的话语空间。

茅盾的儿童文学翻译实践对于中国儿童文学的生成及发展有着重要的意义，在"取精用宏"③原则的指引下，从域外资源中发掘对现代儿童有用的质素并予以化用。茅盾的翻译实践的特点主要是三个方面：一是以科学启迪儿童的心智。作为五四新文化运动的先声，科学文艺赓续了时代精神，推动了儿童文学现代化。茅盾的翻译是一次行之有效的尝试，凭借文学的艺术魅力，向儿童读者传播科学有用的知识，培养他们认识世界与改造世界的能力，正如陶行知所说，"从农业文明渡到工业文明，教育的主要使命在造就科学的儿童，以建立科学的社会"④。二是以神话滋养儿童的想象力。茅盾的神话编译具有开创性，选取有益于儿童的材料进行艺术加工，既保留神话的幻想色

① 茅盾：《普洛末修偷火的故事》，载《茅盾全集第二十八卷·中外神话研究》，黄山书社2014年版，第33页。

② 茅盾：《介绍外国文学作品的目的》，载《茅盾全集第十八卷·中国文论一集》，黄山书社2014年版，第283页。

③ 茅盾：《商务印书馆编译所》，载《茅盾全集第三十五卷·回忆录一集》，黄山书社2014年版，第167页。

④ 陶行知：《儿童科学丛书编辑原则》，载李楚材编写《陶行知和儿童文学》，少年儿童出版社1986年版，第212页。

彩，又揭示神话的本质。同时，以神话为媒介向儿童介绍希腊、北欧的自然风光及原始居民的生活状况，激发儿童的求知欲望。正如周作人所说，"我们对于神话拿研究文学的眼光看来，是有价值的，有趣味的；又从心理学上来看，那更是不可漠观了"，"对于神话与对于其他的科学是一样看重的"①。三是以革命精神塑造儿童的品格。"一切文学作品的译本对于新的民族文学的蹶起，都是有间接的助力的。"②茅盾选取反映贫苦儿童生活的作品，以细腻的笔调展示被压迫儿童的真实处境，既表现出力透纸背的辛酸，又塑造在黑暗中勇敢战斗的儿童形象。在鲁迅看来，好的作品是属于世界的，儿童没必要也不应该拒斥最真实却残忍的描写，"要全愈的病人不辞热痛的针灸，要上进的读者也决不怕恶辣的书！"③基于此，茅盾对域外资源的译介与开掘既考虑到时代性与教育性，又考虑到儿童文学应有的趣味性，实现了其翻译实践与翻译思想之间良好的对话与沟通。

（二）切合儿童文学本体的语言译介美学

茅盾以文学建设者的身份从事翻译活动，认为翻译文学书的人一定要是"研究文学的人""了解新思想的人""有些创作天才的人"④，特别强调创作对于翻译的重要性，批评将翻译事业看作临摹名画等观点。与郑振铎"对于原文的著作的风格与态度的同化"⑤翻译法则相契合，茅盾主张保留译文的"神韵"，"文学的功用在感人（如使人同情使人慰乐），而感人的力量恐怕还是寓于'神韵'的多而寄在

① 周作人：《神话的趣味》，载钟叔河编《周作人文类编第六卷·花煞》，湖南文艺出版社1998年版，第187页。

② 茅盾：《译诗的一些意见》，载《茅盾全集第十八卷·中国文论一集》，黄山书社2014年版，第328—329页。

③ 鲁迅：《俄罗斯的童话》，载《鲁迅全集》第19卷，人民文学出版社2005年版，第515页。

④ 茅盾：《译文学书方法的讨论》，载《茅盾全集第十八卷·中国文论一集》，黄山书社2014年版，第100页。

⑤ 郑振铎：《译文学书的三个问题》，载《郑振铎全集第十五卷·外国文学文论》，花山文艺出版社1998年版，第64页。

'形貌'的少；译本如不能保留原本的'神韵'难免要失了许多的感人的力量"①。茅盾从思想与艺术两个维度对翻译方法进行界定，并贯彻于创译实践中。比如，茅盾结合已有的知识与兴趣译述希腊与北欧神话，就显示了再创作的独特魅力。茅盾深谙古代英雄形象在儿童内心的地位，以澎湃的创作激情、极具感染力的语言文字，赋予神话人物崭新的灵魂，《普洛末修偷火的故事》中被锁在高加索岩石上的普洛末修、《卡特牟司和毒龙》中与恶龙作战的卡特牟司等，自然地进入到儿童的内心世界之中。

如果说"神韵"是茅盾对文学翻译的整体性建议，那么"美"则是其所期待的儿童文学译文语言最形象的映射。茅盾提出译本要"简洁平易""生动活泼"，并且"给儿童认识人生""启发儿童的想像力""给儿童学到运用文字的技术"②。以上标准的制定切中肯綮，充分考虑到了"儿童性"与"文学性"的双重标准，使翻译语言更贴近儿童的心理，这对于创生期的儿童文学具有积极指导意义。

茅盾关于翻译语言的思考建基于具体的文学实践，早期翻译工作受中国传统文学思想影响，在语言上仍受文言的限制，先后翻译了《三百年后孵化之卵》《二十世纪后之南极》等作品。他很快意识到文言翻译对于儿童读者的接受存在障碍，于是从古白话中汲取鲜活素材，加之学习西方语言，其白话文运用日益成熟，逐步走出旧文言的语言藩篱。《探"极"的潜艇》《沉船？宝藏？探"宝"潜艇！》等作品，几乎就已完全没有文言痕迹。1924 年，茅盾在翻译一则希腊神话时有这样一段描写："风是这样的软，太阳是这样的暖，百花是这样的争妍斗艳，吐着清芬；快乐的人们都在那里跳舞唱歌。"③ 舒缓的节奏，清浅的文字，带着儿童感受户外宜人的风景，充分展现了

① 茅盾：《译文学书方法的讨论》，载《茅盾全集第十八卷·中国文论一集》，黄山书社 2014 年版，第 94 页。
② 茅盾：《关于"儿童文学"》，载《茅盾全集第二十卷·中国文论三集》，黄山书社 2014 年版，第 420 页。
③ 茅盾：《何以这世界上有烦恼》，载《茅盾全集第二十八卷·中外神话研究》，黄山书社 2014 年版，第 38 页。

文学语言的艺术魅力。茅盾翻译的第一篇安徒生童话《雪球花》也是以简短的句式、明白晓畅的语言，传达出了安徒生作品的独特魅力，不失安徒生作品那种纯美的语言风格。基于自身的翻译实践，茅盾将"儿童"与"文学"紧密结合起来，充分考虑阅读接受者的特殊性，拓宽了语言的新路径。由此，儿童文学语言变革的实绩可以在儿童读物的发行中得以检验，这是茅盾翻译语言观的特殊之处。

不同于郭沫若"鄙薄翻译是'媒婆'而尊创作为'处女'"[①] 的态度，茅盾认为翻译的难度倍于创作。他指出翻译中存在的问题及青年人对翻译的误解，试图加以纠正。在具体翻译过程中，茅盾指出了业已存在的两个问题：一是陈旧的翻译习惯。《三百年后孵化之卵》译出后，朱元善勾掉了原作者姓名，但总算保留了个"译"字。茅盾曾说："商务编译所的刊物主编者老干这种事。看内容明明是翻译的东西，题下署名却是个中国人。"[②] 读者因此很难辨别作品的来源，稿件的质量也不能得到保障。二是对"直译"根深蒂固的偏见。茅盾说："看不懂的译文是'死译'的文字，不是直译的。"[③] 鲁迅对此也是支持的，他曾在致杨霁云的信中谈及《月界旅行》的翻译："我因为向学科学，所以喜欢科学小说，但年青时自作聪明，不肯直译，回想起来真是悔之已晚。"[④] 直译的标准不在于一字不多一字不少，而是忠于原文的精神面貌。在翻译《团的儿子》时，茅盾聚焦现实，真切地传达出当时的社会情境，保留了原作的讽刺与戏谑。他不赞成所谓"顺译"，"因为'顺译'者所谓'看得懂'只是'一目看去即懂不用想一想'的意义，然而文学作品中颇多需要带看带想

---

① 茅盾：《"媒婆"与"处女"》，载《茅盾全集第二十卷·中国文论三集》，黄山书社 2014 年版，第 46 页。

② 茅盾：《商务印书馆编译所》，载《茅盾全集第三十五卷·回忆录一集》，黄山书社 2014 年版，第 154 页。

③ 茅盾：《"直译"与"死译"》，载《茅盾全集第十八卷·中国文论一集》，黄山书社 2014 年版，第 291 页。

④ 鲁迅：《致杨霁云》，载《鲁迅全集》第 13 卷，人民文学出版社 2005 年版，第 99 页。

然后能够辨悟那醇厚的味道的"①。

茅盾从自己的翻译实践出发，打破了语言与文化之间的障碍，通过把握原作的精神意旨，秉持民族化立场进行儿童文学再创造，即域外资源的"中国化"。在此基础上形成的翻译理念，可以视为其西方文学本土化过程中的先进经验。茅盾对儿童文学翻译的探索，是一次艰难的行之有效的尝试，提供了中国儿童文学发生发展的助推器。

四 内外资源的互动与翻译的"儿童文学化"

茅盾儿童文学翻译观的形成，无法脱离本土和域外的内外资源互动，也因此具备了思想现代化与语言现代化两方面的质素。就本土资源而言，茅盾在转译过程中既保留了原文的基本风格，又运用白话语言进行了现代性改造，使作品的趣味性与生动性不受遮蔽。对于域外资源，茅盾始终坚持"中国化"原则，在遴选优质儿童文学作品之外，也使作品的思想具有民族文学的特质。作为"外源型"现代化的中国儿童文学，其受动源于西方资源的引进，然而，"以从前的文学、文化作为基础的儿童文学的体内自然也会积淀下前现代的基因"②。要整体考察茅盾儿童翻译观的生成，不仅要关注到两种资源的双向发力，还要以中西互审的方式从语言、艺术等多个维度予以观照。

（一）立足于民族性的语言改造

文言的晦涩陈旧与儿童之间形成了天然鸿沟，文言词汇中的一些术语概念也很难表达现代人复杂的情感，如何使文艺作品更好地脱逸语言限制，就成了值得深思的问题。尽管在儿童文学语言现代化的生成过程中，域外资源起到了不可或缺的作用。一方面，域外资源为本

---

① 茅盾：《直译·顺译·歪译》，载《茅盾全集第二十卷·中国文论三集》，黄山书社 2014 年版，第 50 页。

② 朱自强：《1908—2012 中国儿童文学与现代化进程》，载《朱自强学术文集》第 2 卷，二十一世纪出版社集团 2015 年版，第 47 页。

土资源的化用提供了可资借鉴的现代标尺，使其语言脱逸出文言文或半白半文的怪圈，而转向清浅、直白、有趣的白话语言；另一方面，由于大量翻译作品的介入，一些新鲜的词汇被铸造出来，使得现代汉语在表达时更为血肉丰满。茅盾推崇布兰特斯《安徒生论》的观点，"谁要是用文字来讲故事给孩子听，他必须有这样的本领——音调要能够抑扬顿挫，要能够突然来个停顿……这一切，他必须织进在他的文字中"①，以此为范例，其语言的滑稽与趣味就会刷新汉语的使用习惯。但茅盾并没有固守"唯西方"的路径，而是在传统语言系统内寻找适合儿童文学语料、词汇的有用质素，运用到两种资源转译的尝试中。他在《论大众语》中说："如果我们不把欧洲语文法规的模子放在心目中，而先从中国语文本身中间找它的法则，使不成文者变为成文，又从而补苴发展之。"② 在他看来，传统文法并不是一成不变、毫无可取之处的，而是在历史发展中不断演变，其"节奏柔和而富于风趣"③ 的语言倘若能加以提取锤炼，便是一条适宜本民族文学的路。具体落实到转译的实践中，譬如加强方言的改造，使之成为现代合用的新语法及新词汇便是值得推介的一例，由此产生的文艺作品才能兼具准确性与生动性。基于对儿童文学的理解与翻译实践，茅盾对儿童文学中涉及的语法、词汇、句调等提出了具体要求："语法（造句）要单纯而又不呆板，语汇要丰富多采而又不堆砌，句调要铿锵悦耳而又不故意追求节奏。"④ 这在一定程度上改变了惯有的文言规范，使之更适应现代的审美。儿童文学的语言因此具备了口语化的特质，同时满足"儿童性""文学性"的要求。

---

① 茅盾：《读安德生》，载《茅盾全集第三十三卷·外国文论五集》，黄山书社 2014 年版，第 443 页。

② 茅盾：《论大众语》，载《茅盾全集第二十二卷·中国文论五集》，黄山书社 2014 年版，第 481 页。

③ 茅盾：《论大众语》，载《茅盾全集第二十二卷·中国文论五集》，黄山书社 2014 年版，第 480 页。

④ 茅盾：《六〇年少年儿童文学漫谈》，载《茅盾全集第二十六卷·中国文论九集》，黄山书社 2014 年版，第 256 页。

正是剔除了传统文言带给儿童的"隔"的因素，中国儿童文学的语言才有了真正意义上的现代化。语言作为一种工具，是传达思想的方式，思想是内嵌于文学语言之内的。茅盾翻译语言标准的建立，在一定程度上推动了儿童文学思想的革新，而这归根结底是两种资源双向发力的结果。

（二）聚焦于现代性的主体转换

茅盾对两种资源的取用是一以贯之的，借域外的理念来再造传统，使中国儿童文学与新文学一道被纳入现代化格局之中。一方面，借助域外儿童文学理论、作品等的引入，传统资源的话语体系被重新进行价值认定，一些不利于儿童文学发展的思想自然被抽离出去；另一方面，吸收域外资源中可资借鉴的理论思想，中国儿童文学便具备了世界性的眼光。在这一思想规约下，茅盾主张儿童文学应该对少年儿童进行思想教育，要有"教训意味"，但这里的"教训意味"与说教截然不同，指的是"助长"、"满足"和"启发"。由于"'儿童性'与'文学性'之间并非天然相洽，思想的'为人生'与艺术的'去教化'构成一种内在的紧张关系"[①]，因此如何避免二者的失衡是不得不重视的问题。在与苏联作家马尔夏克会面后，茅盾意识到"教训"应观照到作为阅读对象的儿童个体，以润物无声的方式加以处理，引导儿童主动认识到不足，这是教育的另一个层面。茅盾从中华优秀传统文化出发，结合时代语境，以"儿童本位"观念审视教育思想的合理性，用现代眼光过滤其不足之处，以新的立场来促进儿童的身心发展，这在一定程度上指明了儿童文学写作的方向，破除"把所谓'教育意义'者看得太狭太窄，把政治性和教育意义等同起来"[②]，鼓励儿童文学创作者解放思想，让中国儿童文学绽放出新的光彩。

[①]　吴翔宇：《思想资源与中国儿童文学的学术化建构》，《西南大学学报（社会科学版）》2020 年第 3 期。

[②]　茅盾：《中国儿童文学是大有希望的——对参加"儿童文学创作学习会"的青年作者的谈话》，载《茅盾全集第二十七卷·中国文论十集》，黄山书社 2014 年版，第 396 页。

尽管在内外资源联动下，茅盾的翻译思想是指向成人的文学创作者，但他并不忽视作为接受对象的儿童。由于创作者与接受者的非同一性，作为接受者的儿童不能主动创作自己的文学，只能借由成人的话语为自己立言。在这一过程中，由于两代人之间的差异，可能会导致文学作品失去"儿童性"。茅盾直面这一理论难题，阐明"儿童智力发展的阶段论""从四岁到十四岁这十年中，即由童年而进入少年时代的这十年中，小朋友们的理解、联想、推论、判断的能力，是年复一年都不相同的，而且同年龄的儿童或少年也不具有完全相同的理解、联想、推论、判断的能力"①。他鼓励创作者要熟悉每个年龄段儿童的特点，重视其"自然法则"，用适宜的表现方式创作出合乎年龄特征的艺术作品。金燕玉认为，茅盾对"小读者在阅读过程中的主体地位和主体能力"是充分信任的，"小读者对儿童文学的接受是个能动的创作过程"②。遵循儿童文学的这一特殊性，茅盾在翻译选材、翻译策略、翻译批评等方面，有着与同时期新文学翻译者不同的理解。值得一提的是，茅盾的翻译指向从来都不局限在某一国家、某一作家或某一体裁，而是广泛汲取一切有利于儿童发展的元素化为己用，以此扩充儿童文学的精神气度。基于这样的立场，中国儿童文学的翻译实践具有更清晰的指导方向，这也回应了周作人在《儿童的文学》一文中所倡导的理念，即"修订古书里的材料，翻译外国的著作，编成几部书"③，以供给儿童的教育或文学。

由此而言，本土资源的现代转译与域外资源的"中国化"打破了内外资源彼此孤立的状态，更好地适应儿童读者的接受心理，实现翻译的"儿童文学化"。以儿童为本位的翻译意识，不仅融通了本土资源与域外资源的关联，也在一定程度上推动了中国儿童文学的现代化进程。深耕于儿童文学领域的茅盾对内外资源化用的准则、方法、

---

① 茅盾:《六〇年少年儿童文学漫谈》，载《茅盾全集第二十六卷·中国文论九集》，黄山书社 2014 年版，第 269 页。

② 金燕玉:《茅盾的童心》，南京出版社 1990 年版，第 176 页。

③ 周作人:《儿童的文学》，载《周作人散文全集》第 2 卷，广西师范大学出版社 2021 年版，第 279 页。

立场提出了新的要求，又对如何化用两种资源进行了有效的示范。在这种双向互动的翻译思想的影响下，中国儿童文学化用本土资源、域外资源的"现代"标尺得以确立，其"民族性""世界性"的特质也由此显现。

五 结语：作为方法的译介与中国儿童文学语言现代化的探索

茅盾的翻译观不仅为中国儿童文学理论体系的构建提供了话语资源，也深刻影响着当下中国儿童文学的创作走向。立足于本土资源的现代转译及域外资源的翻译改写，茅盾始终从"现代化""中国化"的角度出发指导儿童文学工作者的创作。在此基础上，选取本土资源中可资借鉴的成分，赋予其新的艺术形式与语言风貌，使之跳脱出原本的故事内涵。而域外资源的汇入，拓宽了其翻译理念的模式与限度。值得注意的是，在中国现代儿童文学发生期，儿童文学和教育之间产生着紧密的关联，正如有学者在研究中国早期动画评论时指出的其内在叙事逻辑是"教育'实践启蒙'"[①]，但问题在于如果一旦落入"教育工具主义"的窠臼，就会在一定程度上折损、弱化儿童文学的艺术品质。自五四时期中国现代儿童文学诞生之日起，儿童文学与教育之间的关系始终是一道难解的谜题。围绕着儿童文学和教育之间萌发的龃龉与扞格，一直以来都是儿童文学界争讼不断的话题。但在当时的文学语境下，茅盾努力在"文学"与"教育"之间寻求平衡点，力避后者对前者的抑制与束缚，在肯定文学教育功能的基础上，最大限度赋予儿童文学艺术自由度。这使得两种资源在转译过程中有了可资借鉴的标准，对中国现代儿童文学起到了理论纠偏作用。茅盾所践行的儿童文学翻译实践及在此基础上形成的翻译思想，不仅重塑了中国儿童文学的汉语形象，而且为儿童文学的跨学科研究提供

---

① 崔雨橙、聂欣如：《启蒙如何可能？——论早期中国动画评论及其当代启示》，《西南大学学报（社会科学版）》2023 年第 1 期。

了新的思路。

译介作为一种方法，可视为儿童文学先驱者们践行儿童文学理念的重要实践手段。民族语言的内部转译与不同语言之间的转译合力助推中国儿童文学的语言变革与发展，而儿童文学的语言现代化也会推动两种资源的转换与互动。这一关联也就是吴翔宇所说的"从外源性上廓清中外儿童文学之间的授受关系""在内源性上揭示其与中国传统资源的深刻关联"①，二者的融通对百年中国儿童文学语言现代化有着重要的意义与价值。对于茅盾而言，内外两种资源的取用最终都指向接受主体"儿童"。本着对儿童这一接受主体的重新审视，茅盾的翻译思想得以深化，他主张引入符合儿童天性的文艺作品，同时注入中国式基因，以此推动中国儿童文学语言的现代变革。因此，考察特定历史背景下的茅盾翻译思想，不是机械地梳理业已形成的策略与机制，而是需要串联起不同时期不同语境下的翻译实践与翻译批评，进而演绎出具有整体意义的方法论。具体地说，可从三个层面予以观照：第一，茅盾的翻译思想一直处于动态的发展过程中，其发生发展与中国现代文学思潮紧密相关；第二，茅盾的翻译批评与翻译实践的良性互动，使得其翻译理念更具有借鉴意义；第三，本土资源的转译不脱离现代精神的指引，域外资源的转译始终以民族性为参照，两种资源的互动促进了翻译"儿童文学化"的形成。遵循茅盾翻译思想的发展理路，可以洞见中国儿童文学发展的整体脉络，从而理解百年中国儿童文学的学科建制。

从发生学角度审视百年中国儿童文学的演进历程，可以清晰地窥见在不同资源交织、碰撞与融通的过程中，中国儿童文学翻译的格局变迁。其中，域外资源的译介与传播是中国儿童文学由发生走向圆熟的重要推手。而持守"现代化""中国化"的精神尺度，中国儿童文学才显露出蓬勃的生机。朱自强说："中国儿童文学在借鉴西方的现代性的过程中，不是造成了自身主体性的迷失，而是促成了

---

① 吴翔宇：《中国儿童文学语言本体论：问题、畛域与路径》，《湖南师范大学社会科学学报》2022 年第 4 期。

主体性价值。"① 中国本土儿童文学的理论建构离不开域外资源的介入，借助域外资源的现代标尺，中国儿童文学才得以进入世界儿童文学的视野之中。翻译不是简单的语言转换，而是以思想文化为基础的二次创作，翻译文学是"经过本土化'改写'和'操纵'的'外国文学'"②，其实质是思想层面的博弈。儿童文学先驱者审慎地寻找、辨析域外资源的有益质素，经过合理化的改造生成"内蕴着民族文化因子的'新'文化"③，从而提升中国儿童文学的活力。在百年儿童文学发展历程中，茅盾以特有的方式参与到中国现代儿童文学思想的变革中，其鲜明的民族立场彰显出极其可贵的精神品格。尽管茅盾没有过多地论及儿童文学的创作策略，但他关于儿童文学现状的漫评与分析无一不指向"写什么"与"怎么写"的问题，而落脚点还是关于民族语言的使用与表达。中国儿童文学的发展离不开内外两种资源，如果只有域外资源的引进，中国儿童文学没有牢固的根基，很容易失去其民族性的特质；反之，则缺乏新鲜血液的注入，很难建立起理论基础与批评标准。基于此，融通了"普世性"与"本土性"④的译介，才能发挥其作为思想资源的作用，更好地推动中国儿童文学的本土创作及域外传播。

（原刊《西南大学学报（社会科学版）》2023 年第 4 期）

---

① 朱自强：《西方影响与本土实践——论中国"儿童本位"的儿童文学理论的主体性问题》，《中国海洋大学学报（社会科学版）》2017 年第 4 期。

② 查明建：《论现代主义翻译文学与当代中外文学关系》，《同济大学学报（社会科学版）》2019 年第 5 期。

③ 张国龙、苏傥君：《安徒生童话的中国阐释问题及对异质文化传播的启示》，《中国现代文学研究丛刊》2022 年第 2 期。

④ 李佩瑾：《中国文学"走出去"优选策略及其实现路径的 SWOT 矩阵研究——文化传播视角》，《外国语文》2022 年第 5 期。

茅盾的方言文学观念
及其演变逻辑[*]

张　望[**]

摘　要　茅盾的方言文学观念具有阶段性的差异，经历了三次变迁。在五四新文学传统的影响下，茅盾视方言文学为增加地方色彩、充实白话表达的新文学资源，并在其文学创作和翻译中积极推进。后来，随着全面抗战的爆发以及国共政治角力的深化，茅盾又寄予了方言文学推动抗战情绪、唤醒阶级意识等社会功用，从而确立了"纯方言"写作的时代合法性。1949 年之后，在"推广民族—国家共同语"的时代要求下，茅盾又放弃对"纯方言"写作的倡导，转而大力提倡普通话写作。这三个阶段的变化显示出茅盾方言文学观念的演变受到其文学思想、政治观念以及身份立场的影响，是三者在不同时代语境中不断调和的结果。这使得茅盾的方言文学观念不可避免地具有政治修辞和非本质主义的特点。

关键词　茅盾；方言文学；文学思想；政治立场；身份认同

　　"方言"与"方言文学"的问题既与中国晚清以来的语言、文学变革深刻交缠，又与中国近现代社会政治发展息息相关。现代"方言"的概念边界与思维机制，"方言文学"的审美价值与政治内涵，

---

　　* 基金项目：国家社科基金重大项目"中国现当代文学思想史"（项目编号：19ZDA274）；重庆市社会科学规划博士项目"香港文学的殖民话语与抵抗书写（1937—1949）研究"（项目编号：2021BS024）。

　　** 作者简介：张望，文学博士，重庆师范大学文学院讲师，主要研究方向：中国现当代文学与思想文化。

既要在语言文字、文学艺术的学理性层面做出表述，又要配合社会政治发展、民族国家建构做出调整。因此，虽然晚清以来中国社会对于"方言"和"方言文学"的问题存在诸多共识，但落实到不同历史情境下的不同个体，却存在着认知与表达的巨大差异。不同的个体在不同的政治历史情境下，因着文化立场、政治身份、思想观念的变迁，其对"方言"与"方言文学"的认识也会随之改变。茅盾作为中国现代文学史上的重要作家，参与了从五四到抗战乃至中华人民共和国成立之后的一系列语言、文学的变革运动和政治风波，其方言文学观念在不同的社会情势和政治语境中不断调整，呈现出明显的阶段性特征。他对方言文学问题的理解在"全面抗战前""抗战到中华人民共和国成立前"以及"中华人民共和国成立之后"三个阶段呈现出不同的具体指涉与价值判断，是理解其文学思想与现代政治互动的路径之一，同时也代表了五四一代知识分子在语言、文学变革道路中的摸索与调整，呈现出"方言何以文学"这一问题在不同社会政治语境中的具体指涉与关键要义。学界此前对茅盾与方言文学关系的研究主要集中在对其小说作品中方言词汇的归纳和艺术风格的概括①，鲜有对茅盾方言文学观念变迁轨迹的细致梳理。因此，本文拟对茅盾自五四新文化运动以来的方言文学观念进行整体性的动态把握，试图勾勒其方言文学观念的演变路径，进而呈现五四以来的社会情势、政治话语对方言文学问题的形塑张力。

一 作为新文学语言资源的方言文学

中国现代汉语"方言"概念的确立离不开国语运动的推动，其意义边界的划分既依赖于学理层面的语言特征，又受制于民族国家标

---

① 参见俞正贻《茅盾散文语言浅论》，《湖州师专学报》1986 年第 S3 期；余连祥《茅盾作品中的浙北方言》，《湖州师专学报》1994 年第 1 期；毕玲蕾《"充盈句"在〈蚀〉中——论茅盾早期创作的语言风格》，《茅盾研究》2006 年第 10 辑；陈天助《〈蚀〉的文学语言研究》，厦门大学博士学位论文，2007 年。

准的政治干涉。

作为中国民族主义建构重要环节的国语运动以民族国家建构为目的，提出了"国语统一"的口号，为"语言统一"打上"国家统一"的政治意涵，使人们对"方言"概念的理解溢出了传统"雅言/方言"的二元认知结构，从而需在与"国语""外语"等语言概念的对比观照中作出意义的现代阐释。由于"国语统一"背后隐含着"国家统一"的意蕴，一般论者便笼统地将"汉语"视为理所当然的"国语"指涉，进而在"现代中国"的历史语境下，将"方言"指称为同一国境范围内的同一语言（汉语）分化而成的地方变体，同时在广义上还包含着中国境内的少数民族语言。中国的国语运动虽然受到西方民族主义"一个民族，一种语言"的逻辑影响，但中国广袤无垠的土地、复杂多变的语言以及多民族共存的状况，使得"国语统一"自始至终都呈现出一种"打折"的"统一"①：即将"国语统一"的宗旨主要放置于推广作为共同语的国语，却不对所有人作标准化要求，同时也不以消灭和压制方言为前提，甚至以方言作为国语生成的重要资源。这一观念受到大批五四新文化先驱的推崇，他们指出"方言是国语底基础"，"是帮国语忙的，不是拦国语路的"②，并认为方言中有许多可以补充国语不足的表达，应该将方言"正式的录为国语"③。

基于对方言的重视，方言文学也随着白话文运动以及歌谣运动的展开而备受关注。1918 年，胡适提出"国语的文学，文学的国语"④口号，强调在没有标准国语的情况下，采用白话工具（包括四大古典白话小说的白话，今日的白话，浅显的文言等）去做白话的"活

----

① 王东杰：《声入心通：国语运动与现代中国》，北京师范大学出版社 2019 年版，第 388—392 页。

② 杨芬、玄同（钱玄同）：《通信·方言文学》，《国语周刊》1925 年第 10 期。

③ 周作人：《国语改造的意见》，《东方杂志》1922 年第 19 卷第 17 号。

④ 胡适：《建设的文学革命论：国语的文学；文学的国语》，《新青年》1918 年第 4 卷第 4 号。

的文学"，从而塑造出真正的国语。在这一口号中，胡适虽未直接点明今日白话的方言本质，但随着国语讨论的深入，方言土语被名正言顺地视为人人能懂、人人能用的"真正活的语言"，并被认为是可以赋予文学以新的生命力的重要资源，这无疑为方言写作提供了合法性依据。歌谣运动则通过对民间文艺的搜集与整理，将方音、方言的记录问题纳入学界的关注视野，从而刺激了学界对方言文学的关注。俞平伯就曾宣称"赞成统一国语"，"却不因此赞成以国语统一文学"①，钱玄同也认为方言文学"不跟国语文学背道而驰"，而且应该是"组成国语文学的重要材料"②，胡适更指出"今日的国语文学在多年前都不过是方言的文学"，方言文学中"最有普遍性的部分"逐渐被大家所接受才成为"公认的国语文学的基础"，因此可以说国语文学就是"从方言的文学里出来的"，国语文学"仍要向方言的文学里去寻他的新材料、新血液、新生命"③。可见，不论是作为"国语"生成的重要语料库，还是作为"白话文"凝练最为生动的语言分子，方言和方言文学的重要性都在五四的一系列语言、文学的变革中被广泛认可。

茅盾关于方言和方言文学的认识最初也受到五四以来语言、文学变革观念的影响，并在他的文学创作、翻译实践和理论争鸣中全面呈现。

在文学创作方面，茅盾认为地方性的方言、土语中拥有"最有风趣最能传神的腔调和语汇"④，充分肯定方言词汇与方言句法在文学中的美学价值，并在自己的创作中广泛采用。首先，茅盾善于从作品的题材实际出发，积极调用某地的方言词汇和土话俗语，从而烘托

---

① 俞平伯：《吴歌甲集·序三》，载顾颉刚等辑、王煦华整理《吴歌·吴歌小史》，江苏古籍出版社1999年版，第16页。

② 钱玄同：《吴歌甲集·序四》，载顾颉刚等辑、王煦华整理《吴歌·吴歌小史》，江苏古籍出版社1999年版，第25页。

③ 胡适：《吴歌甲集·序一》，载顾颉刚等辑、王煦华整理《吴歌·吴歌小史》，江苏古籍出版社1999年版，第9页。

④ 茅盾：《论大众语》，《新中华》1943年第8期。

出作品的环境氛围，增加作品的地方韵味。比如短篇小说《春蚕》中就有很多诸如"赤膊船""山棚""官河""石帮岸""清明削口，看蚕娘娘拍手"等极具江浙蚕区独特风味的词汇和土语，在形容不同时期的蚕时还用到了"乌娘""头眠""二眠""出火""大眠"等浙北方言来指称，都非常生动。其次，茅盾善于在人物语言中融入方言俗语，以此精准地刻画出人物性格。比如《春蚕》中守旧而勤劳的农民老通宝、《林家铺子》中的林老板等，都在话语中加入方言土语，从而使得人物生动而贴切。学界对茅盾文学创作中的方言色彩研究颇多，因此不再赘述。

在翻译实践中，茅盾也显现出某种方言习性，从而使得外国文学带上一种中国的"地方色彩"和"大众色彩"而被接受。茅盾对于翻译的选词异常谨慎，他主张"字对字"直译，一向反对用华丽的词句对外国文学作品进行翻译，更愿意采用平实朴素的白话或者方言口语。比如他曾对郑晓沧译介的《小妇人》提出意见，认为他的部分翻译过于"求工求美""浓妆艳抹"，少了原作"简洁平易"的风味，像"Sniffed"，郑晓沧译为"唏嘘欲绝，情不自禁，鼻子酸了"，而茅盾认为仅保留"鼻子酸了"即可。[①] 茅盾的译作中也常惯性地使用吴方言口语，比如他在译介欧·亨利的短篇小说《最后一张叶子》时，将"almost bare"译为"精赤的"，将"sick child"译为"病小囡"，将"hallway"译为"客堂过路"，将"had an excuse"译为"觑个便"，将"when is light enough"译为"天亮足了时"等，[②] 这些带有明显吴方言口语的词汇以及方言惯性的语句，既在修辞上贴近了原作的意韵，又为译作增加了生气与灵动。可见，茅盾翻译中的方言习性为他的翻译增色不少。

在关于文学语言的论争中，茅盾虽认可方言的重要性，却坚决反

---

① 惕若（茅盾）：《读〈小妇人〉——对于翻译方法的商榷》，《文学》1935 年第 5 卷第 3 期。

② 韦韬主编：《茅盾译文全集》第 2 卷小说 2 集，知识产权出版社 2013 年版，第 266—272 页。

对以"纯方言"取代"五四白话"。即使在胡适"活的文学"观念下，白话中的方言土语被称为"活话中的活话""真正活的白话"，茅盾也始终坚守"五四白话"作为新文学书写工具的主体地位，并设法利用方言土语对"五四白话"进行"充实"。20 世纪 30 年代初，大众语讨论、文艺大众化讨论甚嚣尘上，开始对五四白话文展开批判。比如瞿秋白就称五四以来的白话文为"不古不今""半文半白""非驴非马"的"骡子话"，称"五四白话文"所写就的文学为"半人话半鬼话"的"骡子文学"。他将五四以来通行的"白话"视为一种已经被五四式的新士大夫和章回体的市侩文丐垄断去了的"新文言"，里面的"欧化成分"以及对旧文言吸收的部分均是不符合口头表达的"文腔"，因此需要用"新生阶级"的普罗大众"口头上讲的话"形成的"现代中国普通话"取代"五四白话文"成为新的文学书写载体。对此，茅盾持有不同的意见。第一，茅盾认为五四白话文并非"罪孽深重无可救药"，也并不是"完全读不出来听不懂"①，且国内尚未存在定型的全国性的"现代中国普通话"，所以他反对完全抛弃五四白话文，直接使用"现代中国普通话"的主张。第二，茅盾认为如果要达到瞿秋白"符合口头表达"的文腔标准，那么唯有使用方言、土语进行创作，可是，最大的困难又在于没有"正确而又简便的符号"来记录方言、土语，如果用固有的汉字来拼土话的音，或者用注音字母或罗马字母来拼，恐怕"看得懂"的人还不如五四白话文的多。② 因此，他认为在"方音"的书写问题尚未解决前，纯粹的方言文学是不能实现的。基于当下五四白话文的广泛应用、大众普通话的尚未定型以及汉字仍然作为"唯一的记录思想的符号"的现实③，茅盾创造性地提出了以方言、土语改造并充实五四白话文的建议。茅盾指出当前做不好"白话"的原因在于作家

---

① 止敬（茅盾）：《问题中的大众文艺》，《文学月报》1932 年第 1 卷第 2 期。

② 止敬（茅盾）：《问题中的大众文艺》，《文学月报》1932 年第 1 卷第 2 期。

③ 江（茅盾）：《大众语运动的多面性》，《文学》1934 年第 3 卷第 4 号。

"专读"纸上的"白话"而不用他们口头的"白话",因此号召作家从自己所用的活的口语方言中抽出精华来作为"表现的工具",① 一方面,要用方言、土语的表达方式替换一些不必要的欧化句法;另一方面,要用方言、土语的一些词汇替代一些不得不借用的文言字眼;② 从而促成五四白话文的丰富、活泼与严整。

二　为大众与阶级代言的方言文学

如果说茅盾在之前将方言视为增色文学内容、充实文学语言的"重要资源",那么随着全面抗战的爆发,他对方言的认识便越出了文学层面的考量,并在更为宏阔而复杂的战时语境中延展出了新的内涵与价值。

1937 年 7 月,中国进入全面抗战,面对战时局势,文人知识分子意图通过文艺唤醒民众、组织民众、教育民众,激发民众的民族意识,推动民众的抗战情绪。为此,中华全国文艺界抗敌协会(文协)提出"文章下乡,文章入伍"的口号,鼓励文艺工作者深入民间,深入前线,为民族抗战"鼓与呼",发动群众参加抗日斗争。文协组织作家组成战地访问团,多次访问慰劳各地战场,在实际的"下乡"和"入伍"中却遇到了诸多问题,其中最突出的便是文学语言的问题。文艺工作者在实际的工作中尴尬地发现他们创作的作品语言与人民群众的口头语言存在着巨大的鸿沟,工人大众和农民大众对于白话文创作的新文艺作品既难于理解也不感兴趣,这使得文艺作为"战斗武器"无法发挥它的作用,从而使抗战文艺工作陷入僵局。基于文学语言的问题,文艺界先后展开了"通俗化""民族形式"的大讨论,在讨论中充分肯定了方言在普及大众和利用民族形式中的作用。齐同、黄药眠等文人在文艺中国化和大众化的讨论中直接提出"在提高大众文化水平或利用旧形式的时候,是要把方言看做第一重

---

① 风(茅盾):《也不要"专读白话"》,《文学》1935 年第 4 卷第 6 号。
② 仲元(茅盾):《白话文的清洗和充实》,《申报》1934 年 8 月 20 日。

要的"。① 他们强调以方言、土语入文学，"从方言土语中吸取新的字汇"，甚至"不妨以纯粹的土语来写成文学"，从而推动文艺大众化的发展。② 随着讨论的不断展开，在上海、广东以及香港等地更是掀起了声势浩大的方言文学运动，运动以理论论争与创作实践相结合，其热烈程度一度给人仿佛"回到民国六七年新文学运动发生时候"的感觉。③

茅盾作为文协的重要理事，也深感抗战期间文艺"深入民间"的巨大困难，他曾不无惊讶地感叹道："摆在作家们面前的第一个现实问题竟是作品的语言和人民的口语之间的距离有如英语之于法语。"④ 对此，他积极参与到全面抗战以来的各种文艺讨论，不断思索文艺如何能真正"深入民间"，同时不断调整着自己的方言文学观念，最终得出结论："如果要使作品能为人民所接受，最低限度得用他们的口语——方言。"⑤

首先，茅盾以"白话文"为文学语言主体的观念开始松动，基于现实的抗战文艺需求，他开始逐步倡导以"纯粹的方言"进行文学创作。1938 年 2 月，茅盾在汉口量才图书馆发表演讲，谈及文艺大众化问题时，他基于当前的抗战实情，坦率地指出："本来大众化运动应当和国语运动联系起来的。但是目前我们讲大众化，却不能拘泥于这个理论。"⑥ 茅盾指出即使新文艺是用"比较接近口语"的白话文写出，也避免不了其中"非大众化"的用语、欧化的句子构造以及文绉绉的文字腔调，他认为当下"十万火急地需要文艺来做发动民众的武器"，因此不能等待大众去学习以"蓝青官话"为主的白话文，相反要直接"用各地大众的方言，大众的文艺形式（俗文学

---

① 齐同：《大众文坛》，《大公报》1939 年 5 月 19 日。

② 黄药眠：《中国化和大众化》，《大公报》1939 年 12 月 10 日。

③ 静闻：《方言文学试论》，《文艺生活》1948 年第 2 期。

④ 茅盾：《杂谈方言文学》，《群众》1948 年第 2 卷第 3 期。

⑤ 茅盾：《杂谈方言文学》，《群众》1948 年第 2 卷第 3 期。

⑥ 茅盾：《文艺大众化问题——二月十四日在汉口量才图书馆的讲演》，《救亡日报》1938 年 3 月 9 日、10 日。

的形式）来写作品"。① 换言之，在茅盾看来，战时文艺大众化的要求使得"方言"不再仅仅是"统一国语标准"和"充实文学语言"的重要资源，相反，"方言"不得不直接承担起作为"文学语言"的重担，直接呈现出供大众可看、可读、易理解的文艺作品。所以，大众的文艺必须在"教育大众"的同时"向大众学习"，学习"大众口头上的活字眼"，学习"民间文艺形式"。②

其次，在评价香港方言文学运动时，茅盾也改变了之前对五四白话文学与方言文学之间关系的认知。在《再谈"方言文学"》一文中，茅盾从当下"大众化"的观点来看文学语言的问题，认为讨论"今天新文学'大众化'的'语言'问题"，既要抛弃"五四白话"以"北方语"为正宗的观念，同时也要"把理论上的'大众语'的观念也抛弃"，"应当从此时此地大众的口语——即天天在变革的方言入手"③。不同于之前认为方言是充实"五四白话文"的重要资源，茅盾指出自五四新文化运动以来的"白话文学"是以"北中国通行的口语"或者"以北中国口语为基础的南腔北调的语言"（即"蓝青官话"）所主宰的，这使得广东、福建等与北方语差异甚大的方言区的人们对所谓的"白话文学"难以理解，从本质上违背了五四新文学所提出的"我手写我口"的"白话文学"宗旨。因此他认为在未有国语的中国，如果要真正实现"我手写我口"的"白话文学"宗旨，就需让各方言区的文学以各自的方言口语来写作，就须大力倡导纯粹的方言文学，在此逻辑之下，"方言文学"与"白话文学"之间既不存在对立之关系，也不存在高下主次之分，甚至在未建立国语的前提下，"白话文学"就是"方言文学"，而那些只将北方话认作新文学正宗的"文学语言"的观念将会成为"文学走上大众化道路上"

---

① 茅盾：《文艺大众化问题——二月十四日在汉口量才图书馆的讲演》，《救亡日报》1938 年 3 月 9 日、10 日。

② 茅盾：《通俗化、大众化与中国化》，《反帝战线》1940 年第 3 卷第 5 号。

③ 茅盾：《再谈"方言文学"》，《大众文艺丛刊》1948 年第 1 辑。

的"绊脚石"。① 茅盾这一论述将方言文学与五四新文学传统建立了关联，将方言文学论述为五四新文学未尽的文学任务，从而消解了方言文学与五四白话文学之间的隔阂与不对等关系，从而使得"纯方言"创作成为一种合理性的存在。

除了战时文艺"深入民间"的现实需要，汉字拉丁化运动的发展态势与解放区文艺的实践成果，也在很大程度上改变了茅盾对方言写作的看法。

汉字拉丁化运动的发展对"方言书写"问题的突破和解决，是茅盾逐渐趋向"纯粹方言写作"的重要原因。20 世纪 30 年代开始勃兴的汉字拉丁化运动是一场极具政治色彩的激进的文字改革运动，它将民族自决和阶级革命等议题引入其中，主张彻底废除汉字，创造一种用拉丁字母拼写中国话的拼音文字。该方案于 1933 年经左翼世界语者联盟引进中国，并借助 1934 年大众语论争进入大众视野，此后则是在部分左翼人士和中共文化人的推动和宣传下，成为颇具热度的文化议题。主张汉字拉丁化的文化人反对国语运动对汉民族以外民族语言以及地方性语言的同化与压制，他们赋予方言代表大众的阶级属性和身份标签，将拉丁化方案与国语运动方案置于不同阶级立场的对立关系之中，从而认为用拉丁文字拼写方言启蒙大众是比语言统一更为要紧的事情；同时，他们又从语言发展的内在规律出发，论证出发展方言是语言统一的必经之路，认为"言语从综合到统一的过程不是由一种言语来征服、消灭其他所有言语，而是每一种言语都在新形成的统一语言中占着一部分的地位"②。

很明显，在左翼的叙述逻辑与阐释策略中，一方面，他们要放大国语运动本就存在的地方性（方言）与国家性（国语）之间的深层张力，从而反对以北方方言为核心塑造国语的观念，强调以纯粹的方言创作加深各方言间的理解与融合才是促成"语言统一"的重要前提；另一方面，他们则是要将民族自决、阶级革命等政治议题引入其

---

① 茅盾：《再谈"方言文学"》，《大众文艺丛刊》1948 年第 1 辑。
② 胡绳：《新文字的理论和实践》，大众文化社 1936 年版，第 23 页。

中，从而将方言与国语的关系置于"民间与官方""无产阶级与资产阶级"的二元对立框架中进行阐释，认为方言是最鲜活、最接近人民群众口头表达的语言，以方言作为语言形式创作出来的文学才是最贴近人民，也最能为人民所接受的文学。

茅盾对汉字拉丁化催生出的"新文字"颇为关注，也关注"方音"的书写问题，并有意识地将这一问题纳入文艺大众化的框架中做思考。他曾对"要求作家们用新文字来写作"，从而实现"新的文字和文学相结合"的主张表示赞同，并在此基础上进一步主张"作家用各自的方言写出新文字的作品"①。他指出："倘使不用方言，仍用普通所谓白话文，那么，简直恐怕除了作家本人以外看得懂的人就太少了。因为一个个汉字的读音，作家们是各各不同的——除了同乡，……现在作家们的作品内逢到用'土话'，也还没有用新文字来写呢！我以为这倒是起码'新的文字和文学结合的第一步'，不但马上可行，而且实际对于大众化有益。"② 可见，茅盾对用拉丁化的"新文字"拼写方言充满期待。

随着全面抗战的爆发，以汉字拉丁化为主导的"新文字教育"也在陕甘宁边区、延安等地如火如荼地开展。1940 年 9 月陕甘宁边区教育厅更是召开有关冬学运动的扩大会议，决定在延安采用新文字课本，举办新文字冬学，与此同时，延安还成立了新文字运动委员会，从人员调动、立法保障、群众宣传等方面推动"新文字运动"。③ 新文字教育一经启动便成效显著，《解放日报》曾对新文字教育的成绩进行过报道，称 1500 多个文盲在学习新文字 50 多天后便有 700 多人实现了自由的读写④，陕甘宁边区 1941 年的政府工作报告也盛赞新文字运动，称该运动让半数以上的学生在短时间内学会用新文字写

---

① 茅盾：《"通俗化"及其他》，《语文》1937 年第 1 卷第 2 期。

② 茅盾：《"通俗化"及其他》，《语文》1937 年第 1 卷第 2 期。

③ 《陕甘宁边区新文字协会成立大会盛况》，《新华日报》1940 年 11 月 21 日。

④ 《边区四年来学校教育猛烈增加》，载甘肃省社会科学院历史研究所编《陕甘宁革命根据地史料选辑》第 4 辑，甘肃人民出版社 1985 年版，第 452 页。

信、看书①。1941 年 5 月，新文字运动更是被作为陕甘宁边区最为重要的文化政策写进《陕甘宁边区施政纲领》，可见，"新文字运动"在当时搞得如火如荼，而茅盾正好亲身经历了这场文字教育运动。1940 年 4 月底，茅盾离开新疆前往延安，并在延安鲁迅艺术文学院和陕甘宁边区文化协会处讲学，对边区和延安的新文字运动也颇为关注。在此期间，茅盾接连发表《通俗化、大众化与中国化》《关于〈新水浒〉——一部利用旧形式的长篇小说》《论如何学习文学的民族形式》《旧形式、民间形式与民族形式》等文章，表现出对方言写作的重视。在《关于〈新水浒〉——一部利用旧形式的长篇小说》一文中，茅盾十分关注方言文学"有声无字"的现状。他指出："方言文学之应否发展，实在也是文艺向大众化进行中一个不能回避的问题。我以为方言文学的发展与大众化之推进，两者有其辩证的关系，而使矛盾统一的枢纽，则为新文字的普遍推广。因为惟有使用新文字，方能使有声无字的方言写在纸上，惟有方言文学的发展，乃能使各地方言交流融会，取精用宏，形成了未来 1949 年之后的全国性的新的'普通话'。而大众化的用语问题，到那时也就解决了。这是一件艰巨的工作，然而不是不可能的工作！"② 可见，茅盾将"新文字"的推行视为真正实现方言文学的有效途径，而纯方言文学的创造又是文学大众化实现的关键。

　　汉字拉丁化运动的不断发展，将"书写方言口语"这一主张广泛传递，在一定程度上影响和推动了解放区文艺的生产以及 20 世纪 40 年代发生于上海、广东、香港等地的方言文学运动。茅盾在抗战期间辗转于上海、重庆、桂林、乌鲁木齐、延安、香港等多地，遍及国统区、解放区和沦陷区，在考察摸索各地文艺生态和文艺形式的同时，不断调整着自身的文艺思想，意图找到自我问题意识发展的最终

---

　　① 《陕甘宁边区政府工作报告》（一九四一年四月），载陕西省档案馆、陕西省社会科学院编《陕甘宁边区政府文件选编》第 3 辑，陕西人民教育出版社 2013 年版，第 218 页。

　　② 茅盾：《关于〈新水浒〉——一部利用旧形式的长篇小说》，《中国文化》1940 年第 1 卷第 4 期。

归宿，而解放区文艺最终成为茅盾选择趋近的文艺对象。20 世纪 40 年代末，茅盾在谈及方言文学经验时，不光充分肯定了各地方言文学运动的成就，同时还将其讨论"广泛、热烈和深入"的原因归结为"解放区文学作品的陆续出版"①。诚然，解放区文学的历史经验不可忽视，周扬在第一次"文代会"上以"新的主题、新的人物、新的语言形式"总结了解放区文学的创作经验与文学成就，将解放区文学称为"真正新的人民的文艺"，认为其成功的关键之一便是努力学习工农群众的语言，实现语言的大众化。② 茅盾充分肯定解放区文学的重要成就，列举出马烽和西戎的《吕梁英雄传》、赵树理的《李家庄的变迁》、柯蓝的《红旗呼啦啦飘》、秧歌剧《刘巧团圆》、叙事长诗《王贵与李香香》等较具代表性的解放区文艺作品，并总结性地认为这些作品无论是新形式、改造过的旧形式或民间形式，还是创造性的形式，成功的一个共同点就是"它们都尽量采用各地人民的口语，方言文学的色彩都相当强烈"。③ 可见，解放区文艺实践对茅盾方言文学观念转变也起到了重要的作用。

　　整体来看，茅盾在 1937 年全民族抗战爆发到 1949 年中华人民共和国成立前这一时期的方言文学观念做出了两方面的调整：一方面，他将"方言"视为最具"地方性"的文学书写工具，从而赞同利用"纯方言"写作促成文学普及，激发民众抗战情绪；另一方面，他赋予了"方言"代表大众的阶级属性和身份标签，从而在文艺大众化的框架下肯定了"汉字拉丁化运动"与解放区文艺实践对"纯方言写作"的促成，同时肯定了方言文学的重要价值。

三　"民族—国家共同语"建设情势下的方言文学

　　茅盾对方言文学的推崇并没有持续太久，相反，随着中华人民共

---

① 茅盾：《杂谈"方言文学"》，《群众》1948 年第 2 卷第 3 期。
② 周扬：《新的人民的文艺》，载《中华全国文学艺术工作者代表大会纪念文集》，新华书店 1950 年版，第 70—97 页。
③ 茅盾：《再谈"方言文学"》，《大众文艺丛刊》1948 年第 1 辑。

和国的成立，方言文学变成了一个茅盾讳莫如深的话题。20世纪40年代末，华南方言文学运动受到各方肯定，这促使文协香港分会意欲将其成功经验推广到全国，他们撰写了名为《在全国各处发展方言文学》的提案，准备带到第一次文代会。① 然而，1949年7月，当茅盾在第一次文代会上作为代表介绍和总结国统区文艺经验的时候，并没有将华南方言文学运动的成功经验加以分享，而是仅仅用了几个字将其一笔带过，在中华人民共和国成立之后更是鲜少提及。显然，随着中华人民共和国的建立，方言拉丁化的主张已失去了其战时的任务目标与政治语境，从而逐渐丧失了推行下去的历史合理性，茅盾对方言文学的态度也随之再度转变。

虽然以茅盾为代表的知识分子们在1940年代末的方言文学运动中用了多种理论资源，从多个角度论证了方言文学的历史合理性，但是方言适用范围的"地方性"限制，预示了方言文学在民族国家统一建设中的"戛然而止"。内战时期，方言文学的倡导被赋予"普及文艺、争取大众"的"战斗性"功效，但到了建立统一的现代民族国家的当下，方言文学又走向了"促成统一"的对立面而显得"不合时宜"。很显然，此刻的茅盾意识到对方言文学的"地方性"与"阶级性"的强调，存在着对现代民族国家认同的否定性威胁，同时也意识到方言文学对国家与阶级之间隐形裂隙的微妙暗示。因此，茅盾除了不再对方言文学大加赞赏外，还在某些场合开始修正自己对方言文学的看法。

1949年8月，曾经在陕甘宁边区负责推行拉丁化新文字的吴玉章给毛泽东写信，请示关于继续推行方言拉丁化的方案，同时补充道：在继续推行方言拉丁化的同时还要"以比较普遍的、通行得最广的北方话作为标准使全国语言有一个统一发展的方向"②。毛泽东收到此信后，转交给茅盾、郭沫若和马叙伦进行审议，他们在复信中

---

① 白纹：《方言文学创作上一个小问题》，《文艺生活》1949年第14期。

② 吴玉章：《关于文字改革致毛主席的请示信》，载《吴玉章文集》上卷，重庆出版社1987年版，第657页。

对其他主张基本表示赞同，但用了极大的篇幅对方言拉丁化原则表示了反对。他们认为"从长远的整个的利益"出发，方言拉丁化会阻碍语言的统一，他们主张吴语、闽语、粤语等方言区的人民学习北方话新文字。① 1950 年 3 月，茅盾在《人民文学》杂志社召开的创作座谈会上便对方言文学有所提及："有的同志以为完全用地方语来写作不大合适，因为这在作品的普遍性上有阻碍"，有的则"以为惟有方言才能使老百姓看得懂"，这两种看法"都有所偏"②。可见，茅盾已然开始对"纯粹的方言文学创作"做出反思。

1950 年 7 月，《人民日报》上发表斯大林论文《论马克思主义在语言学中的问题》中指出"马克思承认必须有统一的民族语言作为最高形式"，如果认为方言习语能够发展出独立的语言，就是"丧失历史前途和脱离马克思主义的立场"的观点。③ 语言学家邢公畹在阅读了该文后也发表文章谈论方言文学，认为现阶段方言文学的口号是"引导着我们向后看"，并且"引导着我们走向分裂"，④ 过去提倡方言文学是"作为对反动统治阶级斗争的策略"而提出的，但是现阶段正在建设和平统一的共和国，因此应该建设我们的"民族共同语"，文学也应该"以正在发展中的统一的民族语来创作"⑤。随后，《文艺报》《人民日报》《长江文艺》等报刊也开始逐步对方言文学进行不同程度的"清算"。⑥ 到 1955 年 10 月，随着全国文字改革会

---

① 郭沫若、马叙伦、沈雁冰：《郭沫若、马叙伦、沈雁冰八月二十日复毛泽东信》，载《吴玉章文集》（上卷），重庆出版社 1987 年版，第 659 页。

② 茅盾：《目前创作上的一些问题——一九五〇年三月在〈人民文学〉社召开的创作座谈会上的讲话》，《群众日报》1950 年 3 月 24 日。

③ 斯大林：《论马克思主义在语言学中的问题》，《人民日报》1950 年 7 月 11 日。

④ 邢公畹：《谈"方言文学"》，《文艺学习》1950 年第 1 期。

⑤ 邢公畹：《关于"方言文学"的补充意见》，《文艺报》1951 年 3 月 10 日。

⑥ 周立波：《谈方言问题》，《文艺报》1951 年 3 月 10 日；吴士勋：《我对"方言问题"的看法》，《文艺报》1951 年 6 月 25 日；唐绍礼：《对文艺作品中采用难懂的方言的意见》，《人民日报》1952 年 8 月 5 日；粟丰：《文学作品中的土语方言问题》，《长江文艺》1955 年第 6 期。

议和现代汉语规范问题学术会议的陆续召开，"推广汉民族共同语，同时力求汉语的进一步规范化"成为最为"迫切的一项工作"，普通话和方言的关系也被重新定义：普通话是为全民服务的，方言是为一个地区的人民服务的。① 在此背景下，文学作为规范语传播和普及的主要渠道，被要求必须"注意语言的纯洁和健康"，必须纠正"滥用方言的现象"。② 1956 年，茅盾在全国青年文学创作者会议上号召文学工作者们重视语言的规范，并直言"这不但是提高写作能力的必要措施，而且是一项政治任务"。显然，此时"以北方话为基础方言，以北京语音为标准音的普通话——汉民族共同语"已具有促成国家统一的政治意义，所以茅盾强调文艺队伍要检讨过去"对于语言的纯洁和健康"的忽视，检讨过去文学中存在的"滥用方言、俗语"的现象，重视语言的规范，从而"为推广语言规范化服务"。③ 至此，茅盾方言文学的"纯方言"要求几乎被否定，而以后的"方言"也仅仅作为丰富"共同语"的语言资源而存在，在文学作品中零星闪烁，为文学增加一丝韵味。

结　语

茅盾方言文学观念的变迁是其文学思想、政治立场、身份意识在三个不同时代语境中不断调和的结果。从将方言视为充实文学语言表达的有效途径，到视方言文学为大众和阶级的代言，推行纯粹的方言文学，再到以"推广普通话"取代"方言文学倡导"，茅盾方言文学观念的变迁折射出现代中国语言、文学变革的整体性逻辑。在现代中国社会的历史语境中，语言、文学命题的提出与勾勒，从来不是单纯

---

① 《为促进汉字改革、推广普通话、实现汉语规范化而努力》，《人民日报》1955 年 10 月 26 日。

② 《为促进汉字改革、推广普通话、实现汉语规范化而努力》，《人民日报》1955 年 10 月 26 日。

③ 茅盾：《关于艺术的技巧——在全国青年文学创作者会议上的讲演》，《中国青年报》1956 年 3 月 18 日。

的语言、文学的天然秩序和发展规律的再现与总结，更大程度上是对语言、文学所依存的政治生态和社会秩序的投射与描摹。

（原刊《海峡人文学刊》2023 年第 2 期）

批评的"奥德赛"

——以试论茅盾批评的"理论旅行"现象为例

［韩］ 崔瑛祜*

摘 要 在文学研究范式日益多元化、开放化的当下，对于像茅盾这样的"经典"作家，我们需要用全新的眼光和方法来进行"再解读"。这种"再解读"，目的并不仅仅是做到对文学与历史的还原，而且是尽可能地揭示文学与历史的内在丰富性和可能性。如何进行这样的"再解读"呢？笔者欲通过探讨 20 世纪 30 年代茅盾的文学实践，揭示茅盾文学批评的"奥德赛"（Odyssey）。具体来说，将通过如下四个问题来展开讨论话题，即（1）文学实践的"意向性"："批评的回归"；（2）走向批评的"前沿"：提倡"作品产生理论"；（3）"理论旅行"与"立场转移"；（4）"回归"之维："抵抗"与"释放"。

关键词 茅盾；文学批评"理论旅行"

一 文学实践的"意向性"

1928 至 1937 年这十年，茅盾的文学实践关涉"批评"和"创作"，并且受到种种"芜杂的""论争"的影响，但茅盾的文艺观念并未有过大的波动，他的文学实践在复杂中凸显着一种较为鲜明的

---

* 作者简介：崔瑛祜，韩国国立韩巴大学中文系教授。

"意向性"（intentionality）①。这可见于他以笔名"朱璟"发表的《关于"创作"》，在文中他对文学研究会的"失败之因"做了如下总结：

> "为人生的艺术"当初由文学研究会一部分人所主张。文艺的对象应该是"被侮辱者与被践踏者"的血泪：他们是这样呼号着。但是这个主张并没引起什么影响，却只得到了些冷笑和恶嘲。粗看来，这个现象似乎极可怪；不过假使我们还记得那时候正是一方面个人主义思潮煽狂了青年们的血，而别一方面"老"青年们则正惴惴然忧虑着"五四"所掀动的巨人（被侮辱与被践踏的民众）将为洪水之横决，那我们便可了然于"人生的艺术"之所以会备受各方面的冷眼了。……主观方面，文学研究会提倡"人生艺术"的一部分人却只以批评家的身份来呼号而不以创作家的身份来实行，也是失败之一因。同时自然主义的呼声也由文学研究会一员的沈雁冰发出。这在当时也不过是众声嘈杂中的一响，更没有人去注意了。②

即便茅盾只字未提"只以批评家的身份来呼号而不以创作家的身份来实行"，但从字里行间不难觉知这是其言说的重要意图。就是说，作为曾经就"呼号"于某人理论的批评家，茅盾意识到缺乏"创作"的局限。同时也注意到，如果"不以创作家的身份来实行"，一种突破理论反而会"备受冷眼"。然而如此理解茅盾的意图，如重

---

① "意向性"一词源于拉丁文 intendere，意思是"指向"。其基本内涵是指意向性是意识的本质属性，即意识总是具有"意向性"的，所有的意识都是关于某物的意识。"关于某物的意识是指在广义上的意指行为与被意指之物本身之间可贯通的相互关系。"正是这一"相互关系"从根本上打破了知性二分的主客二元结构，为审美意识开辟了一条道路。倪梁康：《胡塞尔现象学概念通释》，生活·读书·新知三联书店 1999 年版，第 249 页。

② 茅盾：《关于"创作"》，《北斗》1931 年创刊号，署名朱璟。

"创作家"而轻"批评家",仍然过于简单。

"批评家"与"创作家"虽然充任不同的角色,但"批评家"的"呼号"并不仅仅与"失败"画等号,更不是"创作家"的附庸。茅盾曾说:"文艺理论家和创作家可以是一个人,亦可以是两个人,有不写创作的理论家,亦有不读文艺理论的创作家;有以自己的理论去反对别的理论家的理论的作家,然而很少见自己并没有什么一定理论的作家仅仅以'创作的自由'一语去反对理论家的理论的。"① 可见,茅盾认为即使创作家不做烦琐的理论爬梳,那也必须秉持"一定的理论",养成植"批评意识"于矛盾、缠绕、复杂的问题中的习惯。更具建设性的设想是,茅盾认为创作家与批评家(理论家)应该"相激励相攻错"②,"相生相成"③。茅盾在自己的文学实践中切实践行着这种理念:(一)"批评中的创作":茅盾的"创作"能量以"批评"为由头而得以落实,即"批评"的经验映射到"创作"上;(二)"创作中的批评":茅盾"批评"的能量也以"创作"为由头而得以施展,即"创作"经验亦运用到"批评"中;(三)"批评中的创造":对于茅盾而言,"批评"又是他创新理论的主要途径,他的"创造"能量在"创作与批评的相互砥砺"中得到推进,即"创作"和"批评"中的经验交合影响了他"文艺理论的创新与思考方式的变革"。"创作"与"批评"交合变奏,这可以说是茅盾文学实践的特殊之处。面对 20 世纪 30 年代中国文坛"作家们和批评家之间的关系紧张"④ 的"危机",茅盾将"创作"和"批评"融为一体,达至完美的互通,期望一种美好的文坛氛围:批评家与创作家站在同一地平线上,在充溢着理解、友好、

---

① 茅盾:《关于"出题目"》,《文学》1936 年第 6 卷第 5 号,署名明。

② 沈雁冰:《讨论创作致郑振铎先生的信》,《小说月报》1921 年第 12 卷第 2 期。

③ 沈雁冰:《论无产阶级艺术》,1925 年 5 月 2 日、5 月 17 日、5 月 31 日、10 月 24 日《文学周报》第 172 期、第 173 期、第 175 期、第 196 期。

④ 茅盾:《我走过的道路》(上),人民文学出版社 1997 年版,第 539—540 页。

"清新自由"的氛围中，各遵从独立的意识，平等、认真、坦率地进行对话。

值得指出的是，茅盾在认识到文学研究会"主观方面"的失误后，比如引文提及的"只以批评家的身份来呼号而不以创作家的身份来实行"，"很少见自己并没有什么一定理论的作家仅仅以'创作的自由'一语去反对理论家的理论的"等，他的文学实践显出独特的"意向性"——"批评的回归"。可以说，编办《文学》促使茅盾"拣起"了"在二十年代的老行当"①。据茅盾所言，"《文学》创刊于 1933 年 7 月，至 1937 年 11 月上海沦陷后停刊，前后持续了四年多时间，它算得上是三十年代上海大型文艺刊物中寿命最长，影响也最大的一个刊物。《文学》不属'左联'领导，表面上它是个'商业性'的刊物，实际上是左翼作家、进步作家驰骋的阵地"②。《文学》"不属'左联'领导"，即不再是"左联"的传达工具，而逐渐演变成一种"左联"以外的"社会"声音的"公共空间"③。

需要补充的是，茅盾之"批评的回归"是一种"奥德赛"式的概念，即身为"批评家"兼"创作家"的"茅盾"这一回归的主体已不同于"只以批评家的身份来呼号"的"沈雁冰"。或者说，"回归"的行为"质性"及"回归"的具体对象（"批评"）尽管未变，但"回归"的具体内容却发生了变化，即行为的"质

---

① 茅盾：《我走过的道路》（上），人民文学出版社 1997 年版，第 540 页。

② 茅盾：《我走过的道路》（上），人民文学出版社 1997 年版，第 597 页。

③ 李欧梵：《"批评空间"的开创——从〈申报·自由谈〉谈起》，载王晓明主编《批评空间的开创——二十世纪中国文学研究》，东方出版中心 1998 年版，第 102 页；另可参见曹清华的见解，曹清华将现代书局的《现代》《申报》副刊、《自由谈》及生活书店办的《文学》定为"编辑权没有掌握在左翼人事手中的商业性刊物"。这类刊物持兼容并包的方针，接受不同倾向的稿件，左翼作家往往能在版面上占一席之地，有时甚至成为支柱。这类刊物因为不易冒犯政治忌讳，拥有一定抗政治干扰能力，因而能维持较长时间。曹清华：《发表左翼作品的四类刊物》，《新文学史料》2005 年第 4 期。

料"发生了变化。① 胡塞尔认为世界本身是无序、无意义的，正是通过意向性活动，使某物获得意义而成为"我的对象"，即意识活动同意识对象关系是一种构造关系，实质是"给予意义"。② 若照此理，对于茅盾而言，作为意识对象的"批评"是职业批评家"沈雁冰"的先在自我意识活动（批评家兼创作家"茅盾"的"认识体验"）中的建构物，茅盾"批评的回归"亦同此理。鉴于此，笔者认为，只有还原"批评"这一意识对象，追溯"意向"寓寄的复杂状态，

---

① 简言之，"质性"是指一种使某种行为能够成为这种行为的东西，例如，它使表象成为表象，使意愿成为意愿。所谓"质料"是特别地与一个对象相联系的意识行为所具有的特性，它在某种程度上为"质性"奠基，或者说，"质料"并不会因"质性"的不同而产生变化。而且，严格地讲，只有客体化行为（所谓客体化行为是指能够使客体显现出来的意识行为，非客体化行为则相反）才具有自己的"质料"，非客体化行为，如意愿、情感行为，因为不具有自己的"质料"，而必须奠基于客体化行为之上。"质料"的对象不仅规定对象，而且规定对象被意指的方式。我们不妨举个实例加以说明。比如，我可以看一本书，也可以看一幅画。在这里，意识行为的"质性"相同，但"质料"不同。就是说，这里的意识行为虽然都是看，但是所看之物，即在意识中显现出来的意指之物却分别是书和画。将两个意识行为区别开来的是行为的"质料"而非"质性"。再比如，我看同一幢房子，从各个不同的角度，一会儿是正面，一会儿是背面，一会儿是侧面，随着视角的转移，看的行为"质性"尽管不变，看的具体对象也不曾有变，但看的具体内容发生了变化。其中的所变就是指行为的"质料"。王子铭：《现象学与美学反思——胡塞尔先验现象学的美学向度》，齐鲁书社 2005 年版，第 28—31 页。

② "现象学的意向性分析为打破二元对立的知性形而上学在审美对象认识上的统治和垄断提供了一个新的理论视角，即审美对象既非纯粹的物质实在，也非纯粹的观念实体，而是内在于意识的意向对象，本质上是意识活动自身构造的产物。如此一来，纯粹认识论和本质论之间的分野也被打破。那种认识论美学探讨审美活动的特性，本质论美学研究审美对象的存在在这里合二为一。审美对象从不脱离审美活动而独立存在，相反，它直接内在于审美活动，并且是它的构造的产物。""意识的意向性，就是说是带着特定的质料去朝向某物的。质料在意识行为中的这种功能，特别地被胡塞尔标示为'赋予质料'或'给予意义'。因此，在胡塞尔那里，'质料'又与'含义'和'意义'是同义词。所谓赋予一个对象以'质料'，无非就是一个意识行为携带着自己的'质料'给予一个对象以特定的含义或意义。"王子铭：《现象学与美学反思——胡塞尔先验现象学的美学向度》，齐鲁书社 2005 年版，第 45—46、32 页。

茅盾"批评的回归"的具体意义才会得以显现。

二 走向批评的"前沿"：提倡 "作品产生理论"

更进一步，可以从茅盾文学实践的调适方式、基本要求以及目的三个维度进行深入的探讨。从职业批评转入创作后，茅盾依旧没有背弃自己的理论原则，调适创作与批评的关系构成了茅盾理论批评的基础，即创作和批评在各安其位的前提下，"相生相成""相激励相攻错"，辩证统一地促进文坛迈入良性发展的轨途。在这种调适中，批评不再自话自说地蹈空高悬，不再扯某种符咒化的术语做大旗①，不再空无实物地追逐时髦的名目②，批评注重追求较高的价值，尤其在诸多批评家把"他自备的文艺理论统编作为临阵的法宝"③ 的情况下，批评注重"创造"，因为在文学批评中，任何理论、术语预设的幅面都无法完全覆盖文坛"那旺盛的生命力在求发展"④。因此，理想的批评不仅应当立足于已有的原理、框架、视点，还应当具有前瞻性的视域，以便灵活变通地应对和解决新问题。关于此，茅盾曾反复说：

---

① 例如"批评家把'前进的世界观人生观''现实主义的方法'等当作符咒念，就算尽了职；对于一篇作品的具体分析研究，我们少见，对于一篇作品的技巧作具体的指导，更似'凤毛麟角'。作家捧着这套'符咒'，只有不胜惶悚而已，于他实际上的工作上，已然毫无所得"。茅盾：《技巧问题偶感》，《中流》1936 年第 1 卷第 3 期。

② 例如"近年来，因为我们的社会的变动既快而又复杂，因而我们的文艺落在现实之后。这是使得文艺理论家常常出题目之原因。事实是如此：一个题目出来了，还没有收得几本好卷子，台上却又挂出了另一题目。于是有些（我想来不过是有些而已）'考生'的作家大叫其文艺理论家太会换题目，太会出题目，而有些观场的第三者也大叫其'考官'尽会——只会出题目"。茅盾：《关于"出题目"》，《文学》1936 年第 6 卷第 5 号，署名明。

③ 茅盾：《需要脚踏实地的批评家》，《生活星期刊》1936 年第 1 卷第 14 期。

④ 茅盾：《一年的回顾》，《文学》1934 年第 3 卷第 6 期。

　　我就觉得当今批评创作者的职务不重在指出这篇好，那篇歹，而重在指出（一）现在的创作坛（从事创作的人们）所忽略的是哪方面，所过重的是哪方面，（二）在这过重的方面——就是多描写的那方面——一般创作家的文学见解和文学技术已到了什么地步。①

　　文艺批评的公式主义的又一端是把"进步的现实主义创作方法"呀，"前进的世界观"呀，"向生活学习"呀，等等术语当作符咒。"进步的现实主义创作方法"等等自然要提倡，但提倡云者，应当是切实地讨论着创作上的一些具体问题，应当从作家的作品中指出一些实际问题来阐明此一作家或此一作品所已经达到的以及尚未达到的境地。②

　　从引文所述，比如"重在指出现在的创作坛所忽略的是哪方面，所重的是哪方面"，"应当从作家的作品中指出一些实际问题来阐明此一作家或此一作品所已经达到的以及尚未达到的境地"等，可以见出茅盾对批评的基本要求，但仅凭此，难以充分阐说20世纪30年代芜杂的论争中茅盾文学实践的新质素。

　　茅盾身为"作家批评家"，应当在"多重立场"（作家兼批评家的立场）下考察茅盾的文艺实践，譬如《文学》第3卷第6号（1936年1月1日）《文学论坛》中推出的"经验理论和实践"论题就值得关注：

　　现在有好些青年作家在理论上似乎十分透彻，但拿起笔来往往自己打嘴巴，这就由于理论并不能代替素养之故，我曾替这样的现象起过一个名字，叫做"理论多余"……从这一点看，可

---

　　① 沈雁冰：《评四、五、六月的创作》，《小说月报》1921年第12卷第8号。

　　② 茅盾：《需要脚踏实地的批评家》，《生活星期刊》1936年第1卷第14期。

见理论和实践之间也还可有一重的间隔。

茅盾发现"好些青年作家"的创作里存有"理论多余"现象，这促使他以"作家"的立场来解决"理论和实践的间隔"。在《文学》第6卷第5号（1936年5月1日）上，茅盾著文《关于"出题目"》做了一个示范：

> 近年来，我们常听得有人说："在西方，一种文艺理论之成立，必先有包孕此理论之作品；所以是从作品产生理论，而不是由理论烘逼出作品来。"持此说者，倘使是创作家，那就是不愿人家出题目给他的作家；倘使不是创作家，那么，因为他自己并没提出"理论"，所以大概只能称之为理论以外的理论家。他们是不喜欢有不作而理论的创作家们唠叨多嘴的；他们的"作品产生理论"的明证就是我们上举的雨果、左拉诸位先生。不错，从西方文艺发展的史迹看来，到欧洲大战以前为止，大概可说是先有作品后有理论的；第一部文艺理论书亚里斯多德的《诗学》是如此，本文上举的雨果以至左拉的理论亦复如此；但是这只是大战以前为然。现在是文艺理论成为文艺领域中一个专门独立的部门了，以辩证法的唯物论为武器的文艺理论家本质上是和雨果他们不相同的。

茅盾重整"作品"与"理论"的关系，提出"作品产生理论"这一独创性观点，凸显了其文学实践的新质素，并且具有鲜明的现实"针对性"：针对"批评膨胀"，试图调适"创作"与"批评"关系；针对"理论多余"，试图调适"作品"与"理论"的关系，值得深入探讨。

若依茅盾所言，"一种文艺理论的成立，必先有包孕此理论之作品；所以是从作品产生理论，而不是由理论烘逼出作品来"，那么，理论的产生不是把"理论"从外部硬搬入作品（从外向内），而是从"作品"内部孕生出来（从内向外）。即如海德格尔所言，"艺术作品以自己的方式开启存在者之存在。这种开始，即解蔽，亦即存在者之真理，是在作品中发生的。在艺术作品中，存在者之真理自行设置入作品。艺术就是自行设置入作品的真理"①。在《文学》第9卷第1号（1937年7月1日）上，茅盾发表的《〈窑场〉及其他》颇为形象地描述了作品孕生理论的过程："作者连尝试写作的念头都还没有的时候，就有若干'人'和'事'老在他脑膜上来来去去，有时淡薄，有时浓烈，而且时时有新的加进，直到轮廓固定起来，赫然站在他面前，作者乃濡毫伸纸，要把它们捉到纸面，这当儿，作者不但不会记到将来有读者（因而读者的读得下与否，皱眉头与否，喜笑与否，都非作者所顾及的），并且也忘记了有他自己，他和所写的'人'和'事'成为一体。"无怪乎茅盾对《窑场》之类作品表示出莫大的亲切感，因为"《窑场》的作者却以描写表面生活为手段描写了内心，而且提出了不容人不深思的一些问题"。

此外，茅盾关于"作品产生理论"的论述，尤其是对雨果等文学大师"作家而又同时是理论家"的强烈信心，无疑能够引起忧虑"理论"侵犯的若干作家的积极共鸣。事实上，这正是当年中国文坛所努力的方向。但同时应该说明，这并不意味着拒绝理论，更不需要"自己并没有什么一定理论的作家仅仅以'创作的自由'一语去反对理论家的理论的"②。茅盾要求"不愿人家出题目给他的作家"，"应当依他自己的理论（如果他有的话）来和那出题目的理论家展开严肃的论辩"。③ 这里所说的"自己的理论"无非是指作家在实际创作中自行总结出来的理论。不仅如此，茅盾进一步创设出"理论与实践相结合的模式"："自出题目自做"④ ＝ "自出题目"（提出理论）＋"自做"（付诸实践）。基于此，"作品产生理论"可以被理解为一种以"实践"的意图拟定的"理论"，这种"理论"避免了

---

① ［德］海德格尔：《艺术作品的本源》，载《林中路》，孙周兴译，上海译文出版社1997年版，第23页。

② 茅盾：《关于"出题目"》，《文学》1936年第6卷第5号，署名明。

③ 茅盾：《关于"出题目"》，《文学》1936年第6卷第5号，署名明。

④ 茅盾：《关于"出题目"》，《文学》1936年第6卷第5号，署名明。

"理论与实践之间的间隔",所以茅盾把"理论"的建构同"创作"
("从作品产生理论而不是由理论烘逼出作品来")、"论辩"(以"自
出题目自做"来和"单出题目而自己不做的理论家"展开论辩)等
实践行为连为一体。

茅盾将"创作"与"批评"、"作品"与"理论"并驾同操,远
远超过论争语境中独持"批评"——"创作"——"理论"各端的片面
浅见,因此,他的文学实践更富有启示意义:(一)一面积极打入论
争,一面又抗拒现存关系("多重立场")而成为论争中的"他者",
并具有化解论争的潜在意向。换言之,在非"为主义之奴隶"的
"自由创造"思想示范及价值引领下,茅盾力图敞开文学的多元化生
态。比如在关于"出题目"上,茅盾主张"作家"、"文艺理论家"
和"读者"三者互动拟定:首先"作家"与"文艺理论家"相互
"自由";其次,再加以几个"场合"而扩大"作家对批评家"的二
元构图;最后,还有"读者"是"最有力的评判人"。(二)在"多
重立场"下,茅盾文学实践中可能存在"批评"——"创作"——"理
论"的交叉区(或称"结合部""连接处"),或者可以说是批评、
创作以及理论的共生地带。

三 "理论旅行"与"立场转移"

有一个问题值得深思。茅盾不但以"作家而同时又是理论家"
身份重新界定雨果等文学大师,而且在"身份认同"的凝视中发现
自己亦为"作家而同时又是理论家"。这并不单纯因为茅盾重新认知
雨果等人的价值,而是因为他自己的实际经验——"创作与批评的
并行"唤醒了茅盾的潜在身份。然而,茅盾的经验与雨果等人不尽
相同,相较于其他"作家批评家",茅盾最突出的特点是其职业批评
先于实际创作。但茅盾的这一特点没有得到充分的关注,比如有研究
者曾这样叙说:

> 在天外飞来的批评压制下奋起反击的是作家批评。在启蒙批

评的高压下，作家若不掌握批评的武器，永远处于被教训的地位抬不起头。鲁迅、郁达夫、茅盾、沈从文等在创作之余也弄批评。他们的批评是自卫性的，其创造性因素却往往为职业批评所不及。①

事实上，茅盾在创作之前已是职业批评家，他先从事职业批评，其后在"芜杂"的论争中砥砺创作和批评，最终稳操"作家批评"，即如茅盾自称的"拣起""二十年代的老行当"②。因此，虑及茅盾身份变换的实际状况，不能简单地论定茅盾为"作家而同时又是理论家"。

值得指出的是，茅盾反思"职业批评"的通常做法，即"只以批评家的身份来呼号而不以创作家的身份来实行"③，接着在自己的创作实践中切身感知"批评"与"创作"的紧密联系，并认识到"论争"是"从抽象理论到具体实践"的一种必要的催化要素：

　　　　一年来"文坛"上的错综矛盾的动态，都应作如是观。一年来"小品文"的论战，"大众语"的论战，尽管短视的人以为什么结果也没有，然而事实上却是厚壅肥料，开花结果在不远；尽管幼稚的人以为是琐屑，是回避，然而事实上却是从抽象的理论到了具体的实践。④

并且，"职业批评先于实际创作"的实践，在茅盾"作家而同时又是理论家"的身份认同中蕴含了两个层面的"和谐"：一是理论体系与实践的和谐，使理论体系合乎现实的逻辑；二是理论体系内部各要素之间的和谐，使体系的结构框架符合自身的逻辑。早期茅盾的

---

①　郜元宝：《从"启蒙"到"启蒙后"——"中国批评"之转变》，《文学评论》2009 年第 6 期。

②　茅盾：《我走过的道路》（上），人民文学出版社 1997 年版，第 540 页。

③　茅盾：《关于"创作"》，《北斗》1931 年创刊号。

④　茅盾：《一年的回顾》，《文学》1934 年第 3 卷第 6 号。

"职业批评"曾经探讨本质体系（或说"先验的框架"：先于"创作与批评并行"之经验），先在地归纳"作家批评"经验，构建"论争性"语境，甚至预期"职业批评"的"自身构形特性"。概而言之，茅盾"批评"的肌理即由"批评主义""论争性语境""内在结构与运作"所构成。

1928—1937 年，茅盾的文学实践是一种"批评""创作""论争"粘连交合的复杂状态，假如非要理出一个坐标图，"批评"应当位于"创作"和"论争"之间。若进一步将理论的建构和运用联系起来考察茅盾的文学实践，或许可以得出这样一个结论："理论旅行"。实际上，"'理论'在词源上与'旅行'存在着发生学意义的交织，最早的理论概念正是旅行的原始注疏和原型图像。理论（theory）一词源自希腊语 theoria，意思是'观点''视域'，theoriia 的动词词根为 theoreein，本义是'观看''观察'。在古代希腊，'理论'原指旅行和观察活动；具体的行为是城邦派专人到另一城邦观察宗教庆典仪式。其原初意象指在空间上的离家与回归，强调不同空间差异所产生的距离、转换"①。所以，茅盾的文学实践历程：职业批评家→作家→作家批评家，在一定意义上也可视作一趟"旅行"的"离家与回归"。

"旅行"就难以规避"意外"及随之而来的"考验"，尤其是在"论争"波澜不时泛起的 20 世纪 30 年代，这一特殊的"情境"（situation）对于茅盾整个"理论旅行"的影响至为重大。茅盾刊在《文学》第 4 卷第 4 号（1935 年 4 月 1 日）的《十年前的教训》中说过："十年前常有论争（良友因此特有一本'文学论争集'），可是在现在看来，当初的论争除了最初期的文白两派之争，余皆为同一方面然而依不同的社会阶层所发的反映。这又是跟近来的现象有本质上的不相同。"前后"论争"的本质区别何在？有研究者指出："与二十年代的文学论争相比，三十年代文学论争的最显著的特点也许正在于这种政治文化色彩，即在三十年代的文学论争中，各派所依据的常常是其

---

① 彭兆荣:《走出来的文化之道》,《读书》2010 年第 7 期。

政治化立场，而文学自身的要求则往往被隐去了。"① 由此，诸如"文学的社会科学化"② 等"理论多余"的现象成了一种严重的趋势。茅盾在创作实践中也感到所谓"社会科学研究者"的评论给作品带来的影响：

> 至于评论家，拿辩证唯物主义当作一支标尺，以此衡量作品，这是最拙劣的做法。评论家即使已经成熟到能把唯物辩证法成为自己的思想方法，但也不可自信他对作品的评论百无一失。理由很简单，作家是就其生活经验来写作品，评论家如果没有同样的生活经验或相似的生活经验，如何能断定作品中所表现的生活是否真实？可惜三十年代的大多数评论家不了解这个很简单的道理，他们对作品中所写的生活，毫无经验，而只以自己从书本中得来的知识来判断，犯了主观主义、教条主义的毛病而尚以为自己是按照辩证唯物论在评论作品，这真使人啼笑皆非了。比较可取的办法是只谈作品的技巧。无奈三十年代的评论家都想指导作家，而又不能自己也去生活，得些经验，因此不免于进退失据③。

这种以"批评"代替"作者"进而将文学作品充分地"社会科学化"的倾向，在 20 世纪 30 年代的中国文坛曾大量出现，但这种现象也并不仅仅是中国现代文学所特有。比如巴赫金曾讽刺："评论陀思妥耶夫斯基的著作洋洋洒洒，但读来却给人这样一个印象，即不是在评论一位写作长篇小说和中篇小说的作者——艺术家，而是在评论

---

① 朱晓进：《略论中国现代文学的政治化传统——从三十年代文学谈起》，载南京大学中国现代文学研究中心编《中国现代文学传统》，人民文学出版社2002 年版，第 40 页。

② 朱晓进：《略论 30 年代文学的社会科学化倾向》，《文学评论》2007 年第 1 期。

③ 茅盾：《我走过的道路》（上），人民文学出版社 1997 年版，第 538—539 页。

几位作者——思想家——拉斯柯尔尼科夫、梅什金、斯塔夫罗金、伊凡·卡拉马佐夫和宗教大法官等等人物的哲学见解。"① 显然，巴赫金认为陀思妥耶夫斯基时代的许多评论家对"作者"本人不感兴趣，兴致所在的只是小说人物的"哲学见解"——准确地说，是批评家自己的智慧和洞见。

关于"社会工作者"评论的非文学化，茅盾及《文学》同人都有所察觉。《文学》第 6 卷第 1 号（1936 年 1 月 1 日）《文学论坛》中的《经验理论和实践》，对"盘肠大战"事件②回应如下："这就是概念损坏了形象"，以致文坛似乎到了"无法确定理论及观念所属的具体领域或范围"的地步。茅盾也从"艺术的真实"角度解释"盘肠大战"，他以笔名"水"在《文学》第 6 卷第 2 号（1936 年 2 月 1 日）上发表《"盘肠大战"的反响》：

> 编者并不会说"盘肠大战"不近"事实"，乃是说"盘肠大战"不近"情理"。所谓"情理"便是"艺术的真实"。这无分于事实主义与非事实主义，为一切艺术作品之所必要。西游记里的孙悟空比野叟曝言里的文素臣为更不近"事实"，但更多"艺术的真实"。何以故就因孙悟空是个理想的（或宁说是想像的）性格，故只要在那个性格的范围以内不现出自相矛盾的形迹，描写上就可以尽量夸张，不受任何的限制。文素臣是一个人类，那就无论他是怎样一个"超人"都不得不受人类性格的限制。野叟曝言的作者因要把文素臣写作一个"文武全才"，以致夸张到人类性格的限制以外，故而失了艺术的真实。山坡上后段写那个兵士流肠之后，还能那么出力的挣扎，编者就认为有点文素臣式的。③

① ［俄］巴赫金：《陀思妥耶夫斯基的复调小说和评论著作对它的见解》，载《巴赫金文论选》，佟景韩译，中国社会科学出版社 1996 年版，第 1 页。
② 即 1935 年 12 月《文学》第 5 卷第 6 号发表周文（何谷天）的短篇小说《山坡上》，主编傅东华未经作者的同意，删去其中描写一个战士负伤后露出肠子仍继续战斗的文章而引起了作者的抗议。
③ 茅盾：《"盘肠大战"的反响》，《文学》1936 年第 6 卷第 2 号，署名水。

在茅盾看来，"当时的专业批评家"使用"理论"或"观念"这类词语，"并不意味着他们必定或应当专指文学的理论或文学的观念"。对此茅盾还回忆说："有鉴于当时的专业批评家以指导作家为自己的任务而又无法（或者甚至不愿）熟悉作品中的生活，结果落得个进退失据。"[①] 面对这样的境况，茅盾是如何走出困境的呢？

> 我这个作家而在业余写写评论的人，就不敢效法这些专业评论者，只想做一点平凡的工作。于是，从一九三三年下半年起，我又拣起了我在二十年代的老行当，陆续写了一些对作家作品的评论文章，登在那时创刊的大型文艺刊物《文学》上。[②]

从茅盾的论述不难发现，他以"立场转移"的方式回归"批评"（"拣起了我在二十年代老行当"）。并且，茅盾界定自己的身份不是"职业批评家"而是"作家"，试图以"作家"的立场淡化"批评家"的身份："我这个作家而在业余写写评论的人。"这种"转移立场"的策略，重在对"社会科学研究者"的批评以及"好些青年作者""理论多余"的创作提出疑问，因为"如果像文学或观念史这样的领域没有内在的闭合界限，或者换言之，如果没有任何方法可以诸本质上是杂质的和开放的写作和文本阐释的活动领域，那么，最好的方法就是适合我们所处情境的方式对理论和批评提出质疑"[③]。可见，茅盾出于"此时此地的需要"[④]，但又同时期想着一种"历史的抵达"（historical approach）。

---

① 茅盾：《我走过的道路》（上），人民文学出版社 1997 年版，第 540 页。

② 茅盾：《我走过的道路》（上），人民文学出版社 1997 年版，第 540 页。

③ 吴兴明：《"理论旅行"与"变异学"——对一个研究领域之立场或视角的考察》，《中外文化与文论》第 13 集，2006 年第 1 期。

④ 茅盾：《需要脚踏实地的批评家》，《生活星期刊》1936 年第 1 卷第 14 期。

四　回归之维："抵抗"与"释放"

茅盾批评"回归"的端倪起于 20 世纪 30 年代特殊的"论争"情境，随后吸纳"革命前辈的经历和文艺创作上亲身的体会"向情境做活生生的"回应"和"出击"。譬如，在"革命文学"论争中，作为共产党的创始人和具有丰富实践经历的革命工作者，茅盾对于革命有着更为深切的理解，故努力促成"革命文学"地盘的扩大。同时，身为理论家、批评家、文学创作者，茅盾对"革命文学"提出自己的意见，并在"论争"及"创作"并行的特殊境遇中，灵活运用"申述"和"答辩"相结合独特的言说方式，一面申述自己的见解，一面反驳对方的指责，并创立了较为成熟的"自述性"批评文体。

例如，1933 年 7 月《文学》① 创刊以后，茅盾以此为阵地，策略地避开了与"专业评论家"们的正面冲突，从理论运用和创作实践两方面"活"化了自己对"左翼"文坛的期想与构建：既注重鼓励优秀的新进作家，又注意矫正左翼文学的不良倾向以及为这种倾向捧场的文艺批评。例如黄源回忆说：

> 我在文学社里，得益最多的是，阅读茅盾对《文学》上发表的青年作者的作品所作的评论和对文学书报的评论。他原意是通过杂志给青年作者以具体的指导。更给我这个青年编者以具体的指导。……这篇"社谈"，用意之一，仍在矫正当年的文艺批评还未停歇的颓风。……书评《"九一八"以后的反日文学》，是对三部反日题材的长篇小说——铁池翰的《齿论》、林箐的

---

① 从《文学》创刊号到第 6 卷末，各期皆设《社谈》《书报述评》（有时称为《书评》）两个专栏，从 1933 年 12 月 1 日第 1 卷第 6 号起，又特设《文学论坛》栏目，专司文学批评以及社会批评、文化批评（在王统照主编期间，这类栏目曾有所消减，仅见 1937 年 7 月 1 日第 9 卷第 1 号辟有《短评》）。主要撰稿者，除了鲁迅，大量稿件均为茅盾执笔。

《义勇军》和李辉英的《万宝山》的批评。这三部书都是当时的左翼书店上海湖风书店出版的。这三部书的通病也就是只有革命的空气而无生活的实感，而且未能正确地说明时代。他在评论文中说，本文的目的，只能请读书界注意我们文坛上已经悄悄地出现了许多"反日"的文艺创作，不过为要帮助读者得一些更正确的认识起见，本文不得不指出那些作品的错误和缺点。①

可见，茅盾不因作品彰显锋芒而一味"捧场"。但当沙汀出版了第一部短篇小说集《法律外的航线》后，茅盾虽然并不认识作者，却立即撰文称赞"这是一本好书"，认为作品的成就突破了当时文坛流行的所谓"革命文学"的"公式"主义的旧框架，"用了写实的手法，很精细地描写出社会现象——真实的生活图画"，显示了"作者的艺术的才能"。但又指出，被左翼批评家赞为"最充满了革命性的"《码头上》，恰恰残留着"硬扎上去的旧公式"的"尾巴"。② 沙汀后来回忆说："茅盾的评介文章对我的帮助、给我的教益也很大：他的评介使我有勇气把创作坚持下去，同时还指出了我的缺点和努力的方向。因为他在那篇评介文章中指出：《码头上》有公式化的毛病，而当时却恰好认为这种作品革命性比较强。其实这正好说明我受了'左联'成立前某些非现实主义的影响。在这目前，也还有教育意义。"③ 茅盾提醒青年作家不要犯"公式化""概念化"的毛病，他批评何谷天的《雪地》④ 和沙汀的《码头上》犯有类似的毛病。茅盾认为类此种种虽是细微缺陷，但仍说明冒名"革命文学"的遗毒尚未消尽。在评论夏征农的《禾场上》时，茅盾对"初写作品的青年朋友"提出了如下忠告：

---

① 黄源：《黄源回忆录》，浙江人民出版社 2001 年版，第 76—77 页。

② 茅盾：《〈法律外的航线〉读后感》，《文学月报》1932 年第 1 卷第 5 号、第 6 号合刊。

③ 沙汀：《一个"左联"盟员的回忆琐记》，《中国现代文学研究丛刊》1980 年第 2 期。

④ 茅盾：《〈雪地〉的尾巴》，《文学》1933 年第 1 卷第 3 号，未署名。

对于初写作品的青年朋友，我们要贡献一点意见：你要摆脱"旧写实主义"的拘束，只有努力先去克服你的旧意识而获得新的宇宙观和人生观，而这又必须从实践生活中获得，不能单靠书本子；这是艰苦的性急不来的自我锻炼。如果以为只要一旦"觉今是而昨非"，像翻一个身似的就能够尽去其"旧"而转变为"新"，那结果你一定只能"创造"出一些戴着革命牌头的空壳子而且难保没有重大的错误。①

在评论李守章的《人与人之间》时，茅盾还强调"创作的精神"——"就是作者觅取题材时用他自己的眼睛，描写时也用他自己的手法"。他认为一些作品之所以不精彩、缺乏独创性，就是因为作者"未尝用自己的眼睛去觅取作品的材料，并且未尝努力用自己的手法来表现他的观感"，而"只用'耳朵'去找材料，甚至只在别人的作品中去找"，其实"就是无意之中在那里'模仿'"。② 此外，茅盾还署名"惕若"在《文学》第3卷第1号（1934年7月1日）发表的《〈文学季刊〉第二期内的创作》，重点分析欧阳镜蓉的《龙眼花开的时候》、吴组缃的《樊家铺》、张天翼的《奇遇》、何谷天的《分》等作品的成功之处和缺陷。

从茅盾诸如上述的批评可见，茅盾确实"一贯以极大的精力帮助青年文学工作者的成长"③，不断提高艺术质量，使青年作家健康发展。茅盾不但努力改进创作上的"公式主义"，而且努力突破批评上的"公式主义"，比如在评论夏征农的《禾场上》时，茅盾说：

> 我们并不是说这篇《禾场上》就是了不起的杰作。我们尤其觉得现在流行的一套"批评公式"——某某作品是怎样怎样

---

① 茅盾：《关于〈禾场上〉》，《文学》1933年第1卷第2号，未署名。
② 茅盾：《不要太性急》，《文学》1933年第1卷第4号，未署名。
③ 胡耀邦：《在沈雁冰同志追悼大会上的悼词》，《文艺报》1981年第8期。

大体上是正确的，然而也有缺点云云，未免有时叫人肉麻。我们在这里只想指出来：《禾场上》只是平淡的内容，没有惊人的群众运动等等，可是那平淡中却有活生生的封建剥削的写实。这比单请"革命"保镖要有意义的多呀！①

进一步，1936 年茅盾作《需要脚踏实地的批评家》②，文中他将"文艺批评的公式主义"概括为两个毛病："专为摘取章段，分类编排，以备应用"的"习气"和"只把'进步的现实主义创作方法'等术语搬去搬来"的"新八股"。他还说："'进步的现实主义创作方法'呀，'前进的世界观'呀，'向生活学习'呀……自然要提倡，但提倡云者，应当是切实地讨论着创作上的一些具体问题，应当从作家的作品中指出一些实际的问题来阐明此一作家或比此一作品所已经达到的以及尚未达到的境地。这样，才是切实地指导。"③

从诸如上述茅盾的批评实践，可以觉知茅盾批评"回归"的逻辑，即根据"职业批评"设想随后（20 世纪 30 年代）的情境，并回头重新度量先前的"职业批评"，对此已有研究者指出：

> 五四时期唯一堪称文学理论"家"的作者是沈雁冰。他是一位"介绍"型的理论家。他援用西方近代文学理论，搭起了一个呆板的理论框架，提出了要把西方文学思潮在中国"演一过"的主张。沈雁冰的文学理论与文学批评活动，表现出鲜明的社会倾向。只是在谈及鲁迅小说的时候，我们才能看到他艺术鉴赏才能的闪光。从五四时期理论家沈雁冰的身姿中，已能预示日后小说家茅盾的气度。④

---

① 茅盾：《关于〈禾场上〉》，《文学》1933 年第 1 卷第 2 号，未署名。
② 发表于 1936 年 9 月 6 日《生活星期刊》第 1 卷第 14 期。
③ 茅盾：《需要脚踏实地的批评家》，《生活星期刊》1936 年第 1 卷第 14 期。
④ 刘纳：《从五四走来——刘纳学术随笔自选集》，福建教育出版社 2000 年版，第 46 页。

可见，茅盾的批评不是一种游戏式的理论标榜和理论演绎，而是对于具体历史情境的真切感悟和反应。从这个角度看，茅盾"回归"批评可以说是重获"批评意识"（critical consciousness），即以灵活敏锐的情境反应来抵抗理论的辖制①，尤其是茅盾"回归"批评这种实践本身体现了"理论离不开实践"的道理。并且，从"职业批评家→作家→作家批评家"演进这一角度看来，又可以说明"任何体系或理论都不能穷尽它所出自或它被植入的情境"②，因为"职业批评"的理论设想在不同的环境中将被重新试验或考验，当此之际，茅盾认为只有置身于具体的情境，以满足"此时此地的需要"来作为"历史抵达的方式"，才能真实"释放"批评的效能，这可以被视作批评"回归"的真正内涵，即"批评"本质孕生出"内爆性"的扩张〔"批评"体系里，"抵抗"（对理论进行抵抗）与"释放"（对理论进行释放）并发〕，进而"批评意识"促使"理论向历史现实敞开，向社会、向人的需要敞开、释放"，唯有通过此种方式才能实现正如茅盾自己所说的"从抽象的理论到了具体的实践"。③

当然，茅盾"职业批评"设定的对象仍然连带着他本人的某些经验（"先在"的经验），同于埃格尔（Egerer）对此的看法，否则便是不可能的，也站不住脚。④ 理论的本体一旦建立，便有自己的体系和生命力，以此为基础可以预期并引来"实践"。在这个意义上，通常"理论"是建议，而"实践"是实施具体的事情。如下图所示，茅盾的"实践"（1）从20世纪30年代的"现象"中总结出"经验"（"只以批评家的身份来呼号而不以创作家的身份来实行"），然

---

① ［美］赛义德:《赛义德自选集》，谢少波、韩刚等译，中国社会科学出版社1999年版，第153页。

② ［美］赛义德:《赛义德自选集》，谢少波、韩刚等译，中国社会科学出版社1999年版，第153页。

③ 茅盾:《一年的回顾》，1934年12月1日《文学》第3卷第6号。

④ Claudia Egerer, "Experiencing a Conference on Theory", *New Literary History* 26 (3), 1995, pp. 667–676. 转引自孙艺风《视角　阐释　文化——文学翻译与翻译理论》，清华大学出版社2004年版，第23页。

后再返回"理论"（"又拣起了在我二十年代的老行当"：这时的"老行当"并不仅仅是"批评家茅盾"，而且包括"文艺理论家茅盾"。但其"拣起"的"理论"与其说是早期"以实践的意图拟定的理论"，不如说是"以经验的总结重新度量的理论"，于是笔者以为"'回归'的具体内容却发生了变化"）。无论是从"理论"到"实践"，还是从"实践"到"理论"，都需经过"经验"这一环节，而"实践"与"经验"的区别在于：前者是对"理论"的落实，后者则对"理论"的局限有一定的突破，并且可以被更广泛地运用到"理论"中去。因此，"批评的回归"的作用，概而言之，就是通过在变化的"现象"中总结"经验"，借此修正、调整"原理论"，然后落实到下一个"实践"（2）的契合点，同时也会促使"原理论"更加成熟和完善。按照茅盾的观点，类此连续运转"批评的回归"，可使"原理论"达到良性的提升。

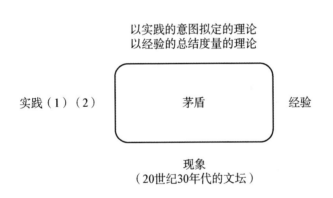

作为批评文体的评点及其当代意义

——从"茅评本"谈起*

肖　进**

摘　要　评点是中国传统批评文体之一种。1996 年《中国现当代文学茅盾眉批本文库》的出版，使评点这一文体重新引起研究者的关注。"茅评本"的特点及其实践证明，评点对于当代文学批评的价值和有效性，而且促使我们思考作为传统批评文体的评点如何进行现代转换。总体来看，一些当代小说的评点实践未获得较大反响，评点作为一种批评文体尚未深度介入当代文学批评。要摆脱这种状况，一方面需打破学科之间壁垒分明的机制，呼唤具有打通古今、兼通创作与研究的"通人"；另一方面需总结提炼评点实践的经验和理论，使之成为当代文学批评话语的有机组成部分。

关键词　"茅评本"；评点；文体；当代文学；茅盾

评点的出现与经史之学有关。"文学评点中的总评、评注、行批、眉批、夹批等方式，是在经学的评注格式基础上发展起来的。"①两汉经学家对经文的大量注、疏在一定程度上促进了评点的发展。但评点脱离经史与小说结合并逐渐形成一种具有特色的批评文体，并不是很早。概言之，小说评点肇始于宋刘辰翁对《世说新语》的评点，

---

　*　基金项目：国家社会科学基金后期资助项目"作为'文艺生产'的新中国文学批评建设（1949—1966）"（项目编号：20FZWB026）阶段性成果。

　**　作者单位：上海政法学院语言文化学院。

　①　吴承学：《评点之兴——文学评点的形成和南宋的诗文评点》，《文学评论》1995 年第 1 期。

初显文体独立；在明清时期的批评家李贽、金圣叹、张竹坡等人手中达到高潮，昭彰文体自觉；至晚清时期遭遇衰落，面临现代转型。有意味的是，评点之学衰微之时，恰是评点研究兴起之始，"中国小说评点研究史的起始应该是在 19 世纪末叶，其中标志性的研究文献是 1897 年邱炜萲在《菽园赘谈》中对小说评点历史的回顾和对金圣叹《水浒》评点成就及其在小说评点史上'集大成'地位的评价"。① 此后直至 21 世纪初，随着现代学院化理论批评生态的形成，小说评点研究有逐渐强盛之势，其中"近二十年是小说评点研究成果最丰硕的时期"。由此观之，评点作为中国本土的小说批评文体，其兴起与衰微都颇为值得探讨。

一　作为一种批评文体的评点

中国古代文学评点是在经学、训诂学、诗文选本和诗话等多种学术因素作用下形成的。经学的注、疏、解、笺、章句、章指等，附注在经文之下，对经文正文起一定的阐释作用。从批评角度来看，以笺注、章句等进行阐释的方式，某种意义上表征着一定的价值取向和思想旨趣。此种治学方式后来逐渐形成"传注之学"，即通过对传统经典进行注解的方式著书立说。"一部经典往往被不同时期、不同学者一再注解，甚至注上作注"②，形成了中国古代经典阐释独特的话语形态。在形式体例上，为了避免经、注不分，一般将经文和注文以不同字体区别开来，"经用大字，注用小字，并把注文改为双行，夹注于经下"。③ 此种体例，已大体上接近于评注体。需要指出的是，这些传统的传注，其对象并非后来所专属的文学文本，而是以经、子、史部为主的典籍，真正对文学著作进行批注，要到刘辰翁的《世说

---

　　① 谭帆：《小说评点研究之检讨——以近二十年来小说评点研究为中心》，《中国文学批评》2021 年第 3 期。

　　② 史向前：《传注之学与文化传统》，《寻根》2001 年第 1 期。

　　③ 吴承学：《评点之兴——文学评点的形成和南宋的诗文评点》，《文学评论》1995 年第 1 期。

新语》评点。《世说新语》是一部志人小说，刘辰翁的评点与传统诗文评不同的是紧紧扣住了小说这一特点。这首先体现在他的评点多处以"小说"名之，且能突出小说的审美特征。如《容止篇》第十四则"魏武将见匈奴使"之"追杀此使"条，刘辰翁评道："谓追杀此使，乃小说常情"，从营造情节冲突视角点出不符合史学特征的"追杀此使"在小说虚构中的重要性。在评点中，刘辰翁有意识地以"小说"统合自己对《世说新语》中相关情节的认知，他对"小说常情""小说多巧""小说不厌"的批评，向我们传达的是小说这一文体在文本呈现上的一些与众不同的美学特征；而"小说书袋子"则表明小说也具有传统的引经据典的一面。这就提炼出小说在文类特征上与传统史传之学的同与不同。其次，刘辰翁在评点《世说新语》时注重语言的"有味"与"得体"。如《赏誉篇》第八则"汝其师之"条，刘辰翁评道："甚善，有味"。刘辰翁这里的"有味"表达的显然是一种阅读体验，是将生理上的感受转化为心理上的感受，唯"有味"才"得体"，反之，不好的语言则"无味"。如《品藻篇》第九则"正是我辈耳"条下，刘辰翁评道："矜而无味"。[1] 此类评点表达出对语言的重视，在观念上已有独立于经、史的趋势。

刘辰翁对《世说新语》的文学性评点意味着小说评点开始脱离经史范畴，形成初步的独立样态，但评点文体发生大的转变，还要到晚明。历史上，小说话语发生实质性的变化，与小说自身的变化息息相关。鲁迅指出，宋元之时话本的出现，"不但体裁不同，文章上也起了改革，用的是白话，所以实在是小说史上的一大变迁"。[2] 这说明，小说这一文体自身的变化，引发了小说理论的转变。晚明时期，以评点为代表的小说话语形成了相对成熟的理论。此种理论不同于传统儒家的历史观念，别开一种生面。围绕这些小说，一些文人开始议

---

① 焦印亭：《刘辰翁文学评点寻绎》，中国社会科学出版社 2015 年版，第 216、212、214 页。

② 鲁迅：《中国小说的历史的变迁》，《鲁迅全集》第 9 卷，人民文学出版社 2005 年版，第 329 页。

论、探究、评点，甚至有人以此为业，形成具有鲜明个人印记的著述。这方面的代表人物，前有李贽，后有金圣叹，他们别具手眼的见解，表征了晚明时期文人强烈的文学意识和小说观念。面对经史与小说的传统认知，李贽认为文无优劣，体无尊卑。无论稗官小说还是传奇时文，只要有价值都可以是天下之"至文""妙文"。为此，李贽提出"童心说"，认为只有以"童心"来看待天下文，才能认清其发展流变的规律。

与李贽及其"童心说"相比，金圣叹的贡献主要体现在从文本分析的视角探索小说作为文体的自觉意义。李贽虽然将小说、传奇等视为"至文"，却没有予以文学性的阐发。金圣叹所做的，是在文学批评意义上对所谓的"至文"进行解释与分析，将小说从经史阴影下解放出来，赋予话本独特的文体特征。他以"精严"标举小说的文学性，其意深远，"若诚以吾读《水浒》之法读之，正可谓庄生之文精严，《史记》之文亦精严。不宁惟是而已。盖天下之书诚欲藏之名山，传之后人，即无有不精严者"。至于何谓精严，金圣叹亦有明确的阐释："字有字法，句有句法，章有章法，部有部法是也"。金圣叹之所以能给予《水浒》以如此地位，一个客观原因在于晚明时期以《水浒》为代表的一批小说在审美文体上的成熟。这是小说评点形成自觉的一个关键因素。小说的成熟引导并开发了评点者的批评视野。如金圣叹在《水浒》第三回鲁达转入五台山寺一节，看出小说作者因叙事之需要而安排的一个并不为人注意的情节："所以有个赵员外者，全是作鲁达入五台山之线索，非为代州雁门县有此一个好员外，故必向鲁达文中出现也"。① 能从小说的情节进展探出其内在的肌理特征，体现出金圣叹强烈的批评意识，这种批评意识反过来推动并建构适合小说这一文体的批评范畴。此种努力，经金圣叹、毛氏父子、张竹坡等大家的评点呈现，形成了具有典型特征的明清"评点学"。

---

① 施耐庵著，金人瑞评：《金圣叹批评〈水浒传〉》（上），齐鲁书社1991年版，第11—12、92页。

　　晚清邱炜菱在《菽园赘谈》中曾对金圣叹有一个经典的评价："前乎圣叹者，不能压其才；后乎圣叹者，不能掩其美。"① 此语虽意在肯定金圣叹的个人才华，无意中却披露了评点之盛的必要条件，以金圣叹、张竹坡为代表的评点家之所以依然光芒灿烂，端在于有"四大奇书"作评点对象。一旦小说创作式微，评点也就难以为继。邱炜菱对金圣叹的赞赏，某种意义上显露出对评点在晚清的衰退状况的喟叹。质言之，晚清时期社会环境的恶化和面临转型的阵痛，是导致小说评点衰落的重要因素。如果说明清时期的小说评点是在于历史的机缘巧合产生了一批优秀的话本小说和评点家，那么，面临"三千年未有之大变局"的晚清社会则使得包括小说和评点在内的文学生发出了更多的功利性。梁启超对"新小说"的提倡，进一步推动小说从注重审美走向"感时忧国"，在这个过程中，小说的发展呈现出从"旧小说"—"新小说"—现代小说的渐次转变，就中既有显性的"变"的因素，也有隐性的"不变"痕迹。如《品花宝鉴》、《儿女英雄传》和《海上花列传》等保留传统形制的近代小说中，在章回体的旧体制之上，亦添加了一些"新"的元素，如"虚拟作者""人格化的说书人"和弱化的叙事者等。② 到现代章回小说如张恨水的《八十一梦》中，更进一步加入了心理描写等形式。相应的，小说评点也"不满足对文本的深度挖掘，而透出以小说来改良社会的强烈功利趋向"。③ 到 20 世纪初期，随着西方文化思潮的涌入并形成主潮，尤其是五四文学革命之后开始形成以小说、诗歌、散文、戏剧等文类为主体的文学体制之后，无论是评点文体还是古典通俗小说，都面临难以为继的处境。

　　但评点作为"历经一百二十余年"的批评文体，自有其存在的

---

　　① 黄霖编，罗书华撰：《中国历代小说批评史料汇编校释》，百花洲文艺出版社 2009 年版，第 705 页。

　　② 郭冰茹：《"新文学"与"旧传统"——以现代小说与"章回体小说"的互动关系为线索》，《文艺理论研究》2019 年第 4 期。

　　③ 贺根民：《巅峰之失：小说评点衰落的学理分析》，《学术论坛》2006 年第 7 期。

价值。20 世纪以来以评点为对象的研究也不在少数。据一些学者的研究，近代以来对小说评点的研究约略形成了四个时期，尤以近二十年来的研究成果丰硕。不过，以发展的眼光检视这些研究，所谓"近二十年"的丰硕时期，均是对明清小说评点的研究。也就是说，在当下的评点研究视野中，20 世纪以来的现当代小说评点尚未进入研究视野，这是颇为遗憾的。现代文学虽受西方文艺思潮影响甚巨，但传统的影响（如小说评点）是否踪迹全无？此类疑问必须通过对现当代文学创作和批评进行全面考察之后方能回答。小说评点作为一种从实践中总结出来的理论，其活力在于能随时代变迁而不断发展，不断在具有时代意义的作品中呈现理论价值。就此而言，当前文学批评对评点之学的重新审视和当代转换，在于如何认识此一批评文体在当下存在的意义，以及根据当前的批评实践重新评估评点这一文体未来发展的可能性。在这方面，1996 年茅盾评点本的出版别具一番意义。这套评点本是茅盾晚期个人阅读批注的结晶，其特点在于不以发表为旨归，强调个人性的阅读感受，既袭用传统的评点方式，又贴近当下的文学生产，引发我们重新思考中国当代文学批评的文体建构，以及其中所彰显的传统批评文体当代转换的可能性。

二　"茅评本"的启示意义

1996 年，"为纪念我国杰出的文学家、翻译家、新文学运动先驱者茅盾先生诞辰 100 周年"，[①] 中国国际广播出版社与中国现代文学馆联手整理出版了《中国现当代文学茅盾眉批本文库》，计有长篇小说评点本两卷，中短篇小说和诗歌评点本各一卷。据舒乙透露，茅盾评点的作品数量甚多，"共有四十余种"，已出版的这批评点本只是"冰山一角"。除了这批评点本外，亦有一些已出版的散见

---

① 　中国国际广播出版社：《出版说明》，载中国现代文学馆编《中国现当代文学茅盾眉批本文库 2：长篇小说卷 2》，中国国际广播出版社 1996 年版，第 1 页。

版本。姚明、田春英曾撰文谈到其在中国现代文学馆见到茅盾评点的《垦荒曲》，①笔者也曾见到茅盾的另一本评点本《浪涛滚滚》。相信随着茅盾手迹稿本的陆续出版，茅盾评点批注的著作应该更多。同时，由于《茅盾全集》中收录了茅盾的一些读书札记，我们可以判断，这些读书笔记大多应是建立在评点创作的基础之上的。据此，我们研究茅盾的评点本，应不只限于公开出版的评点著作，而要结合更为广泛的札记、日记、书信、手稿及未公开的资料等来探析其评点写作的踪迹，形成一个广义的"茅评本"观念。

借助广义的"茅评本"，我们可以较为深入地了解茅盾晚期的阅读与写作的痕迹。纵览茅盾的笔记和日记，可以发现，"夜读"与"偶记（札记/评点）"是茅盾晚期写作的两个关键点："夜读"呈现的是他的读书状态，"偶记"则显出独特而相对随意的写作方式。茅盾60年代初期的日记不断出现与"夜读"和"偶记/札记"有关的字句，意味着"夜读"已然成为茅盾晚期进入文学的一种常态。

《茅盾全集》中收录的札记、笔记与评点有不可分割的关系。茅盾日记中虽然没有注明评点工作的细节，但每天都详细记录的阅读与写作，表明评点即是茅盾进行写作的方式之一，或者兼具阅读与写作的双重功能。这揭示了茅盾写作的秘密：在阅读的过程中形成评点和批注，在评点和批注的基础上形成札记，在札记的基础上再整理形成完整的文章。

"茅评本"总体上形成了如下几个特征。首先，茅盾的评点具有随意性，无论是选择阅读对象还是选择评点这种批评方式，在茅盾都不是精心刻意的安排，而是根据自己的个人喜好随意进行。茅盾往往在夜晚无行政事务劳身时，随手拿起一本书来阅读评点。因为既不是为了发表而读书，亦不是为了评点而读书，所以茅盾对书的选择相对随意，他所评点的作品，有不少是他人所赠，如《垦荒曲》即为作家白危所赠。因为曾担任《人民文学》的主编，所以即便卸任后

---

① 姚明、田春英：《茅盾藏书〈垦荒曲〉往事追忆》，《北京档案》2022年第2期。

《人民文学》的编辑还是会将一些有争议的作品拿给茅盾裁准。对这些作品，茅盾都认真阅读并给出自己的评价。有些他喜欢的作家，如茹志鹃、杜鹏程等，茅盾则会主动找来他们的作品阅读，并写出批评文章。他曾不止一次夸奖茹志鹃的写作，并且直到去世前一年还为茹志鹃的小说写序。茅盾这种率意而为的读书和评点，脱略了外在的压力和影响，"明心见性，直指本心"，所谈所批皆为衷心之论，极为鲜明地体现了茅盾晚期文学批评的审美指向。但从评点角度来讲，好的评点一般都伴随着相对经典的评点对象，二者是相辅相成的，过于随意的选择某种程度上也会对评点效果造成一定的影响。

其次，茅盾的评点注重评改结合。作为作家，茅盾深知写作的甘苦。作为批评家，他也深谙批评之道。他在评点中，经常会化身为作者本人，以"了解之同情"灌注自己的心得体会。茅盾对创作甘苦可谓感慨良深，他曾在 20 世纪 50 年代中期交给作协的写作规划中提到要写一部长篇小说，还多次为没有写作时间和精力而苦恼，虽最终没有完成，但也可见茅盾始终没有放弃创作的雄心。茅盾多年沉潜于夜读和写作，大概是将自己未完成的写作抱负灌注在这一过程之中，实际的结果却是向我们呈现出大批深具个人色彩的评点札记。这些文字对我们来说弥足珍贵，它意味着作者是向着个人的内心进行召唤，是一种真诚的内在的写作。茅盾评点本中出现最多的两类文字，一是对一些不符合小说逻辑的字句的批评和修改。如他评点杨沫的长篇小说《青春之歌》时，甫一接触，便感到小说的开头"平铺直叙，且不简练"，在小说第 154 页，又评："这几句，很庸俗"。第 163 页，又评："这一章像是过场戏，是浪费笔墨。因为，这一章所谈到的几个人的行动，犯不着用一章来描写"。下一页紧接着又评："此章有些细节描写是多余的"。可见茅盾的评点不是以一个普通读者的身份而是以一个作家兼批评家的身份来进行批评的，凡是他认为不妥的地方都毫不留情地指出来，评点态度极其严肃。这种兼具指导和欣赏的批评几乎在每一本评点本中都有呈现，甚至他自己面对文本时的一些困惑也直言不讳地写出来。在评点茹志鹃的文集《高高的白杨树》

时，茅盾认为《妯娌》一篇"用两代妯娌的思想上的不同，衬托新社会的新风气、新人，笔墨干净，形象生动，但不知为何，总觉得犹有斧凿的痕迹"。一句"不知为何"虽然表达的是对作品美中不足的一些遗憾，却让我们看到了茅盾敏锐的文学感觉和对作品没有达到理想状态的个人直觉。二是茅盾对作者写作中经常出现的词汇运用和文法问题也不放过。在评点杜鹏程的《在和平的日子里》时，看到作者多处使用"冰冷凉透"，茅盾对此批注道："词汇不多，故常用'冰冷凉透'"，接着又说，"这些句子其实不好，在这里，这两句是多余的"。① 类似的评点在阮章竞的《乌兰察布》组诗中也有体现。作者在诗中形容运矿车"像飞虎咆哮临山野"，茅盾批注说，"改为'咆哮山野像飞虎'何如？"并指出此句与下一句的"上陡坡，下险崖"一句调换位置更好，"可与'虎'协"。② 在茅盾的评点中，类似的例子非常多。从这里可以看出，茅盾的评点与既往的小说评点、当代的小说评点都有所不同。无论是明清小说评点还是当代小说评点，评点者的一个明确意识是要面对公众，也就是说，评点者非常清楚，他的评点是要接受读者的评判的，所以在选择评点对象和如何评点上都有考虑。而茅盾的评点则几乎不存在这样的顾虑，他没有刻意选择评点对象，他的评点中有非常受读者欢迎的《青春之歌》，也有名不见经传的《垦荒曲》，其评点也从未见有对作家的刻意迎合。相反，茅盾的评点更多是批评，是设身处地从写作本身来考虑。"如果我是作者，我应该怎么来写"这样的批评方式，让茅盾的评点体现出批评与写作的密切关联。

最后，茅盾评点注重借鉴传统画论的技法术语并有所创新。中国传统文论讲究诗画同源，"诗和画号称姊妹艺术"，③ 茅盾在评点中就

---

① 中国现代文学馆编：《中国现当代文学茅盾眉批本文库3：中短篇小说卷》，中国国际广播出版社1996年版，第117页。

② 中国现代文学馆编：《中国现当代文学茅盾眉批本文库4：诗歌卷》，中国国际广播出版社1996年版，第101页。

③ 钱锺书：《中国诗与中国画》，《中国社会科学院研究生院学报》1985年第1期。

常用画论术语"笔墨"表达作家创作的艺术多样性，并明确其含义是指"艺术形象的多样性"。[①] 他认为传统的中国文学如《水浒传》，也同传统的中国画一样，"笔墨变幻"，背景广阔。茅盾在评点中对传统艺术技法的借鉴，让我们得以借此窥探当代评点与古典传统之间的关系。其实，明清小说评点中已经大量借用传统绘画的技法用语，如白描。白描作为一种绘画技法，早在宋代之前就已经应用到绘画中。白描主要通过起伏有韵致的线条来表达简洁明快的艺术效果。明清评点家将之用于评点，主要是借重于白描的简洁干练特性来形容作品的简洁生动。张竹坡在谈《金瓶梅》时便说："读《金瓶》当看其白描处。子弟能看其白描处，必能自做出异样省力巧妙文字来也"。[②] 张世君曾专门探讨明清小说评点与山水画之间的关系，认为明清小说评点家在评点思维上的一条有迹可循的线索就是"采用山水画的技法和欣赏方式评点小说文本"，如勾法与白描、皴法与皴染、擦法与重作轻抹法、点法与攒三聚五点、衬染与背面敷粉法、连法与山断云连法等。这些艺术表现方法鲜明生动，能够"帮助读者突破文学的描写手法，而以绘画的笔法来欣赏文本叙事"。[③] 深受传统文化影响的茅盾，对这些艺术方法自然并不陌生，其对笔墨等技法的运用，某种程度上暗接明清小说评点之精髓，并能将其与当代文学批评自然衔接，显示出高超的艺术糅合力。

　　"茅评本"的这些特征表明，作为传统批评文体的评点在观照当代文学作品时不仅有效而且犀利。对于评点来讲，文法批评是彰显文学性的关键。有学者评金圣叹的批评说，金圣叹的文法，"往小讲，它包含的是章法、句法、字法等具体的写作技巧；朝大说，它概括了若干艺术创造的规律法则"。[④] 将文法批评与艺术规则相联系，在文学评点的研究者中几成共识，也有不少研究将评点与西方的"新批

---

　　① 茅盾：《"艺术技巧"笔记一束》，载《茅盾全集》第 24 卷，黄山书社 2014 年版，第 571 页。

　　② 方铭编：《金瓶梅资料汇录》，黄山书社 1986 年版，第 182 页。

　　③ 张世君：《明清小说评点山水画概念析》，《学术研究》2002 年第 1 期。

　　④ 郭兴良：《金圣叹"文法"辨说》，《曲靖师专学报》1989 年第 1 期。

评"进行比照，认为评点批评"超越"了新批评。① 作为深受传统文学和西方文学熏陶的批评家，茅盾在晚期的文学批评中多次强调写作的"技术"问题，如在《关于艺术的技巧——在全国青年文学创作者会议上的讲演》《"艺术技巧"笔记一束》等文章中都不厌其烦地讲述艺术创作的技巧。从《中国现当代文学茅盾眉批本文库》中可以看出，茅盾几乎摒弃了西方文学理论术语而专注于"文法"批评，颇有深意。近代以来，中国文学批评在现代转换过程中经受了西方文艺思潮的冲击，在吸收西方文学理论的同时也存在着盲目"引进"造成的"理论过剩"现象，② 或者借文本之"酒杯"浇自己之"块垒"，自说自话，离题万里。这样的批评很难说是"有机"的，难以对文学创作形成良性的"刺激"进而产生经典之作。相对来讲，评点批评从文法视角切入文本，注重的是作者如何结构文本，尤其强调前后的逻辑连带关系，如传统评点中经常使用的"背面铺粉法""草蛇灰线法"等，既彰显作者在构思过程中的运筹与用意，又体贴入微而发人深省。"茅评本"对当代文学的评点虽然没有直接使用这些术语，但批评方式是一脉相承的。例如，在评点本《青春之歌》中，有一段卢嘉川作为示威团代表去见南京卫戍司令谷正伦的情节，行前与李孟瑜告别，两人都知道此行凶多吉少，作者写道："'好！祝你们成功！'卢嘉川仿佛要出远门，也仿佛不能再回来了似的，再次紧紧握住了李孟瑜的手"。茅盾在这里评道："这一段写得好，因为，如果从示威者方面写，很难写得好；现在改从被捕的二人写，就别有异彩，而且也紧张。"③ 这段点评之所以精彩，就在于茅盾既看出了作者的写作用意，又能从批评家的视角精准点出。又如，在评点本《高高的白杨树》中，对文中"大姐"的多次出现进行了跟踪式的点

　　① 吴子凌：《对话：金圣叹的评点与英美新批评》，《浙江社会科学》2001年第 2 期。

　　② 徐勇：《当代文学批评的理论自觉及其认识误区》，《中国文学批评》2022 年第 1 期。

　　③ 中国现代文学馆编：《中国现当代文学茅盾眉批本文库 1：长篇小说卷1：青春之歌》，中国国际广播出版社 1996 年版，第 63 页。

评,暗示作者在建构"大姐"形象时的良苦用心。第 220 页批语写道:"先写大姐";第 222 页又批:"再写大姐,生动如画,如闻其声";第 229 页又批:"处处照顾到'大姐'";第 231 页又批:"又写大姐"。① 在一个短篇小说中对人物描写如此追踪,虽然有的只是简短几个字,亦可以看出茅盾对作者表现"大姐"的"文法"之赞叹。

对当代文学批评来说,作为评点批评的"茅评本"最具启发意义的地方可能就在这里,它在当代文学背景下对传统批评文体的借鉴,某种意义上使批评更加深刻地涉及当代问题。它从细节入手,却能以小见大,紧贴文本又不陷于细节,有批评家思维又兼具创作者格局,要言不烦、有的放矢,在一些关键的细节上更是如狮子搏兔,亦用全力,此种鞭辟入里、直面文本的批评在当下批评界中可谓少有。遗憾的是,茅盾这批评点本的出版意义尚未为当下的研究者所深入关注。至少,在人民文学出版社和黄山书社出版的《茅盾全集》中,还都未收录茅盾的这些评点本。而按照传统评点研究,茅盾的评点本不仅是他的晚期文学批评的有机组成部分,更可以看作是批评性创作,因为评点本已经不再被看作是原作者的作品,而是评点者的作品。就此而言,茅盾晚期文学批评的文体与风格,将随着这批评点本的出版而有必要进行重新评估。"茅评本"的出现不仅证明当代仍然有文学评点的批评实践,而且向我们提出一个重要的问题:我们如何面对评点这种遗产?换言之,作为中国文化传统的古典文学批评究竟要如何进行当代转化?

三 反思评点的当代实践

巧合的是,这个问题在"茅评本"出版的同一年也正在被提出与讨论,这就是由中国中外文艺理论学会、中国社会科学院文学研究所和陕西师范大学中文系联合举办的"中国古代文论的现代转换"

---

① 中国现代文学馆编:《中国现当代文学茅盾眉批本文库 3:中短篇小说卷》,中国国际广播出版社 1996 年版,第 282—284 页。

研讨会。某种意义上，"茅评本"的出版与"中国古代文论的当代转换"的提出既具有一定的偶然性，也具有一定的必然性。正如钱中文先生所指出的，90年代具有一定的特殊意义，"从90年代中期开始，将是我国文论发生重大转折的新时期，是进一步探索、普及、弘扬我国古代文论的新时期，也是融合多种文论传统，创造具有我国特色的当代文论的新时期"。①

尽管这次研讨会尝试打破古代和当代的藩篱，集中了古代和当代的理论学者共同探讨问题的症结，与会学者就当前文论的困境亦提出了诸多应对之策，"融汇转化"说有之、"重建"说有之、"中西融合"说有之、"综合研究"说有之，但仍然忽略了一点，理论是从文学实践中总结出来而不是凭空思考出来的，理论的转换需要以创作成绩为先导，不然很容易流于空论。其中只有张少康的意见涉及创作问题，他认为当下对古代文论的研究"一是没能与史的研究很好地结合，二是没有和创作很好地结合"。② 对此，当代学者贺仲明敏锐地指出："中国古代文论的现代转换"所面临的困境，"最关键的症结还是思想视域问题"，"问题的中心虽然是古代文论，关联的却是中国文学整体"。③ 五四文学革命如果没有鲁迅等人的创作实绩，仅凭《新青年》同人的呐喊，可能难以产生巨大的影响。当代的小说评点研究之所以有如此大的成就，首要的条件即在于明清小说评点创作的成功。这就又提出一个比较现实的问题，即除了茅盾对当代文学的评点之外，当代文学中是否仍然存在评点性的创作？以及评点这种批评文体在当代是否具有持续的意义生发性？

作为一种特殊的文学批评文体，当代文学评点在20世纪90年代开始以公开的方式进入读者眼中。据野莽透露，1998年，他与作家

---

① 屈雅君：《变则通通则久——"中国古代文论的现代转换"研讨会综述》，《文学评论》1997年第1期。

② 屈雅君：《变则通通则久——"中国古代文论的现代转换"研讨会综述》，《文学评论》1997年第1期。

③ 贺仲明：《介入现实化为现实——对"中国古代文论现代转化"的两点思考》，《学术研究》2022年第3期。

贾平凹感慨于评点这种传统形式在近代以来的没落，决定"光复这一好玩的传统，开二十世纪今人评点今人著述之先"。首批挑选贾平凹长篇小说《浮躁》、《白夜》、《土门》和《高老庄》等四部，"请西安孙见喜、费秉勋、穆涛、肖云儒四人执笔评点"，1999 年由长江文艺出版社出版。随后连续两年共出版贾平凹小说评点本七种，并在《莽原》《北京文学·中篇小说月报》《广州文艺》等刊物开设小说评点专栏。2010 年，由李阳策划、野莽主编，中国工人出版社出版了"中国当代长篇小说丛书·绘画评点本"，这套评点本丛书从中国当代著名作家的作品中选取了《秦腔》（贾平凹）、《马桥词典》（韩少功）、《古船》（张炜）、《湖光山色》（周大新）、《务虚笔记》（史铁生）、《威风凛凛》（刘醒龙）、《天高地厚》（关仁山）、《红处方》（毕淑敏）、《万物花开》（林白）、《无碑》（王十月）等小说，每部小说先请画家根据作品内容绘图，再请批评家进行评点。此外，还有雷达对陈忠实小说《白鹿原》的评点，孔庆东、吴中杰等对鲁迅小说的评点，子通对张爱玲《十八春》的评点以及冯其庸等对《金庸武侠全集》的评点等著作。这些评点本虽然只是针对现当代文学创作的部分作品，但已然表明评点这种批评文体并没有随着时代的变化而湮灭，而是依然有着顽强的生命力。就此，野莽所言甚为慷慨，他说从事这样的工作，只是为了"从行将死灭的灶洞里刨出一粒曾经那么热烈的火种，并把它小心地呵护传递下去，重燃篝火，让世界看到它活泼调皮的异样光焰"。①

野莽的"慷慨"，意味着他非常明了评点在当代的可能境遇。对评点批评来讲，不仅"评什么"很重要，"谁来评"和"怎么评"以及能否引发读者关注也一样重要。否则，泛泛的评点很容易流入俗套而不被关注。金圣叹、张竹坡等评点大家的手笔之所以至今仍然为我们津津乐道，不仅在于他们所评对象是《水浒传》和《金瓶梅》等经典

---

① 野莽：《怀念一种中国的批评方式——总序中国当代长篇小说绘画评点本》，载刘醒龙著，刘益善评点《威风凛凛》，中国工人出版社 2011 年版，第 4 页。

著作，而且在于他们自身也是深具写作者才华和批评家眼光的文学高手，所评所感自有手眼。张竹坡自幼聪明，过目成诵，自视甚高，平生以金圣叹的继承人自许："《金瓶》针线缜密，圣叹既殁，世鲜知者，吾将拈而出之"。① 客观来看，当代文学评点本的选取对象，虽大多数是当代文学的精品，如《白鹿原》已经被认为是当代文学经典，但不少作品并未达到四大奇书之经典地位，读者受众也局限于一定的范围，评点者更囿于世故人情而难以对所评之作尽批评之责。笔者在中国知网以相关关键词搜索，几乎没有直接针对当代文学评点本的批评。不仅听不到读者的声音，也听不到批评家的声音，陷入比较尴尬的境地：很可能古代文学研究者认为当代作品评点属于当代文学范畴，倘若提出批评属于"越轨"；而当代文学研究者也可能认为尽管是针对当代小说的评点，但作为古典理论的评点与当代社会还是有点"隔"，难以搔到痒处。一篇作品无论是成功还是失败，批评的声音极为重要，批评的失声不一定意味着失败，但一定意味着这种评点工作尚未受到关注或根本不值得关注，一定有一些根本性的问题需要解决。

这就涉及评点本的效果如何的问题。以雷达评点《白鹿原》为例。《白鹿原》出版后，雷达写了"第一篇大块评论文章"，对于为什么要以评点的方式进行"再批评"，他表示，"我评点《白鹿原》主要是考虑到它文本的经典性，如何看待《白鹿原》，如何阐释它的思想灵魂和艺术精神，仍然是读者十分关心的话题。考虑到其文本还有很大的阐述空间，读者对它有进一步阐释的期待，就于去年下半年进行了点评"。② 据统计，《白鹿原》全书 50 多万字，雷达的评点有7000 多字。与茅盾的评点方式不同，雷达的评点本手稿未见，文化艺术出版社出版的评点本《白鹿原》在版式安排上作了调动，评点文字被处理成论文注释的方式，以小一号的字被放置于小说正文的底

---

① 吴敢：《金瓶梅评点家张竹坡年谱》，辽宁人民出版社 1987 年版，第25 页。

② 夏明勤：《〈白鹿原〉出版评点本　雷达：当代精品也需要评点本》，《三秦都市报》2008 年 2 月 23 日，第 A16 版。

端。这种方式简化了传统评点的勾画、圈点、眉批、旁批等形式，体例上选择了适合于当下的出版和阅读习惯，但其带来的效果似乎并没有满足读者对评点批评的期待。有人认为当代进行评点批评"多此一举"，① 不过，也有人对雷达的这种批评方式充满期待，并将其与传统评点大家相比肩，"中国素有点评大作的传统。雷达之点评，近接王国维诗论之深，远续金圣叹书圈之奇"。② 雷达自己则坦承，"我不会因为陈忠实是著名作家，或是因为我与他相识而刻意夸奖吹捧；也不会因为它是名著而故意贬损，哗众取宠，鸡蛋里面挑骨头。"③ 作为当代较早尝试评点的作品，雷达对《白鹿原》的评点既承载着读者的期待，也面临着巨大的风险。一般读者对评点的印象，大多集中在金圣叹、张竹坡等大家的经典评点，尤其是对一些评点的"金句"，更是达到可诵的地步，这就潜在地对当代文学的评点提出了非常高的标准。以笔者对雷达评点本的阅读，感觉他的评点相对注重小说情节发展逻辑，对细部的理解和阐释较多，兹举几例为证：第十一章白嘉轩敲锣一场，当白嘉轩被逼无奈敲了锣时，雷达评点道："匪兵袭来时，唯白嘉轩有骨气，却也抗不住他们的快枪，为征粮敲了锣"；第十四章冷先生批评鹿子霖："你一定要当那个乡约弄啥？人家嘉轩叫当还不当哩！你要是能掺三分嘉轩的性气就好了"。雷达在这一句下评点："白嘉轩是人，鹿子霖是半个人"；第十七章结尾，田小娥骂鹿子霖："鹿乡约你记着我也记着，我尿到你脸上咧，我给乡约尿下一脸！"雷达在文下评注："田小娥嘲弄的不止是卑鄙的鹿子霖，还有'乡约'——容不下她的礼教"。平心而论，这些评点说不上有多经典，但也确实扣住了小说中的精彩部分进行评说。客观地讲，作为一部尝试之作，这次评点无论是评点者还是评点对象，都是一时之选。问题在于，我们如

---

① 周俊生：《多此一举的〈白鹿原〉评点本》，《东方早报》2008 年 2 月 18 日，第 B7 版。

② 蒋庆、盛茜：《〈白鹿原〉出评点本 文采不输金圣叹?》，《成都商报》2008 年 2 月 15 日，第 7 版。

③ 夏明勤：《〈白鹿原〉出版评点本 雷达：当代精品也需要评点本》，《三秦都市报》2008 年 2 月 23 日，第 A16 版。

何在当代的意义上理解并接受评点这种批评方式。雷达的评点在更深的意义上引领我们关注评点批评文体的当代实践，进而促进对评点这一传统批评方式在当代文学领域进行转换创新的思考。

如此又回到前述传统批评文体的当代转换话题上来，怎样将评点这一传统的批评文体应用于当代文学，不仅是组织和出版运作这些周边性的问题，我们更需要关注的是如何让评点与当代文学的语境进行有机融合，让评点这种文体更好地活在当代，将之转换生成与当下具有紧密联系的批评文体。这方面最重要的是打破古代与现代之间的藩篱，古代文学研究学者在研究古典理论的同时，要更多关注古典文论与当代文学之间的融通、共振；反之，当代文学研究者也应把研究的触角向古代延伸，形成古今融合的良性生态。这一要求不仅需要打破目前研究体制的条块分割状态，更对评点者自身素质提出了极高的要求，即要具备在批评与创作之间"贯通"的能力。有学者提出关注"通人"传统的观念，意在"使文学的创作和研究抵达更高的境界，作为创作与研究主体的'人'，应是'通人'"。① 此即强调创作与研究的"互渗"与融通。明清时期小说评点之所以经典，是因为评点家金圣叹、张竹坡等人无不是理论素养与创作才能兼备的"通人"。当代的评点家茅盾也是如此，他既有批评家的犀利眼光又有作家的篇章结构能力，因此在评点中能不受评点对象左右，可以随时提出发人深省的批评。例如，在评点韶华的一部仅有 17 万字的小说《浪涛滚滚》时，茅盾的评点便涉及作品结构、性格刻画、语言和环境描写等多个方面，所评有赞同亦有批评，对于作品的缺陷绝不苟同。如他认为小说第六章"在全书结构上是独立的，游离的，有此一章，使结构忽然一松。因为前几章的故事一步紧一步，一环扣一环，矛盾发展渐近高潮，而到此忽然断了。此章成为赘疣"。② 茅盾的评点不仅

---

① 赵普光：《通人传统之于中国当代文学的意义》，《文艺研究》2020 年第 8 期。

② 韶华著，茅盾点评：《浪涛滚滚》，中国青年出版社 1991 年版，第 94 页。

注重一时一地的表现，更随时注意将之与前后文甚至全局相关联，以一个作家的写作心态判断作者的行文，即便是批评也态度分明，"赘疣"一词，尤见神采。与茅盾的评点相比，当代文学批评面临学院式分工细化的问题，更多注重"专家"而非"通人"，这在一定程度上限制了评点批评的创新性发展，如果评点者不能站在更高的地方把握文本，评点将毫无疑问地陷入平庸。

评点本身就是为了作品的传播而生的，如果一个评点者不能在评点中提炼出阅读获得的美感并上升到理论的高度，就很难将作品的意义传达给读者。作为评点者，首先要做一个最投入的读者，要具有"读者意识"，其次才是一个批评者。尤其是在网络媒体极度发达、电子化严重泛滥的时代，如何利用新的媒介实现评点的古今转换，是一个非常具有挑战性的问题。当代文学发展中出现的一些新特征，如为数众多的网络文体和微信写作，一些作家的随笔体写作方式，乃至有些著作出版时封面封底上的评论推介，甚至腰封、颁奖辞……都在提醒我们批评的多样化和重要意义，所有的批评都必须符合一定的时代语境，其转换也才有可能实现。所谓"一时代有一时代之文学"，今日的文学评点当然不同于明清之评点，但如何变则是我们所要思考的关键问题，新的时代特征是否可以为评点批评所吸收利用，尚需进一步评估。我们既要考虑传统评点批评在其形成过程中的一些时代特点，更要寻求和利用其理论特征中超时代的因素，以更好发现和评价能被不同时代读者接受的经典之作。评点所借用的一些方法，如笔墨、白描等，虽然取自画论等其他艺术门类，但这些技法及其艺术效果到现在仍然是不可或缺的艺术表达方式，具有很大的价值和意义。时代在变化，关键问题在于如何将评点这一文体的优秀的超时代特征与当代的批评话语相结合，形成具有持续性的意义输出价值。

（原刊《中国文学批评》2023 年第 1 期）

茅盾手书溯源与书风定位

高 玉[*]

摘　要　茅盾的书写启蒙老师是他的母亲，所用启蒙教材《天文歌略》和《地理歌略》是母亲亲自编写并手书的，茅盾书写最大特点是纤秀、隽美，这与母亲的书写启蒙有很大的关系。茅盾的书写还深受祖父、父亲的手书以及启蒙课本《字课图识》等刻本的影响。茅盾从小接受了良好的书写训练，有"童子"功。茅盾在求学的过程中，其国文老师朱希祖、马裕藻、朱蓬仙、朱仲璋、陈汉章、沈尹默、沈坚士（即沈兼士）等大多数都是名人，书法都是上乘的，他们的书写应该对茅盾的书写也有很深的影响。茅盾的字也是博采众长而成，但主要出自"二王"行草书以及唐楷包括颜真卿、柳公权、欧阳询等人。茅盾是书法家，其"茅体"是他对中国书法的独特贡献。

关键词　茅盾；手书；溯源；书法

茅盾不仅是伟大的文学家、著名的社会活动家，而且是书法家。《民国书法篆刻人物辞典》收录了茅盾，并附书法作品一幅，称其书法受章士钊影响，[①] 不知有何根据。但学术界、文学研究界以及书法界一般不把茅盾称作书法家。茅盾不以书法名世，但这并不意味着茅

　　* 作者简介：高玉，男，浙江师范大学人文学院教授，博士生导师（金华321004）。

　　① 沈传凤、舒华编撰：《民国书法篆刻人物辞典》，上海书画出版社2012年版，第233页。

盾的书法品位不高，恰恰相反，我认为茅盾的书法艺术也达到了很高的水平，具有鲜明的特色和个性，形成了自己独特的风格，也很美观漂亮。特别是"茅体"，独树一帜，是茅盾对中国书法的特殊贡献，在这一意义上茅盾是书法家。茅盾后半生应朋友之请，创作了很多书法作品，也有很多题词、题签，诸如书名书写、杂志名书写，还有匾额书写等，很多至今仍然被沿用，成为标志。本文主要对茅盾手书的来源进行考证，并对他的手书进行书法定位。

一 茅盾手书溯源

一般人的印象中，茅盾的书写是非常单调的，也就是所谓"茅体"，特征非常明显，也广为人知，很多书法界外、文学界外的人都能够一眼认出茅盾的字。但其实茅盾的书写和郭沫若的书写一样，在字体、风格上丰富多彩，有一个变化的过程，不同阶段的字差距很大，同时能够写两种风格差距比较大的字体。钢笔书写不同于毛笔书写，字体上存在着巨大的差异。茅盾的手书也有一个变化过程，书写上具有明显的阶段性，早年的书写不同于中年书写，不同于晚年书写。茅盾各种书写中，最有名的当然是"茅体"，但其形成也有一个过程。茅盾的书写绝对不只有"茅体"，还有很多其他风格的书写，其中最重要的就是学习王羲之、王献之行草书的书写，比"茅体"更规范、更美观，只是缺乏个性，笔者称之为"二王"行草书体。

我们知道，一个人书写的特点与他初写字时的选帖、跟谁学习以及最初的临帖等有密切的关系，除非他以后有意地加以改变，并且进行艰苦的训练，否则，其一生的字就会基本上是初写字时的样子。正是在这一意义上，书写发蒙老师对于一个人的写字非常重要，并且，通常书写发蒙老师也是语言和文化知识的发蒙老师。

茅盾的启蒙老师非常特殊，是他的母亲。母亲是大多数人的第一个启蒙老师，但茅盾的母亲不只是一般意义上的生活、语言、情感等日常层面上的启蒙老师，而且是"从师"即识字、思想文化和知识意义上的启蒙老师。茅盾的母亲陈爱珠从小寄养在姨父王秀才家，王秀才"家道小康，老夫妻俩无男无女。……爱珠到了王家，老夫妻俩爱之如同亲生"①，教她学习知识和文化，所以茅盾的母亲是一个知书达理的人，其文化知识水平之高在当时的女性中尤其少见。茅盾在自传中叙述他母亲的文化水平："我的父亲早已知道我母亲知书识字，婚后就考问她读过一些什么书。考问以后，我的父亲又高兴又不高兴。高兴的是：我母亲读过四书五经、《唐诗三百首》、《古文观止》、《列女传》、《幼学琼林》、《楚辞集注》（朱熹）等书，而且能解释。不高兴的是：这些书，在父亲看来，都是不切实用的。于是他首先要母亲读《史鉴节要》，这是一部以《御批通鉴辑览》为底本而加以增删的简要的中国通史，上起三皇五帝，下讫清朝末叶，太平军兴以前。这书自然是文言，而且直抄《资治通鉴》者也不少，幸而母亲有《诗经》、《唐诗三百首》等基础，读时并不困难。"② 在当时，茅盾母亲属于文化人，达到了一般秀才的水平。茅盾的母亲不仅读传统经典，和茅盾父亲结婚之后还读《瀛环志略》等新学著作。

正是因为知书识字，所以茅盾的识字和写字启蒙以及思想文化启蒙完全可以由其母亲来完成，事实上也是如此，茅盾的发蒙不是在私塾由作为老师的祖父完成的，而是由母亲在家里完成的，对此，茅盾有比较详细的描述和叙述："我五岁，母亲以为我该上学了，想叫我进我们家的家塾。但是父亲不同意。他有些新的教材要我学习，但猜想起来，祖父是不肯教这些新东西的。他就干脆不让我进家塾，而要母亲在我们卧室里教我。这些新的教材是上海澄衷学堂的《字课图识》，以及《天文歌略》和《地理歌略》；后两者是父亲要母亲从《正蒙必读》里亲手抄下来的。母亲问父亲：为什么不教历史？父亲说，没有浅近文言的历史读本。他要母亲试编一本。于是母亲就按她初嫁时父亲要她读的《史鉴节要》，用浅近文言，从三皇五帝开始，

---

① 茅盾：《我的家庭与亲人》，载《茅盾全集》第 34 卷，人民文学出版社 1997 年版，第 6 页。

② 茅盾：《我的家庭与亲人》，载《茅盾全集》第 34 卷，人民文学出版社 1997 年版，第 22 页。

编一节，教一节。"① 对于为什么不进祖父当老师的私塾发蒙读书，茅盾在另一个地方也有解释："我没有进家塾，父亲不让我去。父亲不赞成祖父教的内容和教学方法。祖父教的是《三字经》、《千家诗》这类老书，而且教学不认真，经常丢下学生不管，自顾出门听说书或打小麻将去了。因此，父亲就自选了一些新教材如《字课图识》、《天文歌略》、《地理歌略》等，让母亲来教我。所以，我的第一个启蒙老师是我母亲。"②

我认为这几则材料对于我们理解和认识茅盾的书写是非常重要的。茅盾的写字是母亲教的，茅盾用的文化教材《天文歌略》、《地理歌略》也是母亲亲手抄录的，可以想见母亲的字及书写对茅盾的书写影响是多么大。茅盾母亲的手迹特别是抄录的教材我们今天已经看不到了，应该早已丢失，否则比较二者是非常有意思的，我相信能够从其中看到茅盾书写的最初来源。茅盾手书的最大特点是纤秀、隽美、绵柔，我认为这与他初学写字时师从母亲有很大的关系，母亲的示范构成了他字迹的基础，并且保持终生。从现存茅盾各种手稿中我们可以看到，茅盾的字也有变化，但这种变化主要是笔画和字形上的，其精神一直没有变，一直是一种隽秀的风格，或者说"隽秀"是其基调和底色，有一种女性化的特点，这应该是从母亲那里启蒙而来的。他的字是母亲教的，一生留下印迹，虽然后来有很大的改变，但根本因素伴随其一生。

茅盾没有描述母亲如何教他写字，但他曾经叙述母亲教其夫人孔德沚识字读书的过程："母亲教德沚识字，也教她写字，仍用描红。此时家中只有母亲和德沚二人，又雇了个女仆，家务事很少，只镇上亲戚故旧红白喜事以及逢节送礼等事，要母亲操心。母亲每天教德沚识字写字两小时，上下午各一。"③ 推测，茅盾母亲作为启蒙老师也

① 茅盾:《童年》，载《茅盾全集》第 34 卷，人民文学出版社 1997 年版，第 30 页。

② 茅盾:《学生时代》，载《茅盾全集》第 34 卷，人民文学出版社 1997 年版，第 70 页。

③ 茅盾:《我的婚姻》，载《茅盾全集》第 34 卷，人民文学出版社 1997 年版，第 161 页。

是应该这样教茅盾的。茅盾的写字除了描红以外，更多的应该是母亲手把手教的。在这一意义上，茅盾的字深受母亲书写的影响，这是毫无疑问的。

理论上，茅盾父亲沈永锡的字对茅盾的书写也应该是有影响的。沈永锡的字是什么样的，我们不得而知，茅盾没有描述过，也没有讲他的书写是否受父亲的影响。但沈永锡是秀才，还参加过科举考试，其字应该不差，且一手好字也算得上沈家的传统，在《我的家人与亲人》一文中，茅盾对祖父的写字有比较多的叙述："我的祖父虽未考中举人，但也练习写朝考卷，书法工整圆润。祖父善写大字。他为人家写了不少匾额、堂名（此为各家私用，大抵两三字，意取吉祥）、楼名、馆名，乃至商店招牌。……他代人写了不少对联。他自撰自写的对联，如陈渭卿家大厅上的抱柱对联：仲举风标，太邱德化；元龙意气，伯玉文章。是用了四个陈姓的典故。祖父写匾额、堂名、楼名以至对联，都不署名，他说：'我之喜为人写字，聊以自娱，非以求名。'本镇富商嫁女，要写一本嫁妆清册；要求凡嫁妆中一切物品，甚至马桶、便壶，也要写上，而且要四字一句，两句成一对联，文字要典雅。祖父为此花了两天工夫。"① 祖父的四弟沈恩增也能写一手好字，茅盾描述："一手好笔札，字也隽秀，比两个哥哥都强。我的祖父的小楷端正圆润，但无逸气，祖父的大字，只是工整而已，没有一点龙腾虎跃的气势。"② 有一篇文章曾说茅盾最初写字是祖父教的，并且有很详细的描述："其祖父教茅盾写字，极为认真，先教磨墨，再教执笔运笔，因墨磨的浓与淡，直接影响写字的效果。他把自己双勾好的柳公权《玄秘塔》让茅盾填墨，自己站于其后，不时地把笔指导。坐姿端稳、心眼专注、悬腕悬肘、指实掌虚、腕平锋正、中锋运笔、逆笔回锋，乃至轻重徐疾、枯浓湿淡、起承转

---

① 茅盾:《我的家庭与亲人》，载《茅盾全集》第 34 卷，人民文学出版社 1997 年版，第 14—15 页。

② 茅盾:《我的家庭与亲人》，载《茅盾全集》第 34 卷，人民文学出版社 1997 年版，第 16 页。

合、抑扬顿挫、无垂不缩、无往不收等等一系列写字要诀面面俱到。茅盾也好学善悟，每天百字，每晨必练，先摹后临，每当稍有进步，祖父常予鼓励。"又说："他望孙成龙心切，加倍用心，尤其在写字上，细致、认真、一丝不苟。见茅盾楷书底子到了一定的程度，就实行两条道并着走，一是继续临习唐楷，一是开始直接临写'朝考卷'。……这些卷子基本都是从二王、颜柳一脉传承下来的规范字体，再加上规范的文章。通过临习，非但练好了书法，又学会了文章的体裁格式。"① 但不知根据何在？从茅盾现存的各种手稿中，其受柳公权、颜真卿以及"二王"的影响却是非常明显的。父母教茅盾写字和祖父教茅盾写字二者并不矛盾，可以是同时，也可以是先后。

茅盾父亲作为文化人，在书写上应该多少受长辈书写的影响，这是极在情理之中的。而茅盾的字多少会受他父亲写字的影响，这也是极在情理之中的。事实上，茅盾在家塾读书时，有一段时间老师就是父亲，"父亲对我十分严格，每天亲自节录课本中四句要我熟读。"② 一般来说，私塾教育除了识字和知识教育以外，练字也是很重要的方面，在写字方面，沈永锡对茅盾也应该是很严格的。

其次，茅盾最初的书写肯定也会受所使用的教材的影响。因为当时中国的书籍多为刻本，有的刻本为一般刻工所刻，但有的刻本则是书法家书写然后由刻工所刻，和今天的铅字印刷不同，这些刻本具有手书的特点，比如前面茅盾提到的《天文歌略》有一般性刻本，也有比如书法化的精致的手写刻本，笔者就曾收集到一种没有任何出版信息的手写刻本，字体非常漂亮。当然还有写本，比如胡适所用的发蒙教材就有其父亲所写，茅盾的教材部分是其母亲所写的。茅盾曾经说过："旧时蒙童习字，先必描红。"③ 前述茅盾回忆母亲教孔德沚识字写字"仍用描红"，可以推测茅盾母亲从前教他写字也是教过他描

---

① 盛宇、盛欣夫：《茅盾书法小考》，《中国书法》2005 年第 10 期。
② 茅盾：《学生时代》，载《茅盾全集》第 34 卷，人民文学出版社 1997 年版，第 70—71 页。
③ 茅盾：《大题小解》，载《茅盾全集》第 22 卷，人民文学出版社 1997 年版，第 315 页。

红的，但茅盾没有讲他自己如何描红以及描红用的字帖，这是颇为遗憾的。

茅盾发蒙时所使用的《字课图说》也应该对茅盾的书写有很大的影响。《字课图说》全称《澄衷蒙学堂字课图说》，初版于光绪二十七年即1901年，澄衷蒙学堂是由企业家叶澄衷（1840—1899）出资开办的，也以他的名字命名。1901年开学，首任校长刘树屏，代理校长蔡元培。《澄衷蒙学堂字课图说》就是刘树屏主编的教科书，被认为是中国的第一部教科书，为书法家唐陀书写。《澄衷蒙学堂字课图说》共4卷8册，内容上，第一卷为天文地理、第二卷为典章制度、第三卷为动植物和器物、第四卷为日常生活。此书在当时影响很大，被反复印刷和出版，今天仍然被很多人所推崇。我认为，仅就书写来说，它也是非常有价值的，它不仅是识字课本，也是写字课本，可以作为字帖。唐陀的缮写非常规范，标准的赵体楷书[1]，书写周正、端庄，笔锋清晰，完全可以作为书写范字。茅盾发蒙时正是对汉字之字形笔画等非常敏感的时期，我相信这种书写优美的教材对他的写字也是会有很大的影响。

当然，一个人书写的形成其因素是多方面的，除了母亲的手教与示范、所用课本等因素以外，还应该有其他的因素。比如如何描红、碑帖阅读等，可惜茅盾使用的描红字帖是何字体，茅盾是否读过颜柳欧赵等人的字帖，等等，目前茅盾各种著作和资料中都没有提及。

二 茅盾手书之书风定位

如何定义茅盾手书之书体、特点和风格，用语言很不容易描述。有人这样定位："瘦硬、清奇、峻峭、劲挺，在温润清和的书写中，有丰富的提按，点划舒扬，结撰险绝，婀娜摇曳，有雅致的书卷气息。见骨格和天趣。"[2] 还有人说："茅盾书法强调自然的书写过程中

---

① 刘树屏：《澄衷蒙学堂字课图说》，青岛出版社2014年版。
② 李建森：《骨格清奇写天趣——茅盾的书法》，《小说评论》2006年第5期。

的微妙提按顿挫，点划华美坚挺、清朗爽劲，结构洞达清奇、舒卷自如，气息精劲淳雅、挺拔端庄，醇和的书卷之气溢于笔墨之外，具有较高的书法成就。"① 我觉得这种概括大致是准确的。有人提出"茅体"概念，我认为是合适的，但需要限定的是，不是所有茅盾写的字都是"茅体"，茅盾的字还有"二王"行草书体，还是其他风格的字。茅盾的字不仅不同时期有所差异，同时期也有差异，同一时期茅盾可能用两种"体"甚至三种"体"来书写，茅盾的钢笔字和毛笔字也是不一样的。"茅体"字是茅盾书写最有特色的字，大约 20 世纪 40 年代时形成，是茅盾晚年特别是题字、书法创作以及书信书写最常用的书体。特别需要说明的是，这里所说的"茅体"之"体"是就特色而言，并不是"颜体"、"柳体"之"体"，在独特性上它是一种"体"，但并不意味着它在书法史上有"模范"的地位。事实上，"茅体"至今模仿和学习的人非常少，并未见有取得成就者。"茅体"之说是成立的，但它主要是对茅盾书写的描述或表述，并不表明茅盾书法之地位。

20 世纪 50 年代之后向茅盾求字的人越来越多，特别是一些老朋友也向茅盾求字，很多时候茅盾都满足了索者的要求，但茅盾在书写后总强调他自己的书写"拙劣"，不是书法。除了口头表达，还留下大量的文字记载，这集中表现在一些书信中，笔者可以摘录一些如下。

1957 年《致朱棠》："嘱写字留念，自当遵命。兹随函奉上。书法恶劣，贻笑大方。"②

1973 年 12 月 15 日《致吴恩裕》："诗不工，书法尤其拙劣，以君子有嗜痂之癖，故不能藏拙，幸哂正为感。"③

1973 年 12 月 29 日《致单演义》："拙作一诗一词及书法，皆恶

---

① 李林：《茅盾的〈访玛佐夫舍歌舞团〉诗稿及书法》，《中国书法》2016 年第 18 期。

② 茅盾：《致朱棠》，载《茅盾全集》第 36 卷，人民文学出版社 1997 年版，第 270 页。

③ 茅盾：《致吴恩裕》，载《茅盾全集》第 37 卷，人民文学出版社 1997 年版，第 199 页。

劣，以君子有嗜痂之好，故不敢藏拙，不料加以裱装，更增愧恶。既然您喜欢看那些不成样的东西，缓日当再写近作呈教，但请不要再费事裱装了。"①

1974 年 3 月 6 日《致单演义》："三月二日惠函及怀素苦笋帖印本拜领，谢谢。书法之如何乃比较而言，足下以尹默先生比我，自然愧不敢当。即以其他书法家而论，我亦望尘莫及，此为事实，非谦虚也。"②

1975 年 5 月 7 日《致葛一虹》："嘱写小幅，今始写成；实因书法拙劣，难以见人，屡次欲作还休，然足下既有嗜痂之好，弟亦不敢藏拙，聊以存念，幸勿示人，为识者笑也。"③

1975 年 7 月 23 日《致赵清阁》："嘱为写小幅，敢不遵命。但书法恶劣，聊供一粲，并以存念。"④

1976 年 3 月 30 日《致臧克家》："来书云为我辞谢几起要我写字者，甚感。我的'书法'实未入门，友好相索，不敢藏拙，聊以存念。"⑤

1976 年 7 月 6 日《致王亚平》："嘱写小幅，敢不如命，但书法拙劣，聊卜一晒耳。"⑥

1977 年 7 月 23 日《致周而复》："乾隆纸珍品也，我之恶劣书法实在不配，但敢不从命，请转告今非同志，稍缓数日当为写好

---

① 茅盾：《致单演义》，载《茅盾全集》第 37 卷，人民文学出版社 1997 年版，第 207 页。
② 茅盾：《致单演义》，载《茅盾全集》第 37 卷，人民文学出版社 1997 年版，第 229 页。
③ 茅盾：《致葛一虹》，载《茅盾全集》第 37 卷，人民文学出版社 1997 年版，第 404 页。
④ 茅盾：《致赵清阁》，载《茅盾全集》第 38 卷，人民文学出版社 1997 年版，第 10 页。
⑤ 茅盾：《致臧克家》，载《茅盾全集》第 38 卷，人民文学出版社 1997 年版，第 62 页。
⑥ 茅盾：《致王亚平》，载《茅盾全集》第 38 卷，人民文学出版社 1997 年版，第 71 页。

奉上。"①

1977 年 6 月 9 日《致荒芜》："至于写字，来函所提三人，素不相知，拟请婉言辞谢。一则我之'书法'实在约约乎，熟人相索，不敢藏拙，聊以为纪念，若推广至于友人之所识，则将为识者所笑。"② 关于"约约乎"，《茅盾全集》有一个注释："这里的'约'读作'亚'，'乎'读作'无'。俚语。不怎么样、差劲的意思。"③

1977 年 6 月 12 日《致叶子铭》："字写好一张，随函奉上。字殊拙劣，聊以为纪念，请勿示人。"④

茅盾晚年的书信中还有很多类似的话。被人索字已经成了茅盾晚年生活中一件很烦恼的事情。有意思的是，茅盾一方面给人写字，但同时又反复申称他的字很"拙劣"，不是书法。我觉得这不完全是自谦，茅盾对他的字缺乏充分的自信，和郭沫若那种对自己的书法极度自信可以说是两种完全不同的态度。茅盾的字当然和郭沫若的字不是同一层次的，但茅盾的字也不像自己所说的"恶劣"或者不是书法，茅盾的字是非常有个性的，开朗、秀美是其特点。否则他是不会题写并送人的，那么多人向茅盾索字，不完全因为茅盾是名人，主要是真心地喜欢，这种喜欢也从"接受"的角度说明了茅盾书法达到了一定的水平并具有一定的效应。

茅盾说他自己是"学书未成"，"论功夫，差得远呢"。⑤ 1975 年12 月 11 日在《致陈瑜清》的信中说："我于书法素无研究，字亦没有写好。从前（青年时期）既无名人指授，只凭自己所好瞎摸，中

---

① 茅盾：《致周而复》，载《茅盾全集》第 38 卷，人民文学出版社 1997 年版，第 145 页。

② 茅盾：《致荒芜》，载《茅盾全集》第 38 卷，人民文学出版社 1997 年版，第 150 页。

③ 茅盾：《致荒芜》，载《茅盾全集》第 38 卷，人民文学出版社 1997 年版，第 150 页。

④ 茅盾：《致叶子铭》，载《茅盾全集》第 38 卷，人民文学出版社 1997 年版，第 151 页。

⑤ 茅盾：《致葛一虹》，载《茅盾全集》第 37 卷，人民文学出版社 1997 年版，第 404 页。

年后忙于世事，无暇及此，今垂垂老矣，目力、腕力都日益衰竭。"①又说："我于书法素无研究，字亦没有写好。"②但我认为，这都是自谦之说，其一，茅盾对书法是下过工夫的，如果没有下工夫，茅盾的字是无法写得这么漂亮美观的，茅盾的字一看就是有书法功底的人写的。其二，事实上，茅盾在书法上是受过良好教育和训练的，除了前述父母亲的教育与身教，祖父的教育与身教，启蒙教材的书法熏陶以外，还有父母亲亲编教材，用当时很有名的《字课图识》等，这在今天看来可能是很普通的，但在当时，其实是很奢侈的，富家子弟才有这个条件，并且这已经是上等的书法教育了。

除此之外，我们还可以看到，茅盾从发蒙、私塾到小学、中学一直到大学，接受的全是良好的教育，其老师在书写上都是上乘的。首先，茅盾的祖父、父母都是有文化的人，父亲去世时，母亲写的对联是："幼诵孔孟之言，长学声光化电，忧国忧家，斯人斯疾，奈何长才未展，死不瞑目；良人亦即良师，十年互勉互励，雹碎春红，百身莫赎，从今誓守遗言，管教双雏。"③母亲亲笔用楷书书写，挂于遗像灵堂两侧，这样有文化的父母在当时是极少的，可以说茅盾从小就生活在极优越的文化环境之中，尤其是优越的书法环境。茅盾的小学国文老师、中学国文老师大都是很有文化的老师，特别是嘉兴中学之后，茅盾的国文老师几乎都称得上是书法家，在嘉兴中学时，"国文教师有四：朱希祖、马裕藻、朱蓬仙、朱仲璋。最后这位朱老师是举人，是卢鉴泉表叔的同年，我确知他不是革命党，其他三位都是革命党。但他们教的是古书。朱希祖教《周官考工记》和《阮元车制考》，这可说专门到冷僻的程度。马老师教《春秋左氏传》。只有朱蓬仙教'修身'，自编讲义，通篇是集句，最爱用《颜氏家训》，似

---

① 茅盾：《致陈瑜清》，载《茅盾全集》第38卷，人民文学出版社1997年版，第47—48页。

② 茅盾：《致陈瑜清》，载《茅盾全集》第38卷，人民文学出版社1997年版，第47页。

③ 茅盾：《学生时代》，载《茅盾全集》第34卷，人民文学出版社1997年版，第58—59页。

乎寓有深意。"① 除了朱蓬仙以外，其他三位都是名人，朱希祖、马裕藻两位更是著名学者。而在北大读书时，其文史老师就更有名，"中国教授陈汉章教本国历史，一个扬州人教本国地理，沈尹默教国文，沈坚士（尹默之弟）教文字学，课本是许慎《说文》。陈汉章是晚清经学大师俞曲园的弟子，是章太炎的同学。陈汉章成名很早，京师大学（北大前身）时代聘请他为教授，但他因为当时京师大学的章程有毕业后钦赐翰林一条，他宁愿做学生，期望得个翰林。"② 陈汉章是国学大师，沈尹默是大书法家，沈坚士（即沈兼士）是著名语言学家，诗人。这些人都是接受了良好书法训练的人，不仅旧学深厚，书法功底也非常深厚，他们的书写肯定会对茅盾的书写有一定的影响，这虽然不是决定性的影响，但肯定是很重要的因素。

从现有的材料来看，茅盾在书法上是用过功夫的，其自传中曾叙述他少年时刻印章的事："我在湖州中学的意外收获是学会了篆刻。这是我在二年级上学期时，四年级一个同学教我的。他的父亲会篆刻。他喜欢在父亲工作时站在旁边看，久而久之，就看会了。据这位同学说：篆刻也分派，以能创新为贵。也要多看前人和同时人的篆刻，以广见闻。"③ 又说："母亲把父亲遗留下的石章，任我支配。我不曾学写篆字，只好查康熙字典，依样画葫芦，用拓印法居然刻成第一个石章。"④ 茅盾后来还为郑振铎新婚刻过印章。⑤ 茅盾也是临过帖的，他曾自谦地说："我的字不成什么体，瘦金看过，未学，少年时曾临董美人碑，后来乱写。近来嘱写书名、刊名者甚多，推托不掉，大胆书

① 茅盾：《学生时代》，载《茅盾全集》第 34 卷，人民文学出版社 1997 年版，第 93 页。

② 茅盾：《学生时代》，载《茅盾全集》第 34 卷，人民文学出版社 1997 年版，第 105 页。

③ 茅盾：《学生时代》，载《茅盾全集》第 34 卷，人民文学出版社 1997 年版，第 81 页。

④ 茅盾：《学生时代》，载《茅盾全集》第 34 卷，人民文学出版社 1997 年版，第 82 页。

⑤ 茅盾：《文学与政治的交错》，载《茅盾全集》第 34 卷，人民文学出版社 1997 年版，第 252 页。

写，都不名一格。"① 茅盾的字肯定不是乱写的，而是有严格章法的。

茅盾的字属于秀美型，绝不是茅盾自己所说的"拙劣"，恰恰相反，茅盾的书法有功底、有师承，有特色和个性，最大的特点是美观漂亮。表面上，茅盾对他自己的书法自我轻贱，但从内心来说，我相信茅盾对自己的书写是有自信的，如果他自己真觉得写得丑或者拙劣，对茅盾这样非常爱惜自己的羽毛、言行严谨而有文化品位的名人来说，是轻易不会送字给人的。茅盾长子韦韬曾说："1978 年之后，各地文化设施陆续恢复或重建，复刊和新出版的报纸、书刊如雨后春笋，向父亲求字的信件中增加了要求题写刊名、书名、校名，以及为名胜古迹书写楹联等内容。后来到了应接不暇的地步，但父亲仍是有求必应。唯独《书法》杂志请他题签时，父亲坚决敬谢推辞了。他说他不是书法家，而书法界的大家高手很多，请他们写更好。"② 我觉得这其实是茅盾对自己书法的一个定位，也就是说，他认为他的字给专业的《书法》杂志做标签还不够资格，但给一般性的书刊、学校作标签以及名胜古迹作扁牌却是够格的，也就是说，他自认为没有达到顶级书法家的水平，但一般的书法家的水平是达到了的。

书法领域的确有很多天才，但即使最伟大的书法家也需要学习，所谓"天才"不过是对于书法的"悟性"比较好、学习比较快而已，不临习古人和别人而成书法家的，历史上还没有发生过，相信未来也不可能发生。当然，学习的方式是各种各样的，没有绝对的模式。从茅盾现有的字来看，他对于书法是下过工夫的，是临习过古人的，他自己说曾临"董美人碑"，其帖准确的名称叫《董美人墓志》，全称《美人董氏墓志铭》，刻于隋朝开皇十七年即公元 597 年，隋文帝第四子蜀王杨秀制，清道光年间出土于陕西西安，原石现已不存，于咸丰三年毁于兵火。《董美人墓志》有很多拓本，其中有所谓"浓

① 茅盾:《致施蛰存》，载《茅盾全集》第 38 卷，人民文学出版社 1997 年版，第 324—325 页。

② 韦韬:《茅盾墨迹·序》，载《茅盾墨迹》，西泠印社出版社 2011 年版，第 1—2 页。

墨本"① 和"淡墨本"②。仅就"秀美"这一点来说，茅盾的书法和《董美人墓志》具有内在的一致。在间架结构上，茅盾的字和《董美人墓志》也具有某种类似。但茅盾的字明显不是《董美人墓志》所出，我们可以说他受其影响，但这种影响不明显，或者说，影响是内在的，而不是外表的。

仅就字形上来看，茅盾的字似有很多赵佶瘦金体的特征，但茅盾明确否认临习过瘦金体，虽然知道它，也看过，但谈不上喜欢，并未有意识地学习过。当然，潜移默化地受到它的影响也是有可能的。但仔细对照茅盾的字和宋徽宗的字③，二者只是外表上的相似性，其实在笔法、构形上，二者遵循的是不同的理路，茅盾的字实际上是标准楷书的纤秀化，而宋徽宗的字则是"瘦体"，笔画是完全不同的，瘦金体可以进行各种变化，但怎么变化都变化不成茅盾的字。我认为茅盾的字还是出自"二王"行草书，以及唐楷，包括颜真卿、柳公权、欧阳询等人，特别是和欧阳询的字在结构、字形上具有内在的一致性。至于汉隶、魏碑等，在茅盾的字中似乎看不到其因素或痕迹。还有人说茅盾的字受康有为、章士钊等人的影响，但既没有文献上的证据，也没有书法上的证据，也即从茅盾的字中，我们看不到这种影响。有人说："然而就是这些不朽的文学作品，却掩盖了他那挺劲、强健的书法作品，更淹没了他那学书的经历和曾经为此所下的苦功。其实，茅盾的书法功底极深、造诣极高，在近现代书家中应有他的位置。但有人武断地说他学的是宋徽宗的瘦金体，这只是片面的想象。茅盾学书，直接攻颜柳，间接承'二王'，走的是一条很传统的学书之路。"④ 我觉得这种说法比较专业和靠谱，但说茅盾的字"强健"似比较勉强，说茅盾的书法"造诣极高"也过于夸张，茅盾的书法有功底，但不论是理论上还是实践上都是浅尝辄止。

---

① 杨秀：《董美人墓志》，载《隋墓志名品》，上海书画出版社 2012 年版。

② 西泠印社编：《元石初拓董美人墓志》，西泠印社出版社 2019 年版。

③ 苏士澍、彭兴林主编：《中国书法全集》第 60 卷，江西美术出版社 2018 年版，第 86 页。

④ 盛宇、盛欣夫：《茅盾书法小考》，《中国书法》2005 年第 10 期。

从《茅盾文课墨迹》来看，茅盾少年时的字是比较稚拙的，和鲁迅、郭沫若在书写上的少年老成不同，是很正常的童子书写。但后来的书体大变，这中间一定发生过一些什么，比如有意识地进行书写训练，或者特别喜欢某人的书法等，惜茅盾自己没有叙述，只能是一个谜了。

而关于笔、墨和纸，茅盾似乎也不讲究，偶尔有一点零星的表述，比如1977年3月7日《致高莽》中他曾说："前承惠书画用之墨汁，谢谢。一般墨汁着水漶化，我向来磨墨写字，写信则用一般墨汁，今知有此专用于书画之墨汁，就比磨墨方便了。"① 从这里我们可以看到茅盾对于墨的看法及使用情况。在茅盾著述中，他多次提到毛笔、钢笔，也提到宣纸、砚台，但没有关于笔纸和砚台的看法。关于茅盾笔纸使用情况，韦韬曾经说："上世纪二三十年代，洋纸、洋笔凭借其使用方便的优势，在北京、上海等大都市文化人中逐步推广，父亲也随着开始使用钢笔。那个时期他所创作的《蚀》《虹》《子夜》等小说都是用钢笔写的。1937年抗战开始，大后方物资十分匮乏。洋纸已很难见到，用的都是毛边纸或土纸，不适宜钢笔书写。于是父亲恢复了使用毛笔的习惯，并从此保持到晚年。"② 这应该是可信的，也说明茅盾对笔墨纸砚的确没有讲究。

总之，茅盾从小受到良好的书写训练，写字有章法，其中受母亲的书写影响比较大，字形和书风偏于隽秀、瘦削、柔美。年轻时也临习过名帖，但属于"二王"一路，看不出受"碑"派影响的痕迹。20世纪40年代之后，茅盾的行书、草书越来越形成自己独特的风格，可以称之为"茅体"。茅盾是书法家，其"茅体"书法是他对中国书法的特殊贡献。

（原刊《华夏文化论坛》2023年第2期）

---

① 茅盾：《致高莽》，载《茅盾全集》第38卷，人民文学出版社1997年版，第126页。

② 韦韬：《茅盾墨迹·序》，载《茅盾墨迹》，西泠印社出版社2011年版，第1页。

教科书传播与建国后茅盾作品的经典化历程[*]

陈志华^{**}

摘 要 学术界对茅盾作品的评价一直畸轻畸重，强调小说而相对弱化其他文体，但是，爬梳中学语文教科书资料可发现另一种茅盾传播图景：教材所选的茅盾作品多是作家中后期创作，极少涉及早期成名作；小说体裁明显被边缘化，译作、时评、文评、书评占所有选文的绝大多数；一些散文名篇（如《白杨礼赞》）在教科书中出现较晚，且在能否入选方面多有争议。可以看出，语文教育用独特方式完成了茅盾作品的经典化改造，同时以全新思路诠释着茅盾中后期及晚期作品风格。追踪语文教科书的历史记忆，可以更好地认知新中国文学教育体制塑造革命作家和革命文化的大体过程。

关键词 建国后；茅盾作品；经典化；语文教科书；文学教育

对于茅盾研究来说，研究者要面对的难题之一，是茅盾前、后期创作反差巨大，我们不得不用两套话语进行解读：他在民国时期的作品尽管受到批评或争议，但总体上能用情绪色彩强烈、构思宏伟和理性思维等概括出"茅盾特征"；中华人民共和国成立后，茅盾的创作更多呈现无序性和无特征化，不单对早先长篇小说的续写乏善可陈，

---

* 本文系山西省高等学校教学改革创新项目"《中学语文课程标准与教材研究》课程思政体系建构与实践路径研究"的阶段性成果。

** 作者简介：陈志华，文学博士，硕士生导师，山西师范大学教师教育学院副教授。主要研究方向为中小学教科书史。

即便他所擅长的散文、杂感、时评也大多点到即止，鲜见"经典"问世。这种现象的产生，多数人归因于茅盾在新中国身居要职、创作上"政治大于文学"，就连近亲属也认为他是忙于"临时杂差"导致写作荒废①。但这无法解释身处类似环境的老舍、巴金、曹禺、郭沫若何以在当时都拿出了相当有影响的作品。

更重要的是，我们对"晚期茅盾"的认知似乎陷入悖论，在高度称赞他对当代文学文化界有巨大影响的同时，却不得不承认与悲叹作家的纯文学创作在某种程度上进入"衰歇"。"没有产生经典"真是因为作家才思已经"枯竭"了吗？撇开那种将《劫后拾遗》《苏联见闻录》称为"没有什么文学价值的旅游杂感"②的极深偏见不谈，我们对如此巨量的公开发表文字印象模糊，甚至处于"失语"状态，究竟是什么原因造成的？那些具有"经典潜质"的作品被哪些因素以及如何遮蔽了，又该以怎样的方式完成对它们的发掘与祛魅？

一 为何引入"教科书视角"

近几十年来，教科书研究逐渐发展成为一门显学，它的最大优势是资料保存完整且自成体系，尤其是中小学语文教科书，在市场助推下一度出现"收藏热"，很多几近绝迹的珍稀版本重新由民间进入研究者视野。由于教科书研究传统上属于教育学领域，一些跨学科学者对教科书版本考证作出了大量卓越的贡献，如首都师范大学的石鸥教授及其团队，对一百多年来的教科书发展史有着系统而深入的研究③；一些国家级、省级图书馆和出版机构（如人民教育出版社、上

---

① 韦韬、陈小曼：《父亲茅盾的晚年》，文化艺术出版社 2008 年版，第 129 页。

② 夏志清：《中国现代小说史》，复旦大学出版社 2005 年版，第 233 页。

③ 这方面的代表作有石鸥编著：《百年中国教科书论》《百年中国教科书图说（1897—2009）》《简明中国教科书史》《教科书的记忆（1978—2018）》《新中国中小学教科书图文史》，石玉著：《中国革命根据地教科书研究》，段发明著：《新中国"红色"课本研究》，李新著：《百年中国乡土教材研究》等。

海辞书出版社、台湾"国立编译馆"等）的图书馆都设有教科书收藏室，而北京师范大学、华东师范大学、上海师范大学、西北师范大学、广西师范大学等高校也保存着大量中小学教科书实物。再加上以《国文百八课》为代表的大量民国时期流行的语文教材不断影印再版，在中国现代文学史学、文献学框架内重审这些教科书史料，实际具备了充分、坚实的基础。

文学（语文）教育史隶属于广义的文学发展史，而教科书传播是现代文学作品产生广泛社会影响的重要一环，这早已成为学界共识。前者主要有陈平原教授的大学文学教育研究、李宗刚教授有关民国时期及新中国教育体制与文学互动关系的研究，后者则有陈漱渝、李斌、管贤强、顾之川、温立三等人对中小学教科书选文的整理与研究。尤其值得关注的是日本学者藤井省三对鲁迅《故乡》阅读史的研究，实际是以教科书选编、教育领域关于《故乡》教学问题的论争，串联起百年来中国政治思想文化和"文学空间"的发展史，他对围绕在小说阅读周边的教育教学史料搜集可谓系统而深入。但总的来说，文学教育及语文教科书研究中以"鲁迅板块"最为突出，其他作家作品研究相当薄弱，很难像鲁迅研究那样形成体系。

从教科书角度考量文学传播自有其便捷性与合理之处，因为，人们的文学记忆在很大程度上是由中小学教科书塑造而成的，除了学有专攻的研究专家，普通民众对中国现代作家作品的认知基本还停留在基础教育阶段形成的印象上。例如，提起茅盾，人们首先想到《子夜》《林家铺子》《春蚕》，以及《白杨礼赞》《风景谈》等教材中反复出现的课文；它们都创作于新中国成立之前，似乎验证了前文所谓"晚期茅盾无经典"的结论。然而，爬梳那些尘封的教科书史料可以发现，"记忆"会经常"欺骗"我们：一、语文教科书更为青睐茅盾中后期作品，特别是1959年2月16日初刊于《中国青年》第四期的《怎样评价〈青春之歌〉》，从发表到进入教材仅有几个月时间①，相反，以《蚀》为代表的茅盾早期成名作极少被教材提及；二、从文类、文体看，小说仅占所有茅盾篇目的四分之一，而散文、时评、文学批评和翻译等占了绝大多数，教科书实际将茅盾塑造成了"杂家"而非"小说家"；三、最早最优先进入教材的也不是他的小说和散文，著名的《白杨礼赞》直到1957年才在初中《文学》课本第五册出现。这说明，至少在茅盾作品筛选方面，教科书传播早就超出我们借助文学史建构起来的阅读经验与文学想象，而以另一种面目保留在普通国民的集体无意识中。

以教科书为研究对象的另一个好处，是可能对突破原有略显固化与僵化的茅盾研究理论框架有所帮助。茅盾在民国时期以中长篇小说为读者熟知，现有文学史论述也基本是以此为中心构筑与展开的。但翻阅当时的语文教科书可以发现，受到教材容量限制，选进来的茅盾作品基本都是中短篇小说、散文、译作，例如，编入中学国文教科书的有《大泽乡》（商务印书馆1932年版《初中基本教科书·国文》第4册）、《卖豆腐的哨子》（上海中学生书局1934年版《初中当代国文》第1册）、《"孤岛"见闻》（广州救亡出版部1938年版《战时初中国文》）、《"拉拉车"》《白杨树》（开明书局1946年版《开明新编国文读本（甲种本）》第2、3册），译作《育蚕一夕谈》（商务印书馆1932年版《基本教科书—国文》第2册；中华书局1933年版《初中国文读本》第1册）、《撤退》（开明书局1946年版《开明新编国文读本（甲种本）》第1册）、《金字塔》（开明书局1946年版《开明新编国文读本（乙种本）》第2册）等。少数的长篇小说节选经历了很大变动，如《子夜》编入某种国文教科书时只选取开头描写上海苏州河周围景色的部分，实际改编成了写景散文片段。这样一来，许多处在边缘位置的茅盾作品开始进入研究者视野，不仅容易形

---

① 笔者所藏山西人民出版社重印的1960年第1版《高级中学课本·语文》第3册，印刷时间是"1962年7月"，第21课《怎样评价〈青春之歌〉》，前面一课《在狱中》是杨沫《青春之歌》节选，二者排在一起大概是想锻炼学生阅读和评价当代小说的能力。

成对不同时期各种文本的"散点透视",且能促进习惯上以社会历史分析为主导的茅盾研究范式转型,以往过分关注作品与社会环境的互生互动关系,读者出于自身兴趣或教育体制要求的接受过程往往被忽略掉了。

再比如,中华人民共和国成立后研究界不断放大"政治茅盾"形象,有人甚至将他所有创作都归结为在"尴尬"政治环境中"被动地""撰写大量应景的颂歌和批判文章"[1],表面"理解之同情"掩盖着更多批评与指责。事实上,茅盾作品(集)的写作、编辑、出版、修订是由各种复杂原因促成的,作家主观意愿只是一方面,很多情况下是其他因素起到决定作用。仅举一例,《梯俾利司的地下印刷所》(后改名《第比利斯的地下印刷所》,以下简称《梯俾利司》)被编进 1950 年、1952 年、1956 年、1978 年、1980 年、1986 年和1990 年人教版初中语文教材,其他时段之所以不收,既和当时我国对苏联、美国等的外交政策存在变数有关,也可能是这种饱含感情而兼有记叙与说明的文体不适合语文教学。任何人都不可能独立于所处时代,茅盾更是如此,他既会在日记中表达对某些历史剧以"划阶级成分"塑造人物的不满[2],也会在公私各种场合对历史人物、时事政治发表符合政策要求却也不乏真情流露的观点。把它们视为研究作家文学观念、政治思想意识转变的文献资料则可,如果一味从中寻求所谓的"超越性"内容,就难免失于胶柱鼓瑟。

据笔者统计,中华人民共和国成立以来的中学语文教科书至少编有茅盾作品(包括译作)17 篇次,数量仅次于毛泽东和鲁迅,而远高于其他的同时代作家。可见,教科书一直有意地多选茅盾课文,中间或许有所波动、推行效果不尽如人意,个中原因需要在文学教育的细部考察中才能解释清楚。至少从延安时期开始,中学语文教育的主

① 商昌宝:《茅盾先生晚年》,河北人民出版社 2014 年版,第 260 页。

② 茅盾评论郭沫若《武则天》剧本,"至于捧武则天是否太高,贬骆宾王是否过当,则是可供讨论的问题了;剧中强调武(则天)之出身寒微,颇有划阶级成分之味,大可不必"。参见查国华等编《茅盾日记》,山西教育出版社 1997 年版,第 210 页。

要功能不是"普及"而是"提高"，教材编写明显受社会政治思潮、文学运动以及教育政策调整影响，因此，某些局部变动可能隐藏着作家作品价值定位的微妙变化，深入挖掘才能发现其背后的文学生产与传播的深层含义。

资料显示，作为著名作家和文化教育界的领导，茅盾参加了1954年4月由人教社组织的《中学文学教材的编辑计划（草案）》讨论会①，与会者还有严文井、肖三、钟敬文、吕叔湘、高名凯、俞平伯、臧克家、冯至、艾芜、蔡仪、洪深、王瑶、周立波、陈翔鹤、吕荧等，他们所讨论的，就是选入《春蚕》《林家铺子（节选）》、1956—1958年短期使用的《文学》教科书，即"百花版"语文教材的编写框架。茅盾除了参与中学语文课文篇目的确定过程，还收到大量来自教科书编者、中小学师生的来信，其中大多询问相关课文的思想内容解读、艺术手法分析、注释编写和所涉背景材料等，由于多是个人化问题，茅盾一般都会亲自回信答复。总之，语文教科书提供了一个观察文学文本在教育领域传播的绝佳窗口，正是在作者、编者、读者（教材使用者）的不断互动中，包括茅盾在内的中国现代作家作品最终形成它们对中学生群体广泛而深刻的影响。

二　语文教材如何塑造茅盾经典

在"十七年"时期，全国使用最广的中学语文教科书是人民教育出版社（以下简称"人教社"）版本。人教社成立于1950年12月1日，由原出版总署编审局一处和二处、华北联合出版社、上海联合出版社组建而成，叶圣陶先生出任第一任社长；此前，出版总署实际编就了一整套的中学语文教科书，即1950年"新闻总署版"。其中，《初级中学语文课本》由宋云彬、朱文叔、蒋仲仁、杜子劲、马祖武、王泗原、蔡超尘、张中行主编，《高级中学语文课本》由周祖

---

① 课程教材研究所编：《新中国中小学教材建设史（1949—2000）研究丛书·中学语文卷》，人民教育出版社2010年版，第38页。

谟、游国恩、杨晦、赵西陆、刘禹昌、魏建功主编，它们各有两个略有改动的版次，分别标注为"1950 年 6 月/11 月原版"和"1950 年 12 月/1951 年 1 月第 1 次修订原版、北京初版"，"1950 年 9 月原版"和"1950 年 11 月/1951 年 1 月第 1 次修订原版、北京初版"。教材初、高中各 6 册，收录的茅盾作品有：（1）《梯俾利司的地下印刷所》，（2）《团的儿子》（卡泰耶夫作、茅盾译，叶至美缩写），（3）《蜡烛》（西蒙诺夫作，茅盾译），（4）《辽尼亚和他的祖母》（格洛斯曼作，茅盾译），（5）《读〈新事新办〉等三篇小说》，（6）《谈〈水浒〉的人物和结构》，（7）《林家铺子（节选）》，（8）《俄罗斯问题》（西蒙诺夫作，茅盾译），（9）《剥落"蒙面强盗"的面具》等。这是新中国第一套真正意义上的全国通用教材，在很多方面是开风气之先的。

第一，所选茅盾作品仅次于鲁迅（14 篇），而远高于老舍、郭沫若、冯至、丁玲、叶绍钧（叶圣陶）等人的 1—4 篇。它淘汰了绝大部分民国教材使用的茅盾篇目，连解放区语文教材中的《大地山河》《白杨树》等都舍弃了。选文具有极强的时效性，很多是从刚出版的报刊上摘录的，如（5）选自 1950 年 3 月 26 日《人民日报》，（6）选自 1950 年 4 月 10 日的《文艺报》2 卷 2 期等，它们多是切合了当时政治、经济、文化、文学领域的现实问题，有着建构新中国意识形态、形成与旧社会形式断然切割的深层考虑。

第二，突出描写苏联、东欧社会主义国家历史和现状的作品，既有各国小说、散文、戏剧甚至民间故事翻译，也有中国作家写的访问记。（1）写在建国之前，涉及作为苏联革命遗迹的"地下印刷所"来龙去脉的访谈、说明；（2）是对苏联长篇小说《团的儿子》的缩写，依据的就是茅盾译本，有意思的是，目录标注的作者是"叶至美"，文末"注解"仅说明这是"苏联卡泰耶夫写的小说"，"我国有茅盾的译本"[①]。大概是茅盾无暇顾及改编事宜，作为主持教材编订工作的叶圣陶只好请爱女代劳；1955 年教材再版时"叶至美"的

---

① 宋云彬等编：《初级中学语文课本》第 4 册，人民教育出版社 1950 年版，第 44 页。

名字被删掉了。

第三，译作在茅盾选篇中约占一半，且大部分经过了改编、节选或缩写，除《蜡烛》之外，其他三篇都有较大幅度改动。既然教材倾向使用短小的作品，那为何还要把如此多的"大部头"选进来呢？原因只有一个，它们的主题或题材刚好应和了新中国政治话语建构的需要，而名家翻译具有更强的号召力和影响力。例如《俄罗斯问题》是西蒙诺夫创作的一部多幕剧，教材节选"第三幕第三景"，意在说明战后美国"独占资本家手中的反动报纸，并不反映美国广大人民的意见"，反而执行"反苏"政策，"一心一意要推行帝国主义侵略，妄想奴役世界上所有的自由民主的人民"[①]。这反映出茅盾中后期的翻译重心实际转向东欧社会主义国家的"反帝"斗争，而这一直没有受到研究界的足够重视。

第四，以更严格的标准进行筛选，早期茅盾形象不断受到消解，"小说家"形象逐渐转向以散文、时评创作为主的"杂家"。为减弱"小资产阶级革命者"色彩，"出版总署版"教材有意剔除茅盾早期作品。一般认为这套书的雏形是华北联合出版社的中学语文教材，但实际篇目有根本性变动：王食三主编《初中国文》和《中等国文》收有3篇茅盾作品，除《梯俾利司》外，作于1925年5月30日夜而叙述"五卅惨案"的《五月三十日下午》和描写西北高原风光的《大地山河》都被删掉了；周静主编《高中国文》有《白杨树》（即《白杨礼赞》节选），新教材也未再使用。这些包括西北边区游记在内的散文都要替换掉的确有点不可思议，只能解释为，它们要么是在写"资产阶级革命"，要么对解放区革命精神的颂赞过于隐晦，不适用于新中国政治话语建构需要。

第五，极度减少茅盾原创小说，考虑到《林家铺子》到1956年"百花版"教材后不再选用，此时段茅盾小说的影响可谓微乎其微。这绝非技术原因导致的，因为译作中既有短篇小说也有长篇小说节选

---

① 周祖谟、游国恩、杨晦等编：《高级中学语文课本》第4册，人民教育出版社1951年版，第115—116页。

或缩写，如果要选，不可能在众多茅盾小说中再没有一篇合适的。值得思考的是，1952 年人教社修订版以（10）《春蚕》代替《林家铺子》，同时把（8）《俄罗斯问题》替换为（11）《我们落手越来越重了》（潘菲洛夫作，茅盾译），大概是新选篇目"斗争性"更为明显一些。

之后的整个"十七年"时期，教科书中的茅盾选篇出现较大调整，总体倾向是少选译作而多选原创作品，且数量不断递减。为了更加直观简洁地呈现，此处以"版本 + 篇目"予以呈现（重复篇目以带"[ ]"的数字代替），Ⅰ. 1952—1955 年"大修订版"：[1]，[2]，[3]，[4]，[5]，[6]，[9]，[10]，[11]；Ⅱ. 1955—1957 年《文学》（即"百花版"语文教材）：[7]，[10]，[12]《当铺前》，[13]《白杨礼赞》；Ⅲ. 1958—1960 年"大跃进版"：[10]，[13]，[14]《怎样评价〈青春之歌〉》，[15]《风景谈》；Ⅳ. 1961—1963 年修订版：[13]，[15]；Ⅴ. 1963—1965 年"文革"前最后一版（仅有初中教材的数据）：[1]，[13] 等。这基本构成了建国后教科书茅盾选编的大体轮廓。改革开放后还有个别新增篇目，如人教社 1980 年版初中语文第六册的 [16]《雷雨前》，1991 年版高中语文第一册的 [17]《吴荪甫的失败（节选自〈子夜〉）》等，但都是一闪而过，对整体选编格局未形成太大影响。

这些篇目能够贯穿"文化大革命"前后的不多，计有《梯俾利司》《蜡烛》《谈〈水浒〉的人物和结构》《春蚕》《白杨礼赞》《风景谈》等。其中，尤以《白杨礼赞》和《梯俾利司》入选次数最多，后者从 1950 年第一版直到 1990 年代初期都有入选，前者则是教科书中的"常青树"，从 1956 年《文学》教材开始，人教版几乎每次修订必选此篇。值得一提的是，《白杨礼赞》在新世纪之初启用的"新课标"语文教材中一度消失，现行"统编版"教科书（2017 年初版）把它重新拿进来，这也是目前初、高中语文课本仅存的茅盾作品。

此外，还有一些不在教科书中出现，却能和学生阅读产生直接或间接关系，我们姑且称之为语文教育的"潜文本"①，这又大致分为两种情况。一是具有规范作用的教育文件会提供某些必读或选读书目列表，考虑到教师落实课程精神、强化教学效果的实际情况，学生一般是会按要求读这些书的，例如，1956 年《初级中学文学教学大纲（草案）》规定人民文学出版社的《茅盾短篇小说选集》为"初中三年级课外阅读参考书目"②，《子夜》被 2000 年《全日制普通高级中学语文教学大纲（试验修订版）》和 2020 年教育部颁布的《中小学生阅读指导目录》列为高中课外阅读书目。二是选修教材中的作品，迫于升学压力教师不一定在课堂上教读，学生却可能出于兴趣有所涉及，如 2006 年版《普通高中课程标准实验教科书·语文》选修教材编有茅盾描写中国民俗文化的《冥屋》、以北美森林中的豪猪"隐含了某种深意"③ 的《森林中的绅士》，以及由《子夜》开头部分改写的《吴老太爷进城》等。

总的来说，新中国语文教科书选文更像反映国家政治、经济、文化领域重大变化的"晴雨表"，每一次社会转型都在课文选编上有程度不同的反映。与其他作家不同，茅盾选文对这些变化的感知更为灵敏，"触角"伸向各个领域：《林家铺子》因涉及是否"同情"小资产阶级的问题而陷入尴尬境地；《春蚕》不仅仅塑造了栩栩如生的人物群像，更能让学生认识到江南地区养蚕卖茧的生产场景与民间风俗，从中深刻体认经济社会发展的真实状况；《白杨礼赞》之经久不衰，主要还是因为切合了新中国成立后革命文化建构的需要。就某些作品来说，教科书的这种定位与评判实际起到"去经典化"或曰"逆经典化"的效果，尽管它们已广为人知，但有感于国家政策变动或社会舆论转向，语文教材很快做出删除、修改反应，使它们一下子

---

① 陈志华、王彩霞：《百年〈阿Q正传〉的语文教科书传播史论》，《鲁迅研究月刊》2022 年第 11 期。

② 课程教材研究所编：《20 世纪中国中小学课程标准·教学大纲汇编：语文卷》，人民教育出版社 2001 年版，第 367 页。

③ 袁行霈主编：《普通高中课程标准实验教科书语文（选修）·中国现代诗歌散文欣赏》，人民教育出版社 2007 年版，第 101 页。

从台前转到幕后，而渐渐在沉积的教科书地质层中湮没。这在每个作家身上都有所体现，只不过茅盾要明显一些。那么，这些茅盾课文是以怎样的标准甄选出来的？它们又是如何经由教科书不断增删修订完成"再经典化"过程的？

三 错位互动与茅盾"晚期风格"形成

换个角度即可发现，晚期茅盾其实写过不少在当时有重大影响的文章，初刊 1950 年 12 月 3 日《人民日报》、收入 1951 年 3 月重庆初版的《高级中学语文课本》第六册的《剥落"蒙面强盗"的面具》①乃是其中之一。这是一篇政治论文，当时很多人借助访问记或时事评论表明对社会主义和资本主义国家两大阵营的态度，严格来说这是一种国家行为，需要和"个人化写作"区别开来，同样选进教科书的冯至的《莫斯科》、丁玲的《西蒙诺夫给我的印象》、戈宝权的《我见到了高尔基》也可作如是观。在新中国刚刚成立的百废待举之时，此举常容易理解也十分必要。茅盾此文主要针对马克·吐温作品遭美国政府封禁一事，认为他们"神经衰弱确已到了极严重的程度"②，而且用辛辣笔锋从文学、电影直谈到当下发生的朝鲜战争，说明美国是用各种手段向全世界倾销"毁灭人们精神的东西"。全篇语言犀利、纵横捭阖，极尽嬉笑怒骂之能事，是一篇相当不错的杂文。当时，中学语文很大程度上承担着意识形态建构与传递功能，也就是说，它需要在政治、经济、文化、文学等各方面和国家政策接轨，甚至要成为传达国家话语的喉舌，从紧跟在此篇后的《各民主党派联合宣言》、《在伟大爱国主义旗帜下巩固我们的伟大祖国》（《人民日报》1951 年元旦社论）等选文中就能看出来。这是新中国第一套语

---

① 笔者所藏版本注明"1950 年 9 月新华书店原版，1950 年 11 月第一次修订原版，1951 年 3 月重庆初版"，从发表时间推断，这应是地方出版部门从人教社购买铜锌版型后新编入的课文。

② 周祖谟等编：《高级中学语文课本》第 6 册，人民教育出版社 1950 年版，第 133—140 页。

文教科书非常独特的一面，随着语文教育功能的不断明晰化，语文课程很大程度回到"文学教育"的根本任务上来，其偏重国家政策硬性解读的倾向开始有所减弱。

以政治观念和政治标准解读茅盾作品的做法由来已久，其影响到新中国成立后愈加明显；早在1960年代电影《林家铺子》受到批判之前，文学批评界和语文教育界已显露出追究原著之阶级意识的苗头，不过大部分还是非公开化"探讨"。吴奔星1953年3月3日在致茅盾的信中提出四个问题：第一，作为店员的寿生是否属于工人阶级；第二，林大娘将女儿许配给寿生，能否看作"资产阶级与工人阶级结合"；第三，林老板最后的出走可否算作一种反抗；第四，如何看待出身小资产阶级家庭的林小姐。茅盾回信重点答复了前两个问题：第一，寿生属于工人阶级无疑，但将他的劝林老板出走解释为"工人阶级的远见"，"那未免有点牵强附会"，因为这只是微弱的反抗，而没有长远计划；第二，林大娘不把女儿送给卜局长做三姨太，是要"免目前的灾祸"，这是旧社会妇女"宁愿粗食布衣为人妻，不愿锦衣玉食做人妾"的"高贵的"传统心理，只能表示她刚强、有决断，而与两个阶级结合无关。这些意见对教科书编写、修订产生了明显而深远的影响。如前所述，茅盾参与了"百花版"中学《文学》课本篇目的确定工作，其中当然包括他自己的作品；新课本在1951年教材基础上多收了"寿生收账归来"一节，不但增加了工人阶级的"戏份"，且课后练习题与茅盾复信内容非常接近："（1）林家铺子遭遇到些什么困难？林老板用什么办法挽救快要破产的局面？从这里可以看出当时怎样的社会现实？可以看出林老板是个怎样的人？（2）抵制东洋货的爱国运动引起林小姐的什么烦恼？这里表现出林小姐的什么性格？"[①]

根据《茅盾全集》书信卷，从1950年到"文化大革命"前的1965年，茅盾回复有关其教科书选文问题的信函至少26通，几乎事

---

① 张毕来等编：《高级中学课本·文学》第4册，人民教育出版社1957年版，第73页。

无巨细、有问必答。这足可看出作家对语文教育如何理解、阐释其作品的重视。来信者既有大学教师、研究生和本科生，也有语文教材编写者、使用者，即中学教学一线师生。概括起来，茅盾的意见主要集中在以下几个方面。

首先，对译作的理解应注意中外语言、文化差异以及当时社会环境的复杂性，不能用固定视角"硬解"外国作品。茅盾认为，每个国家都有自己的特殊情况，"如果完全以我们国家的眼光来衡量别国人民的生活习惯，是不适当的"（《致胡光岭》）；《蜡烛》中的老妇人所披的黑色围巾仅代表西方国家"表示悲哀"的风俗（《致王奉瑜》），此外不该再硬找什么象征意义。

其次，纠正不当的文本解读方式，特别是过度阐释和以"阶级性"强求原作。从通信中可以看出，硬性解读在中学生之间已然形成风气，如将作为儿童玩具的手枪和钓钩解释为"消灭德寇"、"诱敌深入"（《致吴光祥》），过分拘泥于梯比利斯地下印刷所的地下室构造细节而忽视它的思想教育意义（《致张宗范》《致周谦身》），甚至有的学生和教师争论，《当铺前》穿插的鱼贩子情节有特殊"阶级性、思想性"（《致高金明》）。对此，茅盾一般持否定态度，从他的语气中也能体会到些许不解与无奈。

再次，关于某些作品写作、翻译若干史实的澄清。茅盾中后期翻译集中于苏联作品，实际大部分是由英文转译的，这就可以解释为何他多次表示"不能替原作者解答"，不仅仅是用语谨慎，更与不熟悉原作有关。有中专语文教材把《雷雨前》注释为"写于一九二四年"，茅盾结合它的入集情况，最终确定写于"一九三四年夏秋之交"（《致芜湖卫生学校语文教师》），事实证明其回忆无误，该文发表于一九三四年九月二十日《漫画生活》第一期。

最后，对于原作改编与解读、课文注释等问题的意见。《白杨礼赞》进入教材后，不少人对其表意隐晦有疑问，茅盾解释说本文在国统区发表，不能公开赞美解放区，"所以只好用这种隐蔽的、象征的笔法来表示我的感情"（《致朱身荣》）；文中的"纵横决荡"有版本作"纵横决荡"，后者虽然也有来历，但应该以前者更为恰当

（《致陶希瀚》《致北京市教育局教材编审处中学语文组》）。茅盾还应人教社《中学语文》编辑室之请，为《春蚕》的"塘路""官河"等词条做了非常详细的解释。

这些通信实际都是"错位"互动，即交流双方虽在谈论同一件事情，却是从不同角度、不同层面表达各自的认知与立场，二者缺乏平等交流、互相交换观点以达成一致的基本前提，因而不可能获得真正的"理解"。笔者认为，这极大地影响了晚期茅盾写作的内容及方式，从某个角度看，甚至对作家的自我评价和写作策略调整起到决定作用。茅盾在1951年前后曾完成过一个表现公安战线"肃反"斗争的剧本初稿①，看过的人基本表示满意，认为压缩后可以拍成电影。但作者最终以"不成功"为由将其销毁，不仅因为艺术上不够成熟（《清明前后》也有类似的"小说化"痕迹），更可能担心发表后会迎来社会各界褒贬不一的批评。就茅盾而言，之前那种构思宏伟的社会历史"全景式"宏大书写只能存在于"计划"之中，他有关国家、社会、人生的思考已全部转移到散文、时政评论、文评书评、通信、日记、回忆录等碎片式文本中，借用阿多诺形容贝多芬的话说，这些"晚期作品被放逐到艺术边缘而更接近文献纪录"②了。我们无法用"幸运"或"不幸"对此加以评论，这是存在于所有艺术家身上的普遍现象，是从早期突出主体性的圆熟走向晚年冷静客观、与时代保持相当距离的基本状态，进入新中国的国统区老作家或多或少都有所体现，只不过茅盾表现得更极端也更为典型。那些欲言又止恰恰代表一种态度，是在不完满中弥缝由日志式文献组合起来的"沟纹处处甚至充满裂隙"的个人化思想史。与其说晚期茅盾包含大量毫无表现力的疏远之作，不如说他在信手拈来地用各种文章体式构建一种全新的、具有复调色彩而又客观的"自我陈述"，其中既有对早期经典作品的解释，更有当下对公共的、私人的各种事件的忠实记录，表现为

---

① 丁尔纲：《茅盾评传》，重庆出版社1998年版，第638页。

② 阿多诺：《贝多芬：阿多诺的音乐哲学》，彭淮栋译，台北联经出版事业股份有限公司2009年版，第226页。

自由出入于公共话语与个人操守之间的从容与淡定。

这不是说他已习惯于用"假、大、空"的外交辞令掩饰真实自我，而是一改早年的狂躁凌厉，使那些无处不在的"矛盾"融化、消隐在各种互文性话语之中；我们当然能感受到不时闪现的焦虑，但这已和他中前期作品弥漫着的整体不和谐与焦灼感有了本质区别。举例来说，茅盾有三篇文学评论被分别编入 1950 年和 1958 年中学语文课本，由于写作《新事新办》的谷峪是解放区成长起来的作家，在肯定他成功表现土改后农村生活"兴旺和愉快"的同时，更从技巧方面称赞小说"结构紧凑，形象生动，文字洗练"；而谈论古典白话小说《水浒》主要着眼人物和结构，而"暂时不谈它的思想内容"[1]。1950 年代末期整个政治舆论环境收紧，有关杨沫《青春之歌》的评价存在两种截然相反的声音，茅盾的评价策略与之前相反，先判定"《青春之歌》是有一定教育意义的优秀作品"，它在"思想内容上没有原则性的错误"，然后才避重就轻地批评人物描写、结构、文学语言的不足。思想价值和教育意义评价很容易"上纲上线"，我们看到，茅盾在不违背原则的前提下总能做到恰到好处，这不是年老之后的世故和圆滑，而是他一直标举的"外圆内方"人格在写作上的真实体现。

教科书提供了一个绝佳视角，我们借此能从茅盾那繁芜庞杂、接近于编年史的文本资料中找寻到一条出路，最终抵近晚年茅盾那伟大而又孤独的灵魂。或许，萨义德所谈论的"晚期风格"之优势同样适用于茅盾："它有能力去表现觉醒和愉快，而不必化解它们之间的矛盾。使它们保持着张力的，如同在相反方向变了形的相同力量一样，在于艺术家成熟的主体性，它祛除了傲慢和夸耀，既不为它的不可靠而羞愧，也不为谨慎的保证而羞愧，它获得那种保证是由于年老

---

① 周祖谟等编：《高级中学语文课本》第 3 册，人民教育出版社 1950 年版，第 133—140 页。

和放逐的结果。"①

四　语文教育对"老作家"的同质化改造

　　与生活在解放区的作家相比，像茅盾这样来自国统区的"老作家"要适应新中国的政治文化环境要困难得多。虽然早年由于特殊原因"脱党"，但他一直以"革命作家"闻名，1940 年前后由香港辗转到新疆再到短暂访问革命圣地延安，更是有过长期居留解放区的打算②，只不过党中央高层领导经过慎重考虑仍派他回到作为战时"陪都"的重庆。国统区作家虽然"在种种不利条件下，我们打了胜仗"，却没有经历过延安"整风运动"系统改造，特别是对解放区文学创作影响巨大的《在延安文艺座谈会上的讲话》，他们普遍重视不够，"尤其缺乏根据'文艺讲话'中的精神进行具体的反省与检讨"③。因此，每一位进入新中国的"老作家"都面临同样的难题，即如何根据新政权需要清理自己留存下来的"历史遗产"，对其进行甄选、剪裁、拼接或重新解释，最终成为可资借鉴或直接转化为新传统之构成要素的文化资源。这恰和教科书编写形成相互关联而又互逆的过程：前者是从自我体系中进行挑选、重组以形成新的结构（如作家编订各种自选集），后者则是先设定一个有意义的结构框架，然后再从若干作家中拣选、编辑合用的作品，最终完成一个庞大的同质化体系。

　　茅盾建国初期为自己的短篇小说结集时，仅从 54 篇旧作中挑选

---

　　①　［美］萨义德：《论晚期风格：反本质的音乐与文学》，阎嘉译，生活·读书·新知三联书店 2009 年版，第 148 页。

　　②　翟德耀：《茅盾：走在时代前面的文学巨擘（代自序）》，载《走近茅盾》，花木兰文化出版社 2014 年版，第 12 页。茅盾 1938 年从香港远赴新疆的主要原因是盛世才推行"亲苏亲共"政策，从携全家同行来看，他是有长期打算的。

　　③　茅盾：《在反动派压迫下斗争和发展的革命文艺——十年来国统区革命文艺运动报告提纲》，载《茅盾全集》第 24 卷，人民文学出版社 1996 年版，第 59 页。

出 8 篇，用作家的话讲，它们"题材又都是小市民的灰色生活，即使有点暴露或批判的意义，但在今天这样的新时代，这些实在只能算是历史的灰尘"①，要从这些并非正面反映工人群众斗争生活的作品中寻出思想教育意义，的确有些牵强。同样地，它们要进入当时的中学语文教材也面临重重困难。上述《林家铺子》遭到的质疑仅是冰山一角，在整个故事中，无论是店员寿生还是存钱在铺子里的穷苦人朱三阿太、张寡妇、陈老七，都处在被欺压、被践踏的最底层，很难让人看到阶级反抗的觉醒意识，这对中学教学来说非常难以处理。1956 年前后的"百花版"初中《文学》收录了《当铺前》，由于整个故事围绕穷人靠典当换维生之资和当铺趁机压低价格的激烈冲突展开，小说在表现"生活的横断面"方面是相当成功的。为了让读者深刻认识小说的思想主题，教材编者特意安排了一些简单、直观地思考人物所处社会环境的问题，如"从哪些地方可以看出王阿大一家人的贫苦生活""当铺门前为什么那样拥挤""哪些地方写出当铺对穷人的残酷剥削"等，而不是向学生灌输生硬的政治概念。

相对来说，《春蚕》在所有课文中的"经典"地位更为稳固，是政治性和艺术性结合得较为完美的一篇。从思想内容看，小说创作主题类似叶圣陶《多收了三五斗》的"谷贱伤农"，在老通宝带领全家养蚕卖茧的简单故事线中，作者加入了江南水乡的养蚕风俗，祖孙几代的"家族史"，及多多头和六宝、荷花间的隐秘情感纠葛等多种元素，容量非常丰富。课后练习题除了分析老通宝的人物性格，还提请学生注意"作品里怎样描写官河两岸的景色和小轮船在官河里驶过的情形？"②，其教学意图是将景物描写与故事主题相联系，引导学生思考资本主义工业经济与中国传统的农耕社会形成的剧烈冲突。与《当铺前》开头所写的农民不满于"官河"中的小火轮一样，这样的景物描写不仅仅是故事发展的背景，而且具有象征意义，需要作社会经济制度转变和现实阶级冲突的隐喻来看待。

---

① 《茅盾短篇小说选集》，人民文学出版社 1955 年版，第 313 页。
② 《高级中学课本·语文》第 3 册，人民教育出版社 1958 年版，第 76 页。

还有一些茅盾小说，表面看是以"革命"为主要描写对象，实际上小资产阶级意识浓厚或思想内容的旧民主主义革命印记明显，不能直接进入国家意识形态结构之中，这也是新中国语文教科书所不能容许的。例如，《大泽乡》曾被选入傅东华主编的初级中学《国文》（商务印书馆，1932 年版）第 5 册，将它和同样表现农民革命战争的《陈涉世家（节选）》编排在一起，最主要的还是让学生学习类似艺术渲染或扩写的"艺增"手法①。但是，小说对负责押解戍卒的二军官寄予了过多同情，不但明确其"富农的子弟"身份，而且一再渲染他们"祖若父"当年征战沙场的骁勇，必然会掩盖陈胜、吴广等九百戍卒作为"闾左贫民"的正面形象。如曹聚仁所言，《大泽乡》的农民革命包含两种意识，一是贫民对于贵族的反抗，二是楚民族对于秦民族的反抗，② 茅盾将笔墨集中于前者，以政治经济地位简单划分阶级，反而使农民战争中的民族意识变得不那么真实了。比较 1956 年初中《文学》课本中的郭沫若《我想起了陈涉吴广》，《大泽乡》并未喊出"在工人阶级领导之下的农民暴动""是改造全世界的希望"之类的口号，茅盾早期小说中因大革命失败而产生的幻灭、苦闷情绪仍触手可及，因此，尽管它也明示"被压迫的贫农要翻身"的主题，却因浓郁的心理小说色彩和思想政治内容的多义与含混，最终无法纳入中学语文教科书的结构体系中。

茅盾曾借评价《青春之歌》重申他早年有关"结合当时历史情况看待作品思想内容"的著名观点，这也可看作是他为自己作品做出的辩护。针对有人指责《青春之歌》"所写的知识分子特别是林道静自始至终没有认真实行与工农大众相结合"，茅盾认为，"评论一部反映特定历史事件的文学作品的时候，也不能光靠工人阶级的立场和马列主义的观点，还必须熟悉作为作品基础的历史情况"，因为每个人物都是他所处特殊历史时期的产物，如果从今天

---

① 傅东华等编：初级中学用《基本教科书国文》第 5 册，商务印书馆 1933 年 2 月初版，第 156 页。

② 曹聚仁：《笔端》，生活·读书·新知三联书店 2010 年版，第 75 页。

的观点提出不切实际的要求，就可能犯"反历史主义"错误。对杨沫而言，她不回避林道静身上的"小资产阶级意识"，就是要将之放置在解剖台上，至于无法产生应有的教育效果，那是"作家的主观意图和他的作品的客观效果不能一致"导致的，不能算是小说的根本错误。事实上，除了《当铺前》等极少数作品，茅盾小说都程度不同地存在"主观意图"和"客观效果"矛盾无法调和的问题。这不禁让人联想到毛泽东《在延安文艺座谈会上的讲话》里的著名论断："检验一个作家的主观愿望即其动机是否正确，是否善良，不是看他的宣言，而是看他的行为（主要是作品）在社会大众中产生的效果"①，二者的龃龉之处相当明显，或许，这正是从 20 世纪 50 年代中后期开始，茅盾小说在中学语文教材中进进出出而最终消失不见的真实原因。

相对而言，茅盾散文面对的情况要简单许多，由于多是写景、状物、记事或记录游踪，教学中不需要做过多拓展延伸，故此涉及的都是一些琐细的问题。如《梯比利斯的地下印刷所》，此篇为茅盾 1947 年前后受邀访问苏联的系列游记散文之一，和其他文章的介绍工厂、博物馆等一样，其目的主要是介绍苏联人民历史与当下的真实生活，最终结集为《苏联见闻录》，是要让国人"窥见苏联人民生活的剪影"，由此"知道苏联人民保卫世界和平民主的奋勇与坚决"②。文章主体部分写"地下印刷所"的结构，以及建造、使用和被沙皇宪兵发现的过程，以此和格鲁吉亚共和国（苏联加盟国之一，文中称"乔治亚共和国"）首都第比利斯的革命史相结合，赞扬"斯大林及其同志们"机智勇敢的革命斗争历史。此课文之所以深受中学生喜爱，主要是介绍了陌生的社会主义国家的历史与现实，以及它略带小说笔法的类似"地道战"的敌我斗争故事带来了新奇感。学生给茅

---

① 人民教育出版社编：《高级中学课本·语文》第 4 册，人民教育出版社 1958 年版，第 2 页。

② 茅盾：《〈苏联见闻录〉序》，载《茅盾全集》第 13 卷，人民文学出版社 1986 年版，第 5 页。

盾写信询问课文信息，以此篇为最多，从他们所提的"斯大林是否参与了印刷所的修建"、"何以不填上第一口井再开第二口"、"腊却兹·蒲萧列兹是否被捕"等问题来看，实际是当作历史小说或者纪实性文学作品来读了。

《白杨礼赞》被教科书选编修订的过程更有象征意义。一方面，相比于同期创作的《大地山河》《风景谈》《"拉拉车"》等，它明确提到"北方的农民"和中国"民族解放战争"，政治立场更为坚定；另一方面，这些抗战中发表于香港《华商报》副刊《灯塔》的文章处在相对复杂的环境中，又不可能直接点明是在描写延安等解放区，这使得"托物言志""借景抒情"等艺术手法变得更加隐晦。这也是有解放区教材编入此文时改名《白杨树》的原因，如此一来，"礼赞"的情绪色彩减弱，读者更多注意到对"白杨树"物象的描写；删除最后一段，为的是不再以"贵族化"的楠木作对比，所有情感都落在民族解放战争上，从而弱化对"看不起民众、贱视民众、顽固的倒退的人们"的批判。《白杨礼赞》之成为语文教材中经典之作，不仅是它在写景、状物、记事、抒情等方面皆可称为上乘，更因为其思想表达含蓄蕴藉，符合中国传统的审美规范。茅盾曾明确表示"楠木"象征国民党反动派，拿它和白杨树并提，实际有对国统区和解放区两种政权优劣比较的目的。这种比较是在"隐喻"层面进行的，这就让不少读者不明就里，甚至有人给茅盾写信说"楠木也是有用之材，可制高级木器，出口赚外汇"[1]，责备作者不该贬低它。

1958 年 1 月 5 日，从外地返京不久的茅盾写信给朱身荣，和以往反对读者从个别字句推断作品深意不同，他特别说明为什么自己在国统区常用隐晦手法创作："《白杨礼赞》是我在一九三九年——一九四〇年走过西北各地回到重庆后写的，当时国民党虽然还统治着大部分的中国，但是解放区的光明景象已给我深深的印象。由于在国民党统治区发表这篇文章，不可能公开的表示我对解放区的赞美，所以只

---

① 茅盾：《致彭守恭》，载《茅盾全集》第 38 卷，人民文学出版社 1997 年版，第 266 页。

好用这种隐蔽的、象征的笔法来表示我的情感。"① 这正可看作是对所有国统区进步作家作的注脚。他们不能直接观察或参与解放区工农兵群众的生活，更没有合适环境抒发对它的赞美之情，因而只能以一种特殊方式来"和无产阶级站在一起"。这种尴尬与无奈是解放区作家难以体会的。作为国统区革命作家代表的茅盾，其作品经历的经典化之旅实际就是被新中国文学体制改造的过程，同时，这也是一代知识分子在融入新体制中努力"改造"与艰难"坚守"② 的形象化表征。

（原刊《茅盾研究》第 20 辑）

---

① 茅盾：《致朱身荣》，载《茅盾全集》第 36 卷，人民文学出版社 1997 年版，第 419 页。

② 钱理群提到，1949 年后知识分子思想史的两大关键词是新体制对他们的"改造"，和后者在艰难环境中的"坚守"。参见钱理群《岁月沧桑》，东方出版中心 2016 年版，第 374 页。

四　经典新论

道义批判的限度与社会结构剖析的必要

——重读《林家铺子》

罗云锋[*]

摘　要　本文主要关注的是，在分析《林家铺子》这部小说时，如何处理具体道义批判与社会结构剖析、制度分析、总体问题解决之间的关系。论文从三个方面来展开论述：第一，道义批判的限度；第二，个体命运的迷惘与道义批判的前提；第三，社会结构剖析、制度批判的必要与社会问题的总体解决。

关键词　道义批判；社会结构剖析；茅盾；《林家铺子》

本文并非进行文学史的研究，不重在史料挖掘与文学史细节的还原，也并非全为纯粹的文本细读的路数，而是同时将特别的作家作品视为一种典型现象，来发掘其对于文学理论和文学创作的启发意义，和表达笔者近年来对于相关论题的一些思考。

《林家铺子》这篇小说，我很早以前就读过，似乎并未引起特别重视。但是近年来，我却日益意识到茅盾的创作的重要性，尤其是《子夜》，同时也关注到他的其他作品，如《林家铺子》。这次遂找出由《林家铺子》改编的电影来看，因为更直观，演员的表演也很生动，觉得颇有深度，触发了自己的一些思考。准确地说，是这篇小说及其内容，和我近年来一直关注思考的一些论题，以及对于茅盾作品的重新理解有着密切的关联，提供或补充了一些新的佐证和环节，能

---

　*　作者简介：罗云锋，博士，华东政法大学传播学院教授。

够印证、扩展或完善我的相关论述。所以我接着就将文字版的《林家铺子》找来重新阅读，以期进一步检验自己的假设和判断，而避免误读。

重读《林家铺子》的文本后，我一时既有点失望，又有点高兴。失望的是，如果从某些形式层面的所谓文学性来说，比如辞采、睿论或人物形象的个性丰满、故事或细节的生动性等方面，小说未必着墨出彩多少，一般读者很难于此有多少兴奋感。而高兴的是，小说印证了我的判断：至少以《林家铺子》这部短篇小说的风格而论，确实不可用一般文学观念乃至有关"现代"文学家的刻板印象来理解茅盾及其作品；并且，《林家铺子》这部短篇小说可以和《子夜》合并而观，而共同构成了茅盾对当时中国社会的整体审视、解剖和诊断，使得当时中国社会的整体面相和宏观结构得以呈现在读者面前——这部小说还可以引发和启发我对其他一些关注的重要论题的思考。

就前者而言，茅盾对文学概念及其功能的理解并不拘泥，其对于文学或文学创作的目的、功能等，都超出了狭隘的所谓"现代""纯文学"的范畴，是近代以来受西方文学理论影响的某些"现代"文学观念所难以框限的，比如"截然区分文学与政治"、"注重形象性"、"以人物或人生、人性、情感、命运等为中心"等，至少在《林家铺子》（以及《子夜》）里，茅盾创作的主要目的或重心，未必在于讲一个精彩的故事，提炼一些精练的词句或论断，塑造一些血肉丰满、个性鲜明的人物形象，或揭示人性、情感的隐微、委曲与深度，悲叹命运的无常等，而更为重视对于社会现实的全面诊断和总体分析，亦即尤其重视文学或小说的认识功能、剖析功能、政治分析功能，乃至社会介入功能，使得读者通过阅读作品能够更清楚地看出社会或社会生活的隐秘深层结构与根本面相，揭示个人悲剧的社会根源或结构根源，从而为问题的解决和社会的改进提供某种思路和启发。质言之，更多的是一种关怀国艰民瘼、兼善淑世的治平心志下的文学观念和文学创作，而和中国传统文化、传统文学观念乃至传统儒家士人精神接榫起来，笔者名之为"文学经国"的文学观念或文学态度。

就后者而言，《林家铺子》和《子夜》是在大致相同的时间段内完成的，《林家铺子》于 1932 年 6 月 18 日写毕，《子夜》则于 1932 年 12 月 5 日完稿。可见茅盾在创作时，本来就同时关注到两部小说里面的现实内容，或是将其作为一个整体来思考的；并且，《子夜》综合展现了当时中国城市和农村的情形，将其联结为一体，确实更为全面地实现了茅盾揭示当时中国社会的整体结构的创作初衷与野望，也以此回应当时中国思想文化界的"中国社会性质问题大讨论"。然而，在实际形态上，虽然《子夜》里亦涉及当时中国农村的情形，颇多着墨，但其写作重心毕竟还是在城市，在于民族资本家与买办资本家、官僚资本家及其背后的官僚资本主义、帝国主义势力的经济斗争和政治斗争；而《林家铺子》，虽然也提及作为半殖民地半封建社会象征的上海，却始终是以一个隐隐约约的背景而在小说中呈现的，重心却主要是在农村小城镇，及其中各色人物的经济生活等，于是主题和笔墨都更为集中，也就更加便于剖析当时中国沿海地区的城镇农村的政治经济的深层结构。质言之，《子夜》和《林家铺子》各有分工，而如果将剖析重点在于农村的《林家铺子》和剖析重点在于城市的《子夜》结合起来，便可真正完整地拼凑出当时中国社会的整体图景。这是我在《子夜》之外特别关注《林家铺子》的原因之一。

当一个社会乃至整个国家的整体面相、真实结构和根本矛盾等，被（各种势力或既得利益集团）有意无意地隐匿起来，或以太多云遮雾绕、虚实真假难辨的众声喧哗，或琐碎无聊、离题万里的话题、烟幕弹等来掩盖其真相，弄得似乎迷离一团而莫衷一是时，读者就很期待有一种作品，能够揭示出这个社会、国家乃至世界的本来面目和整体面目，或社会的根本矛盾及其矛盾根源，给人指点迷津，引领人们改弦更张，改造自己的生活、社会和世界。当关于某些论题乃至所有论题的参与论争的双方，或所有参与主体或群体，都无力或无意进行全面中正的讨论，交流观点，而有意无意地偏颇立论，或各自局限于自己的领域，不兼顾论述的平衡而偏执地自说自话，只争其利，以偏概全，乃至试图以细枝末节或一端偏见来转移关注点，尤其是转移和掩饰对于己方根本问题或缺陷的关注，而居心叵测地引导他人得出或认可其偏颇的观点时①，如果有一些真正的求真中正、为国为民之士，或勇士（我们在这里谈论的是文学之士，即作家或文学家，及其创作或作品），至少在心态上是求真的、中正的，不隐瞒，不偏袒，不存有私心私意，愿意基于为国为民的本心和根本目的，考虑对方乃至所有主体的可能的或必须考虑的思路，对于相关论题进行全面的、整体的审视，最后先力求得出一个较为全面中正的描叙或陈述②，即使未必一时能得到一个确切的结论，至少可以在较为全面中正的描述的基础上来思考对策，那么，这样的作家、作品却一定是有价值的，乃至是真正有力量的——虽然也可能受到各种既得利益集团的歪曲、攻击和谩骂，或者，有些人或群体出于种种私心私智，而一时未必会欢迎和接受这样的作家、作品。此或可名之为对生活、社会、国家或世界的整体审视、全面审视与根本审视，"整体"乃是就其宏观视野而言，"全面"乃是就其充分思路或所有考量因素而言，"根本"乃是就其深层结构或根本矛盾而言。在我看来，茅盾的《林家铺子》与《子夜》等作品庶几近之，至少从他的这两部作品来看，这甚至也是其创作的初衷所在。

这既表现为茅盾在文学观念和创作观念上隐隐呈现出来的某种面相，也表现在茅盾的思想方法、创作手法或文学手段上。于前者，茅盾的文学观念其实既和"文学经国"的传统文学观念、"士人知识分

---

① 亦即在谈论或辩论时，对于自己的一端之见、一孔之见、片面之见——孟子谓之为"诐辞、淫辞、邪辞、遁辞"等诸种情形——或不承认，或故意为之，"取我一端之是，而不及其余万端之是非"，而偏偏自以为真理在握，以偏概全，"以一端概遮万端"；对于对手，则一味攻其一点不及其余，仍是"以一端概全貌"。换言之，双方都对有利于对方而不利于己方的思路避而不谈，而是有选择性地谈论一些环节，而隐瞒更多环节，乃至更为关键或根本的环节，或根本结构与根本矛盾，互相攻讦，那么，这样的讨论就只能是吵作一团，永无结果，也无助于获得事物的真相。

② 当然，理论上，这种描述仍然可能是不全面的，所以仍然不能执以为是，而仍然要经过读者、批评家乃至更广泛主体的批评和审视。但如果秉承求真之心的类似的作家、作品多起来，自然也是有助于通过这样的共同努力而获得对于社会真实面相和根本结构的深入认识。

子以国家天下为己任"的传统文化观念，尤其是儒家观念有其一脉相承之处，又和当时早已传入中国的社会主义、马克思主义有关；于后者，则主要是受到马克思主义的影响，而重视对社会和世界进行经济分析或政治经济学分析、社会阶层分析、阶级分析或社会结构分析等，这也是马克思主义给予当时的中国思想文化界，乃至给予中国现代文学的重要启发之一。① 其实，马克思和恩格斯本人固然善于进行政治经济学的分析，同时在思想观念上，也十分注意和擅长于"疾虚妄"，拨开种种烟雾、快刀斩乱麻地揭示根本矛盾和根本问题。比如，他们在《德意志意识形态》第一卷的序言中，就开门见山地指出要揭露和批判在当时德国哲学界和德国市民中存在的种种"虚假观念"："本书的目的就是要揭穿同现实的影子所作的哲学斗争，揭穿这种投合耽于幻想、精神萎靡的德国民众口味的哲学斗争。"因为当时的德国民众或一些哲学家"在幻想、观念、教条和臆想的存在物的枷锁下日渐萎靡消沉"，所以"我们要把他们从中解放出来。我们要起来反抗这种思想的统治"②，就是这样的一种思想方法。

上述关于"文学经国"以及作家何以能"文学经国"的种种论题固然都很重要，也很有意义，但因为篇幅等关系，这里只是略开端绪，具体详论则有待另一篇论文。本文主要关注的是在阅读分析《林家铺子》这部小说时，如何处理具体道义批判与社会结构剖析、制度分析、总体解决之间的关系。以下将从三个方面来展开论述：第一，道义批判的限度；第二，道义批判的前提与个体命运的迷惘；第三，社会结构剖析、制度批判的必要与总体的根本解决。

---

① 中国共产党的政治领袖、政治家毛泽东更是十分善于运用马克思主义思想方法进行社会阶层、社会阶级分析和社会结构分析，写过诸如《中国社会各阶级的分析》（1925 年 12 月 1 日）、《湖南农民运动考察报告》（1927 年 3 月）、《怎样分析农村阶级》（1933 年 10 月）等类似文章。毛泽东：《毛泽东选集》第一卷，人民出版社 1991 年版。

② ［德］卡·马克思、弗·恩格斯：《德意志意识形态》，载《马克思恩格斯文集》，人民出版社 2009 年版，第 509—510 页。

一 文学的道义批判的限度

如果把《林家铺子》里的农村小城镇社会生活大体区分为经济生活、政治生活、道义生活和情感生活，那么很显然，《林家铺子》的重点或主线在于描写经济生活或经济关系，连带以及由此引发的道义问题，政治或权力因素则以草蛇灰线的方式串联其中，对于情感生活、伦理生活等社会生活的描写则非其重点。抓住经济生活和经济关系来分析中国社会，正是茅盾的敏锐过人之处，也是茅盾创作的特异性和价值所在，《林家铺子》和《子夜》皆是如此。

小说也涉及道义因素，但小说的重点却似乎不在于进行简单的道义批判，因为小说中各人或各阶层的行为和道德水平不再仅仅是道义所能决定的，除了受到权力的挤压和扭曲，又是由其在经济生活或经济结构中所处的位置所决定的，亦即一旦处于某个位置或阶层，就大致或必定会按照相应的逻辑来行事，或身不由己地被相应商业逻辑、功利原则或生死存亡的严酷生存竞争的压力所裹挟而去，而或轻易或最终逾越或僭越道义的界限。

然而，经济生活又往往和道义生活纠缠不清，并且小说中的故事情节也处处会引发读者的道义激愤，或者，读者往往会倾向于首先从道义批判的角度来阅读分析文学作品或小说文本。所以我们也可以先从道义批判的角度来审视这部小说。鉴于"道义"一词的含义本来较为含糊，为了便于讨论，不妨先将小说中所涉及的所谓的道义或伦理规范大略区分为若干层次：商业伦理、社会基本义矩、高尚道德。商业伦理如"按合约办事""公平交易"等，社会基本义矩如"不侵夺别人的钱财""不赖账""欠债必还""不干涉他人自由，不侵害别人利益"等，高尚道德则涉及无私之帮助或施与等。而事实上，前两者虽亦称"道义"，其实只是必须遵守的应然规则或规范，是基本底线，遵守是所有人的普遍责任，所以遵守了方是"常人"，方可以说有了"人"的基本资格，却谈不上有高尚道德，不够资格称为"好人"。而如果未能遵守，就商业伦理而言，如果还可以有法律救济，那也未必就是一个坏人，因为商业本来就包含了这些风险因素，商业合约本来就可能包含有未能遵守的相应惩罚条款，只要按这个惩罚条款来承担责任，也未必是坏人。就高尚道德规范如无私帮助他人而言，如果不能遵守，更谈不上是坏人，因为高尚道德是自愿的，不是"应该的"或"强制的"。然而若就最基本社会基本义矩如"欠债要还"等而言，如果未能遵守，则一定是坏人。而小说中的小镇上的问题，不是道德高尚的好人太少，而是连遵守最基本普遍义矩的"常人"都太少。甚至会让读者觉得漆黑一团，没有什么人性的亮色，乃至没有任何希望，从而让读者感到悲观绝望。这当然不是一种好的阅读体验，也未必是文学所要传达给读者的真正的情绪。而毋宁说作者的目的乃是通过描写这血淋淋的事实，来告诫读者"此路不通"，必须另谋出路。

如果以道义来分析小说中的人物，则小说中除了那些无权无势、受尽侮辱和侵害的最底层的人或最弱势的人，如小债主朱三太、张寡妇、桥头陈老七等，以及处于食物链底层的农民、暂无自身利益的学生等，其他几乎都谈不上什么好人，或并非主要按照道义的原则来行事，乃是按照利益或功利逻辑、权势或弱肉强食的丛林法则以及商业逻辑来行事。甚至林老板一家以及一般被视为受剥削者的店员寿生也谈不上是好人，乃至"常人"。当林老板备受黑暗势力逼迫而准备逃跑时，他们压根儿没有想过将钱存在他们店铺的最底层的弱势者，如小债主朱三太、张寡妇、桥头陈老七等人的利益和死活，根本没有顾及对于这些人的最基本道义责任或基本义矩要求。所以，就林老板一家对待朱三太、张寡妇、陈老七的行为而言，林老板一家显然是坏人，不够"常人"的资格，遑论"好人"。店员寿生虽说并未直接侵没这几个人的钱财，但他在提出逃跑的主意时，明知相关情形，却丝毫未考虑这些人的权益，可见在观念或心理上也可以说是"坏人"了，或很容易成为黑暗势力的一部分，背弃基本道义，必沦为黑暗邪恶。

在小说中，处于依附地位乃至受剥削地位的店员、雇员、经理、收账人等皆各为其主、各为其私；其他如店主、掌柜等看上去自己便是主人，只是各为其家、各为其私而已，其实也是处于经济链条之中，而无形中必须听命于或受宰制于处于经济链条上端的"主人"，没有表现出多少无私帮助施与意义上的"高尚道德"，谈不上是好人，甚至经常僭越社会基本义矩和商业伦理，也谈不上是"常人"。所以这些人不但都谈不上是高尚道德意义上的"好人"，甚至也谈不上是现代普遍道德观念上的"常人"，因为他们是按照亲疏远近、私人利害关系、权势实力大小以及个人所处的经济链条中的位置而非普遍道义，来区别对待他人的，没有什么现代基本义矩的意识，在危机时刻更是如此。如果仅仅是在私情层面有私人相与而同时还能平等尊重一切人的基本权利，或对一切人都遵守基本义矩，别人对此倒也无话可说，但他们既非平等尊重一切人的基本权利和遵守基本义矩，还常常超过基本义矩的界限来剥夺其他人，尤其是处于更弱势地位的人或人群的基本权利、利益或尊严，那就连现代正常人的资格都失去了，乃至变成了大大小小的坏人。

许多人是彻底地坏，是彻底的加害者，一切以权势、功利、私欲行事，心中全无基本道义或常人义矩之意识，全无民胞物与或人民相亲之意识，或仅仅是装装样子，比如小说中的商会会长、镇上卜局长、镇上党部党棍黑麻子等，以其所作所为来看，便是天良丧尽，毫无廉耻，是邪恶黑暗势力的代表。有些人，比如以林老板为代表的小商人小店主，处于种种黑暗势力的逼迫和压力之下，既不知自身悲剧的真正原因或根本原因，又不敢直接反抗可见的、身边的、近处的黑暗势力，百般周旋、委曲求全而始终不得之下，最终弃守基本道义的底线，而转嫁损失于更弱势者，他（们）虽然也变坏了，却还是万不得已才如此，亦即孟子所谓的"民之为道也，有恒产者有恒心，无恒产者无恒心。苟无恒心，放辟邪侈，无不为已"[1]。至于其他同

---

[1] 《孟子·滕公上》："民之为道也，有恒产者有恒心，无恒产者无恒心。苟无恒心，放辟邪侈，无不为已。及陷乎罪，然后从而刑之，是简民也。焉有仁人在位，简民而可为也？"《孟子·梁惠王上》："无恒产而有恒心者，惟士为能。若民，则无恒产，因无恒心。苟无恒心，放辟邪侈，无不为已。及陷于罪，然后从而刑之，是简民也。"〔清〕焦循撰，沈文倬点校：《孟子正义》，中华书局 2017 年版，第 359、101—102 页。

行亦是互相倾轧、钩心斗角或互害，或转而欺负、剥削更弱者，剥夺他们的基本权利、利益乃至自由，将矛盾和损失转嫁于更底层更弱势的人，表演了一出"大鱼吃小鱼，小鱼吃虾米"的弱肉强食的丑剧和悲剧。激烈竞争、生死存亡关头，他们打破所有的基本社会义矩，最后自己也成为黑暗势力的一部分，与黑暗势力难解难分。他们既是受害者，又是加害者；既想离开，又想融入；既痛恨黑暗势力，又谄媚、觊觎和巩固黑暗势力；既利用黑暗势力，又被黑暗势力所利用；既是得利者，又心生不平；既是黑暗势力的结果，又是黑暗势力的原因……最后便形成丛林社会层面的互害模式，整个社会漆黑一团，暗无天日，没有什么道义法则，只是弱肉强食，而周旋其中的人更是人格分裂、精神分裂、智识分裂、肝胆俱裂。有时觉得自己冤屈，结果想想自己也不干净，也不是个好人，乃至做了许多坏事，打压陷害，侵害过许多人的正当利益，不值得同情，故叫起屈来自然也是气馁内荏，不能那么理直气壮，所以最后只能和黑暗势力沆瀣一气、"一与俱去"而已。

没有（纯粹清澈的）明德道义，必然黑暗弥天。只有受尽侮辱剥削和处于社会最底层的民众，能够看清包括林老板在内的这些人的面目，并将逐渐觉醒起来："张寡妇跌撞似的也到了朱三阿太的旁边，也坐在那石阶沿上，忽然就放声大哭。她一边哭，一边响响地诉说着：'阿大的爷呀，你丢下我去了，你知道我是多么苦啊！强盗兵打杀了你，前天是三周年……绝子绝孙的林老板又倒了铺子，——我十个指头做出来的百几十块钱，丢在水里了，也没响一声！啊哟！穷人命苦，有钱人心狠——'"① 虽然有所觉醒，但这仍然只是一种道义的控诉。前文已述，对于商会会长、镇上卜局长、党棍黑麻子等黑暗势力的代表的道义控诉当然是必要的，但对于林老板这样大体同属于普通民众乃至底层民众的人，仅仅是道义控诉，似乎是不够的。因为林老板这样的人及其遭遇会前仆后继。

---

① 茅盾：《林家铺子》，载《茅盾全集》小说八集，黄山书社 2014 年版。以下凡涉及《林家铺子》的引文，不另注。

那么，撇开并无太大作用的道义批判和控诉，对于那样的社会现实，究竟该怎么办呢？包括林老板在内的民众如何能觉醒呢？民众真正觉醒了吗？民众是否知道或如何知道自身的悲剧的根源所在呢？可以说，这才是茅盾写作《林家铺子》的根本目的所在，是茅盾思考如何解决当时中国的种种社会问题的逻辑起点，这便牵涉到社会结构的剖析。

二　道义批判的前提与个体命运的迷惘

质言之，茅盾创作小说的初衷和重心并不在于讲述一个道德义愤的故事，或对包括林老板一家和寿生在内的各种人物进行道义批判，而是借以引导读者思考和揭示纷繁复杂社会经济纠葛或经济生活表象下的深层经济结构或经济网络，并对处于此一经济结构或网络中不同位置的不同个体，及其所代表的各个阶层进行阶层分析，从而真正认清导致种种道义悲剧、社会悲剧和社会黑暗人事的幕后真凶或真正的根源，并由此思考解决问题的根本途径。所以，茅盾在小说中的笔调十分克制冷静，尤其是对林老板其人其遭遇，既毫不隐讳其种种缺点和不义之处，又有一定的同情①。因为像林老板这样的人，其实也是处于被黑暗势力逼迫盘剥的阶层，有许多身不由己的难处，而并非主动作恶，换言之，他本身也是受害者。反之，镇上卜局长、商会会长、党部党棍黑麻子等人，以及在小说中作为背景出现的军阀、日本帝国主义等，才是造成种种悲剧的根本原因或总根源。这些人物和势力的所作所为，以及所展现出来的形象，是彻头彻尾的坏人，代表的是黑暗邪恶势力，即其背后的封建地主、军阀、官僚、封建官僚资本

---

① 茅盾是否对林老板寄予了同情与理解？说同情也许有那么一点，却是针对其受到黑暗势力欺侮打压的那方面而言，并不针对其对于更穷苦的底层民众的欺骗行径。如果说理解，却有点言过其实，乃至过于残忍，既对于被林老板损害利益乃至害得丧子发疯的朱三太、张寡妇、陈老七的残忍，也是对于基本人间道义或义矩的背叛，所以无论如何是不能说"理解"的，因为可以理解的事情绝对不是建立在损害他人利益乃至害得他人发疯死亡等基础上的。

家、买办资本家等，以及虽然着墨不多却正是造成许多问题的最重要根源之一的正对中国进行经济侵略、政治侵略和军事侵略的帝国主义势力。

道义秩序和道义批判需要相应的条件保障。对于小镇中的各色人来说，他们愿不愿意遵守社会基本义矩和商业伦理呢？乃至乐善好施而成为一个好人呢？我们愿意相信，作为有着强调道德修养的优秀传统文化并深受这种德性文化长久熏陶的中国人，在没有其他因素干扰的情形下，或在有着相应的配套条件保障的情形下，在中国的道义和礼义文化社会中，是愿意循规蹈矩地做个常人或好人的。但在彼时的小镇中，为何自古以来中国人就寄予厚望的道义秩序，在经济结构或经济秩序以及权势利害逻辑面前如此弱不禁风、一触即倒、溃不成军呢？是经济利益的考量必然会冲破基本的道义秩序？还是义利之辩于此出了问题？这就会促使人们深入思考其根本原因所在。比如，道义秩序需不需要配套条件或基础？或道义秩序的前提或基础是什么？谁来保证和维持道义秩序？

对于上述问题的解答或解决，在产生于农业文明时代的古代中国儒家政治学说中，相对简单。姑且暂时不论其正当性如何，但毫无疑问，儒家设计了一套道义秩序，同时设计安排了配套的基础、前提，或有关道义秩序的制度保证与宪制安排，比如"为民制产，或民有恒产，而保证人人皆有田地等生产资料，可藉以自力谋生"，"取于民有制，如先秦之贡、助、彻，而皆税不过十一"，"不夺民时，不与民争利，而使民能积极发展生产"，"劳之，教民农技、督民生产，反对游手好闲、不劳而获，而使富之"等，然后教民礼义，使不相互侵夺冒犯，且能和乐共处安生，然后又制法律刑罚，而惩罚其违背礼义、法律之官民，尤其包括治吏，对于违背上述宪制安排或贪污腐败的官吏，必严厉点退惩罚之。然后道义秩序或乃可成立。这些前提、基础或制度保证、宪制安排，缺了哪一环，或哪一环出了问题，道义秩序都会受到影响，乃至崩溃。它们是环环相扣的，缺一不可。

然而，上述道义秩序是儒家针对农业文明社会设计出来的，而在现代工业社会中，情形已有所变化，生活和社会中不再主要是农产品和一些简单的手工业品，生产资料也不仅仅局限于土地，工业、商业以及相应的工作成员、工作形式、工作技艺要求、产品、报酬形式和社会阶层等，都比农业时代大大扩展了。那么，在现代社会中，道义秩序、治理结构等是否要做相应的调整呢？或者，在建立现代社会的道义秩序时，需要考虑的外在环境有哪些新的变化，需要怎样的因应性制度设计和宪制安排，从而使得新的道义秩序可以确立，使得现代社会的人民既各自努力工作，发展生产，富之庶之，而发展先进科技，促进文化进步，又使各阶层各司其职而又贫富大致均衡、相互尊重、公平有序、安居乐业而安之乐之？这些都是进入现代社会的中国所需要解决的。而事实上，虽然许多具体的情形已和古代完全不同，但在理念上，诸如"为民制产、取于民有制、不夺民时、教民道义而民德归厚、制定法度刑政乃至制新礼作新乐"等，仍有其一定相通之处。

但在茅盾笔下的那个新旧过渡的时代和彼时的中国小镇里，现实情形却大相径庭。国家只有形式上的统一，实则没有形成稳固有力的中央集权，政令不畅通，地方强权、军阀各自为政，执政党未能代表全体中国民众，尤其是最广大穷苦底层民众的利益①，政治地基不坚实、不稳固，政党组织和政府组织不成熟、不规范和缺乏完善的法治，对内不能对党员和官员进行有效的制度约束和监督，对外又不能抵御帝国主义的经济侵略和军事侵略，军阀、党棍、地方土豪劣绅、地主、高利贷者等封建势力以及帝国主义势力竞相压榨盘剥底层民众，商人间是你死我活的残酷的经济竞争和互相倾轧，农村民众被盘剥得几乎赤贫。在这样一个残酷的世界里，道义秩序——包括一些古

---

① 民本思想，《尚书》《孟子》皆有明确记载，可谓自古以来就是中国政治思想的重要基础，亦是衡量政治正当性的最重要基础之一。此外，对于弱势群体的关注和权益保护，更是古代政治的优先关注，被视为"仁政"的重要象征之一，更是现代政治文明的重要象征之一。孟子云："老而无妻曰鳏。老而无夫曰寡。老而无子曰独。幼而无父曰孤。此四者，天下之穷民而无告者。文王发政施仁，必先斯四者。《诗》云：'哿矣富人，哀此茕独'"即此意。〔清〕焦循撰，沈文倬点校：《孟子正义·梁惠王下》，中华书局2017年版，第147页。

今相通的社会基本义矩——很容易首先被抛弃和破坏。这些人不是生活在一个道义的世界里，而是生活在一个虎狼成群而各个信奉弱肉强食并且事实上也是弱肉强食的世界里，道义秩序所需要的配套基础、前提或制度保证、宪制安排都没有确立起来，于是道义批判显得苍白肤浅，或者，仅仅进行道义批判是不够的。所以茅盾在道义批判之外，更加关注经济结构、社会结构和社会阶层分析，关注各种社会矛盾的根源或根本原因。

茅盾对于当时中国农村经济，乃至整个中国的经济形势有很清醒的认识，他借林老板的话来表达他的观察和意见："他知道不是自己不会做生意，委实是乡下人太穷了，买不起九毛钱的一顶伞。……一群一群走过的乡下人都挽着篮子，但篮子里空无一物；间或有花蓝布的一包儿，看样子就知道是米：甚至一个多月前乡下人收获的晚稻也早已被地主们和高利贷的债主们如数逼光，现在乡下人不得不一升两升的量着贵米吃。这一切，林先生都明白，他就觉得自己的一份生意至少是间接的被地主和高利贷者剥夺去了。"来自上海的收账客人也说："贵镇上的市面今年又比上年差些，是不是？内地全靠乡庄生意，乡下人太穷，真是没有法子。"经济一向较为繁荣的江浙沿海的农村尚且如此，中国的其他农村地区也就可想而知了。造成他们贫穷的原因，一方面固然是封建地主、高利贷者和军阀、官僚党棍们的竭泽而渔和狠毒的过分盘剥；另一方面，在小农经济条件下，生产力不高，加上人口繁多，人均土地有限，产出也很有限，所以即使彼时的政府或其他势力没有过分盘剥，农民也不会有多少余钱。这也是客观事实，故而必须发展现代工业和现代农业。

但在中国发展现代工商业和现代农业或进行现代化的进程中，又出现了另一只拦路虎帝国主义的经济侵略。对于这一形势，当时知识界和政治界的许多人都看到了。而在茅盾和当时的中国共产党，乃至其他参与"中国社会性质问题大讨论"的部分中国知识分子看来，封建势力、官僚资本主义势力和帝国主义势力，是导致广大民众大规模贫穷或阻碍中国民族工商业发展和中国进行现代化的三大拦路虎或三座大山。茅盾则是以文学的形式来回应这个大讨论，并表达他自己的见解。

但对于后者，小说《林家铺子》中的林老板和其他底层民众知道吗，关心吗？可以说知道一些，也有所关心，却未必知道得很清楚，或有很清醒的关心，更没有觉醒，而仍然只是按照老一套的民间生存智慧或生意人的精明来与世沉浮地应付。但愈是以这种方式来应对，便愈是挣扎沉沦，愈是无济于事，愈是充满迷惘。

我们且看小说中的一些人物的表现。首先是林老板的女儿，在基于爱国热情准备按照"抵制日货"的要求身体力行时，"林小姐忍不住眼圈儿红了。她爱这些东洋货，她又恨那些东洋人；好好儿的发兵打东三省干么呢？不然，穿了东洋货有谁来笑骂。""这东洋货问题不但影响到林小姐的所穿，还影响到她的所用；据说她那只常为同学们艳羡的化妆皮夹以及自动铅笔之类，也都是东洋货，而她却又爱这些小玩意儿的！"这个还在学校读书的年轻人哪能看到这些日常生活现象背后的复杂的政治经济学的背景或纠葛，他们只能孤立地看问题，只能看到眼前，只能看到表象。当然，如果没有相应的常识教育、知识积累、眼界识力或舆论宣传等，要这些少不更事的小孩子看得那么深入，也是强人所难。

再看林老板的妻子林大娘，"内宅里，林大娘也起了个五更，瓷观音面前点了香，林大娘爬着磕了半天响头。她什么都祷告全了，就只差没有祷告菩萨要上海的战事再扩大再延长，好多来些逃难人"。你看，这样的私心觉悟！可是，普通人能有什么境界，她首先要活着，或追求和关心的只是自己和自己家人的生活，或更好的生活水平。

便是小镇上见多识广的林老板，也看不清或不管其背后的结构层面的问题："真是岂有此理，哪一个人身上没有东洋货，却偏偏找定了我们家来生事！哪一家洋广货铺子里不是堆足了东洋货，偏是我的铺子犯法，一定要封存！咄！"客观地说，在那个时代，如果没有畅通下达的国民通识教育、政治教育、国情教育和国际形势教育，民众又没有多少实际参与国际事务或接触外国事物的机会，一个农村小镇上的一般小商人确或难以获得足够的信息和眼光来认识时局或大势，也难以谋划长远。但对于政府或当局或负责任的政治家而言，在制定相关国家政策时，却必须有远见，避免国家经济被外国资本、商品等所垄断控制，或被相关利益集团所绑架，不能等事情到了很严重的地步之后再如梦初醒地来应付，那时浸以成势，积重难返，往往会导致很严重的社会问题和国际问题，或很难解决。质言之，这可能说明执政者起初便没注意到政策的可能的长远后果，缺乏预见与远见，最后导致国际矛盾转化为国内矛盾①，两者交织叠加纠缠在一起，使得即使是那些想有所作为的政治家，也可能投鼠忌器，尤其被动。在这里，当然也不能简单地责备这些小商人缺乏远见，不顾大局，因为在农业时代里农民们尚且可能有一亩三分田的生产资料，还可以守着勉强维生，在工业时代，像林老板这些缺乏实质生产资料的人，一旦失业或破产，便是连生存都成问题。他们要吃饭，要生存，没有其他生存的路子，便不免要因循乃至苟且。这里更要求政府和国民的相互支持和配合，国家和政府在制定政策时既不应该因为国家战略而忘记了全体人民和每个国民的出路乃至生死，民众也不能因为私利小义而忘记了国家民族大义或整体更大的利益，两者都不能因为短期利益而忘记了长远利益，如此乃能勠力同心，渡过难关，振兴国家。否则便是双输的结局，政府既不能真正关心民众，尤其是最广大底层民众的利益和出路，或者因为政治腐败，许多贪官污吏、蠹虫败类使得国家政策变形变性，不能落实，乃至盘剥毒害民众，导致民众连生存都成问题，便将只顾自己的生存和自己的财富，顾不上什么民族大义和国家战略了。

林老板就是这样，哪怕上海打仗，他也不关心，"林先生怔了一

---

① 当然，巧妇难为无米之炊，在积贫积弱的客观情势下，也可能是在外国或帝国主义压迫的缝隙中，不得不一时委曲图存，争取一切可能的机会，利用一切可能的机遇，来发展壮大自己，积蓄力量，以便将来能够彻底翻身。但在制定相关政策时，仍须综合考量民生民意、发展机遇、国家战略、长远利益等，尤其对于国家主权的坚决维护。同时要考虑可能的长远后果，不能图一时之利益，而让外国或帝国主义掌控了国家的经济命脉乃至政治命脉，积重难返，就十分危险了。

下。什么上海打仗，原就和他不相干，但中间既然牵连着'东洋兵'，又好像不能不追问一声了"。仅仅是因为影响到他的生意和生计问题，才会关心，"林先生此时这才明白原来远在上海的打仗也要影响到他的小铺子了"。他并非完全不了解背后的经济链条或经济结构，"但要开市，最大的困难是缺乏货品。没有现钱寄到上海去，就拿不到货。"事实上，作为商人，他对跟自己的小店营生直接相关的经济链条的那部分或那个环节，还是看得很清楚的，但却并未深思，看得不清楚深入，对国内经济背后的深层政治经济结构，乃至牵涉世界范围的国际政治经济学层面的结构和态势，都并不十分了然。他（们）没有意识到，无论对国家还是对于他们所处的商人阶层而言，商业固然都很重要，是个人财富和国家财富的重要创收渠道或来源之一，但如果缺乏前提或基础，商业却未必是一个现代国家的最重要的根基，既未必是财富的直接来源或唯一来源，更未必是国家经济优势或国家主权的最重要体现，与商业相比，资源、工业产品、工厂、机器、生产线、核心技术、高科技及高科技创新能力等，才是第一位的根本因素，此外还有军事实力保证国家不受外国尤其是帝国主义的胁迫勒索，此后才可以谈及商业、市场、金融，谈及和外国进行平等的商业竞争和金融竞争等，而这些其实都是附着于上述根基的第二位的因素。没有本国自身的高科技创新机制、高科技实力、工业实力和军事实力，没有自身的先进政治文明、内政清明和先进文化以及相应的文化科技教育，以及民众的共同富裕、普遍的强大的内部购买力和消费力，去侈谈国际商业竞争、金融竞争等，并不十分现实，或会遇到更多的挑战。对于像中国这样的大国来说，当然不能掉以轻心，或自我麻痹。所谓"皮之不存，毛将蔫附"，正可以说明这个逻辑关系。

正是因为不去深究背后的国内、国际的深层政治经济结构，就会导致对自己命运和前途看不清楚，对于自身的遭遇和悲剧无法理解或无法解释，林老板只顾埋头拉车，用既有的那一套小商人乃至小市民的思想观念和处世方式，来解释和因循应付自己的遭遇和困境，希望获得一时的苟安，却根本无济于事，只能在黑暗势力和严峻形势的一再逼迫下，走投无路。他因此觉得很迷茫，不知造成自己悲剧命运的根本原因是什么，"林先生嘴里应酬着，一边看看女儿，又听听老婆的打呃，心里一阵一阵酸上来，想起他的一生简直毫没幸福，然而又不知道坑害他到这地步的，究竟是谁"。我们读小说便知，他经受了那么多压迫，却只是一味按照民间的那一套经不起正当性推敲的灰色文化或手段来应付，委曲求全地迎合、贿赂黑暗势力，希望能够苟安下去，而并未根本觉醒，"他的又麻又痛的心里感到这一次他准是毁了！——不毁才是作怪：党老爷敲诈他，钱庄压逼他，同业又中伤他，而又要吃倒账，凭谁也受不了这样重重的折磨罢？而究竟为了什么他应该活受罪呀！他，从父亲手里继承下这小小的铺子，从没敢浪费；他，做生意多么巴结；他，没有害过人，没有起过歹心；就是他的祖上，也没害过人，做过歹事呀！然而他却如此命苦！"不了解整体的或深层的国际国内的政治经济结构，不了解自己及自己所属阶层在整体经济结构和社会结构中所处的位置，不了解当时的国内国际的政治生态，他怎么能了解和解释自己的命运呢！他对政治不关心，对上海战事不关心，不关注或不知道国家国际层面的局势或时势，所以就无法知道自己的困苦和悲剧的原因所在，而只是和只能在早已织得密密实实的网络里挣扎，在死胡同里乱窜而到处碰壁，却永远于事无补，每况愈下，没有真正的出路。正如小镇上的其他小店主的命运一样，"凄凉的年关，终于也过去了。镇上的大小铺子倒闭了二十八家。内中有一家'信用素著'的绸庄。欠了林先生三百元货账的聚隆与和源也毕竟倒了。"

本来，小商人群体都是很精明的，手腕老道，至少在小镇上，称得上是见多识广的人，但个体的精明老道究竟敌不过结构性的盘剥和大势的洗劫。先得知道原因，然后才能知道如何根本解救；不仅是个人的自救，还是全体的共同自救；不仅是经济层面的解决，更是政治层面、制度层面、国家层面乃至国际层面的大解决，乃至更好的总体的解决方案。至少在没有找到一条救中国和推动中国走向独立自主、政治文明、富强繁荣的共同道路之前，所有阶层和所有国民都必须关注政治，关注国家大事和国际形势（其实时时都应该关注公共政治，这里只是强调而言），而不是局限于自己的小天地里，用未经检验和正当性分析的老一套观念和手段来因循苟且地度日，因为那种方式只是巩固了既有的黑暗和社会结构，或许有极少数的幸运儿能偶然逃过一劫，却对根本的总体的解放毫无作用。如果只看到自己的生活，自己的阶层的人的生活利益，却看不到其他个体、阶层乃至国家、国际的整体结构，而局限于自身的格局里盘算一己的私利，就会导致许多偏颇和问题，结果自己的私利也未必保得住。《林家铺子》因为将重心放在农村，故对此未加详细描写，但如果对照《子夜》来分析，就可以看到彼时整个国家乃至国际上的政治经济结构或大势，而能获得更多的领悟。

事实上，除了代表黑暗势力的纯粹的加害者，如镇上卜局长、党部党棍黑麻子、商会会长等人之外，小镇上的其他个体也都困处于各自的网络结构位置中，百般挣扎而动弹不得，最终或者被害，或者互害，或者苟且，或者彻底消失，而都既不能掌握自己的命运，也不能解释自己的命运。即使或有强悍或者幸运的，从中挣扎出来，不过是变成坏人而去加害别人而已，成为别人的悲剧的原因，而作为悲剧根源的社会结构则根本没有改变，极其稳固。在这样的一种情势下，抛开根本社会结构、权力结构乃至国际政治经济结构的改变，而只去对被此结构牢牢捆绑而困处其中的个体和相关人事进行所谓的道义批判，甚至没有多少意义，因为这不是张三或李四的善恶好坏所造成的，而是谁都可能这样，不是林老板的困境和堕落，就一定有刘老板、张老板、李老板等的困境和堕落，而朱三太、张寡妇、陈老七等沦落到底层的弱势者们的悲剧也将一而再再而三地上演。所以更要联系总体社会结构来进行分析和批判，或进行总体结构的批判与制度的批判。

三 社会结构剖析、制度批判与总体解决

这样的总体社会结构的剖析和批判，就不再是简单的道义批判，也不同于一般文学理论对于特殊个体、个性或具体生活、情节、故事、细节等的描写的强调，而更接近于知识分子乃至社会学家的启蒙

和"告诉"①，尽管是以文学的形式。茅盾的《林家铺子》就是这样，这也是茅盾及其创作的特别价值所在。

回到《林家铺子》，在小说中，倒是上海来的收账客人和恒源钱庄的痨病鬼经理因为处于经济结构中的相对更高的位置，对此还了解得深入一些，"那位上海客人似乎气平了一些了，忽然很恳切地说：'林老板，你是个好人。一点嗜好都没有，做生意很巴结认真。放在二十年前，你怕不发财？可是现今时势不同，捐税重，开销大，生意又清，混得过也还是你的本事。'"痨病鬼经理说："不行了！东洋兵开仗，上海罢市，银行钱庄都封关，知道他们几时弄得好！上海这路一断，敝庄就成了没脚蟹，汇划不通，比尊处再好的户头也只好不做了。对不起，实在爱莫能助！"换言之，小镇没有自己的工业和产品，只是依附于城市工商业才能生存，这是小镇所置身其中的更大的经济结构。那么，城市工商业控制在谁的手中呢？《林家铺子》没有明说，但如果我们将《林家铺子》和《子夜》做一个"互文"解读或参照解读，则从《子夜》的描述中便可以看出茅盾对当时中国社会经济现实的认识，即是官僚资本主义、买办资本主义和帝国主义势力等在控制着城市乃至中国的经济命脉。这就进一步揭示了林老板们的悲剧的原因，也说明了现代经济的根本所在。

比如，小说中所展示出来的日货在中国的倾销是后果，背景则是包括日本在内的各国帝国主义对于中国的经济侵略、政治侵略乃至直接的军事侵略。帝国主义势力利用其先进科技和生产力（包括机器、生产线、研发能力等）、雄厚资本、产品质量乃至低廉的价格，日益挤占中国本土的农产品或商品的市场，形成垄断，从而掠夺中国的财富，打压中国的民族工商业，导致中国的民族工商业难以充分发展起来，也就无法有效对抗帝国主义的产品倾销和经济侵略。此外，在政治层面，外国帝国主义又基于悬殊的综合实力对比，通过胁迫当局签

---

① 社会学家米尔斯认为，公共知识分子应该对社会承担起自己的责任，那就是"告诉"和"教育"。［美］C. 赖特·米尔斯：《社会学的想象力》，陈强、张永强译，生活·读书·新知三联书店2001年版。

订种种或明或暗的不平等条约，为外国势力或外国资本势力在中国的经营谋取垄断利益，或其他种种不合理的好处，又通过种种或明或暗的工商业合作或金融投资等买办资本主义形式，和中国的官僚资本主义勾结在一起，日益控制中国的经济命脉、社会舆论乃至政治命脉，乃至试图让中国的统治集团沦为帝国主义对中国进行经济侵略、文化侵略和政治控制的工具，从而使得中国日益沦为其经济附庸和政治附庸，丧失主权，或沦为劳力、原材料或初级加工产品的提供者，以及商品的倾销地，从而日益沦为半封建半殖民地①，或孙中山所谓的"次殖民地"② ——这体现了政治家对于社会总体结构的深刻把握和宏阔眼光。这才是当时的总体社会结构和经济结构，也是决定小镇经济命脉和包括林老板在内的小镇民众的总体经济结构。

一些优秀的政治家和知识分子能够看到这一层，甚至会撰文进行探讨。但普通民众却无法听闻接触这些文章和讨论，也没有余暇、兴趣和习惯来阅读这些高头讲章③ ——这显然也凸显了茅盾的创作的特殊价值，因为他是以文学的形式来"告诉"民众有关这个社会的宏观结构或总体结构或真实面相的④ ——自然也看不清这些结构，尤其是宏观结构层面的问题。并且，即使他们看清了，恐怕也因为自顾不暇而无力顾及那些宏观问题，因为他们所处的阶层、所从事的职业或所面临的生存的巨大压力，使得他们无法完全顾及宏观话语和宏观问题。这也就是本文所要强调的，社会结构中的位置和阶层决定了他们

---

① 毛泽东在写于 1923 年 4 月 10 日的《外力、军阀与革命》一文中，对此也有相应论述。毛泽东：《毛泽东文集》第一卷，人民出版社 1993 年版，第 10—12 页。

② 中国民主革命的伟大先行者孙中山甚至特创"次殖民地"的概念，认为"次殖民地"比"半殖民地"来得还严重，以此来说明帝国主义对于中国的经济侵略和政治侵略的严重性。孙中山：《三民主义》，九州出版社 2011 年版，第 12—24 页。

③ 当然，孙中山和毛泽东作为政治家，皆十分注重用明白如话的语言来写作，来介绍和普及他们的政治主张。

④ 限于篇幅，关于这个论题或"文学经国"的相关讨论，只能在另一篇论文中详细展开。

的观念和行动。他们只能从生活实际来看问题，比如前文已有所分析的林家女儿对于当时的东洋货的态度，又比如小说中提及的"抵制东洋货"的问题，亦可做进一步的分析。

在当时中国面临帝国主义侵略，禁止帝国主义商品的在华倾销，当然有其一定正当性。在具体做法上，当时既或在国家层面禁止帝国主义商品进口，又或在民间层面禁止帝国主义的商品销售或倾销，两者都会对帝国主义形成一定打击，造成帝国主义的损失，阻碍或延缓帝国主义的经济侵略和控制。当然，本国也会受到一定的损失，或短期损失。比如前一做法的国内损失将由买办资本主义和本国官僚资本主义承担，因为他们或主要或部分地是通过购买帝国主义的机器、生产线、商品等在中国进行倾销，或和帝国主义资本家做生意来赚钱的；后一做法的国内损失则主要由国内经销商或小店主乃至消费者或民众来承担。这些做法，如果政令统一且得到切实执行，亦有其公平性，因为对于商人来说，当然要服从正当的国家战略和国家利益，服从国家层面的正当的政治决策；并且国际形势和国家关系的变化，本来就是商业要考虑和面临的外部风险之一，所以这本来也是商业或经商者在进行商业决策或风险考量时所要考虑的因素。甚至对于民众来说，虽然也会受到短期损失，但和中国完全沦为帝国主义的半殖民地或殖民地的长远后果相较，这也是基于国家民族大义的行为。只是国家在施行相关政策时，亦当同时考虑民众的生存问题，或奋发图强，尽早将民族工商业发展起来，抵消帝国主义经济侵略的损失。

然而，如果政令不统一或未得到切实执行，则便可能因为存在许多投机和寻租行为而导致不公平，则不但抵制帝国主义经济侵略的国家战略目标无法达成，甚至反而在国内造成了不公，导致国内政府的政治正当性的流失，并导致以后国家和政府在和帝国主义进行交涉谈判时，因为缺少国内的有效的强力经济反制、商界合力抵制、民意一致抵制或政治支持，而处于更加被动的地位。或者，买办资本主义、官僚资本主义和外国帝国主义势力勾结起来，沆瀣一气，操纵国内舆论、民意等，影响政治决策，导致本来应代表国家利益和全体人民利益的政府处于被动地位。这却是应该警惕的。

在抵制"东洋货"这件事上,《林家铺子》并未涉及国家层面的买办资本主义、官僚资本主义的情形,而在民间层面,却因为国民党的党治和政治的不规范和黑暗腐败,导致国家政令根本无法得到执行,严重侵蚀其政治合法性。镇上的商会会长、卜局长、党部党棍黑麻子等人的寻租、贪污腐败和胡作非为,使得国家政策的初衷根本无法实现,侵蚀了党治和政治的正当性,为丛驱雀,为渊驱鱼,不断激起人民群众的愤恨和对国民党统治的不信任,把人民群众驱赶到反对国民党黑暗统治的对立面。甚至根据中国近现代史的一些历史事实可以想象到可能使得少数不明就里的民众对帝国主义经济侵略、买办资本主义放松警惕,乃至心存不切实际的幻想,从而被那些依附于帝国主义势力的买办阶级利用其强大的各种资源,和无孔不入的各种渠道所制造的虚假舆论宣传,裹挟而去,造成内部意见的尖锐对立,乃至走向国家主权和人民利益的对立面。这就是无法无天、黑暗腐败的基层治理所导致的严重政治后果。

然而,如果进一步深入分析,则上述抵制外国商品倾销的做法,虽然是迫不得已且有其一定正当性和效果,但这真的可以解决林老板们的困境吗?即使不考虑其他压迫林老板们的国内的政治腐败等因素,而暂时单论帝国主义的经济侵略,那么,如果仅仅止步于此一种简单的单一逻辑,恐怕答案也是否定。实际上,这些都仅仅是治标不治本的办法。倘要治本,在工业文明时代,便必须发展本国的高科技产业和民族工商业或国家工商业,为国内人民提供更好的商品、更多的工作机会、更高的收入。当本国的民族工商业或国家工商业发展壮大后,便可以与世界各国进行平等的经济往来和商业贸易,有力地维护国家政治主权、经济主权和文化主权,避免沦为外国乃至帝国主义的附庸,或处于国际经济链条的末端,做一些低端产业,获得份额微薄的报酬,从而导致中国和中国人民永远处于依附地位,乃至沦落为贫穷国家的行列,永远无法在真正掌握自己命运的基础上挺立于世界民族之林。不然,如果本国工商业不能强大起来,买办阶层或买办资本主义大行其道,不但国家得不到发展,全体人民得不到实益,还会影响民族自信心,乃至造成国内的悬殊贫富分化和由此而来的对立和撕裂。在现代工业社会或高科技社会，要发展本民族的强大工商业，就一定要发展高科技，掌握核心技术，以此创造更多的产业和工作机会。高科技确实是第一生产力，而要发展高科技，就一定要真正重视教育，重视思想文化，真正重视人才，尊重教育和科技创造的客观规律，尊重人才的自由创新想象和独立创造精神，使真正的人才能够得到相应的报酬和生活水平；而尤其要重视建立起本国自身的有效的人才培养机制和科技创新机制——包括科技创新和文化创新等。

这并非反对与外国的正常文化交流和商业往来，而是说这种交流和往来要建立在平等互利的基础上，要保证国家主权的完整性。或曰：当国家尚处于科技和工商业欠发达的状况，在资本、科技、金融、管理等方面还颇为落后的情形下，就必须向外国学习，并且也无法完全避免和外国的商业往来。这当然是对的，所以我们一百多年来都在向国外派遣留学生，虚心向国外学习，但与此同时，更需要建立自身的卓有成效的人才培养机制和科技创新机制；我们也可以和外国企业合作，但要注意维护国家经济主权，不能以主权换机器、生产线、产品或资本投入等，因为如果不顾经济主权，从长远而言，则国家可能会沦为外国资本的附庸；我们可以暂时购买外国的机器和生产线，但一个国家的经济主权或经济优势尤其表现在高科技或核心技术本身，这些必须努力将其掌握在自己手中；我们可以引进外资，但更要积累自己的民族资本和国家资本，要有自己的民族企业、本国的高科技企业，和自己的独立创新机制及高科技。

身处那个年代的林老板们当然无暇乃至无意来思考这些问题，茅盾因为是以文学的方式来表达他的社会关怀，限于文学的特点或特别要求，他也无法在小说里跳出来进行议论和表达自己的明确观点，而只能将问题留给读者和文学批评家去进一步解读，共同完成这部小说的论题讨论。然而，如果读者或批评家仅仅只看到或只关注其中的社会的黑暗与残酷，人性的挣扎与沉沦，命运的沉浮无常，以及道德的义愤，那么这似乎也并非作者本意，甚至使得这部作品并未真正完成。故而笔者乃不惜冒着违背一般文学评论常规的可能非议，将茅盾在小说中提出却并未展开论述的重要论题稍做了一点展开论述。

总结之，茅盾更为重视的不是道义批判，而是总体社会结构、经济结构的剖析。在《林家铺子》这篇短篇小说中，他通过人物的塑造和故事的讲述，引导读者去思考林老板及其他底层民众的悲剧命运的根源所在。其根源可以归结为两点：其一是当时的国民党政权的政治和党治的黑暗腐败，其二是当时的帝国主义经济侵略的严酷。关于前者，茅盾通过小说的叙述，很清醒地揭露了当时的国民党政权在基层治理方面的混乱，国民党作为革命党的堕落和变质，以及政治合法性的相应流失或欠缺。比如，在小说中，林老板被抓到党部后，商会会长送来一封信，说"林先生是被党部扣住了，为的外边谣言林先生打算卷款逃走，然而林先生除有庄款和客账未清外，还有朱三阿太，桥头陈老七，张寡妇三位孤苦人儿的存款共计六百五十元没有保障，党部里是专替这些孤苦人儿谋利益的，所以把林先生扣起来，要他理直这些存款"。而当陈老七们不能得到他们的存在林家铺子的款项时，本街有名的闲汉陆和尚也建议他们说："陈老七，你到党部里去告状罢！"陈老七也看着朱三阿太和张寡妇说道："去去怎样？那边是天天大叫保护穷人的呀！"这些都显示了国民党作为曾经的革命党的革命性质。但是那位作调人的警察却冷笑着劝道："我劝你少找点麻烦罢。到那边，中什么用！"一句话就辛辣地嘲讽和揭露了当时的政治现实和国民党的腐败变质，而林老板的实际遭遇和悲剧也充分印证了这一点。至于前者，在《林家铺子》里仅仅作为一条暗线，引而不发，而有待于读者的补充和想象，或参照《子夜》来进行关联思考。

既然茅盾关注的是社会结构层面的问题，那么，对于问题的解决，也便不能仅仅局限于道义层面的愤慨，而尤其应当重视结构层面和制度层面的根本改进和解决。简言之，应该关注两个关键问题：一个是国内的政治清明或政治建设问题，使得国家政治和执政党能够始终代表和维护广大人民群众的利益。事实上，即使是在传统儒家政治思想中，尚且以矜寡孤独的待遇作为衡量其政治或统治合法性的重要因素，或政治底线。孟子云："老而无妻曰鳏。老而无夫曰寡。老而无子曰独。幼而无父曰孤。此四者，天下之穷民而无告者。文王发政施仁，必先斯四者。《诗》云：'哿矣富人，哀此茕独。'"① 可是在《林家铺子》中的小镇上，恰恰是朱三太、张寡妇、陈老七这些社会最底层的人，成了封建主义、官僚资本主义和帝国主义压迫下的最大的受害者。另一个是国际层面的主权问题，应该保持国家各个领域的独立自主，避免沦为外国或帝国主义的附庸。这或许是秉持"文学经国"理念的茅盾，在创作《林家铺子》时所想提出来讨论的一些重要论题，也是《林家铺子》对于中国现代文学的重要启示之一。至于其他的思路，如"文学经国"的必要与可能，"文学经国"与"文学的逻辑"，"文学经国"的限度或可能缺陷，"文学经国"与"文学补阙""文学抒情"的关系等，将留待另一篇论文来讨论。

（原刊《茅盾研究》第 19 辑）

---

① 〔清〕焦循撰，沈文倬点校：《孟子正义·梁惠王下》，中华书局 2017 年版，第 147 页。

"时代性"的另面：茅盾"农村三部曲"的隐性艺术内涵

李延佳　贾振勇*

摘　要　"时代性"是茅盾文学世界的一个重要价值坐标。事实上，除了在"社会科学"指引下所建构的政治话语规范等显性内涵，"时代性"还包含更多的被以往研究所忽略的隐性内涵，比如茅盾"农村三部曲"通过"仪式"等描写所展示的乡村凝聚力的变迁，通过身体叙事所展示的人的内在精神的变化，通过秩序再造所展示的现代性在中国乡村的扩张。这些"时代性"的隐性内涵在照应政治话语价值取向的同时，使小说呈现出更为复杂、含混的面貌，造就了小说更为丰富多元的艺术魅力。

关键词　茅盾；时代性；农村三部曲

一　"时代性"的显性内涵与隐性内涵

自觉的"时代性"意识，是茅盾文学世界里的一个重要的指导性文学价值坐标。在1929年的《读〈倪焕之〉》中，茅盾就形成了较为系统的有关文学"时代性"的理解与阐释，主要体现为那段有名的论述："所谓时代性，我以为，在表现了时代空气而外，还应该有两个要义：一是时代给与人们以怎样的影响，二是人们的集团的活

* 作者简介：李延佳，北京师范大学文学院在站博士后，研究方向：中国现当代文学；贾振勇，山东师范大学文学院教授，博士生导师，研究方向：中国现当代文学。

力又怎样地将时代推进了新方向，换言之，即是怎样地催促历史进入了必然的新时代，再换一句说，即是怎样地由于人们的集团的活动而及早实现了历史的必然。在这样的意义下，方是现代的新写实派文学所要表现的时代性！"① 如果说《蚀》三部曲、《野蔷薇》等创作，还是茅盾挣脱政治愈挫、克服精神危机阶段的探索之作，那么从《虹》和《读〈倪焕之〉》开始，就表明茅盾文学创作的核心价值观念已经形成，并开始指导自己的创作实践。

"时代性"文学价值观，主要来自"社会科学"亦即马克思主义的有力支撑，正如有学者所说："'时代性'是有关历史精神，那么'意识形态'是有关人物的意识及其背后的东西。这两个概念的提出，标志着茅盾的马克思主义文学思想的进一步深化，使他的小说创作更受到理论的指导，也更党性化。"② 当然，更为集中体现鲜明的"时代性"的作品典型，非《子夜》莫属。无论在当时还是以后的评价中，与茅盾所说的"时代性"内涵紧密相关的诸多评论纷沓而至。比如最早盛赞《子夜》的瞿秋白认为："在中国，从文学革命后，就没有产生过表现社会的长篇小说，《子夜》可算第一部；它不但描写着企业家、买办阶级、投机分子、土豪、工人、共产党、帝国主义、军阀混战等等，它更提出许多问题，主要的如工业发展问题，工人斗争问题，它都很细心的描写与解决。从'文学是时代的反映'上看来，《子夜》的确是中国文坛上新的收获，这可说是值得夸耀的一件事。"③ 再如吴组缃就特意指出："茅盾之所以被人重视，最大原故是在他能抓住巨大的题目来反映当时的时代与社会；他能懂得我们这个

① 茅盾：《读〈倪焕之〉》，载《茅盾全集》第 19 卷，人民文学出版社 1991 年版，第 209—210 页。

② 陈建华：《"时代女性"、历史意识与"革命"小说的开放形式——茅盾早期小说〈虹〉读解》，载徐志伟、张永峰编《"左翼文学"研究读本》，广西师范大学出版社 2017 年版，第 254 页。

③ 施蒂而：《读〈子夜〉》，载唐金海、孔海珠编《茅盾专集》第 2 卷下册，福建人民出版社 1985 年版，第 938 页。

时代，能懂得我们这个社会。"① 以至于后来的文学史家严家炎梳理出一个"社会剖析"小说流派，并认为《子夜》"是中国现代文学史上第一部以科学世界观为指导的社会剖析小说，是运用革命现实主义方法熔铸生活、再现生活的出色成果。《子夜》通过三十年代初期上海各阶层生活的真实描绘，力图科学地剖析中国社会，艺术地给以再现。"②

茅盾小说评价史上的这些权威观点，毫无疑问抓住了茅盾"时代性"的一个重要的标志性特质，也即主要以政治、经济视角体现"时代性"内涵。但问题在于，"时代性"作为一个文学观念可以进行理性表述和理论概括；但渗透和弥散在小说中的"时代性"的全部内涵，却未必能够以"完型"的形式展示。更需要注意的是，"时代性"诉求和审美价值、审美效果并不构成必然逻辑关系。不然，《子夜》被视为"高级社会文件"而缺乏审美素质的观点，也可以从这种理性表述和逻辑概括中推导出来。

事实上，作为艺术的小说，有其自发性、自律性和自足性，即使作者本人在创作过程中也未必能够完全把握小说自身的自生、天然艺术能量。观念的、逻辑的和理性的表述抓住的往往是其骨架，大量的小说"肌质"中还往往蕴含着更为复杂和隐蔽的"完型"因素与潜在意图。以往对茅盾诸多小说的那些权威评价与判断，尽管抓住了茅盾小说的一个很重要的特质，但在很大程度上也往往遮蔽了茅盾小说"时代性"内涵的丰富性、复杂性和含混性。作为一个理论名词，"时代性"固然有其内涵和外延；但如果作为一个陈述事实的名词，它的内涵与外延显然不限于理论和逻辑的概括，尤其是不会限于陈述者（包括作者和研究者）的理论概括与总结。就茅盾小说而言，"时代性"除了茅盾自己陈述和权威学者们所概括的那些显性内涵外，

---

① 吴组缃：《〈子夜〉》，载唐金海、孔海珠编《茅盾专集》第 2 卷下册，福建人民出版社 1985 年版，第 934 页。

② 严家炎：《中国现代小说流派史》，长江文艺出版社 2009 年版，第 172 页。

还有不少作品蕴含着逸出"时代性"政治话语指向的丰富甚至琐碎和含混的隐性内涵。

这种隐性内涵，堪称茅盾及研究者们那些权威论述与判断之外的"时代性"的另面。在蕴含和展现这种另面"时代性"维度上，茅盾的"农村三部曲"是一个重要标本。《春蚕》《秋收》《残冬》，在延续以往人们判定的《子夜》"时代性"显性文学价值观的同时，还以差异化和具象化的艺术描写，拓展和深化了"时代性"的隐性内涵。具体言之，"农村三部曲"除了揭示农村破产的政治经济根源，小说同样展现了乡村凝聚力的变迁，以及农民劳动的身体所承载意义的转变等被忽略的"时代性"内涵与样态。这些错综复杂景观的呈现，共同构成了"农村三部曲"繁复、驳杂、含混的"时代性"意蕴，使小说超越了主题先行、观念先行而具有了独立自足、自然生发的艺术性，也拓展了我们对茅盾小说"时代性"的全部可能性的认知、感受和体验。鉴于以往研究主要侧重于"时代性"的显性内涵，本文则在前人研究基础上主要发掘"农村三部曲"蕴含的"时代性"的隐性内涵。

二　"仪式"上演：乡村凝聚力的变迁

在谈及"农村三部曲"的创作时，茅盾曾强调："这个'农村三部曲'与《蚀》三部曲的创作过程正好相反。《蚀》是预先想好要写三部曲，人物和故事也要有连贯性，但写的结果却是各部的人物和情节都没有联系。'农村三部曲'则原来没有写三部曲的计划，是写了《春蚕》之后，得到了鼓舞，才续写《秋收》和《残冬》，并考虑使三篇的人物和故事连贯起来。"① 茅盾的创作谈或可看出他对三部曲小说连贯性的顾虑与重视，但从情感基调和叙事基调看，三个短篇的衔接相当妥帖，更巧妙的是，茅盾在每个短篇中都设置和描写了一个

---

① 茅盾：《〈春蚕〉〈林家铺子〉及农村题材的作品》，载《茅盾全集》第34卷，人民文学出版社1997年版，第529页。

仪式，既表现出村民们试图通过对行动一致的强调达成对集体力量的向往，又显见出他尝试借助不同"仪式"中的异质性因素，揭示乡村凝聚力的限度与可能。

《春蚕》中，茅盾用细腻的笔法展示了老通宝和村民们为祷祝蚕"宝宝"强健生长所做的准备和努力。在"收蚕"之前，先是需要用专门的鹅黄色纸张糊"蚕箪"，并贴上象征聚宝盆和蚕花太子的小花纸。随后，把涂过泥的大蒜放在蚕房中是必不可少的占卜工作，借助蒜叶的长势，村民们才能预判自家桑蚕的成长状况。整个准备过程最重要的要数对"戒严令"的尊奉，村民们严肃地认定只有杜绝与外人往来，才不会使客人"冒犯"蚕神，带来霉运。到了"收蚕"之时，从判定仪式开始的时间，到点香烛供奉灶神，再到由家庭中的女性成员把野花碎片和灯芯草末子依次平铺在每一张"蚕箪"上……整个流程呈现出固定化、标准化的特点，倾注了每一户人家对神灵的虔诚，对美好收获的期盼，也折射出他们对"收蚕"仪式长久的信仰。

崔时英在阐释仪式的作用时，尤为重视"共通认知"这一概念："仪式的目的便在于：形成解决协调问题所必须的共通认知。"[①] 共通认知体现的是集体意向和诉求，在《春蚕》中一方面表现为村民们对"收蚕"仪式流程的熟悉，另一方面则是村民们对"不详"因素的集体排斥。比如，当老通宝把大蒜放进蚕房时，由于担心去年的霉运影响今年的占卜，老通宝谨慎地抑制着头脑中痛心画面的展开。再比如，由于自家蚕"宝宝"的生长状况不好，荷花一家成为全体村民最忌讳的人，大家不仅绕远路避免与荷花相遇，更拒绝从她家门前走过，"惟恐看了荷花他们一眼或是交谈半句话就传染了晦气来！"[②] 这种共通认知使村民们在冗长、反复且具有确定性的"收蚕"仪式

---

① ［美］崔时英：《理性的仪式》，张慧芝、谢孝宗译，桂冠图书股份有限公司 2004 年版，第 36 页。

② 茅盾：《春蚕》，载《茅盾全集》第 8 卷，人民文学出版社 1985 年版，第 326 页。

中，接收到有关协调、统一、整体的讯息，使仪式不仅发展成一种规则，一种信仰，更成为一种有效的组织力量，极大地促进了村庄的整合与连贯性。这不禁让人想到特纳对仪式重要性的总结："如果想要拥有任何形式的协调一致之社会生活，则仪式便是周期性地反复重申特定文化中的人们必须遵守的互动方式，这显然是一个比任何类型的具体实践活动都要'实际'（在必要和基本意义上）的目标。"①

在茅盾笔下，"收蚕"仪式更被描绘为"一种大紧张，大决心，大奋斗，同时又是大希望"②，这让读者看到了仪式的权威性对村民内心情感和价值诉求的导向作用，也看到了裹缠在象征之网中的凝聚力和同步性。茅盾小说这种类似社会学视角的对乡村同质性特点的把握，在经济学领域也得到过有效诠释，比如，有学者指出：老通宝一家"与其说这是一个传统的农民家庭，倒不如说是一个经济单位。……'养蚕缫丝'这一活动使得'村里二三十人家'与老通宝一家在经济层面同质化了，可以说，整个村子就是在此基础上将各个家庭'合并同类项'的结果。"③ 然而，在协调一致的行为规范中，实际又潜隐着不和谐的声音，多多头并不相信这些世代相传的禁忌，他没有当众揭穿荷花冲克他家蚕"宝宝"的恶行，反而在荷花强势的辩解语调中转向了对公私冲突的疑惑，而这也为《秋收》和《残冬》中多多头的反叛埋下伏笔。

在村民们因蚕茧质量提升发出的朗朗笑声中，"收蚕"仪式因其"灵验"性再次稳固了它在村民心中的精神根基，并凸显出一种关乎时间意蕴的丰富性。守旧落后的乡村社会在应对世事变迁的冲击时往往缺乏行之有效的策略，此时，仪式实际成为村民们理解世界、观照自身的一种方式，它通过确定性、连续性让人们明确自身在时间长河

---

① Turner, Victor. *The Drums of Affliction*: *A Study of Religious Processes among the Ndembu of Zambia*, Cornell University Press, Ithaca, NY, 1968, p. 6.

② 茅盾：《春蚕》，载《茅盾全集》第 8 卷，人民文学出版社 1985 年版，第 322 页。

③ 李怡等著：《民国政治经济形态与文学》，花城出版社 2014 年版，第 365 页。

中参透了某种已知的、固定不变的东西，来应对变幻莫测的世界。这种稳固性和永恒性，"把过去、现在和将来联系在一起"①，也"为尝试着驯化时间和界定现实的人们提供一副安慰剂"②。可以说，"收蚕"仪式的常与外界的变之间形成了一种富有张力的冲突，当老通宝因自己从小康的自耕农走向破产后发出"世界变了"的感慨时，他在"收蚕"仪式中的小心翼翼又足以安抚他的这种愤怒与无奈，这种戏剧性的笔法使江南地区的乡村图景明艳动人，也使茅盾的乡土叙事更为真实、深刻。显然，这种处理不但为茅盾的所谓"时代性"开启了一个更广阔的艺术空间，更为小说自身艺术魅力的形成提供了契机。

"农村三部曲"中类似的艺术设置与描写，除了能公之于大庭广众的仪式外，还有一种能做不能说的习俗或者说是另类的仪式——"抢大户"。如果说《春蚕》结尾处老通宝的孱弱病态以及村庄的荒凉没落景象，会引发读者的同情、怜悯与悲哀；那么《秋收》中有关"抢大户"风潮的叙述则陆续呈现出乡村的生机与活力，仿佛能唤起读者更多的阅读期待。不同于传统仪式活动中村民们对共通认知的默许，"抢大户"风潮主要借助情感和欲望的力量发挥协调性、统一性的作用。当四大娘和老通宝因自家的三斗米被抢走而破口大骂时，陆福庆兄妹俩却耐心地劝说他们："有饭大家吃"，"天坍压大家"③。类似的小说叙事不仅充满了情感号召力，也让此次群体性行为具备了道德正义感和天然合理性，甚至和仪式一样具有了某种神圣性和感召力。

有学者曾指出："除少数情况外，劫掠者们并不找富人本人，只是要他们的财产，特别是他们的粮食。在发生饥荒时，他们常常只不

---

① ［美］大卫·科泽：《仪式、政治与权力》，王海洲译，江苏人民出版社2015年版，第13页。
② ［美］大卫·科泽：《仪式、政治与权力》，王海洲译，江苏人民出版社2015年版，第13页。
③ 茅盾：《秋收》，载《茅盾全集》第8卷，人民文学出版社1985年版，第355—356页。

过去富人家消除饥饿的痛楚。诸如'吃大户'或'向富民坐吃'的说法，在几乎涉及每个省的调查和报告中都不时出现，从受养蚕危机影响的浙江和江南，到像安徽和河南这样较为贫穷的省份莫不如此。"① 基于这种约定俗成的观念，在小说中越来越多食不果腹、负债累累的村民结成同盟，在带有宣传意味的言辞的鼓动下，斗志昂扬地投身"抢大户"风潮。从女人们打头阵，男人们帮着摇船的行动布局，到村民们敲锣打鼓，挨家挨户地动员，"抢大户"风潮在富有节奏的质朴乐音中释放出集体性的欢腾，同样也显见出农民力量汇入革命的可能，恰如科泽所言："仪式的革命潜力并不局限于地方性的热情所导致的难以压抑的自发行为。在适当的环境中，仪式可以在政治变化中发挥出更具系统性和自觉性的作用。"②

应该注意，声势浩大的"抢大户"风潮和仪式的奉行一样，亦是乡村凝聚力的有效观照。尽管多多头等人一再强调抢米的规则是大家讲定了的，但"大家"并非真的代表全体村民，除了以阿四为代表的只顾自家温饱的村民，老通宝和黄道士也是风潮中强烈抵制声音的源头，两人的立场集中体现了传统的礼仪规范对野蛮行动的厌恶和鄙夷，这些异质性因素的出现，很大程度上反映了"抢大户"风潮动员力量的局限性，暗示了村民再造的新仪式还需要经过长时间的考验才能收获更广范围的支持与信奉，才能在乡村内部真正实现整合、协调的作用。

相比《春蚕》和《秋收》，小说《残冬》通篇笼罩在凄凉阴郁的氛围中，明显缺乏了奉行仪式和"抢大户"带来的小说叙事波折与高潮。在经历了接连的市场低价打击后，村民们丰收的喜悦消失净尽，农闲时的他们更是深陷生存危机。此时，闲聊成为他们的"主业"，他们议论可恶的偷树贼，也相互探听村庄的未来运势。只是，

---

① ［美］费正清、费维恺编：《剑桥中华民国史 1912—1949》下，中国社会科学出版社 1994 年版，第 341 页。

② ［美］大卫·科泽：《仪式、政治与权力》，王海洲译，江苏人民出版社 2015 年版，第 173 页。

这闲聊中充斥着太多犀利的语气，尖锐的骂声，似乎只有这样才能纾解村民们自清明节气以来的愤懑和委屈。在杂糅着"张剥皮""出角红星""反王"等混乱词语的粗俗语调中，黄道士主导的膜拜仪式上演了。

黄道士向来被视作村里的"怪东西"，但近来他有关"真命天子"的臆测却让他广受村妇和孩子们的崇敬。为了避免因"真命天子"的出现引发的血光之灾，黄道士在家里供奉了三个草人，凡向他支付五百钱并提供生辰八字的人，在七七四十九天后，草人自会替他挡灾。从讲述有关豆腐店老头和"天亮了"的预言，到指定"真命天子"出现的空间方位，黄道士在村民中间成功造就了一种穷人即将翻身的幻觉，此时，充满神力的三个草人，连同明确的时限，均唤起了村民们对这一膜拜仪式的深信不疑。随着草人身上的纸条越来越多，村民们又重新燃起内心对群体的依附感，统一的认知铸就了他们对美好未来的共同信念。涂尔干尝言："当人们集合起来，彼此之间形成了亲密关系的时候，当人们拥有共同的观念和情感的时候，神圣存在才达到了它们的最大强度。"[1] 膜拜仪式的神圣性正是建立在村民们的共通认知基础上的，在大家未能熟悉现代市场机制运作原理的前提下，曾经幻想的落空，辛劳的枉费，以及原有种植经验的失效，让村民们相信乱世中一定会诞生一种新的掌控力量和生存法则，于是，他们攒钱求平安；于是，他们认定"三甲联合队"的枪支弹药"远不及黄道士的三个草人能够保佑村坊。"[2]

需要注意的是，在这次具有拯救意义的仪式中，并不包括最富力量的年轻男性，他们认定黄道士的行为是"着了鬼迷"[3]，他们相信只有武装反抗才能真正改变命运。这些群体中新勃发的异质性因素从

---

① ［法］爱弥尔·涂尔干：《宗教生活的基本形式》，渠东、汲喆译，商务印书馆2011年版，第472页。

② 茅盾：《残冬》，载《茅盾全集》第8卷，人民文学出版社1985年版，第386页。

③ 茅盾：《残冬》，载《茅盾全集》第8卷，人民文学出版社1985年版，第376页。

仪式中的抽离，抑制了传统神秘仪式对村庄整合作用的发挥，似有一种对古老乡村生命力即将终结的暗示，同时，他们的集结又昭示着强大的新生力量已经汇入革命，新的群体性的现代"仪式"终将点燃抗争的火把，激发更强烈的热情，使灰色调的村庄得以再次焕发生机，使乡村凝聚力在新的共通认知和情感共鸣中得以再次维系。

还需注意的是，无论是仪式的奉行，还是"抢大户"风潮，这些"时代性"的隐性内涵显然被注重"社会科学"和小说连贯性的茅盾进行了统摄与整合，为了实现"时代性"的核心目标，小说结局设置武装反抗之路就是茅盾小说的一个必然走向了。

三　"身体"叙事：时代变迁下的精神写照

在早期创作的《蚀》三部曲和《虹》中，茅盾通过充满浪漫主义色彩的身体叙事，使他创造的时代女性形象独具匠心；同时，与革命、都市、欲望等话语相互交织的身体叙事，又是他试图捕捉革命的潮起潮落与个体心理变迁之间微妙关系的重要突破口，非常耐人寻味。在"农村三部曲"中，茅盾的身体叙事同样令人印象深刻，尤其在对老通宝、多多头等人的劳动的身体、饥饿的身体的描绘中，茅盾尽力展现了现代化进程给中国乡村文明带来的基础性、根本性的变动，使他笔下的身体叙事充满了丰富的政治、经济、文化和人性意蕴。

夏志清对《春蚕》有过较高的评价，认为茅盾"笔下那些善良的农民，那种安于世代相传的工作的情形是如此的亲切感人，使得这篇原意在宣扬共产主义的小说，反变而为人性尊严的赞美诗了。"[1]夏志清认为"农村三部曲"原意是宣传共产主义，不但失之偏颇而且是低估了茅盾的艺术创造力。但"人性尊严"的评价，却无意中道出了《春蚕》引人入胜的奥秘。在"农村三部曲"中，茅盾借助

---

① 夏志清：《中国现代小说史》，刘绍铭等译，广西师范大学出版社 2014年版，第 124 页。

对农民劳动的身体的刻画，生动呈现了他们勤劳、质朴、坚毅的可贵精神，使小说不再只是简要地陈述中国传统农业模式中高度依赖于劳力投入这样一个事实，更意在强调：比照奢靡都市中的空虚灵魂，寒耕热耘的农民同样可以成为洞察时代变迁和人性内涵的有效窗口。

在"收蚕"仪式中，四大娘娴熟地操作着每一个步骤，由揉碎野花，到用鹅毛轻拂"布子"，再到插上带有美好寓意的纸花，均凝聚着全家人最真挚的祈祷和期盼。在等待结茧的日子里，为了满足蚕宝宝们的大胃口，村民们不仅需要清楚地预估隔天所需的桑叶，做好储备工作，还要一刻不停地将桑叶铺进团匾里，把握住蚕宝宝结茧的最佳时机。赊账买桑叶本就会消耗掉全家人大部分的乐观与希望，整日守在蚕房里"上叶"更是让人疲倦不已，然而老通宝等人却有"把剩余的精力榨出来拼死命干"① 的决心，他们认定投入的劳动时间越长，就越有可能获得大丰收。整篇小说中，将农民劳动与身体叙事结合得最巧妙之处，是四大娘"窝种"的一段："她就把那些布子贴肉揣在胸前，抱着吃奶的婴儿似的静静儿坐着，动也不敢多动了。……四大娘很快活，又有点儿害怕，她第一次怀孕时胎儿在肚子里动，她也是那样半惊半喜的！"② 此时，女性的身体被认定为最理想的摇篮，温和的磁场，适宜的体温，以及欣喜情感的滋润，都为蚕宝宝的出生提供了充足的保障。这样一种小说描写，包孕着对传统文化中讴歌母爱的认同与承继：朴实的农民深信只有经过这强烈的充满爱意的碰触与呵护，蚕宝宝们的灵性才能被激活，它们才不会辜负大家的辛劳付出。

强壮的年轻身体给乡间劳动带来生机与希望，而老相、病相的身体，在乡村中也从未缺席。在修补放置团匾的木架时，手指无力的老

---

① 茅盾：《春蚕》，载《茅盾全集》第 8 卷，人民文学出版社 1985 年版，第 329 页。

② 茅盾：《春蚕》，载《茅盾全集》第 8 卷，人民文学出版社 1985 年版，第 323—324 页。

通宝只修了一会儿，就累得抬起头喘粗气；在田间踏水车时，老通宝仅"踏了十多转就觉得腰酸腿重气喘"①。衰老、无助的身体与繁重的农活之间，构成了一种带有达尔文主义意味的裂隙，让人喟叹不已。孙隆基在《中国文化的深层结构》中，将中国人的生活意向概括为一个"养"字："每一个人都几乎将全副心思放在'养'自己的身体（亦即是'揾食'与'补身'），'养'老婆，'养'孩子（亦即是安身立命，生男育女），'养'上一代（亦即是'孝'）。"② 反观小说描写，老通宝向来只崇拜菩萨和健康，如果说衰老身体引发的不适，可以让老通宝在"养儿防老"的传统观念的催眠中，通过对下一代阿四和多多头的健壮身体的凝视，弱化甚至祛除自己对于身体机能下降的直观感受；那么，卖茧后的那场大病，则直接摧毁了老通宝的精神信仰。看着洗脸水中倒映出自己的面相："高撑着两根颧骨，一个瘦削的鼻头，两只大廓落落的眼睛，而又满头乱发，一部灰黄的络腮胡子，喉结就像小拳头似的突出来；——这简直七分像鬼呢！"③ 再联想到基本的温饱已经全无保障，老通宝生存意向中的"揾食""补身"观念瞬间化为泡影，他孱弱的身体再也无法得到悉心照料，他的心灵寄托也随之消散，正如小说中的黯然陈述："他觉得他这一家从此完了，再没有翻身的日子。"④

需要注意的是，与《子夜》中吴老太爷的形象一样，老通宝的病相、老相身体同样具有鲜明的文化表征意味。老通宝是穷苦农民的典型，但他更是"过时价值体系的代言人"⑤，他的老朽之躯象征着那些

① 茅盾：《秋收》，载《茅盾全集》第 8 卷，人民文学出版社 1985 年版，第 361 页。

② ［美］孙隆基：《中国文化的深层结构》，中信出版社 2015 年版，第 47 页。

③ 茅盾：《秋收》，载《茅盾全集》第 8 卷，人民文学出版社 1985 年版，第 338 页。

④ 茅盾：《秋收》，载《茅盾全集》第 8 卷，人民文学出版社 1985 年版，第 339 页。

⑤ 王德威：《写实主义小说的虚构：茅盾，老舍，沈从文》，复旦大学出版社 2011 年版，第 60 页。

盘旋已久的守旧价值观的衰落，他的悲惨结局更昭示着那个梦魇般的旧世界必将走向灭亡。类似象征手法的运用，在现代文学作品中尤为常见。只是不同于鲁迅在《狂人日记》《明天》等小说中的犀利笔法，茅盾更倾向于在相对温和的语调中描摹这份暗淡与颓败。比如，当拖着病体的老通宝仅凭着几句怒吼就想重新捍卫自己作为大家长的威严时，儿子阿四的置之不理却成为反抗的最强音，而这也不禁让人联想到詹明信的那个著名观点："第三世界的文本，甚至那些看起来好像是关于个人和力比多趋力的文本，总是以民族寓言的形式来投射一种政治：关于个人命运的故事包含着第三世界的大众文化和社会受到冲击的寓言。"①

茅盾对农民劳动的身体及其吃苦耐劳精神的刻画，既是真实摹写，也意在纠正那些关于太湖区域农民秉性柔弱的偏见。他真诚的笔法，曾招致过有关"返魅"意向的批评，但最需引起注意的是，随着资本的冲击和扩张，辛勤劳动已经不单单是传统农业社会中保障农民生存、助其规避风险的一种手段，它所面临的是被强行卷入现代化进程，构成与齐格蒙特·鲍曼所谓的最终指向完美状态的"发展进步"捆绑在一起的现代文明中的要素。同样，农民饥饿的身体也在这种不可抗拒的外在剧变中收获了更具复杂性的解读：它不再只是一种困扰着农民的生物学状态，而且也让我们看到了传统分配关系中互惠、互助等集体惯例的失效；农民无法应对已经演变为常态的饥饿体验，更无力对抗商品经济的吞噬，时代的变迁带给他们的是身体和心灵的双重打击。

《春蚕》中，负债累累的村民们每天只能吃个半饱，虽然肚子经常饿得咕咕叫，但幻想中的大丰收又足以让他们干劲十足。《秋收》中，"春蚕"的打击让大家的生活倍感艰难，断米的日子里，老通宝一家只能靠南瓜粥充饥，四大娘只得以泪洗面，小宝更是饿得"只剩了皮包骨头，简直像一只猴子"②。到了《残冬》中，村民们的生

---

① ［美］詹明信：《晚期资本主义的文化逻辑》，张旭东编，陈清侨等译，生活·读书·新知三联书店 2013 年版，第 429 页。

② 茅盾：《秋收》，载《茅盾全集》第 8 卷，人民文学出版社 1985 年版，第 340 页。

活简直不能再悲惨了，蔬菜冻坏后，村民们再也没有东西可以拿到镇上去换米，哀号、悲鸣以及怒骂声充斥着整个村庄。更可悲的是，困扰着农民的不仅是如何让残存的食物尽可能高效地为身体提供能量，还有从心理层面去接受丰收—破产—负债这样一个畸形法则带来的冲击和震撼。从欣喜于雪白的茧子或是饱满的稻穗，到知晓越丰收越困难的残酷事实，希望落空的打击远比因饥饿产生的痛感更加让人备受折磨，村民们那瘦削的身体，凹陷的眼眶，连同沙哑的嗓音，似乎都在宣告一个个被消沉填满的肉体即将向命运妥协，聆听死神的召唤。

不难看出，对农民饥饿身体的描摹浸透着茅盾强烈的怜悯与同情。这一方面源于他内心潜隐着的对养蚕的感性认识，茅盾自幼年时就曾耳闻目睹过蚕农们因桑叶、茧子价格的涨落而产生的悲喜人生；另一方面，由中国蚕丝业深受日本丝压迫而产生的愤怒情绪，再次为茅盾书写蚕农们被迫走上破产道路的悲惨故事提供了充足的情感动力。谈及小说的取材，茅盾向来主张作家对"有接触，并且熟悉，比较真切地观察了其人与其事的"[①] 素材更具掌控力，从而利于创作出真实生动的作品。正是与几代"丫姑爷"的交谈，让茅盾对蚕农的故事有了真切、具体的把握。据茅盾回忆，这些乡亲"不把我当作外人，我能倾听他们坦白直率地诉说自身的痛苦，甚至还能听到他们对于我所抱的理想的质疑和反应，一句话，我能看到他们的内心，并从他们口里知道了农村中一般农民的所思所感与所痛。"[②] 与"丫姑爷"的共情，使茅盾在创作时注入了深切的情感，这种源于外界现象所激发的心灵震颤和波动，对于创作者来说尤为珍贵。

小说中，除了对农民劳动身体的赞颂，对饥饿群像的呈现之外，突显茅盾真挚情感的身体叙事还有关于荷花悲惨命运的书写。生性善良的荷花自幼就丧失了作为人的主体性，一次次惨遭人格上的侮辱。

---

① 茅盾：《再来补充几句》，载《茅盾全集》第 3 卷，人民文学出版社1984 年版，第 562 页。

② 茅盾：《我怎样写〈春蚕〉》，载《茅盾全集》第 23 卷，人民文学出版社 1996 年版，第 214 页。

做丫头时，她不过是主人眼里一件没有灵性的东西；嫁作人妻后，因为时运不济，又得来一个"白虎星"的诨名。荷花被异化为"物"的身体成为村民们厌弃、敌对情感的投射物，她的身体只有在他者眼中才有意义，所以，她同女人吵架，同男人调情，似乎只有类似伴有活跃思维的情绪体验才能让她"感觉到几分'我也是一个人'的味儿"①。更可悲的是，荷花在收蚕的关键时期还要面对村民们的无视和躲避，她的卑微、无奈和痛苦无不映衬着茅盾对愚昧认知的憎恶和怒斥。

正如托尔斯泰在《论所谓的艺术》中所说："一切真正的艺术家的特性是以自己的感情去感染别人，而在自己所体验到的一切感情之中，他选取的自然是那些为一切人或绝大多数人所共有的感情。"②茅盾在"农村三部曲"中那些灌注情感的身体叙事，作为逸出"时代性"内涵政治话语导向的一种艺术创造，毫无疑问为小说自身的自足性、自律性和自发性提供了极为重要的艺术支撑。

四 "秩序"再造：现代性扩张中的生机与隐痛

分析、阐释"农村三部曲"的隐性内涵或者说"时代性"的另面，并不意味着否定以往有关"时代性"内涵的分析与判断。小说在总体性上所呈现的政治话语导向，正如前人所言："一九三三年前后，由于帝国主义的商品的疯狂输入，和当局的横征暴敛，中国农村经济陷入于一种恐慌的状态。地主阶级更乘机加深剥削；农民生活痛苦万分。当时是革命低落的时期，特别在江浙一带，农民运动是比较消沉，但是自发性的零星斗争是没有停止的。……这三篇小说，对于当时中国农村状态和农民斗争的情形，给我们留下一幅清楚、生动的

---

① 茅盾：《残冬》，载《茅盾全集》第 8 卷，人民文学出版社 1985 年版，第 374 页。

② ［俄］托尔斯泰著，陈建华编：《托尔斯泰思想小品》，上海社会科学院出版社 1999 年版，第 177 页。

历史图画。"① 但如果我们暂时放弃单一的政治话语价值导向，换一种眼光来打量"农村三部曲"，不难发现：在政治话语主导下所建构起来的这幅历史图画中的无限悲凉，不仅关乎老通宝和村民们悲苦命运的蔓延，更昭示了那个曾经亘古不变的乡村旧秩序已经面临威胁；在现代性扩张无孔不入、横扫一切的历史进程中，旧秩序、旧观念等等一切都行将崩坏、瓦解和消失，正如马克思那句名言宣告的：一切坚固的东西都将烟消云散。

首先，旧秩序的瓦解体现在传统亲子关系中裂隙的扩张。在人类文明中，下一代的成长，总会对上一代既定的权威性构成一种威胁；但代际关系虽然紧张，却也并非难以调和；尤其是孝道作为处理代际关系的黏合剂，在传统文化中始终占据着重要地位。黑格尔曾指出："中国纯粹建筑在这一种道德的结合上，国家的特性便是客观的'家庭孝敬'。"② 然而在茅盾"农村三部曲"中，传统孝道不但没能及时有效地发挥弥合代际关系的作用，老通宝与多多头的父子矛盾在一系列的观念冲突中反而愈演愈烈。在老通宝的认知中，儿子、儿媳要对他绝对地服从，不仅在使用糊篝纸、肥田粉、洋水车等问题上，他具有唯一的话语权，他还要求下一代必须严格继承勤俭忠厚的家族品质，只有这样才算遵从孝道，才能保证生活的安定。另一边，多多头却完全不把老通宝的教训放在眼里，他信奉"规规矩矩做人就活不了命"③。多多头从不盲目敬畏传统的养殖或种植经验，而是关注在多变的环境中仅靠低成本就可以确保收成的有效措施。当老通宝怒骂"抢大户"无异于强盗行为时，多多头偏要用得意的笑容回击老顽固的诅咒。

在对待"父债子还"的问题上，多多头的反叛态度更是颠覆了

---

① 荃麟、葛琴：《〈残冬〉分析》，载庄钟庆编《茅盾研究论集》，天津人民出版社 1984 年版，第 293 页。

② ［德］黑格尔：《历史哲学》，王造时译，上海书店出版社 2001 年版，第 122 页。

③ 茅盾：《残冬》，载《茅盾全集》第 8 卷，人民文学出版社 1985 年版，第 372 页。

传统代际关系中的和合倾向。在以家庭为基本单位的乡土社会中，人们实行的是同财共居的生活方式。家庭中的父亲对家庭财务具有绝对的管理和应用权力，他为确保生活的正常进行所借的债务通常不被当作他个人的债务，而是整个家庭共有的债务，因此，他死后这些债务理应由他的子女继续偿还。这是乡土社会中特有的信用机制，"人们靠这种信用机制保证债务的履行，而'子还'这一观念的实质就是对这一信用机制的遵守，是对债务的无限连带保证"①。但在小说中，老通宝为确保水稻丰收欠下的债务，在多多头看来不过是父亲执拗思想的产物，出于对全家人生存问题的担忧，多多头拒绝僵化地遵守所谓的信用机制和孝道，面对兄嫂的顾虑，他愤怒地吼道："老头子借的债，他妈的，不管！"②

"儒家所注重的'孝'道，其实是维护社会稳定的手段，孝的解释是'无违'，那就是承认长老权力。长老代表传统，遵守传统也就可以无违于父之教。"③ 从这一层面看，多多头对老通宝所持孝道的反叛不仅是除旧立新、顺应时势的进步行为，更有一种加速瓦解乡村文明中机械式的凝聚与稳定的开拓性。然而，倘若严格界定，多多头的反叛行为并不是无可指摘的。在两次反抗行动中，他优先考虑的是全村人的基本生存问题，而非个体人格的健全与发展，这与中国文化的深层结构有着密切关联，正如有学者的分析："事实上，中国人下一代即使对上一代做出反叛，也很少站在独立自主的个体的立足点上如此去做，而总是要借着与'民族大义'有关的契机——例如'外抗强权，内除国贼'之类……"④ 由于此类问题偏离了本文主题，故不再赘述，但多多头反叛的局限性也确实让我们看到传统的效力及其

---

① 张书颖、刘路英：《评民间继承习惯之"父债子还"》，《知识经济》2008 年第 10 期。

② 茅盾：《残冬》，载《茅盾全集》第 8 卷，人民文学出版社 1985 年版，第 381 页。

③ 费孝通：《乡土中国》，华东师范大学出版社 2018 年版，第 85 页。

④ ［美］孙隆基：《中国文化的深层结构》，中信出版社 2015 年版，第179 页。

对个体发展的抑制。

其次，技术的入侵是加速旧秩序崩坏的重要外部力量。就整个中国的农业系统来说，尽管存在着南北耕作方式的差异，但基本模式其实是统一的，比如，传统农业关注的是农民自身的温饱，而非对经济利益的追逐；比如，它可以很好地适应当地的生态环境，充分利用已有的各种资源，却唯独在技术层面是停滞的。俄国农民经济学家恰亚诺夫将这种劳动密集型的生产模式称为"自我剥削"①。近代以来，西方技术的入侵打破了小农经济的稳定性，但正如资本主义世界扩张问题的二律背反性，技术的入侵同样伴随着对落后的改进，对蒙昧的开化。因此，茅盾将农业技术的革新问题放置在老通宝与儿子的对立关系中进行呈示，表面上看是中西观念的碰撞，实际又仿佛在宣告西方技术已然在这片古老的土地上强行开辟坦途，村民们无力抵制，就像人类无法阻挠工具使用文化向技术统治文化的过渡②。

一方面，技术的入侵拓宽了农民的眼界，也颠覆了很多传统认知。比如，传统肥料豆饼不能解决的问题，隔年的肥田粉仅用一次就效果显著，这让农民接触到便捷、便利等具有冲击力的概念，让他们意识到一系列祖传经验的失效，以及对抗极端天气的可行性；另一方面，技术造就的丰收喜悦又是极为短暂的，它使收成不再具有保证农民生存底线的作用，它让农民不得不知晓资本市场运作机制的存在，而这个残酷的机制只能将他们推向更加被动、无助的境地，最终沦为农业系统中的"多余人"。相比村民们对西方技术入侵的五味杂陈的体会，老通宝的情感则是单一的，他厌恶、排斥、抵制一切洋货，在文中，这种反对的声音尽管微弱，却又寓意深刻，显见出茅盾借此挖掘中国人排斥洋货的心理根基的意图。一方面，这种排斥带有愚昧色彩，比如，老通宝将洋水车比作泥鳅精，硬是要在田边看守一夜等待

① ［美］李丹：《理解农民中国：社会科学哲学的案例研究》，张天虹等译，江苏人民出版社 2008 年版，第 120 页。

② 有关对"工具使用文化"和"技术统治文化"的划分详见《技术垄断：文化向技术投降》（［美］尼尔·波斯曼著，何道宽译，中信出版社 2019 年版）。

它"现原形";另一方面,这种排斥源自人们对鸦片的憎恨。比如,老通宝始终不明白小陈老爷怎么就染上了抽大烟的恶习,致使家业衰败也连带老通宝一家霉运不断。鸦片对国人身体的戕害,意志的摧残,让这个曾经傲视全球的民族备受侮辱,可以说,"中国人正是首先通过烟害而认识洋害的"①,由此,老通宝的抵制声音中又包孕着强烈的爱国情感,很大程度上淡化了他那盲目自大的刺耳腔调,也让读者深刻意识到茅盾对 20 世纪 30 年代的技术入侵问题的隐忧性思考,他敏感地揭示当时中国在国际秩序中遭受到的不平等的对待,他更坚信救亡图强的声音从来都不能掩盖那些屈辱性的记忆。

再次,如果说传统代际关系的恶化和技术的入侵对瓦解旧秩序的作用力相较温和,那么革命的力量则是极具冲击性的。自古以来,中国农民就扮演着集顺从和反叛于一身的角色,尤其到了 20 世纪 30 年代,除了因帝国主义转嫁危机而出现的畸形的社会现象之外,国内连年的战乱,国民党政府的腐败,以及自然灾害的频繁发生,均导致农村经济日益凋敝,农民纷纷破产。于是,当生存受到威胁时,反抗的力量逐渐壮大,锄头变作武器,恰如亨廷顿所指出的:"农民不仅开始意识到自己正在受苦,也认识到能够想办法来改变自己的苦境。没有什么比这种意识更具革命性了。"② 在《残冬》结尾,茅盾仅用寥寥数笔就勾画出多多头三人在反抗中动作的勇猛和迅捷:"队长毕竟有胆,哼了一声,跳起来就取那条挂在泥塑'功曹'身上的快枪,可是枪刚到手,他已经被人家拦腰抱住,接着是兜头吃了一锄头,不曾再哼得一声,就死在地上。……多多头抹着脸……队长脑袋里的血溅了多多头一脸和半身。"③ 此时血腥和暴力场景虽然残忍,却又在与农民惨遭剥削的悲苦画面的比照中获得了合理性与合法化,暴力反抗是农

---

① 陈旭麓:《近代中国社会的新陈代谢》,生活·读书·新知三联书店 2017 年版,第 47—48 页。

② [美]塞缪尔·P.亨廷顿:《变化社会中的政治秩序》,王冠华等译,上海人民出版社 2008 年版,第 245 页。

③ 茅盾:《残冬》,载《茅盾全集》第 8 卷,人民文学出版社 1985 年版,第 388—389 页。

民积聚已久的内在情绪的表达，更是农民参与建构新秩序的唯一出路。

对农民反抗意识的强调，使"农村三部曲"被列入左翼小说中反映"丰收成灾"主题的作品系列，其他作品包括叶绍钧的《多收了三五斗》，叶紫的《丰收》，洪深的《香稻米》以及夏征农的《禾场上》等。这些作品将"五四"乡土小说中对农民苦难的书写转向了对农民阶级意识觉醒的刻画，在揭露经济破产现象的同时，更意在通过暴力反抗的叙事模式唤起无产阶级的抗争精神，继续在"启蒙""革命""救亡"的话语体系中，实现文学的政治功用和社会价值。然而，相比《丰收》《香稻米》等小说中被极致渲染的农民的革命激情和复仇情绪，《残冬》中缺少了剑拔弩张的紧张气氛。这种弱化视觉冲击的叙事，非但没有违背左翼文学所倡导的政治信念和美学理想，反而突显了暴力叙事作为一个审美范畴、文化范畴的复杂性和丰富性。有人更是因此赞誉道："由于他对事实及历史认识较深，故相较起来，他没有一般左派作家浅薄，也没有像他们一样陶醉于革命必胜的自我催眠调子中。"①

这个"对事实及历史认识较深"，大概率指向的是小说中有关太平天国运动的穿插叙述。太平天国运动在老通宝的眼里有如一场浩劫，他认定被"长毛打过先风"②的村庄只会剩下残垣断壁，他更确信儿子多多头的造反做派正是那"小长毛"冤鬼投胎所致，只有将他活埋，才能扭转全家人的厄运。太平天国运动是一场企图改朝换代的农民起义，在小说中有关它的叙述是与多多头等人的反抗交叉呈现的，这显然包孕着茅盾由"长毛造反"的局限性所引发的清醒认知与理性探讨。尽管那个曾经为农民阶级许诺的充满友爱与和谐的乐园本就是个泡影，但太平天国运动留给历史的余响却是长久的。借助老通宝对村民造反的唾弃与不屑，茅盾试图强调对保守安逸小农意识的

---

① 夏志清：《中国现代小说史》，刘绍铭等译，广西师范大学出版社2014年版，第125页。

② 茅盾：《秋收》，载《茅盾全集》第8卷，人民文学出版社1985年版，第343页。

警惕；借助多多头对"真命天子"的揶揄，茅盾更意在表达不同于太平天国的失败结局，拥有全新组织力量的农民抗争必将迎来光明的前景。

英国学者乔纳森·李尔在《激进的希望》的结尾处，认为"克劳族需要一批新生代诗人"，他希望富有诗意的声音可以唤醒那些麻木昏聩的逐利者。① 作为中国左翼激进年代的一个成就卓著的文学大师，茅盾尽管畅想在"社会科学"指导下革命的伟力必将造就另一番天地；但一个文学家的天性与创造力，使他绝非仅仅在小说世界表达某种主题，也通过小说艺术世界的复杂、含混、多元建构，涵纳时代、社会、人生和人性的复杂底蕴。由此，"时代性"内涵，也绝非仅仅止步于政治话语价值取向。"仪式""身体叙事""秩序"等隐性的"时代性"肌质，不但弥补了主题先行的机械、僵化与空洞，而且为小说充盈艺术魅力的形成提供了重要支撑。如果我们回味"农村三部曲"中那些不乏诗意的描写，比如"太阳落山的时候，老通宝的田里平铺着一寸深的油绿绿的水，微风吹着，水皱的像老太婆的脸。"② 再比如"这时庙门外风赶着雪花，磨旋似的来了。"③ 或许，我们看到的不仅仅是政治话语价值导向所预设的历史发展必然性，而且我们也能看到，茅盾曾经试图为那个颓败不堪的旧秩序谱一支安魂曲，让它的逝去不那么萧索、不那么机械。

（原刊《东岳论丛》2023 年第 1 期）

---

① ［美］彼得·布鲁克斯、希拉里·杰维特编：《人文学科与公共生活》，余婉卉译，译林出版社 2022 年版，第 164 页。

② 茅盾：《秋收》，载《茅盾全集》第 8 卷，人民文学出版社 1985 年版，第 365 页。

③ 茅盾：《残冬》，载《茅盾全集》第 8 卷，人民文学出版社 1985 年版，第 389 页。

论《子夜》中的布尔乔亚青年群像*

吕周聚**

摘　要　《子夜》塑造出了范博文、林佩珊等一批青年布尔乔亚形象，但多年来很少引起学界的关注。这些青年布尔乔亚是 20 世纪初中国社会出现的新人类，也是中国现代小说人物画廊中一类新的人物形象。相对于吴荪甫、赵伯韬等父辈形象而言，这些青年布尔乔亚血肉丰满，较少有概念化倾向。尽管他们性格不一，但在他们身上呈现出那个年代青年布尔乔亚的一些群体特征。他们追逐摩登时尚，热衷于玩爱情游戏，追求颓废浪漫，向往革命却满足于高谈阔论，沦为革命的旁观者。茅盾自觉地运用马克思主义阶级理论作为指导来塑造这一群体形象，既指出其存在的社会必然性，又揭示出这一青年群体所存在的问题。

关键词　《子夜》；布尔乔亚；青年群像

布尔乔亚是一个外来词语，在 20 世纪 30 年代的期刊上不乏对这一词语的解释，且对它的解释大同小异。如《拓荒》创刊号将"布尔乔亚"作为一个名词来解释。布尔乔亚是法文"bourgeois"之音译。所谓布尔乔亚，原是非奴隶的自由民之义，是与贵族和教士相对待而言的。又以历史上顺序言，对于教士之为第一阶级，国王诸侯贵族之为第二阶级，以及普罗列他利亚之为第四阶级，亦称为第三阶级。现在所谓布尔乔亚，是指资本家阶级，是在实业革命以后所产生

---

　*　基金项目：国家社会科学基金项目（项目编号：19BZW097）。

　**　作者简介：吕周聚，青岛大学文学与新闻传播学院教授，博士生导师。

的。其特征为独占资本，雇入劳动者，把他们所产生出来的剩余价值积蓄起来，在经济上占优越之地位，更由之以掌握国家权力之阶级。① 经常与这一名词一起出现的则是"普罗列他利亚"（即无产阶级）。在西方，资产阶级出现于15世纪，在中国则是在19世纪末伴随着洋务运动的发展而出现。到了20世纪30年代，随着马克思主义理论的广泛传播，这一名词为中国读者所熟悉。作为中国共产党的第一批党员，茅盾自然熟知马克思主义理论，并自觉地用马克思主义的阶级理论作为指导，在考察上海都市生活的基础上，创作出了《子夜》这一鸿篇巨制，展现了以吴荪甫为代表的资产阶级与无产阶级之间的矛盾冲突，成功地塑造出一批资产阶级形象。正因如此，《子夜》中的人物形象表现出概念化的倾向。以往的研究者大多关注以吴荪甫、赵伯韬、杜竹斋等为代表的资本家形象，而较少关注作品中出现的青年布尔乔亚形象。实际上，《子夜》是一部以描写群像而取胜的作品，作品中除了成功地塑造出吴荪甫等资本家形象之外，还成功塑造出范博文、林佩珊、杜新箨、杜学诗、李玉亭等一批青年布尔乔亚形象。相对于吴荪甫、赵伯韬等父辈形象而言，这些青年布尔乔亚较少有概念化倾向。这些人物生动形象，血肉丰满，充满生机活力，尽管他们性格不一，但在他们身上呈现出那个年代青年布尔乔亚的一些群体特征。

一　青年布尔乔亚的情感游戏

《子夜》中的青年布尔乔亚正值青春年华，对异性充满兴趣，有大把的时间和精力来谈情说爱。与五四时期青年人对自由爱情的执着追求不同，他们对爱情并不认真专一，而是将爱情视为一种情感游戏。作品中描写了几对年轻人之间的三角恋爱，呈现出他们之间情感的复杂纠葛。

20世纪30年代，上海是中国最大的现代化都市，被称为"十里

---

① 拓荒杂志社：《布尔乔亚》，《拓荒》1933年创刊号。

洋场"，素有"东方巴黎"之称，高楼大厦、汽车轮船、电报电话等现代化的东西应有尽有。在这里，中国的传统文化日趋衰落，而西方现代文化则日渐流行，年轻人尤其是那些接受过现代教育的年轻人的思想观念日渐开放，西化渐渐成为一种社会时尚。从婚恋的角度来说，年轻人追求恋爱自由和婚姻自由，反抗传统"遵父母之命、奉媒妁之言"而成婚的包办婚姻成为一种社会潮流。这些生活在都市里的青年男女没有了传统婚姻的束缚，可以自由地追求自己所喜欢的异性，情感处于一种自由泛滥状态，三角恋爱乃至多角恋爱成为一种时尚，这在张资平、刘呐鸥、叶灵凤等人的小说中都有所体现。在《子夜》中，吴府的客厅中聚集着一批青年男女，他们年龄相仿，因父辈之间的关系而形成一个特定的交际圈子。他们经常在一起聚会，异性之间产生感情也是很自然的事情，但他们的这种异性关系显得异常复杂，三角恋爱成为一种基本的模式。

以林佩珊为中心，形成了范博文、林佩珊、杜新箨之间的三角恋爱，如果再加上吴荪甫准备拉郎配的杜学诗，那就是四角恋了。林佩珊正处于豆蔻年华，年轻漂亮，浑身散发着青春活力，对异性充满了吸引力。范博文大胆地追求林佩珊，林佩珊也喜欢他，但吴荪甫不喜欢范博文，不同意范博文与林佩珊来往。在吴荪甫看来，范博文虽然是聪明人，会说俏皮话，但是气魄不大。他认为二姊家的老六杜学诗将来会成点名目，有意将林佩珊许配给杜学诗。他不是以是否有感情来衡量年轻人的婚姻，而是以所谓的前程作为婚嫁的标准。在得知吴荪甫反对她和范博文交往后，林佩珊充分利用自己的姿色，周旋于范博文与杜新箨、杜学诗之间。小说第六章写范博文与林佩珊在兆丰公园谈恋爱，范博文满脸是"诗人"应有的洒脱态度，林佩珊则穿着性感的薄纱洋服，恰到好处地衬托出她那 16 岁少女正在发育的身体曲线。范博文被林佩珊的性感身体所诱惑，对其产生了一种迷恋之情。二人相处融洽，给人一种郎才女貌的感觉，但吴荪甫和林佩瑶的反对增加了二人之间继续交往的难度，林佩珊对范博文的态度渐渐发生了变化。范博文认为林佩珊应该有自己的主见，不应听从别人的意见，但林佩珊显然没有自己的主见，从法国归来的花花公子杜学箨似乎更能赢得她的芳心。范博文有自恋情结，他自认自己有诗人才华，且长得帅，能够吸引少女的关注，他对自己的长相及才华充满自负，对抓住林佩珊也充满了自信。林佩珊因受到吴荪甫和林佩瑶的劝说，开始对范博文不冷不热，在兆丰公园里弃他而去。范博文感到很失望，自尊心受到伤害，他希望有家人能够分担自己的痛苦，然而他没有家人，他成为世界上最孤独的人，在苦闷中产生了自杀的念头。为情自杀是年轻人采取的一种极端的情感行为，充满了纯真、浪漫且悲情，但范博文所谓的自杀只是一种短暂地感动自己的想法，并没有付诸实际行动的勇气。对他来说，失去林佩珊固然可惜痛苦，但不值得真的为她而自杀，没有林佩珊，他依然可以生活下去。

林佩珊远离范博文之后，对杜新箨产生了好感，要杜新箨设法让吴荪甫同意他们的爱情，然而从法国归来的杜新箨学会了法国人的浪漫与颓废，玩世不恭，对爱情持游戏态度。他认为吴荪甫是说不通的，他们只有过一天算一天，一直混到再也混不下去，混到林佩珊有了正式的丈夫为止。杜新箨一开始就知道与林佩珊不会真正地走到一起，他与林佩珊之间的交往只是逢场作戏而已。杜新箨与林佩珊发生过关系，但在杜新箨看来，这种关系根本算不了什么。面对杜新箨的这种不负责任的歪理，林佩珊竟然觉得他说得有道理，对 16 岁的林佩珊来说，她只是对异性充满了好奇与向往，并不了解恋爱的真正意义，她一切都不过是孩子气地玩耍罢了。玩耍对玩耍，谁也不要当真，这正是二人所想要的情感游戏，也正是二人的所谓的"爱情观"。林佩珊问杜新箨谁会是自己的正式丈夫，杜新箨说范博文不错；林佩珊说吴荪甫要把自己许配给杜学诗，杜新箨则说杜学诗不行，但也不要紧，因为人生就是游戏，这就是他的人生观，也是他的恋爱观，游戏人生，游戏爱情就成了他的日常行为。人生观、恋爱观相同，这是他们能够"玩"在一起的主要原因。

以范博文为中心，形成了林佩珊、范博文、蕙芳之间的三角关系，只不过这种三角关系比较微妙——范博文追求林佩珊而不得，而蕙芳对范博文有好感，却缺少向他表白的勇气。四小姐蕙芳在农村时受吴老太爷的严格管教，整天诵读《太上感应篇》，信奉"万恶淫为首，百善孝为先"，遵守男女之大防，衣着保守，来到上海后，她开了眼界，羡慕那些时尚的打扮，尤其是在吴老太爷去世后，她获得了自由，可以自由地与范博文等男性一起来往，并暗自对范博文产生了感情。蕙芳喜欢范博文，无奈范博文的注意力只在林佩珊身上，对蕙芳并无感觉。由于蕙芳性格内向，不敢向范博文表达自己内心的爱情，只好压抑自己的情感，并因此而痛苦不已，两人之间的感情难以有新的进展。

此外，以张素素为中心，在李玉亭、张素素、吴芝生之间也存在着一种暧昧的三角情感关系，只是他们之间的感情表达得比较含蓄，没有明确地表达出来。

20 世纪 30 年代，传统婚姻与现代婚姻并存，在农村中包办婚姻依然盛行，而在大城市里的青年知识分子中爱情自由、婚姻自由渐渐成为一种时尚。《子夜》所描写的青年男女之间的三角恋爱固然是爱情自由的结果，也是欲望泛滥的结果。从这一角度来看，《子夜》中的青年布尔乔亚赓续了《蚀》三部曲中以章秋柳为代表的时代女性的特质，反对既定的传统道德，追求肉体的放纵，将爱情视为游戏。林佩珊、范博文等青年男女追求爱情自由自然无可厚非，但将爱情当作一种情感游戏则是一种放荡、不负责任的表现。在传统的婚恋观念解体之后，如何树立现代的婚恋观念成为引人思考的问题。

二　青年布尔乔亚的享乐与颓废

《子夜》中的青年布尔乔亚们是含着金汤匙出生的一代，他们家庭条件优越，整天无所事事，吃喝玩乐成了他们的主要任务。他们过着奢侈的生活，享乐与颓废成为他们的群体特征。

在上海这个现代化的都市中，西方的生活方式成为青年布尔乔亚的追求，跳舞成为一种时尚。林佩珊、范博文等经常在吴府的客厅举办舞会，他们穿着时尚，在音乐灯光中群魔乱舞。正是这性感的艳舞和狂荡的艳笑令刚进城的吴老太爷一命归西。这种疯狂的跳舞是青年人的一种娱乐方式，是他们生活的重要构成部分。他们经常举办假面舞会，戴着假面具，隐藏起自己的真实面目，随心所欲地扮演自己所希望的角色，进入一个超现实的世界，无所顾忌地放纵自己的欲望。作品第三章一边叙述吴老太爷的葬礼，一边描写交际花徐曼丽的"死的跳舞"——她赤着一双脚袅袅婷婷地站在一张弹子台上跳舞，她托开了两臂，高高地提起一条腿，用一个脚尖支持着全身的重量，在那平稳光软的弹子台的绿呢上飞快地旋转，她的衣服的下缘平张开来，像一把伞，她的白嫩的大腿，她的紧裹着臀部的淡红印度绸的亵衣全部露出来了——这种艳舞充满了性的诱惑，吸引了周仲伟、雷参谋的积极参与，吴芝生、范博文也近距离地观看，吴芝生称之为"新奇的刺激、死的跳舞"①。

范博文曾是有志青年，当年曾参加过五卅运动，但时过境迁，其革命意志衰退，成为革命的旁观者。面对大街上的群众示威运动，范博文在大三元酒楼上慨叹：什么都堕落了！便是群众运动也堕落到叫人难以相信，他的话引来吴芝生的抬杠。在吴芝生看来，范博文便是一切都堕落的证据：五年前你参加示威，但今天你却高坐在大三元酒家二楼，希望追踪尼禄（Nero）皇帝登高观赏罗马城那种雅兴，前后表现出一种矛盾性。②范博文的堕落具有一定的代表性，呈现出那个年代相当一部分知识青年的迷惘与困惑。

杜新箨是一个花花公子，他从法国留学回来，很有绅士派头，穿着讲究，手杖、草帽不离身。他在法国没学到什么真实有用的东西，却将巴黎的奢华与颓废带了回来。他对人生持虚无主义态度，在他眼中什么都无所谓，轰轰烈烈的群众示威运动在他看来也仅仅是"胡闹"。他对法国的奢侈生活念念不忘，而上海与巴黎的生活氛围差不多，这使他在上海的生活如鱼得水。他崇尚享

---

① 茅盾：《子夜》，载《茅盾全集》第 3 卷，人民文学出版社 1984 年版，第 71 页。

② 茅盾：《子夜》，载《茅盾全集》第 3 卷，人民文学出版社 1984 年版，第 17 页。

乐,面对大街上游行示威的人群,他在大三元酒楼上发表议论:
"且欢乐吧,莫问明天,醇酒妇人,——沉醉在美酒里,销魂在
温软的拥抱里!"① 杜新箨知道由几个白俄亡命贵族新辟的游乐园林
丽娃丽妲村,那里有美酒、音乐、旧俄罗斯的公主郡主贵嫔名媛奔走
趋承;那里有大树的绿荫如幔,芳草如茵;那里有一湾绿水,有豪华
游艇,正是由于对塞纳河边的快乐和法兰西女郎火一般热情的怀念,
他成了丽娃丽妲游乐园的常客,丽娃丽妲成了他和林佩珊谈情说爱的
乐园。

丽娃丽妲公园于 20 世纪 30 年代初出现在上海,"近来时髦青年
男女互相传说,沪西有优美之乐园,至为幽静,名曰丽娃栗妲 Rio
Rita(丽娃丽妲)。盖取自电影名片之名耳。但均未详其地址,致无
从问津。"② 丽娃丽妲是当时上海绝无仅有的夏日乐园,吸引了大批
红男绿女前来游玩。除了杜新箨之外,其他年轻人也经常到丽娃丽妲
游玩。小说第十八章写张素素带着失恋的蕙芳来到丽娃丽妲,让她换
换新鲜空气,看看上海的摩登男女到乡下来干的什么玩意。这里虽是
上海的乡下,只是平常的乡下景色,但这里仍旧是时尚的"上海"。
从封闭的乡下来到开放的丽娃丽妲,见到青年男女之间的拥抱调情,
蕙芳既害羞又渴慕,心理受到很大冲击。对她而言,这无疑是一次朦
胧的性爱启蒙。她们在公园里碰到了正在游玩的范博文、李玉亭、吴
芝生,他们在一顶很大的布伞下野餐,小桌子上摆满了汽水瓶、啤酒
瓶和点心碟子,张素素和蕙芳也占定了一张小桌子喝汽水,张素素看
着眼前的景象自言自语地轻声说:全都堕落了!——然而也不足为
奇!她们又碰到了在小河中划船的杜新箨和林佩珊,他们正在独享二
人世界。可以说,丽娃丽妲是这些年轻人的乐园,他们在这儿放纵自
我,沉迷于西化的美食与艳丽的肉体之中。

---

① 茅盾:《子夜》,载《茅盾全集》第 3 卷,人民文学出版社 1984 年版,
第 253 页。

② 记者:《丽娃栗妲村之发现》,《中国摄影学会画报》1930 年第 6 卷第
251 期。

以范博文、林佩珊、杜新箨等为代表的年轻一代布尔乔亚，依靠父辈提供的优渥经济条件，无须为生计问题四处奔波，整天优哉游哉，无所事事。他们的生活方式和道德观念已经严重西化，他们没有理想追求，崇尚享乐，追求刺激，吃喝玩乐、纵情声色成为他们的日常生活，他们也因此而成为颓废堕落的一代。

三　青年布尔乔亚的浪漫革命

20世纪30年代，正值中国革命运动风起云涌之际，许多青年人尤其是知识青年对社会现状不满，对新兴的革命产生兴趣，内心向往革命，有的以实际行动参加了革命，成为革命者；有的则停留在理论的层面，缺少行动，成了语言的巨人，行动的矮子。这类年轻人成为30年代左翼小说的主人公，"革命加恋爱"成为此期左翼小说的基本模式。作为早期的无产阶级革命家，茅盾不仅掌握了马克思主义理论，而且参加了无产阶级革命实践活动，对无产阶级革命运动有着深切的体会，在此基础上创作出了《蚀》三部曲。从题材内容上来看，《蚀》三部曲也属于"革命加恋爱"的作品，塑造出了以孙舞阳、章秋柳等为代表的时代女性，她们积极投身革命运动，一边革命，一边谈情说爱，革命与恋爱成为不可分割的整体，《幻灭》《动摇》《追求》既呈现出他们对革命态度的变化，也呈现出他们对爱情态度的变化。从这一角度来看，《子夜》承继了《蚀》三部曲的基本模式，"革命加恋爱"仍是作品的重要构成部分。但二者之间又存在一定的差异：《蚀》三部曲叙述的是大革命过程中青年男女的革命加恋爱，《子夜》叙述的则是大革命之后的革命加恋爱，前者革命与恋爱并重，后者则轻革命而重恋爱，革命成了恋爱的背景。换言之，以范博文、张素素为代表的青年布尔乔亚虽然向往革命，经常聚集在一起谈论社会现实问题，发表与革命有关的议论，却并没有真正的革命实际行动，成为革命的旁观者。

小说中的范博文是一个诗人，情绪容易激动，也容易产生消极情绪，他曾参加五卅运动，后来渐渐远离革命，成为革命的旁观者，是一个语言大于行动的革命家。他经常发表议论，表达对社会现实的不满，表达自己对社会人生的看法。他如同一个哲学家，对社会人生洞若观火，却缺少实际的行动，是一个典型的空头革命家。第二章中吴老太爷去世后，范博文对吴老太爷为何去世发表议论。在他看来，吴老太爷20多年足不出户的乡下生活简直是不折不扣的坟墓生活，他那书斋就是一座坟，今天突然到了上海，看见的、听到的、嗅到的无不带有强烈的刺激性，在这种强烈刺激之下患脑充血而死，就再正常不过了。① 在他看来，吴老太爷是"古老社会"的代表，是一具封建社会的僵尸，乡下是幽暗的坟墓，他在乡下不会风化，但到了现代大都市的上海，马上就会风化，他的去世象征着古老社会的分崩瓦解。范博文控诉金钱的罪恶：因为金钱，双桥镇闹了匪祸；因为金钱，资本家在田园里造起工厂，黑烟蔽天，损坏了美丽的大自然；更因为金钱，农民离开可爱的乡村，拥挤到都市里来住龌龊的鸽子笼，把人的性灵汩没！第三章写吴芝生拉着范博文去看徐曼丽等人的"死的跳舞"，吴芝生对这些平常日子高谈"男女之大防"而背后却腐化堕落的"社会栋梁"不理解，在范博文看来，吴芝生的这种观点是书呆子的见解，"男女之大防"固然要维持，"死的跳舞"却也不可不跳，农村愈破产，都市的畸形发展愈猛烈，金价愈涨，米价愈贵，内乱的炮火愈厉害，农民的骚动愈普遍，他们这些有钱人的"死的跳舞"就愈加疯狂。② 应该说，范博文对社会的观察是深入的，其观点不无可取之处。第五章后半部分写林佩瑶、林佩珊、阿萱在小客厅里阅读范博文新出的诗集，吴荪甫看了后很不以为意，对范博文向来的议论——伧俗的布尔乔亚不懂得至高至上的艺术云云——充满不屑。在吴荪甫看来，现代的年轻人不是浪漫颓废，就是过激恶化，范博文无疑是前一种。范博文对吴荪甫的轻视表示不满，责问吴荪甫，发财的

---

① 茅盾：《子夜》，载《茅盾全集》第3卷，人民文学出版社1984年版，第261页。

② 茅盾：《子夜》，载《茅盾全集》第3卷，人民文学出版社1984年版，第71页。

门路很多，为什么要办丝厂？吴荪甫答曰只有丝才能使中国的实业挽回金钱外溢，但范博文并不认同吴的观点。他经过考察发现，中国丝到了外洋织成绸缎，依然销往中国。同时，日本的人造丝又大量销往中国，结果中国丝欧销停滞，纽约市场又被日本夺去，吴荪甫等人把丝囤在栈里，一面大叫厂丝无销路，一面本国丝绸反用外国人造丝，这就造成了中国实业前途的矛盾。他当面揭穿了吴的投机把戏，令吴哑口无言。第九章写张素素与范博文等在大三元酒楼上讨论大街上的纪念五卅游行，范博文说自认是见了热就热，见了冷却不一定就冷，他喜欢说俏皮话，但是他的心里却异常严肃；他常想做一些正经的严肃的事，却需要一些事来刺激一下，他将自己没参加游行的原因归结为别人没来招呼他一道走，他想办法找理由为自己开脱，将没去参加示威游行的责任推到了别人身上。在范博文的身上，我们可以看见当时部分小资产阶级知识分子的共同特点：对社会现实表示不满，在理论上夸夸其谈，但又不愿采取行动来改变社会现实，不愿投入到革命队伍中，成为社会革命的旁观者。我们在范博文的身上可以看到茅盾的影子，作者通过他来发表抒情议论，发表自己对社会现实、人生的看法，因此他的议论不仅带有诗人的激情，而且带有一定的哲理意味，能够切中时弊，令人深思。

张素素是这群年轻人中具有革命家气质的人物，她性格外向，不满足现状，寻求刺激，富有激情，被同伴们称作"女革命家"。当她听吴芝生说有示威活动时，便出于好奇参加了纪念五卅游行，但她参加游行只是因为腻烦了平凡无聊的生活，觉得眼前的事情有点刺激好玩。受到柯仲谋奉劝她回到家里去的语言刺激，她在骚动发生时一个人飞也似的穿过马路向示威的人群跑去，成为示威人群的一员；当听到骑巡的马蹄声时她赶快闪在一边。在示威的人群遭到巡捕、装甲汽车和骑巡的前后夹击时，人群四散乱跑，慌乱中吴芝生抓住了她的手，带她穿过马路，来到新新公司门前，此时的她松了一口气，觉得心已经不跳，却是重甸甸地往下沉，她不能再笑了，手指尖冰冷。当巡捕来到新新公司门口抓人时，她们想躲进新新公司，无奈被公司员工挡在门外，她只好和吴芝生一起逃进大三元酒店的二楼，她的

"革命"行动也就到此为止。她和吴芝生在大三元酒楼遇到了范博文、林佩珊、杜新箨、李玉亭等人,他们一边吃着点心,一边议论窗外的示威游行,谈论革命时局,窗外的革命成了他们吃喝玩乐的背景,窗外与窗内形成了强烈对比。对张素素而言,参加短暂的示威游行只是好玩、刺激而已,当面临危险时她便选择退出游行,坐在楼上看风景,成为革命活动的旁观者。

尽管张素素并非真正的革命家,但她在蕙芳的眼里却是女中豪杰。蕙芳因暗恋范博文而苦恼,在家里以诵读《太上感应篇》的方式逃避、压抑感情,张素素窥破了她的心机,鼓励她勇敢地表露自己的内心,反抗吴荪甫的专制,走出家庭,到学校里读书。在张素素的鼓动下,蕙芳懦弱的性格发生了变化,她大胆地反抗吴荪甫的家庭专制,离开吴府,到学校去上学,由一个传统女性成长为一个现代女性。蕙芳将爱情的能量转化成革命的能量,这种巨大变化预示着女性革命的可能。

杜新箨在法国留过学,开过眼界,见多识广,对于革命、罢工等持有不同的看法。在遇到工潮时,杜新箨寻找解决的办法,提出学习外国(英国或美国)的企业制度,实行股份制,只要厂里的工人都是股东,股本分散了捏在工人手里,就不会闹工潮,但他的这种观点遭到杜学诗等人的嘲笑。让工人成为工厂的主人,让工人得到他们应得的利益与权益,这种解决劳资阶级矛盾冲突的办法的确新颖,但在当时不可能得到资本家的认同,更不可能在当时的中国企业内实施。杜新箨善于高谈阔论,是一个地地道道的空想革命家。

范博文、张素素、杜新箨等布尔乔亚青年与作品中的蔡真、玛金等革命青年形成了一种对比关系,他们年龄相仿,但他们对革命的态度、参与革命的方式并不相同。蔡真、玛金等是真正的马克思主义者,以实际行动参与了革命,她们冒着生命危险深入工厂车间发动工人罢工,成为工人运动的领导者;而范博文、张素素等虽然向往革命,但他们只是在口头上对社会现实表示不满,满足于发表革命性的议论,并没有真正地参与革命活动。从更宽广的角度来看,他们与这一时期左翼文学中出现的革命青年形象也形成一种对比关系,左翼文学中的革命青年大多是小资产阶级知识分子，如蒋光慈《野祭》中的陈季侠和章淑君，他们积极参加革命，在革命中克服自身的局限性，成长为革命者；而范博文、张素素、杜新箨等人则是地地道道的资产阶级，缺少革命性，难以克服自身的局限性，不会迈出革命的一步，只能成为革命的旁观者。从文学形象的角度来看，以蔡真、玛金等为代表的革命青年形象稍显单薄空洞，呈现出概念化的倾向，而范博文、张素素等人物形象则血肉丰满，栩栩如生。

19 世纪末 20 世纪初，中国产生了新兴资产阶级，吴荪甫、杜竹斋等从地主、商人转变为资产阶级，而范博文、林佩珊、杜新箨等资产阶级的后代则成为新一代资产阶级。如果说吴荪甫、杜竹斋等人身上还带有一定的封建性，那么范博文、林佩珊、杜新箨等则是纯正的资产阶级了。作为新生的一代，他们没有因袭的封建重担，更多地接受了西方的生活观念和道德观念，成为新一代资产阶级的代表。茅盾对此类青年布尔乔亚比较熟悉，因此写起来得心应手，既赋予每个青年布尔乔亚以鲜明个性，又呈现出他们的一些共同特征：沉迷于谈情说爱，玩爱情游戏；满足于吃喝玩乐，追求享乐颓废；对社会现实不满，向往革命，却满足于高谈阔论，缺少实际的革命行动。茅盾为何主要呈现他们的这些负面特征？这一方面与这些青年布尔乔亚的本质特性、生活方式有关，是对当时相当一部分青年布尔乔亚的客观呈现；另一方面则与茅盾的思想观念密切相关，他自觉地运用马克思主义理论来考察中国社会的发展变化，剖析中国社会所存在的诸多问题，将资产阶级作为无产阶级革命的对象来叙写[①]。正因如此，《子夜》是 20 世纪 30 年代左翼文学的扛鼎之作，作品中的这些青年布尔乔亚呈现出新生资产阶级的群众特征，成为中国现代文学史上一类新的人物形象。

（原刊《社会科学辑刊》2023 年第 6 期）

---

① 毛泽东在《中国社会各阶级的分析》中指出："一切勾结帝国主义的军阀官僚买办阶级大地主反动派知识阶级即所谓中国大资产阶级，乃是我们的敌人"。参见《中国青年（上海 1923）》1926 年第 5 卷第 117 期。

论茅盾《子夜》的叙事空间

张连义 [*]

摘　要　空间是茅盾《子夜》结构故事的主要形式。不同物理空间的聚集形成不同的利益群体并进而形成阶级斗争的基础。空间的政治属性决定了私密空间对公共空间的支配，也显示出资本的决定作用，从这个意义上说，吴荪甫等人与赵伯韬"斗法"失败正是民族工业命运的真实写照。茅盾以忠实于现实的原则展示出 1930 年代初期各个阶级的真实生存现状，同时，也以情欲叙事的张扬使以政治为主导的文学场达到了暂时的相对的平衡，从而使《子夜》成为一部成功的作品。

关键词　《子夜》；空间；资本；情欲；文学场

《子夜》是中国现代文学名著，也是茅盾的代表作。作为社会剖析小说的代表性作品，其主要目的在于以阶级分析的方法向广大读者展示各个阶级、各个阶层的不同追求和命运。不同阶级、不同阶层所处的物理空间和政治空间，决定了《子夜》的空间叙事。虽然小说也显示出故事的时间，但空间对故事的建构更为明显，甚至可以说，正是空间建构了小说叙事的基本格局。

一　物理空间：阶级斗争的基础

小说中吴公馆、双桥镇、上海、工厂、贫民窟等是故事演绎的主要

＊　作者简介：张连义，男，1973 年出生，山东聊城人，浙江传媒学院文学院茅盾研究中心副教授，文学博士，研究方向为中国现当代文学。

空间，每个空间都演绎着某人或某些人的命运并以此构成小说的有机成分。吴公馆汇集了小说的主要人物，如吴荪甫、林佩瑶姐妹、四小姐、王和甫、杜竹斋等各式人物，并由他们扩延到工厂、证券交易所、石桥镇等其他空间，吴公馆也由此成为小说的枢纽。作为物理空间，吴公馆环境优越，包括大小客厅、书房、餐厅、亭台楼阁等，应有尽有，尽管汇集了诸多人物，可并未显得拥挤，反而每类人甚至每个人都有独立的空间。比如吴夫人林佩瑶的主要活动地点在卧室、吴荪甫主要在客厅……一切都是那么井井有条，他们的空间岂止独立，简直空旷。卖掉乡下田产在上海当寓公的冯云卿，其居住环境也很优越：客厅、卧室、女儿的闺房等，各人都有独立的空间。火柴厂老板周仲伟的居住空间也是三楼三底的房子……这就是资产阶级的生活空间。不仅舒适、宽敞，而且安全——结实的大门和负责的门房，显示出居住环境的优越。

与他们形成鲜明对比的是工人的住宅。他们生活在草棚里，房屋低矮、破旧，拥挤不堪：朱桂英家草棚的泥墙洞可以照进邻家的灯光；一家几口人挤在一间房子里，甚至开会的时候都得坐在床上。其他工人的情况也差不多。从生活的环境看，他们的家庭空间是敞开的，外人可以随意闯入他们的生活区域。朱桂英母亲补贴家用的落花生就遭到几个"白相人"的抢夺。因为环境的破败，他们的住宅缺乏隐蔽性，对隐私的保护主要靠人的防范而不是靠环境形成的自然抵御，如在工人开会酝酿罢工的时候，就有工厂老板派的人在他们住宅周围游弋、搞破坏，为他们的活动制造障碍。

不同的空间显示出的正是两个阶级的差异。尽管生活于同一个城市，但他们的居住环境和命运又是迥异的，而他们似乎也默认甚至接受了这种差异。就如马尔库塞所指出的："城市的种种区域都是依据阶级、民族、人种和生活方式来划分的，每一个因素都对城市的'生命'有着非常明显的影响，涉及城市的构成方法及其民主政治模式。"① 可见，空间的不同布局已经显示出人们所从事的职业及其阶

---

① ［澳］史蒂文森:《城市与城市文化》，李东航译，北京大学出版社 2015年版，第 56 页。

级属性和生活方式。由此，空间就成为差异性的标志。不同空间中的人们很少进行交往，本来处于同一城市的人因为居住和活动空间的不同而成为分裂的群体，这决定了他们对彼此的了解主要源于外在的想象而不是熟识基础上的了解。也正因为被置于不同的空间，同一空间的人们具有了共同的利益诉求并逐渐凝固为一个利益共同体，所以他们在与其他团体的对抗和斗争中才会显示出高度的一致，才会形成一个阶级对另一个阶级的反抗和斗争。吴荪甫等工厂老板们的联合和工人们的联合正是基于这个基础。这样，物理空间也就具有了浓郁的政治意味而成为政治空间。不同空间的群体矛盾——主要是工人和工厂老板的矛盾，就成了工人阶级和资产阶级两个阶级的矛盾。

吴荪甫野心勃勃，梦想建立自己的托拉斯帝国。他吞并几家经营不善的小工厂、与王和甫等人联合成立益中信托公司等，都显示出发展实业的雄心和干事创业的魄力。但在扩张过程中的刚愎自用——盲目乐观的野心和自以为是的资本筹划，加上赵伯韬主导下的金融资本的围剿，使自己陷入了发展的困境，为了解决资金问题，他妄图将负担转嫁给工人，通过缩减工钱的方式渡过难关，结果激起了工人的强烈反抗。他预料到了工人的反抗，但没有充分考虑到工人在生存压迫下反抗的决心。另外，工人也只看到吴荪甫的铺张浪费、奢侈生活，却没有考虑到吴荪甫等人繁华表象下的危机。尽管斗争的结果是两败俱伤，可在资本的压迫和生存的压力下，二者又不能不进行斗争。尤其是，何秀妹等工人争取权益的背后还有政治力量的推动。由此，小说中，以何秀妹为代表的工人为争取生存权益的斗争就演变为无产阶级和资产阶级两种政治力量的斗争。在关于无产阶级和资产阶级斗争的叙事中，人们往往看到的是二者之间的斗争以及矛盾的不可调和，至于为什么斗争以及为什么不可调和，往往成为不需要证明的存在而缺乏令人信服的表述。《子夜》以忠于现实的创作方法为我们展示出无产阶级即工人和资产阶级即吴荪甫等资本家为什么要斗争以及斗争是如何发生的，也呈现出工业资本在中国必然衰败的命运。

吴荪甫变卖了家乡的大部分财产，梦想在上海做出一番事业，可他生不逢时：从国际环境看，经济危机爆发，工业发展停滞，资本疯狂寻求出路——日本、瑞典等国的各种工业产品向中国倾销；从国内环境看，各种政治势力斗争激烈，军阀混战、工人运动、农民运动此起彼伏。民族工业发展面临着国际经济的冲击和国内政治权斗的双重挤压。周仲伟感叹：

> 我是吃尽了金贵银贱的亏！制火柴的原料——药品，木梗，盒子壳，全是从外洋来的；金价一高涨，这些原料也跟着涨价，我还有好处么？采购本国原料罢？好！原料税，子口税，厘捐，一重一重加上去，就比外国原料还要贵了！况且日本火柴和瑞典火柴又是拼命来竞争，中国人又不知道爱国，不肯用国货，……①

朱吟秋的丝厂则是"工人要加工钱，外洋销路受日本丝的竞争，本国捐税太重，金融界对于放款又不肯通融！"② 一面是资本主义国家贸易的挤压，一面是国家的苛捐杂税，吴荪甫们发展工业的艰难可想而知。为写作《子夜》，茅盾做了大量的工作：

> 正所谓温故而知新，这一次重访同乡故旧，在他们的谈话中，使我知道仅一九三〇年，上海的丝厂由原来的一百家变成七十家。无锡丝厂由原来的七十家变成四十家。广东丝厂的困难也差不多。其他苏州、镇江、杭州、嘉兴、湖州各丝厂十之八九倒闭。四川丝厂宣告停业的，二、三十家。这都是日本丝在国际市场上竞争的结果。这坚定了我的以丝厂作为《子夜》中的主要工厂的信心。我又从同乡故旧的口中知道，一九二九年中国火柴厂宣告破产的，江苏上海九家，浙江三家，河北三家，山西四

---

① 茅盾：《子夜》，载《茅盾全集》第 3 卷，黄山书社 2014 年版，第 38 页。

② 茅盾：《子夜》，载《茅盾全集》第 3 卷，黄山书社 2014 年版，第 39 页。

家，吉林三家，辽宁三家，广州十三家。这又坚定了我以内销为主的火柴厂作为中国民族工业受日本和瑞典的同行的竞争而在国内不能立足的原定计划。这便是我用力描写周仲伟及其工厂之最后悲剧的原因。[1]

这就是 20 世纪 30 年代初期的社会环境，也是吴荪甫面临的局势。在实地考察基础上写作的《子夜》真实地反映出工业资本的生存现状。

国际国内的复杂形势使吴荪甫的工业野心面临着剧烈的冲击，也使其工业发展面临着重重困难，生产和销售都丝毫不占优势，发展工业几乎无利可图。在这种情况下，只有资本才能凭借灵活性而躲过灾难甚至营利。这也正是吴荪甫投资证券的根本原因。他是想通过证券投资赚取资金以发展实业，工厂始终是他事业的中心，也因此，他才会在与赵伯韬的斗法中瞻前顾后。与吴荪甫相比，赵伯韬要务实得多，金钱始终是他追求的目标，工厂只不过是他获取利益的工具。赵伯韬在与吴荪甫的斗法中，借助的是外国资本的力量，他经营的主要是资本而不是工业，这与吴荪甫工业救国的理想有着本质的不同，也是二者发生冲突的根本原因。吴荪甫们将全部资本都压在了与赵伯韬的斗法上，但杜竹斋的临阵反戈使他们以惨败告终。从这个意义上讲，吴荪甫的资本与其说是败给了赵伯韬的资本、败给了杜竹斋的临阵反戈，倒不如说是工业资本败给了买办资本。另外一个例证就是周仲伟，他的火柴厂同样在外国资本和产品的挤压下濒临破产，周仲伟万般无奈只好将其转让。可见，民族资产阶级和买办资产阶级等的冲突和斗争的根本原因就在于对资本的追求以及寻求资本利益最大化，《子夜》以忠于现实的创作方法形象地展示出各种势力之间的内在矛盾、斗争以及他们的最终命运，呈现出各个阶级的典型特征。

---

[1] 茅盾：《〈子夜〉写作的前前后后》，载《茅盾全集》第 35 卷，黄山书社 2014 年版，第 543—544 页。

二 政治空间：私密空间对公共空间的支配

列斐伏尔将空间划分为多个层次，工具空间大体上指活动空间，也包括心理空间。在叙事中，所有人物都有属于自己的空间。尽管被置于不同的空间，但他们并不是孤立的，而是借助于个体的活动显示出不同空间的联系，从而使叙事成为一个有机体。"建筑学的空间或者城市规划学的空间，作为空间，具有这样一个双重特征：在统一性的伪装下，是断离的、碎片化的，是受到限制的空间，也是处于隔离状态的空间。人们试图这样定义它所具有的这一矛盾性特征：连接的与分离的。"① 空间的独立显示出不同活动的分离，而来往于不同空间的活动则显示出空间的连接。何秀妹等作为工人是流动的，上班的时候是工厂的工人，下班之后是贫民窟的平民，而他们为了生存，受蔡真、玛金等人鼓动参与罢工则又跨入了另一个空间。也就是说，对于个人来说，其活动空间涉及工厂、贫民窟和罢工场所等多个物理空间。也正是个人活动空间的转移和拓延推动了故事的发展。吴荪甫筹划他的托拉斯工业王国，从兼并其他小工厂到与赵伯韬的合作与分裂、与工人和工厂管理人员乃至亲朋的多层次交往，囊括了乡村、工厂、证券交易所，涵括了工业救国、浪漫理想等诸多空间，人的空间流转不但使不同阶层的人物呈现出多面性和复杂性，而且也推动着故事的发展。

作为现代性的标志，城市以整体性显示出表面上的公平。几乎所有的公共空间都以包容和平等的名义对所有人开放，而差异则成为个体的自然选择和心理阻碍。

因此，城市正在演变成为人们非但不正视差异，反而积极地想方设法回避差异的地方。不同的社会阶层越来越被限定在不同的空间轨迹上，在不同的区域居住、工作和娱乐，他们很少（也

---

① ［法］亨利·列斐伏尔：《空间与政治》第 2 版，李春译，上海人民出版社 2015 年版，第 30 页。

许是永远）都不会出其不意地遇到"另外的人"。他们理想之中的城市环境，是被很好地控制着的，而不是杂乱无序的。对城市中差异的态度，并非体现在对多样性的赞同上，而是存在于同质性飞地乃至也许是社群的警觉和猜疑之中——非我族类混同而居，是必须要避免的事情。[①]

在他们的活动中，每个人都可以走进他人的自然空间，但不同空间的隔膜使其缺少介入他人活动和心理空间的条件和机会，也注定了他们内心的孤独和精神的焦虑。范博文、杜新箨等人有着浪漫的理想和发展民族工业的爱国情怀，甚至以浪漫化的想象和行动寻求着救国救民的道路。杜新箨主张采用工人入股的方式发展民族工业、范博文的"国货论"和诗人的浪漫以及张素素、吴芝生等人参加纪念五卅运动的游行等，都显示出热血青年的浪漫。就此看，他们与吴荪甫发展民族工业的理想是一致的，可不同的心理空间决定了他们的隔膜。吴荪甫认为他们眼高手低，过度理想化而缺乏现实性，而他们则认为吴荪甫们太过保守。如果说范博文们发展工业的理想因为与吴荪甫们的不同而赢得了理解和同情，那么，个体感情的隔膜则证明了孤独的常态性。林佩瑶是吴荪甫的夫人，二人都受过现代文明的熏陶：吴荪甫曾游历欧美，林佩瑶上过大学，按说二人应该有很深的感情，可林佩瑶与雷参谋的暧昧以及吴荪甫对作为二人暧昧象征的《少年维特之烦恼》的视而不见，又说明了二者之间深深的隔膜。四小姐是吴荪甫的亲妹妹，可他只关注四小姐的物质生活，对于她的精神生活尤其是心理缺少关心。四小姐所处的环境及其年龄使其有了自然的欲望，但吴公馆的压抑使其欲望得不到张扬，因此才有后来的离家出走。吴公馆是这样，冯公馆也是如此。冯云卿作为从乡下进城的"海上寓公"，为了生存苦苦挣扎，甚至不惜放任自己的姨太太在外面鬼混，还将女儿冯眉卿作为换取情报的工具，可无论是姨太太还是女儿，都将其视为提款机，丝毫不考虑冯云卿的生存境况。如此等

① ［澳］史蒂文森:《城市与城市文化》，李东航译，北京大学出版社2015年版，第58—59页。

等，都说明了不同心理空间的隔膜。这种相对独立的空间使每个人都按照个人的诉求将自己封闭在独立的空间，从根本上造成了他们内心的急躁与苦闷。

"塞米尔（1990 年）认为，城市里的喧嚣忙碌使人激动也使人孤独。城市包含了双重特性：即忙碌而单一的生活中产生的孤独感以及个人面对的刺激和戏剧般经历的急剧增加。"[①] 这种隔膜使每个人都生活在孤独和焦虑之中，只不过焦虑的内容不同。吴荪甫是为了发展实业、林佩瑶是为了情感、四小姐是为自然的欲望、工人们是为了生存……这种焦虑源于现代都市的个人孤独。尽管《子夜》写的是 20 世纪 30 年代初的故事，可当时的上海已经具备大都市的规模，都市空间的物质欲求和心灵孤独正是当时人们的普遍写照。冯眉卿、刘玉英等争风吃醋、放浪形骸，正是精神极度空虚的表现。他们将追求金钱和释放欲望作为缓解焦虑的良方，金钱也由此成为腐蚀人性的工具。为了金钱，冯云卿可以出卖亲生闺女，杜竹斋可以出卖亲戚，工人可以出卖工友，甚至政治也可以作出让步——赵伯韬等就是以三十万块钱买通了西北军佯退三十里。不过，城市还维持着表面的繁华和貌似合理的秩序，所有的一切都是以金钱为尺度在私密空间进行交易。在公共空间，军队之间的胜负、证券市场的交易、冯眉卿的追求刺激等，都披着合理的外衣。私人空间以不可告人的交易支配着公共空间的虚伪表象。"空间不是一个被意识形态或者政治扭曲的科学的对象；它一直都是政治性的、战略性的。如果空间的形态相对于内容来说是中立的、公平的，因而也就是'纯粹'形式的、通过一种理性的抽象行为而被抽象化了的，那么，这正是因为这个空间已经被占据了、被管理了，已经是过去的战略的对象了，而人们始终没有发现它的踪迹。"[②] 空间是活动的场所，也是具有政治含义的空间。《子

---

① ［英］迈克·克朗：《文化地理学》，杨淑华、宋慧敏译，南京大学出版社 2003 年版，第 68 页。

② ［法］亨利·列斐伏尔：《空间与政治》第 2 版，李春译，上海人民出版社 2015 年版，第 37 页。

夜》以私密空间对公共空间的支配显示出资本的强大力量和人性的
贪婪与复杂。

在私密空间的叙事中，因为私密的性质，人性的贪婪和自私可以
赤裸裸地呈现。赵伯韬是小说中的一个主要人物，尽管作品对其着墨
不多，但在不多的叙事中还是尽显其典型的性格。赵伯韬既狡猾又具
有魄力，做空股债的时候，为了弥补资本的不足而与吴荪甫等人勾
结，获得了巨额收益，后来，又为了获取更多的利益而与吴荪甫为敌
直至将其击败。在私生活上，赵伯韬将女性视为玩物，刘玉英、冯眉
卿等都是他的玩物，尤其是为了和吴荪甫斗法，他将计就计，将刘玉
英作为一枚棋子而从中获利，更显示出他对女性的利用。赵伯韬就是
一个混合着金钱与欲望的贪婪者。吴荪甫貌似决断、魄力的背后呈现
的是一个家长制家庭的权威形象，对四小姐、妻子以及年轻人的生活
和爱情只按照自己的意愿进行安排；在镇压罢工的过程中对屠维岳犹
疑的态度以及在与赵伯韬斗法后对女佣的性欲发泄，都显示出吴荪甫
性格猖狂、阴鸷的一面。工人罢工运动的幕后推手蔡真、玛金、苏伦
等人，一方面投身革命，另一方面又寄情声色，像蔡真与玛金之间的
同性暧昧、玛金与苏伦之间的情感宣泄等，都显示出人的自然本性。
因为私密空间的铺垫，几乎公共空间的所有事情都朝着私密空间策划
的方向发展。如果说私密空间是权谋，那么，公共空间则是权谋的具
体表现形式和结果。尽管作品将私密空间的叙事作为重心，可私密空
间对公共空间的支配仍然使《子夜》成为反映社会现实和各个阶级
真实生存状态的典型的社会剖析小说。

三　叙事空间：文学场力量的暂时平衡

20 世纪二三十年代，中国正经历一个剧烈变动的时代，地主
与农民围绕土地的斗争、资本家和工人围绕工资和劳动的斗争等成
为普遍的态势。随着革命的开展，土地成为农村斗争的核心所在。
这也使农村的形势出现了剧烈的变化，农民暴动此起彼伏，地主已
经不再安全。为了财产的安全，不少地主将其转移到城市，即将土

地置换为资本，并以资本为工具攫取更大的利益。最典型的就是冯云卿，而吴荪甫为了发展工业也不停地从农村抽血输给城市。即在这一时期，土地逐渐显示出货币的一面，资本取代土地成为很多人的诉求。但是，资本进入城市就安全吗？当然不是。吴荪甫的危机和冯云卿的失败都说明了资本的风险。资本的代表性表现就是证券市场，而证券市场又受到多种因素的支配。这样，所谓的资本又具有了很大的冒险性，整个社会由此呈现出不稳定状态。"空间是一种社会关系吗？当然是，不过它内含于财产关系（特别是土地的拥有）之中，也关联于形塑这块土地的生产力。空间里弥漫着社会关系；它不仅被社会关系支持，也生产社会关系和被社会关系所生产。"① 资本的决定力量表现在它对个人行为、命运甚至社会形势的支配。金钱既是欲望的表现形式也是基本的生存需要，金钱成为城市生活的核心要素，和每个人的生存息息相关，也成为资产阶级与工人阶级、买办资产阶级与民族资产阶级斗争的根本所在，自然也成为茅盾小说的主要内容。

茅盾在回忆写作《子夜》的时候曾说，《子夜》的写作深受政治的影响，原来情节复杂、人物众多的写作构想，在瞿秋白等人的影响下成为现在《子夜》这样一部情节相对简单，人物个性鲜明的小说，阶级性成为作品的突出特征。不过，茅盾也认识到了当时一些左翼作家存在的创作弊端，认为他们的创作缺乏艺术性，《子夜》创作力求避免这种缺点，以期以实际创作成绩显示出左翼文学的成就。所以，在阶级性之外，我们看到了范博文等知识分子的焦虑和彷徨，看到四小姐压抑下情欲的爆发，看到雷参谋与林佩瑶之间的暧昧感情，如此等等，都在一定程度上稀释了作品的阶级性而增强了艺术性。吕周聚先生就从人性视角对作品进行了细致的解读，他认为"作者在作品中并没有正面描写无产阶级革命，革命在作品中只是作为一个背景出现，作者的政治思想只能以含蓄的方式来予以表现，这是作者后来反

---

① ［法］亨利·列斐伏尔：《空间：社会产物与使用价值》，载包亚明主编《现代性与空间的生产》，上海教育出版社 2003 年版，第 47 页。

复强调《子夜》的革命思想主题的一个重要原因。"① 如果从人性视角进行解读，不难发现作品所蕴藏的丰富的人性意蕴。从这个维度看，《子夜》无疑是融汇了革命性与人性的复杂文本，革命是人性的背景，人性是革命的内容，革命与人性融合在一起形成具有鲜明性格的人物形象。由此，作品也不再是单纯的社会现实记录而是具有了揭示人性意义的艺术作品。这样的叙事方式既显示出作家的文学性追求，也呈现出其所处的文学场各种力量之间的复杂关系。

从当时的文学场域来看，国民党在政治上占据着统治地位，并有着严格的审查机制，可在文化宣传上，共产党领导下的左翼文学又有着广泛的影响，并且，作品的销售也是作家必须考虑的一个重要因素。茅盾的《子夜》很好地做到了文学场中各种力量的平衡。《子夜》虽然是左翼文学的代表作品之一，可全书除了关于石桥镇的部分有关于农民革命暴动的内容和工人罢工的内容，其他基本都是吴荪甫等在商场和情场的恩怨是非，"虽然 1934 年 2 月《子夜》因'鼓吹阶级斗争'的罪名而被'严行查禁'，经过出版商的据理力争，最后被归入'应行删改'一类，删掉第四、第十五章，继续出版。""检查结论：'二十万言长篇创作，描写帝国主义者以重量资本操纵我国金融之情形。p. 97 至 p. 124 讥刺本党，应删去。十五章描写工潮，应删改。'"② 即使是工人罢工的内容，也因为关于玛金、蔡真等的暧昧关系而淡化。就如茅盾所说："因为当时检查得太厉害，假使把革命者方面的活动写得太明显或者是强调起来，就不能出版。为了使这本书能公开地出版，有些地方则不得不用暗示和侧面的衬托了。不过读者在字里行间也可以看出革命者的活动来。"③ 革命是曲笔已经是不争的事实，作品直接表现的就是资本追逐和情爱叙事，这也在

---

① 吕周聚：《人性视野中的〈子夜〉新论》，《首都师范大学学报（社会科学版）》2020 年第 1 期。

② 吕周聚：《人性视野中的〈子夜〉新论》，《首都师范大学学报（社会科学版）》2020 年第 1 期。

③ 茅盾：《〈子夜〉是怎样写成的》，载孙中田、查国华编《茅盾研究资料（上）》，知识产权出版社 2010 年版，第 426 页。

一定程度上稀释了作品的革命内容，使其躲过了国民党的文艺审查。作品中的情爱叙事更是与言情小说和"革命加恋爱"小说有着很深的渊源，并因为描写了资产阶级的太太小姐和舞女等受到他们的喜爱。"作者在《子夜》中写革命时，延续了其早期作品《蚀》三部曲'革命加恋爱'的模式，在描写革命的同时，也关注表现青年人的性的需求，表现革命与性之间的密切关系。"① 关于革命者的叙事更是形成了所谓革命叙事内部的张力。玛金与蔡真的同性暧昧，苏伦和玛金的性的释放等，乃至克佐甫的武断，蔡真与玛金对革命的不同理解，都显示出"革命"并非浑然一体，而是具有"人"的特征的复杂性。尽管作品借助于与"立三路线"或"取消派"斗争的名义，但文本已借此与革命拉开了一定的距离，也使其具有了躲避国民党当局审查的资本。

《子夜》是典型的社会剖析小说，通过小说反映各个阶级在社会变动时期的表现成为叙事的主要内容，尤其是农村的农民暴动和城市的工人罢工更是直接描写了革命内容，也因此受到了左翼的肯定和新文学读者的欢迎。但是，革命仅仅是作品的背景，金钱的支配作用和情爱叙事才是作品的最直观的内容。茅盾当时是"左联"的执行书记，对政策的理解自然到位，同时，他又是一个有着艺术追求的作家，所以才会兼顾了政治性与艺术性。从这个意义上看，茅盾显然适应了当时流行的文学潮流。不过，正如布迪厄所言，除了顺应流行的潮流，还要有叛逆性，这种叛逆性使作品更具有跨越时代的意义。"表面上最直接地服从外部要求或限制的作者，不仅在他们的社会表现上，而且在他们的作品中，越来越经常地被迫认可场的特殊规范；仿佛为了荣耀他们的作家身份，他们理应与占统治地位的价值保持一定距离一样。"② 布尔迪厄又以资产阶级典型作家的创作进行了说明：

---

① 吕周聚：《人性视野中的〈子夜〉新论》，《首都师范大学学报（社会科学版）》2020 年第 1 期。

② ［法］布尔迪厄：《艺术的法则——文学场的生成与结构》，刘晖译，中央编译出版社 2011 年版，第 25 页。

"最典型的资产阶级戏剧作家感到必须向反资产阶级的价值做出让步，尽管这些让步可以理解为向资产阶级发出的提醒和警告，却证明了再也没人能够彻底地无视场的基本法则：表面上与纯粹的艺术价值最疏远的作家实际上也承认这条法则，不过以他们的总是有点不光彩的方式违背它。"① 《子夜》一方面以革命性的内容与国民党的主流价值显示出距离甚至一定的叛逆；另一方面又以情爱叙事显示出与左翼主流思想的距离，从而既躲过了国民党的审查又受到左翼的肯定，更为其赢得了广泛的读者群。"《子夜》出版后三个月内，重版四次；初版三千部，此后重版各为五千部；此在当时，实为少见。"② 在《子夜》的读者中，新文学的读者最多，向来不看新文学作品的资本家的少奶奶、大小姐也争着看，甚至电影界中的人物及舞女也看。资产阶级的太太、小姐和电影界中的人物及舞女，关注的显然不是革命的内容，而是具有和他们相同身份的人物以及作品的情爱叙事。正是作品的革命性、情爱叙事以及各种力量内部的张力，使《子夜》与文学场中的各种力量保持着一定的联系，达到了相对的平衡。也就是说，《子夜》在适应文学场的规范——政治性、文学性上也显示出一定的叛逆性——溢出文学场的成分，即《子夜》一方面以对阶级性的呈现显示出对左翼文化的认同；另一方面又以对左翼内部的解构性描写——立三路线、取消派等的斗争显示出违背性即与国民党当局的迎合，使其不仅躲过了审查而且也适应了当时左翼文学的创作环境，从而使作品赢得了众多的读者。

总之，茅盾的《子夜》以忠实于现实的创作方法，真实地再现了各个阶级、各类人物在社会变革时期的真实心理，并通过工人、民族资产阶级和买办资产阶级在生存压迫和金钱追逐下的矛盾和斗争显示出金钱的支配作用。虽然作家的左翼身份使其将革命作为叙事内

① ［法］布尔迪厄：《艺术的法则——文学场的生成与结构》，刘晖译，中央编译出版社2011年版，第26页。

② 茅盾：《〈子夜〉写作的前前后后》，载《茅盾全集》第35卷，黄山书社2014年版，第573页。

容，但金钱的支配作用以及对情欲的张扬又在一定程度上稀释了作品的革命成分，从而在服从文学场外部要求或限制的同时，也以艺术性的追求与文学场中的支配因素保持着距离，从而成为一部具有广泛读者和重要影响力的成功作品。

（原刊《嘉兴学院学报》2023 年第 1 期）

《子夜》的批评史及"现实主义"内涵之思

俞敏华*

摘　要　20世纪30年代走向文坛的《子夜》，不仅描述了当时中国政治、经济、社会的现实图景，而且也给今日文坛的现实观照和现实主义精神内涵带来新的启示。本文以梳理《子夜》的批评史为出发点，阐释不同历史时期围绕作品展开的持续性争议和评价，并从文本内涵和时代需求的双向维度阐释《子夜》是如何实践其现实主义范式的。同时，《子夜》评价沉浮背后的深层诉求是20世纪初以来中国文坛及整个社会对现实主义的需求，本文进而探讨现实主义在中国的内涵诉求和观念之变，并思考当下我们需要什么样的现实主义。

关键词　《子夜》；批评；现实主义

茅盾的文学史成就离不开其在现实主义创作上的探索与实践，他的长篇小说《子夜》不仅是重要的代表作，而且作品的接受史也代表了20世纪30年代以来中国文学界现实主义观念的变化。今天，当我们依然在思考文学对现实的表达力量，思考现实主义精神及创作方法之变的时候，反观《子夜》——一个典型的现实主义文本的复杂内涵和接受史，将有助于我们反思中国现实主义的内涵诉求及观念之变。

---

* 作者简介：俞敏华，教授，博士生导师，现任职于浙江师范大学行知学院。

至今，已有多篇文章论述了《子夜》的批评史①，对《子夜》的批评研究做了很好的梳理和评述，让后来的研究者清晰地了解《子夜》的批评历程。总体上看，《子夜》的批评经历了经典化—去经典化—研究的丰富多维的过程。如果我们以其确立的现实主义特征为切入口，再次梳理各个时期的评价，那么我们可以更清晰地看到，在 20 世纪中国革命历史背景中《子夜》担负的话语意味以及不同时期人们对现实主义的期待，同时，也再次引发我们对这几个关键性问题的关注：第一，从 20 世纪 30 年代到新世纪，学术界对《子夜》批评的重心转变与现实主义观念变化间有着一种怎样的关系；第二，20 世纪 80 年代末 90 年代初那场对《子夜》的去经典化运动的文学诉求是什么；第三，《子夜》式的现实主义与当下的现实主义诉求之间有着怎样的关联和差异。

一　接受史视野中的《子夜》

就 20 世纪三四十年代《子夜》的批评来看，作品出版以后，虽然有一些批评的声音，但是鲁迅、瞿秋白、冯雪峰、朱自清等人的肯定性评价基本奠定了《子夜》的地位。鲁迅视其为当时文坛的重要作品："国内文坛除我们仍受压迫及反对者趁势活动外，亦无甚新局。但我们这面，亦颇有新作家出现；茅盾作一小说曰《子夜》（此书将来当寄上），计三十余万字，是他们所不能及的。"② 瞿秋白将其认定为是"中国第一部写实主义的成功的长篇小说"③，认为"在中

---

① 主要包括刘伟的《〈子夜〉研究述评：1933—1989》，《辽宁师范大学学报（社科版）》1990 年第 2 期；王卫平的《新时期十年〈子夜〉研究述评》，《中国社会科学》1993 年第 1 期；陈思广的《放大与悬置——〈子夜〉接受研究 60 年（1951—2011）述评》，《河北师范大学学报（哲学社会科学版）》2013 年第 1 期；许也的《〈子夜〉研究 80 年述评》，《长江大学学报（社科版）》2014 年第 6 期；等等。

② 鲁迅：《致曹靖华》，载《鲁迅全集》第 12 卷，人民文学出版社 2005 年版，第 368 页。

③ 乐雯（瞿秋白）：《〈子夜〉和国货年》，《申报·自由谈》1933 年 4 月 2 日、4 月 3 日。

国，从文学革命后，就没有产生过表现社会的长篇小说，《子夜》可算第一部。它不但描写着企业家、买办阶级、投机分子、土豪、工人、共产党、帝国主义、军阀混战等等，它更提出许多问题，主要的如工业发展问题，工人斗争问题，它都很细心的描写与解决。从'文学是时代的反映（应）'上来看，《子夜》的确是中国文坛上新的收获，这可说是值得夸耀的一件事"①。实际上，鲁迅的肯定及瞿秋白等人从左翼阵营的宣扬，充分阐述了《子夜》在反映时代、社会现实，并运用马克思主义社会学分析方法进行社会剖析的价值和意义。这方面的肯定，奠定了《子夜》作为社会剖析型现实主义小说文本的共识，当然，也包含着对现实主义创作价值的肯定，这也为新中国成立后作品能在社会主义制度和文化框架中进一步确立思想价值和意义指明了方向。

进入20世纪50年代，《子夜》作为无产阶级现实主义范本的意义进一步确立起来。冯雪峰在《中国文学中从古典现实主义到无产阶级现实主义的发展的一个轮廓》中的论述，堪称当时对《子夜》接受的指导性评价。他说："《子夜》是在无产阶级现实主义的号召和影响之下写作的。"② "《子夜》在反映现实上有它不可磨灭的成就，因此它成为我们文学中优秀的作品之一；虽然还不是已经胜利的无产阶级现实主义的作品，但它也尽了开辟道路的作用。这是就创作方法的成就上说的；而从现实主义的基本方向说，《子夜》却已经是属于无产阶级现实主义的作品。"③ 而"《子夜》的缺点，照我了解，第一，正像作者自己所说，对于他所要描写的革命工作者和工人群众

---

① 转引自唐金海、孔海珠编《中国当代文学研究资料·茅盾专集·第二卷·下册》，福建人民出版社1985年版，第938页。书中注明的是"原载1933年8月13、14两日《中华日报·小贡献》栏。选自《新文学史料》1982年第4期。施蒂而，即瞿秋白"。

② 冯雪峰：《中国文学中从古典现实主义到无产阶级现实主义的发展的一个轮廓》，《新华月报》1952年第11期。

③ 冯雪峰：《中国文学中从古典现实主义到无产阶级现实主义的发展的一个轮廓》，《新华月报》1952年第11期。

是描写得不够深刻，不够生动，也不够真实的。……第二，反映当时的革命形势反映得不够深刻……第三，在某些人物的描写上是有概念化和机械的地方的；而'性的刺激'在人物描写上占了那么重要的成份，也是一个不小的缺点"①。尽管评论中有指出作品的不足，但对其无产阶级现实主义性质的肯定，进一步强化了茅盾在创作中运用阶级分析方法塑造典型人物的意义，并以此奠定了此时期充分肯定《子夜》对民族资本主义的命运和革命性的探讨，在浓厚的、单一的社会主义现实主义意识形态背景中，《子夜》充分体现了带有强烈的政治意识形态话语意味的现实主义规范。这也为其在 20 世纪 80 年代遭受质疑留下了重大线索。

"文化大革命"结束、新时期到来之后，随着思想的解放和思维方式的更新，对《子夜》的评价也展现出了突破已往的社会主义现实主义理论的丰富性，不过，影响此时期对《子夜》的评判的观点，主要来自在大陆产生了影响力的司马长风和夏志清的文学史。尽管，这两部文学史因为来自不同意识形态背景，其批评话语带有鲜明的政治取向特征，然而，以此为鲜明的标志起点，《子夜》的现实主义价值判断有了明显的转向。此时，自 20 世纪 30 年代以来被普遍树立的时代性、阶级性、政治立场、典型化等因素，成为《子夜》受质疑的最大原因，并以此开启了《子夜》去经典化的批评时代。诸如王晓明的《一个引人深思的矛盾——论茅盾的小说创作》②，蓝棣之的《一份高级形式的社会文件——重评〈子夜〉》③，徐循华的《诱惑与困境——重读〈子夜〉》④、《对中国现当代长篇小说的一个形式考

---

① 冯雪峰：《中国文学中从古典现实主义到无产阶级现实主义的发展的一个轮廓》，《新华月报》1952 年第 11 期。

② 王晓明：《一个引人深思的矛盾——论茅盾的小说创作》，《中国现代文学研究丛刊》1988 年第 1 期。

③ 蓝棣之：《一份高级形式的社会文件——重评〈子夜〉》，《上海文论》1989 年第 3 期。

④ 徐循华：《诱惑与困境——重读〈子夜〉》，《中国现代文学研究丛刊》1989 年第 1 期。

察——关于〈子夜〉模式》①，汪晖的《关于〈子夜〉的几个问题》②等文章，纷纷批评《子夜》在文学功利主义观念指引下把文学看成工具，茅盾是按照先验的政治观念来进行创作，《子夜》是主题先行的产物，作者是在明确的意识形态下创作，作品缺乏艺术性及生活的真实性等，其核心指向《子夜》所确立的社会主义现实主义小说的写作范式以及体现出的对20世纪30年代中国社会现实的典型化书写内涵。而这一点，恰恰是《子夜》走向文坛之初，左翼文坛为树立作品在把握时代面貌及革命走向时，极力彰显的《子夜》价值，其中包含的革命意识显而易见，也充分展示了马克思主义思想影响下的中国现实叙事的可靠性。在一定意义上，《子夜》就是20世纪30年代中国现实的一个重大层面，茅盾以宏观叙事的方式，把握了中国民族资本家的处境，并对中国革命的未来进行了想象。20世纪80年代开始的学界的质疑声正来自对这种宏大的、概括式叙事的反叛，特别是对20世纪50年代以来的政治意识形态强烈的现实主义的创作规则的反叛。因此，《子夜》创作过程中茅盾的政治创作意图以及思想倾向就成为质疑的对象，并自然延伸为对文学水准的质疑。正如有评论家所说的，"20世纪90年代初对《子夜》经典性的质疑主要倒不在于对《子夜》本身的质疑，其结构性'缺陷'以及人物的'概念化'处理不至于是一个需要等上几十年才能让人看清的问题。《子夜》只是一个个案，背后的实质是20世纪中国小说经典机制的变迁。这种变迁一变于对主流意识形态的诉求，二变于小说观念上的内化。"③

此时期对《子夜》的质疑，与其说质疑文本的主题或内容，不如说质疑意识形态强烈话语背景下产生的现实主义的规范或要求。同

① 徐循华：《对中国现当代长篇小说的一个形式考察——关于〈子夜〉模式》，《上海文论》1989年第3期。

② 汪晖：《关于〈子夜〉的几个问题》，《中国现代文学研究丛刊》1989年第1期。

③ 俞春放：《真实性话语与现代性焦虑——从〈子夜〉谈当代中国小说经典的形成机制》，《浙江传媒学院学报》2016年第1期。

时，20 世纪 80 年代中期，中国的文坛兴起了改变主题、内容决定艺术水准的观念，极力主张从文本的叙述手法、艺术形式等维度进行艺术变革。像提倡从"写什么"到"怎么写"、"先锋小说"的元小说、不确定性写作手法等都是对以往的现实主义规则的反叛，而茅盾《子夜》式的现实主义自然成为反叛的对象。同时，新兴的"新写实小说"也小心翼翼地避开现实主义的宏大性和典型性，力求从日常生活的客观写实上来建构现实主义。可见，在一个现实主义的"限制"被充分阐述的时期，对《子夜》的质疑实际上是对中国长期以来的现实主义创作规则的质疑，是对以往政治意识形态过度侵入文学领域带来的弊端的反思。

当然，自反经典化言论出现始，便出现了一些积极为《子夜》辩护的文章，20 世纪 90 年代中后期以来的有些文章尤其值得重视。比如，刘晓明的《〈子夜〉精神内涵再认识》① 一文，就直接指出《子夜》批评模式的偏颇在于把作者的创作意图作为分析作品的唯一依据。妥佳宁的《"高级形式的社会文件"何以妨害审美？——关于〈子夜〉评价史》② 就从茅盾对《子夜》的阐述的现实语境出发，认为高级的社会文件也有一种崇高的审美标准。同时，也出现了一些从新的视角进行解读的文章。这些论述，或继续从文本层面探讨《子夜》的现实主义书写特征，比如增加了经济学、伦理学、女性主义的视角等；或从文学场域的研究视角出发对茅盾的书写进行阐述，比如茅盾与"托派"的关系、茅盾写作中对瞿秋白建议的取舍等；或从大众文化、都市文学等角度延展《子夜》的价值。这些研究打破了以往单一的政治、社会视角，大大丰富了《子夜》的研究。

不过，各类文学史的阐述，基本上沿用了社会剖析小说的定论，肯定其塑造了民族资本家的典型形象，安排了多线索并进式的蛛网式

---

① 刘晓明：《〈子夜〉精神内涵再认识》，《东北师大学报（哲学社会科学版）》1993 年第 2 期。

② 妥佳宁：《"高级形式的社会文件"何以妨害审美？——关于〈子夜〉评价史》，《当代文坛》2018 年第 4 期。

结构，宏观描述了 20 世纪 30 年代中国社会等方面的成就，肯定其在中国现实主义创作上的突破等。这样的评价显然与 20 世纪 30 年代奠定的评价保持着紧密的联系。而此时中国的现实主义创作经历了新写实小说、现实主义冲击波的创作潮流，以及以余华为代表的先锋小说转向后的新的真实观的建构等变化，即在创作实践中，新的现实主义创作规则已形成。显然，文学史对《子夜》的政治小说的实质性定论还是相关于现实主义表述的时代性认同，换言之，《子夜》与中国 20 世纪以来的传统现实主义之间，已经构成了较稳定的互证性关系。更有研究者从当下回归现实主义书写的意义出发，以《子夜》为标准来阐述其价值，正如有评论家指出的，"近年来，文学评论界还以'《子夜》传统'、'《子夜》模式'来指称当下的一些新作品，重新呼唤和倡导《子夜》所代表的左翼文学传统也成为当下文学理论和创作界的新声。"① 21 世纪以来出现的底层写作、打工文学等回归现实主义的写作潮流，实际上正体现了《子夜》式的现实主义关怀以及对书写当代中国社会现实的启发。

　　因此，一方面是《子夜》的现实主义书写特征和价值的重新阐释，另一方面是《子夜》式的带有强烈的左翼文学色彩的现实主义传统与当下现实书写需求间的摩擦与融合，这将再次激活我们对《子夜》传统的认知和对现实主义内涵的思考，也是当下我们去更客观、更丰富地确立《子夜》的文学史地位所必须面对的问题。

二　作为现实主义文本的复杂性及接受的选择性

　　从《子夜》的接受史中我们可以看到，在《子夜》的现实主义特征的确认上，看似单一和明了，实际上包含着持续性的争议和评价视角的不断开掘，这既提示了《子夜》文本内外所包含的多重意蕴，

---

　　①　张景兰：《在政治理性与文本实践之间——新视野下的〈子夜〉解读》，《延安大学学报（社会科学版）》2013 年第 4 期。

更重要的是，评价变动的过程，包含着作者自身以及不同时代对现实主义内涵诉求的变化，文本的丰富内涵和时代诉求构成了《子夜》实践现实主义范式的双向维度。

针对《子夜》的现实主义文本特征，争议比较大的一点是茅盾的写作是不是理念先行。其中，茅盾自己呈现的写作过程中的提纲式的写作方式，特别是瞿秋白对创作的参与，是经常被引述的重要因素。作者所列出的提纲式的写作方法，在一定程度上能说明作者对故事情节走向的预设和构思，但是，茅盾自己也曾多次表达过类似的意思："创作总是先有生活然后才有题目。"[1] 即在茅盾看来，这种预设也是建立在生活体验的基础上。实际上，这也的确不能充分说明作家就是理念先行，然而，如果我们循着茅盾与瞿秋白之间关于创作构思的交流，结合呈现的文本，却可以发现文本与创作理念之间的冲撞，而且，这种冲撞与后来各个时期对《子夜》的评论形成了一种有意思的互动以及评论界对文本中的不同元素的挖掘的此消彼长。

茅盾在《〈子夜〉创作的前前后后》里曾说过："秋白建议我改变吴荪甫、赵伯韬两大集团最后握手言和的结尾，改为一胜一败。这样更能强烈地突出工业资本家斗不过金融买办资本家，中国民族资产阶级是没有出路的……又说大资本家愤怒绝顶而又绝望就要破坏什么乃至兽性发作。以上各点，我都照改了。"[2] 瞿秋白对吴荪甫的理解，显然是出于马克思主义思想指导下的社会学的理解，茅盾的接受也再次充分说明了其在对吴荪甫这一人物进行典型化叙述的过程中，接受了民族资本家的特性的社会学分析方法，展现了民族资本家必然无法在动荡的中国社会实现自救的命运。而这一点在《子夜》日后漫长的接受链中，成为特别重要的因素，既体现了它的政治价值、社会价值，也展示了社会主义现实主义特色，更在特定的

---

[1] 茅盾：《关于文艺创作中一些问题的解答》，载《茅盾选集》第5卷，四川文艺出版社1985年版，第446页。

[2] 茅盾：《我走过的道路》，人民文学出版社1997年版，第502页。

时期成为质疑作家写作的观念化或意识形态性的重要起因，比如批评作品对吴荪甫的事业必然失败的理念设定、吴荪甫强奸佣人的不真实性等。不过，正如瞿秋白对《子夜》发表以后还存在不满一样，作者的写作并不纯粹是为了解决一个社会问题，文本叙述中的吴荪甫呈现了阶级性之外的丰富性。他的果敢、能干，甚至外形的高大和刚毅，无不流露出作者对这个人物的情感绝不止于表现他的阶级性，而且，人物的英雄化使吴荪甫的失败拥有了文学意味的悲剧性。同时，作品对都市中物与人的细腻描写，使其充满了生活的质感，生动地展现了 20 世纪 30 年代上海的都市场景，这又恰恰印证了作者自己多次提出的作品是长期以来生活感知的结果。这种叙述的生活真实感和各色人物的活灵活现，又成了《子夜》在日后漫长的接受链中，被赞赏为展示了生活的真实性的重要因素，推动它不断地被认定为现实主义的写实性的成功典范。直到今天，我们依然不断地谈及《子夜》在表现 20 世纪 30 年代上海都市生活以及民族资本家、银行家、财阀、上流社会的太太、交际花等生活的生动与可靠。在一定程度上，这与社会分析式写作手法导致的意识形态性构成了反作用力。

这对相对的作用力的强弱，也因为作者自己在各个时期的文本阐释而有着微妙的变化。有研究者曾指出："吴荪甫这一人物形象，在作者写作于 1939 年的《〈子夜〉是怎样写成的》一文中将其称之为'中国民族资本家'，在 1952 年写作的《〈茅盾选集〉自序》中称其为'反动的工业资本家'，而在 1977 年写作的《再来补充几句》中又称其为'民族资产阶级'。"[1] 显然，茅盾对吴荪甫这一人物的阐释伴随着时代现实主义标准的变化而变动，像 1952 年的"反动的工业资本家"的认定，显然是充满了阶级意识形态的分析。不过，书写民族资本家既是茅盾自己创作之初就设立的目标，也是建立《子夜》传统的重要内容，即对某一阶级或某些阶级的典型特征和历史动向进

---

[1] 侯敏：《不断争论中的〈子夜〉——兼及经典意义之再思考》，《郭沫若学刊》2021 年第 1 期。

行书写，其中，对民族资本家的历史动向的把握显然充满着丰富性。前面提到的瞿秋白的写作指导意见是一部分，另外，在茅盾自我的阐述中，也有重点之变。比如，1939 年茅盾写的《〈子夜〉是怎样写成的》一文就表述出了他创作中为了回应"托派"的指控的动机："这样一部小说，当然提出了许多问题，但我所要回答的，只是一个问题，即是回答了托派：中国并没有走向资本主义发展的道路，中国在帝国主义的压迫下，是更加殖民地化了。"① 在 1977 年人民文学出版社重印的《子夜》和 1980 年的回忆录中，都重申了"回答托派"的主题。这些关于回答"托派"的言论，表述了茅盾的阶级立场，也成为许多质疑《子夜》是主题先行的文章的证据。不过，近来也有学者从 1939 年茅盾在新疆的处境和作品的人物结局出发，认为作品并非主题先行，"足见茅盾一开始设定的小说主题并非'回答托派'，只是瞿秋白促使茅盾改写了小说的结局，形成了'回答托派'的后设主题"②。不管怎么说，回答"托派"的问题被纳入了考量作品是否主题先行的重要因素。又如，在《子夜》发表之后，在茅盾回应的《子夜》的评价中，表达了对来自不同的政治立场阵营的吴宓的评价的喜爱。吴宓说："吾人所为最激赏此书者，第一，以此书乃作者著作中结构最佳之书。盖作者善于表现现代中国之动摇，久为吾人所习知。""第二，此书写人物之典型性与个性皆极轩豁，而环境之配置亦殊入妙。""第三，茅盾君之笔势具如火如荼之美，酣恣喷薄，不可控搏。而其细微处复能委婉多姿，殊为难能而可贵。"③ 茅盾对吴宓评价的回应是："在《子夜》出版后半年内，评者极多，虽有亦及技巧者，都不如吴宓之能体会作者的匠心。"④ 显然，吴宓的评价更注重小说结构、人物和语言的书写，这些特征与来自左翼文坛注重

---

① 茅盾：《〈子夜〉是怎样写成的》，《战时青年月刊》1939 年第 3 期。

② 妥佳宁：《"高级形式的社会文件"何以妨害审美？——关于〈子夜〉评价史》，《当代文坛》2018 年第 4 期。

③ 云（吴宓）：《茅盾著长篇小说〈子夜〉》，《大公报·文学副刊》1933 年 4 月 10 日。

④ 茅盾、韦韬：《茅盾回忆录》（上），华文出版社 2013 年版，第 400 页。

社会问题分析的评价不同，茅盾对其喜爱也是不无道理的，更重要的是说明了茅盾渴望文本内在艺术力的认同。

在我看来，关于茅盾写了民族资本家及动向的问题被反复提及，以及茅盾对作品的艺术性的重视的另一层面是茅盾写作的特殊性。自 20 年代，茅盾等人开启"为人生"的写作，现实主义的创作精神一直伴随着他，从《蚀》三部曲到《子夜》，茅盾创作风格的转变是明显的，这与时代有关，也与茅盾的精神气质及人生追求有关，从根本上说，茅盾是一个关注社会问题且长于分析的现实主义作家。在写作手法上，尽管其早期作品《蚀》充满了情绪的描述，然而，茅盾自写出这几部作品以后，就不断地通过阐述修正这种情绪，以树立其清晰的革命态度和社会价值观，至《子夜》之后，其参与社会改革的气质进一步推动他在创作中对社会问题作出较明朗的判断和分析。《子夜》正是茅盾从侧重情绪描述转向侧重社会问题分析的标志性文本。在一定意义上，《子夜》的写作是茅盾通过践行典型环境中典型人物的塑造的创作原则，充实了他的"为人生"的现实主义创作方法。作者在作品中展示的善于分析社会问题的特质，以各人物为代表呈现阶级特征以及社会发展动向的时代观和社会观，完成了"社会剖析小说"的基本建构。茅盾写作的这种转向也代表了左翼文学在中国的兴起及剖析社会问题的现实主义传统的确立。如果以 20 世纪 30 年代周扬等人最初引入"社会主义现实主义"概念为起始，到 1942 年提倡"无产阶级现实主义"，后又改为"社会主义现实主义"，直至革命现实主义等概念成为单一的最高准则，那么，《子夜》的典范性一直在这历程中发挥着作用。

所以，《子夜》式的现实主义不仅完成了以马克思主义思想分析中国 20 世纪 30 年代的政治、经济、社会现状的任务，而且它的可概括性和社会动向表述的明晰性，成了意识形态话语下典型性书写的有效对接文本，而结构宏大紧密，人物、场景表述精湛带来的艺术内涵又足以使它成为现实主义的典范之作。

三 《子夜》带来的"现实主义"启示

自 20 世纪 30 年代左翼阵营的需求到社会主义现实主义范式的确立，至 90 年代现实主义冲击波以及新世纪的底层写作浪潮，随着"现实主义"话题的展开，再次引发人们对《子夜》式的现实主义的关注。实际上，《子夜》评价沉浮背后的深层诉求就是 20 世纪初以来中国文坛及整个社会对现实主义的诉求，《子夜》所代表的现实主义的时代性关注，甚至解决重大社会问题的能力，始终占据着重要的位置。

正如茅盾自己对写作的概括，他要在 20 世纪 30 年代世界经济恐慌波及上海的时候，写出民族资本主义的生存以及中国社会的政治、经济现状。他要用小说来写出："（一）民族工业在帝国主义经济侵略的压迫下，在世界经济恐慌的影响下，在农村破产的环境下，为要自保，使用更加残酷的手段加紧对工人阶级的剥削；（二）因此引起了工人阶级的经济的政治的斗争；（三）当时的南北大战，农村经济破产以及农民暴动又加深了民族工业的恐慌。"[①]《子夜》显示出的现实主义表现时代的能力，延承了自梁启超小说界革命以来赋予小说的"欲兴一国之民，必先兴小说"之使命，长篇小说的宏大布局又为"为人生"的写实主义开创了新的艺术形式。实际上，这种时代感和反映社会的能力，一直是 20 世纪现实主义的重要期许目标，这与 20 世纪上半叶中国社会动荡的现实以及各派势力的话语权争夺有关，也与 20 世纪下半叶政权巩固需要强化历史史实和思想改造相关。不管是赞赏还是批评，《子夜》文本中的价值取向之所以被不断提及，就在于来自生活之外的认知常常高于文本本身对现实的细节描述。美国学者安敏成用"现实主义的限制"来归纳革命时代的中国小说，并且将左翼对文坛进行的规训与惩罚所依据的理论归结为模仿苏联充分意识形态化的

---

① 茅盾:《〈子夜〉是怎样写成的》,《战时青年月刊》1939 年第 3 期。

"社会主义现实主义"①。实际上，这还包括 20 世纪以来，中国整个社会对现实主义规范所建立的认知观，人们期待通过现实主义文本的阅读来了解现实，并且对现实进行判断或者说动向选择，在这种期待视野中，艺术表现手法本身的高下往往让位于作品的主题。这一点也已成为深植于中国文化中的现实主义期待。

20 世纪 80 年代中后期，在反现实主义思潮中兴起的新写实小说，则在保持现实主义的叙事手法时，极力表明自身并不同于传统现实主义的姿态，小心翼翼地将现实主义从关注时代热点问题转向关注日常生活，将典型化转向尽量客观地描述生活，力图从对生活细节的还原来直面人生和现实。在其命名之始，便充满了对历史上已有的现实主义规则的规避："所谓新写实小说，简单地说，就是不同于历史上已有的现实主义，也不同于现代主义'先锋派'文学，而是近几年小说创作低谷中出现的一种新的文学倾向。这些新写实小说的创作方法仍是以写实为主要特征，但特别注重现实生活原生形态的还原，真诚直面现实、直面人生。虽然从总体的文学精神来看新写实小说仍可划归为现实主义的大范畴，但无疑具有了一种新的开放性和包容性，善于吸收、借鉴现代主义各种流派在艺术上的长处。"② 新写实小说为现实主义呈现日常生活找到了很好的方式，与 20 世纪 90 年代人们关心自我日常的生活形态有了契合。然而，这样的表述很快被批评为并不能反映社会问题、不能体现批判精神，以及描述过于日常化等。

随之而来的是 20 世纪 90 年代中期出现了"现实主义冲击波"，这股潮流以反馈社会改革问题、社会腐败问题、农民生活问题等宏大的社会主题为切入点，力图书写出中国社会面临的困境并为其找到切实可行的解决方案，特别是对农村和国有企业改革困境与官场腐败的

---

① ［美］安敏成：《现实主义的限制：革命时代的中国小说》，姜涛译，江苏人民出版社 2001 年版，第 80 页。

② 《钟山》编辑部：《"新写实小说大联展"卷首语》，《钟山》1989 年第 3 期。

书写，一时间似乎为现实主义的时代性和宏大性找到了很好的表现点。事实是，这些文本无论是在人物塑造还是对社会问题的深刻性描述上，都没有达到现代文学史上现实主义文本的高度，反映社会问题至解决问题的模式限定，又常常限制了现实主义批判现实的深度。所以，总体上讲，这一场直接以现实主义命名的冲击波，并没有在艺术表现力上带来巨大的影响。从一定程度上说，20 世纪 80 年代热度渐减的现实主义又一次遭遇了困境。

一般而言，不同的时代、不同的历史时期会赋予读者不同的价值取向，任何作品都会随着时代语境的变化而变化，然而中国的现实主义似乎一直保持着较稳定的内涵认知。即自新文化运动以来，中国的现实主义被寄予表现时代、表现社会甚至参与现实变革的期待。这应该与 20 世纪上半叶中国处于新民主主义革命的历史环境有关。这一历史背景使中国的现实主义摆脱了古典主义的现实、超现实等观念，又使其在吸收西方现实主义文学时，拥有了自己独特的品格。茅盾《子夜》的成就，正是此种现实主义期待的代表。这是茅盾在社会现实、文艺理论与文学创作上作出的贡献，也为中国的现实主义发展提供了良好的范本。新中国成立后，意识形态对文学的超强介入，又将现实主义文学创作推向违背现实主义精神的书写境地。然而，对现实主义本身的认知是稳定的，甚至到了 20 世纪末期文坛出现的"底层写作"，实际上一直持续着现实主义所能实践的反映现实的深度和高度来推进文学创作。

更重要的问题是，在 20 世纪形成的稳定的现实主义期待内涵中，我们的现实主义写作显然也是在不断地变化的，特别是自 20 世纪 80 年代中期反现实主义思潮兴起之后，我们的现实主义写作实际上已经变得特别丰富了。以余华、莫言、王安忆、刘震云等人的写作为例。1989 年，余华大胆地宣称："当我发现以往那种就事论事的写作态度只能导致表面的真实以后，我就必须去寻找新的表达方式。寻找的结果使我不再忠诚所描绘事物的形态，我开始使用一种虚伪的形式。这种形式背离了现状世界提供给我的秩序和逻辑，然而却使我自由地接近了真实。"① 他直接将自己推向反传统现实主义的阵地。如果说余华前期的先锋小说更多体现了现代主义的写作手法，那 20 世纪 90 年代转型之后的《许三观卖血记》《活着》，直到近期的《文城》等小说，显然充满了现实主义的笔法。然而，无论是评论者还是作家本人，都已经不愿简单地将写作归结为现实主义了，而且余华自己更热衷于称自己的作品是现代主义。那么，我们是否也应该更新审思现实主义内涵？这些作品改变典型环境中典型人物的书写方式，却通过人物个体性的完美书写展示了时代的面貌，改变了反映现实的使命背负的沉重性，却通过真切的细节展示了现实的真实可靠，作品的世界充满了现实感，却也并不拒绝现代主义元素的运用，比如魔幻的世界，人物的心理、精神、命运及个性的意象化呈现等。至今，这样的叙事已成就了越来越多的优秀作品，比如王安忆的《长恨歌》、金宇澄的《繁花》、苏童的《黄雀记》、李洱的《应物兄》、刘震云的《吃瓜时代的儿女们》等。可以说，反映现实世界的真实的文本内核并没有改变，然而，无论是历史空间还是现实世界的展示，作品所运用的现实主义的写法中已经吸收了现代主义、后现代主义的元素。换言之，新的现实主义的创作法则已经生成，这种法则更倾向于真实感情的表达，更倾向于人类感知世界的真实。

近年来，又一股新的写作潮流正在改变着传统的现实主义书写，便是"非虚构"文本。像梁鸿的《我在梁庄的日子》、李娟的《冬日牧场》、阿来的《瞻对》等作品，用纪实性的笔法呈现了中国的现实和历史，表述的内容触及了现有文学表现中并不常见的角落。那么，是不是只有用非虚构的方式才能达到对现实和历史的真实描述？非虚构的方式是否比虚构人物、场景的传统现实主义表现手法更能展示生活细节的真实？非虚构的写作方式能否成为现实主义创作发展的一种方式？这或许将给我们的现实主义创作带来新的力量和思考。

可见，近年来这些新的现实主义文本的出现，体现了现实主义创作的丰富性，《子夜》式的现实主义在新的时代背景中被重新评价和

---

① 余华：《虚伪的作品》，《上海文论》1989 年第 5 期。

认知是必然的。因为无论如何在一个一直追求现实主义精神和文学作品对社会、时代使命承担的文化背景中，现实主义的创作方法能否创造出真实的故事是创作者们始终无法回避的问题。所以，30 年走向文坛的《子夜》反映的不仅是 20 世纪 30 年代的中国政治、经济、社会的现实，而且它将给今日我们的现实观照和现实主义精神内涵带来新的启示。

（原刊《茅盾研究》 第 19 辑）

政治挫折时刻的文学书写

——重读茅盾的《腐蚀》

唐小林[*]

摘　要　茅盾在 1941 年以皖南事变为背景创作的《腐蚀》，是继《蚀》三部曲后对政治挫折的又一次即时性回应。茅盾通过塑造一个具有"疏离性"的失足女特务形象，不但批判了国民党政府的特务制度，也重新整合了大革命失败时的情感体验和社会感知。在这部小说中，人物关系被不同的意识形态所界定，总体性的社会结构也被政治话语所重新编码。茅盾由此深刻地再现了皖南事变后国统区高度政治化的社会现实和情感结构，并以"杂文"为内在意识，找到了一种包含历史行动力的呈现社会"真实"的文学方式。与茅盾最初开始文学创作的心境相似，《腐蚀》和同时期的一系列杂文，也是在特定政治事件激发下的写作，却显示出不同于以往的对创伤性经验的处理方法，具有较强的"行动性"和"战斗性"。茅盾不仅再次贡献出政治挫折时刻独特的文学书写，也由此重新确立了自己的文学坐标。

关键词　茅盾；《腐蚀》；皖南事变；政治挫折；政治编码

1941 年 1 月初，皖南事变爆发后，茅盾从重庆转移到香港，为复刊后的《大众生活》创作了长篇小说《腐蚀》。考虑到香港读者的阅读趣味，茅盾以一个失足女特务为核心形象，并特意将这部小说的故事背景放在皖南事变前后，目的是"揭露蒋介石勾结日汪，一手

＊　作者单位：上海大学中文系。

制造这'千古奇冤'的真相"①。《腐蚀》连载后便引起轰动，成为茅盾在国内版本最多的一部小说。《腐蚀》的特务题材和日记形式在茅盾的小说创作中都较为独特，而妥帖地解读这部小说将有助于丰富对茅盾文学实践的整体性理解。由于《腐蚀》针对的是皖南事变，具有浓厚的"政治气息"和较强的现实针对性，是茅盾继大革命失败之后又一次政治挫折时刻的文学书写，因此既需要分析其特殊的文学形式和书写方式，也需要对照早年大革命失败时的创作展开论述，并结合茅盾 1941 年②前后的现实处境、精神世界及其多种形式的文学实践进行整体把握。

从写作语境和形象谱系来看，《腐蚀》与《蚀》三部曲有着某种共通性。这部小说所塑造的核心人物是一个具有"疏离性"的国民党女特务，但其生活背景和精神气质却与茅盾早期小说中的慧女士、章秋柳等人颇为相像。对于茅盾而言，皖南事变与早年的马日事变虽然不一样，但却具有情感体验上的相似之处，所勾连的乃是大革命失败时的那种政治挫折感。然而，在应对方式上，不同于早期小说更加偏重于对社会全景的展现，《腐蚀》和茅盾同时期所创作的大量杂文则具有强烈的时事针对性和"战斗"意味，更加强调社会的结构性"真实"，以及文学对现实的介入和改变功能，背后隐含着茅盾对"时代性"和"整体性"的新理解。在这个意义上，《腐蚀》的创作及其所关联的一系列杂文写作实践，可以视为茅盾继《蚀》三部曲后对政治挫折的又一次回应，从中或许也可以为讨论茅盾在 1940 年代的文学新变打开一些思路。

一 皖南事变与《腐蚀》的写作

茅盾文学创作的开始，可以追溯到 1927 年的国共分裂。在《从

---

① 茅盾：《战斗的一九四一年——回忆录［二十八］》，《新文学史料》1985 年第 3 期。

② 茅盾：《从牯岭到东京》，载《茅盾全集》第 19 卷，人民文学出版社1991 年版，第 176—177 页。

牯岭到东京》一文中，茅盾叙述了自己"开始创作"的心路历程："经验了动乱中国的最复杂的人生的一幕，终于感得了幻灭的悲哀，人生的矛盾，在消沉的心情下，孤寂的生活中，而尚受生活执着的支配，想要以我的生命力的余烬从别方面在这迷乱灰色的人生内发一星微光，于是我就开始创作了。"① 后来的研究者也从政治挫折经历上考察茅盾文学的发生，如安敏成认为，"沈政治上的失败，以及由此导致的他对政治现实内部复杂的张力（或矛盾）的领悟，在某种意义上解放了他的文学想象力"，"沈的第一批作品是政治挫折的产物"②。可以说，正是政治上的挫败促成了茅盾文学的诞生，特别是对他的小说创作产生了深远的影响。从这个层面来看，1941 年发生的皖南事变尽管在生命体验上无法与大革命的失败相提并论，但对于茅盾而言却同样具有文学启示上的意义。根据茅盾晚年的回忆，皖南事变发生时，他首先联想到的便是大革命失败时的情感体验："我惊愕得半晌说不出话来，难道'马日事变'又要重演了"③。尽管此时面临着不一样的社会状况、政党格局和国际形势，但在某种意义上，皖南事变所唤起的正是茅盾早年的政治创伤记忆。茅盾在晚年回忆皖南事变时，还特别提及 1941 年 2 月 5 日，洪深服毒自杀的事件，这也对他当时的心境产生了较大的影响。洪深在遗书中写下："一切都无办法，事业，家庭，食衣住，种种，如此将来，不如且归去，我也管不尽许多了！"④ 虽然洪深自杀受到多方因素的影响，但皖南事变对他而言无疑也是一个沉重的打击。当时左翼文化人也认为，包括皖南事变在内的政治因素，是洪深自杀的根本原因，他的自杀由此被视

---

① 茅盾：《从牯岭到东京》，载《茅盾全集》第 19 卷，人民文学出版社1991 年版，第 176—177 页。

② ［美］安敏成：《现实主义的限制：革命时代的中国小说》，姜涛译，江苏人民出版社 2001 年版，第 125 页。

③ 茅盾：《在抗战逆流中——回忆录［二十七］》，《新文学史料》1985 年第 2 期。

④ 《导演洪深自杀前后》，《大众影讯》1941 年第 1 卷第 35 期。

为一种充满政治意味的"尸谏"①。后来有研究者也对洪深的自杀进行考察，认为"洪深自杀的导火索为生活困迫，但其罪魁祸首却是政治因素"②。受皖南事变和洪深自杀的刺激，茅盾结合宋之的的五幕剧《雾重庆》中的相关情节写下了杂感《雾中偶记》，提出"中华民族解放的斗争，不可免的将是长期而矛盾而且残酷"，但是"浓雾之后，朗天化日也跟着来"③。这种对社会政治和历史走向的理解，已与1928年写下的《雾》中那种只有"不堪沉闷的压迫"④ 截然不同，并进而直接影响了他此时小说创作的取材和写法。

皖南事变发生后，包括茅盾在内的多位文化人在周恩来的建议下离开重庆，去往香港开辟"第二战线"。同时，邹韬奋在香港复刊《大众生活》，邀请茅盾参与编委会。因为担心全是政论性的文章，难以吸引香港的读者，会影响刊物的销路，所以邹韬奋邀请茅盾"作为紧急任务赶写一部"长篇小说。茅盾答应后，想到"香港以及南洋一带的读者喜欢看武侠、惊险小说"，而"国民党特务抓人杀人的故事，以及特务机关的内幕，却也有一层神秘的色彩"，于是根据自己的听闻，打算写这样一个"被骗而陷入罪恶深渊又不甘沉沦的青年特务"的故事，以"暴露国民党特务组织的凶狠、奸险和残忍"⑤。在此之前，茅盾在《如是我见我闻》系列中创作了《西京插曲》和《旅店小景》，其中也写到了国民党特务。特别是《旅店小景》中有关特务的"尾随侦察"活动，与《腐蚀》中的相关描写有相似之处，可以看作是《腐蚀》的素材来源之一。《如是

---

① 有关"尸谏"的说法，参见《著名戏剧电影家洪深在渝全家自杀》，《中国电影画报》1941年第4期；《洪深：服毒原因之揣测》，《社会日报》1941年2月8日。

② 周利成：《众说纷纭的剧作家洪深自杀之谜》，《世纪》2021年第1期。

③ 茅盾：《雾中偶记》，载《茅盾全集》第12卷，人民文学出版社1991年版，第21页。

④ 茅盾：《雾》，载《茅盾全集》第11卷，人民文学出版社1991年版，第64页。

⑤ 茅盾：《战斗的一九四一年——回忆录［二十八］》，《新文学史料》1985年第3期。

我见我闻》连载于 1941 年 4 月 8 日创刊的《华商报》副刊《灯塔》，到同年 5 月 16 日结束。而《腐蚀》则从隔天开始在《大众生活》上刊载，到同年 9 月 27 日第 20 期结束。因为是边写边连载，且为了更好地表现女性的心理世界，茅盾便采用了日记体，主要呈现了国民党女特务赵惠明 1940 年 9 月 15 日至 1941 年 2 月 10 日期间在重庆所写的日记。对照来看，《腐蚀》的创作时间与赵惠明写日记的时间非常相近。有读者就特别辨识出日记这段时间的政治性意味，指出"这五个月，是抗战中一段最黑暗的时期：对内，团结的阵线逐渐破坏，逆流汹涌，终于发生了不幸的皖南事变；对外，'和平'的谣传正盛，汪系特工潜入内地，大肆活动"①。其中提及的皖南事变便是小说的核心叙事内容。事实上，由于宣传的限制，如何认识皖南事变，以及如何叙述这一政治性事件，并非不言自明的问题。因此，首先应该辨析的是，茅盾在《腐蚀》中是怎样书写皖南事变的？

《腐蚀》以国民党女特务赵惠明为叙事视点，并设置了几种代表不同政治立场的人物类型，如 K 和萍代表共产党，陈胖、何参议和周总经理等代表重庆国民政府，而舜英、松生和希强则代表南京汪伪政权。在小说中，K、萍和小昭是被迫害的一方，而汪蒋两方则经常在舜英夫妇家密谈。特别是在皖南事变前夕，赵惠明在"十一月十九日"日记中提到舜英透露的相关消息："剿共军事，已都布置好了，很大规模，不久就有事实证明"，"从此可以和平了，而且分裂的局面，也可以赶快结束了"②；又在次年"一月十一日"中记述了舜英的暗示："'成功'在即"，"不久就可以和了"，"方针是已经确定了"③。这些密谈的信息，都围绕皖南事变展开。在"一月十五日"的日记中，则开始正面写到皖南事变："纷纷传言，一桩严重的变

---

① 陈岑：《读〈腐蚀〉》，《文艺知识连丛》1947 年第 1 卷第 2 期。

② 茅盾：《腐蚀》，载《茅盾全集》第 5 卷，人民文学出版社 1991 年版，第 153—154 页。

③ 茅盾：《腐蚀》，载《茅盾全集》第 5 卷，人民文学出版社 1991 年版，第 233—234 页。

故，发生在皖南"①。直至在"一月十九日"的日记中，写到了周恩来在《新华日报》上刊登的"千古奇冤，江南一叶；同室操戈，相煎何急"的题诗，以及国民党特务"满街兜拿"的活动。特别是其中借另一失足女特务 N 之口，说出了当时人们对这件事的反应："有人说，历史要重复演一次；有人说不会，为的是大敌当前。"② 所谓"历史要重复演一次"，指的便是 1927 年大革命的失败和国共合作的破裂，这也正是茅盾和他周边友人在得知皖南事变后所特别担心的地方。茅盾通过叙述不同政治立场之间的关系和交往，最终对皖南事变作出了解释，即背后是蒋介石政府勾结汪伪政府，投降日寇。在听到皖南事变的消息之前，茅盾已经通过徐冰等人得知国共之间有严重摩擦，并在为《新华日报》三周年纪念所写的文章中，预感到"今年是胜利年，但也将是最艰苦最困难的一年，敌人的阴霾挑拨离间，汉奸的多方活动，会比往年加紧"③。当时，茅盾先是通过沈钧儒和叶以群获得皖南事变的大概情况，后从周恩来处了解了具体的前因后果。不过，值得注意的是，茅盾在晚年回忆录中曾提及当年的吴开先事件："当时，在进步人士中间传递着这样的消息：这次事变是近几个月来日汪蒋秘密交易的结果，挂着各种头衔的汉奸吴开先以秘密特使身份穿梭于宁沪渝之间，就是为蒋汪合流，联合'剿'共，实现'荣誉和平'牵线搭桥的。"④ 这构成茅盾对皖南事变展开叙述的认识性前提。此后的读者，在阅读《腐蚀》时，通常都特别关注到这部小说对时局的描写。尤其是在抗战结束后，很多《腐蚀》的读者都提到了这一事件。如白蕪在 1946 年为《腐蚀》写的读后感中，指出

---

① 茅盾：《腐蚀》，载《茅盾全集》第 5 卷，人民文学出版社 1991 年版，第 241 页。

② 茅盾：《腐蚀》，载《茅盾全集》第 5 卷，人民文学出版社 1991 年版，第 249 页。

③ 茅盾：《一个读者的要求》，载《茅盾全集》第 16 卷，人民文学出版社 1991 年版，第 287 页。

④ 茅盾：《在抗战逆流中——回忆录［二十七］》，《新文学史料》1985 年第 2 期。

皖南事变是"重庆和南京合流的阴谋"①。虽然当时的中共方面也无法确定事变的发生与国民党投降有无直接联系②，但是鉴于国民党对皖南事变消息的封锁，类似"吴开先事件"的传闻反而传播甚广。而且，茅盾以此为基础对皖南事变展开书写，实则是在"针锋相对"，与中共当时所采取的"通过斗争以求团结"的政策相一致。

尽管吴开先等事件为茅盾提供了一种理解和书写皖南事变的思路，但对于茅盾而言，皖南事变本身就无法在单纯的党派之争中进行理解，还要考虑其对抗日力量的损耗，以及对可能发生的"内战"的影响，这也是当时国内外各方力量对皖南事变的主要关注点所在。据茅盾的说法，他在听说皖南事变的消息后，"惊愕"之余，首先指出的就是："老蒋这种做法是不打算抗日了"③。这意味着在茅盾这里，1941 年皖南事变所关联的政治挫折，一方面在情感体验上与大革命的失败具有相似性，另一方面在后果上却有着很大差异，其中的关键便在于对抗日战争形势的考虑。因此，相对于《蚀》三部曲而言，茅盾在《腐蚀》中不仅表现了由政党对垒而引发的政治挫折，同时也扬弃了《蚀》三部曲那种内在化地理解革命、解释政治的思路，通过引入具有高度"疏离性"的核心人物，以及特殊的对外部社会的描述方式，对特定政治事件前后的社会进行了总体性呈现，从而得以在更高层面的"真实"中理解政治。因此，需要追问的是，作为茅盾第二次处理政治挫折的小说，《腐蚀》采取了怎样的形式，这一形式产生了怎样的效果。

二 政治编码与小说形式

在茅盾的小说创作中，《腐蚀》的"独特"之处，首先体现在文

---

① 白蕪:《读〈腐蚀〉》,《文艺生活》1946 年第 4 期。

② 关于皖南事变的前因后果研究，参见杨奎松《皖南事变的发生、善后及结果》,《近代史研究》2003 年第 3 期。

③ 茅盾:《在抗战逆流中——回忆录［二十七］》,《新文学史料》1985 年第 2 期。

体形式和人物形象两方面，并带出了两个关键问题。第一，这部小说采用了日记体，是有关内心独白的文本，但茅盾却试图以这种高度主观化的方式来表现皖南事变前后的客观社会面貌，这种叙述策略应该如何理解？第二，茅盾在《腐蚀》中同样选择了女性形象为核心人物，但却不是早期小说中的革命女性，而是一位国民党女特务，且她对国民党政权并不完全认同，在政治立场上具有较强的"疏离感"，那么这种"疏离感"带来了怎样的文学效果？关于第一点，普实克认为，在《蚀》三部曲中，茅盾便注重描写人物的内心世界，这一写法应视为"时代的特征"，"是表达非常强烈情感的需要"。同时，他认为茅盾的"艺术兴趣"在于"描写"而不是"叙述"，《腐蚀》的创作意图，"是要描绘出社会的状况，而女主人公的真正作用是把客观现实及她对此作出的反应如实地记录下来"①。也就是说，具有特殊政治身份的女主人公可以视为社会现实与文学书写之间的媒介。但需要进一步阐明的是，赵惠明所面对的主要人物都关联着特定的政党立场，他们之间的交流隐含着大量的情报信息，且考虑到特务的职业性质，接收和传递信息的不透明性，以及日记中对不同信息的记录和分析的写法，可以将赵惠明的日记书写视为对社会现实的一种政治编码。那么，可以继续展开讨论的是，这种政治编码式的写法能够更好地呈现皖南事变前后的客观社会现实吗？结合第二点"独特"之处来看，经过这一女特务的日记书写，当时的社会结构得到了怎样的展现？具有怎样的形式意义？

相较于同时期徐訏的《风萧萧》（1943）、陈诠的《野玫瑰》（1941）和《无情女》（1943）等间谍、特务叙事，《腐蚀》的不同首先体现在其特务叙事被安排在政党对垒之中。与此同时，女主人公赵惠明也表现出对其置身的国民党政权的疏离，并带着一种普泛化的个人主义逻辑。尽管赵惠明是国民党特务，但是她的心理和行为方式并不是按照党派要求来进行的，她对国民党也没有身份上的归属感，因此她可以视为各党派之间的一种流动性主体。这种"疏离性"或

---

① ［捷克］普实克：《茅盾》，载唐金海、孔海珠编《茅盾专集》第2卷（下），福建人民出版社1985年版，第1531页。

者说"流动性"为小说带来了两种叙事功能。第一，置身其中却没有相应的政治认同，使得小说得以用更为灵活的叙事角度对国民党特务制度进行批判，并特别对其中的男性特务展开讽刺性描写。正如有研究者指出，"日记里国民党特务机构被描写成一处淫乱不堪、特权横行的龌龊之地，机构中的男性毫无理想，贪婪好色，女性则对赵惠明怀抱妒忌心态，彼此勾心斗角"，这种写法是为了"试图透过性别书写打击国民党父权中心"①。第二，茅盾为小说取名为"腐蚀"，"聊以概括日记主人之遭遇"②，因此这种"疏离性"使得女主人公也处于"受害者"的位置，从而更容易让读者对其产生"同情"③，小说也获得了更"真实"的叙事效果，从而具备一定的"教育意义"④。以至于后来有读者来信，希望茅盾能够"把惠明救出苦海"⑤，在小说中给赵惠明一条"自新之路"⑥。在这种特别的身份、立场与现实遭

---

① 蒋兴立：《谎言、性别、政治——间谍小说〈腐蚀〉与〈风萧萧〉之较析》，《彰化师大国文学志》2012年第25期。

② 茅盾：《腐蚀》，载《茅盾全集》第5卷，人民文学出版社1991年版，第4页。

③ 有读者认为，《腐蚀》"沉沉的打动了读者的心，使读者不得不坚决的同情向善的努力和嫉恶如仇的愤恨"。无名：《〈腐蚀〉》，《人民文艺》1946年第2期。此外，值得提及的是，《腐蚀》在新中国成立后被私营影片公司"文华"改编成电影，但在上映不久后就被叫停禁映，其主要原因在于"同情特务"。不过，在1954年人民文学出版社重印《腐蚀》时，茅盾写了一则后记，对"同情"问题进行了说明，并表示对小说"不作任何修改"。茅盾：《腐蚀·后记》，载《茅盾全集》第5卷，人民文学出版社1991年版，第300页。

④ 沈超予认为，《腐蚀》"对于失足者和一般青年男女都有着教育的意义"。沈超予：《读〈腐蚀〉》，《萌芽》1946年第1卷第1期。

⑤ 白浪：《把惠明救出苦海！》，《大众生活》1941年第16期。不过，也有读者不同意这种续写，认为这样写会"失却全文的写实性"。见消愁：《对"惠明"的又一看法》，《大众生活》1941年第18期。

⑥ 茅盾的原计划是"写到小昭被害，本书就结束"。但后来读者和发行部的要求，使得这一计划被重新调整。当小说连载到第14期，故事原本即将结束时，两方面因素使茅盾决定"续写"下去：一是读者来信，希望茅盾能够续写《腐蚀》；二是《大众生活》将出合订本，为了让读者完整地看到首尾全文，茅盾于是又"拖"了几期，将故事写到第20期结束。

遇的设置中，赵惠明为当时的读者（特别是香港读者①）提供了一个有距离但又不无代入感的阅读位置。它对应的是皖南事变以后，在国民党进行消息封锁的情境下，普通大众对相关事件真相的疏离。而茅盾通过赵惠明这一女特务的视点，对皖南事变所带来的政治挫折进行了相对化处理，使之呈现为有关"加害者"与"受害者"的故事，进而将创伤经验转化为小说隐含的叙事动力。

赵惠明既是茅盾所选择的叙事视点，也是小说中日记的写作主体，外部社会现实正是通过赵惠明的日记书写才得以呈现出来，日记承担着特定的感性作用。有读者指出这正是《腐蚀》的特色："因为从这里，你所得到的不是那特务制度外形上的可怖，而是它那无所不在的势力，无所不至的影响，以及它所及于无数人——尤其是年青人——内心上的难以解脱的腐蚀作用。"② 那么，赵惠明的日记中究竟呈现出了怎样的现实世界？从《腐蚀》的故事情节上来看，小说先交代了赵惠明所处的特务环境，以及她与另外几个特务同事 G、陈胖、F 和小蓉等的关系，这一层指向的是对重庆国民政府的描述。其次，小说通过不断引入新的人物的方式来推动情节，特别叙述赵惠明先后遇到舜英夫妇、萍、K 和小昭等人。这是一种有意的叙述选择，这些被赵惠明遇到的人，都是她的"故人"：舜英和萍原是赵惠明的老同学、老朋友，K 是之前在某处见过面并"谈了不少话"的人，而小昭则是赵惠明昔日的恋人。"故人"们的不断出现，整体上是为了映照赵惠明当下的身份处境，为故事发展带来新的线索。不过，更值得注意的是，这些"故人"在此时的政治性分化：舜英夫妇背后是南京汪伪政府，K 和萍是共产党，小昭则是与共产党有密切联系的进步分子。在创作《腐蚀》前，茅盾曾参加由全国文协总会组织的关于小说人物描写的专题讨论会，并提出小说人物的塑造，"是要在他的社会关系上去看，要在他怎样应付人事等等行动的总体上去

① 《腐蚀》的创作、发表与香港语境的关系，可参见陈蓉《文本内外：茅盾的〈腐蚀〉与香港》，《华文文学》2022 年第 1 期。

② 木君：《〈腐蚀〉》，《新旗》1946 年第 3 期。

看"，"从发展中看，就是在这种错综交互的变化关系上去看"①。赵惠明这个人物便很好地体现了茅盾所追求的"关系"和"发展"，因此在小说中承担着特定的社会表达功能。进一步看，这种叙事设置其实所指涉的是，在皖南事变前后，既有的亲密情感开始被不同的政治立场所界定，人与人之间的社会关系由政党政治重新编码，并被赋予强烈的意识形态色彩。在这样的结构性叙事中，《腐蚀》真正的主题开始凸显出来：茅盾要呈现的其实是一个被政治对垒，以及国民党内部以父权为核心的政治制度、特务制度所形塑和编码过的社会，也就是茅盾在小说开头的小序中所说的"尘海茫茫，狐鬼满路"的世界。

与此相关的另一个需要讨论的，是关于小说中赵惠明日记书写形式的问题。表面来看，日记呈现的是杂乱的内心独白，其中甚至不乏相互矛盾之处，但是细读则会发现，赵惠明的日记书写本身是一个记录信息和分析信息的过程。比如在十月一日的日记中，赵惠明写道：

> 猜想起来，这几天的"和缓"，正是 G 他们重新布置，发动新的攻势以前的沉静；而我却无端放弃了一个机会。我并不幻想陈大胖子真会解救我的困难。落井下石，看风使舵，以别人的痛苦为笑乐，——是他们这班人的全部主义；何况对于我，他早就存了"彼可取而玩之"的野心？但是环境既已如此，如果一心盼望半空中会跑出个好人来，而不尽可能利用狐群中的狗党，那我只有束手待毙。②

赵惠明的日记基本上都是像上述引文这样，先概括事件、描述现象，然后对其进行分析和评论，这构成了她日记的主要写法。值得关注的是，其中的破折号将前半句的"落井下石，看风使舵，以别人

---

① 茅盾：《关于小说中的人物》，载《茅盾全集》第 22 卷，人民文学出版社 1991 年版，第 193 页。

② 茅盾：《腐蚀》，载《茅盾全集》第 5 卷，人民文学出版社 1991 年版，第 31 页。

的痛苦为笑乐"与后半句"是他们这班人的全部主义"区隔开来，其实是在分别进行描述与分析。破折号、双引号和括号在《腐蚀》中的大量使用①，也成为这部小说鲜明的叙事特点，并在文字叙述之外参与了《腐蚀》内容和意义的建构，既对应着特务写日记的特殊方式，也彰显出无所不在的政治意识。赵惠明的特务身份，决定了她与其他人在交流过程中信息的不透明。因为她还是一个具有"疏离性"的特务，不管是在国民党内部，还是面对其他政党力量，她与别人的消息交流往往并不对等，因此需要在日记中不断进行分析和推测，以得出真正有效的信息，并依此展开第二天白天的行动。由于这两个特征，赵惠明的日记看似相当主观化，实则却在以充满分析式的语言对白天所收集到的那些不透明信息进行解码。而赵惠明不断试图掌控事情走向，却屡屡以失控告终，也意味着没有人能够逃离这种结构化的社会禁锢。特别是皖南事变后，随着蒋介石政府加强了对书报的查禁，以及加大对社会网络的监管力度，社会心态也发生着微妙变化。当时，茅盾在离开重庆经桂林去往香港的途中，曾写下《渝桂道中口占》一诗，其中"存亡关头逆流多，森严文网欲如何？"一句，便是他对当时这种紧张局势的概括。而《腐蚀》中日记的书写形式，不仅对应了赵惠明特殊的职业身份，更关联着1940年代战争语境中人们对政治化社会的体认方式。

需要继续追问的是，这对茅盾的写作而言具有什么意义。在创作《蚀》三部曲时，茅盾无法以更具有超越性的姿态来对待大革命失败所带来的政治挫折，体现在那时小说的写法上，便是更加强调所谓"客观的真实"，因此茅盾也不满于自己"竟做了这样颓唐的小说"②。《腐蚀》则不再满足于仅在创伤体验的层面去描写细节的

---

① 如"九月二十二日"一天的日记叙述中，破折号就多达32处。有研究特别关注《腐蚀》中破折号的使用情况，统计出全书用了近500个破折号，并分析了这些破折号的多种表达作用。参见俞正贻《谈〈腐蚀〉中破折号的运用艺术》，《湖州师专学报》1990年第4期。

② 茅盾：《从牯岭到东京》，载《茅盾全集》第19卷，人民文学出版社1991年版，第186页。

"真实"，而是以更具结构性的写作方式来把握特定政治事件所带来的社会氛围与情感结构的变化，这正是茅盾所始终追求的"时代性"。在茅盾早期的小说中，这种"时代性"更多地与"整体性"有关，如有研究者指出茅盾的"时代性"，"其中蕴含着'整体'的思想，即个体必须融入集体，同时集体必须和历史合二为一，既服从来自历史的命令，又主动地推进历史"①。从最早的《蚀》三部曲到《子夜》，他的文学愿景都是"大规模地描写中国社会现象"②。在全面抗战爆发前夕，茅盾还主编了《中国的一日》，尝试以此展现"一天之内的中国的全般面目"③。不过，1938 年，茅盾第一次去香港时为《立报·言林》所创作的《第一阶段的故事》，虽然也试图全面反映当时的现实，即上海"八一三"抗战的社会景象，并且为了照顾香港的读者而采用了"通俗形式"，但茅盾自己承认"写到一半时，我已经完全明白，我是写失败了"④。但在写作《腐蚀》时，茅盾对"时代性"的理解显然有了一些差别。他不再执着于社会全景的展示，而是从具体社会事件着手建立小说的叙事形式，并重新展开有关"时代性"和"总体性"的理解。具体到《腐蚀》中，这种"时代性"对应的则是人物关系的高度政治化，人物的心理、行动和命运不可避免地受到战争事件与政党政治的影响，这正是皖南事变之后更为深刻、更具"总体性"的社会现实。

三 政治挫折的二次书写

《腐蚀》作为茅盾应对政治挫折的二次书写，其文学意义在于，

---

① 陈建华：《革命与形式——茅盾早期小说的现代性展开，1927—1930》，复旦大学出版社 2007 年版，第 40 页。

② 茅盾：《子夜·后记》，载《茅盾全集》第 3 卷，人民文学出版社 1991 年版，第 553 页。

③ 《〈中国的一日〉征稿启事》，《大公报》（天津版）1936 年 5 月 15 日。

④ 茅盾：《第一阶段的故事·新版的后记》，载《茅盾全集》第 4 卷，人民文学出版社 1991 年版，第 475 页。

它既以独特的政治编码和小说形式再现了社会的结构性"真实"，同时也避免了左翼激进派革命文学观念的教条化。如果说《腐蚀》之前的小说创作意在展现社会全景，并尝试从中探寻中国"何去何从"的问题，其中的历史远景往往难以清晰地呈现出来，因而如《第一阶段的故事》无法继续写下去①，那么茅盾后来辗转流徙于新疆迪化、延安边区等地，并写出了表现延安生活的《风景谈》、《开荒》和《记"鲁迅艺术文学院"》等作品，则表明茅盾在思想和政治立场上正在厘清有关"出路"问题的纠葛。因此，当茅盾再次来到香港时，《腐蚀》及同时期大量的杂文创作，意味着他也在文学方式上作出了反应。特别是作为直接回应皖南事变的《腐蚀》，也是茅盾再一次处理现实困顿的文本。正是通过《腐蚀》，茅盾找到一种既不带有"悲观颓废的色彩"，也不是"一味的狂喊口号"的写作方式。王晓明曾指出，《腐蚀》的女主人公赵惠明，在生活经历、性格，甚至是外貌等方面，都可以视为慧女士和章秋柳的"血缘亲族"，她所投射的是茅盾"先前的那些情感体验"②。可以进一步点明的是，所谓"先前的那些情感体验"，是指大革命失败的体验，是政治挫折的体验，这也是茅盾文学诞生的具体语境。如有研究者指出，"政治创伤体验使茅盾在社会政治层面陷入低谷的同时，激发了他的小说艺术才情"③。而茅盾为何会重返"先前的那些情感体验"，或许并不仅是因为茅盾在香港创作这部小说时，缺少有关特务统治的"感情印象"，"运用第二手资料组织故事的方法，刚刚在《第一阶段的故事》里遭

---

① 茅盾最初创作这部小说时，原想题名为《何去何从》，"因为，一九三七年后，这个'何去何从'的问题不但关系到我们国家民族的命运，也关系到每个中国人的命运"。后因怕题目"惹起麻烦"，在连载时改为《你往哪里跑》。1945 年出单行本时，又改题为《第一阶段的故事》。参见茅盾《第一阶段的故事·新版的后记》，载《茅盾全集》第 4 卷，人民文学出版社 1991 年版，第477 页。

② 王晓明：《潜流与漩涡：论二十世纪中国小说家的创作心理障碍》，中国社会科学出版社 1991 年版，第 101 页。

③ 贾振勇：《创伤体验与茅盾早期小说》，《文学评论》2012 年第 2 期。

了失败"①，还因为皖南事变所带来的挫折感，与大革命失败所关联的政治创伤体验具有相似性，因此同样刺激了茅盾的文学生产。不过，茅盾此时的主体状态和写作位置与早期并不相同，皖南事变后的"逆流"和"森严文网"，反而带来"万里江山一放歌"，激发出茅盾强烈的斗争精神和充沛的写作能量。

皖南事变发生后，茅盾经历过非常短暂的"郁闷"和停笔，其后便在香港开始了活跃的文学活动，创作颇为丰富：先是为《华商报》的文艺副刊《灯塔》创作"见闻录"《如是我见我闻》，接着又为《大众生活》连载长篇小说《腐蚀》，最后还创办了文艺刊物《笔谈》，并为《笔谈》写了回忆性系列短文《客座杂忆》，专谈大革命前后的小掌故。可以看到，茅盾此时也在以一种更为内在、特殊的方式梳理革命的经验。此外，在1941年，除了长篇小说《腐蚀》外，茅盾还创作了《某一天》《十月狂想曲》两个短篇小说，以及近百篇杂文。在一定程度上，这些写作具有极强的现实介入性，可以视为茅盾对皖南事变及相关时局的回应，如有研究者便认为这些创作隐含着茅盾"奋笔而书的激愤心情"，并指出，"皖南事变的发生，在茅盾这一年的创作生活中起了不小的影响，就其创作力的旺盛来说，在作者的创作生活中也是少见的"②。

茅盾此时的写作具有较强的社会针对性，不同文体的创作也在题材和指向性上具有一定的关联，因此可以视为一种具有整体感的文学实践。可以说，《腐蚀》对于茅盾而言并不是孤立的创作，而是1941年皖南事变发生后一系列高强度写作的起点。茅盾当时接连创作了与《腐蚀》主题密切相关的若干篇杂文，如《谈所谓"暴露"》、《再谈"暴露"》、《青年的痛苦》和《谈一件历史公案》等。其中，《青年的痛苦》就可以视为对《腐蚀》的一则解说。茅盾在这篇文章

---

① 王晓明：《潜流与漩涡：论二十世纪中国小说家的创作心理障碍》，中国社会科学出版社1991年版，第101页。

② 姜德明：《一九四一年，茅盾在香港》，《新文学史料》1983年第1期。

中提出，大后方"青年的痛苦"是"'特务工作'深入学校"所造成的，这与《腐蚀》续写的以学校为空间展开的特务叙事相一致。而《谈一件历史公案》则以岳飞冤案借古讽今，认为岳飞是宋高宗和秦桧合谋所杀，原因是"岳飞是高宗君臣对金人和议的最大的障碍"①。茅盾以宋高宗影射蒋介石，对岳飞冤案的解释也对应着皖南事变。因此，这些杂文可以看成是《腐蚀》所关涉问题的进一步阐发。

在写作形态上，《腐蚀》并非像常规长篇小说那样先有长时间的素材准备和完备的构思，才开始动笔，而是"随时"地以当下具体社会现象和政治事件为对象，展开"针锋相对"的写作，因此可以视为一种具有"杂文"意味的小说。而且值得特别指出的是，茅盾在《腐蚀》中也直接引用了鲁迅的杂文。在"一月二十一日"的日记中，写赵惠明得到一封以"抄书"为内容的"无处投递"的信，信中内容所抄录的就是鲁迅《且介亭杂文末编·附集·半夏小集》中的第七节文字②。其中以"狮虎鹰隼"和"癞皮狗"为隐喻，表明不同的志向选择，意在对赵惠明进行劝导和询唤③。茅盾此时对鲁迅杂文的引用和关注，旨在对大后方腐败现象的"暴露"。在《谈所谓"暴露"》中，茅盾更以"间谍"为例，认为："政治上的腐化贪污，民生之痛苦，道路指目，早已是公开的秘密，间谍所得，或且千百倍于我辈老百姓之所知，除了不便于若干私人之外，真想不出于敌何所资，于己又何从馁？"④ 在《再谈"暴露"》中，他继而指出，

----

① 茅盾：《谈一件历史公案》，载《茅盾全集》第 16 卷，人民文学出版社1991 年版，第 413 页。

② 茅盾：《腐蚀》，载《茅盾全集》第 5 卷，人民文学出版社 1991 年版，第 260 页。鲁迅文见《且介亭杂文末编·附集·半夏小集》，载《鲁迅全集》第6 卷，人民文学出版社 2005 年版，第 619 页。

③ 茅盾在 1942 年创作的旧体诗《无题》中有"搏天鹰隼困藩溷，拜月狐狸戴冕旒"一句，可以跟《腐蚀》所引用的鲁迅杂文中的"狮虎鹰隼"和"癞皮狗"进行对读。

④ 茅盾：《谈所谓"暴露"》，载《茅盾全集》第 16 卷，人民文学出版社1991 年版，第 317 页。

"'暴露'之兴，由于社会上政治上缺点太多"①。茅盾此时多次谈及
"暴露"问题，既对应着大后方腐败的社会现实②，也与此时他对文
学与现实之关系的理解有关，而杂文正是一种能够即时性"暴露"
并介入现实的文学形式。从"暴露"的角度来看，茅盾1941年所创
作的《腐蚀》和两个短篇小说《某一天》《十月狂想曲》都可以视
为一种特殊的"暴露文学"，并预示了后来取材于重庆"黄金加价舞
弊案"的剧本《清明前后》（1945）的创作。

　　尽管茅盾在武汉编《文艺阵地》时，曾刊发了张天翼的《华威
先生》（1938），并引发了大后方抗战文艺中有关"暴露与讽刺"的
论争，但茅盾此时的写作不应简单地认为是受到相关思潮的影响，而
是与他的杂文观念和现实观察密切相关。在皖南事变发生不久前，针
对战国策派的"航空姿态"③，茅盾便有意识地选择以杂文的形式展
开批驳，并特别在复刊后的《文艺阵地》上增加了"杂感"栏目，
准备重振杂文。茅盾在当时的一篇短文《现实主义的道路》中将
"杂感文"视为"中国新文学中的突击队"："这是在尴尬的时代，从
夹缝中突现的突击队。如神鹰一搏，既剽疾而准确，还以少许胜多
许。时代会使得这一体裁再重振坠绪罢？我想大概是如此。这也是现
实主义。"④茅盾此时倾向在"形势"内部写作，也得益于中共负责
人在后方组织的各种学习会。当时中共在香港的负责人廖承志，非常

---

① 茅盾：《再谈"暴露"》，载《茅盾全集》第16卷，人民文学出版社
1991年版，第322页。

② 有研究者认为，茅盾的作品侧重于表现大后方的阴暗面，"个中原因在
于茅盾一贯的左翼立场、国共两党对茅盾的不同态度以及茅盾居留和书写大后
方时间的特殊性"。王学振：《茅盾笔下的大后方》，《重庆师范大学学报（哲学
社会科学版）》2012年第4期。

③ 所谓"航空的姿态"由林同济提出，指的是在全面抗战时期，学术界
要"迈进到一个'全面''全体'的阶段"，"它要用一种'航空的姿态'，居高
临下，神会到'全景'的客观母题，浑成作用"。林同济：《第三期学术思潮的
展望》，《大公报》（重庆版）1940年12月15日。

④ 茅盾：《现实主义的道路——杂谈二十年来的中国文学》，载《茅盾全
集》第22卷，人民文学出版社1991年版，第173页。

重视对国际国内相关问题的分析与研究，经常组织包括茅盾在内的文化人开时局漫谈会，由廖承志介绍国内形势，乔冠华讲述国际形势。茅盾这一阶段的杂文写作，多取材于国内外的政局发展和重要事件，便与廖承志组织的这类学习会有着直接关系。鉴于国内外严重的战争危机，茅盾提出，"在香港的作家们不能仅仅埋首于创作，只关心文艺问题的论争，而应该拿起杂文这把匕首，像鲁迅那样，为读者痛快淋漓地剖析当前的形势，揭露敌人的阴谋诡计，戳穿其外强中干，针砭社会的黑暗与丑恶，指出民生疾苦之由来"①。在连载《腐蚀》期间，茅盾还写下了纪念鲁迅的文章《"最理想的人性"》，认为"鲁迅著作自成一家言，自有其思想体系，——尽管在形式上，是随时随地写下来的作品和杂文"②。在这里，茅盾特别提出鲁迅"随时随地"的写作状态，其实是在强调文学对现实，特别是艰困现实的灵活介入，以及文学与"形势"的内生性关系，意在突出文学对现实秩序的改变功能。

有研究者注意到《腐蚀》与茅盾早年左翼经验之间的联系，并指出，"在观念套路上，茅盾挪用了左翼的经验，关于战时国都与当局的书写，实际上把1927年的国共斗争，尤其是宁汉分裂与合流的故事，借重庆空间重新讲述一遍，同时把汪伪政府的'和平，反共，建国'的反动政略挪移到关于重庆当局的想象中，由此实现了对战时国都和重庆当局的逆写"③。《腐蚀》与《蚀》三部曲都是应对政党对垒及其政治分裂的文学书写，不过茅盾此时对重庆的叙述并非"想象"，《腐蚀》中的故事也不是早期小说的简单"挪用"或"重新讲述"，而是有其现实语境的针对性和适用性，且文学形式也随之发生了变更。如果说《蚀》三部曲处理政治创伤的方式是"表现"

---

① 茅盾：《战斗的一九四一年——回忆录［二十八］》，《新文学史料》1985年第3期。

② 茅盾：《"最理想的人性"——纪念鲁迅先生逝世五周年》，《笔谈》1941年第4期。

③ 李永东：《逆写战时国都——1941年茅盾在香港的创作》，《社会科学》2019年第3期。

或"再现"特定现实，那么，《腐蚀》及同时期的杂文则是在国内外政治形势的内部写作，是对现实具有强度的"碰撞"。在一定程度上，《腐蚀》可以说开启了一种与时代共生，并直接介入政治的写作方式。从茅盾此时的文学实践来看，《腐蚀》等创作致力于改变既有的现实结构，并对现实产生了重要的作用，因此可以视为一种"行动的文学"①。当时有读者就认为，《腐蚀》是"给国民党当权者的檄书，给失足青年的喝文，给广大中国人民争取民主自由的召唤"②。特别是在抗战结束、进入内战时期后，《腐蚀》重新引起阅读热潮，并再一次发挥出了对国民党进行"政治反攻"的作用，这在根本上区别于大革命失败后那种将现实对象化、强调所谓"客观的真实"的文学。在这个意义上，孙次舟就认为，《腐蚀》不仅"暴露现实的黑暗"，还有"进一步的远大的指示"，因而在"写实"的意义上超越了左拉，而更接近巴尔扎克的传统③。

四 结语

《腐蚀》是作为"紧急任务"而赶写的小说，意味着它可能并不遵循一般的文学写作规范，也无暇顾及先验的"文学性"。事实上，《腐蚀》是一部"政治气息极浓厚的作品"，但出乎茅盾本人意外，"吸引了香港、南洋众多喜爱惊险小说的读者"④。《腐蚀》并没有太多其他间谍、特务小说中那种曲折离奇的情节，敌我斗争的过程也并不十分激烈，那么为何能够如此吸引当时的读者呢？甚至在新中国成立以后，仍有"天真的读者"写信向茅盾询问这册

① 这里借用了周展安在论述鲁迅杂文时提出的概念，他指出，"行动的文学意味着文学写作以行动的方式介入到现实内部去"。周展安：《行动的文学：以鲁迅杂文为坐标重思中国现当代文学》，《文艺理论与批评》2020 年第 5 期。

② 黄浅：《〈腐蚀〉》，《生活》1945 年第 7 期。

③ 孙次舟：《〈腐蚀〉》，《侨声报》1946 年 11 月 18 日。

④ 茅盾：《战斗的一九四一年——回忆录［二十八］》，《新文学史料》1985 年第 3 期。

日记主人的情况①。除了茅盾所说的"国民党特务抓人杀人的故事，以及特务机关的内幕"具有一定"神秘的色彩"之外，《腐蚀》以日记形式对当时的政治事件进行即时性反映，对皖南事变前后政治化的社会关系和情感方式展开了结构性书写，并以此呈现出了一种有效对应人们的时代感知的"总体性"，这或许是《腐蚀》能够吸引读者并产生"真实"效果的更深层次原因。

在茅盾的小说创作系列中，《腐蚀》以特别的形式尝试对现实进行介入、改造和重新编码，因而具有某种坐标性意义。从这个角度来看，茅盾晚年曾以"战斗"来概括自己在 1941 年的文学实践，可谓非常贴切。现有的研究已经关注到茅盾文学的"诞生"与大革命失败后的政治挫折体验有内在关联。然而，不可否认的是，茅盾此后的文学创作仍时常隐含着难以克服和超越的"幻灭"之感。皖南事变所唤起的是与大革命失败相似的政治创伤体验，但茅盾不再纠缠于早期文学创作中闪现的"愁雾"与"惆怅"，而是深入时代的内部，以具有高度及物性的写作介入现实政治，以此重新确立自己的写作方式和主体位置。相较于此前的创作来看，他这时期以《腐蚀》为开端的一系列写作都具有"杂文"形态，具有较强的"行动性"和"战斗性"，关涉着茅盾此时对文学与现实之关系的重新理解，他也由此再次贡献出政治挫折时刻独特的文学书写。

（原刊《现代中文学刊》2023 年第 3 期）

---

① 茅盾：《腐蚀·后记》，载《茅盾全集》第 5 卷，人民文学出版社 1991年版，第 300 页。

五　史料新考

1920年沈雁冰代理研究系《时事新报》主笔相关史实考释

陈　捷[*]

摘　要　沈雁冰在1920年前后与研究系党人、《时事新报》主笔张东荪、郭虞裳等人过从甚密，不但在学术文化方面于《时事新报·学灯》上发表了大量的文学翻译作品，而且在政治方面，其在张东荪的授意下在《解放与改造》上发表研究基尔特社会主义的文章，一定程度上参与了张东荪等人发起的社会主义研究活动。双方交往之深、友谊之笃可以从1920年10月张东荪陪同罗素赴湘讲学期间张东荪邀请沈雁冰代理《时事新报》主笔一职看出些许端倪。从10月22日至11月5日接替张东荪代理主笔期间，沈雁冰在《时事新报》"时评"栏发表了多篇文章。随着社会主义论战的爆发，在思想上、组织上，沈雁冰与当时信奉马克思主义的革命先行者越来越接近，而他在对张东荪的批判中也显示了自身思想转变过程中特有的暧昧与含混。

关键词　沈雁冰；张东荪；《时事新报·学灯》；研究系

在沈雁冰早期文化活动、社交生涯中，他与以张东荪为首的时事新报馆交往甚密，甚至在张东荪外出讲学期间曾短暂代理过《时事新报》主笔一职，而这段历史因为牵涉到研究系这个民国初年声名狼藉的政治团体与沈雁冰本人早年社交关系及自身思想的变迁过程，

---

* 作者简介：陈捷，南京大学中文系博士、复旦大学中文系博士后，哈佛大学费正清中国研究中心访问学者。主要从事五四新文化运动研究。现为南京理工大学艺文部副研究员。

沈雁冰本人言之不详,学界既有的研究粗疏错漏之处亦较多。本文尝试从沈雁冰与时事新报馆交往历程入手,通过史料还原历史情境,坐实沈雁冰担任《时事新报》主笔的具体时间和相关史实,展示其在政治信仰转变时期思想上特有的暧昧与含混。

一 沈雁冰与时事新报馆张东荪等人的交好

根据沈雁冰回忆,受到 1919 年五四运动影响,原本在商务印书馆编辑《学生杂志》的他开始专注于文学,译介了大量的外国文学作品,"《学生杂志》不适合刊登的,我就投稿给上海《时事新报》的副刊《学灯》。契诃夫的短篇小说《在家里》就是我那时翻译的第一篇小说,也是我第一次用白话翻译小说,而且尽可能忠实于原作——应该说是对英文译本的尽可能的忠实。在这之后半年多的时间内,我接连翻译了契诃夫的《卖诽谤者》、《万卡》,高尔基的《情人》,法国莫泊桑的《一段弦线》,英国高尔斯华绥的《夜》等十多篇短篇小说,写了介绍托尔斯泰和萧伯纳的文章,都登在《学灯》上。"① 沈雁冰在这里的回忆基本上是正确的,表 1 呈现了沈雁冰在 1919 年发表在《学灯》上有关文艺方面的文章②。

表 1 1919 年沈雁冰在《学灯》上发表的相关文章

发表时间	作品名目
1919 年 8 月 20—22 日	翻译契诃夫短篇小说《在家里》
1919 年 8 月 28 日	翻译奥地利阿尔图尔·施尼茨勒的作品《界石》

---

① 茅盾:《商务印书馆编译所生活之二》,载唐金海、孔海珠等编《茅盾专集》,福建人民出版社 1983 年版,第 417 页。

② 在沈雁冰回忆中,还有一篇翻译爱尔兰作家葛雷鼓夫人的剧本《月方生》也发表在《学灯》,其实是发表在 1919 年双十节文艺增刊上,是其记忆之误。沈雁冰在 1919 年 7 月前并没有在《学灯》上发表过文章,他第一篇发表在《学灯》上的文章是 1919 年 7 月 25 日发表的《对于黄蔼女士讨论小组织问题一文的意见》。

续表

发表时间	作品名目
1919 年 9 月 18 日	翻译斯特林伯格的作品《他的仆》
1919 年 9 月 30 日	翻译伊丽沙白·J. 库茨沃西的作品《夜》以及伊万林的作品《日落》
1919 年 10 月 7—11 日	翻译法国莫泊桑的作品《一段弦线》
1919 年 10 月 11—14 日	翻译契诃夫的作品《卖诽谤者》
1919 年 10 月 25—28 日	翻译高尔基的作品《情人》；（同时，又在《解放与改造》上发表比利时梅特林克的《丁泰填的死》，笔者注）
1919 年 11 月 24 日	文艺评论《萧伯纳的〈华伦夫人之职业〉》
1919 年 12 月 8 日	评论《文学家的托尔斯泰》
1919 年 12 月 18 日	翻译波兰 stefan zeromski 小说《诱惑》
1919 年 12 月 24—25 日	翻译契诃夫《万卡》（当时作"方卡"，即 vanka 的译音，笔者注）
1919 年 12 月 27—29 日	翻译俄国 M. Y. saltykov 作品《一个农夫养两个官》

正是因为文学译作和评论在《学灯》上大量发表，沈雁冰受到研究系党人、时事新报馆主笔张东荪、《学灯》主编郭虞裳等人的赏识与青睐。1919 年 8 月 25 日，就在沈雁冰的译作《在家里》刚刚发表两三天之后，郭虞裳立刻在《学灯》上刊登出"本栏启事"："沈雁冰君鉴，得暇请于旁（傍）晚来馆一谭为感，此启虞。"[1] 9 月 26 日《学灯》又刊登张东荪致沈雁冰的一封信："雁冰君鉴二次来书已悉，何妨常常来馆以便接谭，藉请教益，以尊处太远不便走诣也东荪白。"[2] 延揽之心，显而易见。这是张东荪、郭虞裳等研究系党人直接向沈雁冰伸出了结交的"橄榄枝"，双方密切交往当始于此时。此后，张东荪、郭虞裳等人主持的《学灯》《解放与改造》就开始向沈雁冰约稿，双方建立起一定程度的亲密合作关系，这是我们解读沈雁冰这一系列翻译作品和评论的人际交往背景。

---

[1] "本栏启事"，《时事新报·学灯》1919 年 8 月 25 日。

[2] "通讯"，《时事新报·学灯》1919 年 9 月 25 日。

在学术、文学翻译上，时事新报馆张东荪、郭虞裳等人对初入文坛的沈雁冰的帮助应该是很大的，在一些译书的具体事务上对沈雁冰的帮助甚至可以说是无微不至的。1919 年 10 月 14 日，关注哲学的张东荪在《学灯》上有致沈雁冰的信，其中说，"雁冰君鉴译稿都收到了，尼采的书我也想介绍一二，只恨没有工夫，今天先生译了实在是好得很。如能全部译完，尚志学会大约可以收稿，我因为太长载在日报似乎不相宜，已经转交俞君，将来在杂志上发表。东荪白。"① 在 1919 年 10 月 23 日的《学灯》上有郭虞裳致沈雁冰的两封信，第一封信说："承示海凯尔死耗，谢谢。高尔该事侯查明补注也。尊译《情人》一稿之末段有'这已和群山月其老了'句，颇费解，不知有脱误否，敬祈见示。……教育制度一文已介绍于解放与改造杂志关，此复（虞裳）"第二封信说："通讯排好，忽又想起前借秋康生等三书现已带在馆中，如需用，可着人来取，因尊处门牌已忘却，未能送上也。（虞裳又启）。"② 1919 年 11 月，郭虞裳又和沈雁冰在《学灯》上讨论婚姻家庭、《学灯》改革等问题，在郭虞裳写给沈雁冰的信中表示，"你对于学灯文艺方面的意见，我很是佩服。宗白华先生见你这信，也以为很是。你便中来馆的时候，可和宗先生商量一下。我们总要想法实现我们的理想。"③ 不难想见，自从八九月间约见之后，张东荪、郭虞裳与沈雁冰之间围绕着哲学翻译、文学译作、社会改革等主题交流日渐频繁，而这样的切磋琢磨无疑加深了双方关系，更可见双方学术、志趣、思想之接近。

而在政治上，沈雁冰回忆自己和张东荪的交往并分析自己早期思想状况时说，"由于我常在《学灯》上投稿，《时事新报》主编张东荪办《解放与改造》时就约我写文章。……《解放与改造》上有一栏叫'读书录'。读书录是把某一外文原著以提要形式介绍其内容，

① "通讯"，《时事新报·学灯》1919 年 10 月 14 日。后来《尼采的学说》刊登在 1920 年初的《学生杂志》上。

② "通讯"，《时事新报·学灯》1919 年 10 月 23 日。

③ "通讯"，《时事新报·学灯》1919 年 11 月 20 日。

而不是全文翻译。我在这上面介绍的第一篇是张东荪给我的材料，叫《罗塞尔〈到自由的几条拟径〉》（《解放与改造》一卷七号）。小题目是无政府主义，社会主义，工团主义。罗塞尔主张基尔特社会主义，反对社会主义，也反对无政府主义和工团主义。那时已是一九一九年尾，我已开始接触马克思主义，我觉得看看这些书也好，知道社会主义还有些什么学派。那个时候是一个学术思想非常活跃的时代，受新思潮影响的知识分子如饥似渴地吞咽外国传来的各种新东西，纷纷介绍外国的各种主义、思想和学说。"① 沈雁冰表示当时的社会风气就是向西方学习，因此"拿来主义"盛行。虽然沈雁冰用这样的社会潮流来撇清自己和研究系知识分子的关系，但是张东荪等人在1919年下半年已经明显流露出了对基尔特社会主义的青睐和重视，比如在1919年9月1日在《解放与改造》发刊号《第三种文明》中就提出，"我以为改造世界的方法，以罗塞尔的主张为最好。"9月30日《时事新报》发表的以"记者"署名的《改造与人力》一文中也明确提出基尔特社会主义是支配社会的宏伟思想，并号召人们朝着这个方向努力。在这样的情况下，沈雁冰与时事新报馆合作的复杂性显然就值得我们深思了。

　　创刊于1919年9月1日的《解放与改造》是成立于同年6月12日的新学会发起创办的学术、政论性刊物，一切收发经营事宜都委托时事新报馆代理，由张东荪、俞颂华主持，想要在学术思想上谋根本的改造以作为将来新中国的基础。张东荪曾在《解放与改造》第一卷第一期发表的《第三种文明》中谈到了人类文明的三阶段，第一种文明是宗教文明，第二种文明是个人主义和国家主义文明，第三种文明是社会主义和世界主义文明。他认为第一次世界大战中欧洲资本主义文明的衰落就是第二种文明失败的证明，而第三种文明才是战后世界发展的大势。但是他认为在中国实行第三种文明尚不成熟，因为中国大多数的人的思想尚停留在第一文明与第二文明交界之处，没有

---

① 茅盾：《商务印书馆编译所生活之二》，载唐金海、孔海珠等编《茅盾专集》，福建人民出版社1983年版，第417页。

第二种文明的熏陶就很难有第三种文明的资格。为了应对中国当下"青黄不接"的局面，张东荪指出"文化运动尤当是启发下级社会的知识和道德"，因此要以文化运动为首要环节，而且这种文化运动的方针要以第三种文明为标准去建设。我们可以从张东荪"第三种文明"的角度来解读其 1919 年底从事新文化运动建设之因由及努力之方向。当然，我们也可以说，《解放与改造》投身社会主义研究就是研究系以"第三种文明"为目标而进行的文化建设和学术探索的具体实践。对当时的沈雁冰来说，张东荪的思想理路显然是有一定历史合理性的，这也是双方当时友谊和合作的基础。从 1919 年 10 月 15 日《解放与改造》第一卷第四期开始，沈雁冰也经常在《解放与改造》上发表社会主义思潮研究文章和文学翻译作品。

实际上，1920 年前后沈雁冰与张东荪等人交往相当密切，在一定程度上参与了时事新报馆的事务。至于有多密切呢？1920 年 1 月 16 日，季志仁在《学灯》发表了《戏剧与文学》一文，其中提到，"新文学发展以后，学者渐渐注意到戏剧了。……现在本报雁冰先生等，正在积极进行下去，实在可佩得很。"① 1920 年 1 月 23 日，傅东华在《学灯》上发表了致沈雁冰的信，其中表示赞成沈雁冰之前发表的《我对于介绍西洋文学的意见》中的观点，并且表示自己要翻译屠格涅夫的《猎人笔记》，"请先在学灯栏里提一提，免得别人再译。"② 并询问译文发表的途径。三天后沈雁冰在《学灯》通讯栏内回复傅东华，译文可以联系《学灯》主编宗白华发表。从"本报雁冰先生"到"请先在学灯栏里提一提"等语言，再到在"通讯"栏和张东荪、宗白华等编辑一起回复读者来信，从读者的角度显然都可以看出沈雁冰当时与张东荪、郭虞裳等时事新报馆人合作程度之深。

如果说沈雁冰曾在时事新报馆"工作"，也不令人意外。因为张东荪、郭虞裳等人非常注重从读者中选拔才俊一起共事，就在他们1919 年八九月间邀请沈雁冰"来馆一谭"的同时，他们也常邀请其

---

① 季志仁：《戏剧与文学》，《时事新报·学灯》1920 年 1 月 16 日。

② "通讯"，《时事新报·学灯》1920 年 1 月 23 日。

他读者来馆会谈，比如何一岁、宗白华都是在同一时期"来馆一谭"并最终进入时事新报馆担任编辑工作的。考虑到沈雁冰当时在商务印书馆既有职业的限制及其谨慎小心的个人行事作风，再加上报馆工作的特殊性质，以及沈雁冰当时革新《小说月报》需要建立更完善、多元、敏感的文化交际网络的现实需要，他确实以一种"有其实而无其名"的方式参与了时事新报馆的某些编辑事务，毕竟，"我们总要想法实现我们的理想"。

二 沈雁冰代理《时事新报》主笔 相关史实辨析

沈雁冰与时事新报社张东荪等人当时交往之深、友谊之笃可以从张东荪因公外出期间请沈雁冰代替自己担任《时事新报》临时主笔一事看出些许端倪。

根据沈雁冰本人回忆，"那是在 1920 年，商务印书馆当局还没有约我主编《小说月报》的时候，《时事新报》主编张东荪见我经常在《时事新报》的副刊《学灯》上投稿，认为发现了一个人才，就有意要拉我到《时事新报》工作。大约是七八月份，他因事离开上海，把我请去代理了二三个星期《时事新报》的主笔。也就是在那一段时间，我在《时事新报》上写了一些短文。"[1] 沈雁冰对具体时间的回忆显然有误，1920 年七八月间《时事新报》上张东荪频频露面，他和陶乐勤、张君劢以及很多读者就译书问题、德国革命问题、基尔特主义问题、组织争自由同盟等诸多问题展开讨论，并且经常在"时评"栏中就社会热点问题发表观点，显然其根本就没有离开过上海，更不要说离开两三个星期了，整个《时事新报》也没有沈雁冰代理主笔的任何迹象。有研究者根据一批沈雁冰佚文指出其代理《时事新报》主笔的具体时间是从 1920 年 11 月 1 日至 1920 年 11 月

---

[1] 茅盾：《文学与政治的交错》，载《我走过的道路（上）》，人民文学出版社 1997 年版，第 273 页。

20 日①，综合沈雁冰的回忆和其在《时事新报》"时评"栏发表的系列文章来看，此说有误。

根据沈雁冰的回忆，他之所以代理主笔是因为张东荪因事离开上海需要有人接替其工作，而符合这一点的就是 1920 年 10 月下旬张东荪陪同来华讲学的罗素赴湖南长沙讲学，而在这个阶段里沈雁冰作为代理主笔在《时事新报》上发表了大量的社论，并且也以主笔的角色在《时事新报》上留下了编辑痕迹。

要搞清楚沈雁冰接替张东荪代理《时事新报》主笔的具体时间，最重要的就是确定张东荪陪同罗素赴湖南讲学到其返回上海、重掌馆务的具体日期。

我们知道罗素访华讲学是研究系讲学社前期筹划操办的，梁启超、徐新六等人在 1920 年 8 月间一边四处筹措邀请罗素讲学的费用，一边也在做罗素访华期间讲学的安排。1920 年 8 月 8 日，徐新六在写给梁启超的信中就表示，"闻罗素氏已约定来华，六意大学一部分人必邀其帮忙，不特在京有益，即罗氏往各省讲演时，亦可借得其地教育界人之招呼也。"② 在罗素即将来华之时，湖南省教育会就筹划罗素、杜威、陈独秀、胡适、张东荪等赴湘讲学，"省教育会陈君凤荒孔君竞存等因教育会改选，各县选人皆来省，拟趁此时机，开一讲演大会，邀请中外名人来会演讲。适杜威尚在北京，罗素将到上海，乃函商在北京之熊知白，在上海之李石岑，熊李等均甚赞成，各方交涉，均已得有圆满结果。除杜威罗素外，北京之蔡子民胡适之，上海之陈独秀张东荪，南京之陶行知刘伯明，均拟分途同来。"③ 受湖南省教育会委托在沪联络罗素赴湘讲学事宜的李石岑当时就担任《时事新报·学灯》主编，他在邀请张东荪方面起到了重要作用，"岁因东荪兄此刻馆务尚不甚忙，请其一同赴湘，担任

---

① 参见雷超《茅盾代理〈时事新报〉主笔史实及新发现的佚文考证》，《中国现代文学研究丛刊》2017 年第 4 期。

② 丁文江、赵丰田编：《梁启超年谱长编》，上海人民出版社 1983 年版，第 917 页。

③ 《英美两大哲学家定期来湘详志》，长沙《大公报》1920 年 10 月 15 日。

讲演，东荪亦乐从之。"① 特别值得注意的是，李石岑与张东荪邀请陈独秀同去讲学，"又得陈独秀兄特别允许。"② 但陈独秀后来并未赴湘。③

1920 年 10 月 12 日，罗素一行抵沪，在上海游览并多次演讲后又去杭州游玩，按照原本赴湘行程安排，10 月 23 日罗素一行将在孔竞存等人的陪同下启程，24 日抵达汉口，25 日前后可抵达长沙。④后来行程提前，罗素、勃拉克女士、陶行知和赵元任四人在 10 月 20 日晚乘车离沪，张东荪、李石岑二人在 10 月 21 日晚乘车，定于 22 日晨在南京下关会合，搭江永轮船赴汉。10 月 20 日，李石岑离沪前在《学灯》刊登启事，"李石岑启事：不佞现因借罗素赴湘讲演，所有本栏编辑事务，暂请一岁先生代理，以后外间函件，请照原寄交本馆为祷。"⑤ 但同期《时事新报》上并没有张东荪请别人代理主笔的相关启事。显然，沈雁冰应该就是从 10 月 22 日开始接替张东荪代理《时事新报》主笔职务的。

在沈雁冰代理主笔期间，社论"时评一"栏中 10 月 22 日、23 日、26 日相继发表的是何一岁的《资本家的功德》《时机未至》《废督自治运动的两个意见》等文，接着代理主笔职务的沈雁冰就出场了，10 月 28 日、30 日、31 日，"冰"在"时评一"栏相继发表《库伦独立消息》《环境的罪恶》《迎合社会程度》三篇文章。从 1920 年 11 月 1 日开始，沈雁冰又以"冰"等署名相继在《时事新报》"时评一""时评二"等栏目发表了大量的社论，显然这就是沈雁冰在回忆里说到的自己曾短暂代理《时事新报》时"在《时事新

---

① 《关于杜罗演讲之要闻》，长沙《大公报》1920 年 10 月 24 日。

② 《关于杜罗演讲之要闻》，长沙《大公报》1920 年 10 月 24 日。

③ 陈独秀之所以食言，一方面是因为上海革命形势的迅猛发展让他难以抽身，另一方面是因为 10 月份他刚刚给毛泽东寄去了社会主义青年团章程，委托他在湖南建党，显然罗素赴湘演讲会影响革命发展态势，因此陈独秀不愿意与罗素为伍。

④ 《英美哲学家定期赴湘》，《时事新报》1920 年 10 月 20 日。实际上，罗素一行和张东荪等人是在 10 月 26 日上午 11 时抵达长沙的。

⑤ 《李石岑启事》，《时事新报·学灯》1920 年 10 月 20 日。

报》上写了一些短文"。

那么沈雁冰是什么时候结束代理《时事新报》主笔的呢？鉴于沈雁冰是因张东荪赴湘讲学才接替其主笔职务的，只需搞清楚张东荪回沪复职的时间即可。实际上，1920 年湖南名人学术讲演会预定的时间就是从 10 月 27 日至 11 月 2 日，按照讲演筹备会 10 月 26 日公布的场次安排，张东荪的讲演从 10 月 28 日开始至 11 月 2 日天天都有安排（10 月 31 日全体游山），最后一场演讲是在 11 月 2 日上午 11 时至 12 时，但实际上张东荪只是在 27 日、29 日两天进行了 3 场讲演，在内地短暂考察后，随即返沪。代理《学灯》主编的何一岁在 10 月 30 日写给投稿者金侣琴的信中表示，"东荪先生大约一星期内可还沪"，果然，11 月 5 日，张东荪就在《学灯》通讯栏用与读者通讯的方式宣告了自己的回归："H·W 君鉴新自湘归。得邮片。……似可托伊文思函定。此复。（东荪）。"① 毫无疑问，随着张东荪回馆视事，沈雁冰代理《时事新报》主笔的工作结束了。

因此，沈雁冰代理《时事新报》主笔的时间是从 1920 年 10 月 22 日开始至 11 月 5 日止，这也正是张东荪赴湘讲学离沪的时期，前后共计 15 天，这也符合沈雁冰在回忆录中所说代理《时事新报》主笔"两三个星期"的时长。在此期间，沈雁冰以"冰"署名在《时事新报》"时评"栏发表的文章包括：《库伦独立消息》（10 月 28 日）、《环境的罪恶》（10 月 30 日）、《迎合社会程度》（10 月 31 日）、《吊爱尔兰的柯克市尹》（11 月 1 日）、《统一的第一步》（11 月 2 日）、《中国社会之阶级制》（11 月 3 日）、《训全国教育会的浙江代表》（11 月 4 日）、《两性问题与艺术熏陶》（11 月 5 日）。随着张东荪的回归，沈雁冰在《时事新报》"时评"栏密集发文戛然而止。

沈雁冰并没有就此退出时事新报馆的日常编辑事务。《时事新报·学灯》主编李石岑在赴湘讲学后并没有像张东荪那样立刻返回上海，他在 11 月 2 日最后一天演讲后陪同蔡元培、章太炎、张溥泉

---

① "通讯"，《时事新报·学灯》1920 年 11 月 5 日。

等人乘车前往醴陵考察瓷业，一直到12月初才返回上海。在此期间，何一岁作为时事新报馆内《工商之友》和《余载》栏的编辑暂时代理《学灯》主编，谁知在11月中旬何一岁突然生病，沈雁冰不得不再次出马代理《学灯》主编，这才有了11月12日《学灯》"通讯"栏中沈雁冰以"冰"署名回复"投稿诸君"和黎锦熙的两封信，第二封即是沈雁冰以"冰"署名代复黎锦熙的信件（已收《沈雁冰全集》），告知何一岁生病未到馆，因此《国语研究》第五辑未能立刻发排，"侯何先生到后再接洽。此复。（冰代复）"。显然第一封回复"投稿诸君"的信也应是沈雁冰的快文。沈雁冰这次代理《学灯》主笔的时间很短，1920年11月15日《学灯》上就刊出《国语研究号》第五辑，显然何一岁已经痊愈并回馆主编《学灯》了。随后，沈雁冰再一次在《时事新报》"时评"栏连续两天发文，分别是《分工与合力》（11月16日）和《罗素的话莫误会了》（11月17日），这也成了沈雁冰在该栏的"绝唱"。

张东荪不但让沈雁冰在自己离开期间担任主笔，而且让他代替何一岁担任《学灯》主编，显然此时他对沈雁冰非常信任。但是，我们不得不指出的是，在这个历史节点上双方思想的裂痕已经逐渐出现并越来越大。在中国马克思主义思潮和共产主义运动一日千里的发展态势之下，知识分子共同体内分裂和聚合同时并进着，张东荪很快就体会到了"沈郎从此是路人"。

1920年2月陈独秀来到上海，4月份即会见了共产国际代表维金斯基，5月份即开始发起共产主义小组。也就是在这期间，一方面陈独秀在跟北大新青年同人商议《新青年》继续出版问题，另一方面，他在积极筹备发起建党大业，他多次邀请李达、李汉俊、陈望道、沈玄庐、邵力子、张东荪、沈雁冰、戴季陶等人与维金斯基会面，研究建党问题。据《陈独秀年谱》记载，维金斯基本打算由主编《新青年》的陈独秀、主编《星期评论》的戴季陶和主编《时事新报》的张东荪等人联合起来组织中国共产党，但在酝酿过程中，戴、张二人拒绝参加。茅盾在回忆中表示："一九二〇年七月上海共产主义小组成立了。发起人是陈独秀、李汉俊、李达、陈望道、沈玄庐、俞秀松。本来还有张东荪和戴季陶，可是刚开了一次会，张东荪和戴季陶就不干了。据说张东荪所持的理由是：他原以为这个组织是学术研究性质，现在说这就是共产党，那他不能参见，因为他是研究系，他还不打算脱离研究系。"① 茅盾特意强调这是他 1920 年 10 月加入共产主义小组后才知道的。

而在这个大分裂、大聚合的历史阶段中，沈雁冰与陈独秀、李达等人越走越近。当时革命形势一日千里，10 月份上海共产主义小组正在筹划创办机关刊物《共产党》，主编李达邀请沈雁冰为刊物写文章，茅盾后来回忆道，"它专门宣传和介绍共产党的理论和实践，以及第三国际、苏联和各国工人运动的消息。……我在该刊第二号（一九二〇年十二月七日出版）翻译了《共产主义是什么意思》（副题为《美国共产党中央执行委员会宣布》）、《美国共产党党纲》、《共产党国际联盟对美国 IWW（世界工业劳动者同盟）的恳请》、《美国共产党宣言》，共四篇译文。通过这些翻译活动，我算是初步懂得了共产主义是什么，工厂的那个的党纲和内部组织是怎样的；尤其《美国共产党宣言》是一篇马克思主义理论及其应用于无产阶级革命实践的简要的论文，它论述了资本主义的破裂、帝国主义、战争与革命、阶级斗争、选举竞争、群众工作、无产阶级专政、共产主义社会的改造等等。"② 就如同张东荪邀请沈雁冰在《解放与改造》上发表研究基尔特社会主义论文一样，李达邀请沈雁冰为《共产党》翻译共产主义的文章对沈雁冰来说影响极大，这是他思想上自我斗争、组织上改辙易途并最终涅槃重生的关键一步。

如果从这个角度再来看张东荪赴湘讲学时请沈雁冰代理主笔就显得非常吊诡。1920 年 10 月底，因陪同罗素讲学的需要，笃信基尔特社会主义理论、5 月退出上海共产主义小组的张东荪明显是想让"自

---

① 茅盾：《文学与政治的交错》，载《我走过的道路（上）》，人民文学出版社 1997 年版，第 195—196 页。

② 茅盾：《文学与政治的交错》，载《我走过的道路（上）》，人民文学出版社 1997 年版，第 196—197 页。

己人"来短暂接替《时事新报》主笔的工作，他显然不知道沈雁冰思想在这个节点上正在发生天翻地覆的大变化。等他 11 月初回到上海的时候，迎接他的已经是初步用共产主义思想武装起来、正在与陈独秀等人筹备秘密建党的沈雁冰了。受罗素在华言论的影响，张东荪在回馆之后随即发表了《由内地旅行而得之又一教训》等文章，提出解决中国问题首要在通过发展资本主义来开发实业、增加富力，而不是走社会主义道路。张东荪的言论实质是否认革命和无产阶级政党的必要性，因此李达、陈独秀、蔡和森等马克思主义者在《新青年》、《共产党》等刊物上对其进行系统、坚决的批判，社会主义论战就此展开。沈雁冰在这个阶段一方面对张东荪表达了一定的批判，在 11 月 16 日于《时事新报》发表的《分工与合力》中他表示，"……我以为提高民智开发民财可以不一定用贵（资）本主义。而且办实业不是拥护贵（资）本主义。我们以理性来推断。应该没有这种的话。"① 他强调罗素并没有否定社会主义的价值；在 17 日《时事新报》发表的《罗素的话莫误会了》一文中他又说，"社会主义是将来人类生活的一种形式。欲达到这形式，应该取何种手段，应该作何种预备。实业与教育可说是手段是预备，也可说是必要的条件，不先着力在这手段。预备，必要条件，而用直接方法，这是抄近路的办法，亦有理由可信这办法是可能的。"但另一方面，沈雁冰显然还没有要与张东荪完全决裂的意思，"一面想法抄近路。一面有人来做预备功夫。必要条件。总是有益无害。而且也有充分的理由可信是好的。所以。从这一点看来。取直接方法改造社会的。和取间接方法改造社会的。反正是志同道合。非但不相害。而且相成。"② 与陈独秀、李达等人对张东荪的尖锐批判不同的是，沈雁冰的言论显示出他在思想转换时期特有的暧昧与含混，暗含着对往日一丝丝未能割舍的温情。

对于双方的分歧，张东荪其实比沈雁冰看得更清。张于 1920 年

---

① 沈雁冰：《分工与合力》，《时事新报》1920 年 11 月 16 日。

② 沈雁冰：《罗素的话莫误会了》，《时事新报》1920 年 11 月 17 日。

11 月 21 日发表《再答颂华兄》，再次重申自己的观点，强调在中国现实状况下资本主义发展阶段不可跨越，他特意指出，"雁冰君谓抄近路或许可能。弟则以为抄近路绝不可能。"① 12 月 6 日，张东荪在《答陈独秀》一文中针对陈独秀急进革命的主张表示，"先生主张创造文明关。夫不言创造则已。既日创造。绝无能急进者。"② 在这里，我们不但看到了旧日的分裂，也看到了未来的聚合。

1920 年 12 月沈雁冰加入《新青年》编辑部，1921 年 1 月他正式担任《小说月报》主编，在政治上、文化上都有了新的伙伴。此后虽然沈雁冰和张东荪仍然在文化事业上有所合作，但沈雁冰再也没有在《时事新报》"时评"栏发表过文章。茅盾后来在回忆这段历史时说，"研究系在政治上属于右翼，但在'五四'运动后，也伪装进步。张东荪甚至还与陈独秀共同发起上海的马克思主义研究小组。……但当梁启超（研究系首脑）从海外归来，态度即变。张东荪在《时事新报》上发表社论《由内地旅行而得之又一教训》，即为自己重复'右倾'找'理论根据'，以后就不谈社会主义了，且反对社会主义了。"③ 这显然是茅盾后来基于自身政治立场、意识形态考量的官方表述，隐去了其在当时历史语境中与张东荪等人复杂的交往过程以及曲折的自身思想转变的心路历程。

（原刊《茅盾研究》第 20 辑）

---

① 张东荪：《再答颂华兄》，《时事新报》1920 年 11 月 21 日。

② 张东荪：《答陈独秀》，《时事新报》1920 年 12 月 6 日。

③ 茅盾：《商务印书馆编译所生活之二》，载唐金海、孔海珠等编《茅盾专集》，福建人民出版社 1983 年版，第 417 页。

《风下》周刊中的茅盾遗篇

——新见《"自由主义者"之一例》校读及"本事"考

刘　锐[*]

　　由胡愈之主持于 1945 年底在新加坡创办的《风下》周刊，在茅盾研究中并非冷门材料，从抗战结束到共和国成立的数年间，该刊刊发的茅盾文章不在少数。此后的研究者，特别在涉及海外华文文学时，更是屡屡提及胡愈之与《风下》周刊，这期间便不能不说到作为供稿者的茅盾的贡献。故而在茅盾研究中《风下》周刊的相关材料，似乎已被研究者尽数掌握。

　　笔者曾在翻阅该刊时，于第 115 期（1948 年 2 月 28 日）中偶然看到了一篇署名"茅盾"、题为《"自由主义者"之一例》的文章。经查 2014 年由黄山书社推出的新版《茅盾全集》（包括其中所附

　　＊　作者单位：中国人民大学文学院。

《茅盾生平著译年表》，以下简称《全集》《年表》）和唐金海、刘长鼎主编的《茅盾年谱》（山西高校联合出版社 1996 年版，以下简称《年谱》），都未见收录；茅盾研究的辑佚成果也未见提及，应系茅盾佚文。

可是，此文刊于作为茅盾研究中已知文献的《风下》周刊，却被《年谱》《全集》《年表》相继失收，其实并非偶然，乃是此后研究者对《风下》周刊中的相关茅盾文献未做进一步落实所致，本文拟重新梳理、补正相关文献并为解读此文提供发表的背景材料。此外，《"自由主义者"之一例》稍显隐晦，就连《风下》的编者都说道："为了适合本刊读者的水准起见，我们已去信请茅盾先生写得更明快一点。"[①] 作者用旧材料来评论"当下"的问题，而所用旧材料不但取自茅盾的个人经历，而且对材料中的人事做了"姑隐其名"的处理，这就使得对此文的考察，要分别置于内容思想和"本事"两个层面来进行。

一 《风下》周刊与茅盾及其相关文献述辨

1940 年 11 月，胡愈之奉共产党指示前往新加坡，在侨胞中开展统战工作，直到 1942 年 2 月，在新加坡失陷前夕撤离，此后的三年零八个月中，于苏门答腊岛过着迁徙流亡的生活。二战结束后，胡愈之于 1945 年 9 月底重回新加坡，据其回忆，由于"战后精神食粮十分缺乏"，"我们愿意尽拿笔杆的人所应尽的责任"，"为祖国的和平民主，反对美蒋勾结，为支援南洋一切民族争取独立自由的斗争，提高华侨的地位"而创办了《风下》周刊，茅盾、郭沫若等在国内"找不到发表文章和作品的园地，他们就把稿子惠寄《风下》予以发表。"[②]

---

① 《编后记》，《风下》第 115 期，1948 年 2 月 28 日。
② 胡愈：《南洋杂忆》，载《胡愈之文集》第 6 卷，生活·读书·新知三联书店 1996 年版，第 307—313 页。

1946—1948 年《风下》共刊发茅盾文章 15 篇（共 18 篇次）①，其实这些文章并非如胡愈之所言在国内无处发表才寄给《风下》，核查各篇后不难发现，有一半以上篇目初刊在他处，在《风下》只是重刊，这应当是出于茅盾对此刊的支持。《风下》刊发的茅盾文章，大体上可分为以下三类。

（一）1946 年 3—12 月，茅盾离开重庆后南下港粤而定居上海，在赴苏联考察之前，《风下》刊有《忆冼星海先生》（13 期）、《生活之一页》（15—18 期）、《民主运动与文艺运动》（20 期）、《久长的纪念》（33 期）、《四天之内》（36 期）、《周作人的"知惭愧"》（39 期）6 篇文章，除了《民主运动与文艺运动》②《久长的纪念》为初刊外，其余皆属重刊，《全集》题解及《年表》《年谱》未著录也无可厚非。但《生活之一页》在《风下》重刊（此文只刊出前十章，第十一章《香港死了!》未刊出）时，文前有沈兹九（胡愈之夫人、《风下》编者之一）《附注》，是比较重要的史料，却未被相关资料著录。因为沈兹九便是文中提到的"S 大姐"，此文在《新民报》连载后，被沈兹九转载到《风下》，便写了这段《附注》，追忆了 1941 年自己与茅盾夫妇在香港合租房屋的经历，并补充说"房东太太"就是"文中所描写的二太太"。③ 而且此后（1948 年 6 月）茅盾续写《生活之一页》（后更名《脱险杂记》），也是应沈兹九为《风下》的约稿。④

（二）1947 年 3 月至 1948 年 3 月，《风下》刊发茅盾从游苏期间到归国后一段时间内撰写的各类游苏见闻录 7 篇：《记"红军战利品

---

①　此中不包括"风下青年自学辅导社"栏目中作为"国语读本"所刊两篇茅盾旧文：《黄昏》（86 期）和《白杨礼赞》（94 期）。

②　此文系茅盾在广州中山大学的演讲记录稿，以"民主与文艺"为题亦刊于同日发行的上海《人民世纪》第 8 期。

③　兹九：《茅盾〈生活之一页〉附注》，《风下》第 15 期，1946 年 3 月 16 日。

④　唐金海、刘长鼎主编：《茅盾年谱》，山西高校联合出版社 1996 年版，第 817 页。

展览会"》(66 期)、《"列宁博物馆"》(69 期)、《访问高尔基博物馆》(86 期)、《儿童真理报访问记》(110 期)、《乌兹别克的第一个歌剧〈蒲朗〉》(112 期)、《关于苏联的谣言和事实——〈苏联见闻录〉序》(116 期)、《吉霍诺夫访问记》(117 期)。目前从《全集》《年表》《年谱》来看,对茅盾所作各类游苏见闻文章的著录是相对混乱的。茅盾游苏的记录文字有《游苏日记》《苏联见闻录》《杂谈苏联》三种,在出版前其中有些内容是以单篇形式先行刊发的,除了《游苏日记》和《杂谈苏联》(系统专著)因为其各自的体例,在出版前只刊发过一小部分外,《苏联见闻录》则属于文集,其中皆为散篇且大多数在各类报刊上先行发表过,而《全集》在收录时是按 1948 年上海开明书店版《苏联见闻录》整本收入的,对书中单篇又无题注说明,《年谱》《年表》中对涉及此书的单篇文章著录也并不完整,基本限于《华商报》上连载的篇目,对其他未刊于《华商报》的篇目,则只是依据《苏联见闻录》中文章末署时间进行著录,这不能不说是一种遗憾。就以《风下》中所刊 7 篇为例,最终皆收入《苏联见闻录》,其中除了《记"红军战利品展览会"》《访问高尔基博物馆》①《乌兹别克的第一个歌剧〈蒲朗〉》初刊于其他报刊外,其余 4 篇皆可能初刊于《风下》。从《年谱》《年表》的著录来看,则显得混乱,如著录了《风下》第 110 期刊载的《儿童真理报访问记》,却未著录其他篇目;《关于苏联的谣言和事实——〈苏联见闻录〉序》很可能是初刊本(笔者还见到其他两处刊载,皆晚于《风下》),而且序言的正标题"关于苏联的谣言和事实"在后来出版时被删了,相关资料也并未著录;最为明确的初刊篇目是《吉霍诺夫访问记》,《风下》特别标明是"本刊特约专稿",且文末有按语——"按 N. 吉霍诺夫为苏联现代最大诗人之一,曾任全苏作家协会主席,现年六十一岁",此按语疑为茅盾所加,但在《全集》收录

---

① 此文是《高尔基世界文学院及高尔基博物馆访问记》一文的节录,就笔者所见,此文先后刊发于 1947 年《一四七画报》第 13 卷第 5 期和《高尔基研究年刊》,《年谱》及《年表》皆未著录。

的《苏联见闻录》中被删去了。

（三）1948 年，茅盾在《风下》还发表过两篇文章，一篇即
《全集》《年谱》失收的《"自由主义者"之一例》，该文题下注有
"本刊特约专稿"，编者又加以交代："'自由主义者'之一例，是本
刊特约茅盾先生撰写专稿的第一篇，以后陆续还有。"① 此后茅盾便
将另一篇——名文《反帝，反封建，大众化——为"五四"文艺节
作》交由《风下》（124 期）发表。

从上述《风下》中茅盾文献的相关情况来看，《"自由主义者"
之一例》的失收却非偶然，主要是后来研究者在编纂《全集》或
《年谱》时并未将相关刊物中涉及的文献穷尽，且许多篇目的著录也
未具体落实。当然也不必过多苛责，毕竟《风下》刊行于国外，很
可能当时完整获取到该资源并不方便，从而导致研究者在整理、著录
茅盾文献时出现了遗漏或偏差。而且，载有《"自由主义者"之一
例》的这期《风下》，同时刊有郭沫若《开拓新诗歌的路》一文，似
乎也同样未被郭沫若研究者所注意，在相关资料中著录为 1948 年
"发表于香港《中国诗坛》3 月 15 日第 1 期《最前哨》"②，殊不知此
文在 2 月 28 日就初刊于《风下》了。

二 《"自由主义者"之一例》校读

《风下》是一个"紧扣时代脉搏"的刊物，"创办之初，注意力
是集中于战后世界局势的探讨。自一九四六年七月始，重点则已转向
对国内形势的关注"。③ 1948 年茅盾为该刊撰写的《"自由主义者"
之一例》一文恰能突出体现其办刊意旨，是针对国内时局的评论，
却一直被遗漏了。

---

① 《编后记》，《风下》第 115 期，1948 年 2 月 28 日。

② 林甘泉、蔡震主编：《郭沫若年谱长编（1892—1978）》，中国社会科学
出版社 2017 年版，第 1128 页。

③ 胡愈之：《南洋杂忆》，载《胡愈之文集》第 6 卷，生活·读书·新知三
联书店 1996 年版，第 307—313 页。

1947 年 7 月，中共军队开始战略反攻，在国内各个战场上不断取得胜利，而国民党军队则节节败退。蒋介石希望有缓气之机，故而从 1948 年初开始，便不断有"和平""和谈"一类的言论出现；同年 1 月，国内一些自由主义知识分子开始宣扬"中间路线"，此后美国又提出以"第三种势力"对"中间路线"予以支持；3 月，在北平成立了一个自由主义文化团体——"中国社会经济研究会"，也是宣扬寻找"新路"。茅盾晚年回忆道："为了反对这股'新的第三方面'搅起的'中间路线'逆流，四八年上半年，我们开展了对'中国社会经济研究会'的批判。"①

在此背景之下，茅盾写了数篇回应这些言论的文章，《"自由主义者"之一例》即其中之一，但该文不同于其他文章那样直截了当地进行评论，而基本上是在"讲故事"，将能明确指涉此问题的信息，一概进行了处理。文章的层次也很清楚，首先，说明了要谈论的"要加括弧"② 的"自由主义者"所表现的几种方式；其次，又介绍了所要讲述的"最最典型性的要加括弧的自由主义者"所处的时间和地点以及相关情况，即抗战时期的"战时海军根据地"和那里划分出的"老镇"与"新市区"；最后，讲作为"自由主义者"大本营的一所私立中学和"自由主义者"校长。若不结合此一时期国内的历史背景和茅盾的其他文章，很容易将此文视作一篇讽刺为人做事"骑墙派"的杂感文。但茅盾并未将读者解读此文的所有线索都切断，而是将线索留在了最明显的地方——标题——当中，且在文中多次使用，一旦抓住"自由主义者"这五个字，便豁然开朗了。细读

---

① 茅盾：《访问苏联·迎接新中国——回忆录［三十三］》，《新文学史料》1986 年第 4 期。

② 此处当作"要加引号"，疑为茅盾在表述上的失误。当时引号与括号（括弧）的使用规范是很明确的，即引号有表示讽刺和反讽的作用，而括号（括弧）则有对相关内容做补充说明的作用。茅盾在此文中使用这两种标点符号时，都分别体现出过上述相关用法，所以不存在混用，况且在《风下》原刊的繁体竖排版中，引号作「」，括号作（），区别明显。当然，也可能茅盾有将「」称为"括弧"的习惯。

此文，许多被冠以"自由主义者"的地方，其实没有这五个字，依旧无碍于文章内容的表达，如果置换成"骑墙"一类的词语，似乎还更加贴切。所以，解读这篇文章的关键，是先要明确"自由主义者"一词在文本内外的含义。

茅盾在文首之所以强调所谓"自由主义者"是"要加括弧的"，乃是因为在此前的茅盾文章中也出现过"自由主义者"一词，是正面的、褒义的，例如茅盾撰文纪念杜重远时，便评价杜是"自由主义者"，只有杜重远这样"光明磊落，热情直爽"，具有"崇高而伟大的精神"的人，才是茅盾心目中真正的"自由主义者"。① 但为何其在后来的文章中，要用"自由主义者"这个在自己的文本系统中正面的词，来承载对表面内容是"骑墙派"的讽刺呢？这显然有其文本之外的针对性。茅盾晚年回忆到这段历史时特别提及，1948 年"一月间，上海的《大公报》接连发表了《自由主义者的信念》等社论，宣传'中间路线'"，1948 年 1 月 10 日与 2 月 7 日，萧乾先后在《大公报》上发表了《自由主义者的信念——辟妥协·骑墙·中间路线》《政党·和平·填土工作——论自由主义者的时代使命》二文，茅盾在述及《自由主义者的信念》时虽然并未指出作者是萧乾，但在随后说到"中国社会经济研究会"时，便特意提到："他们还创办一个刊物来宣传他们的主张，刊物就叫《新路》，报载，萧乾被派去作《新路》的主编"。② 如此便很明确了，茅盾所谓"要加括弧"的"自由主义者"，来源于萧乾的文章，是针对《大公报》上的社论。将茅盾《"自由主义者"之一例》与《大公报》上萧乾的社论以及茅盾关于此方面的其他文章比勘校读，文中的隐晦也便明了了。

茅盾《"自由主义者"之一例》基本上是依照萧乾《自由主义者

① 茅盾：《光明磊落，热情直爽的杜重远先生》，重庆《新华日报》1945年 7 月 24 日。
② 茅盾：《访问苏联·迎接新中国——回忆录〔三十三〕》，《新文学史料》1986 年第 4 期。按，茅盾回忆萧乾做《新路》主编一事有误，详参孙基林、赵洪星《一个"自由主义者"的碰壁经历——关于萧乾与郭沫若恩怨的考辨》，《励耘学刊（文学卷）》2017 年第 2 期。

的信念》所设定的结构在写。萧乾在社论中首先设定了"在举世巨齿獠牙草木皆兵的今日，夹于左右红白之间"，"对两个极端都不热衷，而暗里依然默认着红白迟早合笼。其面貌酷似恶战中不讨好的和事佬"的一群人，将之称为"灰色人物"。①但这只是文章设定的"靶子"，萧乾将"灰色人物"当作反面教材进行批判，认为他们貌似"自由主义者"，其实并无"自由主义者"的本质，在这个基础上进一步来界定"自由主义"和"自由主义者"的内涵。但这些言论于当时的背景下，在左翼知识分子看来，就无异于社论中批判的"和事佬"，而社论中关于"自由主义"的基本信念的界说，就成了茅盾文中讽刺的"'自封'的自拉自唱的自由主义者"，继而茅盾又设定了一例生存在新旧两派人物夹缝中的"自由主义者"予以讽刺，不能说特别贴切，但也算"攻其一点，不及其余"了。

而茅盾针对此言论的其他文章，则表达得更为明快，不妨列出，与《"自由主义者"之一例》相互阐发。

1. 《新春笔谈——幻想终将破灭》：现在又听到一些"自封"的"第三者"摆着"悲天悯人"的面目在散放什么"和平"空气了。这种"鳄鱼泪"，在老百姓看来，原来不值一钱的双簧；一年以前……（引者略，下同）它们并没这样上劲地"呼吁和平"，现在眼见得那"大树"要连根拔起来了，这才呼天抢地，尽情扮演了丑角。②

2. 《我看——》："中国社会经济研究会"是一套新的把戏。和所谓"新第三方面"，所谓"中间路线"，这都是一条线上来的。……什么"试画一幅新中国蓝图"……恐怕只有太天真的自由主义者或假作天真的"自由主义者"才相信罢了。③

---

① 萧乾：《自由主义者的信念——辟妥协·骑墙·中间路线》，上海《大公报》1948 年 1 月 10 日。

② 茅盾：《新春笔谈——幻想终将破灭》，《正报》第 76、77 合刊，1948 年 2 月 17 日。

③ 茅盾：《我看——》，香港《华商报》1948 年 3 月 15 日。

3. 《知识分子的道路》：最初是道貌岸然满口"中间"，其次是扭扭捏捏趁机帮闲，最后是"过河"而"拼命向前"……二十多年前的"中间派"的假面目还能戴这么五六年然后不得不露真面目，今天的"中间派"却是假面目刚刚戴上就藏不住狰狞的本相，这倒并不是今天的"中间派"技术不及他们的前辈，而是因为今天中国已经天亮了，人民的力量空前地壮大了，中国青年们再不受欺骗了！①

此外，茅盾这一时期的小说创作中也不时对"中间路线"进行讽刺，《惊蛰》就是以此为主题创作的，也是"茅盾创作中的唯一的一篇寓言体小说"②。小说的主角豪猪先生"一向最是心平气和"，"'中间路线'是他处世的方针"，惯常以"非公非私，而又亦公亦私"的呻吟为乐，是一个常被同伴揶揄的"自由主义者"形象。③

既然《"自由主义者"之一例》写得相对隐晦，为什么会在新加坡刊发？当时茅盾寓居的香港，用其自己后来的话讲，即"在我们这些政治流亡客的眼里，又是个小小的自由天地。在报刊上，只要不反对英港当局，不干涉香港事务，你什么都能讲，包括骂蒋介石和美帝国主义。"④ 文章在新加坡发表，表达上应该比香港更加明快才对，新加坡要面对的华侨读者对当时国内的局势和媒介语境并不熟悉，读了《"自由主义者"之一例》这样的文章后也只能是一头雾水，如果说茅盾写作此文时有"期待读者"的话，则绝非新加坡华侨。所以，情况可能是这样的：茅盾在香港写好此文后准备投给内地刊物，尤其是上海一带的刊物，却又同时被《风下》周刊约稿，只能先将此文

① 茅盾：《知识分子的道路》，中华全国文艺协会香港分会编《庆祝第四届五四文艺节纪念特刊》1948 年 5 月 4 日。

② 唐金海、刘长鼎主编：《茅盾年谱》，山西高校联合出版社 1996 年版，第 817 页。

③ 茅盾：《惊蛰》，香港《小说》第 1 卷第 1 期，1948 年 7 月。

④ 茅盾：《访问苏联·迎接新中国——回忆录 [三十三]》，《新文学史料》1986 年第 4 期。

寄送，故而在当期《风下》中，编者不得不再做交代："为了适合本刊读者的水准起见，我们已去信请茅盾先生写得更明快一点"，这只是第一篇约稿，"以后陆续还有"。①

三　《"自由主义者"之一例》"本事"考

茅盾此文讽刺"自由主义者"，主要是通过"讲故事"，让所使用的材料自己说话，而对材料的处理又隐去了基本信息，将背景设定在了一个相对封闭的空间——抗战时期江边的一个小镇，使得这似乎更像是一些虚构的材料。但细读之下，也不乏破解的线索，结合茅盾其他作品及其抗战时的经历，竟也有将背后的"本事"考证出的可能。

但需要说明的是，文中描述的小镇以及其中的各种势力，只是为了较为形象地描摹出1948年初的国内局势，在结构设置中突出小镇的第三方势力，与中共、美蒋以及走"中间路线"的"自由主义者"相对应，以此来讽刺"自由主义者"。文中所讲的"自由主义者"之一例——抗战时期私立中校的校长，其真正的原型并不能与1948年"左翼"批判的"自由主义者"画等号，这完全是两个不同时空的人与事。以下，笔者就对文中的"本事"逐一做考证。

（一）"战时海军根据地"、"新市区"与"老镇"

文中首先提到的是"战时海军根据地"，由于这个"根据地"很特殊，所以成了当地的标志性存在，茅盾以此暗示了文中小镇的原型。因为交代了"根据地"背山面水，所谓"水"指的是长江，再联系抗战时期茅盾所生活过的地方，不难推定故事的背景就在重庆，而茅盾在重庆长期居住过的小镇则是唐家沱，有茅盾自己的文字为证，他在悼念亡友谢六逸时说，谢的死讯传到重庆已经是抗战胜利之后，"那时我住在乡下，离重庆水路三十华里，长江边的小村，有人

戏尊称之曰'中国海军根据地'的唐家沱。"紧接着便写了一段关于唐家沱的概况，基本将《"自由主义者"之一例》中的地点背景介绍清楚了，也可与许多材料相印证：

> 这是个烦嚣而又寂寞的怪地方。烦嚣——因为这小村的官名是"唐家沱新村"或"唐家沱疏建区"，坐落在江北县境内却又直隶于重庆市管辖，它的若干泥路不但拥有"民生"、"民权"（好像并无"民主"）、"建国"、"复兴"乃至"四维"、"五权"等等美名，而且还有全国业已沦陷的各大都市的名号，它的地方的权力者不但有本地的"大爷"，也有外来的"阿拉同乡"，而且既然荣膺了"中国海军根据地"的头衔，当然不会没有"海军"，停泊在"沱"面的几条小军舰不但使这小小的"疏建区"常常出现水兵，也使得这小小的"疏建区"的南京路上出现了福建人开设的茶馆、杂货店和理发铺。真是十足的五方杂居。如果不嫌夸大，那么，耸立在江边的"亚细亚火油厂"内虽然已无滴油，却还有洋人和洋婆子，也够备"华洋杂处"的一格。①

所谓"海军根据地"，应该是当时一部分人对唐家沱的戏称。因为唐家沱的江面上确实泊有大船，主要是两类，一类就是茅盾所言"三五条幸而免于炸沉而且逃上了峡江，在这里抛锚的船只"，据当时一位往唐家沱的游人记载，除了"朋友所在的兵船"，"还有几艘英美奉送的军舰"，可印证茅盾"舰只"与"水兵"之说。另一类即这位游人参观的泊在江心的"江汉号"巨轮，是此前（1938 年）在江阴俘获的日本商船，当时"专作长江流域接贵客运私货的勾当"。②茅盾所谓"派它们（军舰——引者按）走私"云云，或许更多由这些巨轮来承担。

---

① 茅盾：《忆谢六逸兄》，《文讯》第 7 卷第 3 期，1947 年 9 月 15 日。
② 管豹：《唐家沱小游》，《国立重庆商船专科学校校刊》第 3、4 期，1942 年 2 月 11 日。

但还需要补充的是唐家沱"烦嚣"的原因，或者说称之为"唐家沱新村"或"疏建区"的由来。唐家沱在重庆市区以东十五公里处，是到重庆的必经之地，尤其清嘉庆以来，于此处设卡检查往来船只和陆上贩运人员，故而初步为当地的餐饮业带来了商机。唐家沱真正开始繁盛，是借了抗战时首都西迁重庆的机遇，尤其是1939年日军开始频繁轰炸重庆，"五三""五四"两次大轰炸中，万余人因躲避轰炸躲入防空洞窒息而死，国民党政府为了让政府职员的家属不受此苦，遂在城郊的乡镇选址建舍，在迁走家属的同时，一批文化名人和中小工商业者以及城市居民都因躲避空袭随之疏散，唐家沱就是这些城郊疏散地中比较著名的一处。因为除了其临江而水运交通便捷之外，地势上三面环山，敌机很难俯冲，是躲避空袭的理想之地，所以茅盾文中称之为"山坳子"。

至于文中所讲的"新市区"，即指"唐家沱新区"。"一九三九年国民党政府在洞梁河以西铜钱坝地主徐某之土地上，修建了一楼一底房屋五十多幢，可住三、四百家人。名曰新村"。1940年，国民党政府将"新村"划归重庆市，"设郊区办事处，归市政府直接管辖"，①茅盾文中所讲"'新市区'的居住者的身份证则是由'市'发给的"，即指此事。茅盾曾住在"新村"天津路1号。

文中提及的"老镇"，从行政区划上讲，是指除"新村"之外由江北县管辖的地方，但茅盾说"老镇"的"统治者"是"本地袍哥界的大爷"，这是值得玩味的。茅盾描述"新市区"与"老镇"势力范围的对峙，并未从中央政府与地方政府行政权力的层面上来讲，而是引入了"袍哥"这种在民国时期巴蜀地区所特有的"国家之外的社会力量的存在"，晚近以来，"由于社会的许多领域中政治权威的缺失，为地方精英留下了巨大的权力真空，其活动成为社会稳定的基础"，所以，茅盾最终指涉的是国家权力与社会民间力量，并以此来

---

① 李守祥：《抗战时期的唐家沱水码头》，载重庆市江北区政协文史资料工作委员会编《江北区文史资料选辑》第2辑（"三庆"专辑）（内部资料），1989年版，第32—33页。

暗指国民党和中共、"统治者"与"人民"这两个层面的势力对峙，虽然不完全贴合，但也可谓用心良苦。①

（二）"私立中学"与"校长"

文中后一半篇幅是讲作为"自由主义者"大本营的一所私立中学和其"自由主义者"校长之事。这二者的"本事"相对更加隐晦，茅盾并未留下其他可做比勘的明确的文字，但毕竟将地点锁定在了唐家沱，至少是江北区。据相关资料的统计，至1950年重庆江北区的中学仅有6所②，这其中还包括1949年之后共产党接收的私立中学，所以在40年代整个江北区的中学，也不会有很多，再分摊到每个乡镇，估计每地也不会多过一两所。目前能查到的当时比较著名的私立中学，有诚善中学和载英中学二所。但诚善中学不在唐家沱，其校长赵健臣是商人而非茅盾文中描述的科学家，故可以排除，那么创办于唐家沱的私立中学——载英中学的可能性就较大。

再据茅盾回忆录和以往的茅盾研究资料，可以追索到他与载英中学的一些信息。1943年夏某日下午，茅盾在唐家沱至重庆朝天门码头的轮船上，结识了一位名叫胡锡培（即田苗）的文学青年，是载英中学的学生③，胡与其他文学青年组建了突兀文艺社，并办有刊物《突兀文艺》，茅盾曾为该刊题签并写过一篇短文。④ 1944年载英中学的学生要排演话剧《桃李春风》（赵清阁与老舍合写），但一时无法购得此书，为此茅盾于是年12月1日致信赵清阁，向赵借阅，"并祈对于演出该剧之要点面为指示为荷"。⑤

---

① 王笛：《袍哥：1940年代川西乡村的暴力与秩序》，北京大学出版社2018年版，第121—123页。
② 重庆市江北区地名领导小组编印：《四川省重庆市江北区地名录》（内部资料），1982年版，第3页。
③ 田苗：《忆茅盾先生》，《茅盾研究》第7辑，1999年。
④ 茅盾：《雾重庆的生活——回忆录〔三十〕》，《新文学史料》1986年第1期。
⑤ 刘麟编：《茅盾书信集》，百花文艺出版社1987年版，第368页。

如果《"自由主义者"之一例》中所说的"私立中学"是载英中学的话，那么其校长至少要满足文中提到的以下几个条件："老牌的留学生"、"科学家"、"名满乡邦"（说明此人是四川籍）、"全国的科学界中时或被人提到"，而当时的校长何鲁，完全符合上述条件。

何鲁（1894—1973），四川广安人，曾先后就读于成都机器学堂、南洋公学、清华学堂、天津工业学校，是中国第一批赴法国勤工俭学的留学生，1919年毕业于里昂大学，是第一位获得科学硕士的中国人。五四运动之后回国，先后任教于国立东南大学、云南大学、安徽大学、重庆大学等校，并在四川创办过三所中学，其中1939年在唐家沱创办的载英中学尤为著名。1956年迁居北京，任教于北京师范大学。后来许多科学界的著名人物，如物理学家严济慈、核物理学家钱三强、原子物理学家赵忠尧、化学家柳大纲、数学家吴文俊等都曾受业于何鲁，所以，当时何鲁在全国科学界名气很大，其"时或被人提到"，除了自身的贡献外，也被众多成名的学生所拥戴。

此外，事迹能被茅盾所熟知的，何鲁的可能性也较大。因为当时茅盾与何鲁算近邻，分别住在"新村"天津路1号与民权路6号，何鲁又是个"性格豪爽，谈笑风生"的人，"常在住宅前的草坪上坐着竹凉椅吃茶，有的人爱来闲坐，听他谈论"，对当局"直言斥责，嬉笑怒骂，无所顾忌"，[①] 所以住在"新村"听到作为"活跃人物"何鲁的一些消息应该不难。虽然在此前的茅盾研究资料中并未看到关于茅何二人交游的记载，但据田苗回忆说，与茅盾聊天不会有冷场的尴尬，因为茅盾对当地的风土人情、沿革大事都很感兴趣，会不住问及，"甚至土著语言，学校生活，他都很感兴趣地要了解清楚"。[②] 所以，田苗应该是茅盾获取相关信息的重要渠道。

---

① 芜原：《社会名人寓居唐家沱》，《江北区文史资料选辑》第1辑（内部资料），1988年版，第101页。

② 田苗：《茅盾先生在唐家沱》，载中国共产党重庆市江北区委员会宣传部编《可爱的江北》（内部资料），1984年版，第65页。

此外"校长"的一些言行，也可在何鲁身上得到印证。如文中说："既是'自由主义者'，自然对于国民党政府是不满意的。校长训话最精彩的地方就是坚持思想自由，学术自由，'我学校可以不办，教育部或党部要干涉我办学的宗旨，我是不答应的！'这一番话，当然屡次博得学生们热烈的掌声。"而在后人的回忆文章中，被提及最多的就是何鲁在重庆参加的一次中学校长会议上，面对一位国民党官员的挑衅，对其怒斥的一段话——"我历来是以办教育为天职的，所办载英中学，论教师质量并不亚于任何学校，而你们故意刁难，至今不予批准立案，这样任意摧残教育，还有脸来谈教育吗？"①

值得注意的是，自新时期以来对何鲁的回忆渐多，但何鲁的形象趋于扁平化，甚至将载英中学说成了共产党员的避难所②。如果是这样，便与茅盾所写的"私立中学"及"校长"有了差距，载英中学与何鲁也就不具备文中材料原型的可能。好在田苗在晚年留下了关于何鲁与载英中学的回忆文章，也为如今进一步考证《"自由主义者"之一例》的"本事"提供了可能。

> 我1940年春考入载英读初中，同班同学段前才，是我一个关系较远的表舅父，大我好几岁，小学时他已入党……他就说载英有"狮子狗"……直到80年代看到江北区党史通讯上的几篇文章，才知道那时所说的"狮子狗"是指何鲁，当时认为何鲁是国家主义派（"狮子狗"是给国家主义派取的绰号）。由此推之，可以想象得到，那时的载英中学不可能被认作是共产党的避难所。……何校长聘用教师，注重的是教学能力，多为留学生、教授，而其他方面，似乎考虑较少……同时也有中统的。有几个广东青年教师，一夜突然被同学暴打驱逐，说他们是特务。我问

---

① 卢畏三：《忆何鲁先生二三事》，《江北区文史资料选辑》第1辑，第39页。按，何鲁此话的原始出处不详，但大意如此，各种回忆文章中在文字上略有差别。

② 朱郁邨：《被毛泽东誉为"胆子不小"的何鲁》，《红岩春秋》2002年第5期。

过高班同学何培明（何鲁之侄），他说那几人是不好。故尔那时的载英虽开明，却也复杂。……关于载英中学订《新华日报》……是何鲁在有《新华日报》后就让的。理由是：学生自己有自由选择权及主见，国家既让报纸发行，学校就不能干涉学生订报……①

这段回忆指出了载英中学人员构成的复杂性，这样才得以与《"自由主义者"之一例》中"私立中学"的复杂环境以及"特务和袍哥在校内打架"等事相印证。其次，何鲁在学校管理上提倡"自由"，这似乎也成了茅盾取材的缘由。应该说，田苗所讲的载英中学的基本情况，与茅盾文中的"私立中学"更为贴合。尤其是指出了何鲁当时被认为是"国家主义派"这一点，以此便能理解为什么茅盾要以载英中学与何鲁为材料来批判"自由主义者"了，虽然文中的"校长"与1948年的"自由主义者"并无关系，但不难看出茅盾运用材料的过程中也尽显讽刺，这当然是取决于"左翼"对"国家主义派"的态度，因为作为"国家主义派"的中国青年党，虽然在抗战时也曾呼吁一致抗日，但其立场终究是反共与反苏的。

附录

"自由主义者"之一例

茅 盾

这里所讲的"一例"是我所见所闻的无数"例"中最最典型性的一个。当然，这无数例中的"自由主义者"都是要加括弧的；如果不怕噜苏而加以注脚，应当是这样的几种方式：

"自封"的自拉自唱的自由主义者，

"我"既是"自由主义者"因而"我"可以反对别人而别人则不可以反对"我"的自由主义者，

---

① 田苗：《也谈何鲁与载英中学》，《红岩春秋》2003 年第 6 期。

以"我"的主由自义①为武器，从而对别人的自由加以干涉，或宣布别人一律是反自由，或除"我"以外别无真货的自由主义者。

黑白，丑美，是非，好恶……等等都应由"我"自由解释的自由主义者，对虎狼噬人则认为"肚子饿了，情有可原"，而对泥腿要求翻身则勃然大叫"过火"的自由主义者。

诸如此类，不胜枚举，总而言之，都是要加括弧的自由主义者。但我得声明：虽然当今之世，加括弧的自由主义者如此之多，而我仍然深信，不用加括弧的自由主义者亦复不少，在我见闻的范围内也可以举出一打以上的例子，对于不用加括弧的自由主义者，我当然是敬重的。

现在书归正传，且看这一个最最典型性的要加括弧的自由主义者。我所以要郑重地介绍他，无非因为他是上述各种带括弧的方式的总和，他是集大成的。

时间尚在抗战，地点是大后方的所谓"战时海军根据地"。

提起这"战时海军根据地"，不可不有几句说明。

感觉锐敏的读者看到这七个字又是带括弧的，不免要会心地一笑，或者更联想到战时在贵州万山丛中曾经隐蔽着一个堂堂的海军学校，因而以为此所谓"战时海军根据地"者，大概也躲在什么山坳子里；然而我不能不代为负责声明，"根据地"虽然确确实实在山坳子里，但也确确实实是背山面水的。这水也确确实实不是旱了个把月就会消灭的泥沼，而是浩浩荡荡的长江。再说，战时保藏在万山丛中的"海军学校"拥有的舰艇是否仅属模型之类，因为未作实地调查，在下未便乱说，可是这所谓"根据地"却确实是有"海军"的。尽管有些要求过高的观察者认为三五条幸而免于炸沉而且逃上了峡江，在这里抛锚的船只，碍难称之为"海军"，然而"中立而又公正"的观察家依然承认：既得免于炸沉又得免于被俘，且公然逃脱而又经历千辛万苦，通过了天下有名险恶的峡江，这就是难能而可贵；至于长年抛锚，罪亦不在"舰只"，君不见江面仅宽如许，英雄奈无用武之

---

① 当作"自由主义"。

地，而况抛锚至于七八年之久竟亦不闻锅炉朽烂而重劳修理，这难道不是值得夸耀的？最后，数量上，三只五只，固然好像少了一点，但"三五成群"，古有成语，既成群了，你不称之曰"海军"那又称它什么呢？

这就是"战时海军根据地"之所以名正而言顺的各种理由。

不过，话也得说回来，因为仅仅只有"三五成群"的舰只而已，又因为此"三五成群"者派它们走私则水道不熟，派它们护航则冥顽不灵，结果是惟有聊加保存以备将来博物馆之急需，所以舰内舰外，一切从简，以至这个"海军根据地"除了偶有一二水兵在街头买菜，外来观察者很难嗅到"海军"味的。外来观察者一眼就看到了的，却是"中央"与"地方"之分治。

因为这一个小地方也有"老镇"和"新市区"的区别。老镇是"民族形式"的，从街道，房屋，店铺的装潢，直到居于斯，歌哭于斯，老死于斯的市民生活方式。

"新市区"是洋化的。街不曰街，而名曰"路"；无数的路，长者里许，短者数丈，而皆拥有了全国沦陷各省各都市的尊称，不足则又冠之以"三民""五权""复兴""建国"诸美名。房屋的建筑是所谓"抗战式"的，——俨然洋房，说得诗意一点，就是法国风或者西班牙风的小别墅了。占有这些（几乎全部）所谓"抗战建筑"的，则是政府机关的"防空季节"的办事处，公教人员的眷属，第四五流的投机商人（下江佬）的外室；而当然，也不会缺少特种人物。

老镇有"儒医"若干人，而"新市区"则赫然有一座公立医院。谁要是看了那建筑的外形而怀疑它是一座医院，那他这个人的眼界未免太高。

老镇的居民的身份证是由"县"发给的，"新市区"的居住者的身份证则是由"市"发给的。

老镇有镇长，一位本地袍界的大爷，他是统治者，——在他自己的范围内。"新市区"也有一位镇长，很不凑巧，他是一位"阿拉同乡"，出身不可深考，识字不多，面目可憎，但想来他一定有点小小手法。"中立而公正的观察者"也一定会替他叫屈，因为以他那样的长才俯就这样一个小事而实际权力赶不上老镇的那位同僚。他不能像那位"大爷"似的成为自己地面上的得心应手的统治者。"新市区"的内容太复杂了，对于那些特种人物他当然不能不买账，对于若干小有背景的公家人，他亦不能太随便，甚而至于打算小小敲诈一下那几个在此置有外室的第四五流的投机商人的时候，他也不得不用迂回曲折"不伤感情"的方法。因此，真正屈伏于他治权之下，可以随他喜欢要怎样就怎样的，恐怕只有寥寥可数的那几家小铺子——饭馆，杂货店，成衣铺。当然也应该算进那些逢二四又来赶场的乡下佬。

本文要介绍的最有典型性的所谓"自由主义者"，他的"大本营"就在老镇与"新市区"之间，可是，既不属于老镇，也不属于"新市区"，俨然成为这山坳子里的第三种势力。根据"半官方"统计，老镇"大爷"统治下的人口，约千数百，"新市区"的"阿拉同乡"该管的总也有一千上下，那位"第三势力"的"自由主义者"拥有的"群众"则有七八百。这一种数字充分表示出"第三势力"的不可轻视。

这位"自由主义者"的大本营是一所私立中学。

照一般情形说，抗战时期在大后方办个把中学，简直是名利双收，一本万利。然而"中立而公正的观察者"一致认为这位"自由主义者"校长应作别论。

他当然不为名。他是老牌的留学生，十多年来，以科学家姿态出现，不但名满乡邦，亦几几①乎在全国的科学界中时或被人提到的了。

而且他当然亦不为利。这有事实证明：他这当校长的，不支薪，也不支车马费，简直是澈底义务。有些"破坏"他的人说，他以学校名义向大人先生们募捐其数可观，更有些不曾见过世面的人指摘他每月为了筹募学校经费，而奔走省城与特别市，光是旅费和应酬，每月所化就等于该校全体教员两个月的薪俸，但是，明白实际情形的人

---

① 衍文。

就知道这些指摘不能成立。旅费和交际费数目虽然庞大，却是从募捐所得项下开支的，并不从学校中拿钱；募捐所得虽复可观，却要支付旅费和交际费，时或不够，还得校长掏腰包垫上，因此，学校尽管沾不到捐款的光，而捐款之未落荷包，却也是铁一般的事实。

原谅校长之贤劳的人，每每说：这是校长的自由主义作风之一端。

既是自由主义者，当然主张"民主"，校长对学校经济情形，自来就很公开。会计是校长的内亲，收支账目，当然一清二白。校长确实从未用过学校一个小钱。学生缴的膳费全部用于学生的伙食去了，伙食太坏么？只要学生同意增加膳费，校长是极端赞成改好的。学生缴的学费全部用来支付教员的薪俸了，校长常常苦口婆心劝导学生多出些学费，以便提高教员的待遇。职员的薪俸差不多全部落空，（学生固然也缴了杂费，可是杂费得支应灯火茶水校役工薪伙食等等开销，所余有限，）因而职员们的待遇最差，幸而他们都是校长的亲信，拖定了牺牲精神来追随校长，在校长伟大人格感召之下，虽然清苦一点却从无怨言。

有一次的公开经济会上，若干"不近人情"的学生既要求改善伙食又不肯增加膳费，于是校长有点生气了，他训斥这几个斤斤于口腹之欲的生徒，连颜子"一瓢饮，一箪食"，而"不减其乐"的故事也忘记了，不配做他的学生，同时却也"批评"自己的德信未孚，校内竟还有未受感化的学生。校长是博学而又善辩的，他从"夫子之道"又说到佛家言：他说，佛徒还不惜以身喂虎狼呢，食无肉又算得什么？同学们来校是为求学，为养成伟大人格，怎么天天嚷吃得不好呢！校长虽以科学起家，现在却是佛学的虔信者，每次训话，一定要宣扬佛学一番。

既是"自由主义者"，自然对于国民党政府是不满意的。校长训话最精彩的地方就是坚持思想自由，学术自由，"我学校可以不办，教育部或党部要干涉我办学的宗旨，我是不答应的！"这一番话，当然屡次博得学生们热烈的掌声。对于教员们，校长就说："本校待遇赶不上别的学校，可是本校思想是自由的。"当自由思想和饿肚子发生了矛盾，教员们啧有繁言的时候，坚持自由思想的校长便只好牺牲了那位自由思想的教员。校长之坚持自由思想，而鄙视待遇之改善，到了这样可惊的程度：每学期终了，除掉极少数追随校长有年的关系不平常的教员而外，其余的几乎全换了新的。聘书只写半年，成为定例。而按照校长所订章程，聘期半年的教员只能拿四个半月薪水；有些"不够"自由思想的教员曾经作过统计，以为校长的坚持"自由思想"，对于教员的肚子虽有不利，而对于学校确是有利的；学校一年之内两次新聘百分之八十的教员，实际付给教员的薪水是九个月。差额的三个月薪水当然不是校长落了腰包，可是教员们之受损失却是不可否认的事实。

曾经有过不通时务的教员当他蝉联了两个学期，每学期都得一个新聘书，而薪水实得九个月的时候，找到会计员问这笔账怎样算的。会计员却不慌不忙给他看了校长手订的章程，并且说："本校章程如此，合则留不合则去，这就是自由主义啦！"

抗战时期大后方的中学生有不少是为了逃避兵役而来的。他们对于一学期换一次教员实在并不关心；他们对于校长的"自由主义"作风，在某些方面，当然是拥护的。例如：学校不管学生在校外的行动，甚至也可以不"干涉"学生在校内的行动，只要学生不多"管"校方的事。特务和袍哥在校内打架，按照校长的"自由主义"，当然亦只好由他们去。最大的一次打架，两方各有外面来的帮手，有刀有枪，参加人数一二百以上，惊动了老镇镇长，不得不以"大爷"身份出面调解，可是校方抱的还是"自由主义"！

说者谓"战时海军根据地"两大势力之间而能有这位校长的第三势力存在之余地，基本上还是靠他的"自由主义"。

（原刊《新文学史料》2023 年第 1 期）

1948 年香港《华侨日报》上的茅盾佚文

金传胜[*]

摘　要　1948 年香港《华侨日报》副刊上先后刊登茅盾的《赶快把这都市里智识份子案头的"花瓶"变成农村文盲家中的日用品!》《所谓追求"新奇"的市侩艺术》《关于影片〈江湖奇侠〉》《我看〈此恨绵绵无绝期〉》4 篇文章，均没有被新、旧版《茅盾全集》收录。这些佚文无疑是茅盾在香港从事革命文艺活动的历史见证。它们不仅扩充了作家为我们留下的文学遗产，而且可能带来新的学术话题。

关键词　《华侨日报》；茅盾佚文；新文字运动；影评

　　茅盾在抗日战争时期与解放战争期间曾 5 次寓居香港：第一次是 1937 年 12 月底至 1938 年元月初，不足 10 天；第二次是 1938 年 2 月底至 12 月 20 日，将近 10 个月；第三次是 1941 年 3 月下旬至 1942 年 1 月上旬，7 月有余；第四次是 1946 年 4 月 13 日至 5 月下旬，仅 40 天左右；第五次是 1947 年 12 月至 1948 年 12 月。显而易见，茅盾第五次在港的时间最长，前后长达一年多。正如学者李标晶所言："茅盾在香港的文学活动是他整个文学生涯的重要组成部分，值得认真研究、总结。"① 如何推进茅盾研究走向深入，史料发掘与整理无

---

　　* 作者简介：金传胜，文学博士，扬州大学文学院副教授、硕士生导师，日本神户大学访问学者。

　　① 李标晶：《茅盾在香港的文学活动》，《学术研究》1985 年第 6 期。

疑是基础性工作。1948 年香港《华侨日报》副刊上的 4 篇文章，由于多种原因长期没有进入茅盾研究界的视野，从而成为佚文。此报创办于1925 年，是香港发行寿命最长的一份报纸。它"态度比较公正，且极关心旅港华侨的生活，所以销路最广，新闻也最为丰富"①。在香港左翼文化力量的积极努力下，《华侨日报》刊登过一些明显带有进步色彩的文章，如 1948 年 6 月 11 日至 8 月 24 日间曾主动邀约茅盾连载其系列散文《杂谈苏联》②。由此看来，茅盾与《华侨日报》编辑部联系颇多，为该报副刊撰稿并不奇怪。下文将分别介绍这 4 篇佚文，并结合当时香港的社会背景与文化语境，对文本的主要内容与价值进行初步解读。

一 《赶快把这都市里智识份子案头的 "花瓶"变成农村文盲家中的日用品!》

茅盾与汉字拉丁化运动（简称"拉运"，或曰拉丁化新文字运动）颇有渊源。1935 年，他曾应《拥护新文字六日报》编者之约撰写了一篇拥护新文字的文章《关于新文字》，提出"拉丁化也比简笔字注音字母等等要方便了许多"③。不久，在沪成立的中国新文字研究会草拟了一份《我们对于推行新文字的意见》征求各界签名，茅盾与蔡元培、鲁迅、郭沫若、巴金等数百人签名支持。1940 年秋，陕甘宁边区新文字协会成立，茅盾是发起人之一④。1941 年，茅盾撰文介绍倪海曙编《中国字拉丁化运动年表》，就一般人对"拉运"的疑问写道："其实，方块字之不便，古人已感觉到了，努力想把汉字改成拼音文字的尝试，数百年来不绝如缕，不过到现在方始成为有方

① 黄新：《文化运动在香港》，《文联》1946 年第 2 期。

② 参见金传胜《茅盾〈杂谈苏联〉的初刊处》，《文汇读书周报》2018 年 2 月 12 日。

③ 茅盾：《茅盾全集》第 16 卷，黄山书社 2014 年版，第 26 页。

④ 《陕甘宁边区新文字协会即将成立》，《新中华报》1940 年 10 月 3 日。

案的运动罢了。"① 表明他十分关注与支持"拉运"的发展。《华侨日报·语言和文字》由致力于推广与研究新文字的香港中国新文字学会主编。该组织 1939 年 3 月 3 日在港立案，7 月 30 日正式成立于香港大学冯平山图书馆。香港沦陷后会务停顿，至 1946 年 7 月重新登记会员，9 月向当局再度注册获准。学会最初推举蔡元培为名誉理事长，张一麐为理事长，陈君葆、许地山、马鉴、柳亚子等任理事。1941 年 6 月，学会为推动语文运动主办"人文学讲座"，时在香港的茅盾应邀担任讲师②。1948 年 7 月 11 日，茅盾、郭沫若、宋云彬、翦伯赞等出席学会在香港大学冯平山图书馆举行的第三届会员大会，并作为来宾发表演说。李标晶版《茅盾年谱》本日谱文有"应邀出席香港中国新文字学会年会，并讲话"③ 的记载，却未透露讲话具体内容。据 12 日香港《大公报》刊出的新闻，茅盾在演讲中"指出现在我国正有两个革命在进行。一是土地革命，一是文字革命，都具着同样重要性；后者是不流血的革命，但同样经过了无数障碍和打击"。"他主张'汉字非改革不可'，因为汉字常有形、音、义的变化，但拉丁化拼音使读者一看就懂得。汉字是封建阶层垄断利益的工具，新文字的提倡约有二十年历史，它的成功是要使全体老百姓都能识字。"④ 同月，他被聘为香港中国新文字学会名誉理事。倘若说新闻报道的描述略显简单，那么早在 5 月 2 日《华侨日报·语言和文字》第 2 期刊登的《赶快把这都市里智识份子案头的"花瓶"变成农村文盲家中的日用品！》即已集中阐述了茅盾的新文字观。原文如下（漫漶之字以□标示）：

　　曾经有人问：多少年以后，新文字才能够代替了方块字而把

---

① 文（茅盾）：《中国字拉丁化运动年表》，《笔谈》1941 年第 3 期。

② 《新文字学会推动语文运动创办人文学讲座》，《华商报》1941 年 6 月 21 日。

③ 李标晶：《茅盾年谱》，浙江大学出版社 2021 年版，第 455 页。

④ 《用新文字扫除文盲新文字学会昨天开年会马鉴到会说明工作目的》，（香港）《大公报》1948 年 7 月 12 日。

方块字送进坟墓——或者历史博物馆呢？二十年么？三十年，五十年么？

我想，谁也不能回答这问题。这样一件文字改革的大事，谁也不敢臆断多少年能够完成。谁要是打算主观地给这件大事的完成定一个期限，那他便是天字第一号的武断者罢？

我们不要空想十年二十年乃至五十年以后的事。我们的要求是：在今日起，在文盲最多的农村立即有新文字的"传教师"在那里工作。新文字提倡了十多年，到今天还只在大都市内有新文字工作者出一点刊物，还只在中学校内（请记住，中学校内的学生大部已能用新文字来写信看报等等了），有些青年用了读一种外国文字的心情在学习新文字，——这实在是值得深思反省的。需要新文字最迫切的莫过于文盲，莫过于乡村，然而新文字偏偏只在大都市和中学生乃致大学生之间出现，那就十足成为了"花瓶"！这是我们这时代许多矛盾之中一个大矛盾。

有人怀疑：方块字□□□改造的，用拉丁化（新文字）是不是最好的方式还待讨论。

我以这一种怀疑也和那不看见新文字今天只在大都市的大学生群中作"花瓶"而迫切询问何时可以代替方块字一样的不切实际。当然，拉丁化是不是改革方块字的最好方式，在理论上是值得讨论的。因为中国文字是单音字，而一个字的构成方法是运用了象形，指事会意，……等等的，所以把这样的文用单纯的拼音方法而使之拉丁化，是不是□合理而担得起表□□□□□□□的任务，尚待实验而后能确定。我们知道乌兹别克、哈萨克等的民族（都是在苏联的）本来是用阿剌伯字母的，近来改用拉丁化，并无困难，但我们也得知道乌兹别克等语言本来就是拼音的复音字，不过他们向来没有自己的字母而借用了阿剌伯字母，因而现在的改为拉丁化，事实上不过是改用了一种注音符号。这和我们汉字情形颇不相同。因此，我也认为，拉丁化也许还不是改革汉字的天经地义，唯一的方案。也许我们将来会从简化汉字□□或其他方面得到了其他更好的方式。但尽管我是这样想，我还是毫不迟疑地要求：今天应当立即把新文字推行到农村，教给文盲！新文字在今天既然是可用的武器足以救济方块字难学的毛病，我们就应当马上用它，赶快用它。事实上，即使将来新文字完全实际可用，而新文字与方块字并存并用的时期一定会很长，因此我反对迟疑不决，而主张把新文字这"花瓶"立即变成农村的实用品。我反对怀疑论。但同时我也不能同意那种几十年消灭方块字的理想主义的性急论。

可见，茅盾认为拉丁化不一定是汉字改革的唯一方案，但主张"立即把新文字推行到农村"，因广大文盲迫切需要新文字这一工具来掌握文化知识，真正发挥新文字的实用价值。茅盾此文发表后，引起了一定的反响。5月16日，季方在《华侨日报·语言和文字》第3期发表《怎样使新文字不成为"花瓶"？——论新文字运动者当前的任务并请教于茅盾先生》。该文强调新文字运动者当前的任务是"要把新文字首先在知识分子中间推行，使新文字成为知识分子的表情达意的工具之一，使知识分子运用这个工具，来试行创作大众所需要的方言文学和各种新知识的读物"[①]。作者表示，新文字十多年来主要在城市和大中学生之间推行并非偶然，是由中国社会的发展决定的，没有知识分子首先接受、学习并运用新文字编写读物，在农村推广新文字是不可能实现的。6月，语言学家曹伯韩发表《关于新文字运动的几句话》，响应茅盾的号召，认为所谓新文字"变成农村文盲家中的日用品"还无法广泛实现，要立即开始"拿新文字交给文盲的工作（不论城市与乡村）"，还可"替文盲编印一些新文字的小故事唱本之类的读物"[②]。一位署名 DING LISAN 的作者则指出茅盾代表了一部分文化人"以为新文字太浅了，只配给人拿到农村里去教文

① 季方：《怎样使新文字不成为"花瓶"？——论新文字运动者当前的任务并请教于茅盾先生》，《华侨日报·语言和文字》第3期，1948年5月16日。

② BOXAN（曹伯韩）：《关于新文字运动的几句话》，《华商报》1948年6月1日第3版"热风"。此文后收入曹伯韩《论新语文运动》（此书先后有1950年文光书店版、1952年东方书店版）。

盲"的意见，并希望文化人肩负"研究新文字，写作新文字"的责任，与"拉运"同志"配合作战"①。

二 《所谓追求"新奇"的市侩艺术》

1948 年 7 月 12 日，《华侨日报·文艺》副刊第 65 期刊有茅盾的散文《所谓追求"新奇"的市侩艺术》，后以"新奇的市侩艺术"为题，再刊 8 月 29 日汉口《大刚报·大江》第 363 期，10 月 1 日天津《综艺》半月刊第 2 卷第 6 期转载。《华侨日报·文艺》初为《华侨日报·文艺周刊》，创刊于 1947 年 2 月 23 日，自 1948 年 4 月 11 日易名《文艺》后为双周刊，7 月 12 日始恢复为周刊。据有关资料介绍，该刊编者系著名作家侣伦（李林风）②。文末注明写作时间为 7 月 8 日，当是茅盾应侣伦之约而撰稿的。全文如下：

> 一个年青人，头发很长，走上了戏台，装腔作势地脱，他要报告一桩了不起的发明：一种新式的舞蹈，"现代派"的舞蹈；这是③年青人神气十足地讲到法国艺术的"新路"：可是这"新路"到底是什么，他也说不明白。
>
> 这一套开场白以后，一群法国的舞蹈者登台表演那所谓"现代式"的舞蹈了，可是说也奇怪，这"现代式"并无特别之处，它那步法简直就是正规的艺术学校里教给幼年生的步法。然而那"现代式"中却有些什么东西激怒了台下观众，大声吼道："下去，打倒贝当这懦夫！打倒合作派！"
>
> 上面这小插曲，是去年（一九四七）夏季在捷克京城布拉格举行的世界民主青年联欢大会上发生的；这个联欢大会到了七

---

① DING LISAN：《现阶段的拉丁化运动和文化人的责任》，载广州新文字出版社编委会编《新文字问题解答》，广州新文字出版社 1950 年版，第 37 页。

② 参见王剑丛编《香港作家传略》，广西人民出版社 1989 年版，第 127 页。

③ "是"疑为"时"。

十一国的青年竞技家，音乐家，歌唱家和舞蹈家。

可是，同类的小插曲也还有的是呢。两个表演者都穿了骑士的服装，一来一往在台上舞起来了；舞法是原始而单调的，伴舞的音乐也是同样原始而单调。这哑戏做到一半，忽然发现两位"骑士"之中有一位原来是个女人，于是那男"骑士"就一剑刺死了那女的，并在那死者嘴上亲了一下，——"戏"就完了。这"新奇"的表演，是意大利的。观众也弄得莫明其妙，老实不客气报以倒采①。

上述的两个小插曲可以作为例证，说明"现代式"及其同类如"新现代式"的艺术，是怎样的以不使人懂为新奇，以原始简单的形象与动作自吹为现代化；一言以蔽之，在技术上是脆弱而低能的，在内容上是空虚混乱的。这次世界大战后西欧的艺术大都染上了这些所谓"新派"的影响。

西欧的布尔乔亚艺术之没落，本不自今日始。第一次大战后，这就显露得明明白白了，但到了今天，每况愈下。如果布尔乔亚艺术在它开始衰落的时候还能从形式上的炫奇斗巧以掩饰其内容之空虚脆弱，那么到了今天，经过第二次世界大战以后，它连形式上的"奇"和"巧"也拿不出来了。

美国的布尔乔亚艺术也同样追求着形式的"新奇"而又实在拿不出甚么真的新奇来。有一位美国"现代式"的舞蹈者也在布拉格作私人表演一番，可是她那"现代式"也和上述意大利的差不了多少。

这一位来自金元王国的舞蹈家曾经访问一位莫斯科大戏院的舞蹈艺术者奥尔茄·吕比它斯卡亚，（她也是参加了布拉格的盛会，这时也在布拉格），对她声称：旧形式正遭遇到"危机"，古典的舞蹈技巧必须完全抛弃，必须弄些新奇花样出来，愈新奇愈好云。奥尔茄回答她：苏联的艺术创造的原则是，继承古典艺术的优秀传统，同时也发挥创造精神；必须尽学前人之所长，然

---

① "倒采"今作"倒彩"。

后更进一步以求新创造。

话不投机，便从艺术理论谈到别方面了。凑巧她们面前有一册美国的《生活》杂志，封面印着几位美国的舞蹈者的相片，里边有一文为之介绍吹嘘，这一篇吹嘘的文章当然也附有相片的，其中一幅是某舞星本人的玉照及其家属。当然有道理的，相片上的他们都在表演"倒竖蜻蜓"的把戏——这就是头着地脚朝天的；并且还有附注郑重说明这位舞星的老父亲还有绝技，能够倒竖着蜻蜓吃面条。

奥尔茄问她的美国客人道："为什么贵国人用这样的怪话来介绍一位舞蹈家呢？如果这算是为她扬名，那我就觉得这样的扬名方法是侮辱了！"

"我们的见解却不同。"那位美国客人回答："一位艺术家但愿刊物上提到他就好了，至于说些甚么话，那都不关紧要，比方像喀罗索那样的名人，他在美国报章杂志上哄动人的，倒不是他的表演技术，而是他定做了一套甚么衣服等等一类的事情，我并不觉得这种代人扬名的方法有甚么不好。"

这一番谈话当然把奥尔茄说得不敢再赞一词了！

这一番谈话正说明了布尔乔亚艺术堕落到怎样的地步：一切都为了利，一切刻意在求迎合满身俗骨的大亨们的低级趣味；所谓"现代式"骨子里不过如此而已。（七月八日）

在茅盾看来，西欧的布尔乔亚艺术自一战之后就开始走向衰落，"从形式上的炫奇斗巧以掩饰其内容之空虚脆弱"。二战后每况愈下，连形式上的"奇""巧"都已经完全丧失。同样的，美国的布尔乔亚艺术也追求着形式的"新奇"，展示出来的新花样实际上并不能给人带来美的享受。总之，布尔乔亚艺术已堕落到"一切都为了利，一切刻意在求迎合满身俗骨的大亨们的低级趣味"的地步。茅盾所批判的欧美"现代式"与"新现代式"艺术，大体上指西方现代派与后现代派艺术。文章所举出的1947年夏季世界民主青年联欢会上的"小插曲"显然并非作者亲眼所见，应是其从报刊上或者他人口中得知。茅盾将流派纷呈、风格驳杂的现代派、后现代派艺术统统归为"市侩艺术"显然有以偏概全之嫌。这一看法可谓代表了彼时中国文艺界对于西方战后艺术的普遍性观感。与欧美迥异的经济基础、文化制度、思维方式与审美范式，必然导致国人在面对新兴不久的现代派、后现代派艺术时感到"晕眩"，无所适从，从而心生抵触。

三 《关于影片〈江湖奇侠〉》

1948 年 7 月 14 日，《华侨日报·艺术》第 9 期刊载茅盾的《关于影片〈江湖奇侠〉》，文末还有一则编者按："《江湖奇侠》本星期日正午场平安剧院放映"。表明影片当月 18 日开始在九龙平安戏院上映。同日《华侨日报》"娱乐圈"特意刊发了电影本事。茅盾显然是看了影片试映后立即写下了自己的感想。原文内容如下：

> 大侠那失勒荆是乌兹别克斯坦的古代的传说。这传说既然是封建时代的社会产物，便免不了穿着神秘的外衣。作为魔法师而出现的那失勒荆叫我们联想到我们的古老传说人物之一——"济公活佛"；然后那失勒荆是没有"济公活佛"那样浓厚的宗教性的，我以为这是那失勒荆的传说更富于人间味的地方，而人民的强烈的爱憎也没有被模糊，被歪曲。
>
> 《江湖奇侠》剥掉了传说的神秘外衣，把那失勒荆还原为人，——机智而又勇敢地为人民服务的人，他以事实宣扬一个真理，湖水是人民大众的，应当还给人民大众，不应为富豪所垄断而据以压迫剥削人民大众。那失勒荆的机智勇敢正和富豪的贪婪自私乃至利令智昏作一显明的对照；这使得影片那失勒荆亦庄亦谐，浅入又深入。这给我们一个启示，民间传说的题材应如何处理，如何剥掉了那些"不合理"的外在而显现那合理的核心。
>
> 关于大侠那失勒荆的影片不止一部，这次到了香港的，大概是第一部，这第一部的中心故事是富豪垄断了湖水，剥削人民；村中的田全赖这湖水灌溉，富豪勒索村民一笔巨款，并且说，如

果没有钱，可以村中一少女代替，被他这样蹂躏了的少女已有十五人之多了。那失勒荆及时出现，运用他的机智，惩罚了那贪婪淫邪，利令智昏的富豪，拯救了那少女。

在这里，香港的观众也许会不大理解：湖水如何能为人所垄断。然而各地有各地的特殊情形，缺乏水源的内陆，就有这样的事情。乌兹别克斯坦是雨水很少的地方，因而河道也很少，灌溉田地的水渠被封建阶级所霸占，就像这影片所表现的。中亚西亚有好多地方全有这同样的情形，不患无地而患无水。从前那些封建阶级为的要便利剥削人民，既霸占了已有的水渠又不肯多开水渠，正如同现在的美国工业巨头既霸占了生产工具又不肯多生产，因为多生产则货价会跌，使他利润减少。因此，在十月革命后，苏联政府在中亚西亚的第一件设施就是没收富豪的水渠，把水成为国有。

"济公活佛"在华南似乎是一般人爱好的传说人物，粤剧和电影似乎都有以济公为题材的；奉劝爱看《济公活佛》的人们也去看看那失勒荆，可是不要先存了个心去看"洋"济公啊！

《江湖奇侠》是一部苏联片，改编自乌兹别克斯坦大侠那斯列琴（译名亦有那斯烈勤、纳斯烈金等，茅盾译作那失勒荆）的民间传说。影片由那比·迦尼叶娃导演、维克多尔·维特柯维奇编剧、苏联塔什干电影制片厂1947年出品，原名《那斯列琴奇遇记》。值得一提的是，该片20世纪50年代曾由上海电影制片厂再度译制为《游侠传》并在国内公映。

1946年12月初至1947年4月初，茅盾、孔德沚夫妇应苏联对外文化协会之邀访问苏联。其间，1947年3月上中旬，茅盾赴乌兹别克共和国首都塔什干参观考察。其间他曾观看新闻纪录片《中亚五民族歌舞大会》与故事片《那失勒荆在蒲哈拉》（前部），并评价后者道："这片子很精彩，故事既寓庄于谐，而演技亦极佳妙。"[1] 可

---

[1] 茅盾：《苏联见闻录》，开明书店1948年版，第135页。

知，茅盾对那斯列琴的故事与相关影片早已熟知，所以文中说"关于大侠那失勒荆的影片不止一部，这次到了香港的，大概是第一部"。为了让观众更好地理解影片情节，茅盾在文章中特意介绍了乌兹别克斯坦的情形。他由那失勒荆联想到中国民间传说中的人物"济公活佛"，但指出前者"更富于人间味"，进而建议爱看《济公活佛》的华南观众也去看看《江湖奇侠》。除茅盾外，当时香港左翼文化界均十分推崇该片。同月，夏衍、叶以群等发表"七人影评"《评〈江湖奇侠〉》，称许影片"无时不充满着民间故事的轻松活泼的情调，而在这轻松情调之中却又传达出了那么严肃沉重的主题。这在艺术上实在是一种巨大的成功"①，并希望我国电影工作者能够以之为借镜，认真发掘本土民间故事的宝藏。郭沫若在《出了笼的飞鸟——看了〈江湖奇侠〉后》中赞誉："轻松，朴素，有趣，富有东方味道，在苏联影片中，怕要以《江湖奇侠》为第一了。"②

四 《我看〈此恨绵绵无绝期〉》

1948 年 10 月 19 日，由卢敦导演，黄谷柳编剧，大群影业有限公司出品的粤语片《此恨绵绵无绝期》在香港胜利戏院试映。茅盾、郭沫若、欧阳予倩、于伶等文化界、影剧界数百人观看了影片，并即席写下了对于电影的意见。茅盾的评语云："现实的内容，严肃的作风，高超的技术，这些特点使得〈此恨绵绵无绝期〉在今日的粤语片中，成为划时代的作品。"③ 这则短文现以"看了《此恨绵绵无绝期》之后的一点意见"为题收入《茅盾全集》。实际上，意犹未尽的茅盾于次日（10 月 20 日）还写了一篇影评《我看〈此恨绵绵无绝

---

① 程季华主编：《夏衍电影文集》第 1 卷，中国电影出版社 2000 年版，第 301 页。

② 郭沫若：《出了笼的飞鸟——看了〈江湖奇侠〉后》，《正报》1948 年第 49 期。

③ 《〈此恨绵绵无绝期〉粤语片成功作 郭沫若茅盾等一致赞许》，《华商报》1948 年 10 月 20 日。

期〉》，极力向观众推荐该片，27 日刊于《华侨日报·电影与戏剧》双周刊第 69 期，其内容如下：

> 如果我们来推荐一九四八年的中国十大佳片①《此恨绵绵无绝期》无疑地是在"十大"之中的。
>
> 我以为《此恨绵绵无绝期》有它积极的教育意义。它的故事极富于人情味而不流于庸俗。它指出了经济崩溃，物价飞涨，贪污成风的现局势之下，一个奉公守法的公务员极难养家活口。主人公赵老先生一家的悲剧使人悲愤，使人看清楚这悲剧的根因在那里。赵老先生是一个高级公务员，在地位上他极有营私舞弊的可能然而他拒绝了；直到他知道了自己的勤俭持家的女儿为了幼弟的医药费，全家的生活费，而忍痛地干了"阻街女郎"的营生，他于愤怒悲痛之后沉终思宵②，说了一句血泪的话："如果我要保持我的清白，女儿就不能保持她的清白。"终于他宁愿自己入地狱。这样的慈父之心，使他也和女儿一样忍痛而营私舞弊。结果怎样呢？所谓"法律"者捉他入牢，判他十年徒刑。可是，教唆他犯法，在犯法事件中享利最多的某秘书及王科长却逍遥法外。王科长甚至还乘火打劫，还想奸占赵女。于是这位善良而曾经牺牲自己救了幼弟和一家的少女不能不执仇了，她手办了那恶人。她不逃（虽然她的一个朋友愿意代她受罪），结果她受到所谓"法律"的制裁！
>
> 《此恨绵绵无绝期》使我十分感动的地方即在它表现了赵父赵女及女友徐大哥的崇高牺牲的精神，而此种牺牲精神则根源于父女，兄弟，朋友的真诚的爱。为了爱父亲爱弟，赵女忍痛牺牲了自己的贞操；为了爱女，赵父也牺牲了他自己的清白，而且因为他明知法纲跟在他身后也不得不冒险为之；为了朋友的爱，徐大哥欲为赵女受罪而最后又不负赵女所托代养赵氏遗孤。

---

① 漏一逗号。
② 应作"沉思终宵"。

全剧颇多极美丽动人的画面。绝无"噱头",这是值得称道的。在一些小节目上,导演的匠心也跃然可见。例如赵父在他的机关内听得了同事把他的女儿的"不检行为"作谈助,愤愤回家,恰见女儿正爬在地上抹地板,他惘然了。这一个节头包含的意义既深且广,而且那样的入情入理!剧中各主角的演剧也无瑕可击;特别是女主角,她的戏很吃重,演出是成功的。(十月二十日,九龙)

《此恨绵绵无绝期》于 11 月 6 日在太平、国民、胜利、好世界、光明等五大剧院同时上映。5 日香港《华商报》在刊登影片广告时,特意标注郭沫若、茅盾、欧阳予倩、夏衍等"诸位文化先进一致推荐本片"[1]。7 日《华商报·茶亭》刊出总题为《评〈此恨绵绵〉》的多人影评,其中夏衍评曰:"这部片子对粤语片全部从业员的影响是很大的。这会鼓舞起有向上心的工作者的信心,而替整个粤语片的前途寄予了希望和光明。"正如郭沫若所言:"我们现在提倡方言文学,但方言影片的成功确实走在前头去了。"[2] 南下左翼文人揄扬《此恨绵绵无绝期》,既缘于该片在思想与艺术方面可圈可点,又因粤语片的成功代表了方言电影与文艺大众化的成效。茅盾此文在一定程度上确实提升了粤语片的知名度与影响力,如上海《电影周报》《立报》《诚报》等报刊相继登出《粤语片进步 茅盾为文推荐》《茅盾推荐粤语片》《茅盾推荐粤语影片》,均提到茅盾推荐《此恨绵绵无绝期》一事。

五 结语

不论是支持新文字运动,批评欧美现代派艺术,还是推介苏联电

---

① 《华商报》1948 年 11 月 5 日。

② 《〈此恨绵绵无绝期〉粤语片成功作 郭沫若茅盾等一致赞许》,《华商报》1948 年 10 月 20 日。

影、国产粤语片，茅盾始终坚持文艺的普及化、人民化与大众化方向，与集聚香港的"拉运"同志与左翼文艺人士密切合作，"作文化之保卫，尽攻心之任务"①，共同企望着政权的诞生。上述佚文无疑是茅盾在香港从事革命文艺活动的历史见证，不仅扩充了茅盾为我们留下的文学遗产，而且可能带来新的学术话题，如茅盾与新文字运动的关系、与侣伦等香港本地编辑（作家）的交往等。

（原刊《世界华文文学论坛》2023 年第 4 期）

---

① 《民主党派文化界电贺东北解放》，《华商报》1948 年 11 月 7 日。

茅盾长篇小说的版本流变与修改述论·导论
——以《蚀》《虹》《子夜》为例

陈思广　　党文静[*]

摘　要　茅盾 20 世纪 20—30 年代创作《蚀》《虹》《子夜》时所体现出的创作观念与理论主张，和其 1949 年后的文艺观发生了不同程度的冲突，使得茅盾在 1950 年后再版这些作品时不得不重新做出修改。其版本在近 90 年的版本流变中也发生了相应的变化。大体而言，《蚀》《虹》《子夜》自出版至今，有三个版系，即开明书店版系、人民文学出版社版系和其他版系。在印数上，《蚀》的总印数为 629660 册；《虹》的总印数为 279600 册；《子夜》的总印数为 2542000 册。至于修改，可以断定：茅盾对《子夜》进行的全方位的细致、认真且严谨的修改，其主要目的是使作品的艺术性更臻完善，兼及表述的"合时宜"与语境的通行化，虽有遗憾但得远大于失。

关键词　茅盾；长篇小说；版本流变；修改；《蚀》；《虹》；《子夜》

大凡优秀的作家都将自己的创作视为文学的攀登、生命的历练，无论是处女作还是代表作，无不倾注着作者巨大的热情（甚至毕生

---

* 作者简介：陈思广，男，1964 年出生，四川南充人，四川大学文学与新闻学院教授，博士生导师，主要研究方向为中国现当代文学、中国现当代长篇小说。党文静，女，1992 年出生，新疆乌鲁木齐人，四川大学中国现当代文学专业博士。

心血），呕心沥血、殚精竭虑等如同寻常，所谓"文章千古事，得失寸心知""两句三年得，一吟双泪流"等，便是如此。可以说，一旦作家将作品刊行于世，虽不能说尽是"披阅十载，增删五次"，但说它是作家精心构思、细致推敲的一件艺术品（甚至是一件珍品）绝不为过。它既是作家对时代生活的艺术呈现，也是作家文学理念的真实反映。诚然，艺术之路永无止境，精益求精更是每个作家的自在追求。虽然某些作品在彼时看来或可颇为自得，但在日后看来难免会有"悔其少作"之意。这也使得一些作家在日后有机会出版（或再版）时，会认真修订自己的"少作"，精细打磨使其更臻完善。当然，这种修改如果是正常的历史语境下作家本人自在的艺术行为，那毫无疑问体现出作家自觉的审美追求；但如果这种修改是特定的语境下作家迫于某种因素而不得已进行的一种"提高"，而这种"提高"又出现在时代的巨变后，其中的操作就耐人寻味了。因为，此时"改什么"与"怎样改"已不是作家个人的自在行为，而是一种带有特定时代印痕的文学行为，它所显露的问题自然凸显出特殊的时代意义。

茅盾在 20 世纪 50 年代进行的长篇小说修改便是如此。

一

1927 年 8 月，亲历了大革命浪潮由高潮到低谷而万千感慨的沈雁冰，决定以小说的方式将这段经历反映出来，于是，中篇小说《幻灭》成为他小说实践的第一个蓝本。他也许没有料到，写完后自己看似随手起的一个笔名"矛盾"，经叶圣陶改为"茅盾"后，成为他使用最多、名声最大、最为认可的笔名，以至于几乎埋没了他的本名。与一些作家为了创作而去体验生活不同，茅盾是体验了人生才来做小说的。对此，他说："我是真实地去生活，经验了动乱中国的最复杂的人生的一幕，终于感得了幻灭的悲哀，人生的矛盾，在消沉的心情下，孤寂的生活中，而尚受生活执著的支配，想要以我的生命力余烬从别方面在这迷乱灰色的人生内发一星微光，于是我就开始创作了。"而且，"我是用了'追忆'的气分去写《幻灭》和《动摇》；

我只注意一点：不把个人的主观混进去，并且要使《幻灭》和《动摇》中的人物对于革命的感应是合于当时的客观情形"。起初，茅盾打算"作成二十余万字的长篇"或是"作成七万字左右的三个中篇"，主要写"现代青年在革命壮潮中所经过的三个时期：（1）革命前夕的亢昂兴奋和革命既到面前时的幻灭；（2）革命斗争剧烈时的动摇；（3）幻灭动摇后不甘寂寞尚思作最后之追求"。但因对起始就创作长篇小说的自信心不足，最终选择"分作三篇"。他本想使这三篇成为"断而能续"的作品，却因《幻灭》后半部的时间和《动摇》全部的时间发生重叠，故在"开始写《动摇》的时候"放弃了原来的想法。① 《幻灭》动笔于 1927 年 8 月下旬至 9 月下旬，初刊于《小说月报》1927 年 9、10 月第 18 卷第 9、10 号。小说借小资产阶级静女士生活理想与爱情理想的破灭，表达了现代女性如何寻求自我的时代诉求。不过，作家在此无意嘲笑小资产阶级，"只写一九二七夏秋之交一般人对于革命的幻灭"。小说发表后轰动文坛，树立了茅盾继续创作的信心。1927 年 11 月至 12 月初，他开笔创作中篇小说《动摇》，后刊于《小说月报》1928 年 1 月至 3 月第 19 卷第 1 至 3 号。作品通过主人公方罗兰的逃遁和胡国光的嚣张，形象地说明了革命时代如果一个革命者没有革命家和政治家的手腕和心肠，而是软弱摇摆甚至倡导中和，其结局势必相反，以此表现"中国革命史上最严重的一期，革命观念革命政策之动摇——由左倾以至发生左稚病，由救济左稚病以至右倾思想的渐抬头，终于为大反动"②。《追求》写于 1928 年的 4 月至 6 月间，初刊于《小说月报》1928 年 6 月至 9 月第 19 卷第 6 至 9 号。不同于《幻灭》《动摇》的"忠实记录"，《追求》则通过表现一班青年追求理想却被现实无情地击得粉碎的苦闷心理，反映了大革命失败后弥漫在都市上空的"幻灭的悲哀，向善

---

① 参见茅盾《从牯岭到东京》，《小说月报》1928 年 10 月 10 日第 19 卷第 10 号。

② 茅盾：《从牯岭到东京》，《小说月报》1928 年 10 月 10 日第 19 卷第 10 号。

的焦灼，和颓废的冲动"（张曼青语）。1930 年 5 月，茅盾将这三个中篇合为一部《蚀》，由开明书店初版。《蚀》真实地反映了刚刚发生不久的大革命运动及青年知识分子的切身体验，具有鲜明的时代特征，因此引爆文坛。虽然作品中流露出较为浓烈的灰色的小资产阶级情调，但这正是茅盾意欲表达的思绪。这从他发表的《从牯岭到东京》中就可明确看出。他说："我承认这极端悲观的基调是我自己的，虽然书中青年的不满于现状，苦闷，求出路，是客观的真实。说这是我的思想落伍了罢，我就不懂为什么像苍蝇那样向窗玻片盲撞便算是不落伍？说我只是消极，不给人家一条出路么，我也承认的；我就不能自信做了留声机吆喝著：'这是出路，往这边来！'是有什么价值并且良心上自安的。我不能使我的小说中人有一条出路，就因为我既不愿意昧着良心说自己以为不然的话，而又不是大天才能够发见一条自信得过的出路来指引给大家。人家说这是我的思想动摇。我也不愿意声辩。我想来我倒并没动摇过，我实在是自始就不赞成一年来许多人所呼号呐喊的'出路'。这出路之差不多成为'绝路'，现在不是已经证明得很明白？"[1] 只是茅盾未曾料到的是，当 20 年后历史给出新证时，他遭遇了前所未有的尴尬。

1928 年 7 月，茅盾听从陈望道的安排前往日本，与他同行的还有秦德君。1929 年 4 月，茅盾开始创作第二部长篇小说《虹》。文中主人公梅女士的原型来自秦德君的好友胡兰畦，当然还融合了秦德君身上的某些经历和性格特质。这是茅盾的转向之作，正如茅盾自己所说："《虹》在题材上，在思想上，都是'三部曲'以后将转移到新方向的过渡。"[2] 的确，《虹》的创作有茅盾借以扭转文坛对自己旧有的看法，表明自己经过短暂的停顿、修整后对革命理想再度追求的寓意。作者也意在以此向文坛表白，小资产阶级知识分子在经历过种种

---

[1] 茅盾：《从牯岭到东京》，《小说月报》1928 年 10 月 10 日第 19 卷第 10 号。

[2] 茅盾：《亡命生活》，载《茅盾全集》第 34 卷，人民文学出版社 1997 年版，第 422 页。

挫折磨难后，通过自身的自我改造是能够走上无产阶级道路的。不过，作者原打算将梅女士的经历从五四一直写到大革命，"欲为中国近十年之壮剧，留一印痕"①，但实际上只写到梅女士参加"五卅"便作罢，而代表那"新方向"的《霞》自然也就不了了之。《虹》也成为茅盾一部"未完成"的作品。

1933 年 1 月，茅盾长篇小说的代表作《子夜》由上海开明书店初版。谈及作品的创作缘起，茅盾说："一九三○年夏秋之交，我因为神经衰弱，胃病，目疾，同时并作，足有半年多不能读书作文，于是每天访亲问友，在一些忙人中间鬼混，消磨时光。就在那时候，我有了大规模地描写中国社会现象的企图。后来我的病好些，就时常想实现我这'野心'。到一九三一年十月，乃整理所得的材料，开始写作。"② 可以说，"大规模地描写中国社会现象的企图"是写作《子夜》的真正意图。由于时间相对从容，作家也积累了一定的小说创作经验，《子夜》写得颇为成功，出版后再次震动文坛。《子夜》不仅代表了 20 世纪 30 年代中国现代长篇小说创作的艺术高度，也奠定了茅盾在中国现代文学史上的历史地位。

随之，茅盾的《蚀》《虹》《子夜》成为新文学史上的长销书。

二

其实，茅盾之所以这样写《蚀》《虹》《子夜》，是与他 20 世纪 20 年代的创作观念与理论主张相统一的。

我们知道，《蚀》的成功首先得益于作品鲜明的时代性，它如一幅栩栩如生的湖北农民运动风起云涌的斗争画卷，引发了读者的强烈共鸣。不过，对于当时的农民运动，茅盾有他自己的看法。他认为，1927 年湖北的农民运动存在"过激""过火"的行为。他借《动摇》

---

① 写于 1930 年 2 月 1 日。《茅盾文集》第 2 卷，人民文学出版社 1958 年版，第 276 页。

② 茅盾：《子夜》，开明书店 1933 年初版，第 577 页。

中方罗兰之口，表达其对激进的工农革命的不满，而南乡农民"共妻"大会的描写意在指责乡民的愚昧无知，即受土豪劣绅谣言的蛊惑粗浅地认为"共产党，则产之必共，……妻也是产……'耕者有其田，多者分其妻'"①，对于"癞头"农民粗暴奸淫土豪小老婆非人性、非理性的"过火"行为更是深恶痛绝。茅盾这一看法不仅在《蚀》中有所表现，《子夜》中双桥镇农民暴动、农民们手持机关枪"踏平宏昌当"的激烈战斗场景，亦是对"过激"行为的不满与惶恐。这些行为无不体现出作者对农民运动的非理性和暴力性、农民们革命手段的残忍和血腥的反感与抵触，嘲讽中饱含忧思。对此，郑超麟多年后回忆起沈雁冰的这一态度时仍记忆犹新："我们谈了许多话。我忘记了谈话的内容，但有一点是不曾忘记的，即是他明白向我表示反对当时党在乡村所实行的武装斗争路线。"② 其实，沈雁冰是从国民革命统一战线的角度看待这个问题的，他看出缺乏合理引导的农民运动会侵犯到一部分小资产阶级的利益，而以小商人、中小农等为主的小资产阶级群体是革命必不可少的同盟军，国民革命不应该抛开小资产阶级。只不过他的这一认识在20世纪50年代已显得不合时宜。

《蚀》的成功还得益于作家对"时代女性"的生动刻画。这当然与茅盾的妇女观密切相关。茅盾认为，女性应敢于打破封建的贞操观念，努力摆脱精神上的诸多束缚，自由、自主地支配个人身体，平等地和男子恋爱、组建婚姻家庭。他把妇女肉体方面束缚的解放置于精神方面束缚的解放之前③，相对于经济独立、政治平等来说，"'性'的自主或曰对自己身体的支配对于女性来说是一种更迫切也更容易付诸实施的'革命'"④。他认为妇女问题该从改造伦理、改造两性关系

① 茅盾：《蚀》，开明书店1930年初版，第84页。
② 郑超麟：《回忆沈雁冰》，载《郑超麟回忆录》（下），东方出版社2004年版，第122页。
③ 参见雁冰《读〈少年中国〉妇女号》，《妇女杂志（上海）》1920年1月5日第6卷第1号。
④ 金宏宇、高田宏：《"革命"与"性"的意义滑变——〈蚀〉三部曲的版本比较》，《武汉大学学报（人文科学版）》2005年第5期。

入手①，通过改造旧式伦理关系、提倡新性道德建构全新的妇女观。茅盾用饱含深情的笔触塑造了章静、周定慧、孙舞阳、章秋柳、梅行素等一大批"时代女性"。她们不同于旧式深居闺房的女子，而是天性活泼开朗、勇敢无畏。她们拥有美丽的躯线，具备健康的"肉感美"。作家毫无避讳地展示"时代女性"在革命浪潮中奋勇搏击的精神面貌。这都反映出他对女性自觉意识的关注与思考，也是他接续"五四"之"人的解放""人性"等论题的延伸探讨。

茅盾早年提倡自然主义，故而《蚀》《虹》《子夜》中有不少自然主义的描写。不过，茅盾认为，作家对女性肉体、人性欲念的描写是与人生、社会、革命同等重要的概念题旨，绝不能粗暴地视为"情色"描写。他不满于旧小说作者对"性"的"轻薄"态度，称赞"自然派作者对于一桩人生，完全用客观的冷静头脑去看，丝毫不搀入主观的心理；他们也描写性欲，但是他们对于性欲的看法，简直和孝悌义行一样看待，不以为秽亵，亦不涉轻薄，使读者只见一件悲哀的人生，忘了他描写的是性欲"②。这不同于旧派小说家"满纸是轻薄口吻，肉麻态度，'诲淫'的东西"③，他对女性肉体的勾勒亦非庸俗化的情色意淫。"性欲描写的目的在表现病的性欲——这是一种社会的心理的病。"④ 在人性、人情的背后，恰恰渗透着革命的巨大张力和有待开掘的无穷潜能。他坚信自然主义之"客观描写"与"实地观察"的"真"精神，能够扭转当时"不重观察、向壁虚造"的文坛坏风气。⑤ 此前，他曾指责旧时"某生"体小说作者"思想肤

---

① 参见 Y. P. 《家庭服务与经济独立》，《妇女杂志（上海）》1920 年 5 月 5 日第 6 卷第 5 号。

② 沈雁冰：《自然主义与中国现代小说》，《小说月报》1922 年 7 月 10 日第 13 卷第 7 号。

③ 黄子平：《"灰阑"中的叙述》，上海文艺出版社 2001 年版，第 50 页。

④ 本篇最初发表于 1927 年 6 月《小说月报》第 17 卷号外《中文学研究》（下）。署名沈雁冰。载《茅盾全集》第 19 卷，人民文学出版社 1991 年版，第 127 页。

⑤ 参见沈雁冰《自然主义与中国现代小说》，《小说月报》1922 年 7 月 10 日第 13 卷第 7 号。

浅而守旧"，即使"描写到人生，但都是抄摹来的"，"不是对于人生有过精密观察的"，所以是"死的"人生。[①] 这里他重申该观点并批评旧派小说家总以"风流自赏""发牢骚""自解嘲"的方式把玩人生，故不能关注到"恋爱""性欲"中所包含的社会问题、革命问题，而文学上的自然主义能够揭破人生"丑相"、看透人生"奥秘"、道出人生悲哀。他在作品中对女性身体部位、两性关系的自然主义描写，正是其理论主张贯彻于文学实践的完满体现。如，《子夜》中革命者玛金与苏伦露骨的"恋爱"调情场景，吴妈对吴荪甫的诱惑描写，刘玉英、徐曼丽身体部位的"特写"；《幻灭》中静女士和抱素肢体接触时的"敏感"体验，和强连长"肉的狂欢"；《动摇》中媚妇钱素贞和陆慕游的"桃色交易"，孙舞阳、方太太等女性躯体性征的描摹；《追求》中章秋柳和史循酒后病态的纵欲享乐；《虹》中梅女士初婚时生理的欲望，等等，这类叙述准确勾勒出时代性心理的真实图景，展现了女性肉体欲望的生理诉求。与单纯的性欲描写不同，作品中主人公情欲的放肆挥霍和革命的激烈翻涌在本质上具有一致性，也使作者的自然主义理念、性欲论、新女性观等具有典型的时代特色。

作为一名出色的文学大师，茅盾更追求文学语言的审美本性，在锻字炼句、刻画塑造等方面精打细磨，从不随意，更不放松。他认为："文字的组织愈精密愈好；描写的方法愈'独创'愈好；人物的个性和背景的空气愈明显愈好。"[②] 在词语的选取上，他反对文艺作品的粗制滥造、记"流水账"，这种缺乏艺术形式考量的创作是不值得提倡的。他往往选择文学表现性更精确、词语理据性更强的语汇来行文，借以提升文本的审美品质和艺术表现力。这也使得《蚀》《子夜》《虹》中的语言洗练而不失典雅、顺畅而不失神韵，甚至是标点

---

① 参见雁冰《自然主义的论战——复史子芬》，《小说月报》1922 年 5 月 10 日第 13 卷第 5 号。

② 本篇最初发表于 1923 年 2 月 21 日《时事新报·文学旬刊》第 65 期。署名冰。载《茅盾全集》第 18 卷，人民文学出版社 1989 年版，第 348 页。

符号使用都颇为用心，也从不放过任何可以完善提高文本艺术美的机会。

三

1949 年 10 月 1 日，中华人民共和国成立。茅盾 20 世纪 20 年代末与 30 年代初的创作实践和文艺观念，与新时代的文艺观发生了不同程度的冲突，他对于自然主义、农民运动及妇女观等的认识也不得不做出调整和改变。这样，面对之前所创作的已成为长销书甚至新文学经典的《蚀》《虹》《子夜》的再版，茅盾必须做出新的选择。那么，茅盾将会做怎样的选择呢？或者更具体地说，茅盾将会做怎样的修改以适应新的时代呢？其版本流变与修改得失又如何呢？其背后的原因又留下怎样的思索呢？

大体而言，我们可以得出以下结论。

（一）在版本流变方面，《蚀》《虹》《子夜》自出版至今，有三个版系，即开明书店版系、人民文学出版社版系和其他版系，这三个版系出版的《蚀》《虹》《子夜》呈现出这三部长篇小说出版的主要格局。具体如下。

（1）由《幻灭》《动摇》《追求》三部中篇构成的《蚀》1930年 5 月由上海开明书店初版，至 1949 年 3 月，开明书店共印行 18 版次（印数不详）。1954 年 7 月，《蚀》由人民文学出版社出版修订本，目前已知，截至 2008 年 11 月，《蚀》的单行本印数为 614660册。加上其他版系即漓江出版社的印数，可知《蚀》的总印数为629660 册。

（2）《虹》1930 年 3 月由开明书店初版，至 1952 年 7 月，开明书店共印行 24 版次；1983 年 1 月至 2000 年 9 月由人民文学出版社出版，连续印行 4 次；此外，四川人民出版社印行 1 次，漓江出版社印行 2 次。目前已知《虹》的总印数为 279600 册。

（3）《子夜》1933 年 1 月由开明书店初版，至 1951 年 12 月，开明书店共印行 28 版次。其中，1934 年 6 月至 1936 年 9 月出版的第 4

至第 7 版是删节版，但第 4 版略异，即存在少量的全本与少量的撕去部分页码的删节本，而第 5 至第 7 版完全相同，即删去了第四章第96—125 页和第十五章第 450—482 页共 66 页，为完整的删节本。1950 年 8 月至 1951 年 12 月，《子夜》由开明书店共印行 30500 册。1952 年 9 月后《子夜》转由人民文学出版社多次再版，截至 2019 年6 月，单行本印数为 2474800 册。1982 年 7 月后，其他出版社也多次出版《子夜》，形成其他版系，但由于大多没有标明印数，具体数目不详。目前已知，截至 2019 年 6 月，《子夜》的单行本经开明书店到人民文学出版社，共印行 2505300 册，可知全部总印数为 2542000册。考虑其他版系的印数，自 1933 年至今，《子夜》单行本的总印数保守估计应不低于 270 万册。

（二）在修改方面，笔者统计与分析如下。

（1）《蚀》初版本实际字数共计 210216 字（含标点符号），修改本共改动 14420 字（含标点符号），约占全书的 6.86%。其中，《幻灭》《动摇》初版本共计 121414 字（含标点符号），改动 7156 字（含标点符号），约占全书的 5.89%；《追求》初版本共计 88799 字（含标点符号），改动 7264 字（含标点符号），约占全书的 8.18%。若以每章中的一个完整句节来算，茅盾对《蚀》总计修改共 2802处，其中《灭》第一章改动 24 处，约占全书改动的 0.9%；第二章改动 45 处，约占全书改动的 1.6%；第三章改动 27 处，约占全书改动的 1.0%；第四章改动 34 处，约占全书改动的 1.2%；第五章改动30 处，约占全书改动的 1.1%；第六章改动 62 处，约占全书改动的2.2%；第七章改动 36 处，约占全书改动的 1.3%；第八章改动 53处，约占全书改动的 1.9%；第九章改动 34 处，约占全书改动的1.2%；第十章改动 59 处，约占全书改动的 2.1%；第十一章改动 18处，约占全书改动的 0.6%；第十二章改动 38 处约占全书改动的1.4%；第十三章改动 44 处，约占全书改动的 1.6%；第十四章改动29 处，约占全书改动的 1.0%。《动摇》第一章改动 31 处，约占全书改动的 1.1%；第二章改动 52 处，约占全书改动的 1.9%；第三章改动 42 处，约占全书改动的 1.5%；第四章改动 23 处，约占全书改动的 0.8%；第五章改动 40 处，约占全书改动的 1.4%；第六章改动 84 处，约占全书改动的 3.0%；第七章改动 31 处，约占全书改动的 1.1%；第八章改动 102 处，约占全书改动的 3.6%；第九章改动 190 处，约占全书改动的 6.8%；第十章改动 56 处，约占全书改动的 2.0%；第十一章改动 76 处，约占全书改动的 2.7%；第十二章改动 30 处，约占全书改动的 1.1%。《追求》第一章改动 115 处，约占全书改动的 4.1%；第二章改动 106 处，约占全书改动的 3.8%；第三章改动 270 处，约占全书改动的 9.6%；第四章改动 246 处，约占全书改动的 8.8%；第五章改动 178 处，约占全书改动的 6.4%；第六章改动 240 处，约占全书改动的 8.6%；第七章改动 220 处，约占全书改动的 7.9%；第八章改动 137 处，约占全书改动的 4.9%。茅盾对《蚀》的删改总体原则是：对历史细节及两性描写处进行过滤性删改，即关涉再现历史细节时，集中过滤对农民运动中粗鄙行为的描写，及作品中有关环境氛围、人物言行经历等 "灰色情调" 的文字书写；关涉 "性" 描写时，着重过滤对女性身体欲望与两性关系的自然主义描写（包括对一些碍眼词汇、露骨情节的改动）。这两类删改总体而言失大于得。不过，无涉于此时，作者对人物形象丰满程度的修改则较为成功。茅盾之所以进行这样的删改，究其原因，除时代的因素与其双重身份的尴尬外，主要是其 20 世纪 20 年代的农运观与 50 年代的农运观及其自然主义创作观与新时代的文艺观、女性观发生了冲突；而较为成功的艺术修改则是其追求文学审美本性的必然。

（2）《虹》的修改主要是围绕如何提高文本的审美性和大众化所进行的艺术性修改和文辞性修改，共改动 483 处。其中，文学审美性修改占总修改的 95.9%，语言大众化修改占总修改的 4.1%。总体而言，缘于作家本性而起的文学审美性修改有得有失；而受时代、政治语境等因素的影响而进行的语言大众化修改，虽也有成功之处，但也不乏有损原作之美的情形，其结果是失大于得，令人遗憾。

（3）《子夜》的修改主要集中在人民文学出版社的 1954 年版和 1960 年版，共修改 1536 处。其中，第十五章改动最多，为 180 处，约占全书改动的 11.7%；第十九章改动最少，为 39 处，约占全书改动的 2.5%。修改性质可分为四类，即审美性修改、精确化修改、称名修改和外来语修改。在这四类修改中，前两类共 1482 处，占总修改的 96.5%；后两类共 54 处，仅占总修改的 3.5%。其中，审美性修改中，关于标点符号的改动不仅有提升文学性的用意，还有语言规范化的意图，但重要的几处字节句段的删改看似"合时宜"却有损情节的真实性与细节的丰富性，令人遗憾；精确化修改总体准确生动、推敲到位，增强了文本的艺术表现力，体现出茅盾高超的语言艺术驾驭力；称名修改虽不成功却"合时宜"；外来语修改在实现语境的通行化方面，各有得失。由此我们断定，茅盾对《子夜》进行的全方位的细致、认真且严谨的修改，其主要目的是使作品的艺术性更臻完善，兼及表述的"合时宜"与语境的通行化，虽有遗憾但得远大于失。

这就是《茅盾长篇小说的版本流变与修改述论》所要详示并予以讨论的具体内容。

（原刊《红色文化研究》2023 年）

茅盾佚信和《西江月·故乡新貌》创作与修改

钟桂松

茅盾一生写过不少诗词，1979 年 11 月由河北人民出版社出版的《茅盾诗词》收入了他几十年来写的一部分诗词，其中也收入了他晚年写给故乡同志的两首《西江月·故乡新貌》。后来，对诗词有深厚造诣的茅盾，专门请上海古籍出版社用繁体字印行一部《茅盾诗词集》，茅盾亲自校订审定，于 1985 年出版。茅盾之子韦韬曾经对此回忆道："1978 年，父亲应田间同志的要求，编选了一部《茅盾诗词》，由河北人民出版社出版。但因编选得仓促，有些诗词尚未定稿，又因用了简体字排印，易致歧义的产生；父亲不甚满意，一直想另行编选一本比较完整的诗词集。于是 1980 年下半年，父亲将全部诗稿重新修订，增加了三十多首，并对若干首做了改动。他曾叮嘱我们：出版时务必用繁体字直排，使之符合旧体诗的格式。"可见茅盾对自己的诗词十分珍视。上海古籍出版社的《茅盾诗词集》也收入了茅盾写的两首《西江月·故乡新貌》。不过，茅盾当年写的这两首《西江月》，最后定稿前都有过修改。

最近，拜访过茅盾的桐乡文化馆李渭钫先生给我发来一些材料，包括当年他在北京时，请茅盾为故乡的题词和给他们写的两首《西江月》以及茅盾给他们的三封信。其中写于 1978 年 12 月 27 日的一封信没有发表过，人文社、黄山书社的两版《茅盾全集》也没有收入过，属于佚信；茅盾为农业学大寨展览会桐乡展板的题词，也没有收入茅盾的任何研究资料或作品集。所以，时隔四十多年看到李渭钫先生保存的这些珍贵的材料和照片，虽然年代感十分强烈，却是真实的存在。

1977年5月，粉碎"四人帮"刚刚过去半年多一点，虽然人们的思想还没有完全从"文革"的桎梏中解脱出来，但是精神面貌已经逐渐发生变化，开始关注人民群众的生活水平问题，各级领导开始公开大抓农业生产、抓养猪生产。茅盾的故乡桐乡县被浙江省评为全国农业学大寨先进县，成为浙江省的先进典型之一。

1977年5月13日，浙江省委在杭州召开了"浙江省十个农业学大寨先进县"座谈会，铁瑛、陈作霖、陈冰三位省委领导就农业学大寨有关要求做了讲话，三位省领导的讲话各有侧重，其中陈冰同志充分肯定了桐乡县大力发展养猪业的做法，认为要推广桐乡县在宣传上的做法，向全县每个生产队印发了毛主席的《关于发展养猪业的一封信》，造好舆论；坚决落实党的畜牧政策；大抓饲料生产；建设好一支又红又专的饲养员队伍；加强领导等五条经验。①

后来，要在北京农展馆举办全国农业学大寨先进县展览，浙江省委确定桐乡县作为参展代表。桐乡县委十分重视此事，专门组织了一个工作班子，筹备赴京展览。省委也很重视，专门派省农业展览馆汪挺中和小施两位同志到桐乡帮助筹备展览的工作。从1977年6月开始筹备拍摄相关农业照片，当时县委办公室干部王解冲和文化馆摄影干部李渭钫二人就是专门抽调出来筹备赴京展览的。李渭钫当时正在驻梧桐公社革一大队县工作组里，5月接到通知，就回到县里参加筹备工作。当时全县各个农村、农业点上的照片都是李渭钫拍摄的，王解冲则负责展览的文字工作。在省里的支持帮助下，桐乡县整个筹备工作进展得很顺利，到10月份基本完成了图片和文字准备工作。

当时，全国农业学大寨先进县展览会给桐乡确定的展览标题是"在斗争中建设大寨县"，专门筹备的同志当时计划到北京以后，请著名作家茅盾先生为家乡题写这个标题。所以，李渭钫事先根据县委办公室的安排，专门整理、拍摄了一组乌镇和县里其他地方工农业生

---

① 参见《浙江工作通讯》第七期，1977年5月24日，中共浙江省委办公室编印。（桐乡市档案馆沈琳同志帮助提供）

产的照片，统一放大为 6 寸，一共选了 40 幅，制作成一本影集，准备带到北京，专门去拜访茅盾先生。

1977 年 11 月，当县里准备工作有了头绪以后，王解冲和李渭钫、讲解员小张、电工（县广播站许水云）、木工等一行人随省里有关部门同志一起到北京。王解冲、李渭钫他们住在北京农展馆招待所第一栋 29 号。安顿好以后，大概在 11 月下旬，因为全国政协副主席茅盾的住址是保密的，王解冲和李渭钫就通过全国政协写信联系到茅盾，约好时间后，王解冲和李渭钫二人去北京交道口南三条 13 号拜访茅盾先生。

这是他们第一次去茅盾家里拜访，据王解冲、李渭钫回忆："我们初到茅盾同志家里，在会客室等了一会，就从窗户中望见，一位姑娘挽着茅盾同志的臂膊走出来了。茅盾同志戴一顶旧呢帽，翻下了帽檐的护耳，旧的芝麻呢大衣缚紧了腰带，拄着红漆拐杖，十分吃力地走着。等他走近时，我们明显地听到呼呼的气喘声，……我们两人都不安起来了，连忙迎上去扶他坐下，请他息一息，想不到他却反过来宽慰我们：'年纪大了，总有点气喘，不要紧的。'他风趣地说：'零件有毛病了，一只眼睛零点七，一只眼睛只有零点三了。'过了几分钟，气喘稍稍平息，他竟兴致勃勃地同我们谈了近两个小时，精神反而好起来了。……我们给他送上一套摄有桐乡化肥厂，乌镇水泥厂，新开的乌镇市河，水稻和蚕茧的丰收的场面，以及唐代银杏树等名胜古迹的照片，一张张向他介绍了城镇、农村的变化。他也不时回忆起几十年前的情景，同我们畅叙乡情。梧桐、崇福、石门、洲泉这些农村小集镇，他都还记得起来，而且清晰地记得到县城梧桐镇去过两次，指导编写过乌镇镇志和创作《春蚕》时农村经济的萧条景象。他的记忆力这样好，实在令人惊讶。对于近年来家乡的情况，他也了解不少。他说：'桐乡化肥厂是个先进单位，石化部的领导向我讲过。'看完照片，他还问我们现在种几季稻，养几季蚕，文化事业方面有哪些发展，昭明太子读书处还在不在？我们一一回答以后，他的脸上露出了喜悦的神色，……连连说：'很高兴，很高兴'。"①

那么，茅盾究竟看了哪些照片而感到很高兴的呢？据李渭钫回忆，当时带给茅盾观看的照片，除了桐乡有关农业生产的农村社员收割水稻、蚕农卖茧子等场面外，还有当时拍摄的桐乡、乌镇的一些照片，如从上海回到乌镇必须经过的"皂林双桥"、茅盾家下岸通往东栅的市河、乌镇南来北往的市河（车溪）、茅盾家门口的观前街、乌镇的唐代银杏树、乌镇西栅的"桥里桥"、乌镇丝厂的大门以及养蚕的场面等等。看了这些照片，听了李渭钫他们的介绍，引起了茅盾的兴趣，唤起了茅盾对故乡的回忆。所以，本来礼节性的拜访，茅盾竟然和王解冲、李渭钫他们谈了两个小时。中间不断有人来，也没有影响茅盾和家乡人谈话的兴趣，李渭钫他们记得，画家丁聪前来取茅盾的题字，茅盾还让他们一起观看了丁聪的《鲁迅小说插图》和他的题字。丁聪走后，茅盾还向王解冲、李渭钫介绍他和丁聪在香港和上海的交往，说丁聪是个"娃娃脸"，不老。

王解冲、李渭钫的第一次拜访，除了向茅盾汇报介绍故乡的一些情况外，还有一个任务，就是请他为桐乡在北京的农业学大寨展览题词，茅盾欣然同意。离开茅盾家时，王解冲、李渭钫把一份介绍桐乡的油印资料送给茅盾参考。

后来茅盾根据王解冲、李渭钫的要求，在一页宣纸上竖写了三条"在斗争中建设大寨县"。

1977年12月4日，茅盾给王解冲写了一封信：

解冲同志：

　　嘱写之题词兹写就奉上。字甚拙劣，未必能用，请斟酌为荷。匆匆并致革命的敬礼！

　　　　　　沈雁冰　十二月四日

　　附还油印说明一件

---

① 王解冲、李渭钫：《难忘的亲切会见》，《桐乡文艺》1981年5月。

茅盾为桐乡农业学大寨先进县展览题词连同这封信寄出以后，又收到王解冲、李渭钫 12 月 5 日联名写来的信，内容是二人向茅盾求字留作纪念。茅盾收到信后欣然同意，细致的茅盾为了弄清楚他们名字的正确写法，还于 12 月 7 日回信给王、李二位同乡：

> 解冲、渭钫同志：
>
> 　五日信悉。嘱写题词已挂号寄上，想已收到。来信要我写字留个纪念，自当如命。字极拙劣，当勉为之，日内杂事尚多，不能写。如能在你们回乡之前写就则甚好。又前日寄还之说明（油印）请寄一份来，此与照片对看，更能明白。又李同志大名是否渭钫？来信钫字不清楚，亦请便示。
>
> 　此致
> 敬礼！
>
> 　　　　　　　沈雁冰　十二月七日

这封信大概是茅盾在 12 月 7 日上午所写，这一天下午，茅盾有公务活动，去八宝山革命公墓参加中国科学院吴有训追悼会。当时，王解冲、李渭钫他们已经开始紧锣密鼓地在北京农展馆布展，桐乡县此时又派乌镇供销社的沈永和和县农业局的汤闻飞同志专人送来展览用的实物。王解冲他们收到茅盾 12 月 7 日信以后，立刻写信回复。

没过几天，大概在 12 月下旬，茅盾抽空为王解冲、李渭钫二人书写了两首《西江月》，内容是茅盾新写的，和这次与这两位故乡人交流的内容有关。李渭钫回忆说：“茅盾先生这两阙‘西江月’词是在我们拜访过后，他看到照片了解故乡的新貌之后，有感而发创作的，写的内容都跟故乡的历史底蕴和最新的发展建设相关，读起来非常亲切自然。”茅盾所写的这两幅书法作品，还根据两位家乡人的不同身份，有所侧重。

给李渭钫的一首是这样的：

唐代银杏宛在，昭明书室依稀，往昔风流嗟式微，历史经验记取。

解放花开灿烂，四凶霜冻百卉，抓纲治国布春晖，又见千红万紫。西江月

　　　　渭钫同志　两正　茅盾
　　　　一九七七年十二月　北京

给王解冲的一首是这样的：

新装改换旧垄阡，县委领导关键。

双季稻香洋溢，五茧蚕忙喧阗，工农子弟竟攻坚，那怕科技关险。西江月

　　　　解冲同志　两正　茅盾
　　　　一九七七年十二月　于北京

茅盾还在落款"茅盾"后盖上"茅盾"的印章。随后，茅盾写信给王解冲和李渭钫，告知二人要的字已经写好，请他们择时来取。这封信，就是《茅盾全集》没有收入的佚信，内容如下：

解冲、渭钫同志：

嘱书之小幅，已经写好，字殊拙劣，聊博一笑。暇时请来寓取去。近日忙于开会，本月廿九日上下午均有会，（今日明日均上午下午有会），三十一日后有数日闲，请于三十一日至明年元月二日之间来最好，事先电话联系，请打 44.4089 即可。匆此即颂

　　健康

　　沈雁冰　十二月廿七

信里讲的"近日忙于开会"的确是事实。茅盾写此信前后，会议日程都安排得非常紧，12 月 25 日、26 日，茅盾出席中共中央宣传部召开的"宣传文化界党内外人士"座谈会，茅盾不仅参加，而且

还在会上发言；26 日晚，茅盾出席中共中央宣传部和文化部为纪念毛泽东诞辰 84 周年举行的文艺晚会；27 日至 29 日，连续三天参加第四届全国政协第七次扩大会议并在会上发言。茅盾这封信正是在参加政协会议期间写的。

政协会议还没有结束，茅盾又出席了《人民文学》杂志编辑部召开的作家、诗人、文艺评论家、翻译家和文学编辑参加的大型座谈会，茅盾以全国文联副主席、中国作家协会主席的身份在会上讲话，其中让文艺界印象深刻、振聋发聩的那句"四人帮"不承认作家协会，"我们也不承认他们的反革命决定"的话，就是茅盾在这次大会上讲的。在这次大型座谈会上，茅盾解放思想，率先呼吁尽快恢复中国文联和文联各个协会的工作，扬文艺界拨乱反正的先声。

31 日上午，茅盾又出席《人民文学》在北京东城区海运仓总参第一招待所礼堂举行的文学工作者座谈会。会上，茅盾继续呼吁恢复文联和各个协会的工作，明确提出恢复《文艺报》的出版。此时，茅盾虽然已经 81 岁，但是他的讲话坚持实事求是的思想路线，发扬五四传统，焕发出五四精神的光芒。

王解冲和李渭钫收到茅盾 12 月 27 日来信后，据李渭钫回忆，他们于 1978 年元旦下午 4 时到交道口南三条 13 号茅盾家中拜访，取《西江月》词的条幅。这是二人第二次去茅盾家。这一次，茅盾让他们到书房里见面，而不是像第一次那样在会客室。王、李两位记得："第二次去看他时，相隔了二十多天，他的身体已经好转。在书房里谈话的时候，他只穿中式呢上衣，黑色棉裤和灯芯绒棉鞋，清瘦的脸面微微有了红色，气喘也听不到了，我们才有所宽慰，比较放心。"①据在北京一起筹备展览的桐乡县汤闻飞日记，1977 年元旦这一天，北京天气很冷，他和王解冲等人上午一起到天安门广场拍照，又去卢沟桥玩，在卢沟桥王解冲还给汤闻飞等拍照。下午李渭钫、王解冲就去了交道口茅盾家。

家乡人的来访令茅盾印象深刻，在 1978 年 5 月 16 日给表弟陈瑜

---

① 王解冲、李渭钫：《难忘的亲切会见》，《桐乡文艺》1981 年 5 月。

清的信中，茅盾还提到王、李两位家乡人的拜访，说："桐乡县委某及文化局某去年因公来京，曾到敝寓，谓旧居（即我为母亲修的四间平房，在观前街后进）占住者已迁出，并加修缮，略存原样。"①可见茅盾对故乡上述情况的了解，正来自王解冲和李渭钫拜访茅盾时的交流。

1978年5月，全国农业学大寨先进县展览会正式在北京农展馆举行，因为其中有桐乡县农业学大寨的先进事迹，有茅盾先生的题词，县委在1978年7月专门组织全县的公社书记到北京去参观全国农业学大寨先进事迹展览。当然，这是后话。

茅盾在1978年编选河北人民出版社出版的《茅盾诗词》时，没有修改这两首《西江月》词，后来，随着思想解放的进一步深化，茅盾在1980年下半年整理自己的诗词时，对这两首词重新做了修改定稿，将"大寨红花开遍"改为"祖国红花开遍"；另一首里的"抓纲治国布春晖"改为"天青雨过布春晖"。又将两首词分为"其一""其二"，并增加一个标题：《西江月·故乡新貌》。

其一

祖国红花开遍，故乡喜沾馀妍。新装改换旧垄阡，县委领导关键。

双季稻香洋溢，五茧蚕忙喧阗，工农子弟竟攻坚，那怕科技关险。

其二

唐代银杏宛在，昭明书室依稀，往昔风流嗟式微，历史经验记取。

解放花开灿烂，四凶霜冻百卉，天青雨过布春晖，又见千红万紫。

---

① 茅盾1978年5月16日致陈瑜清信。

这两首词经茅盾亲自修改定稿后，艺术性、思想性皆得到增强，年代感淡化不少。后来编入上海古籍出版社的《茅盾诗词集》，1985年用繁体字印行。

桐乡县当年进京代表浙江省参加全国农业学大寨先进县展览和家乡人两次拜访茅盾先生的这段往事、茅盾为故乡题写两首《西江月》的前前后后，如果没有李渭钫先生的这些照片和资料，恐怕不少人都已经忘记。

（原刊《新文学史料》2023 年第 3 期）

茅盾佚文《读〈红楼梦人物论〉》考释

田　丰[*]

摘　要　茅盾在红学研究方面有着深厚的造诣，在为数众多的红学界研究专家学者中，他与王昆仑交集相对较多。1948年1月王昆仑署名太愚的《红楼梦人物论》由国际文化服务社出版，单就目前所见当年共有4篇书评问世，其中明沙的《〈红楼梦人物论〉读后》和曹聚仁的《读〈红楼梦人物论〉》均已收入《红楼梦研究稀见资料汇编（下）》，然而还有一篇署名"玄"实应为茅盾所作的《读〈红楼梦人物论〉》一文却佚失已久，不仅未被收入《茅盾全集》及其他作品集，在茅盾年谱和传记中也未见提及。此佚文不仅有助于我们深入了解王昆仑的《红楼梦人物论》，而且可以借此知悉茅盾在20世纪40年代对于《红楼梦》研究所秉持的观念和态度，有着重要的史料价值。

关键词　茅盾；红楼梦；佚文；考释

身为著名文学家和批评家的茅盾在红学研究方面也有着相当的造诣，他不仅早年间即深入研读《红楼梦》来汲取艺术养分从事文学

---

*　作者单位：河南师范大学文学院。

创作①,而且撰写了诸多关乎《红楼梦》的题诗和研究文章②。不仅如此,1934年他还应约叙订了洁本《红楼梦》,并于1935年7月由开明书店出版。中华人民共和国成立后,茅盾积极参加红学界的活动,为推动红学研究作出了贡献。

在为数众多的红学界专家中,茅盾与王昆仑交集相对较多。早在20世纪20年代两人便已相识,三四十年代之交同为中苏文化协会重要成员(王昆仑先于1938年被选为该协会理事,1940年又担任常务理事,1939年茅盾担任中苏文化协会迪化分会第一任会长);1940年11月文化工作委员会(除主任委员、副主任委员外另设有10名专任委员和10名兼任委员)宣告成立,茅盾为专任委员,王昆仑为兼任委员;1945年9月1日,又在重庆一同出席中苏文化协会为庆祝中苏友好同盟条约签订而举行的鸡尾酒会;1979年《红楼梦学刊》

---

① 茅盾的记忆力十分惊人,以至于可以将《红楼梦》整本背出,这在文坛早已传为佳话。开明书店的章锡琛曾同郑振铎以一席酒为赌注打赌,并让钱君匋作证,"就在这个星期六,怎样?到那时任你要雁冰背那一回都可以"。到了约定时间,酒宴设在"开明"的楼上,同饮者共有十人,酒过三巡之后章锡琛提议让尚不知情的沈雁冰(茅盾)背诵一段《红楼梦》以助酒兴,郑振铎从书架上取出早已备好的《红楼梦》后随便指定一回,只听他不慌不忙地背诵起来,竟然一字一句分毫不差。郑振铎惊叹不已地说:"我倒不知道雁冰有这一手,背得实在好,一字不错。……我已经认输,今天这席酒由我请客出钱。"后来章锡琛还题诗一首以纪念这次酒会,"三岛归来近脱曼,西装革履帽遮颜。《红楼》赌酒全输却,疝气在身立久难。"(钱君匋:《忆章锡琛先生》,载《钱君匋论艺》,西泠印社1990年版,第270—272页)。

② 已收入《茅盾全集》的篇目有:《题〈红楼梦〉十二钗画册(二首)》《题〈红楼梦〉画页(四首)》《题赵丹白杨合作〈红楼梦〉菊花诗画册》(均收入《茅盾全集》第10卷),《〈红楼梦〉〈水浒〉〈儒林外史〉的奇辱!》(收入《茅盾全集》第18卷),《〈红楼梦〉(洁本)导言》(收入《茅盾全集》第20卷),《关于曹雪芹》《〈关于曹雪芹〉第三次修改后的几点说明》(均收入《茅盾全集》第27卷),等等。

创刊，两人同为顾问①；1980 年 7 月 30 日中国红楼梦学会在哈尔滨宣告成立，两人又同为首任名誉会长。

王昆仑笔名太愚，20 世纪 40 年代他自《花袭人论（红楼人物论之一）》②（1943 年 7 月 1 日《现代妇女》第 2 卷第 1 期）一文起，直至《贾宝玉的直感生活（续完）（红楼梦人物论之十六）》（1945 年 5 月《现代妇女》第 5 卷第 5 期）结束，共在《现代妇女》分 17 次发表了 12 篇人物论③。1948 年 1 月，经修改调整并增加新的篇目（共 19 篇）后正式结集为《红楼梦人物论》，并由国际文化服务社出版，该著作"既发展了它以前的《红楼梦》人物评论，也对它以后一些《红楼梦》人物评论产生过积极的影响，是四十年代红学研究的新收获"④。单就目前所见，《红楼梦人物论》出版当年共有 4 篇书

---

① 茅盾不仅为《红楼梦学刊》题写了刊名，还出席了 1979 年 5 月 20 日在北京四川饭店召开的《红楼梦学刊》编委会成立大会，他说："我非常赞成这项事业，是一个促进科学发展的大好事。学刊一年出四期，每期二十多万字，我相信不光在国内，对国外也会有影响。"（刘梦溪：《现代学人的信仰》，商务印书馆 2015 年版，第 259—260 页）不仅如此，他还在《红楼梦学刊》1980 年第 3 期发表了《追念吴恩裕同志》一文。

② 1980 年 1 月 24 日王昆仑为《红楼梦人物论》再版题词："一九四四年为重庆《现代妇女》陆续撰写此书，时正在炽烈的抗日战争中，今日能获孟君当年所存，未能完卷之遗书，应永存之。"（王昆仑：《红楼梦人物论·扉页》，生活·读书·新知三联书店 1983 年版，第 2 页）其中"一九四四年"有误，应为"一九四三年至一九四五年"。

③ 其中《薛宝钗论》分 2 次，《贾宝玉的直感生活》分 5 次刊完。依照各篇刊发先后顺序分别为：《花袭人论》（1943 年第 2 卷第 1 期）；《晴雯之死》（1943 年第 2 卷第 3 期）；《政治风度的探春》（1943 年第 2 卷第 4 期）；《红楼梦中三烈女：鸳鸯、司棋、尤三姐》（1943 年第 2 卷第 5 期）；《大观园中的逃世者：妙玉·惜春·紫鹃·芳官》（1943 年第 2 卷第 6 期）；《王熙凤论》（1944 年第 3 卷第 1 期）；《秦可卿之谜》（1944 年第 3 卷第 2/3 期）；《史湘云论》（1944 年第 3 卷第 4 期）；《薛宝钗论》（1944 年第 3 卷第 5 期和第 6 期）；《林黛玉的恋爱》（1944 年第 4 卷第 1 期）；《林黛玉之死》（1944 年第 4 卷第 2 期）；《贾宝玉的直感生活》（1944 年第 4 卷第 3/4、5/6 期、1945 年第 5 卷第 1 期、第 4 期、第 5 期）。

④ 《红楼梦学刊》编辑委员会：《深切哀悼王昆仑同志》，《红楼梦学刊》1985 年第 4 期。

评问世，包括署名"明沙"的《〈红楼梦人物论〉读后》（《现代妇女》1948 年第 11 卷第 4 期）和曹聚仁的《读〈红楼梦人物论〉》（先载于《前线日报》1948 年 3 月 12 日第 7 版，后又在《新书月刊》1948 年创刊号发表摘编），以及胡膺东的《〈红楼梦人物论〉读后》（《前线日报》1948 年 9 月 21 日第 4 版），其中前两篇文章已被收入由吕启祥、林东海主编的《红楼梦研究稀见资料汇编（下）》（人民文学出版社 2001 年出版）；此外还有一篇署名"玄"实应为茅盾所作的《读〈红楼梦人物论〉》，不仅未被收入《茅盾全集》及其他作品集，在茅盾年谱和传记中也未见提及。该文完成于 1948 年 6 月 3 日，距王昆仑《红楼梦人物论》出版仅半年，1948 年 7 月 15 日刊载于《读书与出版》第 7 期，全文如下：

读《红楼梦人物论》

玄

《红楼梦人物论》太愚著 国际文化服务社版

从来研究《红楼梦》的著作，倒有一大半是在猜谜，结果他们作出来的结论便不免流于"盲子摸象"。这原因是在于他们把《红楼梦》的政治性看得太浓厚了，遂至于穿凿附会，有时闹成大笑话。

"过河卒子"从查考《红楼梦》作者的身世入手，翻了旧案，居然以此成名起家，号称"整理国故"的大师。其实，论考据工夫，《红楼梦考证》比起《匡斋论诗》来，直如小巫之见大巫，然而闻一多先生在汉学方面的声名倒不及"过河卒子"，一半亦因"卒子"彼时尚未"过河"，因缘时会，善于自炫，而又一半亦是沾了《红楼梦》的光，——因为《红楼梦》既是伟大的文艺作品，考证它的文章自亦提高了身价，而况《红楼梦》又是一部老幼男女爱读的小说，考证它的文章自然也能拥有不少读者，而考证的作者也就扬了名了。这是根据市侩哲学——实验主义来看《红楼梦考证》所以能哄动一时的前因后果。

然而即在那时，《红楼梦》作者曹雪芹先生一定在地下愤愤不平道："你查考了半天，总算把我的籍贯履历查考出来了，你就沾沾自喜，比发见了新大陆还得意些；可是，你对于我这部著作本身，究竟说了几句话？从前那几位先生解释我书中的人物固然有牵强附会之处，但是他们到底是在研究我这部书的本身。我所以要写这部书，当然有我的思想要借书中人物来表现，并不是只想留待后人拿我的籍贯履历来考证一番就自以为尽了能事！早知百年后会产生你这样的投机份子，我当初就把我的籍贯履历写明在书里了！"

曹雪芹先生的九原之恨是有理由的，幸而，现在有了一位太愚先生写了一本《红楼梦人物论》，总算替他吐了这口气。"太愚"也是一个笔名，可惜"过河卒子"现在是"拼命"在做宁国府的焦大了，不然的话，再来"考证"一番，或许又是一椿"好买卖"。

闲话少说，书归正传。《红楼梦人物论》到底有什么特色呢？请读者自去仔细地体验罢。这里只想指出一二点，聊作介绍。

首先，《红楼梦人物论》并不把《红楼梦》机械地看作曹雪芹的自传，而把它作为封建社会开始崩坏时期一位敏感的天才作者思想矛盾的表现，而这思想矛盾的集中表现却在书中主人公的叛逆性（对旧统传【传统】的反抗）和对于女性的认识。贾宝玉在恋爱方面徘徊于灵肉之间，在"人物论"中有了颇为精辟的说明，这是从前的《红楼梦》研究者虽或触及而未尝深入的。

其次，"人物论"没有把表现在贾宝玉身上的思想矛盾孤立起来观察，而是把它放在围绕于贾宝玉身边的封建社会一切的勾心斗角的行动中来研究观察的。这是颇为重要的一点。这使得"人物论"虽然文章分立而全书依然一气呵成，自有始终一贯的脉络。"人物论"中第八（贾府的太太奶奶们），第十二（贾府的老爷少爷们），第十三（奴仆们的形象）等章，和其他专论宝钗、黛玉各章，具有同等的重要性。我们读了这几章，对于贾宝玉所处的这个环境（封建社会的缩影）有了明晰的理解，然后对于（贾宝玉的直感生活）（本书第十八章）和（贾宝玉的逃亡）（本书第十九章）也就不会空洞而模糊了。

最后，"人物论"又指出《红楼梦》这书的进步性及此进步性之限度。贾宝玉的反抗旧传统，及其思想矛盾，成为《红楼梦》的进步性的一面，（当然，书中无情地暴露封建社会之内部腐烂，也是属于进步性的一面的）；但是贾宝玉之终于把逃亡——出家，作为解决矛盾之道，便是《红楼梦》的进步性的限度。当然，这也是时代的限制。"从没落的贵族群中发现了彗星式的人物，一时光芒夺目，颇为惊人；到了他寂然陨落自然也动人怜惜。但是，昨晚的彗星究竟没有变成明晨的旭日，他除去灵感，真情，正义，并不具有从现实世界中创造新时代的力量。作者说那块石头经过锻炼，不过是些私生活的情感磨折；作者说那石头上被镌刻了字迹，不过是些女人的名字；于此他晓谕了我们，凡专凭直感反对现实的人物毕竟是不能改造现实的弱者，只有怀抱着'无才补天'，'枉入红尘'的悲痛以归幻灭而已。这也正是作者对于没落时代一种特异的没落典型创造之成功。"①（见"人物论"页三〇六）这就是说：作为一个现实主义的作家，曹雪芹是伟大的，但是作为一个从现在透视未来的思想家的作家，曹雪芹还不能超出中国士大夫传统的遁世主义的范围。

一九四八，六月三日

之所以认定该文出自茅盾之手理由有三：其一，首先，"玄"不仅是茅盾的常用笔名之一，而且自刊载于《文艺阵地》1938年第 1 卷第 9 期的《河内一郎》《大上海的一日》起频频用于书

---

① 此处引文中的个别字词及标点符号与原文略有出入，原文如下："从没后落【没落后】的贵族群中发现了彗星式的人物，一时光芒夺目，颇为惊人；到了他寂然陨落自然也动人怜惜。但是，昨夜的彗星究竟没有变成明晨的旭日；他除去灵感、真情、正义，并不具有从现实世界中创造新时代的力量。作者说那块石头经过锻炼，不过是些私生活的情感磨折；作者说那石头上被镌刻了字迹，不过是些女人的名字；于此他晓谕了我们，凡专凭直感反对现实的人物毕竟是不能改造现实的弱者，只有怀抱着'无才补天''枉入红尘'的悲痛以归幻灭而已。这也正是作者对于没落时代一种特异的没落典型创造之成功。"（太愚：《红楼梦人物论》，国际文化服务社 1948 年版，第 306—307 页）。

报述评①，这与本文的情形正相符。其次，单就目前所见，自 1942 年起至中华人民共和国成立，茅盾在刊发文章时除了若干篇目署"编者"外，"未明"（1943 年 7 月《"七七"感言》刊载于《现代妇女》第 2 卷第 1 期）、"雁冰"（1947 年 4 月 11 日《旅苏信札》二则刊载于《评论报》第 15 期，一署茅盾，一署雁冰）、"沈雁冰"（1949 年 9 月 24 日刊载于《人民日报》的《在中国人民政治协商会议第一届全体会议上的发言》一文署此名）各用过一次；其余除了"茅盾"外只使用过"玄"这一笔名，且均在 1948 年（其中即包括 1 篇书评），分别为《〈论批评〉及其他》（香港《文汇报》1948 年 9 月 23 日）、《〈论约瑟夫的外套〉读后感（书评）》（香港《文汇报》1948 年 9 月 30 日）。其二，前文已述，茅盾与王昆仑交集甚多，彼此熟识，并且茅盾对于《红楼梦》研究并不陌生，因此对王昆仑所著《红楼梦人物论》一书进行评论也在情理之中。不仅如此，文中所暴露的诸多观点也与茅盾此前此后所秉持的相一致，譬如他对胡适以"市侩哲学——实验主义"来研究《红楼梦》并不认同②，但又

---

① "玄"始见于《文学旬刊》1921 年第 9 期刊发的《这也有功于世道么?》一文，同期还有《棒与狗声》，用于书报述评的有以下篇目:《河内一郎》《大上海的一日》《从西北到西南》（《文艺阵地》1938 年第 1 卷第 9 期）、《北运河上》《中华女儿》《〈南洋周刊〉及其他》（《文艺阵地》1938 年第 1 卷第 10 期）、《大时代的插曲》《在汤阴火线》《西北高原与东南海滨》（《文艺阵地》1938 年第 1 卷第 12 期）、《战地书简》《士兵读物两种》《"孤岛"的新刊》（《文艺阵地》1938 年第 2 卷第 2 期）、《军民之间》《到明天》《诗时代》（《文艺阵地》1938 年第 2 卷第 3 期）、《忆兰州》（《笔谈》1941 年创刊号）、《我是劳动人民的儿子》《法兰西崩溃内幕》（《笔谈》1941 年第 2 期）、《生命在呼喊》（《笔谈》1941 年第 4 期）、《兄弟们》（《笔谈》1941 年第 6 期）、《〈论约瑟夫的外套〉读后感》（香港《文汇报》1948 年 9 月 30 日），等等。

② 茅盾在作于 1949 年 4 月 30 日的《还须准备长期而坚决的斗争》一文中即明确反对"美国式的自由生活方式以及美国作风的市侩文艺，市侩哲学"（茅盾:《还须准备长期而坚决的斗争》，《"五四"卅周年纪念专辑》，新华书店 1949 年版，第 40 页）。1963 年茅盾在《关于曹雪芹》一文中也曾说过:"胡适的以实用主义为指导思想的考证方法却披着科学的伪装，因而更能淆乱黑白，迷惑青年。"（茅盾:《关于曹雪芹》，载《茅盾全集》第 27 卷，人民文学出版社 1996 年版，第 92 页）。

对由胡适考证得出的曹雪芹家世的研究结论予以认同①；再如"作为一个现实主义的作家，曹雪芹是伟大的"② 与《〈红楼梦〉（洁本）导言》中所言的《红楼梦》"是一位作家有意地应用了写实主义的作品。所以从中国小说发达的过程上看来，《红楼梦》是一个新阶段的开始"③，以及《关于曹雪芹》一文中所说的"肯定《红楼梦》在现实主义创作方法上的高度成就"④ 均相吻合，等等。其三，此文刊发前不久，茅盾还在《读书与出版》1948 年第 5 期发表了《苏联的妇女与家庭》（署名茅盾，已收入《茅盾全集》第 17 卷），两文均在行文中大量使用放在括号内的说明文字，且都有 11 处，而同一时期刊载于《读书与出版》之上的其他作家作品并无此种情形出现。凡此种种，可以证明《读〈红楼梦人物论〉》当为茅盾所作。

透过此佚文不仅有助于我们深入了解王昆仑的《红楼梦人物论》，而且可以借此知悉茅盾在 20 世纪 40 年代对于《红楼梦》研究

---

① 茅盾在作于 1934 年 5 月的《〈红楼梦〉（洁本）导言》中就曾说过："所谓'石头'与空空道人等名目都是曹雪芹假托的缘起，这部书其实是曹雪芹做的。但曹雪芹的事迹家世，著书时代等等，却到最近，才由胡适之先生考定。"（茅盾：《〈红楼梦〉（洁本）导言》，载《茅盾全集》第 20 卷，人民文学出版社 1990 年版，第 512 页）。

② 单从写作手法上而言曹雪芹的《红楼梦》兼具现实主义和浪漫主义，但当时学界并未就此展开过讨论，也极少有人关注，因此并未达成共识。然而值得注意的是，茅盾对于这一问题不仅关注较早，而且独有所衷，始终将《红楼梦》归属于现实主义创作。1934 年他在叙订《〈红楼梦〉（洁本）》时私拟了三个"尽量删削"的原则，其中第一个便是要将富有浪漫主义色彩的"通灵宝玉""木石姻缘""金玉姻缘""警幻仙境"等"神话"删除，以便彰显现实主义精神。在他看来，这些"神话""无非是曹雪芹的烟幕弹，而'太虚幻境'里的'金陵十二钗'正副册以及'红楼梦新曲'十二支等等'宿命论'又是曹雪芹的逋逃薮，放在'写实精神'颇见浓厚的全书中，很不调和，论文章亦未见精采，在下就大胆将它全部割去。"（茅盾：《〈红楼梦〉（洁本）导言》，载《茅盾全集》第 20 卷，人民文学出版社 1990 年版，第 519 页）。

③ 茅盾：《〈红楼梦〉（洁本）导言》，载《茅盾全集》第 20 卷，人民文学出版社 1990 年版，第 517 页。

④ 茅盾：《关于曹雪芹》，载《茅盾全集》第 27 卷，人民文学出版社 1990 年版，第 92、92 页。

所秉持的观念和态度，有着重要的史料价值。从中可以见出，茅盾不但对"倒有一大半是在猜谜"的索隐派旧红学持批评态度，而且对曾自称"过河卒子"①的胡适所开创的自传派新红学也不认同。他认为前者近乎"盲子摸象"，将《红楼梦》的政治性看得过于浓厚而导致穿凿附会，甚而时常闹出大笑话，后者虽然能够轰动一时，但视野过于狭窄，专注于考证《红楼梦》作者曹雪芹的籍贯履历而忽视了对于著作本身的研究。相较而言，茅盾对于胡适的自传派新红学更为不满，认为"从前那几位先生解释我书中的人物固然有牵强附会之处，但是他们到底是在研究我这部书的本身"，进而毫不客气地将胡适指斥为"投机份子"。茅盾的这一态度在作于1963年的《关于曹雪芹——纪念曹雪芹逝世二百周年》一文中也有所显现，他认为："平心论之，索隐派着眼于探索《红楼梦》之政治、社会的意义，还是看对了的。而以胡适为首的自传体派则完全抹煞了《红楼梦》之政治的意义，又大大缩小了《红楼梦》之社会的意义。"②

茅盾之所以对当时红学研究的两大派别索隐派旧红学和自传派新红学都持有异议，而唯独对王昆仑的《红楼梦人物论》倍加推崇，究其根底源自于无论索隐派旧红学还是自传派新红学在观念上都是唯心主义的，而王昆仑的《红楼梦人物论》不仅是中国红学研究史上第一部专门论述《红楼梦》人物的专著，同时也是"最早试图用历史唯物主义观点来研究《红楼梦》的专著"③。茅盾对于运用唯物史观解读《红楼梦》始终寄予厚望，直到晚年也不易其志，1980年他在赠给国际《红楼梦》研讨会发起人美国威斯康星大学周策纵教授的七律中即这样写道："百家红学见仁智，一代奇书讼伪真。唯物史

---

① "过河卒子"之说源自胡适本人，1938年10月31日他送小照给陈光甫，题字道："偶有几茎白发，心情微近中年。做了过河卒子，只能拼命向前。"（耿云志：《胡适年谱（1891—1962）》，福建教育出版社2012年版，第223页）。

② 茅盾：《关于曹雪芹》，载《茅盾全集》第27卷，人民文学出版社1990年版，第92页。

③ 张柠主编：《中国当代文学编年史》第2卷，山东文艺出版社2012年版，第95页。

观精剖析，浮云净扫海天新。"① 有意味的是，透过文中"过河卒子"
"《红楼梦考证》""'整理国故'的大师"等字眼明显可以见出茅盾
将批评的矛头指向了自传派新红学的开创者胡适，但始终没有在文中
点名道姓。不无巧合的是，时隔 15 年后茅盾在《关于曹雪芹》一文
的初稿中也"不点名胡适"。为此，1963 年 6 月 3 日，邵荃麟在致茅
盾的信中专门提出"这里是否可以把胡适点明，把胡适的谬论再驳
一下，因为过了十年，许多青年对这点已经不甚清楚了"②。1963 年
6 月 6 日，茅盾在回信中对此作了一番详细解释，"拙文初稿不点名
胡适。当初考虑，胡适影响今天似已不大，或者很小，且其人已死，
甚至在台湾他的门徒也只是装门面逢周年纪念一下而已；现在在拙文
中揪出他来'再驳一下'，是把他看得太重要了，而且有'打活死老
虎'（无锡谚语）之病。但我不坚持不点名胡适。因此，已在拙文中
作了修改、补充；那也只是结论式地点一下，而不是像一九五五年大
辩论时把他的观点摆出来然后一一驳之。因为，如果这样做，会成为
喧宾夺主，于拙文体式不合，而且将使拙文很长——如果也相应增加
其他方面以求平衡的话。"③ 虽然茅盾撰写《读〈红楼梦人物论〉》
时的语境与之有所不同，但也同样有着不把胡适"看得太重要"而
不予点名之意。

（原刊《红楼梦学刊》2023 年第 2 期）

① 刘梦溪：《茅盾同志与红学》，《红楼梦学刊》1981 年第 3 期。
② 邵荃麟：《邵荃麟致茅盾（1963 年 6 月 3 日）》，载《尘封的记忆——茅盾友朋手札》，文汇出版社 2004 年版，第 5、8 页。
③ 邵荃麟：《邵荃麟致茅盾（1963 年 6 月 3 日）》，载《尘封的记忆——茅盾友朋手札》，文汇出版社 2004 年版，第 5、8 页。

六 域外视野

论茅盾短篇小说之英文
翻译史若干问题

北 塔*

摘 要 到目前为止，关于茅盾文学作品外译研究的文章还不多，关于短篇小说外译研究的尤其少。有的文章涉及茅盾短篇小说被翻译成多国文字的情况，没有聚焦于短篇小说被翻译成英文；有的是关于茅盾各种体裁文学作品之英译及其研究情况，没有专论短篇小说被翻译成英文；还有的是关于茅盾某一个短篇小说之英译的研究。文章考论并补正了茅盾短篇小说英译史及有关论述中存在的诸多问题，是关于茅盾短篇小说总体被翻译成英文历史状况的专论。

关键词 茅盾；短篇小说；英文翻译；史论

2015 年 7 月，田佳在她的《茅盾文学作品英译研究综述》一文中说，截至 2015 年 5 月 21 日，她以中国知网为数据库进行全面搜索，发现有关茅盾作品英译研究的论文共有 15 篇，其中关于茅盾短篇小说的英译研究论文，只有何珊的《从语境角度论〈林家铺子〉的等效翻译》、高阳的《小说〈春蚕〉翻译的反思性研究报告》和张心虎的《〈大鼻子的故事〉英语报告》，其余的论文都是对长篇小说《子夜》和散文《白杨礼赞》等的研究。①

2015 年 9 月，田佳又发表《茅盾文学作品英译概述》一文。她

---

* 作者简介：北塔，1969 年出生，男，本名徐伟锋，苏州吴江人，中国现代文学馆研究员，中国茅盾研究会理事。

① 田佳：《茅盾文学作品英译研究综述》，《海外英语》2015 年第 13 期。

利用互联网数据库，比较全面地搜集了茅盾文学作品英译的基本信息，如哪些作品由谁翻译为英文，发表于哪里等。作者专门制作了《茅盾文学作品英译本一览表》，比较丰富、详细、准确。[①] 但是，此文过于倚重互联网数据库，而对文献资料的采集有所不周。因此，文中关于新中国成立前茅盾短篇小说英译情况的介绍尚有欠缺甚至错讹。比如，田佳没有提及 20 世纪 30 年代伊罗生在其主编的英文书刊中采用茅盾短篇小说的情况，也没有提及 1947 年 1 月王际真（Wang Chi-Chen）编译的由美国哥伦比亚大学出版社推出的英文中国短篇小说选《中国战时小说》（*Stories of China at War*）中收入茅盾的短篇小说《报施》（英文名为"Heaven Has Eyes"）。后来，黄勤和刘倩茹（2020）师徒还对《报施》王际真英译本做过专门的研究。[②] 田佳的表格里虽然列出了王际真更早时候编译出版的《当代中国小说》（*Contemporary Chinese Stories*）以及其中收入的《春蚕》（*Spring Silkworms*），但她没有标出出版社（哥伦比亚大学出版社），也没有标出出版年月（1944 年 1 月）。

笔者无意于搜集并罗列 2015 年之后茅盾短篇小说的英译及其研究信息。本文重点拟对茅盾短篇小说英译历史上以讹传讹的说法予以辨正，对付诸阙如但有必要考索的信息予以补充，以求正于方家。

一　问题的提出

关于茅盾短篇小说在国外被译介、研究的综合情况，较早的有老一辈茅盾研究专家李岫教授发表于 1985 年的专文——《评国外对茅盾短篇小说的研究——〈茅盾研究在国外〉一书编余札记》（以下简称《札记》），主要谈国外对茅盾短篇小说的研究，文章第一部分谈

---

① 田佳：《茅盾文学作品英译概述》，《重庆第二师范学院学报》2015 年第 5 期。

② 黄勤、刘倩茹：《关联理论视角下茅盾小说〈报施〉王际真英译本探析》，《天津外国语大学学报》2020 年第 4 期。

的是茅盾短篇小说的译介情况。李岫《札记》比较详细，另有一本
《茅盾研究在国外》的专著，其中长序《半个世纪以来国外茅盾研究
概述》中的有关段落与《札记》中的文字基本相同，详细介绍了矛
盾小说译成英文的情况，其中有颇多值得我们补正的信息，可以概括
为八个问题：茅盾最早被译成外文的作品是短篇小说《喜剧》吗？
《喜剧》的译者乔治·肯尼迪何许人也？《中国论坛》于 1931 年 1 月
创刊吗？《喜剧》英译在美国的《今日中国》杂志上重新登载的时间
是 1933 年吗？《草鞋脚》中只选了茅盾的一篇作品《春蚕》吗？李
岫在这里所提到的《春蚕》、《秋收》、《船上》、《小巫》、《赵先生想
不通》、《林家铺子》等的早期译者是谁？1935 年《泥泞》、《自杀》
是埃德加·斯诺译成英文的吗？1985 年之前，除了以上篇目，茅盾
是否还有别的短篇小说曾被翻译为英文及这些译文质量如何评价？这
些问题无论大小，带有学术性或舛讹性，在此笔者力图通过梳理史料
予以一一辨正。

二　茅盾最早被译成外文的作品考

李岫说茅盾"最早译成外文的是短篇小说《喜剧》"，之前她在
序中也说："《喜剧》……由乔治·肯尼迪（George. A. Kennedy）译
成英文，刊登在 1932 年 6 月 18 日上海出版的《中国论坛》（*China
Forum*）上。这是我们迄今见到的最早的译文"。1993 年的《简明茅
盾词典》列有专门词条"茅盾研究在国外"照抄此说。（李标晶、王
嘉良，1993）① 直到 2011 年 4 月 12 日，在浙江桐乡举行的纪念茅盾
先生逝世三十周年全国茅盾研究学术研讨会上，李岫做主题报告
《不可磨灭的历史贡献》还是坚持这个看法，她说"茅盾的创作译成
外文最早的是 1931 年译成英文的《喜剧》"。

---

① 李标晶、王嘉良主编：《简明茅盾词典》，甘肃教育出版社 1993 年版，
第 103 页。

但不止一人持有不同观点。田佳 (2015)① 《茅盾文学作品英译本一览表》中有这样一行："野蔷薇 萧乾 Wild Roses《中国简报》(China in Brief) 1931"。意思是，早在 1931 年——比乔治·肯尼迪翻译发表短篇小说《喜剧》还早一年，萧乾就翻译发表了《野蔷薇》。因此，田佳说萧乾是"最早将茅盾作品翻译为英语的译者。"② 田佳没有亲眼见过《中国简报》，她的这个说法可能来自萧乾的夫人文洁若③。在李岫发表报告《不可磨灭的历史贡献》约 10 年前，即 2002 年，文洁若在《萧乾作品选·序言》中写道："目前珍藏于中国现代文学馆的《中国简报》是一份英文周刊，创刊号发行于 1931 年 6 月 1 日，第 8 期则于 7 月 29 日与读者见面……现存的《中国简报》一至八期，译载了鲁迅的《聪明人、傻子和奴才》《野草》，郭沫若的《落叶》，茅盾的《野蔷薇》《从牯岭到东京》……还对这些名作一一作了粗浅的评介。除上述大家外，还译了一些《二月二来龙抬头》一类民间文艺作品，均出自萧乾之笔。"④ 之前，李辉也有类似的说法，他在《安澜、萧乾与〈中国简报〉》一文中说："第 7 期以通栏标题《描写中国中层阶级的左拉式的文学》介绍了茅盾的创作，选译了茅盾的《野蔷薇》和《从牯岭到东京》片断。"⑤

他们在这里列举作品的方式不合逻辑。《野草》是鲁迅创作的一部散文诗集，收录 1924 年至 1926 年间所作散文诗 23 篇，《聪明人、傻子和奴才》是其中一篇，不能与总题名《野草》并列。把《野蔷薇》和《从牯岭到东京》并列也不妥，这似乎说《野蔷薇》和《从牯岭到东京》一样，也是单篇作品；事实上，《野蔷薇》是茅盾最早的短篇小说集，1929 年 7 月由上海大江书铺初版印行，内收茅盾 1928 至 1929 年的五篇小说，分别为《创造》《自杀》《一个女性》

---

① 田佳：《茅盾文学作品英译研究综述》，《海外英语》2015 年第 7 期。

② 田佳：《茅盾文学作品英译概述》，《重庆第二师范学院学报》2015 年第 5 期。

③ 文洁若：《萧乾作品选·序言》，《书屋》2002 年第 5 期。

④ 文洁若：《萧乾作品选·序言》，《书屋》2002 年第 5 期。

⑤ 李辉：《安澜、萧乾与〈中国简报〉》，《新文学史料》1988 年第 3 期。

《诗与散文》《昙》。萧乾只选译了其中的个别作品。

那么，萧乾选译了《野蔷薇》中的什么作品呢？杨昌溪在《西人眼中的茅盾》一文中说："《中国简报》（第 7 期）说茅盾的作品是为中国中等阶级而创作的'左拉主义者的文学'（Zolaist Literature）……他还节译了《野蔷薇》结集中的《创造》……"。[①] 但是，杨昌溪通篇没有点出评论和翻译茅盾作品的人的名字。不过，从上面所引文洁若的话可以推断就是萧乾。也就是说，萧乾在 1931 年 7 月第 7 期《中国简报》上发表了《创造》的英译。按照文洁若、李辉、杨昌溪、田佳等人的说法，最早把茅盾作品翻译成英文并发表的不是美国人乔治·肯尼迪，而是中国人萧乾；茅盾最早被译成外文的作品不是《喜剧》，而是茅盾的小说处女作《创造》。事实果真如此吗？

笔者再三检视《中国简报》原件，发现其中有蹊跷。在第 7 期第 4 页上，确实有英文单词"Creation"，位置居中，字体又大又黑，很像是某篇作品的标题，而且旁边还有"创造"和"野蔷薇"这两个汉语词汇的手写体，是萧乾本人的笔迹。假如萧乾发表的是《创造》的英译，那么，题目下就应该是这篇小说的正文，哪怕不是从头开始（假如是节译的话）。但是，我们看到的是这样两句："A short story included in Mao Dun's volume 'Wild Roses'. Here it is summarized, usually in phrases from the story itself." 意思是："这是收入茅盾作品集《野蔷薇》的一篇小说。这里是根据小说本身所作的梗概或概述。"笔者一一核对了接下来的几段英文，尽管也微量引用了原文，但整体上看确实不是对原文的翻译，而是根据原文有关内容所作的概述。也就是说，萧乾在 1931 年 7 月第 7 期《中国简报》上发表的只是他"撰写"的茅盾小说处女作《创造》的英文梗概，而不是"翻译"。

因此，最早把茅盾小说翻译成英文并发表的还是美国人乔治·肯

---

① 杨昌溪：《西人眼中的茅盾》，载伏志英《茅盾评传》，上海现代书局 1931 年版；李岫编：《茅盾研究在国外》，湖南人民出版社 1984 年版，第 375、378 页。

尼迪，而不是中国人萧乾；茅盾最早被译成外文的小说作品是《喜剧》，而不是其处女作《创造》。①

三 翻译《喜剧》的乔治·肯尼迪人物考

李岫只提到乔治·肯尼迪这个人的名字。《茅盾研究在国外》一书有一篇戈宝权先生写的长序，题为《谈茅盾对世界文学所作出的重大贡献》，其中说到乔治·肯尼迪，连英文名都没有写出来。②

乔治·肯尼迪（George Alexander Kennedy，1901—1960）是美国的汉学家。中文名金守拙，英文维基百科中有他的词条。他曾经研究中国古典文学，其发表的第一篇重要论文是《〈诗经〉中格律的不规律性》（"Metrical Irregularity in the Shih Ching"），登载于1939年的《美国东方学会会刊》（*Journal of the American Oriental Society*）第60期。

乔治·肯尼迪1901年5月1日出生于浙江省的莫干山。当时他的父母作为基督教新教徒在当地传教。1918年，其父兄相继离世，悲痛欲绝的母亲遂带他返回美国，入读俄亥俄州的伍斯特学院（the College of Wooster）。1926年回到中国，在上海教授英文和中文。1932年离开中国，前往柏林大学继续深造中文和蒙古文。因此我们可以断定，乔治·肯尼迪是在去德国之前翻译《喜剧》的。他从小就说莫干山区的吴方言，翻译茅盾用浙北吴方言写的作品，可谓恰逢其人、得心应手。

英文版《草鞋脚》收入了鲁迅的5篇作品，即《狂人日记》《孔乙己》《药》《风波》《伤逝》，也是由金守拙翻译的。金守拙还有一

---

① 李岫在《评国外对茅盾短篇小说的研究——〈茅盾研究在国外〉一书编余札记》一书中说："最早译成外文的是短篇小说《喜剧》。《喜剧》写于1931年，次年由乔治·肯尼迪（George. A. Kennedy）译成英文，载于1932年6月18日出版的《中国论坛》上。"见《浙江学刊》1985年第3期。

② 戈宝权：《谈茅盾对世界文学所作出的重大贡献》，载李岫编《茅盾研究在国外》，湖南人民出版社1984年版，第13页。

个煞是有趣的笔名——水泥。20世纪30年代中期,艾格尼丝·史沫特莱作序的英文版《中国短篇小说》分别由纽约的国际书店(International Publishers)、伦敦的马丁·劳伦斯出版社(Martin Lawrence)、莫斯科的苏联外国工作者合作出版社(Cooperative Publishing Society of Foreign Workers in the USSR)出版,成为"第一部中国革命小说译文集"。英译者署名为"Cze Ming-ting"。"Cze Ming-ting"是上海话"水门汀"的音译,而"水门汀"则是英文单词"cement"的音译,意思是"水泥"。据说,"Cze Ming-ting""实为彼时上海租界区中文教师乔治·肯尼迪的笔名。"(吕黎,2018)①

四 《喜剧》英译在美国《今日中国》杂志转载时间考

关于《喜剧》在美国《今日中国》杂志重新登载的时间,李岫(1984)在这里说的是1933年。而她在自己写的《茅盾研究在国外》的长序中又说是1934年,即"《喜剧》……由乔治·肯尼迪(George. A. Kennedy)译成英文,刊登在1932年6月18日上海出版的《中国论坛》(China Forum)上……两年后又在美国的《今日中国》(China Today)重新登载。"② 这个说法跟戈宝权在此书序中的说法一致:"两年后,这篇译文又在美国出版的英文《今日中国》上转载。"③ 李岫序的落款时间是1983年5月10日,戈宝权的序落款时间则是1984年4月12日。

那么,这个转载的时间到底是1933年还是1934年?笔者推断是1934年。李岫之所以说是1933年,可能是因为她先是误以为《中国论坛》周刊创刊于"1931年1月",再往后推两年自然是1933年。笔者此处之所以加上"周刊"二字,是因为它创刊时的设想是周刊,

---

① 吕黎:《以源语为中心的〈中国短篇小说〉英译策略及其命运》,《广东外语外贸大学学报》2018年第1期。

② 李岫编:《茅盾研究在国外》,湖南人民出版社1984年版,第28页。

③ 戈宝权:《谈茅盾对世界文学所作出的重大贡献》,载李岫编《茅盾研究在国外》,湖南人民出版社1984年版,第13页。

后来不定期发行，更重要的是为了区别于其他同名刊物。

然而事实上，《中国论坛》创刊时间是 1932 年 1 月，比李岫所说整整晚一年。茅盾在中文版《草鞋脚》的序《关于〈草鞋脚〉》中说"伊罗生是美国人……于 1932 年 1 月创办了英文期刊《中国论坛》。"① 孔海珠在《伊罗生主编〈中国论坛〉的变故——从共产国际绝密档案说起》一文开头说："《中国论坛》1932 年 1 月 13 日在上海法租界创刊".② 百度百科中关于"《中国论坛》周刊"的词条也说："1932 年 1 月 13 日在上海创刊，美国记者伊罗生主编"。

笔者之所以推断是 1934 年而不是 1933 年，还有一条反向的证据。《今日中国》是在《中国论坛》停刊后才在美国创办的。吕黎在《以源语为中心的〈中国短篇小说〉英译策略及其命运》一文中说："在《中国论坛》停刊后，中国共产党人和美共合办了《中国呼声》（*The Voice of China*），由美国共产党员组成的中国人民的美国友人会（American Friends of the Chinese People）创办了《今日中国》（*China Today*）。这两份英文刊物也都集中刊载了中国左翼文学英译作品，是早期译介中国现代小说的主要期刊，其中刊载的翻译作品也是为了实现同样功能。"《中国论坛》最后一期出版于 1934 年 1 月 13 日，即《今日中国》是在这个时间之后才创刊的，不可能在 1933 年就登载作品。

综上所述，笔者的结论是：《中国论坛》创刊时间是 1932 年，《喜剧》在美国的《今日中国》（*China Today*）转载的时间是 1934 年。

五　英文版《草鞋脚》收录茅盾的
短篇小说篇数考

戈宝权在《谈茅盾对世界文学所作出的重大贡献》中说："美国

---

① 鲁迅、茅盾选编：《草鞋脚》，湖南人民出版社 1982 年版，第 3 页。

② 孔海珠：《伊罗生主编〈中国论坛〉的变故——从共产国际绝密档案说起》，《档案春秋》2016 年第 9 期。

作家和记者伊罗生在 1934 年编辑现代中国短篇小说集《草鞋脚》时，又选译了茅盾的短篇小说《春蚕》和《秋收》"。按照戈宝权的说法，英文版《草鞋脚》收录茅盾的短篇小说不是一篇，而是两篇。照理说，作为主编的李岫肯定读过戈宝权给她编的书所写的序，但是她没有采用戈的说法，应该是她隐约感觉到戈的说法有问题。那么，《草鞋脚》实际上收录茅盾的短篇小说到底是几篇呢？

戈序写于 1984 年 4 月。奇怪的是，戈在写此序时竟然忘了他自己在 5 年前的另一个说法。他在《谈在美国新发现的鲁迅和茅盾的手稿》一文中比较详细地讨论了英文版《草鞋脚》的编辑事宜，明确地说："茅盾原建议把他的《秋收》去掉，只保留《春蚕》和《喜剧》。实际上三篇都采用了。"[①] 戈在写序时可能没有翻看一下自己的旧文，而光凭记忆下了结论。

关于"建议"和"采用"的原委是这样的：为了选编《草鞋脚》集子里的篇目，伊罗生在上海时专门去鲁迅府上拜访、讨教。选目初稿由茅盾拟定、鲁迅审定之后，寄给已经到了北京的伊罗生。茅盾初拟选目中自己的作品是《大泽乡》和《春蚕》两篇，但伊罗生认为，茅盾在中国文学界的地位仅次于鲁迅，既然鲁迅的作品选了 5 篇，茅盾的作品至少得有 3 篇。他遂向茅盾提出选《春蚕》《秋收》《喜剧》。茅盾在 1934 年 7 月 14 日给伊罗生的回信中认为他的作品"已经占据了不少篇幅"，提议将自己的《秋收》去掉，只存《春蚕》和《喜剧》。不过伊罗生最终还是坚持己见，把 3 篇全部收入。

综上所述，英文版《草鞋脚》中收入茅盾的作品是三篇——《春蚕》《秋收》《喜剧》，而且是伊罗生一开始就选定的。

六 《春蚕》英文译者考

茅盾在给伊罗生写信所附选目中说"春蚕（已译）"。这说明，早

---

① 戈宝权:《谈在美国新发现的鲁迅和茅盾的手稿》,《文献》1979 年第 2 期。

在1934年《春蚕》已经有了英文翻译。在英文版《草鞋脚》中，只在《喜剧》第一页的页脚署译者信息："translated by George. A. Kennedy"（金守拙译），其余两篇《春蚕》《秋收》均未署译者名。

戈宝权在《谈茅盾对世界文学所作出的重大贡献》中说："美国作家和记者伊罗生在1934年编辑现代中国短篇小说集《草鞋脚》时，又选译了茅盾的短篇小说《春蚕》和《秋收》"。这样的上下文容易让读者误以为伊罗生本人译了《春蚕》和《秋收》，但他其实基本上不懂中文，不可能翻译文学作品。

那么《春蚕》《秋收》的译者是谁呢？李岫在《茅盾研究在国外》的长序中说，"稍后，农村三部曲中的《春蚕》由王际真（Wang Chi-Chen）译成英文发表在伊萨克斯编的《当代》（Contemporary）上"。① 伊萨克斯是伊罗生英文姓氏（Issacs）的音译。戈宝权在序中也说是王际真。"稍后，王际真又将茅盾的农村三部曲中的《春蚕》译成英文，发表在伊罗生主编的《当代》杂志上。"由此可知，《春蚕》的英文译者应该是大翻译家王际真。后来王际真还把他翻译的《春蚕》收入他自己编选的英文版《当代中国小说集》（Contemporary Chinese Stories），纽约哥伦比亚大学出版社，1944年。那么，那时《秋收》《船上》《小巫》《赵先生想不通》《林家铺子》等又是谁翻译的呢？发表于何处？这需要进一步考索。

七　《泥泞》《自杀》英文译者考

《泥泞》《自杀》被收入英文版《活的中国：现代中国短篇小说集》，1936年由伦敦乔治·G. 哈拉普有限公司出版。李岫说"1935年，《泥泞》、《自杀》被译成英文，译者就是美国著名作家、记者埃德加·斯诺。"译者信息是错误的，斯诺只是这部书的编选者和译文的审校者，而不是译者，《活的中国：现代中国短篇小说集》一书封面上没有译者信息，不过，明确标注斯诺编而非译，真正的译者是姚

① 李岫编:《茅盾研究在国外》，湖南人民出版社1984年版，第28页。

莘农、萧乾、杨刚这三位当时中国英文极好的年轻作家。其中萧乾所做的工作最多，不仅主持初选，而且翻译了其中大部分作品，包括茅盾的《泥泞》和《自杀》。田佳《茅盾文学作品英译概述》中说："萧乾还参与了 *Living China-Modern Chinese Short Stories* 一书的编选、翻译工作。此书是由 Edgar Snow 所编，耗时五年之久，意在把中国的文学作品，尤其是'五四'以来的新文学介绍给广大的西方读者。书中译载了鲁迅、茅盾、巴金、丁玲、林语堂、沈从文、郁达夫等一大批中国现代优秀作家的作品，其中茅盾的两篇短篇小说《自杀》和《泥泞》就是由当时就读于燕京大学新闻系的学生——萧乾所翻译的。"

顺便说一下，其中《自杀》又曾由赵景深译成英文，收入其编注译的英汉双语版《现代中国小说选》，北新书局，1946 年。

八　茅盾其他短篇小说英文翻译考

在李岫发表《评国外对茅盾短篇小说的研究——〈茅盾研究在国外〉一书编余札记》（1985 年）之前，除了她在文中所列举的 9 篇之外，还有大量茅盾的短篇小说被翻译为英文，包括英文短篇小说专集的出版。笔者以田佳所列《茅盾文学作品英译本一览表》为基础，补以其他史料，以时间先后为序，选取比较重要的作品罗列如下。

1. 《创造》，萧乾英译，发表于《中国简报》第 7 期，1931 年 7 月。前面已有论述。

2. 《残冬》与《春蚕》《秋收》一起，叶君健翻译，发表于叶君健编、译《三季及其它小说》（*Three Seasons and Other Stories*），伦敦斯特普尔斯（Staples）公司出版。

"三季"指的就是《农村三部曲》，因此田佳说："茅盾所有的文学作品中，英译本数量最多的当属《农村三部曲》了。它包括《春蚕》《秋收》《残冬》这三部短篇小说，最早由 Chün-chien Yeh 所翻译，与其他一些短篇小说一同以小说集的形式对外发行。"① 另外，她居然不知道 Chün-chien Yeh 就是大名鼎鼎的叶君健的英文名。她在《茅盾文学作品英译本一览表》中写了所谓"小说集"的书名，却没有译成中文。

汪璧辉在《英语世界的中国现当代乡土小说译介：特征与反思》一文中把人名和书名都翻译了："在英国仅出版了一部合译集，即叶君健编译的《三季及其他小说》，1948 年由伦敦的 Staples 公司出版，译介了茅盾的《农村三部曲》"② 不过，汪把出版年份直接定为"1948 年"，而田佳的一览表中标为"（1946）1947"，即出版年份是1946 年或 1947 年，而不是 1948 年。孰是孰非？这个恐怕还得细考。

3.《报施》（标题被改译为 Heaven has eyes——《老天有眼》），王际真译，发表于王际真编译《中国战时小说》（*Stories of China at War*），纽约哥伦比亚大学出版社，1947 年。

以上是新中国成立前的情况。新中国成立后，茅盾短篇小说的英文翻译更成规模，出现了专著。比如：

（1）《春蚕及其它小说》（*Spring Silkworms, and Other Stories*），沙博理（Shapiro）翻译。由符家钦与廖旭和（1956）执笔的本书"序言"开篇说："本书是中国现代著名作家茅盾的短篇小说选集。全书包括小说十三篇。"③

这 13 篇是《春蚕》《秋收》《残冬》《小巫》《林家铺子》《右第二章》《大鼻子的故事》《儿子开会去了》《赵先生想不通》《一个真正的中国人》《委屈》《第一个半天的工作》《大泽乡》。其中李岫没有提到的达八篇之多：《残冬》《右第二章》《大鼻子的故事》《儿子开会去了》《一个真正的中国人》《挫折》《第一个半天的工作》《大泽乡》。

---

① 田佳：《茅盾文学作品英译概述》，《重庆第二师范学院学报》2015 年第5 期。

② 汪璧辉：《英语世界的中国现当代乡土小说译介：特征与反思》，《外语与翻译》2020 年第 4 期。

③ 茅盾：《春蚕及其它小说》，北京外文出版社 1956 年版。

（2）英文版《茅盾选集》，1981年北京外文出版社。茅盾在"自序"中说："外文出版社拟翻译出版我的作品选集，分4卷，约120万字左右。第一卷为长篇小说《蚀》、《虹》，第二卷为长篇小说《子夜》，第三卷为长篇小说《腐蚀》和剧本《清明前后》，第四卷为短篇小说集……第四卷共收短篇小说二十七篇。"① 茅盾一生创作的短篇小说共计50余篇，此卷收入相当于一半，是目前为止他的短篇小说被翻译出版最多的一次。

九　结论

除了长篇小说杰作《子夜》，茅盾最重要的创作是短篇小说；其短篇小说很早就被翻译成英文，而且在不同历史时期反复被翻译，有的译文影响大，有的译文默默无闻。可以说，茅盾短篇小说之英文翻译史呈现出纷繁复杂的局面。因此，论者会有一些不准确或不完整的说法。笔者通过此番考证，希望对读者了解有关问题有所助益。

（原刊《泰山学院学报》2023年第1期）

---

① 李岫编：《茅盾研究在国外》，湖南人民出版社1984年版，第86页。

茅盾译作中的副文本研究[*]

刘金龙[**]

摘　要　茅盾是我国现代翻译文学史上著名的翻译家，不仅翻译成果丰硕，而且对翻译的思考也非常深入系统。茅盾翻译活动中的一个显著特征就是副文本策略的广泛运用。本文以茅盾之子韦韬主编的《茅盾译文全集》为研究对象，着重考察与茅盾翻译主体选择密切相关的译序、署名和注释三种内副文本类型，并从服务译作的读者阅读、呈现译者的翻译思想和揭示时代的翻译规范三方面分析其译作副文本的功能。茅盾译作副文本对促进其译作的接受与传播具有助力。对茅盾译作副文本进行考察，不仅有助于更加全面、系统地总结其翻译思想，而且对其他翻译家研究也具有借鉴意义。

关键词　茅盾；文学翻译；副文本；翻译思想

一　引言

"副文本"（paratext）概念由法国文学理论家热拉尔·热奈特（Gérard Genette，1930—2018）于20世纪70年代提出，指的是"围绕在文学作品周围，在文本与读者之间起着协调作用的，用于呈现作

---

　　[*] 基金项目：国家社科基金项目"翻译书评论体系构建研究"（项目编号：19BYY117）。

　　[**] 作者简介：刘金龙，博士，上海工程技术大学外国语学院副教授，研究领域：应用翻译、翻译批评与翻译史。

品的一切言语和非言语材料"①。20 世纪 90 年代以来，翻译研究出现了文化转向，人们更加关注翻译活动发生的社会历史文化语境，副文本因能协调文本与语境之间的关系，并能为翻译研究者提供译本本身无法揭示的信息而备受关注，成为翻译研究不可或缺的重要途径之一。

茅盾（1896—1981）是我国"现代翻译史上作出杰出贡献的翻译家"②，一生著译成果丰硕。茅盾之子韦韬主编的十卷本《茅盾译文全集》（知识产权出版社，2013）收录了茅盾翻译的诗歌、小说、散文、剧本、文论、政论及科普作品等 242 篇，不仅"全面记录了茅盾翻译作品的风貌"，而且向读者展现了茅盾"向国人介绍异域文学，输入新思想、新知识的'播火者'形象"③。从 20 世纪 80 年代初至今，学界对茅盾的翻译活动开展了较为广泛且深入的研究，取得了一定成绩。但相比之下，对茅盾翻译活动中具有史料价值的副文本研究还不够深入。④ 本文拟以《茅盾译文全集》为研究对象，分析茅盾译作中不同类型的副文本，并探讨其副文本在服务译作的读者阅读、呈现译者的翻译思想和揭示时代的翻译规范方面所发挥的作用。

二　茅盾译作中的副文本类型

根据所处的空间位置，热奈特⑤将副文本分为内副文本和外副文本：前者主要包括与作品正文本密切相关的有关信息，如封面、署

---

① Genette, Gerard. *Paratexts*：*Thresholds of Interpretation*. Jane E. Lewin（trans）. Cambridge：Cambridge University Press, 1997, p. 1.

② 查明建、谢天振：《中国 20 世纪外国文学翻译史》，湖北教育出版社 2007 年版，第 430 页。

③ 韦韬：《茅盾译文全集（第 1 卷·小说一集)》，知识产权出版社 2013 年版，出版说明。

④ 刘金龙：《翻译规范理论视野下的茅盾文学翻译研究》，上海大学博士学位论文，2022 年。

⑤ Genette, Gerard. *Paratexts*：*Thresholds of Interpretation*. Jane E. Lewin（trans）. Cambridge：Cambridge University Press, 1997, p. 9.

名、标题、序言、注释、后记、出版信息等；后者则主要包括外在于
作品正文本的，由作者和出版机构为读者提供的关于该作品的相关信
息，如访谈、笔记、通信、日记以及评论等。译者可充分利用各种副
文本途径，实现其翻译目的。茅盾的译作主要以单篇的形式在期刊发
表，其副文本形式具有一定的特殊性。因此，本文着重考察与译者主
体选择密切相关的译序、署名和注释三种内副文本，因为这些内容与
译作的关系最为密切，最能说明副文本所发挥的功效。

（一）译序

译序往往是译者"彰显自身对翻译过程以及期间涉及的各项因
素之观点、立场与看法，包括原著阐释、动机目的、手法技巧等，并
以此引荐最佳阅读模式"①，确保读者能够正确理解译文内容。因此，
译序也被视为"副文本中对于正文本最重要的阐释文献，是关于一
部作品内部与外部的最完整的阐释"②。茅盾的翻译作品中有 142 篇
含有译序，49 篇附有译前记，86 篇附有译后记，另有 7 篇同时附有
译前记和译后记。茅盾的绝大多数译序前并未出现类似"序""序
言"之类的文字，笔者根据译序在译文中的位置称之为"译前记"
或"译后记"。茅盾译作的译序主要涉及四个方面的内容：1）对原
作者生平及作品主要内容的介绍；2）对原作者的艺术创作手法和特
征进行介绍；3）对原作者所在国家的文学传统和流变进行介绍；
4）对翻译动因和转译、翻译策略与方法等进行阐述与说明。

以茅盾翻译的《复仇的火焰》为例。译前记中，茅盾首先通过
援引美国威尔基在纽约时报周刊发表的一篇论美苏合作的文章观点引
出人们对苏联人民伟大力量认识的话题，进而引出这部反映苏联人民
英勇不屈战斗精神的杰出作品。接着，茅盾阐述了自己阅读该作品的

---

① 林嘉新、徐坤培：《副文本与形象重构：华兹生〈庄子〉英译的深度翻
译策略研究》，《外国语（上海外国语大学学报）》2022 年第 2 期。

② 金宏宇等：《文本周边——中国现代文学副文本研究》，武汉大学出版社
2014 年版，第 21 页。

感触，详细介绍了作品内容，并对其进行了评论："巴甫林科这本书是小说，然而我们如果当真把它作为小说看待，那就大误；这一本小书正和苏联其他的战争文艺作品一样，是战斗中的苏联人民的一面镜子，也是一支号角，但它所反映的现实，只有嫌少，不会失之夸张，它激励了人民，然而现实的鼓舞力一定还要伟大，它是这伟大时代的实录，然而也还只是部分的实录。"① 评论点出了该作品的价值与意义。在该译前记中，茅盾还阐明了其翻译目的，即借境苏联人民的英勇抗争来鼓舞身处抗战中的中国人民的斗志："我们中国人对于这一本书，应该别有感到兴趣的地方，因为这是描写游击战争的，而且是敌后的艰苦的斗争，大可用作我们的参考。也是抱着这样的意思，我所以忘了自家的不文，大胆重译过来，固不仅对于英勇的苏联兄弟们致钦敬而已。"② 茅盾交代了他是通过转译翻译该作品的，并强调转译的中介译本质量的重要性。当他发现其译本与已有直接从俄文翻译的译本存在出入时，就邀请懂俄语的曹靖华帮忙核对，对英译本中没有但直接翻译的译本中存在的信息进行增补，反映了他对待转译的认真态度。

茅盾译作中的译序数量众多，总体来看有三个鲜明特征：第一，评论色彩浓厚。茅盾是一位杰出的文学评论家，善于撰写评论文章。在译序中除了对原作家及作品进行介绍外，还会发表自己的评论，有助于读者理解作品。第二，学术视野广阔。茅盾不仅翻译的作家作品数量和品类繁多，而且作品所涉地域空间和时间跨度大。在译序中，茅盾总能够就作家作品的艺术创作特色或该国的文学传统进行阐述与说明。第三，译序篇幅不一。例如，《人民是不朽的》的译序长达八千多字；而短的译序只有一句话，如《强迫的婚姻》的译后记为："此亦'结婚'集中之一篇，其结构及理想，与 Strindberg 之他作不

---

① 韦韬：《茅盾译文全集（第3卷·小说三集）》，知识产权出版社 2013 年版，第 145 页。

② 韦韬：《茅盾译文全集（第3卷·小说三集）》，知识产权出版社 2013 年版，第 145 页。

同，读者应该仔仔细细读一遍。"① 类似一句话的译序数量不少。原因或许与其译作多为刊物上发表的短篇有关，译序的篇幅受到客观条件的限制。

（二）署名

在热奈特看来，作者名字已然不仅仅是其对作品的知识产权在法律意义上的拥有者，也是文本分析不可或缺的重要组成部分。就译作而言，署名包括原作者署名和译者署名。读者在阅读刊物上发表的译作时，首先进入其视野的是译作的标题及原作者和译者的署名。如同译作的标题给读者的第一印象一样，署名会引起读者的联想，勾起其阅读期待，"是与正文本一起构建作品意义和价值的因素"。②

1. 原作者署名

茅盾在译作中署原作者名时，往往在其前面添加国籍信息，并在作者名后面加上标记语"著"或"作"，如《西门的爸爸》中署"法国莫泊三著"。茅盾译作中原作者的署名方式有七种：第一种是不署原作者及国籍信息，如《三百年后孵化之卵》；第二种是署作者及国籍的中文译名，如《两月中之建筑谭》中署"美国洛塞尔彭特著"；第三种是署作者英文名及国籍中文译名，如《在家里》中署"（俄国）A. Tchekhov 著"；第四种是只署作者英文名，不署国籍，如《他的仆》中署"Strindgberg 著"；第五种是只署作者中文译名，如《雪球花》中署"安徒生著"；第六种是署作者中英文名及国籍中文译名，如《情人》中署"俄国高尔该 M. Gorky 著"；第七种是署作者中英文名，不署国籍，如《一封公开的信给〈自由人〉（月刊）记者》中署"勃拉克女士（Miss Black）著"。茅盾译作中涉及的原作者及国籍数量众多，不仅署名方式不统一，而且署名的译名也不规

---

① 韦韬：《茅盾译文全集（第 1 卷·小说一集）》，知识产权出版社 2013 年版，第 116 页。

② 金宏宇等：《文本周边——中国现代文学副文本研究》，武汉大学出版社 2014 年版，第 309 页。

范，如在原作者署名方面：将帕拉马斯译为帕拉玛兹，将叶芝译为夏脱，将斯特林堡译为史特林褒格；有的还中英文名混用。在国籍译名方面，将奥地利译为奥国，将比利时译为比国等。

茅盾对于译名的处理，尤其是人名和地名的翻译颇感困惑。他曾说："译外国人地名，我最怕，一则地名不熟，现成的也要记不得；二则俄人、波兰人、捷克……等等，竟不知如何读，只有乱写一个"，对于不知道如何读的人名，"愈觉得译音是必要了"。① 但是，音译也会存在问题，"我翻译时遇到地名、人名，往往前后译做两个样子，当时亦不觉得；至于译音不对，更多至不可胜数"。② 以上现象在其译作中的确普遍存在，同一人名前后署名不一致，如在《圣诞节的客人》中将拉格洛夫署名为罗格洛孚女士，而在《罗本舅舅》中则将其署名为拉琦洛孚，容易导致读者误以为是两个不同的人。

2. 译者署名

译者署名是"显示译者作用于译作文本的符号和凭证，它代表着译作文本与译者之间的所属关系，是译者翻译主体地位的外在标志，也是译者获得文学声望和社会地位的一个必要条件。译作署名方式是考察译作和译者地位的重要尺度"③。笔名是署名的一种形式，也参与了文本的构成与阐释。使用笔名是茅盾译者署名的鲜明特征。在他的242篇译作中，有1篇未署名，95篇使用了沈雁冰（42篇）、沈德鸿（1篇）和雁冰（52篇）等署名，其余的146篇使用了茅盾、冬芬、冯虚女士、希真、玄珠等23个笔名。茅盾译作的署名方式有两种：第一种是只署译者名，如《三百年后孵化之卵》中署"雁冰"；第二种是在译者署名后标注表示作品为翻译作品的标记语"译"，如《地狱中之对谈》中署"四珍译"，多数译作采用这种标

---

① 茅盾：《茅盾全集第三十七卷·书信一集》，黄山书社2014年版，第25页。

② 茅盾：《茅盾全集第三十七卷·书信一集》，黄山书社2014年版，第72页。

③ 马士奎：《翻译主体地位的模糊化——析"文革"时期文学翻译中译者的角色》，《临沂师范学院学报》2006年第5期。

注形式。还有的则标注"转译"（如《诱惑》中署"雁冰转译"）、"重译"（如《情敌》中署"雁冰重译"），有的标注"编"（如《衣食住》中署"桐乡沈德鸿编"）、"编译"（如《I. W. W. 的研究》中署"雁冰编译"）等。茅盾在译者署名后增加这些标记语，可以区分原创作品与翻译作品，因为如果译作中不标注原作者及国籍信息，译者署名也不作任何标注，两者容易混淆，这在晚清和民国初期是普遍现象。另外，他对转译信息的标注，"表明他对翻译的本质有了更深刻的认识，也更加谨慎地对待转译行为"①。

（三）注释

注释是对文本的最基本的阐释，能够"起到补充说明的作用，有时起到拓展延伸的作用，极少数情况下起到评论的作用"②。茅盾充分利用注释手段帮助读者准确理解译作内容。据统计，茅盾译作中的注释共计 803 条，其中文内加注 515 条、脚注 215 条、尾注 73 条。这些注释内容庞杂，信息丰富，包括外国人名、地名、历史人物、风俗文化以及神话人物等。根据内容和功用，这些注释可大致分为五类：专名解析类、文化阐释类、补充说明类、评价说明类和译法说明类。其中专名解析类和文化阐释类占比最高。

1. 专名解析类

专名解析类注释指对娱乐活动、计量、钱币及相关事物的概念或性质作出解释和说明。例如，《盛筵》中对"克莱支"的注释为："匈牙利钱名，约值中国一铜子余。"③ 茅盾解释了对译文读者来说可能陌生的"克莱支"的含义，还介绍了它与目标语文化中计量单位的转换方式，使读者对原文中的货币计量有了明确的认识。

---

① 刘金龙、高云柱：《茅盾的文学转译观探究》，《上海翻译》2021 年第 3 期。

② Genette, Gerard. *Paratexts*: *Thresholds of Interpretation*. Jane E. Lewin（trans）. Cambridge：Cambridge University Press，1997，p. 327.

③ 韦韬：《茅盾译文全集（第 7 卷·剧本二集）》，知识产权出版社 2013 年版，第 69 页。

2. 文化阐释类

文化阐释类注释是茅盾译作中最为常见的一种注释类型，它通过增补信息的方式将原作中涉及的历史背景、语言文化、思想内容等内涵或繁或简地通过注释呈现出来，帮助读者减少阅读障碍和理解负担。这类注释往往涉及历史文化、风土人情、传统习俗、宗教信仰、文化典故等内容。例如，《新结婚的一对》中对"德谟士塞纳思"的注释为："此是古希腊一著名政治家，少年时当对瀑布言说，练习嗓音。"① 原文中出现的人名德谟士塞纳思，西方人可能家喻户晓但对中国人来说则是陌生的。茅盾采用音译法保留了源语文化特征，并通过文内加注的方式对其内涵进行解释说明。

3. 补充说明类

补充说明类注释是指译者根据原文上下文语境或逻辑关系，将隐含的关联信息通过注释形式明晰化，便于读者理解和接受。例如，《地狱中之对谈》中有这样一句话："……，听见锅子演说釜子的黑（换此句之意，谓议院中各党之高下，真如一丘之貉，犹锅子与釜子皆黑，而锅子偏要说釜子之黑也）。"② 茅盾结合上下文语境对该句做了文内加注，将前文提到的议院内各党派的斗争，通过隐喻的方式将隐含的信息明晰化，帮助读者正确理解译文。

4. 评价说明类

评价说明类注释不仅反映了译者对原作的理解和所持的立场，还体现了"译者在翻译准备阶段对原文的可解性、真实性、准确性、清晰性等存疑的表达"③，体现了译者的"在场"。例如，在《历史上的妇人》中，茅盾联系文中与女子有关的骂人用语后评论说："译者曰，我译到此地，不免又要献丑说几句了，原来人类初期历史时代

① 韦韬：《茅盾译文全集（第6卷·剧本一集）》，知识产权出版社2013年版，第185页。

② 韦韬：《茅盾译文全集（第6卷·剧本一集）》，知识产权出版社2013年版，第11页。

③ 林嘉新、徐坤培：《副文本与形象重构：华兹生〈庄子〉英译的深度翻译策略研究》，《外国语（上海外国语大学学报）》2022年第2期。

的思想，大概是互相暗合的。即以造字而论，东西的文字可称大不同了，然而造女字时的用意，照现在 Ward 氏所引的例看来，竟有八分相同。按说文，女字，王育说象形，段玉裁注解释是像其掩敛自守，其实简直是像跪罢了。如奴如妒，也都用女旁。最可笑的是母字，说是从女，两点像乳，女人有了小孩，常常欲露乳，所以母字就如此造法，这种观念，真可谓野蛮，全没一些尊视母性的意思在内了。"①茅盾通过注释对社会对女性的错误认知提出了批评，同时也表达了自己的妇女观。

5. 译法说明类

译法说明类注释是指译者通过注释的方式，说明其在翻译过程中所采取的翻译策略与方法，甚至是翻译理念，因此成了"读者了解译者翻译观的一个重要维度"②。例如，在《将来的育儿问题》第八段末尾茅盾就做了文内加注："此处略去一节，因为是作者自论英国的土地建筑价值和可以利用的土地；和我们没大关系的。"③他通过注释对翻译中采取删减策略的做法作了交代，避免让读者感到突兀。

注释是译者"在场"的有效证明。茅盾通过各类注释，将原作视为一个"触发点"，由一个词或概念拓展到对该作家、该国家，甚至西方国家世俗风情、社会制度和道德规范的描述，几乎所有译注无不留下其主观解读和自我意识彰显的痕迹，不仅扫除了读者的阅读障碍，还为我们提供了宝贵的史料。

三 茅盾译作中的副文本功能

虽然副文本附属于正文本，但它参与了正文本意义的生成，对译

① 韦韬:《茅盾译文全集（第 9 卷·政论·妇女问题）》，知识产权出版社 2013 年版，第 196 页。

② 阙红玲、刘娅:《副文本视域下中医典籍的翻译与传播》，《上海翻译》2023 年第 1 期。

③ 韦韬:《茅盾译文全集（第 9 卷·政论·妇女问题）》，知识产权出版社 2013 年版，第 218 页。

作文本意义的建构起到了积极作用。副文本在茅盾译作中扮演着重要角色，它的有效使用不仅能够服务于译作的读者阅读，还能呈现译者的翻译思想，更为我们了解特定时代的翻译生产环境和翻译规范提供了重要线索和史料文献。

（一）服务译作的读者阅读

副文本在文本与读者之间起到重要的斡旋作用，内副文本在更大程度上影响着读者对译本的阅读、理解和接受。[①] 译序是最为重要的一种内副文本形式，是关于译作正文本内外的最完备的导读性文字。茅盾非常重视对译作撰写译序，认为"更详细更有系统些"[②] 为好。他说："国人（指普通人）对于西洋文学的派别源流，明白的很少，各文学家的生平和著作的特色，明白的也很少，所以我以为最好介绍一篇的时候，附个小引，说明这位文学家的生平和著作。"[③] 在茅盾看来，译序能够为读者进入译作正文提供门径，为其顺畅阅读和正确理解铺平道路。例如，在《文凭》的译后记中，茅盾在介绍了作家生平、社会影响、社会环境和作品梗概后，还对作品进行了评价："也不妨说这篇'文凭'也讨论到妇女在社会上的地位。要做一个社会的'人'，这个意识，在安娜不是从书本上看来，也不是从新运动者的口中听来。而是由她的现实生活中所体认而得：大概就是因此，所以她的意志的坚强终给与她以成功罢。"[④] 他的评论无疑加深了读者对作品的理解，激起他们的阅读兴趣。原因在于，译序中最主要的内容是译者关于译作正文本本意和写作意图的

---

① 张玲：《汤显祖戏剧英译的副文本研究——以汪译〈牡丹亭〉为例》，《中国外语》2014 年第 3 期。

② 茅盾：《茅盾全集（第十八卷·中国文论一集）》，黄山书社 2014 年版，第 25 页。

③ 茅盾：《茅盾全集（第十八卷·中国文论一集）》，黄山书社 2014 年版，第 23 页。

④ 韦韬：《茅盾译文全集（第 3 卷·小说三集）》，知识产权出版社 2013 年版，第 68 页。

阐释，译者通过自己的阐释为读者提供一种接受美学的"期待视域"，从而让读者在阅读正文本之前产生某种期待视域的"前文本"或"前理解"。

为了服务读者阅读，茅盾还通过注释对作品中涉及的历史人物、风俗文化、神话人物等进行详细的说明和解释，帮助正文本的意义增值和深度理解，减轻读者的阅读障碍。例如，茅盾对《心声》中的"Death-Watcher"作了注释："此是一类小虫，会发的答的答的小声，俗人迷信以为此是死的先兆，犹之中国南方人恶枭鸣，以为阴间阎罗王差他来呼人去也。枭，南方土名曰呼人鸟。"① 茅盾通过注释对该文化词语进行解释说明，帮助扫除了读者阅读和理解的障碍，使译文中文化负载词的语义不会被误读。

（二）呈现译者的翻译思想

"通过研究译序跋，可以挖掘和揭示译者的翻译动机、翻译策略以及译者个人的意识形态和翻译观。"② 茅盾的译序中蕴含了丰富的翻译思想资源，包括翻译目的、转译、翻译方法和翻译感悟等，我们从中可以了解到他对翻译的认识，总结他的翻译思想。为了让中国读者了解西方妇女运动的发展情况，他翻译了瑞典爱伦·凯的《爱情与结婚》，并交代了其翻译目的，认为作者是北欧妇女的先觉者，她的《爱情与结婚》《爱情与伦理》等杰作已风行全球，"独我中国还没有人讲起；现在国内女子运动大兴，而于女士的学说却尚没人介绍，这真是一大遗憾"③。翻译方法与翻译目的紧密相关。茅盾还对采用的编译方法进行了说明："我们很想把女士的《爱情与结婚》先介绍过来，但全译篇幅过重，本刊一期是容受不下的，分载数期，又嫌割裂太甚，所以特用个简便法子，提译若干；因是提译，中间章句，不能

---

① 韦韬：《茅盾译文全集（第1卷·小说一集）》，知识产权出版社2013年版，第154页。

② 肖丽：《副文本之于翻译研究的意义》，《上海翻译》2011年第4期。

③ 韦韬：《茅盾译文全集（第9卷·政论·妇女问题）》，知识产权出版社2013年版，第221页。

尽与原本吻合，但译者可以负责，与女士的意思，仍是没有违反。这是须得声明的。"① 类似的还有，如为了让中国读者了解西方社会改造的途径，他节译了英国罗素的《巴苦宁和无强权主义》，编译了美国勃烈生顿的《I. W. W. 的研究》，并在译序中对翻译目的和方法进行了交代。茅盾深知编译利弊共存，但强调应传达出原作的基本内容。

茅盾认为，直译是保留原作神韵的有效方法，并在翻译中践行之。例如，在《美尼》的译后记中，他指出平斯基的戏剧具有较强的思想性和艺术性，认为直译能够忠实地传达原作的精神并保留其"神韵"："曾试'按字死译'与'摄神直译'两种方法，到底取了后者。"②，茅盾对翻译方法的思考较为深入，所以陈桂良认为茅盾对翻译方法的探讨最具价值，"他从不同角度对如何以不同的翻译方法翻译不同的文学作品，来满足不同层次读者的阅读需要这一问题，发表了别的翻译家所未曾详尽阐述的独到的见解"③。

转译是茅盾翻译思想的重要组成部分。《人民是不朽的》已有林陵从俄文直接翻译的中译本，曹靖华仍邀请茅盾对其进行转译。茅盾在译前记中指出，既然已有直译本，就没有再译的必要。其中一个重要原因是担心中介译本的质量问题，他发现"英译本比原单行本为略"，其中"有些章节的前后次序也和原单行本不一样"，又从戈宝权那里得知英译本不仅"有不少误译处"，而且有删节之处，"有时是整段的删，有时整句，有时则删一二字"。④ 但曹靖华建议，"名著不妨有两译，且所据之本虽不同，而个人译笔亦不同"⑤，茅盾表示认同。不过，为了提高翻译质量，他邀请戈宝权帮忙校正英译本中的

---

① 韦韬：《茅盾译文全集（第9卷·政论·妇女问题）》，知识产权出版社2013年版，第221页。

② 韦韬：《茅盾译文全集（第6卷·剧本一集）》，知识产权出版社2013年版，第215页。

③ 陈桂良：《茅盾写作艺术论》，南京大学出版社2004年版，第459页。

④ 韦韬：《茅盾译文全集（第4卷·小说四集）》，知识产权出版社2013年版，第7页。

⑤ 韦韬：《茅盾译文全集（第4卷·小说四集）》，知识产权出版社2013年版，第7页。

错误，并将自己的转译本和俄文本逐句逐字进行校对，并说道："如果这个重译本幸能免于错误的话，这都是宝权先生之功。"① 茅盾在很多译序中对转译的中介译本及相关情况进行说明，还通过署名交代作品的转译性质，说明他对转译已有较为深刻的认识。"茅盾的文学转译活动不仅丰富了我国翻译文学的类型和内涵，也为中国传统译论的发展贡献了理论资源。"②

此外，茅盾还经常在译序中袒露他对翻译的各种思考。例如，在《爱情与结婚》的译前记中提到"割裂名家著作的罪，我们是要忏悔的"③，表明他认识到编译的不足。又如在《旅行到别一世界》的译后记中说道："匈牙利的文人都是爱国的文人，这篇《旅行到别一世界》也含着很深的爱国思想而以诙谐出之，可惜我的译笔拙劣，不能传达作者尖刻而又冷峭的诙谐语。"说明他重视原作神韵的传达，为不能达此目的而自责。

副文本为我们了解茅盾的翻译思想提供了重要窗口，如他的变译思想只在译序中有所提及，他在译序中对转译的论述更加翔实，等等。总之，茅盾译作的副文本中蕴含了丰富的翻译思想资源，值得深入挖掘和系统总结。

（三）揭示时代的翻译规范

任何翻译生产都发生在一定的历史文化语境。"翻译作品的副文本像一块多棱镜，能够折射出文本所处环境的复杂的意识形态"，并"能为我们发现和解读某一特定时期翻译生产的外部环境提供线索"。④ 图里提出了翻译规范重构的两种途径：译本研究（textual）

---

① 韦韬：《茅盾译文全集（第 4 卷·小说四集）》，知识产权出版社 2013 年版，第 7 页。

② 刘金龙、高云柱：《茅盾的文学转译观探究》，《上海翻译》2021 年第 3 期。

③ 韦韬：《茅盾译文全集（第 9 卷·政论·妇女问题）》，知识产权出版社 2013 年版，第 222 页。

④ 肖丽：《副文本之于翻译研究的意义》，《上海翻译》2011 年第 4 期。

和译本外研究（extratextual）。① 副文本是译本外研究的重要内容，图里将包括译者言论在内的副文本视为重构翻译规范的重要超文本资源。仍以上文提到的《复仇的火焰》译序为例，其中不仅阐明了翻译目的是让中国读者了解苏联人民是如何奋起保家卫国，从而鼓舞中国人民英勇抗战，还有重要的一点是对那些故意歪曲苏联人民抗击法西斯主义伟大事业意义的现象提出批评："如果还有对于苏联之必能战胜纳粹有所怀疑的，那么，这本小书就会给他举一反三的作用；如果还有对于苏联之必然战胜抱着不安的心情的（像威尔斯所指摘的那些人），那么，这本小书至少可以帮助他更加认识苏联及其人民。"②

无独有偶，茅盾在《团的儿子》的译后记中也指出："现在还有抵死不肯抛弃成见的人们对于苏联的一切轻轻以'宣传'二字来一概抹煞。在这种人看来，《团的儿子》当然又是不真实的'宣传'了。可是，如果怀此成见而又不愿睁眼看看事实的，是英国美国人，那倒尚可原谅，因为像《团的儿子》那样的现实，还没听说在英美之国发生过。然而我们中国人如果也跟在人家尾巴后边做应声虫，那就是其愚不可及而其'盲'亦殊堪惊人了。中国在战时，军事政治上不体面的事固然太多，而平常小百姓的英勇行为也着实替中华民族挣回了不少的面子。像《团的儿子》那样的凡尼亚型的孩子也就有过。"③ 茅盾的以上言论显然意有所指。20 世纪 30 至 40 年代，南京国民政府实行了严格的文艺审查制度，文艺作品不允许报道抗战前后方的真实情况，但是对于希特勒表同情而对于苏联红军之胜利抱嫉视的言论却可以通过审查而发表。既然创作和写作短论、杂文存在查禁的风险，部分作家就转而译介和研究外国文学，从而规避这种风险。尽管文学翻译场相比文学场具有更高的自治，但也不可避免地与政治

① Toury，Gideon. *Descriptive Translation Studies and Beyond*. Shanghai Foreign Language Education Press，2004，p. 65.

② 韦韬：《茅盾译文全集（第 3 卷·小说三集）》，知识产权出版社 2013 年版，第 145 页。

③ 韦韬：《茅盾译文全集（第 4 卷·小说四集）》，知识产权出版社 2013 年版，第 209 页。

联姻，翻译文学自然也就成为一种政治言说方式。

该译后记中，茅盾还提到经过九年的抗战，"变之中仍有一些是还没变透的"，就是上海小朋友们在"街头图书馆"所能读到的"小书"，"二十年来依然是那一套调调儿"，"作为'小书'形式而供应给小朋友们的，基本上是荒唐幻想的产物，至于思想意识之富于毒素，姑不具论"。他认为，导致该现象的原因并非没有创作素材，"然而在广大的中国，又明明有过孩子剧团，新安旅行团，八路军的'小鬼'，——这些现实的但又具有'传奇色彩'的适合于儿童心理的'小书'题材"，实际原因是"像在上海这样的地方，'马路图书馆'而要取得'合法'的存在，大概也只能陈列一些《剑侠奇传》乃至更坏的东西。而对于那些'小书'的制造家，我们也不能有更高的要求"。① 这也反映出文艺审查制度对儿童文学创作与出版事业造成了极大影响。在茅盾后期译作的译序中，类似带有明显时代特征和意识形态色彩的描述话语随处可见。

四　结语

副文本是翻译作品中不可或缺的重要组成部分，是对正文本的拓展与补充。本文通过对与茅盾主体选择密切相关的译序、署名和注释三种副文本进行考察，发现这些副文本在茅盾的翻译过程中发挥了重要作用，不仅为译作的读者阅读铺平了道路，还为我们了解其翻译思想和观念提供了途径，更为重要的是，为我们了解特定时期的翻译生产环境、翻译规范和接受机制等提供了重要线索和依据。茅盾译作中丰富的副文本元素有助于促进其译作的接受与传播。对其译作副文本进行全面考察，不仅有助于更加全面、系统地总结其翻译思想，对其他翻译家研究也有借鉴意义。

（原刊《上海翻译》2023 年第 6 期）

---

① 韦韬：《茅盾译文全集（第 4 卷·小说四集）》，知识产权出版社 2013 年版，第 210 页。

茅盾对《新结婚的一对》的翻译与接受

徐晓红*

摘　要　茅盾较早开始关注挪威剧作家比昂松，在《小说月报》革新号上译载了比昂松的二幕剧《新结婚的一对》，受到了李石岑的赞赏，也促发了国人思考比昂松的理想主义精神在当下的意义。茅盾的短篇小说《创造》在人物性格设置、开放性结局等方面与《新结婚的一对》有很多相通之处，两部作品中的男主人公身上均体现出了一种"主人意识"。茅盾对《新结婚的一对》以及后来对挪威现代作家包以尔的译介，更多地受个人审美趣味的牵引，侧重于作品的艺术性，并不完全是对《域外小说集》及《新青年》开创的"弱小民族"文学翻译模式的承继。

关键词　茅盾；比昂松；《新结婚的一对》；翻译与接受；《创造》

在挪威文学史上比昂松与易卜生齐名，他与易卜生几乎同时被译介到中国，茅盾在商务印书馆编译所工作期间开始关注比昂松，撰写过作家小传，之后又翻译了二幕剧《新结婚的一对》。民国时期出版的文学辞典、诺贝尔文学奖作家传记、西方戏剧史、世界文学史等著译中，均会提及比昂松的《新结婚的一对》，也有不少知名编辑、剧评家、翻译家做过《新结婚的一对》的短评，由此可见该剧是作为

---

*　作者简介：徐晓红，女，文学博士，中国海洋大学文学与新闻传播学院副教授（青岛 266100）。

挪威文学经典而被接受的，并引起了国人对女性问题、婚恋问题的一些探讨。但新中国成立以来鲜有人涉足易卜生以外的挪威作家研究，即使在"茅盾与外国文学"的专题研究中，《新结婚的一对》也被有意无意地忽略，茅盾的挪威文学译介也只是在"弱小民族"文学翻译的框范下被一笔带过。本文聚焦茅盾对《新结婚的一对》的翻译以及同时代评价，尝试对其挪威文学译介与接受的特征做一探讨。

一 茅盾与《新结婚的一对》的翻译

五四时期新文学作家积极倡导外国文学名著的翻译，其中最受关注的就是写实主义文学。茅盾也做出附和，1920 年元旦，在《时事新报》副刊《学灯》上发表《我对于介绍西洋文学的意见》[①]，指出"该尽量把写实派自然派的文艺先行介绍"，还"用严格的眼光，单注意于艺术方面"，甄选十二位外国作家的三十部作品，作为翻译计划"第一部"。其中列在首位的是比昂松及其两部剧作 *Newly Married Couple* 和 *A Gauntlet*，他非常重视比昂松，在为《学生杂志》撰写的《近代戏剧家传》中，首位介绍的也是比昂松。在此所列的比昂松剧作可能是参考了宋春舫的《近世名戏百种目》（即推荐译入中国的百部写实派戏剧）。茅盾强调，这是艺术性优先的选目思路，同时指出"翻译研究问题的文学固然是现社会的对症药，新思想宣传的急先锋，却未免单面"，可能他对当时易卜生问题剧翻译扎堆现象颇有微词，因此将不同风格的比昂松放在显著位置给予介绍。

很快，茅盾以身示范，先译出了 *Newly Married Couple*，题为《新

---

① 雁冰：《我对于介绍西洋文学的意见》，《时事新报》副刊《学灯》1920 年 1 月 1 日。茅盾将此文做了细微的修改，作为《"小说新潮栏"宣言》，刊登于《小说月报》1920 年 1 月第 11 卷第 1 号。

结婚的一对》①，刊载于其主编的《小说月报》革新号上。在《小引》中，他透露出对该剧艺术性的赞赏，写道："此剧的体裁是很特别的——就是第一幕内所含的意思在第二幕内明白地喊出来，显示一个解决办法。这种体裁在般生那时也许是盛行的，般生一生所著剧本甚多，就艺术价值而说，此篇算得是头挑的了。"他还发表了《脑威写实主义前驱般生》，介绍了作家生平及创作历程，比较了比昂松与易卜生的社会问题剧，指出"易卜生的社会问题剧本的唯一使命是揭开社会黑幕，指出社会病的根源给我们看，却毫不说到一个补救方法——是只开脉案，不开药方子"，而比昂松"于补救方法一面，也略略讲一点"，例如，《新结婚的一对》"对于这问题的解决法参在中间"，因他"是个大小说家，又是个理想家，所以应用小说的理想来装到戏曲的模子里，也常常带有理想的色彩"。他虽然未对比昂松所开的药方，即"问题的解决法"，做出详细点评，但能窥见他对直面问题的理想主义者比昂松颇有兴趣。在《文学上的古典主义浪漫主义和写实主义》②一文中，他对易卜生也做出了类似的评价，赞扬其剧作能把社会问题"完全剖解开给人看"，但又指出其缺点是"只开脉案，不开药方"，使人无法对人生进行"补救诊治"。在茅盾看来，尝试做出"补救诊治"的比昂松，是值得向国人做出介绍的。

不妨对茅盾翻译《新结婚的一对》的动机做一探讨。

从1919年起，茅盾积极介入女性解放问题的理论讨论，在《妇女杂志》及《民国日报》副刊《妇女评论》等上发表了若干评论、译文。有一篇译作《现在妇女所要求的是什么?》，介绍"脑威虽然

① 茅盾的译本并非首译，1920年5月20日至7月8日，周瘦鹃主编的《申报》副刊《自由谈》"剧本"栏上曾连载一圭译《新婚夫妇》。茅盾很可能留意到此译本，当时他正向鸳鸯蝴蝶派文学发起强烈的攻击，对周瘦鹃麾下的翻译可能有所不满，便进行了重译。收录《新结婚的一对》的茅盾译《新结婚的一对及其他》，曾作为单行本被列入"文学研究会丛书"，但未见出版。茅盾是依据英文转译本进行的翻译，因其所依据的英译本底本信息阙如，无法从翻译的角度对其译文做出评价。

② 雁冰：《文学上的古典主义浪漫主义和写实主义》，《学生杂志》1920年9月5日第7卷第9号。

只是小小一块地方，而在男女关系上，却做得最公平而且也最早"①，加上当时媒体很早就对挪威发达的女权做过报道，这给茅盾留下了深刻的印象。他还曾介绍比昂松是"第一个创立脑威新戏的人。也是第一个提倡讨论'个人权利'和'个人解放'的人"②，可能早对其戏剧有所涉猎。例如，《新结婚的一对》让不懂"恋爱"的新妇学会了爱，强调了恋爱之于婚姻的重要性；《挑战的手套》抨击双重道德标准，反对要求女性单方面为男性守贞操，这些剧作所反映的思想对茅盾正视婚姻中恋爱因素的重要性、建构两性平等性的道德理论均会有所启发。但当面临翻译对象的选择，即使他从理论层面接受了西方现代文化，但从情感层面而言，他仍会觉得传统伦理道德中的某些因素还有意义，相比《挑战的手套》中有些激进的女性观，《新结婚的一对》中的女性形象更加符合他的想象性期待，并让他产生了翻译的想法。

另外，从作家自身婚恋体验的角度而言，茅盾遵从母命迎娶了不识字的孔家小姐，新婚时期他与妻子的沟通比较困难，产生过对立情绪。《新结婚的一对》中的阿克尔苦恼于如何将罗拉改造成理想的妻子，茅盾可能也有类似的苦恼，首先他要帮助妻子识字，让她接受新文化（最终茅盾将妻子改造成了"新女性"——孔德沚），某种程度上他较容易对剧中人物产生代入感。还有《新结婚的一对》中的妻子、丈夫，在婚姻关系中均不同程度地呈现出依附性，尤其阿克尔是借助了罗拉陪读麦昔尔特的计谋，才成功捕获了爱情，他十分依赖麦昔尔特，即使婚后仍对她有很强的依附性。茅盾性格偏阴柔，对母亲有很强的"依附性"（包括后期在日本避难时，与秦德君的交往中也体现出"依附性"），较容易对该剧男主角产生亲近感。即使当时已有一圭的译文了，但仍不妨碍他做出重译。

---

① 戴维斯女士（Margaret Liewelyn Davies）作，四珍译：《妇女杂志》1920年1月5日第6卷第1号。

② 雁冰：《近代戏剧家传》，《学生杂志》1919年7月第6卷第7号。

二 《新结婚的一对》的同时代评价

比昂松是挪威最早创作社会问题剧的作家，他的戏剧风格迥异于易卜生，茅盾对《新结婚的一对》的翻译，可谓丰富并拓展了国人对西方问题剧的审美视野。正如王统照所言，《小说月报》"介绍挪威写实主义之重要文人般生，以及他所作的独幕剧《新结婚的一对》，在新开辟的文坛上可谓创举"①。当时最早评论《新结婚的一对》的文字见于《时事新报》副刊《学灯》，主编李石岑称赞该剧"叹为该号中压卷之作"，还大段摘录剧中对话，赞赏"冬芬君译笔，何其体贴人情，恰到好处，至于如是"，并指出"此种材料，于我国今日社会与家庭最黑暗之时，最为适宜。读沈雁冰君《脑威写实主义前驱般生》一文，尤可见般生之主张，足以医我国不自然之社会状态者匪浅"。

实际上茅盾选译该剧是看重其艺术性及戏剧技巧的运用，李石岑的评价侧重于内容方面，有些过誉。虽然茅盾在 1920 年 2 月 4 日，发表《对于系统的经济的介绍西洋文学底意见》补充了"合于我们社会"②的选译目标，这似乎意味着他在一个月前提出的优于"艺术角度"的选译取向发生了"松动"，但《新结婚的一对》与"合于我们社会"的选译目标显然有些距离。因循守旧的岳父母向锐意进取的阿克尔做出妥协，表面上是革新派战胜了保守派，但实质上是基督教教义发挥了决定性作用，很难说这于当时社会"最为适宜"。茅盾好像也意识到了"艺术角度"与"合于我们社会"之间存在龃龉，因此未对李石岑的评价做出回应。

李石岑在赞赏比昂松理想主义精神这一点上与茅盾保持了一致，

① 刘增人：《王统照传》，北京十月文艺出版社 1999 年版，第 89 页。王统照所言有误，《新结婚的一对》是二幕剧，并非独幕剧。

② 沈雁冰：《对于系统的经济的介绍西洋文学底意见》，《时事新报》副刊《学灯》1920 年 2 月 4 日。

他认同比昂松"爱人类"的主张，并指出这对当下社会改革有所助益，这一观点尤为可贵。比昂松重视家庭的和谐，通过独具匠心的情节设置，让新婚夫妇得到外界助力，顺利解决了爱与忠诚、爱与嫉妒、爱与孝道等问题。之后也有人发现了比昂松精神的重要性，例如，马彦祥认为他的创作比较富有人性，对于反抗那些阻碍人类前进的恶势力，实在是很有裨益的，进而指出"一个人能站在国家的生命与命运上而有这样的贡献，是我们所很少见到的"①。傅东华在《般生百年诞》的按语中写道："在现代，在从军阀到革命家一是皆以残酷为本的现代，在报复循环以暴易暴的现代，现实的本身已足够叫我们认识它的厉害，足够叫我们警省，足够叫我们灭却幻想了。我们再用不着易卜生那样严肃的解剖家来警惕我们，来替我们解释现实的可怕，却要般生那样温煦的劝导者来安慰（当然不是欺骗）我们，来指示我们怎样打开现实的桎梏。"傅东华也赞赏作为"劝导者"的比昂松，认为其"打针培补"的工作于当下中国具有指引作用。他还评价《新结婚的一对》"是一部教训主义的喜剧，作者对于剧中每种人物都给他一个功课。做丈夫的必须学习忍耐；做妻子的必须遵守结婚的义务；做朋友的应该助人，不应该妒人；做父母的对于结婚的儿女应该听他们的自由。这样平凡的教训，照理是应该要令人厌恶的，但是般生能够把这种冷的公式温暖起来，因为他的人物都是日常见面的真正人物——他的道德的理想主义是经实际的写实主义调剂过的"②。傅东华并不反感此剧流露的"教训主义"色彩，指出青年男女在婚姻中是需要不断成长的，他的这一评价在当下也不无参考意义。

茅盾翻译的《新结婚的一对》也受到了妇女问题研究者的关注。俞长源在《现代妇女问题剧的三大作家》③ 中，将比昂松和易卜生、萧伯纳列为现代妇女问题剧的三大作家，视《新结婚的一对》为

---

① 马彦祥：《戏剧讲座》，现代书局 1932 年版，第 159 页。

② 傅东华：《般生百年诞》，《东方杂志》1932 年 12 月 16 日第 29 卷第 8 号。

③ 俞长源：《现代妇女问题剧的三大作家》，《妇女杂志》1921 年 7 月第 7 卷第 7 号。

"第一部讨论妇女问题的杰作",并对该剧主旨做出了分析,"阿克尔说:'我们这婚姻不是一个快乐的婚姻,因为缺少了一切东西中最紧要的东西。'罗拉的父亲问道:'你这话是什么意思?'他答道:'罗拉不爱我。'这便是此剧显明的主旨",强调了恋爱之于婚姻的重要性。还有金仲华在《妇女问题的各方面》中,也指出"没有恋爱的虚伪婚姻的悲惨结果,显然是为许多作家所注意的",他评价《新结婚的一对》是"把一对年青的没有相互了解的夫妇的苦痛情形完全形容了出来"①。以上评论为国人探讨婚姻家庭问题提供了有益的参照。

在爱伦凯的《恋爱与结婚》被国人广泛接受的同时,日本文艺批评家厨川白村的《近代的恋爱观》也备受瞩目。厨川白村对比昂松颇为欣赏,他提出"娜拉已经过时了",而比昂松的作品正可"补正易卜生的娜拉式的思想"。②这一观点可谓向国人打开了《新结婚的一对》批评的新向度。广州戏剧研究所的胡春冰也提出类似的观点,"卞尔生所有一切的特质,恰是与易卜生互为补角"③。还有人抛开与易卜生在创作上的差距,认为"在技术的成就上,般生的作品却赶不上易卜生的了,也只有这一点称为易卜生较之般生可以夸耀的地方;然而就两人的气质讲起来,我们却应该重视般生"④。以上评价也可以视为茅盾论比昂松理想主义精神的一种延展。

三 《创造》与《新结婚的一对》
的关联性分析

1928年茅盾发表了短篇小说《创造》,描写了一个"旧"青年

---

① 金仲华:《近世妇女解放运动在文学上的反映》,《妇女杂志》1931年7月第17卷第7号。

② [日]厨川白村:《近代的恋爱观》,夏丏尊译,开明书店1928年版,第26页。

③ Dickinson Thomas Herbert:《现代戏剧大纲》,春冰译,《戏剧》1929年11月15日第4号。

④ 丁伯骝编:《戏剧欣赏法》,正中书局1936年版,第106页。

用"新"知识改造另一个"旧"青年，却创造出一个"新"青年的故事。茅盾坦言，《创造》是"戏用欧洲古典主义戏曲的'三一律'来写"① 的。小说结构、人物性格设置等与《新结婚的一对》有很多相通之处。以下对两者的关联性做一探讨，先看《创造》。

大致而言，茅盾对娴娴是持肯定态度的，对君实是持批判态度的。君实与娴娴身上呈现出"新"与"旧"的辩证关系，君实对西方理论不过是一种生吞活剥式的涉猎，并没有深入思考这些西方思想与中国本土文化的融适性。他们刚结婚时，娴娴被牵手都会脸红，流露出"旧式女子的娇羞的态度"，之后在丈夫的引导下，"出落得活泼又大方"。可以说正是由于娴娴身上的这种可塑性，才让她涌起了投身于轰轰烈烈的政治运动的巨大热情。但娴娴对新的思想并无分辨能力，只不过受时代浪潮的裹挟，在对新思想一知半解的情况下机械地变得很激进。她并不知道所谓的"女性独立运动"会将自己引向何处，这也让她发出了"后天怎样？自己还不曾梦到"的感慨。娴娴的举动表现出革命运动的复杂性，也暗示了当时尚未形成真正的女性解放的思想基础，她还没有对革命现实做出审视的能力，虽然可被"塑造"，但难以实现自主性的"改造"。貌似她主动选择了投身革命，实际上很可能会陷入另一个旋涡中。

茅盾在塑造娴娴这一女性形象时，旨在凸显"新女性"无畏、独立的精神特质，但从实际效果而言，娴娴仍未完全抛弃陈腐的思想。娴娴从小受其父亲影响，不关心政治，养成了乐天达观的性格，后受丈夫影响，突然关心起政治，又变成了唯物论者，而且在这个转变过程中，未见她做出丝毫的抵抗，完全是听从男人的指挥，连她自己也承认"我是驯顺的依着你的指示做的。我的思想行动，全受了你的影响"。"驯顺"一词如此自然地从她口中吐出，可见她是自甘处于被"驯顺"的地位，而非真正的有自主意识的"新女性"。

---

① 茅盾：《创作生涯的开始——回忆录［十］》，《新文学史料》1981年第1期。

还有一点不得不提的就是娴娴的"依附性"，可以说娴娴一直在选择强势的、有力量的一方进行依附。比如，从最初对父亲的依附，之后对丈夫君实的依附，再到对李小姐背后那股强大的革命力量的依附。她虽然踏出了"出走"的一步，貌似摆脱了对丈夫的依附，但在她走出小家庭，投身于革命思潮洪流后，是否也会习惯性地再追寻下一个力量更强大的一方进行依附，而最终沦为随波逐流的弱势一方呢？这可能是茅盾通过小说的开放性结局留给我们的一个思考。

至于《创造》与《新结婚的一对》的关联性，首先，两部作品中丈夫对妻子身份的认知具有相似性，不能否认两位作家在对女性地位的理解上多少都带有大男子主义的一面。君实与阿克尔都认为妻子应当属于丈夫，对妻子有占有欲、控制欲，尤其君实更为明显，他站在启蒙者的地位，欲将娴娴"创造"成理想的妻子。阿克尔对罗拉的态度和行为，实质上也隐含了一种"创造"。他始终将罗拉视为男人的附属物，期望"她的目光必须融化在我的目光里，完全献出自己"，口口声声称罗拉"小仙女"，对她说，"我无论在哪里都要你在我跟前，使我忘忧，引我笑"。阿克尔还对岳父母说："在此地，罗拉为你们而生活，一旦你们死了，罗拉也完了，这不是结婚的意义。"在阿克尔看来，罗拉结婚就是为了寻找父母之外的下一个依靠，他娶了罗拉，罗拉就应该依附于他，而结束对她贵族父母的依附，他并没有将罗拉视为一个有独立意识的女性。

其次，两部作品中的妻子身上也呈现出相似的依附性，娴娴与罗拉相比，并没有表现出太多的自主性，虽然在小说结尾她"出走"了，貌似一种果敢的行为，但实际上并未完全摆脱依附性的关系，只不过依附的对象发生了转变。娴娴在依附父亲、依附丈夫这两个阶段，与罗拉并无不同，茅盾又将女性的这种依附性继续向前推了一步，让娴娴"依附"了轰轰烈烈的思想革命运动。

《新结婚的一对》与《创造》均留下了开放性结局，一个是夫妇和解，一个是妻子出走，而实际上遗留的问题都未得到彻底解决。罗拉对阿克尔涌起了爱意，但并不代表罗拉从此完成了女性成长，成了阿克尔理想的妻子。尤其在麦昔尔特离开后，阿克尔没有了这一"智囊"的指引，他是否会再次与罗拉发生争吵？而摆脱了君实控制下的娴娴，又能否凭借一己之力而生存下去？以上可视为具有连续性的两个问题，即从"女性是否能真正地摆脱对男性的依附"，发展到"摆脱了对男性的依附后的女性将何去何从"。

从《创造》和《新结婚的一对》中，可见两位作家对丈夫眼中理想妻子形象的一些思考，从两位妻子的性格转变中，也可窥见女性自我精神成长所面临的困境。其实这两部作品关联性最大的是男主人公的"主人意识"，即主导者的男性将女性视为自己的从属者，并要求从属者发自内心地认同主导者。阿克尔在说服罗拉搬离父母时，说道"你总听人说过，从前有一时，男人是他妻的主人，妻是他的附属。如果我欲如何办，你一定要听我，不可听别人"；当他重新赢得罗拉的爱情，向岳父母宣扬"她的眼波必须投进我的目光里，完全降伏"，"她的思想必须拥抱我的思想"，均流露出阿克尔强迫罗拉归顺于他的一种"主人意识"。君实也呈现出类似的思维模式，接受新知识后的娴娴逐渐有了异于君实的理解，而且这是君实无法把控的，他本来希望娴娴可以像吸收新知识前一样认可自己，若不能使娴娴完全认同自己的观念，即便娴娴再怎样示爱，君实都不会好受的，因为他作为主导方的自尊受到了严重打击。无论是阿克尔，还是君实，两人身上的"主人意识"具有相通性，某种程度上这也反映出了作家思想以及那个时代的局限性。

四　结语

以往研究者指出，茅盾是继承和发展了《域外小说集》及《新青年》开创的"弱小民族"文学翻译模式，他对挪威文学的翻译，旨在激励人生、警醒国人。但若仔细检阅茅盾的挪威文学译品，可见他更侧重个人审美趣味，重视作品的艺术性，而不是"为人生"的、足救时弊的这一功利性需求，不能简单地将其用

"弱小民族"文学翻译模式做一框范。例如，他对哈姆生的关注就不是遵循写实派作家优先介绍的原则，除了新晋诺贝尔文学奖得主这一身份外，如他所言，哈姆生是挪威"新理想主义"代表作家，"是一个智识上的贵族，然而同时又是近代文化的怀疑者"[1]，唯独不是写实派作家。还有茅盾翻译了他最喜爱的挪威作家包以尔的短篇小说《一队骑马的人》和《卡利奥森在天上》，两篇作品均充满了浓厚的象征主义色彩，他称赏后者是"充满着熙和气氛乐观色彩，而又微感人生无常的诗样的美丽的小品"[2]。正如他所说的，包以尔等挪威现代作家"正恳切地哀求片刻的安息""只求一个安宁的无忧无虑的日子"[3]，这种安于命运、与世无争的文学，显然迥异于茅盾介绍的"总是多表现残酷怨怒等病理的思想"的"被迫害的民族的文学"[4]。

"弱小民族"文学翻译模式仅体现了中国现代作家接受挪威文学的一种路径，茅盾所偏嗜的挪威文学并不都是"血与泪""怨与怒"的文学，因此我们不能完全用"弱小民族"文学翻译模式来框范其翻译。茅盾对《新结婚的一对》等挪威文学的译介，体现出了译者主体性及多重审美维度，折射出中国现代翻译文学自身的复杂形态。19世纪末挪威文学步入繁盛期，易卜生、比昂松等作家在世界文坛上占据重要地位，又出现了两位诺贝尔文学奖作家，挪威一跃成为文学强国，而且在1905年"瑞挪联盟"解体，挪威成为独立国家，将挪威纳入"弱小民族""被损害被侮辱者"这一范畴难免有些违和感。其实茅盾在指涉挪威时，一般使用"小民族"或"小国"，他是以其地理区域较小来界定的，并区别使用"弱小民族""被压迫被侮

①　博耶尔作、佩韦译：《脑威现代文学》，《小说月报》1922年11月第13卷第11号。

②　《雪人·自序》，茅盾译：《雪人》，开明书店1928年版，第5页。

③　沈雁冰："海外文坛消息"（一三一）《脑威现代文学的精神》，《小说月报》1922年7月第13卷第7号。

④　郎损：《社会背景与创作》，《小说月报》1921年9月第12卷第7号。

辱民族"和"小民族"等概念①，体现出作为翻译家、文论家的严谨。关于这一话题，今后将另备论文细论。

（原刊《华夏文化论坛》2023 年第 1 期）

---

① 例如，在《小说月报》第 12 卷第 6 号的《最后一页》上，预告"本刊从第七期起欲特别注意于被侮辱民族的新兴文学和小民族的文学"。查阅第 7 号，如期译载了比昂松的短篇小说《鹜巢》，他是将挪威置入"小民族"这一概念中的。再如，茅盾辑译《近代文学面面观》的《序》中，介绍"此册内所述，除德奥外，皆为小民族"，并做出了颇为独特的区域划分，"计北欧的四国，丹麦，挪威，冰地和荷兰；中欧的两国，德和奥；南欧的两国，葡萄牙和南斯拉夫；被压迫民族一，犹太"。茅盾在"被压迫民族"中仅列出了犹太，挪威是被视为"小民族"的。

七　茅盾研究事辑

1 月

20 日，《文艺报》第 7 版推出"文学地理"专题，聚焦茅盾的生活和工作。该专题有三篇文章，分别是王婧莹、贾振勇的《茅盾与北京：一个需要深度发掘的研究领域》，李跃力的《茅盾在西北：从史实梳考到深度阐释》，翟月琴的《重回 1930 年代的上海：新世纪茅盾研究的新动向》。主持人阎晶明写道："茅盾作为中国作家协会的第一任主席、《文艺报》《人民文学》的第一任主编、中国文学最高奖之一'茅盾文学奖'的冠名者，在广大作家和文学工作者当中具有广泛而深远的影响。他是一位紧跟时代步伐，密切关注社会，对人民、对历史高度负责的作家和文学工作领导者。他的人生足迹，既是他战斗、工作的证明，也在他的小说、散文作品中留下深深的印迹和生动的记录。本期专刊，着眼于同茅盾生活、工作、写作相关的'文学地理'，进行学术的也是浅显的叙述和分析。感谢杨扬先生为本期专刊在组稿和策划方面所做的贡献。"

28 日，著名茅盾研究专家、中国茅盾研究会原副会长庄钟庆教授辞世。庄钟庆，1933 年 12 月出生于福建惠安，1949 年 6 月曾参加中国共产党领导的地下斗争。历任闽粤赣边纵八支四团惠安大队东青武装工作队队员，小学教员，人民文学出版社编辑，《唐山劳动日报》编辑。1955 年毕业于厦门大学中文系，1961 年起在厦门大学任教，历任厦门大学中文系讲师、教授、研究生导师。曾任中国茅盾研究会副会长、中国丁玲研究会副会长、中国现代文学研究会理事、福建省文学学会副会长、福建省社会科学联合会理事、厦门市东南亚华文文学研究会会长等。享受国务院政府特殊津贴。1982 年开始发表作品。1984 年加入中国作家协会。著有专著《茅盾的创作历程》《茅盾的文论历程》《茅盾史实发微》《中国现代文学研究方法与实践》，主编《茅盾研究丛书》等 17 部，编选《茅盾》等 8 部，合编 5 部，编撰《丁玲创作独特性面面观》《东南亚华文文学》《中国现代文学》等 20 余部，另外发表论文 100 余篇。

2 月

2 月，连正著《茅盾小说在日本的译介与研究》由中国社会科学出版社出版。该书系河北大学红色文学与文化研究中心"红色文化研究丛书"之一。该著力图探究中日学界在茅盾研究领域中存在的对话与争鸣，述评日本学者独特的研究方法和视角，分析茅盾小说对日本作家作品创作产生的影响，借助日本之"他山之石"阐释了茅盾小说在域外文化体系中所释放出的文学价值和文化意蕴。在细读、翻译和研究所掌握的大量一手日文文献史料的基础上，对茅盾小说在日本的译介与研究历史展开了详细的考证与梳理，最终整合完成了一部较为完整的日本茅盾小说译介与研究史论稿。该著作中不仅附加了茅盾小说日译本及日本学者茅盾研究专著的封面照片、报刊书影，还在书后附录中详细罗列了大量迄今所发现的日本茅盾研究文献目录，为读者了解茅盾小说在日本的传播情况提供了最全面的史料参考。

4 月

16 日，杨扬主讲"《子夜》与三十年代中国长篇小说的文学视野"。上午九时，由中国茅盾研究会、陕西师范大学文学院、陕西省高校中文教指委联合主办的茅盾研究前沿论坛第 1 讲"《子夜》与三十年代中国长篇小说的文学视野"于云端开讲。讲座由中国茅盾研究会会长、上海戏剧学院副院长杨扬教授主讲，中国茅盾研究会副会长、陕西师范大学文学院李跃力教授主持，陕西省作协副主席、陕西师范大学人文高等研究院李国平特聘研究员与谈，二百余位学生参与了此次活动。杨扬教授从目前的茅盾研究困境谈起。杨扬教授认为，茅盾是中国现代重要作家，他的创作取得了很高的成就，也留存了大量的文学研究材料，但学界对茅盾的认识还不够深入，这集中体现在《子夜》的评价问题上。《子夜》有违一些研究者的阅读体验，整体上也有些粗糙，但这并不影响《子夜》的文学成就。《子夜》的内容丰富，既有大视野，也有中视野、微视野，体现了茅盾对社会和政局的看法，彰显了茅盾作为左翼思想者的立场。研究《子夜》，要冲破固有的、本质的评价体系，树立比较的视野，才能彰显出《子夜》不可取代的特点和价值。李国平研究员高度评价了杨扬教授的讲座内容。杨扬教授的分析有历史感、时代感，给予了方法论上的指引，树立了大作家的形象。杨扬教授将茅盾放在 30 年代大背景下，与当时的作家相比，凸显了茅盾的价值、意义、地位，又在纵向的视野上，打开了茅盾研究的空间，彰显了被忽略的茅盾价值，肯定、挖掘了茅盾的思想价值。讲座结束后，杨扬教授回答了线上听众的问题。

24 日下午，浙江省桐乡市召开纪念茅盾响应"五一口号"发布 75 周年座谈会，嘉兴市委统战部副部长朱海林，桐乡市委常委、统战部部长穆海英，桐乡市人民政府副市长施如玉，浙江传媒学院文学院院长朱文斌等出席。茅盾亲属孔海珠，以及中国茅盾研究会副会长赵思运、中国茅盾研究会原副会长钟桂松、华文出版社总编辑余佐赞、民革浙江省委会组统委委员冯杰等专家学者基于自身研究，结合历史与现实、理论与实践，交流了对"五一口号"内涵意义的认识，分享了对茅盾先生文学人生、革命人生的学习和感悟，回顾了民主党派和党外代表人士积极响应"五一口号"，主动接受中国共产党的领导，深入开展多党合作，为中国革命和建设作出巨大贡献的光辉历程。同时，桐乡茅盾纪念馆、图书馆、档案馆、植材小学等单位代表还分享了各自在茅盾研究方面的突出成效，深入讨论了如何在桐乡市打造茅盾研究高地，深化拓展茅盾研究成果，深挖"茅盾研究"这座文学的富矿、马克思主义的富矿、统一战线教育和实践的富矿、桐乡精神的富矿。

26 日，著名中国现代文学专家王铁仙逝世，中国茅盾研究会表示沉痛悼念。唁函如下：

华东师范大学中文系王铁仙先生治丧委员会：

　　惊悉王铁仙先生逝世，不胜悲痛！王铁仙先生是中国现代文学研究界杰出的前辈学者，在瞿秋白研究和现代文学史研究等多个领域取得了突出成就，在《中国社会科学》《文学评论》等刊物上发表多篇重要学术论文，出版有《中国现代文学精神》《瞿秋白传》《新时期文学二十年》等多部重要著作，在学界影响深远。王铁仙先生曾任华东师范大学副校长、《华东师范大学学报（哲学社会科学版）》主编、华东师范大学出版社总编辑等职，为华东师范大学的发展和中国现当代文学的学科建设、人才培养和学术交流等均作出了重要贡献。他的逝世是整个中国现代文学学科的重大损失。

王铁仙先生生前对中国茅盾研究会的发展也给予了较多关注和扶持，中国茅盾研究界的同仁对王铁仙先生的去世表示深切哀悼，对王铁仙先生的家人表示深切慰问。中国茅盾研究会同仁将会接续先生遗志，继续推动茅盾研究和中国现代文学学科的发展。哲人其萎，风范长存！

王铁仙先生千古！

中国茅盾研究会

2023 年 4 月 26 日

28 日，中国人民大学文学院教授杨联芬，作题为"茅盾早期创作与女性主义"的专题讲座。讲座在北京师范大学珠海校区励教楼F401 文理学院会议室举行。北京师范大学文学院教授熊修雨主持。茅盾是中国首位使"Feminism"获得中文命名的女性主义翻译家和社会批评家。他推崇妇女主体意识，赞美女性气质，致力于建构平等的两性关系，并以解放的身体塑造"解放的妇女"，颠覆了传统性别关系，解构了男权中心的道德秩序。由于女性主义精神的注入，他的早期小说在表现革命与文学革新两方面都作出了独特贡献。

4 月，赵思运、蔺春华主编的《茅盾研究年鉴 2020—2021》由中国社会科学出版社出版。《茅盾研究年鉴 2020—2021》系浙江传媒学院茅盾研究中心与浙江省桐乡市文化和广电旅游体育局联袂主持的大型系列文献之一。该年鉴全面呈现了茅盾研究领域的最新成果，凸显出最活跃的茅盾研究队伍的弘毅身影，精心遴选出茅盾研究领域的重要论著、论文，以及期刊、报纸、学位论文的要目索引，梳理了2020—2021年茅盾研究大事记，为文史专家和文学爱好者提供了重要资料，以便更好地传承茅盾精神。年度学者栏目收录陈思广、吕周聚、王卫平的成果，年度新锐学者栏目收录李延佳、连正、翟月琴的成果。

5 月

26日晚上，文贵良主讲《〈子夜〉的"如火如荼之美"与茅盾的汉语实践》。由中国茅盾研究会、陕西师范大学文学院、陕西省高校中文教指委联合主办的茅盾研究前沿论坛第2讲《〈子夜〉的"如火如荼之美"与茅盾的汉语实践》在云端开讲。讲座由华东师范大学中文系系主任、中国茅盾研究会副会长文贵良教授主讲，陕西师范大学文学院副院长李跃力教授主持，李继凯教授与谈。文贵良教授以"汉语诗学"为研究视角，从早期胡适、周作人、茅盾等人对语言形式的论述谈起，引用吴宓对《子夜》"如火如荼之美"的评价，深入探讨了茅盾在《子夜》中的汉语实践，包括都市物语、行业用语、"俏皮话"和大众语四方面。文贵良教授肯定了茅盾从"文学的国语"到"理想的国语"的实践，征引了翔实的文本内容，涉及不同版本的比较问题，整体呈现了"汉语诗学"层面《子夜》的价值。李继凯教授高度认同文贵良教授的研究视角，认为其关注《子夜》语言的"多重部、多重声音变奏"是从社会意义层面转向了语言诗学层面，促进学界研究思路的更新。随后，文贵良教授热情回应了线上听众的提问。

31日下午，浙江省桐乡市茅盾研究会换届大会在桐乡市君陶纪念馆召开。大会听取并审议通过王飞鹏作的《桐乡市茅盾研究会第八次会员代表大会工作报告》、姚雅芳作的《桐乡市茅盾研究会章程（草案）》修改情况的报告。大会选举通过了第八届理事会名单：王飞鹏、王建锋、庄玉萍、张连义、张彩虹、李晓敏、陈杰、姚雅芳、夏富庆、章建明共 10 人。选举庄玉萍为会长，王飞鹏、张彩虹为副会长，陈杰为秘书长，姚雅芳为副秘书长。提名聘请沈韦宁先生为名誉会长，孔海珠、杨扬、钟桂松、赵思运为顾问。新一届会长庄玉萍和桐乡市文联副主席褚万根先后讲话。

6 月

1 日，浙江传媒学院文学院"纪念《子夜》出版九十周年"系列活动启动，文学院院长朱文斌致辞。首场主题讲座由上海戏剧学院副院长、中国茅盾研究会会长、上海市作家协会副主席杨扬主讲，题目是："谈谈《子夜》，谈谈茅盾——纪念《子夜》出版九十周年"。活动由浙江传媒学院茅盾研究中心负责人赵思运主持。《子夜》是茅盾的代表作品，也是文学史上争议最多的作品之一。2023 年是《子夜》出版九十周年，重新来看《子夜》并对相关的评论进行检视，以发现这些不同评价之间的相互关系，借鉴文学史经验，可以为今天的文学史研究和当代文学批评提供一面互鉴的历史镜子。茅盾的《子夜》是在 20 世纪中国文学土壤中生长出来的独一无二的作品。优秀的作品背后一定有坚固的文学审美观念的支撑，不会随着时间烟消云散。研究《子夜》不能仅研究这本书，更要研究其背后的文学活动、文学事件、文学人物和文学观。《子夜》所涉及的人物的丰富性是当下作品难以企及的，而对人物塑造的成功度，与作家的社会眼界联系紧密。

6 月，桐乡籍著名茅盾研究专家钟桂松向桐乡市档案馆捐赠了专著《人间茅盾：茅盾和他同时代的人》等手稿。《人间茅盾：茅盾和他同时代的人》一书曾于 1993 年由河南人民出版社出版，同年荣获桐乡市第一届文学艺术金凤凰奖。该手稿虽已时隔 30 多年，但至今整体排列规整、字体清晰、保存完好，总体呈现气韵生动的美感。钟桂松，浙江桐乡人。曾任中国茅盾研究会副会长，浙江省新闻出版局党组书记、局长等，现为中国作家协会会员。钟先生心系家乡，关心

档案馆馆藏资源建设，截至目前累计向桐乡市档案馆捐赠个人著作
20 余册。除了捐赠图书，钟先生还被档案馆聘为文化顾问，为桐乡
市档案事业发展出谋划策，提出了极具参考价值的意见建议。

7 月

4 日，"茅盾手稿（"简爱"译稿未刊稿等）"——纪念茅盾先生
诞辰 127 周年线上图片展开启。上海图书馆中国名人文化手稿馆是茅
盾先生手稿文献的重要收藏地，藏品主要由茅盾先生之子韦韬于 20
世纪 90 年代捐赠。7 月 4 日是茅盾先生的诞辰日，手稿馆特别策划
了此次线上图片展览，分成"茅盾未刊手稿""各时期个人留影"
"茅盾与文化名人合影""参加社会活动留影""友朋往来书画作品"
"上海图书馆藏茅盾纪念画作"六个板块。其中 1933 年茅盾致郑振
铎函是首次展出，《批评家》论稿、《珍雅儿》（即小说《简·爱》）
译稿均是未刊稿，馆藏旧照片则展示了茅盾先生在不同年代与地区的
形象。手稿馆希望通过这次线上图片展，表达对这位文学巨匠的深切
怀念与崇高敬意。

18 日，"七月的致敬"——新书《茅盾和他的儿子》首发式活
动在桐乡市举行，共同纪念茅盾先生诞生 127 周年，韦韬先生诞生
100 周年、逝世 10 周年。茅盾先生的儿子韦韬也是一位有信仰、有
理想、有追求的革命者。韦韬的一生，是和中华民族解放事业、茅盾
文学事业紧密相连的一生。他把父亲茅盾的事业当作自己的事业，把
推动国家文化事业的发展当作自己的分内事。晚年更是把大量独一无
二的茅盾珍贵手稿、档案无偿捐献给国家，使茅盾的创作经验成为全
人类的财富。在他平凡的一生中，作出了巨大的不平凡的贡献。茅盾
研究专家钟桂松先生与韦韬先生在长达三十多年的交往中，积累了大
量的史料，历时两年写就了《茅盾和他的儿子》一书，2023 年 7 月
由研究出版社出版。

8 月

5—7 日，三集纪录片《沈泽民》于每晚在央视纪录频道（CCTV-9）播出。这是迄今为止国内第一部全面回顾革命烈士沈泽民一生的文献纪录片，以《上下求索》《长风破浪》《青山有幸》三个篇章，再现了沈泽民投身新文学运动、接受革命理论学习以及在鄂豫皖根据地从事革命斗争的三个阶段，回望了他短暂而光辉的一生。

1900 年，沈泽民同志出生在桐乡乌镇，是现代文学巨匠沈雁冰（茅盾）的胞弟。他既是五四新文化运动的战士，也是信奉共产主义、为劳苦大众争取解放的斗士。在 1921 年党的一大召开之前，沈泽民就已加入中国共产党早期组织，是中共最早的 58 名党员之一。1925 年，他受党组织派遣留学莫斯科中山大学，毕业于苏联红色教授学院。1930 年，他受共产国际派遣，回国投入大革命洪流。1931 年 1 月，沈泽民任中共中央宣传部部长。随后前往鄂豫皖苏区，任中共鄂豫皖省委书记等职。在红军主力撤走后，沈泽民继续坚守苏区抗击国民党围剿，因劳累过度，1933 年 11 月 20 日病逝于鄂豫皖，终年仅 33 岁。

18—20 日，中国茅盾研究会 2023 年理事会暨"茅盾的文学探索与中国式现代化"研讨会在河南大学举行，活动由中国茅盾研究会主办、河南大学文学院与河南大学新闻与传播学院承办。大会包括理事会、临时党支部会、学术研讨会等环节，以线上线下相结合的方式召开，40 余位来自全国各地及日本的茅盾研究学者参与了此次会议。

开幕式在河南大学文学院二楼多功能厅举行。开幕式由河南大学新闻与传播学院院长王鹏飞主持，河南大学文学院院长武新军和中国茅盾研究会会长杨扬先后致辞。武新军对各位专家、学者的到来表示热烈欢迎，并向与会嘉宾介绍了校情、院情。中国茅盾研究会会长杨扬在致辞中对承办单位的辛勤付出表示了感谢，并总结了近年来中国茅盾研究会的主要工作和取得的成绩，同时介绍了中国茅盾研究会会刊《茅盾研究》的出版情况，并代表学会向各位专家学者诚挚约稿。最后，杨扬会长表示学会将会在中国作协的领导下，在各位理事、会员和社会各界的支持下，持续推进茅盾研究的高质量发展，积极践行中国式现代化的时代使命。

此次会议分三个场次，分别从茅盾作品再解读、茅盾的异域体验与传播接受、茅盾相关史料等主题展开，涌现了许多新材料、新方法和新观点。第一场次主题研讨由杨扬教授主持。青岛大学教授吕周聚、兰州大学教授张向东、四川师范大学教授刘永丽、华东师范大学教授凤媛、西南大学教授李永东等分别就"《子夜》中的美国因素""从'新名词''外来语'看茅盾小说的'革命性'""茅盾小说中的声音帝国主义"等作主题发言。河北大学教授阎浩岗对本场次主题发言进行了评议。第二场次主题研讨由华东师范大学中文系主任、中国茅盾研究会副会长兼秘书长文贵良教授主持。陕西师范大学教授李跃力、浙江传媒学院教授赵思运、浙江师范大学教授徐从辉、上海师范大学教授朱军等分别就"茅盾的苏联之行与苏联书写""苏联《外国文学》转载茅盾批胡文章史料释读""文艺复兴运动中的中国左翼"等作主题发言。四川师范大学教授刘永丽对本场次主题发言进行了评议。第三场次主题研讨由中国现代文学馆研究员北塔主持。深圳大学教授谢晓霞、天津师范大学教授刘卫东、河南师范大学副教授田丰、首都师范大学教授孟庆澍、华东师范大学教授文贵良等分别就"茅盾的记忆重塑与自我书写""茅盾与大连会议""茅盾佚文考释"等作主题发言。浙江师范大学教授俞敏华对本场次主题发言进行了评议。

自由发言环节由河南大学文学院教授刘进才主持。陕西师范大学李跃力教授对研讨会作了学术总结，他表示，此次研讨会具备历史化、多元化、还原化的特点，是一次优质的学术会议，进一步提升了中国茅盾研究会在中国现当代文学研究界的学术影响力。

29 日，为纪念《子夜》出版 90 周年，"一个自觉的时代书写者——纪念茅盾先生《子夜》出版 90 周年特展"在浙江文学馆开幕。活动由中国现代文学馆主办、浙江文学馆协办。出席之江文化中心启动仪式并观展的嘉宾有：文化和旅游部副部长饶权、中国作家协会副主席陈彦、国家文物局博物馆与社会文物司司长刘洋。浙江省副省长胡伟等陪同参观。

此次展览展出茅盾《子夜》手稿、《子夜》记事珠、《子夜》写作纲要等珍贵文物，分五个单元展陈。第一单元"从沈雁冰到茅盾"，详细介绍茅盾先生的早年经历，通过珍贵的照片、档案资料、原文初刊等，带我们走近写成《子夜》的茅盾。第二单元"一个1930年的中国罗曼司"，茅盾《子夜》手稿亮相其中。作为茅盾先生最引以为傲的作品，《子夜》始作于1931年10月，至1932年12月完稿，后于1933年由开明书店出版单行本，以文学的方式为人们再现1930年代中国的社会长卷，成为中国现代文学史上的经典佳作。第三单元"机械工业时代的英雄、骑士和王子们"，为人物群像实体造景。《子夜》塑造了以吴荪甫、赵伯韬为首的众多人物形象，而在展厅的中心区域，观众可以与这些从文学作品中"走出来"的人物一起拍照互动，仿佛穿越进茅盾先生笔下的世界。第四单元"现实主义的胜利"，不仅全面展示了《子夜》在各个文学阵营中收获的广泛评价，还带领观众领略《子夜》走出国门、走向世界的风采。第五单元为"前驱者的遗产"。该区域展示历届"茅盾文学奖"的获奖作品，引导观众随着这些优秀作品一起聆听前辈心声，感受新时代强音。

8月，中国茅盾研究会编、杨扬主编的《茅盾研究》第19辑《茅盾与中国文学的现代化》由华东师范大学出版社出版。16开本，301千字。第19辑收录了中国茅盾研究会学者撰写的论文多篇，栏目包括茅盾作品与思想研究、史料考证、青年论坛、书评、学人纪念、现代文学语言研究，充分展现了新时代茅盾研究的学术成就，也反映出国内学者在茅盾研究的广度、深度上进一步拓展的发展趋势，弘扬了茅盾先生心怀天下、求真务实和为人生的文学创作精神。

9 月

9 月，钟桂松著《茅盾传》由人民文学出版社出版。16 开本，422 千字。钟桂松潜心研究茅盾四十余年，钩沉史料，为我们奉献了一部别样的《茅盾传》。书中写尽了茅盾的艰难经历和巨大贡献。在茅盾家族的史料挖掘、茅盾在商务印书馆的史实记录、茅盾的革命活动与艰辛付出等诸多方面全面超越了以往的茅盾传记，为我们塑造了一个真实可信、有血有肉的茅盾形象。该书披露全新史料，还原历史真实。40 余万文字 30 余幅珍贵照片读懂一代文学巨匠的"为人生"与"不尽才"。

10 月

23 日晚，青岛大学二级教授、中国茅盾理事会常务理事吕周聚教授做客"茅盾大讲堂"，在浙江传媒学院文学院 101 教室作学术报告"人性视野中的《子夜》"。这是浙江传媒学院茅盾研究中心"纪念《子夜》出版九十周年"系列讲座第二讲。该活动由桐乡市人民政府、浙江传媒学院主办，浙江传媒学院桐乡校区管委会、浙江传媒学院文学院、浙江传媒学院茅盾研究中心承办，中国茅盾研究会学术指导。报告由浙江传媒学院文学院副教授张连义主持，浙江传媒学院茅盾研究中心主任赵思运教授点评。文学院 100 余名学生聆听了报告。中国茅盾研究会理事、桐乡市茅盾纪念馆主任陈杰受邀参加了活动。

吕周聚从西方文化与中国传统文化两个维度梳了"人性"的嬗变。他以人物塑造为例，从人性论的视角对《子夜》进行了解读。他认为，《子夜》以 20 世纪 30 年代的上海为背景，主人公围绕攫取金钱而展开故事。小说中的人物表现出他们特定环境下的"人性"。吴太爷的顽固，四小姐的压抑，吴荪甫、赵伯韬、冯玉卿等的金钱至上，上演了一出出上海滩的好戏。借助分析人物内在的人性逻辑，他提炼出时代背景下欲壑难平的普遍人性弱点。尤其是他对于革命与性话语交织的内在逻辑分析，十分精到。吕周聚通过"人性"这一新的角度帮我们摘掉了《子夜》政治化的标签，突破学界长期在解读《子夜》时的困境，还原了真实的茅盾。

24 日下午，浙江大学传媒与国际文化学院胡志毅教授作客"茅盾大讲堂"，主讲"茅盾小说的影视改编"。活动由浙江传媒学院桐乡校区管委会、浙江传媒学院华策电影学院承办。华策电影学院发展研究中心主任濮波教授主持，浙江传媒学院茅盾研究中心主任赵思运教授，华策电影学院副院长向宇教授，中国国家话剧院国家一级演员、华策电影学院特聘教授间汉彪和浙江传媒学院桐乡校区众多师生参与此次讲座。

胡志毅以"茅盾小说的影视改编"为题，从《春蚕》《林家铺子》《霜叶红似二月花》《子夜》等电影和电视剧切入，探讨茅盾的小说文本如何利用影视媒介方式进行传播。近年来，文学改编电影成了学术界的热议话题，而恰恰有不少影视作品改编自茅盾的经典小说。茅盾的文学作品主要以上海和他的故乡乌镇作为故事背景，胡志毅曾在论文《颓败的风景：50、60 年代中国电影中的江南影像》中提出过"江南影像"的概念。他认为，《林家铺子》以现实主义影像志的形式出现，使人产生了一种对于江南的想象和幻觉。这种印象并不仅仅是一种实地考察的结果，而是一种影像的感受和认知。茅盾小说改编的另一部作品《霜叶红似二月花》同样再现了江南水乡的风情。胡志毅通过《子夜》引出了"都市空间"的概念。

濮波教授在总结中指出，胡志毅在逐层的剖析与解读中展现了当代文艺研究的四个面向。其一是史学的魅力，深入到了茅盾小说创作及影视改编的历史现场，还原了历史、小说及影视的艺术面貌。其二是从史学的角度出发，强调符号到符码之间的关联性，给我们呈现了一个作家从盛年到晚年的创作样貌和生命关系。其三是空间的面向，从《林家铺子》中的乡村味道到《子夜》中的上海城市景观，引领我们进入到了空间的感知当中。其四是伦理的感知，即一个严肃学者在对自身研究对象的观照之中，如何用一生的热爱不断地填满它。

11 月

11 日，浙江大学文学院观通学社主办的第 70 期活动"多声部的《子夜》与复数的 1930 年代——左翼文学研究青年学者工作坊"在杭州欧亚美国际大酒店西湖厅顺利举办。来自南京大学、复旦大学、华中师范大学、北京师范大学、中国现代文学馆、浙江大学、杭州师范大学、浙江传媒学院、湖州师范学院等国内十余所高校与科研单位的数十名学者及研究生、本科生参加了此次活动。工作坊以《子夜》单行本出版 90 周年为契机，围绕《子夜》及 1930 年代左翼文学的诸多问题展开了深入讨论。

上午的开幕环节，浙江大学文学院张广海老师首先介绍了此次活动的缘起，接着由浙江大学文学院党委书记李铭霞老师与浙江大学文学院观通学社社长史文磊老师分别致辞，对与会学者表达了热烈欢迎，并介绍了浙江大学文学院及观通学社的基本情况。

湖州师范学院人文学院余连祥老师主持开展了第一场报告。南京大学文学院葛飞老师首先作了题为"批评的批评：《子夜》的政治"的报告，特别探讨了《子夜》问世之初的批评及其引发的其他问题。华中师范大学文学院吴述桥老师则聚焦《子夜》的评价与"经典"地位问题，作了题为"'伟大作品'论争与《子夜》的经典化"的报告。复旦大学中文系康凌老师作报告"'街头是我们的战场'：左翼诗歌中的感官经验与都市空间斗争"，以左翼诗歌为主要研究对象，发掘了其中所蕴含的丰富解读潜能。杭州师范大学人文学院刘杨老师以"重审《子夜》的诗学价值"为题，探究了《子夜》美学修辞的独特性和价值之所在。武汉大学文学院严靖与孙大坤老师、山东师范大学文学院刘子凌老师、浙江工业大学人文学院颜炼军老师分别做了精彩评议。

第二场报告由浙江大学文学院邢程老师主持。首先，首都师范大学文学院何旻老师分享了题为"左翼文体问题：《铁流》复译考及诸版本校读"的报告，集中探讨了《铁流》的出版竞争、文体翻译、版本增删等问题。而后，华南师范大学文学院刘潇雨老师以"制造

'女读者'——左翼文学的性别政治与阅读型构"为题，探索了包括革命文学的读者阶层及其性别接受在内的诸多话题。杭州师范大学文化创意与传媒学院周敏老师则从竹内好《新颖的赵树理文学》一文中的观点出发，探寻吴荪甫作为一个"崩溃的个体"所折射出的现代意味。最后，浙江传媒学院文学院张连义老师论述了茅盾小说的"焦虑"书写。北京师范大学文学院高世蒙老师、杭州师范大学人文学院王晴飞和吕彦霖老师、北京师范大学文学院林分份老师发表了深入细致的评议。

浙江传媒学院文学院赵思运老师主持第三场报告。第一位报告人为湖州师范学院人文学院余连祥老师。余老师依托丰富史料，详细阐述了1930年前后的丝绸业与《子夜》之间的联系。接着，山东师范大学文学院刘子凌老师以街道、建筑、会所为线索，探讨了《子夜》的空间肌理。中国现代文学馆学术研究部付丹宁老师则以"鼓动与动员"为题，探索了杨邨人苏区书写的独特性。浙江工业大学人文学院邱晓丹老师从《子夜》的名称改动出发，讨论了小说的时间隐喻与结构美学。最后，北京师范大学文学院高世蒙老师探讨了《子夜》中的"风景"书写在小说结构中的作用及多重意义。评议环节，首都师范大学文学院何旻老师、浙江大学文学院邢程老师、南京大学文学院葛飞老师、杭州师范大学文化创意与传媒学院周敏老师、华南师范大学文学院刘潇雨老师分别进行了细致且有建设性的评议。

第四场为圆桌讨论，由中国现代文学馆学术研究部付丹宁老师主持。首先，浙江传媒学院文学院赵思运老师、浙江工业大学人文学院颜炼军老师分别发表了题为"《子夜》接受的框架分析——以1933—1934年为例""小说家的新诗观——从茅盾《子夜》里的诗人形象说起"的引言。此后的自由发言环节，浙江大学文学院陈奇佳、邢程、张广海老师，北京师范大学文学院林分份老师，杭州师范大学文学院吕彦霖老师，武汉大学文学院严靖、孙大坤老师，浙江农林大学文法学院关琳琳老师等纷纷发表了自己的看法。议题内容从《子夜》的教学，到左翼的代际与派系，再到《子夜》的"油画感"、《子夜》的特定意象等，涵盖极广，讨论气氛热烈。

最后，浙江大学文学院的张广海老师进行了活动总结。

18 日下午，"2023 中国文学盛典·茅盾文学周"作家"三进"系列活动的重要内容之一——茅盾珍贵手迹档案展开展暨《茅盾珍档集》首发仪式在桐乡市档案馆举行。活动由中共桐乡市委宣传部、桐乡市档案馆主办，浙江传媒学院茅盾研究中心、桐乡市文艺界联合会协办，桐乡茅盾纪念馆、桐乡市博物馆支持。第十一届茅盾文学奖获奖作者杨志军，茅盾先生长孙沈韦宁，浙江传媒学院文学院党委书记陈斌，浙江传媒学院茅盾研究中心主任、中国茅盾研究会副会长赵思运，嘉兴市档案局局长、档案馆馆长金培中，桐乡市领导朱国清、丁瑜琼、施如玉、陈炳荣，为"我走过的道路——茅盾珍贵手迹档案展"揭幕。此次茅盾珍贵手迹档案展精选茅盾先生珍贵手稿档案143 件，珍贵照片档案 43 张，珍贵出版物档案 51 册，分"鸿鹄之志""文以载道""再现流年""君子之交""乡情家风"五个篇章，讲述了茅盾珍贵档案背后的故事，展示了茅盾先生革命的一生、创作的一生。首发的《茅盾珍档集》收录了大量茅盾先生的日记、回忆录、书信、小说、诗词、文艺评论等手稿，翻开书页，便可以欣赏到茅盾先生娟秀的字体、流畅的书写，洋溢着浓浓的书卷气。其不仅有着珍贵的历史价值，而且也是百看不厌的书法艺术作品。

18—19 日，第五届"鲁迅、郭沫若、茅盾学术研讨会"在浙江杭州召开。研讨会以"鲁郭茅与中国文学现代传统"为主题，由中国现代文学研究会、中国鲁迅研究会、中国郭沫若研究会、中国茅盾研究会与中共杭州市钱塘区委宣传部、杭州市钱塘区文学艺术界联合会联合主办，由浙江财经大学中国语言文学学科、杭州市钱塘区作家协会承办。中国现代文学研究会会长刘勇教授，中国鲁迅研究会常务副会长黄乔生教授，中国郭沫若研究会副会长魏建教授，中国茅盾研究会会长杨扬教授，浙江财经大学副校长李占荣，杭州市钱塘区文联党组书记、主席谭雪华出席开幕式。此次会议有来自北京师范大学、浙江大学、复旦大学、南京大学、武汉大学、华东师范大学、华中师范大学、上海戏剧学院、中国传媒大学、上海师范大学、安徽师范大学、南京师范大学、重庆师范大学、浙江师范大学、杭州师范大学、浙江财经大学、澳大利亚新南威尔士大学以及中国现代文学馆、中国社会科学院郭沫若纪念馆、《郭沫若学刊》、《中华读书报》等国内外高校、科研机构及新闻媒体的 70 余名专家学者莅临。开幕式由浙江财经大学人文与传播学院院长周保欣教授主持。

中国现代文学研究会会长刘勇在致辞中对"鲁郭茅"研究与中国现代文学研究之关联进行了深刻的理论辨析，并指出，研究"鲁郭茅"，就是研究经典。他强调，文学与经典不断发生碰撞和对话，文学经典化的过程，是一个不断发现问题的过程，高屋建瓴地表述了关于经典建构与重构的重要思考。中国鲁迅研究会常务副会长黄乔生在致辞中回顾了"鲁郭茅"三家学会合办学术研讨会的缘起及其学术依据，认为"鲁迅、郭沫若、茅盾学术研讨会"的持续成功召开，已经成为目下现代中国文学研究的重镇，并对"鲁迅、郭沫若、茅盾学术研讨会"所将产生的优秀学术成果保持期待。中国郭沫若研究会副会长魏建在致辞中探析了中国现代文学的"浙江籍"现象，高度评价浙江籍作家在中国现代文学进程中所发挥的关键作用，继而论及郭沫若诗歌的浙江书写。同时强调，郭沫若等领域的学术研究必须排除与打破"成见"，并期待会议的圆满成功。中国茅盾研究会会长杨扬在致辞中指出浙江籍作家对现代中国文学的重要贡献，并结合自身的生活经验强调浙江文化对作家及学人的熏染与影响，并且认为，在当下的科研机制与研究格局中，"鲁郭茅"三家学会的强强联合，具备引领性的学术意义，也将产生持续性的学术影响。

会议进行了两场主题发言和三场分会场研讨。

18 日上午，第一场主题发言分两组进行。第一组讨论由浙江大学黄健教授主持，杭州师范大学邵宁宁教授担任评点人。上海戏剧学院朱栋霖教授发言题目为"云端对话，近半世纪后"，以戏剧性的虚构手法拟想"鲁郭茅巴老曹"六位巨匠之间以及文学史与当下之间的"云端对话"。山东师范大学魏建教授评述了王富仁对于郭沫若研究的贡献，高度阐扬其学术成果在文学史/文化史脉络中的启示意义和学术史价值。上海戏剧学院杨扬教授在发言中以《子夜》为例谈及中国现代文学研究依然需要持续深耕不辍的议题。复旦大学郜元宝教授再说《野草》"外典",详尽分析鲁迅所用"外典"的独特质素。澳大利亚新南威尔士大学寇志明教授从反帝的角度分析、比较郭沫若与鲁迅的诗。第二组研讨由华东师范大学凤媛教授主持,浙江省社科院项义华教授担任评点人。陕西师范大学赵学勇教授认为茅盾奠定了百年中国鲁迅研究的基本格局及其评价的基本路向,茅盾对现代文学批评之整体性水准的提升,对百年中国文学批评史的再书写都有着相当重要的价值。中国传媒大学张鸿声教授以"社会透视与乡土小说"为关键点解读茅盾。南京大学沈卫威教授结合文学文本和第一手史料,分享了在"江南水师—陆师学堂与鲁迅相遇"的考察成果与心得。华东师范大学文贵良教授详尽论析《子夜》"如火如荼之美"的汉语诗学特质。《郭沫若学刊》的杨胜宽教授以郭沫若诸子研究为观察视角,探析郭沫若对古代社会形态演变"推移期"的评判。

18 日下午,大会进行了三场分组讨论,来自北京、上海、浙江、江苏、河北、广东、四川、重庆、河北、湖南、湖北、辽宁等地的专家学者,围绕"鲁郭茅"与中国文学现代传统塑形、"鲁郭茅"与中国文学传统的创造性转化、中国式现代化视野中的"鲁郭茅"与现代文学史经验、中国式现代化与"鲁郭茅"的文学史重评、"鲁郭茅"个案性专题研究等诸多议题展开讨论,呈现了"鲁郭茅"研究的新视野、新方法与新境界,也为"鲁郭茅"研究的持续深耕奠定了坚实的基础。

19 日上午,第二场主题发言分两组展开。第一组主题发言由安徽师范大学方维保教授主持,华中师范大学吴述桥教授评议。武汉大学陈国恩教授探讨了"鲁迅的经典化与作为历史镜像的'鲁迅'研究"。南京师范大学杨洪承教授"再论茅盾小说现实主义传统的'现代'品格"。浙江大学黄健教授从文化维度阐释《阿 Q 正传》经典性的生成。浙江省社科院的项义华教授论说鲁迅、郭沫若、茅盾的文学路向,"将他们的行动纳入中国现代社会发展进程中进行综合考察和比较分析"。浙江财经大学赵顺宏教授探讨鲁迅"知人论世"型文学史著述及其演变，认为鲁迅"知人论世"型文学史的精神脉络与文学史的知识脉络相互渗透，辩证统一。第二组主题发言由浙江财经大学赵顺宏教授主持，浙江大学陈奇佳教授评议。杭州师范大学邵宁宁教授探讨鲁迅的自然审美与反浪漫书写。安徽师范大学方维保教授聚焦新文学史中"鲁郭茅"体制的形成及其叙事表意功能。华东师范大学凤媛教授以从《阿 Q 正传》到"农村三部曲"的文本链阐述 20世纪二三十年代江南社会"绅—民"关系及演变的文学表达。重庆师范大学凌孟华教授再谈郭沫若《谒见蒋委员长》的版本与传播问题。华中师范大学吴述桥教授探讨鲁迅与左翼文艺的图像传统。

大会发言既有对"鲁郭茅"文本与思想的细腻剖析与深入阐释，也有对"鲁郭茅"学术史的细致梳理与先锋探索，昭示出对新时代"鲁郭茅"研究历史衍化及价值取向的总体性把握，亦彰显着"鲁郭茅"研究梯队的精神传承与学术活力。

19 日上午，会议举行了闭幕式。浙江大学陈奇佳教授作大会学术总结。中国现代文学研究会副秘书长李浴洋致辞。周保欣教授代表会议承办方致闭幕词，宣布第五届"鲁迅、郭沫若、茅盾学术研讨会"圆满结束。

八　学位论文摘要和报刊论文要目

2023 年博士硕士学位论文摘要

【1917—1927 年沈雁冰话语资本体系的建构】

作者：辛玲，指导教师：黄乔生，河北大学，中国现当代文学专业，博士，2023。

该文运用"话语资本"这一概念，试图以此说明沈雁冰思想发展状况和话语言说方式的形成。在沈雁冰思想发展过程中，他受西方思想影响的情况非常复杂，并不是某一种主义就可以概括，究其实质，沈雁冰是要建构一套以实现"精神自由"为核心的话语体系。作为在新文化运动中成长起来的知识分子，沈雁冰通过《新青年》开拓了理论眼界，但是每一种理论并非作为一个整体被他吸收。沈雁冰对每一种理论进行了"解码"，汲取其中有利于推进个人自由意志生成的因素进行有机整合，建构起了属于个人的话语资本体系。这套话语资本继续影响他对其他理论观念的学习和吸收，并且不断生产出新的文化成果。

沈雁冰的话语资本建构是一个动态的过程，具有以实现自由意志为最终目标、开放性、扩大再生产性，以及一贯性等特点。他的话语资本体系最初建构于新文化运动时期。他所接触的大量西方文化资源，以及当时新文化倡导者的文章著作，都作为一种文化资本，协助沈雁冰生产自己的话语资本。因此，该文在第一章以《新青年》为中心介绍了新文化运动时期知识分子文化革新工作，目的就是明确沈雁冰话语资本建构的文化语境。

在建构了个人话语资本体系的雏形之后，沈雁冰利用自己在商务印书馆工作之便，积极参与到当时的社会热点问题讨论之中，如青年道德革新讨论与妇女解放讨论。他的理论思想在这种文化实践中得到磨炼与提升，话语资本体系不断得到扩充，逐渐形成了自己的话语言说方式。同时，沈雁冰借助工作之便，翻译介绍了大量的西方作家作品，还积极参与到新文学的建设活动中。通过这些文学活动，他在继续建构个人话语资本的同时，也将自己的思想通过文学进行传播。

20世纪20年代末，随着国共合作和国民革命的发展，左翼文学成为共产党在文化战线的主要力量。在这时期，沈雁冰发生了一个身份的"分裂"。1927年后，沈雁冰以"茅盾"为笔名正式进入文学创作领域。这一笔名的出现，意味着他有意识地将政治身份和文化身份进行区分。1927年之后，具有双重身份的沈雁冰，将自己在新文化运动时期建构起来的话语资本交到了"茅盾"手上，这也使得茅盾在创作中保持了自身话语资本的一贯性。这一话语资本体系的延续也使茅盾成长为一名以理性思辨为创作特色的文学家。

随着沈雁冰对实际革命运动的参与以及对马克思主义学习的深入，他的理论视野得到了拓展，对思想革新的途径有了新的认识。他努力寻求政治革命与个性解放之间的联动。虽然在探索过程中，存在着诸多问题，但这些缺陷无法掩盖沈雁冰为中国文化革新作出的突出贡献。他在新文化运动中形成的思维方式和话语资本，也为他今后思想的发展奠定了基础。

【变迁与坚守："革命文学"论争语境中的茅盾创作研究】

作者：杨智涵，指导教师：贾振勇，山东师范大学，中国现当代文学专业，硕士，2023。

长期以来，研究者通常以一种宏观的视野将"革命文学"论争视为茅盾整个文学生涯的重要转折点，默认此次论争促使茅盾不断重塑自身的文学观念，进而得以重回左翼文学阵营。该文则选择另辟方向，从微观出发，通过对具体文本和历史现象的梳理解读，重新探究茅盾在"革命文学"论争语境中的创作变迁与坚守，并在此基础上探寻一种阐释茅盾与"革命文学"论争关系的可能性。

第一章探讨茅盾在"革命文学"论争语境中"时代性"的创作变迁选择。第一节以《从牯岭到东京》和《读〈倪焕之〉》的发表时机为切入点，发现茅盾并非被动回应对方责难，而是主动参与此次论争，以在革命文学阵营的内部分化中更好确立自我位置，表达自我观点。第二节在对论战双方理论逻辑的把握下，发现《读〈倪焕之〉》中茅盾对"实感"的理解加入了阶级分析的色彩，同时也开始自觉地正式运用"意识形态"术语，而它们都在"时代性"概念中得到了集中阐释。茅盾正是在"意识形态"的自觉武装下，以"时代性"这一概念接受了对手的理论预设，对文学作用的认识实现了从"镜子"向"斧头"的改变，更借此论述将《蚀》三部曲以"未完成品"的形式纳入了自己调整后的文艺理论体系。第三节具体考察了茅盾在论争前后的文学创作中对"出路"与"绝路"革命抉择的历时性变化，这一变化过程不仅深刻地体现出论争对茅盾文学创作所产生的具体影响，同时也表现出茅盾开始在文学创作中运用"时代性"准则，意图实现对自身思想及创作困境的突围。

第二章探讨"革命文学"论争语境下茅盾在文学创作中坚守的异质性表达。虽然茅盾在论争中不断靠近革命文学派的理论逻辑，开始将创作自觉地臣服于"意识形态"的权威，但其政治理性却仍然遭遇着非理性的困扰，二者之间的矛盾使他难以消除作品中的异质性表达。第一节分析了茅盾在这一时期的创作中持续运用心理现实主义的表现。他将幻觉与现实相交织，更不断让人物凝视自我灵魂，进行自我论战，从而使作品带有了某种"复调"的特质，实现了心理与现实的有机糅合。第二节探究了茅盾如何在书写革命时不自觉地背离"历史的必然"。"意识形态"的强势介入不仅没有掩盖颓废的情欲气息，而且也没能让阶级话语得到真正的呈现，历史的推动力依旧缺席。第三节考察了茅盾如何借助"革命＋恋爱"的叙事模式在作品中传达出自我政治困境。"抛弃"行为和"留别"情绪并未因他主动靠近创造社和太阳社的理论逻辑而被完全舍弃，《虹》的未完成状态更隐含着对自己与党组织关系的担忧。

第三章反思"革命文学"论争语境中茅盾创作变迁未完成的这一现象。第一节分析看似前后矛盾的文论，从中认识到茅盾在论争中一如既往地关注文学自身，并且将目光转移至革命文学的接受主体——小资产阶级，意图重新设计一条建设革命文学的路径，即通过不断吸纳这一群体，持续性扩大革命文艺的地盘以通往无产阶级文艺。换言之，茅盾没有发生突变，而仅仅进行了内部调整。但对于茅盾自身和其论战对手来说，这一变化因为文本阶级话语的缺席所以是未完成的。第二节进一步探讨了这一"转而未转"对其文学创作产生的具体影响。它标志着茅盾开始正面处理文学与政治的矛盾，而屡遭失败的创作则宣告了他彻底摒弃审美的不愿和不能。第三节分析了论争前后茅盾在创作中的"转而未转"实质上是运用某种言说策略的外在表现。他不断通过反思式的自我声明来强化文坛对自己已经完成转变的印象，以找寻一个"合法"身份进行发声，为左翼文学的建设而不断努力。

【茅盾五十寿辰纪念活动研究】

作者：张少宇，指导教师：刘子凌，山东师范大学，中国现当代文学专业，硕士，2023。

作为中国现代文学史上一位极其重要的作家，学界对茅盾各方面的研究已经十分丰富，但有关1945年茅盾五十寿辰纪念活动的专门研究却并不充分。这一活动由中共南方局发起，其中的政治意味颇多，但又并非局限于此。该文力图展现当时多元复杂的历史场景，期待对茅盾研究、大后方文学研究有所助益。

论文的绪论部分包括研究目的和意义，研究现状评述以及研究方法、思路和创新点，在历史脉络梳理和前人研究综述的基础上阐明了论文的学术起点和研究价值。

第一章主要探讨茅盾五十寿辰纪念活动（简称"寿茅"活动）的历史语境。该文对茅盾五十寿辰纪念活动的筹备时间进行了考证。该文以"寿茅"活动时间节点的选择为切入口，对"寿茅"活动发起时的政治文化环境进行了细致的考察，发现中共南方局之所以选择在1945年6月24日举办"寿茅"活动，微观来看是为《清明前后》的上映造势，宏观来看，是为了在文工会解散后以合法方式团结引导文化人、促进《在延安文艺座谈会上的讲话》在国统区的传播。

第二章分析茅盾五十寿辰纪念活动的多重话语构造。通过祝寿活动的合法形式外衣，南方局撷取国民党当局、茅盾本身文坛影响力等多方话语资源，将茅盾二十五年来的文学道路塑造成了"人民文艺"的历史道路，使茅盾成为"人民文艺"的代理人，也在新文学传统中为"人民文艺"构建了历史合法性。不同话语形态的众声喧哗，呈现了"寿茅"活动的丰富性。

第三章对茅盾五十寿辰纪念活动的展开过程进行了全面、系统的发掘、整理与解读。通过当时的新闻报道以及"寿茅"活动相关人员的传记、年谱、书信、日记、回忆录挖掘"寿茅"活动相关的史料，详尽梳理了"寿茅"活动相关人员、祝寿会活动现场、特价发售茅盾著作活动、茅盾文艺奖金征文活动的情况。

第四章主要研究茅盾在其五十寿辰纪念活动后产生的变化。茅盾精准领会了南方局通过"寿茅"活动建构"人民文艺"的政治意图，及时调整了自身的思想立场，积极参与到了"人民文艺"在大后方的话语实践中。《清明前后》的构思之变就清晰地展现出了茅盾进行自我调适的过程。同时，成为"旗帜"的茅盾不只创作出了具有人民立场的理论与作品，更为中国知识分子示范了一种自我改造的姿态，影响了当代文学的发展。

【改写理论下茅盾译格雷戈里夫人戏剧研究】

作者：林美宏，指导教师：王春，大连外国语大学，英语语言文学专业，硕士，2023。

茅盾（1896—1981）是著名的作家、文学评论家和戏剧翻译家，在中国现当代享有盛誉。茅盾在五四新文化运动期间翻译了七部爱尔兰戏剧，其中六部是来自格雷戈里夫人，对中国文学的发展也作出了突出贡献。受此启发，该文以改写理论为基础，探讨茅盾戏剧翻译中的社会意识形态、赞助人和诗学因素，以考察其对翻译、传播和接受的促进作用。

该文以改写理论及其应用为框架，采用描写翻译研究方法、文献分析法和定量定性研究方法，旨在回答三个问题：1）社会意识形态

是如何影响茅盾翻译的主题选择的；2）出版赞助人是如何操纵茅盾
在翻译中选择的文本；3）茅盾的翻译思想是如何影响他的戏剧翻译
策略的。

研究发现，在意识形态方面，茅盾重视开启民智和传播新文学的
必要性，翻译主题均围绕社会底层问题剧和爱国主义戏剧展开。在赞
助人方面，在商务印书馆对茅盾主编事业的支持下，茅盾选择格雷戈
里夫人戏剧进行翻译。在诗学方面，茅盾的翻译策略是异化，茅盾选
择欧化白话文进行翻译，翻译方法上选择采取直译或直接加注释，旨
在准确传递原文意义的同时，通过注释为读者提供更多信息，进而提
升戏剧译本的可读性。

【叙事学视域下茅盾"农村三部曲"英译研究】

作者：赖春梅，指导教师：蓝红军，广东外语外贸大学，翻译学
专业，硕士，2023。

茅盾"农村三部曲"，包括《春蚕》《秋收》《冬残》，作为一部
农村革命小说集，刻画了 20 世纪 30 年代旧中国农村变化和农民觉醒
的全过程。外来译家沙博理完成了"农村三部曲"的翻译，译文收
录在 Spring Silkworms and Other Stories 翻译小说集中，于 1956 年由国
家外文出版社出版。莫娜·贝克首次将社会叙事学与翻译学相结合，
从叙事建构的角度多元化阐述翻译行为。沙译本从翻译选材到翻译创
作再到翻译编辑体现出较强的国家、社会和个人叙事特征，是一种积
极的国家对外叙事。从叙事建构视角多层次解读沙博理"农村三部
曲"英译作品具有一定的研究价值。但目前国内还未有学者从该视
角对"农村三部曲"沙博理译本进行研究。鉴于此，该研究采用贝
克的叙事建构理论，来解读"农村三部曲"沙博理译本的四种叙事
和为构建叙事所采取的四种叙事翻译策略，并在此基础上探讨译本叙
事主体、叙事效果和影响译本叙事建构的因素。

具体而言，该文主要回答以下三个问题：1."农村三部曲"沙
博理译本中的元叙事、公共叙事、概念叙事和个人叙事以及叙事主体
分别是什么；2.译本采用了什么翻译策略来叙事以及这些策略对叙

事产生了什么效果；3. 影响沙译本翻译叙事建构的因素有哪些。

该文采用贝克的叙事建构理论，通过对人名和农业文化词数据进行量化统计、对副文本和文本内的语言处理进行定性分析，对比原文和译文，得出以下结论：首先，译本中的元叙事和公共叙事跟叙事作品的主题紧密相连，其中元叙事是"进步"思想，指导公共叙事，不存在叙事主体，公共叙事围绕元叙事大主题展开，为反帝反封建反迷信、加强中国共产党的领导以及传播中国文化，叙事主体是国家或者民族；概念叙事分为翻译机构即外文出版社的翻译准则和译者沙博理的翻译观，叙事主体包括翻译机构、编辑、译者；个人叙事落实在作品人物角色上，讲述了每个人物的故事和经历，叙事主体为译者。其次，时空建构、文本素材的选择性采用、标记建构和参与者重新定位四种叙事翻译策略在沙博理译本中都有所体现，这些叙事翻译策略或为译作增加新的公共叙事和个人叙事，或在译作中保留、强化、削弱原有公共叙事和个人叙事。最后，影响沙译本的翻译叙事建构的因素有国家社会政治环境、翻译出版社、编辑、译者身份、译者翻译观等。

该研究从社会叙事学视角全方位考察"农村三部曲"沙博理英译，能够帮助读者和学者全面解读作品的叙事。此外，沙博理英译"农村三部曲"属于国家翻译实践，该研究是对沙译本翻译叙事建构研究的初步探索，以此观照，国家翻译实践中国红色革命小说外译研究可以从社会叙事学的角度进行考察，其翻译叙事体系的建构也有完善。

【《白杨礼赞》选文编排及教学实践研究】

作者：邢威威，指导教师：刘东方，聊城大学，学科教学（语文），硕士，2023。

《白杨礼赞》是茅盾先生散文中的代表作，在现当代文学史中具有重要的意义。该文通过对《白杨礼赞》的现有研究进行梳理，再从文本出发，探寻教学的新发现，解决该篇在现实教学中"教什么"和"怎么教"的问题，为语文教学提供更多的理论支持。

　　该文由四个部分组成。第一部分，阐明了研究缘起、目的及意义，梳理《白杨礼赞》教学和文本解读的研究现状，得到了一些研究启发，也发现了关于实际教学现状的研究较少，教学指导性资料较为匮乏的问题。第二部分，对1993年、2006年人教版初中语文教材及现行的2017年部编版初中语文教材编排情况进行了研究，分析出六点教学启发：一是朗读训练要有具体明确的指导；二是让学生在油画和水墨画中欣赏白杨，加强美学和语文的学科融合；三是通过对相同主题不同作家的作品进行比较阅读，增强学生的阅读鉴赏能力；四是培养学生良好的预习习惯，指导学生运用注释及补充资料理解文章；五是写作训练要给学生更多的自主创作空间；六是利用搜集资料等任务培养学生的探究能力。第三部分，通过在学校实际听课、观看国家中小学优质课程以及分析教学设计等方式，对《白杨礼赞》教学现状进行研究分析，发现语文教学在不断创新，但还有一些地方需要改善，主要表现在四个方面：导入方式单调，缺乏创新、写作手法讲解混乱、教学忽视学科融合，知识补充单一，教学过程缺乏生活联系。第四部分，基于前文对于不同教材的文本解读、教学现状分析，主要提出以下几点教学建议：一是加强学生朗读训练，重视比较阅读；二是提高写作水平，奠定写作基础；三是授课方式多样，调动学习兴趣；四是加强学科融合，链接课外知识；五是教学联系生活，理论联系实际；六是激发教师内驱力，提高专业水平。第五部分，以"研篇、研段、研句、研词、研意"为思路进行《白杨礼赞》的教学设计。

【茅盾作品中字母词语的历时研究】

　　作者：李想，指导教师：麻彩霞，内蒙古师范大学，语言学及应用语言学专业，硕士，2023。

　　茅盾作品的语言具有创新性和时代性，从其作品中能够管窥现代汉语成形期到改革开放初期字母词语的发展状况和历时演变特点。该文以1919年至1981年茅盾作品中的字母词语为研究对象，主要运用现代汉语史的研究理论，依据共时与历时相结合，描写与解释相结合，定性与定量相结合的研究宗旨，具体采用描写法、比较法和统计法，按历时线索和作品中字母词语的出现情况将其分成第一时期（1919—1949 年）、第二时期（1950—1965 年）和第三时期（1966—1981 年），考察了字母词语在茅盾文学作品中的历时演变，勾勒了字母词语在茅盾作品中的萌芽、发展、变化历程，并总结其演变规律，挖掘了不同阶段影响字母词语发展变化的因素，以点见面地反映了现代汉语成形期到改革开放初期字母词语的发展历程。

通过研究发现，茅盾作品中字母词语的造词方式丰富，来源多样，直引法所造字母词语的词频和词数最高，杂合法较为丰富，缩略法次之，摹形法、借代法和谐音法仅在第一时期出现。根据字母词语在三个时期不同文体中所占篇章数、词频和词数、涵盖语义类别的丰富程度、句法功能等多方面对比，可以看到，茅盾作品三个时期字母词语的使用分别呈现出高潮、回落、萎缩的特点。同时，各类字母词语的语义类别分布与其发挥的语义功能密切相关，字母词语中称谓类名词数量较多，这造成表指称语义功能的字母词语所占比例最高，分类、描摹、其他次之。透过茅盾作品中字母词语的共时表现，按时间线索对比字母词语的各方面特征，我们发现了其历时演变规律。宏观来看，茅盾作品字母词语的历时演变与现代汉语系统中字母词语的发展轨迹变化情况基本一致，然而在一定程度上也表现出差异。一致是共性规律的体现，差异是多重因素影响的结果。具体来看，茅盾作品字母词语的发展具有造词方式、结构类型越来越单一化，所使用的体裁越来越局限化，其数量、语义类型、语义功能和句法功能呈下行式发展，字母词语向大众化和生活化发展，字母词语使用的独立性增强等规律。上述演变规律的形成主要是作家的人生经历、文体风格、创作心态等个人因素以及语言政策变化、时代环境变迁等社会因素共同作用的结果。这两方面的因素互通交融并相互制约，共同造成了茅盾作品中字母词语使用的发展变化。

该研究的创新点在于选取了有影响力、语言新颖深刻的茅盾作品中的字母词语进行专门的历时考察，并把共时静态分析和动态历时考察相结合，试图在共性规律中发现个性特征，使二者相互补充印证。

这样的研究避免了单一角度研究引起的片面化，为全面认识这一时期字母词语的面貌，科学预测字母词语的发展变化趋势和汉语规范化提供了有益的参考。

2023 年报刊茅盾研究论文要目

苏晗：《未来的动力学：1927 年武汉政权下的"革命文化"构想及其反思——以茅盾的"标语口号"论为中心》，《中国现代文学研究丛刊》2023 年第 1 期。

李想：《茅盾作品字母词语历时研究》，《汉字文化》2023 年第 1 期。

蒋晓璐：《茅盾革命文艺观的人文教育价值》，《哈尔滨师范大学社会科学学报》2023 年第 1 期。

肖进：《作为批评文体的评点及其当代意义——从"茅评本"谈起》，《中国文学批评》2023 年第 1 期。

王思侗：《茅盾妇女观中的理想性与矛盾性》，《文化学刊》2023 年第 1 期。

北塔：《论茅盾短篇小说之英文翻译史若干问题》，《泰山学院学报》2023 年第 1 期。

凤媛：《从茅盾和叶圣陶的早期文学实践看"为人生"文学思潮的多重面向》，《山东师范大学学报（社会科学版）》2023 年第 1 期。

刘锐：《〈风下〉周刊中的茅盾遗篇——新见〈"自由主义者"之一例〉校读及"本事"考》，《新文学史料》2023 年第 1 期。

赵思运、韩金玲：《惊涛骇浪中的自我调适——谈 20 世纪 60 年代茅盾日记中的两条影评》，《大文学评论》2023 年第 1 期。

李延佳、贾振勇：《"时代性"的另面：茅盾"农村三部曲"的隐性艺术内涵》，《东岳论丛》2023 年第 1 期。

田丰：《茅盾佚文〈读《红楼梦人物论》〉考释》，《红楼梦学刊》2023 年第 2 期。

井延凤：《〈子夜〉经典化与去经典化的语境、逻辑及其局限》，《河南工程学院学报（社会科学版）》2023 年第 1 期。

刘世浩：《论茅盾 1920—1930 年代文艺批评活动与〈子夜〉的创作》，《石家庄学院学报》2023 年第 2 期。

吴佳玮：《〈林家铺子〉的写作艺术研究》，《文学艺术周刊》2023 年第 6 期。

张建安：《茅盾的文学作品特征的分析》，《文化创新比较研究》2023 年第 10 期。

陈娟、任依依：《茅盾作品中的雾意象研究》，《黑龙江工业学院学报（综合版）》2023 年第 4 期。

朱意：《乌镇：茅盾笔下的"可爱故乡"》，《阅读》2023 年第 35 期。

姚明：《茅盾与图书馆渊源考辨》，《图书馆研究与工作》2023 年第 5 期。

刘东方：《"通俗的文言"与中国现当代文学——从茅盾的〈红楼梦〉语言研究说开去》，《东方论坛》2023 年第 3 期。

吴佳萱：《以环境描写为视角分析〈子夜〉中的颓废气息》，《山西市场导报》2023 年 5 月 16 日。

陈雪莲：《论重复叙事下的权力错置与失语状态——以茅盾〈创造〉的小说语言为视角》，《喜剧世界（下半月）》2023 年第 5 期。

曾道扬：《茅盾论"鸳蝴"的态度变迁及其关于"通俗文学读者"问题的思考》，《关东学刊》2023 年第 3 期。

张水龙：《茅盾：在矛盾中寻找黎明》，《高中生之友》2023 年第 13 期。

李晓静、李永东：《从国民革命到左翼运动：论茅盾的创作调适》，《中南大学学报（社会科学版）》2023 年第 3 期。

周伟达、陈苏、许金艳：《当我们重读〈子夜〉与〈家〉》，《嘉兴日报》2023 年 6 月 9 日。

唐小林：《政治挫折时刻的文学书写——重读茅盾的〈腐蚀〉》，《现代中文学刊》2023 年第 3 期。

卫栋：《本土和域外：两种资源的互动与茅盾儿童文学翻译观的确立》，《西南大学学报（社会科学版）》2023 年第 4 期。

姚明：《茅盾眉批本：来龙去脉、辨章学术、去伪存真》，《北京档案》2023 年第 6 期。

张望：《茅盾的方言文学观念及其演变逻辑》，《海峡人文学刊》2023 年第 2 期。

李晓静：《革命流言与国民革命时期的农民运动——以茅盾的文学书写为中心的考察》，《社会科学动态》2023 年第 6 期。

徐晓红：《茅盾对〈新结婚的一对〉的翻译与接受》，《华夏文化论坛》2023 年第 1 期。

梅琳：《思想导师：茅盾对战时青年的引领》，《广东社会科学》2023 年第 4 期。

孟丽军：《战时女性知识青年的成长之路——以茅盾〈腐蚀〉为中心》，《红河学院学报》2023 年第 4 期。

周琦：《在浪漫与写实之间：沈雁冰对爱尔兰戏剧的译介》，《山东师范大学学报（社会科学版）》2023 年第 4 期。

杨琳：《浅析茅盾译稿〈关于萧伯纳〉》，《上海鲁迅研究》2023 年第 1 期。

高明杰：《建构主义视域下〈大地〉与〈春蚕〉中的农民形象对比》，《喜剧世界（上半月）》2023 年第 8 期。

刘卫东、王明娟：《孙犁、茅盾的互动关系考论》，《河北民族师范学院学报》2023 年第 3 期。

王梦：《论茅盾〈当铺前〉中的声景》，《淮北职业技术学院学报》2023 年第 4 期。

陈科迅：《浅析茅盾"直译"观在翻译作品中的实践》，《海外英语》2023 年第 15 期。

张霞：《论〈子夜〉的都市日常生活书写》，《西华师范大学学报（哲学社会科学版）》2023 年第 3 期。

李国华：《大革命潊流中的日常上海——茅盾小说〈蚀〉的城市赋形》，《探索与争鸣》2023 年第 8 期。

李延佳：《〈幻灭〉时代女性形象原型考证与释义》，《新文学史料》2023 年第 3 期。

钟桂松：《茅盾佚信和〈西江月·故乡新貌〉创作与修改》，《新文学史料》2023 年第 3 期。

高玉：《茅盾手书溯源与书风定位》，《华夏文化论坛》2023 年第 2 期。

李鑫、王东海：《基于文学史料学视角的现当代异体字词典考古研究——以〈子夜〉不同版本的异体字异形词为例》，《中国文字研究》2023 年第 1 期。

王卫平：《茅盾在百年中国鲁迅评价与传播中的编年史价值》，《茅盾研究》2023 年第 19 辑。

崔瑛祜：《批评的"奥德赛"——以试论茅盾批评的"理论旅行"现象为例》，《茅盾研究》2023 年第 19 辑。

俞敏华：《〈子夜〉的批评史及"现实主义"内涵之思》，《茅盾研究》2023 年第 19 辑。

罗云锋：《道义批判的限度与社会结构剖析的必要——重读〈林家铺子〉》，《茅盾研究》2023 年第 19 辑。

宋曰家：《小说长制两巨匠——巴金与茅盾》，《茅盾研究》2023 年第 19 辑。

姚明：《茅盾藏书中的"三红一创、青山保林"》，《茅盾研究》2023 年第 19 辑。

程志军：《茅盾笔下的延安风景、知识青年及相关问题》，《茅盾研究》2023 年第 19 辑。

徐从辉：《"抒情"的协奏：茅盾的江南记忆与文化认同》，《茅盾研究》2023 年第 19 辑。

韩旭东：《〈霜叶红似二月花〉古典式浪漫的二重性》，《茅盾研究》2023 年第 19 辑。

马蔚：《〈霜叶红似二月花〉的秘密：时间之谜与政治隐喻》，《茅盾研究》2023 年第 19 辑。

孟丽军：《茅盾在延安文化语境下的"鲁迅"再阐释》，《茅盾研究》2023 年第 19 辑。

　　刘世浩：《抗战时期茅盾佚简两通释读》，《茅盾研究》2023 年第 19 辑。

　　李雨菲：《颠覆与困囿：茅盾早期小说中的"新女性"书写》，《茅盾研究》2023 年第 19 辑。

　　邹雯倩：《循环还是进化？——重读"追求"中的革命书写》，《茅盾研究》2023 年第 19 辑。

　　向润源：《作为"过程"的革命主体——论茅盾小说〈虹〉》，《茅盾研究》2023 年第 19 辑。

　　林传祥：《茅盾谈"红军贺电"》，《党史博览》2023 年第 9 期。

　　张利：《茅盾〈关于历史和历史剧〉再阐释》，《宁波大学学报（人文科学版）》2023 年第 5 期。

　　叶榕：《手稿消失的时代，重读茅盾手稿与书法的当下镜鉴》，《文艺生活（艺术中国）》2023 年第 9 期。

　　崔倩：《生态翻译学视域下探析沙博理之中国红色文学的译介——以〈林家铺子〉〈春蚕〉为例》，《文化创新比较研究》2023 年第 27 期。

　　朱家辰：《现实而又浪漫的时代女性成长画卷——浅析茅盾的〈虹〉》，《长江小说鉴赏》2023 年第 21 期。

　　邱迁益：《救国会与茅盾战时"后方行动"（1938—1940）》，《现代中国文化与文学》2023 年第 3 期。

　　李继豪：《"感伤"：中国新诗批评的一个关键词——以饶孟侃、茅盾、袁可嘉的诗论为中心》，《华中学术》2023 年第 3 期。

　　李金凤：《特工题材的写作图式：茅盾〈腐蚀〉与陈铨〈野玫瑰〉比较研究》，《写作》2023 年第 5 期。

　　阎浩岗：《茅盾与中国当代长篇小说》，《社会科学辑刊》2023 年第 6 期。

　　吕周聚：《论〈子夜〉中的布尔乔亚青年群像》，《社会科学辑刊》2023 年第 6 期。

　　胡廷艳：《"译—作"双重身份对译者翻译行为的影响——以胡

适和茅盾为例》，《英语广场》2023 年第 30 期。

刘金龙：《茅盾译作中的副文本研究》，《上海翻译》2023 年第 6 期。

王中忱：《小说体的"茅盾论"与冷战状况下新"世界文学"的探索：以堀田善卫〈齿轮〉为线索》，《外国文学评论》2023 年第 4 期。

北塔：《茅盾与第一部中文版〈鲁迅全集〉》，《新文学史料》2023 年第 4 期。

李跃力：《〈生活日记〉中的"茅盾在新疆"》，《新文学史料》2023 年第 4 期。

刘万宇、邵宁宁：《"五四"文学观念下的古典重释重构——论茅盾与洁本〈红楼梦〉》，《海峡人文学刊》2023 年第 4 期。

金传胜：《1948 年香港〈华侨日报〉上的茅盾佚文》，《世界华文文学论坛》2023 年第 4 期。

妥佳宁：《"上中社会阶级"与"中国的法利赛人"——茅盾之鲁迅言说的论述框架与批判指向》，《现代中国文化与文学》2023 年第 4 期。

陈思广、党文静：《茅盾长篇小说的版本流变与修改述论·导论——以〈蚀〉〈虹〉〈子夜〉为例》，《红色文化研究》2023 年 00 期。

高洁：《"自我"中心的突显与"他者"思维的潜伏——从〈草鞋脚〉看伊罗生文学研究中"自我"与"他者"思维模式的共谋》，《红色文化研究》2023 年 00 期。

王雪荣、陈黎明：《茅盾研究的新突破——评连正〈茅盾小说在日本的译介与研究〉》，《红色文化研究》2023 年 00 期。

雷超：《"使文学成为社会化"——重识茅盾的现代文学观（1919—1925）》，《茅盾研究》2023 年第 20 辑。

李湘湘、赵思运：《茅盾的"牯岭情结"及其文学呈现》，《茅盾研究》2023 年第 20 辑。

朱燕颐：《一位作家的两种解读——论胡风、茅盾对萧红作品的评论》，《茅盾研究》2023 年第 20 辑。

陈志华：《教科书传播与建国后茅盾作品的经典化历程》，《茅盾研究》2023 年第 20 辑。

北塔：《从相携到罅隙到垂念——茅盾与徐蔚南关系始末》，《茅盾研究》2023 年第 20 辑。

陈捷：《1920 年沈雁冰代理研究系〈时事新报〉主笔相关史实考释》，《茅盾研究》2023 年第 20 辑。

姚明：《故纸堆里觅苍黄：新发现茅盾评闻捷诗歌眉批及其分析》，《茅盾研究》2023 年第 20 辑。

乐忆英：《茅盾乌镇求学考》，《茅盾研究》2023 年第 20 辑。

高恒文：《健吾的京派文学批评——兼论对茅盾之京派批评的回应》，《茅盾研究》2023 年第 20 辑。

李兰：《叶君健与英文月刊〈中国作家〉——兼谈〈中国作家〉发刊词》，《茅盾研究》2023 年第 20 辑。

周梦雪：《茅盾早期的文学活动与文艺思想研究》，《茅盾研究》2023 年第 20 辑。

陈澜：《街头与雨，如何成文——论茅盾早期创作中的五卅记忆及其书写》，《茅盾研究》2023 年第 20 辑。

袁宇宁：《〈中国新文学大系·抗战八年（1937—1945）〉筹备始末梳考——兼及茅盾主编分册〈小说卷〉选目补正》，《茅盾研究》2023 年第 20 辑。

陈蓉：《谛听"市声"：1930 年代的香港报纸副刊与抗战》，《茅盾研究》2023 年第 20 辑。

吴亚丹：《北京体验如何重塑文学江南？——以 1980 年代初期汪曾祺故里小说为中心的考察》，《茅盾研究》2023 年第 20 辑。

胡晓敏：《裂隙之间："晚清叙述"的建构及其面向——王德威〈被压抑的现代性〉及其文学史谱系》，《茅盾研究》2023 年第 20 辑。

潘文博：《论唐弢与林毓生阐释鲁迅的思想进路》，《茅盾研究》2023 年第 20 辑。

刘妍、陈雅如：《2022 年度茅盾研究综述》，《茅盾研究》2023 年第 20 辑。